한국전쟁 이야기 집성 8

- 전쟁 속에 꽃핀 인간애 -

신동흔 김경섭 김귀옥 김명수 김명자
김민수 김정은 김종군 김진환 김효실
남경우 박경열 박샘이 박현숙 박혜진
심우장 오정미 유효철 이부희 이승민
이원영 정진아 조홍윤 한상효 황승업

저자 소개

신동흔: 건국대 국어국문학과 교수
김경섭: 을지대 교양학부 교수
김명수: 건국대 박사과정
김민수: 건국대 박사과정
김종군: 건국대 HK교수
김효실: 건국대 박사과정 수료
박경열: 호서대 전임연구원
박현숙: 건국대 전임연구원
심우장: 국민대 국어국문학과 교수
유효철: 건국대 박사과정 수료
이승민: 건국대 박사과정
정진아: 건국대 HK교수
한상효: 건국대 강사
김귀옥: 한성대 교양교육연구원 교수
김명자: 건국대 박사과정 수료
김정은: 건국대 강사
김진환: 통일부 통일교육원 교수
남경우: 건국대 HK연구원
박샘이: 건국대 석사과정 졸업
박혜진: 서울대 박사과정 수료
오정미: 건국대 전임연구원
이부희: 건국대 석사과정 수료
이원영: 건국대 강사
조홍윤: 건국대 전임연구원
황승업: 건국대 박사과정 수료

한국전쟁 이야기 집성 8

초판 인쇄 2017년 6월 20일
초판 발행 2017년 6월 25일

지은이 신동흔 외 | **펴낸이** 박찬익 | **편집장** 권이준 | **책임편집** 정봉선
펴낸곳 ㈜ **박이정** | **주소** 서울시 동대문구 천호대로 16가길 4
전화 02) 922-1192~3 | **팩스** 02) 928-4683 | **홈페이지** www.pjbook.com
이메일 pijbook@naver.com | **등록** 2014년 8월 22일 제305-2014-000028호

ISBN 979-11-5848-306-7 (94810)
ISBN 979-11-5848-298-5 (세트)

* 책값은 뒤표지에 있습니다.

이 책은 2011년도 정부(교육과학기술부)의 재원으로 한국학중앙연구원의 지원을 받아 수행된 연구임.
과제번호: AKS-2011-EBZ-3101, 과제명: 한국전쟁 체험담 조사연구

황승업 한상효 조홍윤 정진아 이원영 이승민 이부희 유효철 오정미 심우장 박혜진 박현숙 박샘이 박경열 남경우 김효실 김진환 김종군 김정은 김민수 김명자 김명수 김귀옥 김경섭 신동흔

한국전쟁 이야기 집성 8

전쟁 속에 꽃핀 인간애

(주)박이정

일러두기

1. 이 책은 2011년도 정부(교육과학기술부)의 재원으로 한국학중앙연구원의 지원을 받아 수행되었다. 과제명은 "한국전쟁 체험담 조사연구"이다. (과제번호 AKS-2011-EBZ-3101).
2. 본 자료집은 개별 구연자를 기본 단위로 하여 구성된다. 현지조사를 통해 수집한 약 300건의 자료 가운데 가치가 높다고 판단되는 162건(공동구연 포함)의 구연 자료를 선별하여 주제유형 별로 나누어 각 권에 수록하였다.
3. 본 자료집은 한국전쟁 체험을 기본 축으로 삼는 가운데 전쟁 전후의 생활체험에 관한 내용까지를 포괄하였다. 자료는 제보자가 구술한 내용을 최대한 충실히 반영하는 방식으로 정리하였다.
4. 본 자료집에 이야기를 수록한 구연자들에게는 사전에 정보 공개 동의를 받았다. 구연자가 요청한 경우나 기타 필요하다고 판단되는 경우에는 구연자 성명을 가명으로 표기하고 사진을 생략하였다.
5. 구연자 단위로 구술내용을 반영한 제목을 정하였으며, 기본 조사 정보와 구연자 정보, 이야기 개요, 주제어를 제시하고 나서 이야기 본문을 실었다. 구술내용을 쉽게 이해할 수 있도록 하기 위해 본문 사이사이에 중간 제목을 넣었다.
6. 이야기 본문은 녹음된 내용을 그대로 받아 적었으며, 현장상황을 생생히 전하기 위해 조사자와 청중의 반응 부분을 함께 담았다. 본 구연과 상관없는 대화나 언술은 조금씩 덜어낸 곳도 있다.

머리말

– 수백 명의 구술로 만난 한국 현대사의 생생한 진실 –

처음에 저이들이 누군가 하고 경계심을 나타내던 노인들은 한국전쟁 때의 사연을 들려 달라는 말에 대부분 몸가짐을 달리하고서 조사자들 앞으로 바짝 다가왔다. 당시의 상처를 되새기기조차 싫은지 조사자들을 외면하거나 구술을 사양하는 분들도 있었지만, 자신이 겪은 역사의 진실을 후세에 알려야 한다는 책무감을 나타내는 분들이 더 많았다. 일단 이야기가 시작되면 조사자들이 할 일은 거의 없었다. 그분들이 가슴 밑바닥으로부터 끌어올려 구연하는 놀라운 이야기들에, 60년이 넘도록 가슴속에 생생하게 간직해 온 그때 그 순간의 삶의 진실에 충실히 귀를 기울이는 것으로 충분했다. 조사가 더 늦어지지 않아서 이분들이 그토록 남기고 싶어하는 역사적 체험을 갈무리하게 된 것은 정말 다행스러운 일이었다.

그간 한국전쟁 체험에 대한 조사는 역사학 쪽에서 많이 이루어졌었다. 전쟁의 주요 국면에 얽힌 역사적 사실과 관련되는 정보를 얻는 데 주안점을 둔 조사였다. 이야기 형태의 체험담은 주로 전쟁 참전용사의 수기나 학살피해자들의 진술이라는 형태로 보고가 이루어졌다. 말 그대로 사람을 죽고 죽이는 '전쟁'에 초점을 맞춘 이야기들이었으며, 다소 특수하고 주관적인 방향으로 치우친 성향이 짙은 이야기들이었다. 체험이나 시각이 양 극단으로 나누어진다는 점도 두드러진 특징이었다.

이에 대하여 우리는 처음부터 보통사람들의 다양한 경험을 두루 포용한다는 입장에서 한국전쟁이라는 역사에 접근했으며, 제보자의 진술을 구술 그대로 충실히 반영한다고 하는 학술적 방법론에 의거하여 현지조사와 정리 작업을 수행했다. 그 조사는 구술사보다 구비문학적 방법에 입각한 것이었다. 한국전쟁을 축으로 한 역사적 경험이 구체적 사건과 정경을 생생하게 담아낸 '이야기'로 포착될 수 있도록 하는 데 최대한 신경을 썼다. 그 작업을 하는 데 큰 어려움은 없었다. 수많은 제보자들은 전쟁에 얽힌 기막힌 사연들을 지니고 있었고, 그것을 곡진하게 풀어냈다. 간혹 세상에 대한 논평을 연설 형태로 풀어내는 제보자도 있었으나 경험의 연장선상에서 충분히 그리 할 수 있는 바였다. 우리는 성실한 청자가 되어 그 이야기에 함께 했다. 제보자들의 구술을 가능한 한 끊지 않았으며, 때로는 탄성과 한숨으로 동조하기도 했다. 그렇게 그들의 구술은 오롯한 삶의 담화가 될 수 있었다.

한국전쟁 체험담 자료조사는 조별 작업으로 수행되었다. 서너 명씩 조를 이루어서 지역별로 제보자를 물색하고 조사를 진행하였다. 총괄적 조사인 만큼 지역별, 유형별로 균형과 다양성을 확보할 수 있도록 신경을 썼다. '보통사람'들을 기본 축으로 삼는 가운데, 한국전쟁에 대한 특별한 체험을 한 제보자들을 다양하게 찾아내고자 했다. 전체적으로 남성과 여성 제보자를 균등하게 포괄하였으며, 제보자 구성과 구연내용이 이념적으로 좌우 한쪽에 치우치지 않도록 했다. 한국전쟁이라는 현대사의 국면이 '있는 그대로' 다양하게 포착될 수 있도록 노력했다.

전체적으로 한국전쟁 체험담을 구연한 화자는 약 300명에 이른다. 자료공개 동의를 얻은 194건의 자료로 한국전쟁 구술자료 DB를 구성하여 결과를 보고했다. 그 중 자료적 가치가 높다고 생각되는 자료들을 선별한 뒤 자료의 재점검과 교정 작업을 거쳐 최종적으로 10권의 자료집에 162건(공동구연 포함)의 자료를 수록하게 되었다. 자료는 인상적인 사연을 중심으로 하여 주제유형 별로 분류함으로써 다양한 전쟁 경험이 일목요연하게 드러날 수 있도록 했다. 각 권별 구성을 간단히 소개하면 다음과 같다.

1권 – 이것이 전쟁이다: 전쟁이란 어떤 것인지, 그 참상과 고난과 단적으로 잘 보여주는 이야기들을 실었다. 특정 지역의 전쟁 경험을 여러 제보자가 다각도로 구연한 자료를 나란히 수록하여 전쟁체험이 입체적으로 드러날 수 있도록 했다.

2권 – 전장의 사선 속에서: 다양한 참전담 자료를 한데 모았다. 육군 외에 해병대와 해군, 공군, 경찰, 치안대 등 다양한 형태로 전쟁을 체험한 사연들이 실려 있다.

3권 – 피난 또 하나의 전쟁: 피난에 얽힌 다양한 사연을 모았다. 북한에서 월남한 사연과 남한 내에서의 피난에 얽힌 사연, 피난 수용소에서 생활한 사연 등을 수록했다.

4권 – 이념과 생존 사이에서: 이념 문제로 갈등과 고난, 그리고 피해가 발생한 사연들을 모았다. 보통사람들이 좌우 이념의 틈바구니에서 어렵게 세월을 헤쳐온 사연들도 수록되어 있다.

5권 – 총칼 아래 가륵한 목숨: 전쟁의 와중에서 죄없이 억울한 죽음과 피해를 겪은 사연들을 모았다. 역사적으로 이름난 주요 사건 외에 일반적인 피해담도 포괄하였다.

6권 – 전쟁 속을 살아낸다는 일: 전쟁의 와중에서 보통사람들이 겪은 다양한 고난 체험을 펼쳐낸 이야기들을 모았다. 특히 여성들의 전쟁고난담이 주종을 이룬다.

7권 – 내가 겪은 특별한 전쟁: 남다른 위치 또는 특별한 직업을 바탕으로 한국전쟁을 특수하게 치른 사연을 전하는 이야기들을 한데 모았다.

8권 – 전쟁 속에 꽃핀 인간애: 전쟁의 와중에 인정을 저버리지 않고 서로를 돕거나 살린 사연 등 미담의 요소를 포함한 사연들을 수록했다.

9권 – 전쟁체험, 이런 사연도: 전쟁중에 겪은 놀랍고 기막힌 사연들을 담은 자료들을 모았다. 설화적 요소가 있는 이야기들도 이 권에 수록했다.

10권 – 우리에게 전쟁이 남긴 것: 한국전쟁 체험을 전하는 한편으로, 전쟁에 대한 분석과 논평을 적극 진술한 사연을 모았으며, 전쟁 후의 사연을 주요하게 구연한 자료들을 수록했다.

160명이 넘는 역사의 산 증인들이 펼쳐낸 생생한 한국전쟁 이야기들은 그간 공식적 역사를 통해 알려진 것과 다른 차원의 의미 있는 자료가 되어줄 것이다.

이 자료집을 통해 사실로서의 역사와 이야기로서의 역사 사이의 균형이 이루어질 수 있는 중요한 기반이 갖추어진 것으로 생각한다. 앞으로 역사적 경험에 대한 문학적 연구의 새로운 장이 열릴 수 있기를 기대한다. 그를 통해 역사적 삶의 총체적이고 균형있는 재구가 가능하게 될 것으로 믿는다. 아울러 이 책에 실린 수많은 사연은 소설이나 드라마, 다큐멘터리, 공연과 웹툰, 게임 등 문화예술 창작에도 좋은 소재가 되어 줄 수 있을 것이다.

이 책은 한국학중앙연구원 기초토대연구 지원 사업에 힘입어 진행되었다. 적시에 지원이 이루어져서 중요한 조사사업을 차질 없이 수행하게 된 것을 다행으로 여기며 연구지원에 대해 감사의 뜻을 밝힌다. 그 의미 깊은 사업을 실질적으로 맡아서 감당한 핵심 주역은 현지조사와 자료정리의 실무를 맡아 수고한 전임연구원과 연구보조원들이었다. 팀장을 맡아서 일련의 길고 힘든 작업을 훌륭히 감당해준 김경섭, 박경열, 박현숙, 오정미 박사와 김명수, 김명자, 김민수, 김정은, 김효실, 남경우, 박샘이, 박혜진, 유효철, 이부희, 이승민, 이원영, 조홍윤, 한상효, 황승업 연구원의 노고에 감사와 사랑의 마음을 전한다. 공동연구원으로서 현지조사와 연구작업을 적극 뒷받침해준 김귀옥, 김종군, 심우장 교수께도 깊이 감사드린다. 까다롭고 복잡한 출판 작업을 기꺼이 맡아서 좋은 책을 만들어주신 박이정 출판의 박찬익 사장님과 김려생님, 권이준님, 정봉선님을 비롯한 편집자들께도 이 자리를 빌려 감사의 뜻을 전한다.

이 책은 다른 누구보다도 이야기를 들려주신 제보자들에 의해 이루어진 것이다. 조사자들을 반갑게 맞이해 주시고 가슴속에 묻어두었던 이야기를 풀어내 주신 역사의 주인공들께 머리 숙여 감사드린다. 그분들의 분투와 고난을 잊지 않고 대한민국의 미래를 훌륭히 열어나가는 것이 우리의 몫일 것이다.

2017년 6월

저자를 대표하여 신 동 흔

차례

딸을 구하기 위해 50리 길을 걸어 온 부정(父情)

김 우 희

"네가 살라믄 먹어야 된다. 먹어야 된다. 밤새 죽지 마라. 내가 갔다 올게. 죽지 마라."

자 료 명: 20130711김우희(단양)
조 사 일: 2013년 7월 11일
조사시간: 47분
구 연 자: 김우희(여 · 1928년생)
조 사 자: 박경열, 유효철, 김명자
조사장소: 충청북도 단양군 단양읍 별곡3리 미소지움아파트 경로당 앞

[조사과정 및 구연상황]

한 여름날 아파트 경로당을 방문했으나 문이 닫혀 있었다. 주변을 배회하던 중 경로당 앞을 지나가는 김우희와 이우명을 우연히 만나게 되었다. 경로당을 찾아 온 이유를 말씀드리자 흔쾌히 자신의 이야기를 들려주겠다고 허락하셨다. 먼저 김우희 화자가 이야기를 하였고 이우명 화자는 옆에서 이야기

를 함께 들었다. 경로당 앞의 작은 통로에 자리를 깔고 조사를 시작하였는데 야외라서 주변 소음이 많았다. 그리고 김우희 화자의 발음이 정확하지 않고 목소리가 크지 않아 주변 소음이 더욱 방해가 되었다.

[구연자 정보]

1928년생으로 당시 나이 86세였다. 고향은 경상북도 봉화이고 가족은 오 남매 중 셋째이다. 16세에 결혼해서 영주에 살게 된다. 결혼한 지 5년 만에 첫 아이를 낳는다. 첫 아이를 낳은 다음해에 전쟁이 난다. 전쟁이 나자 남편과 아이와 함께 피난을 간다. 피난을 갔다가 전쟁이 끝날 무렵 장티푸스에 걸려 죽을 고생을 한다. 친정아버지와 친정 가족의 헌신적인 도움으로 다시 회복한다. 자식은 6남매를 두었다.

[이야기 개요]

전쟁이 나자 남편과 아이와 함께 석탄 기차를 타고 안동으로 피난을 간다. 다음날 폭격이 온다는 말에 안동 여울 다리를 건너려고 나서는데 아이가 없어 당황한다. 아이를 찾다보니 어떤 여자가 화자의 아기를 업고 걸어가고 있는 모습을 보게 된다. 자신의 아이라고 착각했다는 말에 아이를 다시 받아 안고 다리를 건너자 다리가 폭격을 맞는다. 친정 오빠가 경찰의 신분이라 인민군들이 오빠의 소재를 알기 위해 친정 가족을 추궁한다. 올케는 산으로 끌려가 문초를 당한다. 그 일로 올케는 트라우마가 생겨 1년간 고생하다 죽는다.

밀양으로 피난을 갔다 다시 영주로 오려는데 전염병에 걸려 고생한다. 전염병을 심하게 앓자 누군가 경찰서로 데려다 주었고 시댁으로 연락하지만 아무도 없자 친정에 연락한다. 연락을 받은 친정아버지는 50리 길을 걸어와서 몸이 상한 화자를 업고 간다. 20리 길을 업고 가다 친정아버지는 더 많은 사람에게 도움을 청하고 식량을 가져오기 위해 화자를 허름한 집에 잠시 맡겨 두고 집으로 돌아간다. 친정으로 돌아와 부모의 헌신적인 치료로 병이 낫는다.

[주제어] 피난, 석탄 기차, 안동, 밀양, 영주, 움막살이, 아기, 경찰, 오빠, 전쟁, 박격포, 올케, 친정아버지, 전염병, 장질부사, 눈물, 지게, 헌신, 회복

[1] 피난길에 아이가 바뀔 뻔하다

[조사자: 성함이 어떻게 되세요?] 성이 김, 우, 희. [조사자: 몇 년생이세요?] 여섯인께 몇 년생이유? [조사자: 팔십 여섯. 28년생?] 28년. 그렇게 되지. 세월이 이렇게 넘어갔네. [조사자: 친정이 어디신가요?] 경상도. 내가 크기는 경상도 봉화서. 봉화서 컸지. [조사자: 그럼 친정 가족은 원래 몇 명이세요?] 아부지, 엄마, 할아부지까지 다 살았지. 그때는. [조사자: 오빠나 동생은, 몇 남매?] 오빠가 있었지. 오남매. 오빠 하나에다가 딸은 너이였지. 형제가 너이. [조사자: 그 중에 몇 째셨어요?] 내 셋째.

[조사자: 아주머니 여기 주소가 어떻게 되나요?] 충북 단양읍이여. 미소지움 아파트 102동 704호. [조사자: 자제분은 몇 두셨어요?] 여섯. 6남매. [조사자: 그러면 전쟁이 났을 때는 어디 계셨었어요?] 전쟁 났을 때, 일본시대 때 전쟁 났을 때? [조사자: 6. 25때?] 6.25? 6.25는 영주서. 영주 시내서.

[조사자: 그때 얘기 좀 해주세요.] 그때 우리는 피란을 갔으니까 시내를 가니

까, 시내 복판에 폭격을 해서 다 그냥 내비두고 몸띵이만 나갔어요. 어디를 갔나? 첨 국회의원이 나왔어. 우리나라에 첨으로. 국회의원이 누군가 하면은 우리 몇 촌간인가 잊어버렸네. 할아버지 사운데, 잊어먹었네. 우리가 부르기를 아저씨라고 불렀는데, 첨으로 당선이 됐어. 당선 돼가지고 그래 그해 그만 6.25가 났거든. 그래 우리는 보따리고 뭐고 못 가지구 갔어. 아만 하나 업구서.

어데로 갔나 하믄. 영주 옹천이라는 데를 갔어. 촌에 안동 가는 데가. 거가가주고, 밥이라도 먹어야 되잖아 배가 고프니까. 우리 영감님이 차에서, 그때 차가 있나 기차 타고 갔어. 석탄 싣고 대니는 기차. 거기를 타고 갔는데 가다가 국회의원도 피난 가는 겨. 저 대구로 내려가느라고. 만났어. 어디로 가나, 어디 목적 있어요? 기양 가야되지. 폭격 안 맞을라고. 가는데 다른 사람들은 가다가 보니까네 청도 밀양으로 간다 하드라고. 청도 밀양으로. 거까지 내려가는데, 아니 첫 번엔 안동 갔다!

안동 시내를 가가주고 내렸는데 거기서 피난민인 버글버글 아이 말도 못해, 거기서 잤어. 아침에 일어나니께네 빨리 떠나라네. 폭격이 또 온다고 빨리 떠나라고 그래가지고. 떠나는데 안동 여울 다리가 있어. 그 다리가 끊어지면 못 건너요. 왜 그냐믄 물이 막 내려 밀기 때문에 강물이 많애서. 언능 빨리 떠나라 그래.

아침도 못 먹고 막 보따리 그냥 뭐. 아 업는 포대기 가지 가서 이래 밥해먹는 냄비하고, 밥도 못해먹고 떠날라고 하는데 아가 어데 갔는가 없대. 우리 첫애기가 아장아장 걸어 댕겼어. 아가 없잖애. 아 어데 갔는가 아를 암만 찾어 댕겨도 없어. 아는 업고 가야 되잖어. 다리 금방 끊어진다고. 다리 끊어지면 못 간다고. 그래서 아가 어데 갔나 눈을 부릅뜨고 아를 찾어 댕겼었어. 어디서 보이께 어떤 여자가 애 업고 가. 보니까 우리 아이여. 이 여자도 자기 아인 줄 알고 갔어. 업고 가다가 헐레벌떡허니까 자기 애가 아니잖아.

지금 들으니 우습제? 그 땐 정신도 없어. 저 아이니까 등어리를 뚜드리고 울드래, 아가. 애를 치다보니 자기 아가 아니드래. 그래가지고 내가 그걸 보

고 빨리 아이를 등에 업고 갔어. 가면서 내가

"왜 남의 애를 업고 가요?"

그랬더니

"아이고 나는 내 안 줄 알고 업고 갔어요."

그러더라고. 그러면서 저 아 또 찾느라고 헤매고 있었어. 급해서 난 애를 업고 그만 내뺐어. 빨리 다리를 건너야 하잖아. 그래가지고 우리는 싹 건너가니까 여울다리가 그 때 폭격을 때리잖어. 그래 우린 살았어요. 간당이. 빨리 안 왔으면 큰일 났어.

[2] 친정오빠가 경찰이라 올케가 모진 고초를 당하다

우리 오빠가 대구 경찰서에 있었어. 경찰이 됐어요. 그러니까네, 우리 오빠가 외동이래. 딸이 너이고. 오남매니까. 외동이 되가지고 우리 엄마가 말도 못하게 고통 겪었어. 이로 말할 수 없어. 경찰 가족이라고. 우리 올케는 아를 업고서, '아 내라 놓으라'고 '난 죽어도 못 놓는다. 난 죽어도 업고 죽는다'고. 산골짜기 데리고 가 가지고. 우리 어머니를 그런데 데려다 놓고 '이런 자식, 경찰 자식이믄 죽여야 된다'고. 이런 데 한데 앉혀놓고 총을 이래 쏘고 막 쏘고 그래 정신이 하나도 없지 뭐.

그래도 속케로는 나는 죽드라도 우리 아들은 살려달라고, 하나님 살려달라고 자꾸 속으로 그랬대. 우리 올케는 산에다 갖다 놓고. 그렇게 총을 막 쏴. 그러니 1년 살고 죽었어요, 우리 올케가. 얼마나 똑똑하고 알토란 같았는데.

"서방 어데 갔느냐?"

그러면서 내 놓으래. 있는 곳을 가르치라고 하면서 내 놓으래. 말해 줘야 찾는다고 그러잖아. 근데 가르쳐 주면 이놈들이 죽일 것 아냐? 죽일라고 갈쳐줘? 난 죽어도 모른다고 어디 갔는지 모른다고 이랬어.

[3] 부상을 입은 친정오빠를 찾아가다

인제는 집에는 다 죽었을게고. 우리 엄마 올케 아버지는 다 죽었을 건데 난 그래도 우리 오빠를 만내야 되겠다. 나 하나라도 만내야 되겠다. 경찰서를 찾아갔어. 김기두여. 이름이 기두래. 이름을 대가지고 해서 이름을 댔드니 나오드라고. 불러내 오드라고. 나오는데 보니께 허리에 무엇인가를 이리 감았어. 몸이 부상으로. 다나갔어 그때는. 경찰이고 뭐이고 없이 다 나갔는데. 박격포 떨어지는데 그래도 괜찮대.

오빠 같지도 않아. 그 모습이 누군가 헐 정도로. 우리가 영감하고 셋이서 붙들고 울었어. 울고서 보니께, 그래서 내가 다 나가라는데 어찌하나. 우리 오빠는 경찰서는 그래도 높은 데고, 나가야지 뭐.

“그래도 다행이다 걱정마라. 박격포 다 파내고 수습이 됐응게 걱정마라. 울지 말고. 너희들이나 피난 잘 해라. 여기 대구서는 피란 못하니께 밀양으로 내려가거라. 나는 여기서 내가 어떡하든지 내가 잘 피하마.”

그래서 오빠하고 만나 밥도 못 사먹어 난리 통에 오빠가 돈을 주면서, 그때 얼마를 준지 잊어버렸네. 가져가 어떻게든지 살아라. 우리 셋이 그렇게 울었어. 그래가지고 봉천으로 나와 가지고,

“오빠, 죽지 말고 오빠만 살아. 오빠만 살면 돼.”

이래고서 헤어졌어.

청도 밀양을 가 있다니께네 우리 아저씨가 국회의원이 연락을 허드라고, 어떻게 됐나, 먹을 거나 있나, 먹을 거고 뭐 어짜고 뭐, 그때는 동네에서도 장이라도 얻어가지고 쌀도 좀 주믄 얻어먹고 이래 움막을 지었어요. 낭구를 비가지고 움막을 지어가지고 살어. 고마 어떤 놈이 와가지고 영감을 뚜드려 잡네. 붙들어 났어 고만. 그냥 빨갱이들이지 뭐. 들어가서 내 혼자 아를 데리고 그 움막이서 한 너덧 명인가 이래 있었어. 영감이 도망질해가지고 가는 바람에 이제 난 죽었구나 했지. 남편이 도망질해서 갔드라고. 다행히도.

[4] 청도 움막살이 때문에 장질부사에 걸리다

그러고 나니 좀 거기 있다가 6.25 전쟁이 끝났다 가라 이래가지고 올라오는데 이 망한 놈의 거. 그 못된 병이 있잖애요 왜. 그때는 그 병에 걸렸어, 그거 장질부사! 옛날에 지금은 없잖어. 예방을 하니께. 그게 임병이래요. 그게 걸렸네. 글쎄 내가. 옳게 먹지 못하고 객지에 나와서 움막이서. 난 이래 이래 덮어놓고 거기를 한 달이나 있었으니께 그렇지. 아니다 보름 안짝 일거여 그래 있었는데. 한기가 나고 떨고 앓는데 열이 막 불덩어리처럼 나고 그러는데 가라네.

가긴 가야되는데 영주에 집이 부서졌는지 없는지 있는지 가봐야 되는데 갈 수가 있어요? 영감하고 가가지고, 내가 영주 사는데 몸이 아파가지구 이렇다고 하니께 역전에 와서 그 얘기를 하니께 경찰서로 연락을 하대. 경찰서 순경이 나왔어. 기차를, 아무나 못 타니까 그거. 석탄 실은 차. 우리를 거기 올라가라이거여.

옹천이라고 있어요. 영주 덜 들어와 가지고. 거 까지 와가지고 우리를 내려놓자네. 못 가게 한대. 새까매. 아픈 게. 식구가 다 석탄에다 올려놨으니 그 석탄 막 이래 막, 아이고 휴 그래가지고 그래 와가지고 옹천이라는 데까지 와가지고 못 간대유. 사정사정 했지 내가 고개를 못 들겠다고. 열이 나고 아파서. 아흐 저걸 어쩌냐고 그렇게 사정했지. 그러니 영주까지 데려다 주는 거야.

영주를 갔다 내려 놓으니께 도저히 어떻게 할 수가 없어. 경찰서에 어떻게 연락이 돼서 경찰이 나와 가지구 경찰서 문 앞에다 우리를 밥해먹고 가라고 데려다 놓드라고. 가마니 또가니 하나 깔고 하나를 나를 우에를 덮어주고 막 한전 나고 바람이 불고 하니까 못 먹어, 물을 떠다줘도 못 먹어. 아무것도 못 먹고.

[5] 50리길을 걸어온 아버지가 아픈 딸을 보고 눈물을 흘리다

우리 영감도 내가 그러니까 애를 쓰고, 새까맣지. 거게서 눕혀놓고. 우리 고향으로 연락을 하는데 어떻게 하냐믄 우리 시집은 아무도 없어. 연락할 데가 없어요. 우리 시누도 피난가고 없지 뭐. 그러니께네 인제 우리 친정으로 연락을 해. 친정으로, 봉화로.

연락을 하니께네 아부지가 다 죽은 줄 알었는데 살었구나 그 소리를 듣고서는, 연락을 받았는데. 아버지가, 거기가 몇 리냐 하믄, 50리가 넘어요. 넘는데 거게를 아버지가 밤에 걸어왔어. 살았다니까 반가와서 왔는데 경찰이 그러드래 살어도 살 것 같지 않다고. 정신없이 막 열이 나가지고 나는 세상을 모르고 하니께 경찰이 물을 떠다 줘. 물이라도 마셔야지, 내 물을 마시고.

또 경찰이 흔들어서 깨워서 보니께네, 감재를, 감재 옆을 지졌어. 감저를, 잊어버리지도 않애. 국물 있게 좀 지져가지고 그것하고 밥하고 갖고 왔는데. 난 지금도 못 먹겠다고. 떠멕여 줄라는 거 못 먹겠다고. 못 먹었어. 큰 일 났다고.

아부지가 밤에 오셨어. 밤중이 되니께네. 난 정신이 하나도 없어. 가마니 또가리에 있으니께 죽은 줄 알았대 아버지는. 그래도 내가 살았드래. 아부지 나를 아부지 무릎에 이 머리를 올려놓고 얼마나 울든지. 눈물이 내한테 얼굴에 눈물이 떨어지는데 아휴 아이고. 말도 못해요. 아부지 그렇게 앉어 울어.

나는 그것도 모르고. 나를, 눈물이 한정없이 떨어져. 울고 앉었어. 나를 아버지 무르팍에다 얼굴을 올려놔가지고. 우리 영감도 옆에 앉어 울고. 아는지 아버지가 업고. 아도 기를 못 피드라고 힘을 못 써. 그래가지고 아버지가 20리를 나를 업고 넌 좀 걸어라. 차가 있어야지. 아버지가 20리를 걸으니께 발바닥이 거짓말 안 보태고 이렇게 부풀었어. 다리가 그때. 축 처진 거 업어봐요. 얼마나 무거운가.

[6] 친정아버지와 친척의 도움으로 회복하다

그래가지고 예고개라고 왔어. 예고개라고 촌으로 들어갔는데. 거기를 와가지고 보니께네 폭격을 당하고 요새 말하자믄 방인데, 다 없고, 베르빡만 있더구먼. 걸어가지고 동네에 들어가지고 이만저만 갔다가, 집에를 가지를 못하니께네, 내가 갔다가 내일 새복 와서 데리고 갈테니. 동네에 얘기를 해가지고 또 가마니를 얻어다가, 가마니밖에 없어요 그때는. 가마니 또라기 거기다 깔아놓고 요래 가마니 하나는 덮어해 놓고 아무것도 없으니까. 새까만 깜댕이 같이 석탄이 막 묻어가지고.

그러니께 내가 동네사람이 누가, 여자가 밥을 끓여가지고 숭늉 끓여가지고 왔어. 지금도 내가 안 잊어버리는데 누군지 몰라. 숭늉 가지고 주전자 가지고 왔어. 아버지가

"네가 살라믄 먹어야 된다."

울면서 밤새도록 그래. 먹어야 된다. 억지로 억지로 요런 컵으로 한 컵 마

셨어.

"밤새 죽지 마라. 내가 갔다 올게. 죽지 마라."

이러며 울멍 가시드라. 밤새 울었다 일어났는데 아침 10시에 도착을 했드래요 집에. 집의 식구들은 아이고 왜 안 오나, 죽었으니까 그걸 묶어오나. 우리 엄마는 밤새도록 앉아 새우고 울며불며, 이게 죽었응께 묶어 오는가보다. 들어가니께네 이만저만 살긴 살았는데 죽은 거나 마찬가지다.

그래 작은 집에 큰 집에 모두 얘기를 해니께네 우리 오빠들이 사촌 오빠, 육촌 오빠, 칠촌 모두 다 모였어. 밥을 해 가지고 통에다 해가지고 미음은 이만한 주전자에 끓여놓고 반찬하고 사람들이 많이 가니께. 옛날 가마가 있어요. 우리 가마타고 시집가는 가마같은 가마. 가마에다 나를 태워가지고 갈라고 아버지가 가마 하나하고 그래가지고 왔어. 오니 하루 종일 걸리잖아요. 걸어서 댕기니께네 오다가 점심은, 밥을 두 통을 해가지고 한 통 오다가 먹고. 한 통 저녁에 와서 같이 밥 먹고 나를 데리고 갈라고 밥을 준비해가지고 싸가지고 왔어.

아버지가 밤새 거기를 와가지고 출출하잖아요. 밤 되니 저녁을 먹어야 되는데 밖에 펼쳐 놓고 먹는데, 오빠들이 와가지고 울면서 살아 돌아왔는데 울고불고 난리야. 밥을 피어 놓고 모두 먹드라고. 나는 미음을 마시고. 우리 영감은, 우리 사촌 오빠가 지게에다가 요래 송판을 놓아가지고 왔대 아주. 지게에 올려다 지고. 아 놓고. 같이 따라 댕겨도. 지게에 올려 가지고 짊어지고 가고. 나는 가마에다가 발은 못 들어가 덜렁덜렁하니.

그래가지고 우리 집에 봉화. 영주 시내서 봉화로 가는 거지. 들어가니께 깜짝 놀래지 뭐. 이게 또 전염이 될까봐. 우리 엄마는 그게 걱정이지. 살기는 살아 돌아오니까 좋은데. 만약에 전염이 되면 죽는 거여. 약을 막 멕여. 워낙 엄마 아버지가 방에다 불을 때서 따뜻하게 하고 약을 사서 멕이고 해서 회복이 됐어. 친정에서. 그렇게 살았다니까.

[7] 전쟁이 끝나자 시댁으로 돌아오다

[조사자: 시집은 몇 살에 가신 거예요?] 내가? 열여섯 살에 갔다니까. [조사자: 열여섯 살에 시집을 가셔서 아이는 몇 살에 낳으신 거예요?] 첫딸을 났는데 스물한 살에 났어. [조사자: 피난 갈 때가 여름이었어요?] 겨울이었어. [조사자: 피난을 두 번 가신 거예요?] 두 번 갔어요. 이쪽으로.

[조사자: 오빠분이 다치셨다고 그랬잖아요. 폭격을 맞은 거예요?] 박격포를 맞었다니까. 수술을 했다니까. 회복이 됐어. [조사자: 원래 오빠는 한 분?] 하나뿐이여. [조사자: 지게를 진 분은 사촌오빠?] 사촌오빠. 육촌 오빠 팔촌 오빠.

[조사자: 원래 친정은 뭐 하셨어요?] 농사 졌어. 논 밭 뭐. 친정에선 땅이 많았지. 아이고 일본 놈 오면 이삭 다 심어 놓으면 뭐. 굉장했지. [청중: 고만 끝이여? 끝난 겨?] 피난은 그랬다고. 내가 살았으니까 고마 끝이 아녀. [조사자: 그렇게 해서 전쟁이 끝난 거예요?] 친정살이 했어. 영감님하고 여기서 살다가. [조사자: 친정에서 계속 사신 거예요?] 어데? 열여섯 살에 시집가가지고 스물 한 살 까지는 영주서 살았지. 시집에서.

그래 살고 아파가지고 피난하고 나니께 아파가지고 친정 가서 살다가, 그래 친정서 이불까지 다 해줬지. 새로. 그전에 시집올 때 해가지고 온 거 하나도 없어. 와보니까 아무것도 없어. 집도 없고 아무것도 없어. 거 살다가 애가 있고 하니 세 식구가 그리고 우리 올케가 있잖어. 왔었어. 영주 가서 살림하고 살았어요.

살다 보니께네 우리 영감이 군대를 갔어. [조사자: 군대를 언제 가셨어요? 전쟁 끝나고 가셨어요?] 전쟁 끝나고죠. 6.25 끝나고 둘째는 아들을 낳았거든. 우리 딸이 다섯 살, 아들을 낳고 군대를 가드라고. 아이고 말도 못해. 그때 얘기. 이정도면 난 다 했어. 근데 팔자여. 팔자지 뭐. 뭐라고 하겠어. 고생한 것도 다 팔자지 뭐.

[조사자: 아까, 지금으로 말하면, 장티푸스에 걸리신 거예요?] 장질부사래. [조사자: 아까 친정어머니가 약을 뿌렸다고 했는데 어떤 약인가요?] 소독하는 거여. 약이 괜찮애요. [조사자: 혹시 하얀 가루였어요?] 가루라고 그런 거 같애. [조사자: 경찰이셨던 오빠는 괜찮으셨어요?] 괜찮애요. 며느리까정 다 보고 손주까지 다 보고 돌아가셨어.

[조사자: 올케 되시는 분은 전쟁 중에 돌아가신 거잖아요.] 전쟁 끝나고 1년 살고 죽드라고. 하도 놀래가지고. 하도 시달려서. 날마다 와서 뽁끄쳐봐요. 날마다. 우리 엄마도 돌아가실 때 정신이 하나도 없드라고. 하도 뽁끄쳐 가지

고 내놓으라고. 어디 있나 갈쳐 달래. 그거 갈쳐 주믄 되나. 우리 오빠는 하나뿐인데, 아들 하나.

[8] 오빠가 일본군대에 끌려가자 해방이 되다

그리고 일본시대 해방 된 때 어떡 헌줄 알어? [조사자: 그럼 그 얘기 좀 해 주세요.] 우리 오빠가 하나래요. 하나인데, 군대를, 일본 때 군대를 가믄 살아온 사람 얼마 없었어. 우리 엄마가 안 보낼라고. 얼마나 울믄 통곡을 하고. 희한하게 됐어요. 오빠가 가는 날짜가 됐어 인제. 엄마가, 샌님달이라고. 젊은 사람은 하나도 몰라. 샌님달이라고, 이렇게 해가지고 거그다가 새겨. 십자가를 새겨. 여기다가. 다 촘촘 다 새겨. 나이대로 몇 년 몇 년 다 새겨가지고. 방패! 방패 역할 하는 거지.

안 믿는 사람은 모르겠는데. 군대 갈 적에 여기다가 이렇게 해서 딱 끼아가지구 마. 아들 하나니께네 죽지 말고 살으라고 하는 겨. 우린 뭐 알아. 엄마가 이걸 집집마다 가지구 댕겨 가지고 그 사람이 해 줘야 돼 간 집에. 아이고 사람만 만나면 또 가고 또 가고. 그렇게 하대. 해가지고 오빠가, 일본 군대에 가는 날이 됐어. 그래가지고 울고, 엄마가 밥을 못 먹어가지고 굶어 늘어졌어. 우리 아버지도, 만날 우리도 울었지. 뭐. 그 하나 보내믄 집이 뭐야, 뭔 꼴이 돼.

딸은 아무것도 아니래요. 딸은 학교에 하나도 안 보내요. 우리 할아버지가 "지집아들 공부 시켜 뭐하나? 학교를 왜 보내나?"

우리 할아버지가 글방에 공부를 가르쳤어요. 한글. 우리오빠 가는 날이 딱 됐는데. 십리를 가믄, 촌에 십리를 가믄 장이래요. 실으러 와요. 열한시에 집에서 떠났어요. 집에 뭔 꼴이 되나 싶은 게. 나도 논둑을 비고 얼마나 울었는지. 작은 집 식구들도 울고불고 뭐. 시간이 됐으니 가야 되는데. 그때는 군대복을 딱 입고. 아이고 일본 놈들이 얼마나 무서운지 말도 못해요. 한 마디

딱 하믄 그대로 안 하믄 죽이다시피 해.

집에서 떠났어요. 버스를 타고 떠났는데 우리 엄마는 뭐 울고 뭐. 면에 딱 들어서니께네 그래서 모두 아이고 집에 아들은, 딱 들어섰는데 차가 나오는 데 연락이, 해방이 됐다 그래. 희한하게 됐어. 얼마나 좋은지 잔치를 아주 크게 했다니까. 너무 좋아가지고. 없이 살지도 않고 부자로 사니께네.

우리는 배를 안 곯아봤어. 쌀을 땅에 파묻어 놓면 일본 놈들이 똥똥 뚜드려 보고 귀신같이 알아. 그래가지고 해방이 됐어. 얼마나 좋아. 동네잔치를 불러가지고 사흘을 했어, 사흘을. 그리고 경찰이 됐어. 해방이 되고. 우리 오빠는 머리가 좋아.

일본 놈들이 너무 못됐어. 경찰 온다 그러면 울지를 못했잖어. 오는 소리가 나. 철거덕 철거덕 총이, 하루 종일 차고 다녀. 총이 옮겨가며 철컥철컥 다 들려요. 지금은 우리는 동해물가 해요. 그 전에는 그 사람들 노래는 그게 아니잖아. 고교꼬 신민나리 지까라이 야스나이 그래야 되는데. 노인네들은 시까라이 야스나이 시까라이 야스나이 혀가 안 돌아가니까 고고꾜 신민나리 지까라우 야스나이 그래야 되는데. 노인네들은 맨날같이 시까라이 야스나이 그러니께 잘못한다고 때리지는 못하고. 그랬어요 옛날에는 일본 놈들이. 지금 젊은이들은 그걸 모르잖아. 괜히 겁이 나가지고. 뭐라고 그 사람들 허믄 겁이 나. 지금도.

거제도로 피난 온 북한 사람들

정 광 자

"피난민이 넘어오는데 와 줄 지아 가지고 '아 은제 끝날랑가' 이래도 수도 없이 넘어 오는기라"

자 료 명: 20130801정광자(창원)
조 사 일: 2013년 8월 1일
조사시간: 약 70분
구 연 자: 정광자(여 · 1941년생)
조 사 자: 김경섭, 김명수, 이원영, 박샘이
조사장소: 경상남도 창원시 마산합포구 장군동 자택

[조사과정 및 구연상황]

조사는 창원시 마산합포구 장군동에 있는 화자의 자택에서 진행되었다. 이번 화자는 조사팀원의 외조모이셨기에 조사과정에서 손녀인 조사팀 연구원이 좋은 청중 역할을 해 줄 수 있었다. 화자의 고향이 원래 거제도라서 주로 월남 피난민 이야기를 구연하였다. 날씨가 무더웠지만 안방에서 에어컨을 틀고 쾌적한 환경에서 구연을 들을 수 있었다.

[구연자 정보]

정광자 할머니의 고향인 거제도는 전쟁이 발발했어도 후방인지라 전쟁과는 상관없는 생활을 하다가 갑자기 피난민이 엄청 몰려와 놀랐다고 한다. 화자의 집에도 함흥에서 피난 온 가족이 들어와 함께 살았다. 어린 나이에 북쪽에서 내려온 아이들과 어울려 잘 놀았다. 발음이 정확하고 톤이 높아 구연 솜씨가 좋았다.

[이야기 개요]

거제도가 고향인 화자는 한국전쟁 당시 주로 피난민을 많이 목격했다. 이 시절 북에서 내려온 피난민들이 각 가정에 들어와 더부살이 하는 경우가 많았는데 화자의 집에도 함경도에서 피난 온 한 가구가 들어와 살았다. 고향에서 대장간하다가 내려온 남자는 부인을 셋이나 데리고 내려왔고, 셋째 부인이 화자의 집에서 아이를 출산했다고 한다. 전쟁 중이었지만 거제도까지는 전쟁의 여파가 전혀 미치지 않았고 피난 온 아이들과 각종 놀이를 하며 바닷가에서 놀았다. 전쟁 전 부친이 보도연맹에 연루되어 잡혀가 죽을 뻔 했지만 친척의 도움으로 살아 나왔다고 한다. 마을 사람 중 여러 명이 보도연맹에 관련되어 끌려 갔었고 사망한 사람도 있었다. 거제도 송정이라는 곳에서 수많은 사람들이 처형당했다고 한다.

[주제어] 북한 사람, 함경도 피난민, 거제도, 포로수용소, 어린아이, 놀이, 우정, 보도연맹, 송정, 처형

[1] 북에서 피난민이 몰려오다

그 거제 살았는데, 마산꺼지 그땐 이 저기, 들어왔죠. 전쟁이 들어와서 인

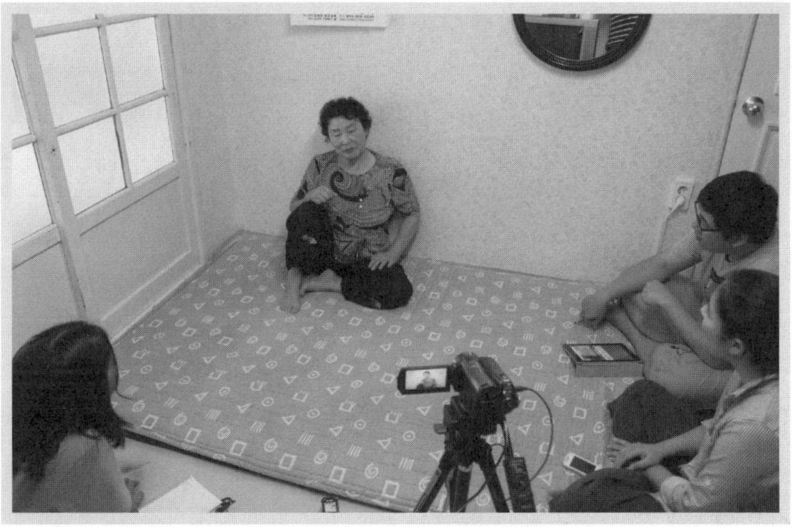

민군들이 저 진동 있제, 진동 저쪽에 우리가 동진개 그 만당에 그 가서 보면은, 등에 그 가서 보이나면 불이 펑! 하면 불이 터지고 이라대, 내가 뭐 열 살이고 이란게 어린께나 뭐 몰랐어, 아무도 어른들 하는 이야기만 들었지. 그래 그라고 나서 좀 얼마 또 지냈다? 좀 지나고 있은께나 황포 그 큰 재라고 재가 이래가 요게가 그 탑이, 큰– 탑이 있고, 고개가 싹 이리 좀 들어갔는데 이 양쪽에 산이 있응께 딱 넘어오면은 피난민이 넘어오는데 와 개미 줄지아 가지고 차악 가면 어디까지 가는거 있제,

'아 은제 끝날랑가, 끝날랑가'

이래도 수도 없이 넘어오는기라. [조사자: 어디서 오는 사람들이에요? 그러면 피난민이?] 그러면 이북에서 왔겠지. [조사자: 아, 그냥 계속 흘러내려온 사람들이구나.] 응, 근데 이 배로 어디다가 실어다 풀어가지고 이 거제도에 각 지역마다 분배를 시켰어. [조사자: 아, 배에서 내린 사람들이요?]

배에서 내렸겠지. 그래가 그때만해도 이 거제 저 거가대교가, 요짝 거가대교 말고, 저짝에 충무에서 이래 거제로 다리 낳은 기 없을 때거던, 그런게 완전 거제는 섬이라, 그랬을 땐데. 그 피난민이 그렇게 많이 넘어오드만은. 그래가 동사무소가 그때 인자 자그마한 동사무소가 그 동네 우리집 옆에 있었어. 인제 거기다 갖다 좀 풀고, 또 조 밑에도 좀 풀고, 마 이래 막, 군데군데 이래 풀었어, 그래 풀어가지고 그 사람들이 한꺼번에 이렇게 데려다논게 묵을 것도 없지. 그런게

"집에서 모두다 한 집에 주먹밥을 몇 개씩 해온나."

이라는기라. 그때만 해도 그, 그 지역 사람들도 좀 곤란할 때다. 좀 보릿고개 넘고 좀 이럴 땐데. 그래 주먹밥을 인자 맺 개씈 해다 이래 갖다 주고, 이래가지고 그 사람들 멕이고 이래사도 인자 그 잘 곳이 없은께나 산에 가서 나무를 비가(베어) 와서로 그 바닷가 그쪽에는 좀 이리 공터가 있응께 거기다가 수용소를 짓더라꼬. 근데 막 소나무를 캐가 와서 껍데기 벳긴(벗긴) 게, 인자 그 겉껍디기 끄끄리한거 검은 거 벳기고 나면 안에 발가스름한 속, 속꺼풀이 나오거든, 소나무에서 그래 나온게 이북사람들도 그거를 가지고 떡 해먹는 사람들도 있더라꼬, 송구떡을. 발가스름한 속껍디기 그거를 벳기가지고 찧어가지고 했는가 우쨌는가 떡을 했는데, 우리가 얻어먹어본께, 참 찰지고 맛있어. (일동 웃음) 색깔도 발가스름하이 이래가지고.

[조사자: 송구떡. 피난민한테 얻어먹었어요?] 응, 그래가 그 떡도 해묵고, 그래가 인자 그 나무를 가이고 수용소를 지어가지고 그 밑에 아래 갯마을 그게다가 인자 크기 인자 수용소를 짓어. 그 수용소 짓고, 요 동사무소 요게 인자 좀 거처를 하고, 그래 하다보이 나중에 안된께나

"집집마다 방이나 헛간이나 마, 마굿간이나 뭐 빈 데만, 빈 공간만 있음 내놔라."

이라는 기라. 그래 각자 다 내놨께 인자 그 각 자기들이 인자 구들로 놓고(놓고) 인자 뭐 살도록 만들았어. 그래 만들고 우리도 인자 그 저 아래채 그게 인자 이 옛날에는 나무를 땐 게나 재 끌어내가이고 갖다 모으고 이라는 헛간이 있었거등, 그래 있었는데 거기 인자 한 칸 내줬다? 그래 한 칸 내줬더

만은 피난민이 왔는데 함흥에서 거 저기, 철공소, 철공소 하던 사람. 철공소 아이고 대장간. 대장간 하던 사람이 피난을 왔는데 인자 큰 마누라가 있고, 큰 마누라가 자식을 못 낳은게 내 또래 되는 딸을 또 하나 입양해서 또 키우고 이래 했는데 아들이 없은께나 마누라를 둘을 더 얻어가지고, 마누라가 셋이라. 그래가지고 한가족이 들어왔는데 여자가 서이고, 또 다른 아들도(애들도) 있고 이랬는데 둘째 마누라가 딸을 둘 낳고, 또 셋째 또 낳아가지고 왔더라고. 그라고 인자 막내이 저 제일 작은 마누라는 벙어리를 얻었어. 벙어리를 얻었는데 아를 배가이고 왔어. 그라고 우리 같이 인자 한 부엌에서 밥을 해묵고 이래하고 인자 반찬도 노나 묵고, 즈그는 인자 이 그 저간(잿간) 우리 재, 재끌어다 모으는 거, 헛간 그거를 갖다가 딱 앞쪽에는 구들을 놔가이고 솥을 두 개를 이래 딱 걸고, 그냥 방이라. 방인데 요 방에서 앉아서 요서 밥해묵그로 아궁이 만들어가 그래 딱 만들어 놓은게 불로 땐게 참 방도 뜻뜻하고 좋더라고마. 손을 봐가이고 그래도 살게 되어 놓은께나 방이 됐어.

[2] 북에서 온 피난민들의 피난살이

[조사자: 자기들이 그렇게 손을 봐서요?] 응, 그래가이고, 그 헛간만 내준께 자기들이 다 따듬고, 솥 걸고 부엌 만들고 구들 놓고 다 그래가이고 살도록 만들아서 따땃하이 좋더라꼬. 그래가이고 얼마동안 살다가 벙어리가 인자 아를 낳을 달이 됐는데 우리 부엌에서 할머니캉 모두 그집 큰마누라 이래, 큰마누라 있제, 모두 앉아 이야기하면서 뭐 좀 한창 있은께나

"음—"

하고 소리가 나섰더라고. 그랑께나 우리 엄마하고 그 집에 인제 큰 할멈하고 앉아가지고 아 저거 아 낳을라 이라는기라. 그래서 내가 인자 안께나(아이니까는) 그때 안께(아이니까) 빠른께나(빠르니까) 쫓아 가봤어. 아유 (손뼉을 치며) 그래 간께 세상에 아를 낳서(낳았어), [조사자: 벌써?] 엉, 아무도 없는

데, 그래고 옷 안에다 그냥 뭐 아를 낳아놔 가지고, 그래 인자 내가

"아 낳았다!"

이래놓은 게 인자 할미 둘이가 내리가 가지고 인자 이 탯줄 자르고 이래 해가지고 인자 우리방으로, 우리 큰 방으로 옮깄다 아이가. [조사자: 혼자 그럼 낳은 거에요? 아무도 없이?] 혼자 낳았지. 그래 그 큰방에 거기다 옮기가지고 그래 인자 구들막 차지를 하고 인자 한 부엌에서 밥을 해먹는데 우리는 그때는 인자 저 미역국 끓이고 이래 묵는다 아이가, 그래 묵는데 미역이 없고 이란께나 바닷가에 가서로 저 모자반도 아니고 좀, 더붕 같은 거 막 이래 쑥 올라가 물살에 휘이 하는 그런거 있었거등, 좀 갈색 나는 좀 그게 억세다 그기. [조사자: 억세요?] 응, 그런거로 뜯어와가지고 푸욱 삶아가지고 소금을 옇고(넣고) 국을 끓있어, 그래가지고 그때 인자 배급 나온거 안량미 쌀, 하 그 묵은쌀 그거 오래오래 묵어놓은게 냄새도 나고 쌀이 전-부 이래 동가리(동강이) 져가지고. 근데 그 벙어리가 하-도 맛있게 묵어서 너-무 맛있게 먹묵고, 맛이 있어 보이는기라. 그래서 '내 저거 한 번 먹어봐야지' 했다가 그런데 우리가 인자 이래 저 선반이 있지, 길쭉하게 이렇게 돼있는데 요짝에는 즈그가 인자 사용을 하고, 요쪽으로는 우리가 사용을 이래가 있는데, 밥을 하고 국을 끓이고 딱 해놘거 인자 아무도 없을 때 내가 살 가서 뚬치(훔쳐) 먹어봤다이가. (일동 웃음) 아유 그래 한번 먹어본께 못 묵겄더라. 소금 옇고(넣고) 했는데 그 만구 뭐 맛이 나나 밥도 우리 이런데는 농사진 밥, 쌀 온쌀이 된께 쭉 쭉 뻗어가지고 얼마나 부드럽노? 그런 밥인데 이 쌀동가리 전부 싸래기 겉은 냄새가 나는 안량미 밥을 해놓은게 밥도 펄펄펄펄 날라갈라쿠는데다 그 더붕, 바닷가 거 미역도 아닌 더붕 캐다가 그래가 그래가이고 밥을, 국을 끓이고 했는데도 그래도 배가 고픈게 얼마나 맛있게 묵는지, 하도 맛나게 뭉게(먹으니) 맛있어 뵈(보여).

그래서 내가 조금 먹어봤더만 아이구 우리는 못 묵겄더라. 그래 묵고 살다가 그 좀 함흥에서는 철공소를 하고 잘 살았어. 아, 대장간 그래 하고 잘 살

았는데 그 둘째 마누라가 딸만 낳고, 그래 거기서 잘 묵고 살다가 고마 못 묵고 영양실조 되고 이란께나 뱅이(병이) 들어가지고 고마 누르팅팅하이 부쑥-하이 이래 붓고 이라대. 그라더만 한동안 그래쌓더만은 뱅이 들어서 고마 죽게 됐어. 병이 들어서, 병들어서 그런게 둘째 마누라라. 큰 할멈은 나이 좀 많이 들었고, 은자 그 가운데 인자 마누라 있고, 막내이 그 벙어리 마누라 있고 그랬는데, 그래가지고 살다가 숨도 안 떨어졌는데 데리고 공동묘지로 가가이고 그기 있다가 우째 해가지고 묻었다쿠더라. 그래 죽고, 그래 인자 거기서 좀 살았다, 우리 오래오래 좀 살다가 그래 우찌 해가지고 인자 그래 맻-년이 흘렀지, 인자 그런께나 맻-년이 흐르고 그래 살다가 인자 피난민들이 자꾸 인자 한사람 나가고 두사람 나가고 부산을 나가고 도시를 나가고 그래 가가이고 모두 인자 장사를 하게 됐어. 그래 그때만 해도 장사가 좀 잘될 때고 사람들이 저기 인심도 좋고 그랬다아이가. 그래가지고 부산을 어디를 나가고 이러고 인자 좀 있다가 그래 나갔다.

그래 나가고 또 진영에서도, 요짝 진영 안있나? 요게, 단감 많이 나는 진영? 거기서도 피난을 오고. 거기서도 피난을 와가이고 이렇게 생긴 그 저기 옹기 그릇 큰 항아리 덮는 떠꿍(뚜껑) 그런 것도 우리를 하나 주고 가고. 또 어떤 집에 춘자라 쿠는 집인데 그 집에는 흥남에서 쌀 장사를 했다 이라더라, 그런데 그 춘자라 쿠는 아가 내랑 동갑이고, 우리 같은 정씨라. 그래가지고 좀 친하게 지내고 그 좀 살았어, 또 옆에 살았어. 옆에 살다가 그 사람들 부산을 이사 갔다 이라드만은 좀 맻-년 흘렀지, 그란께나 그 내가 결혼하고 난 뒤 그 춘자라 쿠는 아가 저기 한번 찾아왔더라 이라더라. [조사자: 집으로?] 응, 우리집으로. [조사자: 거제도 집으로?] 응.

거제도를. 찾아왔는데 우리는, 내는 그때 이미 내가 어렸을 때 결혼을 참 일찍 했다 아이가, 스무살 결혼해놔 놓은께나, 그래 춘자가 찾아왔다쿠는데 못 만났니라. 근데 우리집 사람들은 인자 그 저 아까 진주 할머니랑 모두 만났다 이라대. 그라고 그 인자 고현 쪽에 그 연초 안 있나? 연초. 고현 못가서, 연초 거게 제-일 많이 풀었거덩. 연초 거게 피난민이 많고, 그기 조금 더 가면은 포로수용소가 있었다아이가. 포로수용소가 있고. 그런께나 그 연초 거는 피난민이 많이 와가이고 좀 지내고 난게, 시장이 형성이 되가지고, 한다는 도시 겉이(같이) 팔고사고 연초 거게가 그때 좀 도시 겉이 고마 그리 돼삐서(되버렸어). 그래 사람이 많으면 서리(서로) 뜯어 먹고 산다고 물(먹을) 길이 생기는기라. 그런게 촌사람들은 피난민을 위해서 인자 뭐를 갖다 팔면은 그 사람들은 무슨 노력을 어떻게 해도 또 사고팔고 마 이래가이고 저 거도 장사를 하고 이래가이고, 그 연초가, 연초초등학교 있는 그 조금 지나가지고 거기는 피난민이 참 많았다, 참 많고 그쪽이 포용수용소도 있고 이래 가이고 뭐 시장이 그때 형성이 되고 이래 가이고, 뭐 지금도 연초 이러믄 좀 유명하다. 그래, 그래 모두 육이오 때 그래 모두 겪었다 아이가.

[3] 거제도 포로수용소 이야기

[조사자: 그럼, 그 피난민을 헛간에 들이면 따로 뭐 쌀 한 말이라도 이렇게 받고 들이는 겁니까?] 아이고, 뭐 받기는 뭐 받고, 우리가 있으면 주야 될 형편인데, 뭐 장무새(간장이나 된장, 고추장 등 장류를 일컬음)고 뭐 반찬이고 뭣이 있음 노나 묵고 주고 이래야지, 그래 했다. [조사자: 그럼 뭐 어디서 나와서 배당하는 것도 아니고, 알아서 그냥 이렇게 들이고 이렇게 했나요?] 그래 인자, 동에 말하자면 이장이나 누구가 와가지고 이 집에 뭐 빈 공간이 없나? 뭐 마루방에 사람이 거처하는 노는 방이라는지, 마굿간이라든지 뭐 뭐 그런 거 있으면 내놔라 이라는기라. 사람들이 거처할 곳이 수용소를 짓는다캐도(짓는다해도) 수용소가 배잡고(비좁고) 인자 거처할 곳이 작은께나 인자 집집마다 그런 거 내놔라 이라는기라. 그런게 인자 내놘게 딱 따듬어 가지고 아유, 잘 괜찮더라 그렇게 가이고 산께나. 그래 가이고 사람이 산께나 닦고 뭐 이래 산께 뭐 빤들빤들하이 뭐 깨끗하고, 사람이 살고 불로 때고 한께 들어가면 훈기도

있고, 그래 가이고 그 사람들 다 잘 살았다, 잘 사다가 어디로 갔는고는 몰라도 어데가서 인자 잘 돼가지고마 잘 살겠지 뭐. 그래가지고 인자 그 다ㅡ 나가고 인자 딱 마지막 두 집이 인자 남았다. 순종이라꼬 인자 내보다 한 살 작는 그 순종이라쿠는 아 하고, 즈그 아부지 하고가 한 집에 살고, 끝까지 그기서 살다 죽은 사람이 똥돌네라꼬, 맹씨더라, 맹씨, 성씨가, 맹씬데, 맹똥돌 이렇대? (일동 웃음) 아들이 귀해, 욱에가(위에가) 전부다 딸이고 밑에 막내 아들 그거를 낳아 놓은께 인자 이 천한 이름을 지으면은 인자 명 길다꼬. [조사자: 예 맞아요. 예.] 그래 그정도로 귀했는갑대. [조사자: 똥돌이, 맹똥돌이] (일동 웃음)

응. 맹똥돌이러는기라. 그래가지고 인자 수용소 거게 제ㅡ일 인자 본토배기처럼, 찌꺼기처럼 마지막까지 그 사람들이 거 살았다. 그 황포 수용소는. 그래가지고 그 사람들이 인자 그 황포는 어업이 좀 심한데가 된께나 저저 생선이 많이 났다이가. 그라믄 인자 그거를 받아가지고, 이고 댕김서로 인자 이래 대접이 하나 가 댕기서 거 한 대접이 얼마씩 이래 받고 요, 저 이 뭐꼬, 송진에 이런데는 또 어업하는데가 좀 작았거덩, 황포 구영 저리는 순 어업만 해먹고 살았다아이가, 바닷가라도. 그래 해놓께 그래 그 황포에서 고기를 받아가지고 은자 송진이나 하이튼 신촌이나 좀 인자 귀한데 그런데 댕김서 팔고 그래가이고 두루 먹고 살았다. 그래 그집 딸네들 다 커가지고 시집 잘 가고 다 가삐리고, 아들도 가삐리고 없고 이래 쌓더만은 결국 그 진짜 그 할매는 거기서 죽었을끼다. 그 할매가 그리 장사 해묵고, 새끼들 키우고 그래가 살았니라.

[조사자: 그럼 거기, 피난민들이 내려온게 언제쯤이였어요? 6월 말에 전쟁이 나고, 고 함흥 사람들이 내려와서 막 집에 들어오고 이럴 때가 언제쯤이였던거 같아요? 가을이였어요? 아니면?] 한, 봄인쯤 되는거 같애. [조사자: 아, 그럼 그 다음해, 1.4 후퇴 후에 얘기구나] 응, 언제고는 몰라도. [조사자: 봄이면 그 다음해겠네요?] 응, 좀 봄인거 같애. [조사자: 1.4 후퇴 후. 그때 막 내려왔으니까. 추웠

어요? 덥진 않고?] 응, 아 조금 추웠다. 아이고 수없이 왔었다. 그 재에서 보면 개미떼 겉이 마마마 쉴새도 없이 마마 내려오는데, 우리집에서 보면 그 딱 거 재가 보이거덩, 그 재가 보이면 재가 딱 이래 조금 폭 내려갔는데 댕게, 사람들이 딱 내려오면 보인다, 요쪽에 양쪽에 산이 있었고, 요짝에는 이런 돌탑, 오는 사람 가는 사람들이 돌을 주다가(주워다) 던지가지고 돌탑이 크다능게(커다란게) 하나 있고 이 딱 모가지 진데서, 거서 인자 저거 약간 올라오는 거 같이 해가이고 요서 내리막으로 이 내려오거덩, 그라는데 수도 없이 넘어오드라, 많이 왔다 그때.

와 가이고 뭐 쪼꼄(조금) 가지고 온 사람들은 그래도 뭐 물물교환을 해서 뭐 옷이라도 좀 옛날에는 옷도 안 귀했나? 촌에 그런데도, 그런게 옷이나 뭐 뭐, 뭐 조금 돈값어치 될만한 거는 가 온 사람들은 전부다 팔고 마, 심지어 뭐 저 재봉틀 그런 것도 가온 사람도 있고, 그래가이고 다 그러고 다 바꿔, 곡식을 바꿔 묵고, 돈으로 바꾸고, 그래가 살고, 있는대로 인자 뭐 돈 될미나(될만한 거) 아무나 해가이고 묵고 사는게 인자, 두끼 묵고 사는 그긴 인자 최고였지 뭐. 그래가지고 모든 그 사람들 우째 그래 살다가 다 잘 돼가지고마 하나씩 둘씩 그 촌에 별로 희망이 없다이가 뭐, 장사를 해물 수가 있나, 뭐 땅을 가진기 있나, 뭐 이래한께나 전부다 인자 도시로 부산을 서울로 어디로 마, 한사람 두사람 마마 살살 빠져나가 그래가이고마 숫자가 나중에 없어지대, 그래 다 나가고 순종이 즈그하고 그 똥돌네 집에가 인자 마지막, 제일 마지막꺼진 남아서 거기서 살았다. 참 옛날이다.

[조사자: 거기서 그냥 정착해서 산 사람들은 별로 없었네요?] 없어요, 거 그기 뭐시 묵고 살 그기 없은께나. 장사를 할 수가 있나, 농사를 질 수 있나, 가진 것도 없고 이런께나. 지역도 좁다이가 그라고, 그란께 해물(해먹을) 짓이 없은게 인자 도시로 나가가지고, 뭐를 해먹고 살았던지 다 뭐, 다 잘 됐겠지, 그래 뭐 들은께 이북서 피난 온 사람들은 생활력이 강하고 이래가지고 다 잘 됐다, 이라드라, 부산 국제시장 그런데도 거의 장사하는 사람들이 지금 다

거의 피난민이다안하나, 성공 이룬 사람들이. [조사자: 북한에서 온 사람들이 이렇게 많이 들어와서 먹고 살게 좀 많이 부족했을텐데 막 다투거나 안 좋은 일이 있거나 그러진 않았나요?] 몰라, 그런거는 잘 모르긋다. 그래 가이고 뭐 수용소 갖다 데비다 놓고 인자 그 때만 해도 어디서 나왔는지 몰라, 진료를 해주고 이라드라, 그때는 보건소 겉은 것도 없었는데 우리가 알기로는. 보건소도 없었는데 어서(어디서) 나와가지고 진료도 해주고 모두 뭐 좀 춥, 저기 그래 나와놓은게 뭐 감기를 한다던지, 뭐 전염병이나 무슨 병도 있었을거 같애.

[조사자: 그 저희가 다른 데서 들어보니까 거제도에 북한 피난민들 말고, 남한 그니까 북쪽에서 남한에서 이렇게 피난내려 온 사람들도 어디 한군데 모여사는 데를 거제도 어디에 마련했다고 하던데 혹시 못 보셨어요?] 거제도 우리 쪽으로는 없는데. [조사자: 그쪽으로는 없으셨구나] 거 내가 알기로는 저 진영사람들도 피난을 왔더라꼬. 진영, 요쪽 요요 쪼끔 나가면 진영이거덩, 마산서. [조사자: 거기서 거제도로 피난을 왔어요?] 응, 거기서도 피난을 나왔더라꼬. 그란께나 우리가 그 구경하러 어른들 따러 구경하러 나섰을 때 요 진동 요쪽에가 진동이거든, 요쪽이 진동인데, 요쪽 진동 그 저 원전이라는쿠는 데가 산이 쭉 뻗어가지고 우리 사는 황포 사오리 끝이라쿠는 데 하고 얼마 거리가 안 멀거덩? 그런데 그리 쳐다본게 그 끝에서 마 펑! 하면 불이 펑! 터지고 이래샀더라고, 우리 어릴 때, 그땐게, 그런게 요 낙동강하고 요 마산꺼진 그때 들어왔다캐거던, 밀고 내려왔다캤거던. 그때 그기던 모양이라, 우리는 뭐 몰라 그랬지. 그런께나 정말로 까딱했으면 인자 거제도 저는 다리가 없고, 떨어진 섬인께나 그가 피난처가 되어논께나 인자 그쪽으로 모두 갖다 풀은모양이라.

[조사자: 원래 고향이 거제도세요?] 응, 우리 고향이 거제. [조사자: 거제도 어딥니까? 정확하게? 기억나세요?] 우리는 거제 장목면, [조사자: 장목면] 응, 장목면, 내가 큰 데는 황포리고. [조사자: 예, 황포리] 응, 황포리고, 은자 황포에서 우리가 인자 또 그 너머 송진이라쿠는 데를 또 인자 이사를 갔어. 내 열여덟 살에, 열여덟 살에 송진을 이사를 가가지고 거기서 결혼을 해가이고, 우리

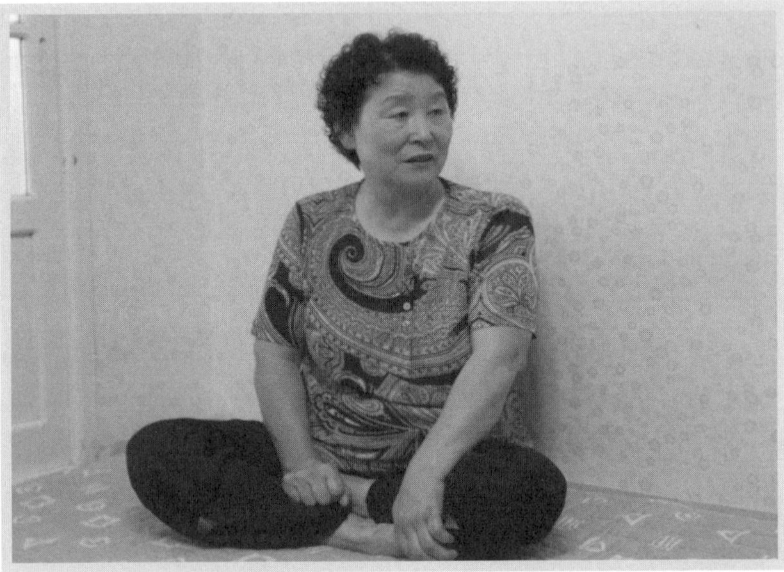

야, 야 즈그매 거기서 낳고, 미림이도 낳고, 다 낳고 인자 우리가 마산 온지는 한 삼십오 년 됐어. 아유 그런 거 생각하면 엊그제 같고, 우찌 생각하면 까마득-한 좀 옛날 같고 그렇다.

[조사자: 그러면 그 포로수용소 그쪽에서 뭐 어떤 얘기나 이런 거 기억나는 거 없으세요? 워낙 크게 포로수용소가 들어섰으니까 거제도에] 포로수용소 거기서는 마마 큰일도 있었다 이래샀대, 사람들이. [조사자: 예, 뭐 이렇게 풍문으로 이렇게 들으신 얘기 같은거 혹시 없으세요?] 우리가 듣기로는 뭐 그 사람들이 뭐 벽에다가 뭐를 써놔놓고, 뭐 우짜고 뭐 이런 소리 들리고, 좀 죽는 사람들도 있고, [조사자: 안에서?] 응, 죽는 사람도 있고, 좀 저 구타가 좀 심하고. 마 그런 것도 있었는갑대. 그래도 우리는 그 지역이 아이고, 요새는 교통이 좋은께나 뭐 거가 몇 빨(발) 아인거 겉이 생각이 되지만은, 그때만 해도 차도 없고 뭐 이래놔놓은께나, 우리 황포, 요 송진 쪽에서는 고현도 어북(제법) 멀리 생각이 됐다. 그래 연초, 고현 저리는 가차웠어. 그런께 포로수용소 있는

거기서 조금 더 가면 인제 고현이거던, 고현이고 연초, 내가 아까 피난민 제일 많이 풀었다는 거기가 인제, 연초고. 거기가 피난민 제일 많이 풀고, 거기서 한, 한 얼마나 될꼬? 키로수로 치몬, 얼마도 안될끼다, 거기 인자 포로수용소가 있었다. 즈 지금도 그 자리에 포로수용소 기념관 다 세워가지고 지금도 있다이가.

[조사자: 지금 포로수용소 자리가 옛날 그 자리가 아니라고 했잖아요?] 그 자리가 아니다, 그 자리는 요짝에 거 수월이고 해명이고 이렇거든. 그게가 연초, 수월, 해명 그 담에 저 가서 고현 이렇거던, 그런데 그 해명인가 그게 요쪽 산 쪽으로 있었어, 요쪽 산쪽으로 있었는데 인자는 영 포로수용소를 갖다가 고현 쪽에다가 저 기념관을 했대? 그런데 지금도 그 자리는 그대로 있는 갑더라매? 그때 썼던 뭐 벽돌, 뭐 시꺼먼 꺼시러진 새멘 뭐 이런, 토대 놨던 자리 그런거는 지금도 그게 가 있는갑더라, 그게 가 있고 인자 지금 뭐 관광지 비스듬하게 인자 그래 해가지고 꾸민 데가 인자 고현이고, 지금 그쪽에도 아파트가 얼마나 들어섰는지 그 거제가 시 되고, 대우하고 그 삼성 조선 이런 들어오고 사람들이 많기 때문에 그기가 한다는 도시가 되가이고 마산보다 번화하는 거 겉더라, 물가도 비싸고. 엄청 아파트 많이 들어섰다, 저 아주, 안양 저리는 딴천지다, 그런게 인심도 박하고. 그런게 인심도 박하고, 물건도 전부다 그 지역에서 나는게 적고, 이 마산에서 차가 들어와가지고 전부다 그 식품 겉은거 해가 간께나 비싸 거기, 묵고 살기가 비싸고. 그래도 다 묵고 살긴 사는데, 마산보다는 더 비싸다.

[조사자: 예전에 사셨던 고향도 많이 변하셨겠네요? 가보면?] 우리 그 쪽으로는 별로 저기 개발된 것이 없어요. [조사자: 개발이 안 되고?] 개발 된 것도 없고, 여기 살다가 인자 마산 온 그 동네는 대우에서 그때 골짝골짝 산, 논, 밭, 모두 그런거 다 사들였거든? 그때만 해도 한 평에 오십원씩 줬는가 몰라 얼마쓱 줬는가 몰라, 거저 줍다시피 했지, 그래가이고 산지가 보면 맻 십년이 흘렀거든, 대우에서 산 뇐지가, 그래 사놔도 아무 개발도 안 하고 있더만은,

어느날 마마 포크레인이야 뭐야 모든 장비가 들어오드만 눈 깜짝할 새 마, 딴천지를 만들어삐써, 그래가지고 지금 가면 우리 수리장이라고쿠는 거게 우리가 살았는데, 거는 몇 집 안 살았는데, 지금 가면 가림(가늠)도 할 수가 없어. 골프장이 들어서가지고, 어우 천지를 마, 그런게 바닷가고 어디고 산이고 마 싹 다 해삐랐어, 그런게 딴천지가 돼삐랐다꼬. 그래도 그 동네 사람들은 그 팔아물 때 그 인자 돈 쪼껨 받고 팔아문 거지, 뭐 식당이 들어온다든지 뭐 이래 하는거는 외지 사람들이 또 골프장 그런데 따라들어와가지고 뭐 식당을, 뭐 먹는 장사를 한다던지 이렇지.

그 동네 사람들은 땅 쪼끔 남은 거 가지고 지금도 뭐, 농사 지묵고(지어먹고) 그거 뿐이지, 아무것도 없고 좋아지는 건 없더라, 뭐 촌사람들이 골프를 치러 갈끼가 뭐뭐, 뭐할끼고. 근데 토욜날 그 가가 보면 토욜날 아침에 차가 수없이 올라가는기라, 골프장 간다고. 그 거제 그 너머 풍놀 그 해수욕장이 좀 좋고, 해수욕장이 좋고 거게서 인자 딴섬이라고 떨어진 섬 그것도 인자 대우에서 다 사들였다쿠는데 그기다가 이담에 모르지 무슨 또, 뭐뭐 저 관광지 겉이 뭐 이래 그 섬에다가, 그 섬이 이래 모가지가 이래 딱 목처럼 있어가지고, 물이 빠지면은 사램이 건너갈 수가 있고, 물이 딱 들면은 사람이 못 건너 가거던, 그래 하는데 그 산이 참 좋아, 그래 저쪽 인자 그 산으로 해서 저쪽 꺼뜨거리 저 끝에까지 가면은 엄청 좋다 거게는, 뭐 개발(바닷가 먹거리)도 많고, 낚시도 하기도 참 좋고, 거게 내가 생각할 때는 그 앞으로 가만 안 놔두고 그 거 우째 밴동(변동)을 지기지 싶어.

[4] 외국 군인에 대한 경험

[조사자: 할머니 뭐 국군이나 뭐 인민군이나 미군 본 적은 없어요?] 군인? 내는 군인 본 적은 없다. 아 육이오 때는 본 적이 없고, 내가 좀 어릴 때 한 다섯, 여섯 살이나 묵었는가 한 네 살 묵었는가, 우린 기억이 좋은께, 어릴

때 쭉 이래 연결해서 여러 가지가 생각은 안 나도, 한 두가지씩은 생각이 나대? 인제 어릴 때 그때 인제 여름인데 막 이 바닷가 나가면 할매들이 아들 데리고 바닷가 그 놀러 나와가 있는데 그때는 내가 본게 물로 가는 비행기라, 비행기가 물로 가더라고. [조사자: 아, 수륙양용 뭐 이런 거였군요?]

응, 비행기가 그때 그기 일본사람인가 뭐 어디어디 사람인고 그거는 어려서 모르겠는데 들어와가지고 인자 기사들캉 그 인자 사람들이 팬티만 입고 물에 들어가서 막 그, 와 그거 그 프로펠러 그 돌아가는 거 그게 뭐 그 파래끼고 이라면 그게 전부 씻대? 깨끗이 물에서 씻어가지고 그래해가지고 인자 다 준비된께나 인자 날라, 물로 날라가는데 날라갈 때는 그게 바람이 일으킨 게, 콱 뒤비진께 할매들이 옛날엔 그 전부다 삼베 치마 해입고 살았거던, 옛날 그때는 그 치마를 딱 뒤집어쓰더라구, 모래가 날라온께.(일동 웃음) 그런 거는 알고.

[조사자: 일본군이었던 모양이에요] 생각엔 일본사람이야, 그런데 인자 일본사람이고 인자 그라고 나서 또 조금 막 전쟁난다고 이래가이꼬 언덕을 해서, 방공호를 파가지고 여름에 미숫가리 해가지고 그 또 피난도 가고 이라드라고. 그때는 육이오 전인데, 그 일제시댄가 언젠고는 모르지. [조사자: 예예, 그때 태평양 전쟁 할 때 인거 같아요, 보니깐] 그래, 그 그런거 우리가 좀 겪었고, 그라고 나서 좀 있은께난 인자 또 뭐 구호품이 나와가지고 막 설탕, 흑설탕 그 시커먼 이런 덩어리도 있고 이렇대? 그런 흑설탕 그런거는 인자 배급을 좀 주더라. 배급 좀 주고, 인자 구제품 그런거 나와가지고 구제품 나나주고. 그럴 때 우리가 뭐 브라자니 스타킹이니 이런거 생진(생전) 첨 봤다. (일동 웃음)

[조사자: 할머니 젊으셨을 때 되게 미인 소리 많이 들으셨을 거 같은데?] 젊어서야 뭐 안 좋은 사람 어딨노, 다 좋지. [조사자: 그 보급품을 받으셨을 때 보급품 준단 얘기를 어떻게 들으셨어요?] 미국서 준다 이러더라, 미국. 미국에서 준다 이러더라. [조사자: 미국에서요?] 응, 그래서 설탕하고 우유도 받아먹었

고, 설탕 받아먹었고 구제품 옷이 나왔는데 미군들이 사람이 적게 크나? 그런께 우리들은 입을 수가 없어, 그냥 덮어쓰고나 댕길까. 엄-청 커, [조사자: 너무 크니깐?] (일동 웃음) 욱에(위에) 외투 겉은 이런거는, 그 그런데 사람들은 입을 수가 없어, 덮어나 쓰고 댕길까, 엄-청 크고, 그래 인자 마 각자 모두 받은대로 인자 우째 맞는 거는 또 해서 입는 사람도 입고, 그래도 그땐 옛날에 옷이 귀한께나 뭐, 이불도 귀하고 그때는 그런께나 뭐 덮기도 하고, 입기도 하고, 뭐 설탕 받아 먹은 그런거는 생각난다. 간께나 이래 됫박으로 대가지고 배급을 주고, 그라고 난 뒤에는 인자 또 인자 그 미국서 인자 또 주고. 또 저기 우유가 나오고, 우유 나오고 난 뒤는 옥수수가리가 나오고 그러더라.

[조사자: 우유는 뭐 가루 우유로 나오는가요?] 응, 분말로 된거. [조사자: 분말로 된 거?] 응, 분말로 된거를 주는데 그래 그걸 인자 학교 아들도 끓여 멕였거던, 학교서 지금, 지금 급식하는 그런 식으로 우유를 끓이가지고 인자 학생들 멕이고, 이래하고 그걸 인자 끓여 멕이다가 난주(나중에) 안 된께나 각자 좀 나나주대? 그걸 나나주는데 그거를 가와가지고 인자 옛날에는 저 가마솥에 밥 할때 밥이 거의 다 되가이고 인자 그 저 재짐불이라고 밥 다되고 난 뒤에 난중에 뜸들이는 불 조금 때거든, 밥이 어느 정도 인자 이따가 좀 뜸들이는 밥에 불러 한번 더 조금 때면은 그럴 때 밥 욱에다가 그 저 우유가리를 그냥 흐쳐, 그냥 밥 욱에다, 그래 딱 흐쳐놓고 그 재짐불 그거를 딱 이래 때면은 짐이 살 나면서 우유 그기 똑 빵처럼, 과자처럼, 물도 하나도 안 붓고 그냥 가루만 흐쳐놨는데 그래가이고 해가이고 나중에 밥 풀때 떠꿍(뚜껑) 열고 살 걷으면은 쫀뜩쫀뜩하이 해가지고 덩어리가 되가지고, 참 맛이 있어 그래, 그걸 조금씩 입에다 여가 살살 녹으면은 그 침하고 함께 불어가지고 엄청 맛있더라고, 옛날에는 그게. (일동 웃음) 그래가지고 묵고, 아들 인자 젖 떨어진 아들 인자 끓여먹이고, 그랬다 학교 급식을 해가이고 솥을 걸어놓고 끓이가이고 멕이고, 그라고 난 뒤에는 인자, 옥수수가리가 또 나와가지고 옥수

수가리 그 해가지고 쑥을 캐다가 인자 이래 지금 쑥털털이처럼 그래가지고 인자 쪄가이고 묵고, 또 옥수수밥도 해묵고, 옥수수죽도 끓여묵고, 그래 했다.

[5] 거제도 섬 생활의 물자들

그래 가이고 인자 그래그래 뭐 살다가 인자 좀 세월이 많이많이 흘러가지고 인자 박정희 대통령 하고 부터서 통일벼라쿠는 쌀 그거를 숨거가지고, 그기 소출이 참 많이 나는기라, 옛날에 우리가 심던 그 종자대몬(종자에 대면) 그래가지고 이기 한 두 섬이나 나는 거 겉음, 배가 나는기라 한 넉 섬썩 이래 나는기라, 그래 가지고 인자 조금 다 살게가 됐지. 그래 가지고 묵고 남는거는 인자 매상도 하고, 그래가지고 차츰차츰 이 촌동네도 다 그렇게 발전이 되어 가지고 인자 식량해결이 된께나 다른 데 인자 좀 인자 눈을 돌리고 인자 생각을 다르게 해가지고 뭐 입는 것도 잘 입고, 묵는 것도 잘 묵고 뭐 다른 것도 좀 하고 이랬지, 아이구 옛날엔 먹을 게 귀해가지고 그 뭐 쑥을 먹고 살았고, 우리 저쪽으로는.

그런데 지역마다 다 다르더라 묵고 살은기. 쑥 묵고 살은 동네도 있고, 바닷가 뭐 톳나물이나 뭐 이런 것도 살은 동네도 있고, 또 강원도 어떤 동네는 본께나 저기 질경이 있대, 질경이 그거를 해가지고 밥해먹고 국끓여 먹고, 뭐 죽 끓여먹고 뭐 나물해먹고 다 그래 먹고 살았다쿠고. 어 울릉도 저리는 또 명이나물이라쿠는 그런 것도 먹고 살았고, 그거 가이고 명을 이사(이어) 줘따고 그 이름을 인자 명이나물이다 이래 지었는갑대. 각 지역마다 옛날에 그때 몬살 때 묵고 살은 그 특유 뭐 식물이 있더라, 우리 저쪽으로는 주로 쑥을 묵고 살았다.

[조사자: 그래도 해산물이 많이 않았을까요? 거제도는?] 아이고 우리는 해산물은 많아서 내가 개발(바닷가에서 조개, 고둥, 게 등 먹거리를 구하는 일)을 마, 밀물이나 썰물이나 인자 썰물일 때는 좀 빠지고 어 이래 한 이제 열두

시나 뭐 두시 이래 넘어서도 갈 때도 있고, 어떤 때는 아침 개발로 갈 때도 있어, 개발로, 아침 개발도 가면은 물이 다 안 빠지면은 여름철에는 옷을 입고 들어가면은 가 욱에 동산 쪽에 고 돌틈에 밑에 그런 데서 살던 감쟁이고동이라고 이 고동껍데기가 좀 곱으면서 좀 청색이 나, 청색나는 그런 고동이 돌밑에서 많이 기어나오는기라, 물로, 물이 들었을때, 그래 나오면 인자 옷을 입고 들어가서 그놈을 주가와서(주워 와서) 삶아가이고 까가지고 물에 살짝 담가놓으면 그 인자 독소가 좀 빠지거던, 그 독소 좀 빠지면 그거를 인자 옇고, 파도 좀 옇고, 그래 인제 가지고 저기 밀가루를 약간 풀더라, 걸쭉하게 요새 찜하는거처럼 걸쭉하게 그래 해가지고 그 국을 끓이논게 참 맛있더라, 그래 가지고 끓여먹고 살고, 그래 우리들은 마 맨날 개발를 댕깄어, 개발 댕기고 쏙도 낚고, 개발하고, 반지락(바지락)도 그 파고, 고동 줍고.

[조사자: 쏙? 쏙?] 요런 구멍이 있다. 요런 구멍이 있는데 인자 삽을 가가지고 싹 이래가지고 와 저저 요 저저 테레비 본께나 저 아빠 어디가 하는데 본게 전라도 쪽에 가가지고 삽을 가이고 한 오미리 판다 안하드나? 그 싹 하면 구멍이 빠꿈빠꿈 하거던, 그러면 옛날엔 된장 겉은걸 좀 갖다가 이래이래 물로 풀어가이고 철철철 흩는다, 이래이래 놓면은 된장물 약간 들어가면은, 그래 옇어 가지고 쏙대가 있다, 염소털이나 개털이나 이런 걸 해가지고, 꼬쟁이를 대꼬쟁이를 이렇게 죽 하게, 좀 가느다랗히 깎아가이고, 밑에 끝에 요게다 딱 요래 가운데다가 인자 솜 그 털을 옇고, 실로 가이고 탁 뭉까(묶어) 이래 놓으면 붓처럼 이래 되거든, 붓처럼 된 이거를 구멍구멍에다가 옇는다. 옇어가 홀랑홀랑 이래 하면 그래 뭐 장애물이 들어간게 밀고 올라올 게 사실아이가. 이 뭐고 뭐가 침입해왔다 싶어가지고, 그래 쑥쑥 쑥쑥 밀고 오는기라, 그래 밀고 올라오면 이래 해가지고 다리를 그걸 살 잡아, 한 다릴 잡아가 싹 – 이리 뒤비, 쏙이 약간 꼬부당하게 요래 생긴 게 배쪽이고, 요건 등쪽이고 이렇거던, 그러면 요래 해가지고 인자 두 다리를 잡고 앞쪽으로 이래 싹 빼몬, 그 나오는가 동시에 물이 빵! 빵! 소리가 나는데 그게 참 재밌다 그게.

[조사자: 개구리 같은 건가?] 아니, 쏙이 가재, 민물 가재처럼 그렇고. 그런데 민물 가재 보다는 조금 길이가 길고, 어떤 거는 인자 이 보리누룽(보리누름)에 보리가 좀 누룽-해 질 이럴 때 되면 참 여물거던, 그럴 때 그거를 마, 낚으면 많이 낚는다, 많이 낚아오면은 싹 씻어삐리고 이 칼로 가이고 인자 꼬리 쪽에 좀 빼들어가, 한 두 토막이나 세 토막이나 이래 내가지고 밀가리 조금 옇고 이 사월 달 이래 되면 마늘쫑이 많이 올라오거던? 그래 마늘쫑 쪼금 넣고, 마늘쫑 올라오는거 부드러운 거 그런거 딱 해가지고 같이 버물라가지고(버무려가지고) 된장을 조금 옇고, 고춧가루도 조금 옇고 이래가지고 그래가지고 찜을 해나놓으면 참 맛있어, 찜도 해먹고, 튀김도 해먹고, 그래 뭐 그래가이고 묵고 살고, 뭐 묵고 살은기 많다. 참 우리는 개발로 해다가, 나물을 산나물 캐다가, 주로 인자 저녁으로 죽도 끼리묵고(끓여먹고) 국도 끓여먹고, 그래 가이고 묵고.

[조사자: 거기 쌀농사는 많이 안 하셨겠네요?] 아 쌀농사도 있었지, 쌀농사

있어도 옛날에는 쌀농사 소출이 작게 나서 농사가 좀 많은 사람은 몰라도 이거를 해가지고 다음 쌀 나올 때까지 지동, [조사자: 못 버티는 거죠?] 지동 대기가 조금 힘들어, 그런게나 고개 고개가 있는기라, 그 거의 다 와가자 조금 모지래고 또 보리쌀 다와가자 조금 모지라고. 그 고개가 있어. 그런게 옛날에 그 보릿고개라고. [조사자: 한참 배고프고 예, 그럴 때] 아이유 그래 가이고 옛날엔 다 우리들은, 게 지금 생각하면 아 요새같이 다 과일 먹고, 뭘 묵고 영양을 갖춰 먹는데 옛날에는 그래 먹고 우리가 옛날에 좀 못 묵어서 키가 좀 덜 컸나? (일동 웃음) 좀 영양을 갖춰서 골고루 다 영양섭취가 잘 됐으면 다 좀 키도 컸을랑가, 이래 싶으는데, 지금 생각하면 그때 참 뭘 어째먹고 살았는가 싶어.

[조사자: 형제분은 어떻게 되세요?] 우리? [조사자: 예] 우리 형제는 칠남매, 칠남맨데 딸이 서이고, 아들이 너이고. [조사자: 그럼 북한에서 왔다는 그 사람들도 이제 다 바다에서 그런거 따먹고 그렇게 해서 먹고 산거에요?] 응. 근데 우리들처럼 그렇게 개발을 전문적으로 잘 못하지, 개발 해묵는거는. 자기들은 인자 그 가서 마 이제 저저 수초처럼 헐렁헐렁 해샀는 그런거만 인자 건어와가지고 푹 삶아가지고, 그래 인자 아 놓고 나면 옛날에 인자 미역국을 먹으면 피를 맑게 하고, 인자 산모 몸이 좋아진다쿠는거만 알아논께 미역 대신에 같은 해촌께나 그런 성분이 좀 안 있겄나 싶어서 해다 먹었겄지.

[조사자: 그러면 우리가 미역을 주면 되잖아?] 미역이 귀했다 그때는, 요즘은 양식을 해가지고 미역이 흔하고, 다시마가 흔하고, 아 놓고 나면은 미역국이 안 귀하게 먹지만은 옛날에 아 놓으면 미역이 저기 서른 나무가 한 단이거든, 이래 미역을 이래 딱딱 이래 붙이면 그게 하나가 한, 한 오래기가 한 나무 이래 했거든. 근데 그거를 인자 서른 개를 해가지고 한 단 이랬거든. 그런데 아 놓고난 뒤 그 한 단 묵는 사람도 없었다. 쪼껨 아 낳고 나면 첫국 쪼껨 얼마 이래 사가와서 끓여먹고 이랬지. 그때는 순전히 바닷가에 자연산 쪼끔씩 나는 그거 백이였거든(뿐이였거든). [조사자: 아 미역이 귀했구나?] 아, 귀

했어요. 양식장 이거 미역 양식, 그란께 옛날에 저저 거제 갈곶이 미역 요기장, 부산 기장 미역. [조사자: 예, 거기 유명하잖아요] 응, 뭐 이런데만 쪼끔 뭐 미역이 났지. 미역이 흔하게 안 났다, 미역이 흔하게 안나가지고, 미역도 귀해서 아 놓은 사람이 미역국도 그렇게 흔하게 못 묵었다.

[조사자: 멸치 이런 것도 옛날에 많이 안 했습니까? 멸치도 왜 그쪽에 많이 있잖아요?] 아, 매르치(멸치) 인자 저 봄 되면, 건어망 아니고 무슨 망이라고 하는지 모르긋다, 거 여름에 많이 하는 매르치 하는 그거를 건어망이라쿠고 이건 저 정치망은 아닌데, 하이튼 사세미라고 이래 막 기장에 막 매르치 많이 나고 매르치 터는 그거 이래 어장 놔가지고 은자 빼면면은 매르치가 고고 많이 걸려올라오대, 그럼 탁-탁- 이래가지고 매르치를 털대, 그래 하는거는 사시미 매르치다 이래하고, 그 사시미 그것도 내 생각엔 일본말이지 싶어, 그래해가지고 그건 주로 젓갈 담는 매르치고, 이렇게 굵었다, 이렇게 굵고 그때 옛날에는 매르치가 요즘처럼 많이 안 잡고 좀 많고 이런께나, 알 까리러(까러) 여 풍놀 해수욕장 있제? 풍놀 해수욕장 그기 저 모래 쪽으로 밤되면 그 매르치가 들어와가지고 시거리가 나대? 시거리라쿠는 그기 밤되모 약간 푸른, [조사자: 약간 빛이 난다구요?] 빛이, 빛이. 그걸 시거리난다 이라대. 왜 우리가 밤에도 가서 물도 이래이래 한번 해보면 거품이 일면서 밤에 보면 빛이 나거든. [조사자: 야광같이] 응 야광같이, 빛이 나는데 그래 밤되면 여름에 매르치가 가에 밀려와가지고. [조사자: 멸치가 해안까지 밀려나왔구나]

아래까지 밀려와가지고 알 실으러 들어왔어, 지금 생각한께, 알 실으러 들어왔는데 그때 많이 주워다가 재리고(절이고) 이랬다 아이가, 그때 그런 매르치는, 매르치가 이거만-한씩 한게 큰 알로, 알이 이 두쪽씩이거든? 배에? 이 두쪽씩인데, 배 안에 이 두쪽씩 알을 한거슥(한가득) 씩 안고, 매르치도 거의 정어리만씩 했어, 시퍼렇게 살찌고. 그런거는 갖다가 옛날에는 뭐 후라이팬도 없었고, 주로 불때고 적세(석쇠) 거게다가 놔가지고 왕소금 철철 이래 흘려가지고 꾸어놓으몬 기름이 마 밑에 툭툭툭툭 떨어지거던, 그래 꾸가(꾸워) 묵으몬 진짜 맛있었다. 그런거는 젓갈 담아도, 이 젓갈 담는 것도 이 신선도가 있을 때 담아야 젓갈이 맛이 있거던, 그래 가지고 젓갈을 담아놓으면 엄-청 맛있고, 국물도, 젓갈 국물이 그 액젓이 이 여름 이 또 저 대통령 김영삼이 즈그 집에도 이래 했다 이라대, [조사자: 예예, 많이 했다 하대요?] 응응, 어장, 어장했는데 그거는 인자 요게 배가 한 척 있으면 요 망재이 배가 있고, 이래 가지고 배가 두 치가 가면서로 어장을 낳대(놓대)? 쭈욱 낳아가지고 요기서 고기 쫓는다고 막 다듬이질 겉이 뭐 두드리고 이래쌌대 옛날에, 그라면 고기가 놀래서 인자 자꾸 이래 앞으로 가는기라 그라믄 인자 그 물따라서 이 어장을 슬슬 끄고 가대, 그래 끄고 가가지고, 어느 정도 갔을 때 인자 그거를 인자 또 감아서 빼는갑대, 그물을. 그래 빼몬 애나(정말) 인자 매르치 들어가는 또 이런 쪼머이(주머니) 겉은 밑에 또 그물이 있어, 그래가이고 거기 한거슥씩 들면은 인자 마 퍼올려가지고 인자 배에서, 거 또 삶는 배가 있어. 소금물을 엄청 큰 솥에다, 소금물로 이래 끓이다가 매르치 거 하는, [조사자: 발 같은 거?]

발 같은거, 소구리(소쿠리) 겉은거 아, 대로 엮은 거 거 뒤에 본께나 대발이더라, 대발 거기다가 소금을, 소금물을 끓이다가 그 발에다가 고기를 탁탁 이래 담아가지고 달아서, 뭐로 가이고 이렇게 달아가지고 여기다 푸욱 이래 담가 있다가 올리고, 올리고, 그래가 착착 포개가지고 인제 그 막있는데로 또 실어다주대? 인자 그 심부름배가 또 있어가지고, 그래 막 있는데다 실어다주면 그거를 거기서, 전에는 본께나 그물을 펴고 땅바닥에다 그물을 펴고 노다지 갖다가 이 좀 중년에 나와가지고 이런 대발이 있었지만은, [조사자: 예전엔 그냥 그물 위에다가?]

그물 위에다가 이런 저 산대미(대바구니)라꼬, 대로 가지고 구멍이 좀 이래 나고 동그름한 이런 산대미가 있었거든, 그래 가 밑에 다가 그 소금물에다가 고기를 옇어 가지고 고기가 익으면은 뜬다이가, 허여이(허옇게) 뜬다 아이가, 그라면 딱 그 따까리를 옇어 가이고 탁탁 이래 걷어내가지고 따까리를 탁탁

탁탁 포개 가지고 그 심부름 배가 싣고 오면은, 그 너른 마당에다가 그물로 페놓고 막 푸푸푸 이래 흐쳐 가지고 그래가 말리더라. 그래 말리가지고 인자, 그 매일 마다 일하는 사람 있으면 댕김서 인자 호래기(꼴뚜기) 겉은 건 인자 따로 주워내고, 인자 큰 매르치 겉은 건 또 따로 주워내고, 그래가지고 딱 구분해가지고 인자 다 말리먼, 한 이틀 말리는가 몰라, 그래 다 말리먼 달아서 옛날에는 이래 저 지금 고기같은 거 싸가오고 하는 사료부대 있제? 사료부대 겉은 그런 종이로 가이고 이래 저 봉지를 만들았어, 봉지를 만들어 가이고, 옛날에는 거 3키로씩 해가지고 한 쪼마이(주머니)씩 이래 했거든. 근데 요새는 그 반백에(반밖에) 안 된다. 쪼깨난 박스로 해가지고, 그때 옛날에는 참 양도 많았다.

그런거 해가이고 다시 해가지고 뭐 겨울되면 주로 씨락국(시래기국) 끓여 가이고 묵고. 우리들은 그래도 개발로 많이 해다 무서 이래 맛없는 이런건 안 묵었고 반찬 없이는 안 먹었어. 밭이 있응게 채소도 해가 묵고, 또 고기 쪼깬(조금) 잡으면 고기도 잡아묵고, 또 개발 해가오먼 개발도 한 가지 두 가지가, 조개도 파다묵고 쏙도 잡아묵고, 고동도 잡아묵고 마, 봄 되면 물이 참 많이 나거든, 봄되면 보름시가 있고, 영동시(영등시)가 있고 이랬는데, 그 때 되면 물이 엄-청 많이 빠지거던, 그래 많이 빠지먼 돌을 일으키먼, 돌이 힘이 차면은 이런 큰 작대기를 가(가지고) 가대. 이런 막대기를 가 가이고 지릿대처럼 요따가 돌 밑에다가 옇어가이고 이 막대기 힘을 해가 휙 떠넘기면 돌이 넘어가. [조사자: 예, 그 안에 그냥]

응, 그 돌을 넘기면은 가리비도 많이 붙어 있고, 돌 밑에 보면 해삼도 있고, 고동도 수두룩 했고, 게는 게대로 있고, 뭐 풍년이라 진짜. 그거뿐가. 그 저저 파래종류, 산자반도 있고 고로매도 있고 톳나물도 있고, 주칭이도 있고, 서실도 있고 많아, 반찬 해먹는 이 해초가. 그래가지고 서슬 겉은 그런거는 살큼 데치라가이고(데쳐가지고) 초장에다가 무치 먹고, 산자반 그런 거는 또 뜯어오몬, 방망이를 가이고 막 이래 뚜디리, 돌에 놓고 뚜드리가이고 훌렁훌렁 씻어가 욱에(위에) 소구리다가 딱 건지면 밑에 인자 깨진 뭐 돌 겉은, 쩍(굴껍데기) 겉은 그런게 인자 떨어지가지고 밑에 쳐지거든, 그럼 깨끗이 씻어가지고 많이 말리, 막 이래 빨래줄에도 널어말리고 뭐 이래 길쭉길쭉하이 이렇거든, 그래 말리면 그런것도 갖다가 된장 밑에다가 바싹 말른 거를 된장밑에 딱 옇어 놓으면은. [조사자: 장아찌처럼?] 응, 장아찌가 돼. 그게 된장물을 딱 빨아묵고 장아찌가 되가이고 내면은 누-러이 이런기야 색깔이, 된장빛하고 함께. 그럼 그 내가이고 마 밥 욱에다 조금씩 얹어가지고 이래가 묵고, 그 옛날에는 그래도 순진하고 진짜 자연산이고, 맛있고 좋은 것만 먹었어. 그래 묵고 파래는 파래 대로, 갈파래 있제 구파래 있제 뭐 김도 있제. 구파래 그런 거는 이런 짚을 가 엮어가이고 이래 이런 김발을 만들거던. [조사자: 모든 종류를 다 아시네요.]

응, 이런 김발을 만들어가이고 그래가이고 인자 각을 딱 만들어서 각을, 김발 욱에다(위에다) 각을 요래 뗀 거를 딱 놔 놓고, 그 안에 그 공간에다가 인자 김을 쪼금 씻은 거를 여넣고 착착착착 이라믄 골고루 골고루 펴지는기라, 그라믄 쫙 건져 물이 쪽 빠진다 그럼 딱 세아 놨다가 양지 쪽에 쭉 갖다 세운다, 쭉 갖다 세워놓으면 정때(저녁때) 되몬 딱딱딱딱 해가이고 파래가 마르면은 짚으로 만든 김에서 딱 떨어져. [조사자: 딱 떨어지겠네요] 응, 떨어지는기라, 그러믄 착착 해가지고 인자 이만큼 쌓여가이고 인자 단을 만들아, 그렇게 단을 만들어 가이고 그 촌에서는 인자 마산에 이런데 어시장 이런데. [조사자: 아 내다 팔아요?]

도매, 도매 넘기고, 그래 그거로 불에다 살끔 꺼실아(그슬려) 가이고 그냥 옛날에는 집집마다 그 맬치액젓이 많이 있은께나 그것도 순 액젓아이가, 액젓 그거 딱 해가 거기다 깨소금이나 쪼금 찧으고, 고춧가루 쪼금 넣고 이래 가이고 그 파래 거기다 밥을 싸가 무몬(먹으면) 꿀떡, 꿀떡 같이 넘어간다. [조사자: 아유, 진짜 맛있겠다] 그래 가이고 묵고, 뭐 톳나물 톳나물대로 또 무치 묵고, 그 뭐 해초가 많았다. 여러 가지 해초도 있고. [조사자: 그래서 피부

가 되게 고우신가]

[6] 피난 온 이북 아이들과의 놀이 추억

[조사자: 그러면 할머니 전쟁 났을 때 그 원래 살던 거제도 사람들은 별 상관이 없었어? 지금 할머니가 말하는 거처럼 다 그냥 일상생활 하면서 살았다는 거에요?] 그래 그렇지 뭐, 우리가 전쟁을 안 겪었은께. 우리는 편안한 가운데 저 피난민들 오는거만 구경만 했지, 뭐 아무 겪은 일이 없은께 뭐 고통스럽고 뭐 이런 거는 없었다. [조사자: 주로 거기 함흥, 뭐 원산, 흥남 이런 사람들이?] 예, 흥남, 함흥, 뭐 원산 그쪽에서 많이 왔는갑대? 거 우리 거 있던 사람들도 춘자 즈그는 함흥이고, 요 대장간 했다쿠는 사람들은 흥남이고 이렇더라. 그래 그 사람들도 우째 성공을 해가이고 자식들 잘 됐는가, 어디가 사는고, 다 잘 됐을끼라.

[조사자: 그러면 그 동네에 할머니 또래에 그 내려온 애들이랑도 또 친구되서 많이 놀고?] 응, 친구돼 같이 놀았지. 그집에 그 내가 이야기하는 그 집에 큰 할매가 자식을 못 낳아논께 딸을 하나 인자 입양을 해 키왔는데, 그것도 또 즈그 딸인줄을 알았더만은 그 할매가 원래 자식을 못 낳았던 모양이라, 그런게 그 딸을 하나 입양을 했어, 그래 놓고 인자 또 둘째 마누라를 데려다이고 딸만 놓고, 또 그래 해도 딸만 놓고 아들이 없은께나 또 인자 밑에 인자 벙어리를 인자 또 첩으로 들였던가배, 그런데 그기 아들을 낳서. 그 벙어리 그기 아들 낳았다 그때. [조사자: 여기 내려와서요?] 응, 벙어리하고 같이 산께, 우리 불편한 거 하나도 없더라.

[조사자: 왜요?] 오래 살다 본께 다 통해. 눈빛만 보고 손짓만 해도 그냥 말로 한께, 인자 만약에 돌아서 우리를 얼굴을 안 보고 눈을 안 마주치고 저짝 돌아 앉아있을 때, 말로 해서는 몬 들어서 그렇지, 이래 이래 사람 건드리 놓고 이래 바로 보고 해가지고 말할 때는 뭐 어떻게 어떻게 이래하믄, 우린

인자 잊어버렸다, 그 사람들하고 같이 살 때는 다 통하더라 하나도 불편한거 없더라. 말하고 사는 사람거처럼. [조사자: 그러면 그 북쪽에서 내려온 애들이랑 같이 놀 때는 북쪽에서 하던 걸 같이 해보거나 그러진 않았어요? 뭐 하고 놀았어요?] 뭐 그런거는 기억이 안 난다.

[조사자: 뭐 사투리 차이도 없었어?] 말? [조사자: 말이 안 통한다거나, 말이 달라서] 말이 차이가 있었을끼다, 지금 생각하면. 그때는 그런거로 우리가 어려논께 못 느껴서 그렇지. 그 지금 지역을 생각하면 말투가 다 다르다 아이가, 그래 그랬을낀데, 지금은 뭐 말이 달랐다, 뭐 달라도 고마 그거는 즈그말이고, 요는 우리말만 쓰고 뭐 그래 해도 말이 다 통한께나 그냥 뭐 살았지. [조사자: 애들도 많이 왔겠네요? 아부지 엄마 따라?] 아이고, 아들도 많이 왔지요, 아들도 많이 오고, 마 바글바글바글 했다 그 동네가 마, 우리들만 살다가 조용하게 살다가 마, 외지에 사람들이 우리보다도 더 많은 숫자가 들어와논께나 뭐 바글바글 했지뭐. [조사자: 그럼 뭐 그 사람들이랑 놀 때는 뭐 하고 놀았어요?] 노는거? 우리는 주로 고무줄 하고.

[조사자: 뭐 그런게 다 방식이 다르진 않았어요? 그 쪽에서 하던거랑?] 몰라 즈그는 어째하고 살았는고 몰라, 즈그가 요 와 나논께 즈그는 좀 약잔께나 우리가는, 우리하는대로 따라갈 수밖에 없지. 그란께나 이런 이런 거 방띠기(방뛰기)라꼬, 요래 이래 열칸 재비를 하는기라, 열칸 재비를 요래 딱 해나놓고, 인자 요 방이 있고, 그 인자 저기 기왓장 이래 좀 토막난 거 그런 걸 가이고는 인자 말, 말로 삼고 그래가 차고 가는기라. 차고, 그런거 인자 열칸 재비 인자 방띠기하고. 그 인자 지금 생각하몬 그거 저거 오재미 안 있나? 오재미. 양말 떨어진거 가이고 이래이래 해가 착 쪼아매가지고 안에다가 뭐 팥이나 안되면 모래같은 기라도 여가이고 적당히 여나놓고, 또 요쪽 요래 쫙 집어가이고 콱 이래 쪼아매면은 뽈록 하이 해가이고 오재미가 됐다아이가, 그래가이고 그런거로 이래 자기차기(제기차기) 그런 거 하고, 고무줄 하고, 방띠기하고 뭐 숨바꼭질하고, 뭐 그런 거, 주로 그런 거 하고 놀았다. 그런 거

하고 날고 또 저녁에 되면 저녁에 모두 저녁밥 묵고 모이 놀면 인자 참외놀이 한다꼬, [조사자: 예? 그게 뭐에요?] 참외놀이 한다꼬.

[조사자: 그게 뭐에요?] 쭈욱 이래놔놓고, 그 인자 또 주인이 있어. 주인이 있으면 참외놀이 한다꼬, 쭈욱 해가 이래 있으면 인자,

"느그들은 참외다."

인자 이라는기라. (일동 웃음) 그

"참외다."

이라몬 그래 인자 쭈욱 앉아 있어. 그래 있으몬 농부가 와서 뭐 거름 준다고, 뭐 쉬이- 인자 뭐 물주고 뭐준다고 인자 흉내를 내고 이래하거던, 그래 해가 좀 또, 어느 정도 있으면은 이게 다 익었나 안 익었나 본다고 인자 가서 머리를 툭툭툭툭 이래 뚜드려 보는기라, 놀이가. 그래가지고 인자 지가 마음에 드는 사람은

"아 요거 익었네."

이래가지고 머리를 탁 이래가 하면 인자 그게 하나 빠져나오고, 그런 놀이 했다. 어릴 때 그런 놀이하고 주로 숨바꼭질을 많이 했는데, 숨바꼭질을 했는데 하나 둘이 하면 이름을 다 이래 부르고 다 인자 그기 아웃이 되는데, 이제 겨울되면 컴컴한 밤에 저녁묵고 모이가이고 이놈을 치마를 뒤집어쓰고 한 덩어리가 붙어가 이래 가면은, 그 술래가 다 감당을 못 하는기라, 한꺼번에 치마를 뒤집어쓰고 딱 등허리 이래이래 가면은, 그래 가 그 하나만 골탕 먹였다 아이가, 자꾸 술래를 만들고. (일동 웃음) [조사자: 너무 다른 사람들이 많으니까?] 응, 재밌었다.

[조사자: 그때 명절 보낼 때 그 피난민들도 같이 명절 보냈어요?] 응, 같이. [조사자: 그때는 어떻게 보냈어요? 제사는? 제사 지내는 사람도 있고?] 응, 그렇지, 즈그들도 즈그 본래 하던대로 인자 제사 지내는 사람도 뭐, 적지만은 즈그 성의껏 해가지고 인자 제사 지내고, 우리들도 제사 지내고, 놀이 할 때는 다 같이 놀고. 놀이할 때는 인자 옛날에 우리는 저 장 밑에 그 바닷가 인자

너른터에 가면 지금 야구처럼 그런 하루라꼬, 하루, 하루. 일본말이라 그것도. 하루라꼬, 지금 야구처럼 그런 거를 했다. 해가지고, [조사자: 야구랑 비슷해요?]

응, 지금 생각한께 야구하고 비스듬해. 그래 가지고 탁 치고 나가가지고 방 이래 세 개 들어오고, 인자 그 또 몬 들어오도록 인자 그 뭘로 공을 던지던지, 지금 아웃시키는 거처럼 그래하고, 지금 생각한께 그거하고 똑같더라. 지금 야구하고 비스듬 하더라, 그래가지고 인자 다 인자 죽고 나몬 한 사람이라도 인자 살아 있으면 또 해가지고 그기 또 회복되는 이런 걸 하고, 그 지금 생각한께 거의 야구하고 비스듬해. 응, 우리 그런 놀이도 하고, 뭐 고사리끊기도 하고, 뭐 예를 들어 참외놀이 그런 것도 하고 뭐 여러 가지 놀이를 했다.

[조사자: 참외놀이를 하면 그냥 뭐 잘 익었다 그러고 빼주면 그 주인 맘이네요? 다?] 어 주인 마음이지. (일동 웃음) [조사자: 그럼 어떻게 깨는 거에요? 참외들은 가만히 앉아 있어야 돼요?] 어 그래가지고 인자 도둑 지키는 또 개가 있어, (일동웃음) 참외서리를 하는데 도둑 지키는 개가 있으몬 인자 뭐시 인자 사람 소리가 난다 이라몬 공공공공 짖고, 그래 인자 외밭에 또 도둑이 들고 뭐 이런 어릴 때 그런 놀이를 했다. 재밌었다. [조사자: 그럼 개 역할을 하는 애가 막 짖고 돌아댕겨?] 어, 막 공공공 이래 짖고, 인자 농부가 와서 물주고 뭐 거름주는 다 하고 그래 다 해놓으면 인자 주인이 와가지고 인자 수확할 때가 되면 익었나 안 익었나 이래 똑똑 뚜드려 보고 인자 그래 가이고 인자 아 요거 익었네 이람서 싹 빼가 가고.

[조사자: 그럼 술래나 주인이 바뀌지려면 어떻게 해야 돼요?] 그래 인자 한 팀이 하고 나면 인자 또 딴 거 한 팀 하고, 이래 가이고. [조사자: 아, 팀이 있어서?] 응, 그래 가이고 인자 고사리 끊기라고 인자 앉아서 이래 쭈욱 줄로 잡고 이래 가이고 손을 잡고 둥그름하이 앉아 있으몬, 이리이리 넘어가는기라, 이래 고사리 끊는다고, [조사자: 노래를 해?] 응, 노래. [조사자: 어떤 노래를?]

"영차 영차 고사리 영차."

뭐 이런 그런 것도 했다. 또 그런거 보면

"마산포 청어야."

뭐 이런 노래도 있었다. [조사자: 그런거 아냐? 고사리 대사리 끊자 이러는 거?] 응, 두루미 뭐,

"마산포 청어야 두루미 두루미 엮어라."

뭐 이런 노래도 있고 그랬다. [조사자: 청어엮기 같은]

응, 청어, 청어놀이라꼬, 그 인자 지금 안께 그기 청어놀인데 우리 어릴 때는 그 만구 뜻도 모리고(모르고) 했다. 지금 생각한께 그기 인자

"마산포 청어야 두루미 영꺼라(엮어라)."

뭐 이래 하는 그런 노래가 있었고, 우리가 그런 노래를 했어. 그라고 옛날에는 명절 때 되모 온 동네가 모이가이고, 조금 나이 적은 사람이나, 조금 우리보다 한 두세 살 많은 사람이나 전부다 같이 합세를 해가 놀았다. 그래 놀고, 하루 겉은 그런 거를 하고. 재밌었다. [조사자: 그럼 크게 뭐 지금은 전쟁 중이다. 내가 무섭다 이런 느낌은 별로 안 받았어요?] 어, 그런 건 몬 느꼈다. 전쟁은 딴 데서 치고 우리는 편안히 있던 중에 저 피난민들만 맞이했고, 인자 우리는 그때 어린께 몰라도 어른들은 몰라, 어른들은 요 막 진동에 펑펑 하고 불 터지고 이랄 때에 뭐 전쟁이 이꺼징(여기까지) 왔다 이런걸 좀 느꼈는가, 그래도 뭐 구경하러 갔지, 뭐 무섭아서 뭐 떨고 이런거는 없었다. [조사자: 그냥 폭탄 구경하러?]

어, 거게는 그냥 뭐 전쟁이 이꺼증(여기까지) 내려와가지고, 뭐 진동에서 뭐 난리가 나가지고 펑펑 터지고 인자 이래 한다꼬 어른들은 그래서 구경을 하러 가는데, 우리는 따라 갔던가, 우린 어려, 어릴 적 뭐를 몰라서 그런가. 아 뭐 별것도 아이제. 저 어른들, [조사자: 아니요, 아니요, 재밌어요.] 어른들이 진짜로, 그때 그 당시에 어른들이 이거로 완전히 알고 전쟁을 겪고 했으몬 또 이야기가 다를지 모르지, 우린 그럴 때 나이 어리고 해놔놓은께 뭐

세밀한거는 모른다, 고마 피난민 딱 넘어온 그기 주 목적이고, 피난민 넘어 와가이꼬 마 집집마다 주먹밥 해, 주먹밥을 해서 모두 뭐 이래 주면, 그거를 모아가이고 인자 그 식구수대로 인자 말하자면 동장이나 뭐 누가 나나주고 이래했겠지.

[7] 보도연맹 이야기

[조사자: 그러면 거제도 사람들 중에 군인으로 남자들은 뭐 뽑아서 가고?] 아이고 우리 삼촌들 다 그때 육이오 때 다 잡혀갔다 아이가, [조사자: 징집당하셨구나?] 우리 삼촌이 인자, 큰삼촌이 옛날에 장질부사 그거로 하다가 죽었고, 스무 살엔가 죽었다쿠대, 그래 죽고 우리 삼촌이 둘이가 있었는데, 둘이가 있었는데 옆에 과부가 하나 있었는데 우리 가운데 삼촌이 참 인물이 좋았어, 우리 아부지랑, 우리 할머니가 참 인물이 좋은 사람이라, 그래 우리 할부지가, 할아버지가 저 대금산이라쿠는 데가 우리가 그기 인자 정씨들이 사는 덴데, 이 황포로 인자 와 가지고 김씨 처이(처녀)를 보고 인자 좋아해가지고 우리 할아버지가 그래가지고 장가를 가가이고, 처가곳에서 살았어 황포라쿠는 데가, 그래서 살고 우리 할머니가 인물이 좋은게 그런가 우리 삼촌들, 아버지 다 인물이 좋아.

그 인제 우리 그 옆에 인자 그 과부가 하나, 아들 둘 데꼬 사는 과부가 하나 있었는데 우리 삼촌을, 가운데 삼촌을 좋아해가지고 조금 말썽이, 우리가 어려서 몰라서 그렇지, 말썽이 좀 있었어. 그래가지고 이짝 과부집에 아들 둘 데꼬 사는 이 과부집에 시가쪽에서로 이 사람을 쫓가낼라꼬 우리는 그때 뭘 몰라도 문을 갖다가 확 이래가지고, 탁 그 문을 철창을 해삐리고 이라대? 그래가 해삐리고 그래 인자 그런 소동이 나놓으니깐 우리 삼촌이 좀 챙피해가지고, 우리 삼촌이 먼저 그러진 않을낀데 이 과부가 꼬리를 칫는 모양이라. (일동 웃음) [조사자: 여튼 같이 했겠지 뭐]

몰라, 그래가이고 좀 말씀이 있어가지고 우리 삼촌이 군대를 가삐리고 고 밑에 삼촌도 군대를 가삐. 고때는 막 모두 뽑아내고 이래하는 형편이었던가, 그래가지고 군대를 갔는데 뭐 옳은 어디 훈련을 받았나 우쨌노, 이래가지고 뭐 쉽게쉽게 그래 가가지고 우리 가운데 삼촌은 행방불명이고 지금 아무 흔적도 없고, 인자 작은 삼촌은 가가지고 확실히 어디서 어디서 인자 뭐 거 계급도 나오고 군번도 오고, 저저 유골도 왔더라구. [조사자: 전사?] 응, 전사를 당했다꼬. [조사자: 그럼 삼촌 두 분이 다 전쟁에서]

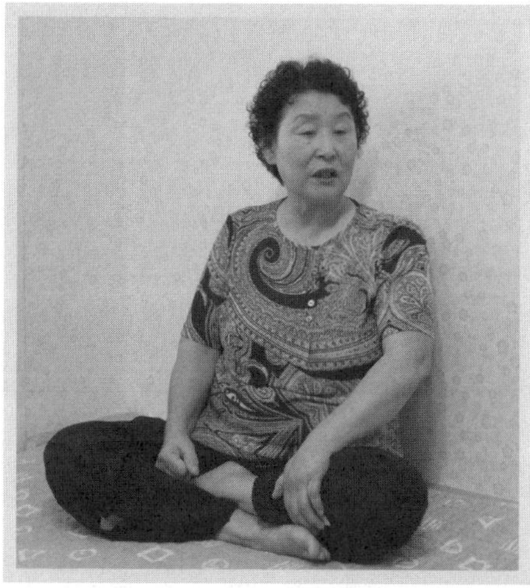

응 그래가지고 인자 그때 그 당시에 사금을 좀 받았어, 사금이라고 인자 좀 받았어. 어 그래 받고 인자 연금은 부모가 없으면은 연금이 없대? 형제간에는 저 그기 안되는갑대? 해당이 안되는갑대? 그래가지고 우리 삼촌은 뭐 다른 사람들 연금도 내 받아묵고 그 밑에 자식 있으면 자식들도 다 유공자 그기 되가지고 공부도 좀 쉽게 하고 이래하드만은. 그래 그때 동사무소에 우리 아버지 외사촌 제매가 거 호적계를 보고 있었는데

"형님 이래 이렇게 합시다."

이러더라꼬.

"그래 어떻게?"

그란께나 어떤 여자를 하나 삼촌하고 혼인신고를 시켜가지고, 인자 이래 부부가 된 거처럼 해가지고 우리 셋째 동생을 인자 호적을 올리가지고, [조사자: 올리면?] 응, 올리면 그 아들도 하고. [조사자: 연금이라도 나옵니까?]

응, 저 뭐 공부도 할 수 있고 연금도 받아물 수 있고 이런데 우리 아버지가 워-낙 양심가가 되가지고 안 할라쿠더라, 그래 해도 되는데 그래가지고 아예 뭐 흔적도 없이 그래가이고마, 첨에 사금이라고 유골 나올 때 목돈 조금 주대, 그래 주는 그걸 가이고 논을 두 마지기를 사놨다 아이가, 그것도 누구를 빌리줬드만은 누구 돈을 안 주가지고 막 그래가 나중에 받은게 논 두 마지기 받았어, 그 논 두 마지기 그것 땜에 수리장으로 이사를 안 갔나. 황포 살다가, 그랬는데 그 뭐 우리 삼촌들은 그래가이고 뭐 가서 죽어버리고 아무 소식도 없고 우리 둘, 큰 삼촌은 그래가 가가지고 아무 소식이 없어 고마. [조사자: 그러면 아버님 밑에 두 분이 다?] 그래가 흔적도 없고, 그래가 우린 사촌이 없다. 고모도 없고 사촌이 없고, 아버지가 외동이 됐더라. 고마 갑자기, 그렇게 살다가 우리 삼촌이 참 그 동네서 엄-청 좀, 우리 삼촌 말이 떨어지야 동네 청년들이 움직이는, 그 리더쉽이 있고 뭐뭐 주관하는 그런게 있었던 모양이라, 삼촌이. 그래했는데 그 삼촌이 옛날에 그 장티부스 그 병을 앓아, 옛날엔 그 병이 참 심했는답대? [조사자: 장질부사요?] 어, 장질부사 그거를 하면은, 그 인자 뭐 빼(뼈) 속에서부터 열이 막 터져나오는갑대. 근데 그 열을 잘 감당을 해내야되는데 그런데 그 열이 너-무 심할 때 병이 너무 심해가지고마 한 날을 뭐 온 동네를 막 헤매고 댕깄어, 그런께나 그 열을 몬 제해하지고 너무 간에 불이 나고 뜨겁고 마마 이래서 그랬는 모양이라. 그래가지고 바람을 씌이고, 막 이 바깥바람을 씌고, 비를 후즐근하게 맞고 마 그래 들어오고 이래가지고, 그게 재발 되가지고 그래 가지고 결국 죽었는갑더라. [조사자: 그 전사 통지서 오고 보상금 비슷한 것을 그때는 사금이라 그랬습니까?] 그때 그 당시는 사금이다 이라대, 사금이고 부모가 있던지 밑에 자식이 있던지, 처가 있던지 이러면은 인자 그때 인자 해마다 인자 연금을 주고. [조사자: 뭐 장가도 안 가고 혼자면은 아무것도 없는 거고요?] 어 아무것도 없어, 그때 사금받은 그거 뿐이라. [조사자: 형제끼리도 안 되고? 그래서 아버님한테도 혜택도 안 오고?] 어, 형제가 아무 해당이 안 돼. [조사자: 금액이 얼마 되는지 기억은 안 나시죠? 논 두 마지기 정도 살 돈?] 그래, 금액이 얼마되는고는 우리가 어려논께나 그거는 모르긋지. 하이튼 돈을 쐈는데 이런기 한 덩어리 더라꼬, 이런 돈. 아 그래 우리 아버지가 환장이 되가지고 이거 우리 동생 생명바친 돈이라쿰서 술이 취해가지고 난리를 지고(부리고), 그래가지고 그 인자 총각이 전사를 해가 죽어놔논께나 그 또 홍굿도 해줬다 아이가, 크담은 소 한 마리 팔아가지고, 큰 굿을 해가이고, 뭐 신광주리 만들어 가이고 막 이래 마 배로 이래 놔놓고, 우리 그때 예수 안 믿을 때꺼든, 예수를 안 믿어 놔논께, 막 그래가 길 닦아준다꼬, 이 큰 솥뚜껑 그거로 가져가가지고, 솥뚜껑에다 아 기저귀 겉은거 베를 길-쭉 허이 천을 묶어놔놓고 그래가이고 이 또 베를 이래 쫘악- 길처럼 또 이런 베를 나눠, 저기다 잡고 어디다 묶어놓고, 그래갖고 솥뚜껑에다 해서 또 뭐 기저귀겉은 거 긴-거 뭉까 가지고 막 길닦는다고 그 솥뚜껑이 그 베, 천 길처럼 쭉 나란한 거게를 왔다가 갔다가 이래쌌고, 그래 갖고 뭐 신광주리를 만들고 뭐 우짜고, 이래갖고 굿을 크게 했다. [조사자: 진오귀굿 비슷한 건가? 그게 홍굿이라고요?] 응 홍굿인가 뭐, 진혼굿?

어, 총각 인자 귀신이라고 그래가이고 인자 좋은 데가라고, 그래가이고 굿을 해주고 이라대, 근데 우리 가운데, 총각 삼촌 둘이가 전사를 해놓은께 인자 저 삼촌들을 위해서 인자, 하나만 아니고 둘을 위해서 인자 같이 그 인자 굿을 했는 모양이라. [조사자: 야, 그럼 그거 참 집안에 큰 그건데, 어떻게 아들 둘이 다 그렇게 됐는데, 국가에서 그게 안되나?] 그런데 만약 부모가 살아가지고, 부모가 젊거나 이래하면, 좀 또 한 다리가 천리라고 자식 다르고 부모 다르거든, 그래할낀데 아버지가 또 돌아가시고 이래놘께나. 그리저리마 시시부지하이 막 넘어가삐렀어. [조사자: 한 다리가 천리라고 그러시잖아, 참], 한 다리 천리다, 응, 한 다리가 천리란 말 맞다. [조사자: 그럼 그 동네에 그렇게 누가 군대 갔다 죽었다고 굿해주는 집이 많이 있었어요? 그때?] 하, 더러 있었다 [조사자: 무당들이 같이 마을에 좀 살았던 모양이에요?] 아, 그 동네 무당이 아이고 그 농소라쿠는 데 그 큰무당이 살고 있었어, 그래 그 무당을 데려, 데비다가. 그 무당이 오는데 본께 그 한 가족이 마마 식구가 많더라꼬. [조사자: 무당 식구가요?]

응, 무당 식구가 많드라꼬. 그 우리 어릴 때 본께 이 큰방에, 안방에 그게 문지방 욱에 일어서서 막 부채를 가이고 이래사면서 무슨 주문을 애우고(외우고) 막 이래쌌대. [조사자: 그 무당은, 굿 한번 하는데 소 한 마리를 팔 정도로 돈이 많이 들었구나] 응, 소 한 마리 팔아가이고, 돈이 얼마나 들었는고는 모리는데 우리 엄마 말로는 소 한 마리 팔아가이고 했다. 이러더라고. [조사자: 굉장히 큰 굿을 하신 거네요?] 근데 우리는 어리난께 그때 굿을 하고 이란께나 무슨 뭐, 집에 무슨 큰 행사난거 마이 해가지고 좋아서로. (일동 웃음) 아들하고마 친구, 모아가지고 아들하고마 바깥으로 막 뛰댕기고 그래 놀았다. (일동 웃음) 뭐시 그리 슬픈 일인가도 모르고. [조사자: 신나는거죠, 자세한 사정을 모르니까. 근데 삼촌들이 군대 안 갈려면 안 갈 수 있었는데 가신 건 아니죠?] 아, 안 가도 되지, 만약에 요새 약삭빠른 사람겉으몬 안 가고 그때만 면하면 되지.

[조사자: 아 도망가거나 뭐 그렇게?] 응, 그때 우리 아버지는 그때 또 뭐 치안군인가, 하이튼 뭐 이래가지고, 그 옆동네 사는 옥서라쿠는 사람이 자꾸

"형님, 형님."

불르삼서로(부르면서) 뭐 이래하고 도장 도라쿠고(달라하고) 이래샀터만은, 그래가지고 어데 또 잘 몬걸려가지고, 저저 장승포 쪽엔가 고현 쪽에 그때 옛날에 모두 총살 많이 당했거던, 당했다 거 모두 지 모자리(묘자리) 파나 놓고 거기 서 있으면 탁 싸면 뒤에 들어가서 죽이는 그런거 옛날에 또, 포로, 포로 오기 전엔가. 포로가 온 뒨가, 하이튼 그거는 또 뭐시였던고 몰라. [조사자: 하이튼 그게 뭐 사건이 있었네요? 정확히 기억은 못하시고?] 응 사건이 있었어, [조사자: 거제도에 총살당한?] 아니 우리 거제도뿐 아니고, 그란게나 말하자면 좀 빨갱이 사상이 좀 있는 그런 뭐 뭐시였던거 모양이지. [조사자: 보도

연맹?]

아 보도연맹이라쿠더라, 응 들었다. 포도연맹(보도연맹)인가 뭔 거게 가입이 돼서 우리 아버지가, 포도연맹 거 가입이 되가지고 거길 우째 해가이고 한번 갔어 인자, 어데 잡혀갔어. 간다고 갔는데 우리 정씨 집안에 아버지, 말하자면 동생 되는 사람이 뭐 그 하이튼 그 또 무슨 조금 계급이 높은데 거기 관리과에 뭣으로 있은 모양이라. 아이고 갔드만은,

"행님이 요 뭐하로 왔느냐?"고.

뭐 엄-청 모라쿠더라 쿠는기라. 그래 그기서 돌려보냈어. [조사자: 그 사람 아니었으면 큰일 날 뻔 했네요?] 응, 우리 아버지도 죽었을지도 몰라. 근데 우리 동네 그게는 이 두 사람이, 인자 저기 이 옥서라 쿠는 사람하고 상기라 쿠는 사람하고 친구간이라, 친구간인데 그래가이고 모두 인자 가입을 시키가이고 억질로 모두 한 보도연맹에 가입이 됐던 모양이지.

그래가 인자 잡히갔어, 그래 잡히갔는데 이 상기라 쿠는 사람이 죽어야 될낀데 옥서라쿠는 사람을 대신을 인자 밀어옇고, 우째 해가지고 그 꼬이게 해가지고 자기는 살아나고, 옥서라쿠는 사람이 총살당해 죽었어. 지 묫그릇(묘자리), 자기가 팠다 이라대, 모두 시키가지고 파나 놓고, 그 지금 어딘고 하면은 지금 연초에서 장승포로 넘어가는 거게 고개가 있다. 장승포 넘어가는 고개 거기서 그 인자 그런 일이 생기서, 묫그둥(묘구덩)을 파나놓고 모두 죽이고 이라는 데가 생기서, 거기가 송정이라쿠더라, 송정. 우리가 그때 알기로 송정에서 인자 그런 일이 벌어졌는데.

그래가지고 인자 이 옥서 각시가 인자 즈그 남편이 죽어논께 가가지고 환장이 되가지고 손을 가지고 그 모를 다 팠어, 그 다 파가지고 꺼내보몬 옷이, 자기 남편 옷이 아이고, 또또 또파고 또파고 이래가지고 즈그 남편 옷을 판께나 인자 해가이고 그걸 파가지고 영장(송장)을 집으로 데리고 왔다이가, 데리고 오는게 아니고 그건 영장을 싣고 와가지고, 그 상기 집에다가 그 좋은 이불에다, 제-일 좋은 이불 끄잡아 내가이고 깔아놓고 영장 갖다 눕히고, 동네

가 떠들썩 했다 그때. 그래가지고 이 사람들 다 피신가삐고 없고, 그집에 행님들꺼정 다 피신가삐고 없고, 그래가이고 이 황포 옥화라쿠는 집에도, 이집에도 김씨 집안이 괜찮거던, 그래가 맨날 그 집에서 진을 치고 난리가 안 났더나? 그래가지고 결국 영장을 치우고 하긴 했는데 이 상기라쿠는 사람이 결국 그래가이고 그 동네에 몬살고 저 전라도로 이사를 갔다쿠더라. 전라도 가 살았니라.

[조사자: 자기만 살았네?] 응, 자기가 그래 가, 억질로는 지 생명 대신해 남을 인제 우째, 우째 해가지고 그래 가지고 참. [조사자: 그 거제도 송정이라는 곳에서 많이 처형을 당했다고요?] 어, 송정 그 동네가 그 모두 사람들 그 죽임 당핸 동네라. 자기가 죽을 모 구더기(구덩이) 파나놓고 앞에 서가 있으몬 톡 싸면은 뒤로 탁 넘어가서 딱 죽고, 죽고 이랬는갑대. 그래갖다 막 끌어 묻어삐리면 인자 시체 찾아오는 사람들이 어느, 어느 구더기 내 식군고 모른께나 다 파봐야 되는기라. [조사자: 그거는 누구한테 들었어요? 그런 거 본 사람이 있나? 그런 거를?] 아 그때 우리가 겪었다 그랄 때는, 우리가 겪고 그집에 가서 구경하고, 온 동네가 그 구경하러 그 다 모이고 났는데, 가고 없을 때 우리는 그때는 인자 바다에 몰, 지금 몰 그걸 갖다가 뭐시라쿠더라. 바다에 그 몰이라고 그 있는거, 무슨 피, 뭐시라 쿠드노? 그걸 갖다가.

[조사자: 모래요?] 아니 해초인데. 해촌데, 물에 그 일급수, 말하자면 오염 안 된데만 사는 밑에 뿌리를 박고, 시퍼런 풀, 잘피라 쿠드나? [조사자: 아 잘피] 응 잘피라쿠는 그기 옛날에는 여기 바다마다 있는 데가 있어가지고 참 많았거던, 그러면 그 대작대기를 두 개를 탁 옇어가이고, 이래 그게 물에 훌렁후렁 이런게, 옇어가지고 막, 뱅뱅 이래 돌려가이고 이리 잡아빼가이고 몰을 많이 캐가 오대. 뭐 한-배씩 캐가 와가지고 가에다 풀어놓고 놔났다가 인자, 그거를 갖다가 논에다 갖다가 그 작또(작두) 그걸 가지고 좀 썰이가지고 논에다가 전부 거름을 하대? 그게 퇴비, 거름 대신으로. [조사자: 아 그게 쌀농사 하는데 거름으로?]

응, 쌀농사하는데 그걸 갖다 옇으면 안에서 뻘 속에서 그기 거품이 뿌글뿌글 올라오면서 막 꾸릉내 나대, 그러면서 썩어가지고 그기 농사가 참 잘 돼. 그래 그거를 인자 처음에 바다에서 캐다가 산더미겉이 이래 해놔놓으면은 이래 넙덕넙덕 하거던, 뿌리가 뻘-건기 이래 저 마디가, 대마디처럼 마디가 대뿌리처럼 이런 뻘건 뿌리가 달리고, 그 뿌리 그기 참 간간하고 달짝지근 하이 맛있었거던, 거 옛날엔 뭐 물기(먹을 게) 있나, 전부다 몰 캐다 놓으면, 그래 뿌리는 뿌리대로 묵고 그거는 이래 까면은, 뿌리가 달렸고 이 저 수초처럼 대가 있어 대가 있으몬, 그걸 인자 어느 정도 요만치만 딱 잘라삐리고, 요래 너불너불 한기 그건 좀 못먹는 말하자면 잎이고, 밑에 이게는 몸동이 마늘대처럼 딱 있는데 그거를 이렇게 딱 까삐리고 이래 까삐면, 몇까풀 까삐리면 안에 속까풀이 나오거던, 묵으몬 달짝지근하이 간간하이 바다에서 나온기라서, 참 맛있었다. 그런데 그 집에는 그 난리를 치는데 우리들은 그 몰 캐다난데 그 몰 끊어가이고, 저 뒷동에 앉아서는 묵고 여기 구경하고 그래쌌다. 아 그때 그집 참 굉장했다, 그 동네.

[조사자: 그게 몇 살 때쯤이었는지 기억 안 나세요? 할머니가 몇 살때쯤, 고런 일이. 전쟁나기 전이었어요? 후였어요?] 전쟁난 전이라. [조사자: 전이죠?] 전쟁나기 전이다. 그래 가이고 그그 보도연맹이 뭐신고, 내가 생각할, 지금 생각할 때는 무슨 저거를 저저 이북 무슨 사상 좀 그런 긴가 싶으더라고.

포로로 잡힌 인민군 여성을 두 번 시집보내다

전 창 수

"남자가 총을 맞아서 죽어버렸어. 그래 내가 또 중매를 했어. 포목상에 나이가 많은 이를. 그이랑 살았어. 그 영감이 나이가 많은 게 죽어버렸어. 그 여자도 팔자가 기구하지."

자 료 명: 20130117전창수(금산)
조 사 일: 2013년 1월 17일
조사시간: 86분
구 연 자: 전창수(남 · 1934년생)
조 사 자: 박경열, 유효철, 김명수, 김명자
조사장소: 충청남도 금산읍 상리 5번지

[조사과정 및 구연상황]

조사팀은 경로당을 찾다가 우연히 전창수 화자를 만났다. 조사팀이 경로당 위치를 묻자 화자가 경로당을 찾는 이유를 물었다. 화자는 조사팀이 말한 이유를 듣더니 화자 자신이 그 이야기에 전문가라 하였다. 화자는 초등학생을 대상으로 전쟁 경험을 강의한 적이 많다고 하였다. 조사팀이 화자에게 이야기를 청하자, 이 날은 약속이 있어 가는 중이라 하였다. 조사팀은 다음 약속을 잡고 화자를 찾아갔다. 조사장소는 화자가 주로 머무는 곳으로 사무실처럼 쓰는 곳이었다. 화자와 화자의 지인(어르신 한 분과 할머니 한 분)인 이 계셨는데 조사팀과 함께 이야기를 들었다.

[구연자 정보]

1934년생으로 2남 4녀 중 장남으로 태어났다. 전쟁당시 17세였으며 21세에 군대를 간다. 군대 도중에 휴가를 나오면 이웃집 처녀가 화자를 따라 다니면서 서로 연애하기 시작한다. 군에 있을 때 결혼하라고 전보가 와서 결혼을 한다. 첫 번째 결혼을 한 아내는 지금으로부터 40년 전에 병으로 사망한다. 고향은 금산이고 자식은 아들과 딸 남매를 두었다. 25년 동안 목수를 직업으로 삼았다.

[이야기 개요]

평소에 경찰과 가깝게 지내던 화자는 마을에 인민군이 주둔하게 되자 안면이 있는 경찰들을 집에 숨겨준다. 화자는 빨치산을 따라 다니며 경찰의 정보원 노릇을 한다. 이 일을 계기로 화자는 전투경찰에 지원하였고 무주 대둔산, 금산 육백고지, 정읍 칠보산 등에서 대대적인 공비토벌 작전을 수행한다. 산에서 인민군을 잡아 자수를 시켜 함께 공비토벌을 했는데 어느 날 잡혀 온 인민군 여성을 보더니 자기 고향사람이라며 화자에게 소개시켜 달라고 한다. 화자가 그 남녀를 소개해 주었고 그 남녀는 부부가 된다. 그 인민군 여성의 첫째 남편은 전쟁에서 전사하여 홀로 되었고 이 상황을 안타깝게 여긴 화자는 나이가 많지만 듬직한 또 다른 신랑감을 소개해 재혼을 하도록 도와준다. 하지만 남편이 나이가 많아 여인은 또 다시 홀로 남게 되었고 살 길을 찾아 서울로 떠난다.

[주제어] 경찰, 빨치산, 토벌작전, 자수, 포로, 인민군 여성, 시집, 결혼, 재혼

[1] 인천상륙 작전 후 남아 있는 빨치산

[조사자: 원래 할아버님 고향이 어디세요?] 고향이 금산이에요. [조사자: 아 원래 금산이세요?] 예. [조사자: 그러면 혹시 6.25 전쟁이 일어났을 때 어디에 계셨어요?] 금산. [조사자: 아, 고때는 몇 살 정도?] 열일곱 살. [조사자: 고때부터 좀 해주세요.] 예? [조사자: 그때부터 이야기 좀. 열일곱 살 때 얘기.] 뭔 얘기를. [조사자: 그 전쟁 때 겪은 이야기요.] 아, 그 전쟁 때 어떻게 됐다는 내력. [조사자: 예예.] 열일곱 살 먹어서 6.25 사변 나가지고, 인민군들이 여기 내려왔었지.

그래다가 인제 음력으로 8월 15일날 추석날, 인민군이 후퇴를 했어, 후퇴를 해서 인천 상륙하고, 그래서 후퇴를 해가 갔는데 미처 못 간 놈들이 빨치산이 되가지고 산에 막 이렇게 숨어서 있었거든? 그러니 그 사람들이 먹고 살 길이 없으니까, 이런 마을로 와가지고 밤에 와서 습격을 햐, 식량 다 뺏어 들고, 자기네가 총 메고 진격 못 가니까, 동네 사람을 끄잡아 내서 짐을 질, 져가지고 끌고 간다고 그. 끌고 가다가 인제 다행히 도망해서 오는 사람은 오고, 그것도 인자 못 오는 사람은 인자 꼬박꼬박 따라가서 그 사람들을 보내질 않아, 보내면 자네들 위치 탄로될까봐.

그래서 빨치산을 댕기는 거여. 즈그편을 맹글어, 그래도 말을 안 들으면은 쥑여버려. 쥑이는데 어떻게 쥑이느냐 손발을 묶어놓고 손톱발톱을 뽑아, 생으로, 그래 총이나 팡 쏴서 죽이면 괜찮은데 그 사람을 묶어놓고 손톱발톱 뽑은 게 오죽햐, 막 이래 피가 팍 이라고 그래가지고 죽였어, 사람 많이 죽였어, 걔들이. 뭐 하나둘 죽인 게 아녀. 그래다가 인자 시들시들하고 그러믄, 인자 공비토벌을 우리가 막 토벌을 하러 인제 빨치산들을 잡을라고 들어가

거든?

인제 가면은 인제 급하니께 사람 어떻게 죽이느냐, 나무 각에 이걸 요렇게 딱 벌었어, 거꿀로 딱 여기다 머리를 놓고, 손발을 나무다 가지에다가 붙잡아 매놓고 도망가 버려. 그거 두 시간 남가(넘겨) 죽는 거여. [조사자: 아 이게 거꾸로 매달아 놓는 거예요?] 아, 거꿀로, 꼼짝을 못하게. 손발을 다 묶어서 그래서 죽이고 그렇게 악랄했어, 그래 공비 토벌을 한 83년도까지 했으니께 단기로 그때는 그럴 때는 단기 썼어. 단기로 썼으니께 83년도까지, 81년에서 83년, 한 2, 3년 했지? 2, 3년. 공비 토벌을. [조사자: 80년도예요?] 예. 단기로. 그때는 단기 썼지, 서기를 안 썼거덩. [조사자: 아, 단기.] 그때는 서기를 안 썼어, 그래서 삼년간 싸웠어.

[2] 전투경찰로 많은 공비를 토벌하다

[조사자: 그럼 그때 군인이셨어요? 할아버님은?] 전투경찰. [조사자: 그 열일곱 살?] 예, [조사자: 그러면 전쟁이 나서 전투경찰이 되신 거예요? 아니면.] 그렇지, 전쟁 나서. [조사자: 그때 전투경찰은 어떻게 되는 거예요?] 지원자, 지원자로 전부 모집을 해서, 전투 경찰떼를 모집해가지고 인제 예를 들어서 오십 명이면 오십 명, 백 명이면 백 명, 이렇게 모집을 해가지고 이제 대대를 조직을 해가지고 그래 인제 공비토벌을 올라간 거지.

그래서 무주 대주산, 요 검단에 육백고지라는 데서 거기서 치열한 전투를 하고 지리산 공비토벌 하고, 또 저 칠보산, [조사자: 칠보산?] 예, 저그 칠보산 거도 참 치열했거던, 저녁이면 인민군, 저기 빨치산 정치고 낮에는 아군 정치고 그랬다는데여 거기가, 칠보산이 거 산이 악햐, 그래갖고 빨치산들이 숨기가 좋았어, 그리고 진안가면은 운장산이라고 있어, [조사자: 운장산?] 예, 운장산이라고 있는데, 운장산도 이 자갈이 자잘-한 밤자갈(밤톨만한 자갈)이 꽉 있어.

그래 인자 산 날망(마루)에는 인제 적군들이 있고, 우리가 이제 그 산을 이렇게 포위를 해가지고 올라가거든? 올라 가다보면 자갈이라 당초(당최) 올라갈 수가 있어야지, 그래갖고 한 발이나 삐끗하면 주르르륵 타서 그냥 몇 십 매다(미터)를 내려가 버려 자갈이라. 그런데 자갈 문을 여는 소리가 나면 막 우에서 막 총을 쏘아

대거든? 그래 운장산도 치열하게 싸웠지. [조사자: 그럼 아까 뭐, 육백고지나 칠보산, 운장산 이런 데를 다 돌아다니신 거예요? 삼 년 동안?] 예,

[조사자: 그 전투경찰 지원하셨잖아요?] 예, [조사자: 거기서 먹는 거는 어떻게?] 먹는 거는 이제 그저 각 부락에서 인제 그 이장이면 이장들한테 이제 시국대책이라고 해가지고, 식량을 거둬, 거둬서 갖다 줘, 그래 갖다 주면 이제 그걸 갖고 밥해 먹고, 그래고 이제 공비 토벌을 나갔을 때는 인제 그 부근 가까운 마을에다가 해서 인제 우리는 산에 올라가 있으니까 밥을 해서 짊어져다 준다고, 그래고 먹고 그러는데 적군들이, 고걸 알고서 미리 중간에 와서 잠복을 해, 밥 가져오는 사람들을 다 붙잡아가지고 즈그가 먹고, 그 사람들을 안 보내, 끌고가 저희 위치가 노출될까봐, 보내면 노출되거든?

그래 어디 사람이 어떻게 죽었는가도 그때는 이 증명서가 도명증이라고 있었어, 양명증, 도명증 이랬거든? 지금은 주민등록이라고 하지만? 그런데 그때는 도명증, 양명증인데, 거 양명증이라는기 있었는데 그걸 전부 갖고 있는데 인제 사람들 죽였다 말이여, 우리가 인제 공비 토벌 들어가서 보면, 여 시체가 있네? 그래서 옷, 이 조사를 햐, 하면 그거 양명증이 나와, 그러면 아 이거 워데 누구가 죽었구나, 해가지고 인제 우리가 나와서 인제 연락을

또 해주고, 아무것이 죽었다. 어디서 이만저만해서 죽었다. 그래서 시체도 찾아주는데 그랬고,

[조사자: 아 그러면, 양명증이 없으면 모를 수 있겠네요?] 몰르지 뭐, 그럴 때는 양명증. 고 다음에 도명증으로 바뀌었지? [조사자: 그러면 그때 무기는 뭘 쓰셨어요? 무기?] 에무원(M1)총. 그리고 칼빔(칼빈). 그러고 두 가지 썼어. [조사자: 그러면 이제 전쟁이 나서 전투경찰이 되셨잖아요? 그럼 이렇게 훈련은?] 훈련 없어. [조사자: 그리고 나서 바로 총 쏘신 거예요?] 그냥 총 쏘는 거만 갈쳐(가르쳐). 실탄 어떻게 쟁이고 어떻게 쏜다. 하는 거만, 약 한 이삼십 분 동안 갈쳐주고는 그냥 끌고 올라가는 거야 그냥.

[조사자: 그럼 많이 죽었겠네요?] 많이 죽었지, 많이 죽었어. 뭐 일이십 명이 아니여, 몇 천명 죽었어, 그러고 적군도 그렇게 죽고, 적군도 아마 내가 생각할 때 금산리 이 부근에서 죽은 것만 해도, 고마 매(몇) 천명 될걸? 거 육백고지라는데 우리가 토벌을 들어가는데 그때가 가을철이여, 보리 갈 때고 하니께 10월 달쯤 되지? 보리갈 때면? 그때 11사단이 금산에 와 있었어. 중앙국민핵교가서 주둔을 하고 있는데 우리하고 합동작전을 하게 돼서 육백고지 전투를 들어가는데 공군하고 육군하고 우리 전투경찰하고 합동작전이 됐거든,

그래 들어가는데, 그 뭐여, 군인, 육군이 비행기가 와서 폭격을 해야 되는데, 무전을 잘못 해가지고, 비행기하고 무전사가 무전을 잘못 해가지고 아군에다 폭격을 해버렸어. 그 바람에 또 많이 죽었어. 그래 결국은 그 바람에 소탕을 했는데, 그때 당시 그 소탕 시킬 때 우리가 잡아온 것이 한 사백 명 됐으니까, 적군을 생포로 잡아온 것이 한 사백 명쯤 더 했거든.

[조사자: 그럼 그 잡아온 사백 명은 어디?] 인제 우리는 그때에는 이 금산이 전라북도였어, [조사자: 아 이게 행정구역이 바뀐 거죠?] 응, 그때는 금산이 전라북도라, 경찰국이 전라도 전주에 있었거든? 그래 우린 잡아다 인자 이 누구다, 조사서류만 꾸며가지고 전부 경찰국으로 넘겨버리지? 그럼은 구에서 고걸 올린거만, 그래 나중에 말 들으니께, 인자 들은 말에 의하면은 그 사람

들 조사를 해가지고, 너무 심한 사람들, 이 사람들은 군산 앞바다에다 실어다가 바다에다 떨어뜨렸다고 이런 말도 있고, 또 어지간한 사람들은 석방을 시켜서 집으로 돌려 보낸 사람도 있고 그렇다는데 그건 인자 눈으로 안보고 해선 인제 들리는 말에 그런 말이 들렸지, 반공포로들은 저 사변나기 전에 다 죽었어.

반공포로가 뭐냐 하면 8.15 해방이 되구서 좌익이 좋다, 우익이 좋다 하는 사람들 있어. 그래가지고 인자 좌익사상 좋다는 사람들 그 명단이 있었는데 6.25 사변이 탁 터지니까 그 사람들을 싹 잡아다가 이제 그걸 이쪽에 아군, 저 경찰관들이 저 산골짝에다 갖다놓고 전부 총살을 시켜버렸지, [조사자: 미리?] 응, 그 좌익사상 가진 사람들을. 그래 지금도 테레비나 이 가만히 보면은 종북자, 종북자 그라지? 종북자, 대통령 출마했던 이건히가, 이경희(이정희), 이경희가 종북자 아녀? 그 종북자여, 이석기도 종북자고.

그라고 우리나라도 뭐 전북대학이라 뭘 누가 선생이 김정일이 만세, 뭐뭐

뭐라고 썼더라? 뭐 뭐 이렇게 써가지고 그기 발각됐대 지금? 이 전부 종북자들이거든, 죽은 김정일이 뭐 만세 찾고 뭐 찾고 그런 걸 써놔. 테레비에 나오더라고. 그래 이 종북자들이 6.25 사변을 안 겪어봐서 그래. 그렇게 악랄할 수가 없어. 참 악랄했어 거, 이 인민군들 그렇게 악랄할 수가 없어, 지금도 그럴 거야 아마, 지금도 이북에 정치라는 게 그럴 거여.

그래도 이 테레비 나올 때 보문, 이북에 그 수용소? 탈북자들 잡아다가 어떻게 한다는거? 나는 대충 짐작을 해, 그 사람들 하는 행동이 어떻다는 걸. 탈북자들 와서 말하는 소리 들어봐, 그렇게 악랄한 거여, 이 공산주의라는 게 참 말도 못하게 악랄해. 자기 말 안 들으면 죽여.

[조사자: 열일곱에 자원입대를 하신건가요?] 예. [조사자: 이유는 따로 없고? 그냥 하셨어요? 의무였어요? 의무? 의무예요? 반드시 다 지원해야 되는 거예요?] 아니여, [조사자: 안 해도 되는 거였었어요?] 응, 스스로 자원, 지원. [조사자: 그러면 그때는 혹시 뭘, 돈을 좀 주거나 그러진 않았어요? 지원하면, 돈을 좀 주거나.] 아, 돈은 십원도 없어. [조사자: 월급 없이?] 월급도 없고, 옷도 내 돈

주고 사 입고, 신발도 내 돈 주고 사 신고.

[조사자: 그러면 그 때 전쟁이 났다는 걸 어떻게 아셨어요?] 인민군들이 쳐들어왔잖아. [조사자: 실제로 인민군들이 왔을 때 아신 거예요?] 그럼, 와서 정치하다가 그 사람들 후퇴하고서 후퇴하면서 이북을 다 못가고, 이북으로 다 못 올라가고, 못 올라가고 싹 3.8선이 맥히니까, 산으로 올라갔어, 그 지역비, 우선 하루라도 더 살라고, 그래 산에가 있으니 먹을 게 있어? 그러 인제 마을에 와서 터는 거여.

[3] 경찰들의 정보원 노릇을 하다

[조사자: 그럼 그때 경찰을 가신 거예요?] 그때 인제 그래서 내가 들어간 동기는 열일곱 살에 뭘 알어, 그 들어간 동기는 6.25 사변 전에 경찰하던 사람이 있었어, 그래 그 사람들이 사변나면서 후퇴를 해서 피난을 가야되는데 못 갔어, 그래 인민군들이 와서 정치를 한다고 보니께, 잡아 죽일라고 하거든? [조사자: 아 경찰을?] 응, 경찰 했던 사람들을, 그래 이 사람들이 피해서 우리집이 바로 산 밑에 집이 있는데, 바로 그 산에 일본 사람들이 호랄(호를) 방살한다고 이렇게 파다가, 이 방안만해 이거만한 굴이 하나 있었어, 굴이.

그래 그 사람들이 인자 우리집으로 쫓아왔어, 쫓아와가지고,

"어디로 피난을 해야할 건데, 너 아무 데 가서 누구한테 연락하고, 아무 데 가서 누구한테 연락해라, 저그 인민군이 잡아서 죽일라고, 저기 난리를 치니 빨리 피해야 된다."

그래 내가 댕기면서 연락을 해줬어, 연락을 해주니까, 그 사람들이 인자 우리집으로 다 모였어, 그래 모여서 상의를 하걸래, 여게 굴이 있으니 굴 안에 인자 아까시 나무가 나가지고 보이질 않햐 입구가, 그래 굴 속에 들어가 있거라, 피해라 그래, 해줘서 낮에는 인민군들하고 같이 댕기고 내가, 같이 돌아댕기미 정보수집을 하는 거여, [조사자: 어떤 정보?] 그니깐 인민군들 하

는 행동, [조사자: 스파이?] 응, 그라고 인자 저녁에는 그 숨어있는 경찰들한테 가서 인자 얘기해주고.

그라다가 8월, 음력으로 8월 15일날이 됐는데, 인민군들이 초옥 막 후퇴를 해서 다 오는거여, '저거 암만해도 후퇴다, 저렇게 많이 이동할 수가 없다', 그래 얼릉 굴에 가서 이제 얘길 했지,

"이 사람들 후퇴해."

"그래?"

그래 나와 가지고 산에서 이렇게 지켜보니

"맞다, 후퇴다."

그래 인제 후퇴 하고서 며칠 안 됐어, 한 삼사 일 됐나 그때 당시로, 한 사오 일 됐는가. 그럴 때 이 사람들이 주둔 한다고 시안을 한다고 나섰어, 나서가지고 나를 데리러 온 거여,

"니가 가야겠다."

[조사자: 아군들이 주군하면서?] 응, 그 경찰들이 인제, 숨겼던 경찰들이,

"니가 가야겠다. 니가 와서 연락병을 좀 해라."

"뭐뭐 하지 뭐."

그렇게 그렇게, 그래서 입대가 됐던 거야. [조사자: 아 사연이 있으셨구나.] 그리 그분들이, 뭐여 지금은 인제는 다 죽고 없지, 나이가 많아서 그래가지고 이 전-부리 길로 왔을 때 가본네 살어 아홉 명이나 아홉 명. 아홉 명이 치안을 하겠다고 나섰어, 총 두 정 가지고, [조사자: 아홉 명에 총 두 개요?] 어, 그래 가지고 저녁에 빨치산들이 막 인자 털러 오는 거여, 굶으니께 배가 고픈게 별 수 있어? 그럼 저 우리 후퇼 해, 총 두 정 갖고, 후퇴를 해서 멀리 가면 인자 갸들이, 식량을 들고 뺏들어 가지고 가는 뒤에 또 우리는 나타나고, 첨번에는 그렇게 했었어.

[4] 주민들도 자원하여 삼년동안 빨치산과 맞서다

그라다 인제 부락민들한테 돈 걷고, 쌀 걷고, 이래 가지고 우리 인제 밥 멕이고 돈 걷은 거 갖고 인제 저 군인들 폐총, 새총을 가지고 인제 폐총 있는 거 그걸 우리가 인수 해다가 사다가 그래 총을 모두 가지게 됐지, 그래 무기도 안 좋았어. [조사자: 그러면 총기로 인한 우발사고 이런 건 없었어요?] 그러니까 대중에는 오발한 사람들도 있지, 대중에는.

근데 그렇게 흔하던 안했어. [조사자: 근데 총을 돈을 받고 팔아요? 군인들이?] 응, [조사자: 버릴 총인데도?] 어, 버린 총인데도. [조사자: 총알은?] 총알은 거서 빼오고 군인들한테서. [조사자: 돈을 받고 팔어, 허허.] 폐총. [조사자: 어디서 나온 게 아니라 다 주민들이 준 돈으로?] 아, 주민들이 걷어가지고 돈 주고 사온거지. 주민들이 걷어가지고.

[조사자: 그러면은 다 된 다음에 총 다 갖고 계신 다음에 빨치산 내려오면 그때는 후퇴를 안 하시고 싸우셨어요 그냥?] 응, 그 총 갖고 싸워야지, [조사자: 그래도 어디 다치시거나 이러진 않으셨어요?] 아 죽은 사람도 있고, 다친 사람도 있고. [조사자: 할아버님은?] 나는 뭐뭐, [조사자: 그럼 아홉명이서 다 지킨 거예요?] 아니지, 첨번이 인제 아홉명이고 차차차차 해가지고, 삼백오십 명까지 됐어. 지원자가 자꾸 모집해서 들어와 가지고, 삼백오십 명까지.

[조사자: 그러면 그때 할아버님 전쟁이 났을 때가 열일곱 살이셨는데 그러면 그 전투경찰 중에서는 그 나이 때가 어린 편이에요? 아니면?] 제일 어리지, 제일 어렸어. 그 분들이 그 때 당시 하던 사람들이 지금 나이가 한 백 살 거의 됐어. [조사자: 아 좀 나이 있으셨던 분들.] 지금 한 백 살쯤 더, [조사자: 그럼 인제 연락병은 어떻게 하는 거예요? 연락을 누구랑, 누구랑?] 연락병 의무가 저녁이면 인제, 예를 들어서 여기는 일고지, 여기는 이고지, 여기는 삼고지, 이걸 해놨거든? 그러면 인제 이렇게 연락, 고지를 돌아가면서? 그라고 암호, 전쟁에 인제, 암호 전달을 해줘, 오늘은 우리 암호는 뭐다.

그래 인제 저녁에 빨치산들이 들어오면 인제 막 육박전을 할 때도 있어, 치고박고 막 이렇게 주먹으로 막 싸울 때도 있어. 그래 깜깜한 밤에 다들 이렇게 나타나면 누군지 모르잖아. [조사자: 그래서 암호를 대야 되는 거예요?] 암호, 암호가 같으면 응, 아군이다. 암호가 틀리면 먼저 쏘는 게 임자여, 먼저 쏘는 게. 그래 가들은 식량 같은거 털어가주 가면서 동네에다 불을 질러버려. 그래 동네도 많이 소탕시키고, 탔어.

[조사자: 그럼 이쪽에 유독 인민군이 많았나요?] 아이고, 많고 말구, [조사자: 금산 쪽이?] 예, 이 남한에 빨치산 총사령관이 금산 사람이라, 이, 이현생(이현상)이라고. [조사자: 현생?] 이현상. 아니 현생. 이현생(이현상). 총사령관이 금산 사람이었어, [조사자: 그러면 금산 사람들끼리도 서로 좌익 우익으로 이렇게 나뉘었을 거 같은데.] 아이고 많이 나눠졌지, 많이 나눠졌어, 빨치산 중대장이라고 하는 사람, 그 중대장 한 사람도 금산 사람이야, 길 상 근.

[조사자: 그러면 금산 쪽에 인민군은 보통 이제 6.25 전쟁이 나서 북에서 내려온 인민군이 있을 것이고,] 인민군 있고, [조사자: 소위 말하는,] 지방 사람도 있고. [조사자: 어, 지역 인민군, 금산에는 지역 인민군이 많았던 거예요? 거기 왔던 사람이 못 올라가서 잔존하는 사람들이 대부분이었던 거예요? 인민군이?] 그래고 인자 지방 사람들을 또 이제 자연히 좌익으로 붙은 사람도 있지만, 그 사람들이 인제 이 촌을 먹고 살라고 나와서 식량 뺏들고 뭐 뺏들고 해서 짐을 지워가지고 가서 안 보내. 그래서 또 빨치산 맹길어. 그래서 빨치산 된 사람도 있고, 그래 그런 사람들은 그때 당시에 우리가 붙잡아도, [조사자: 놔줬어요?] 집으로 돌려보내고, 원 사상을 갖고 한 사람은, 다 죽었어.

[조사자: 근데 그걸 어떻게 구별해요?] 조사를 하면 나와, [조사자: 아, 조사를 하면, 아까 증이나 뭐 이런 식의 형태가 있으면, 그런 건 아니고?] 아이, 그런 건 없고. 집이 워 데며, 고향은 워 데며 집은 어디냐? 언제 빨치산을 했느냐? 붙잡아오면 그걸 조사를 하거던? 하면은 짐지고 가서 안 놔줘서 했다는 사람, 그거는 해가지고 인제 집으로 돌려보내고, 이제 원 사상으로 백혀서(박

혀서), 한 사람은 거진 다 죽었어. [조사자: 그럼 삼 년을 토벌을 하신 건가요?] 예, [조사자: 그래서 그 삼 년 동안에 다 토벌이 된 거예요?] 삼 년 동안에 싹 했지.

[조사자: 그러면서 이제 전쟁이 끝난 거잖아요?] 그렇지, 전쟁이, 전쟁도 끝나고, 전쟁 휴전 되고서도 이 지리산에서는 이 잔작(잔적)들이 남아있었어. 그래 결국은 다 우리가 소탕시켜버렸지. [조사자: 그게 아까 할아버님이 말씀하실 때 단기로 얘기하셨잖아요? 그게 아까 단기 83년?] 81년도 6.25가 나가지고 83년도에 휴전이 됐어. [조사자: 그러면, 고 81년에서 83년 사이에 그 빨치산들을 다 토벌하신 거예요?] 예, 다 싹 토벌된 거지.

[5] 흉년에 애들도 죽 한 그릇, 어른도 죽 한 그릇

[조사자: 그때 전쟁이 나기 전에 식량같은 건 어떤 상태였나요? 그니까 먹고 사는 문제, 전쟁 나기 전에.] 전쟁나기 전에 이 지방 사람들? 그때 먹고 사는 건 형편없었어. 단 보리밥도 못 먹어서 지금을 보리밥을 보양식으로 먹는다 대? 그런데 그때는 보리밥도 못 먹고. 어떤 사람은 무 농사 지서(지어서) 겨울에 무 그거 삶아서 삐져 먹은 사람도 있고, 그것도 못 먹어서 굶은 사람도 있고.

고구마 농사를 져서 이 방안에다가 큰 이렇게 섬같이 맹길어 통가리라고 있어, [조사자: 통가리?] 어, 그걸 통가리라고 그래, 거 그 저장소를? 거기에다가 이렇게 잔뜩 쌓아놓고는 고구마 그거 삶아서 한두 개씩 먹고, 그렇게 살았어. 사변 전에 우리가 살아온 것이.

[조사자: 그러면 전쟁이 나서는 더 악화됐을 거 아녜요?] 아유, 말도 못 하지, 말도 못 햐. 그때. [조사자: 근데 그 전투경찰이나 뭐 이런 군인들한테 그 마을에서 밥을, 식량을 이렇게 모아서 줬다면서요?] 예, [조사자: 그럼 그 식량조달을 어떻게 해요?] 그거는 인자 있는 사람한테, 없는 사람은 저 먹을 것도 없는데

뭐 내놓을게 있어야 내놓지. 그래 있는 사람은, 그때도 인제 부자들은 잘 살고, 부자들은.

그때는 인제 예를 들자면 인자 이 사람은 논을 한 열마지기 부쳐, 그라믄 나는 한 마지기도 없어. 그러면 이 선배 집에 가서 품 팔어, 농살 져주구 하루 일당을 조금씩 받아다가 뭐여 쌀 사서 먹고, 일해주고 쌀, 5일 6일 일해주고 쌀 한 말 받고 와. 그러면 그때는 식구가 대식구 전부 집집마다 그러믄 식구가 칠팔 명씩 되면 쌀 한 말 갖고 하루 먹으면 없어. 그걸 늘궈(늘려) 먹을라고 죽을 끓여서 그래 우리나라 속담말이 생겼어, '흉년에 애들도 죽 한 그릇, 어른도 죽 한 그릇'이라고. 그렇게 살았어.

그래 있는 사람은 그때도 식량 뭐 쌓아놓고 사는 부자들이 있고, 없는 사람은 그렇게 고통을 받고, 지금은 참 좋아졌어. 삶이 좋아졌지. 지금은. [조사자: 할아버지 그땐 그럼 가족은, 형제는 어떻게 되셨었어요? 그때 전쟁이 났을 때?] 나? [조사자: 예, 가족관계가.] 가족관계가 우리집 식구가 열 식구 있었어. [조사자: 그 중에서?] 내가 제일 장남인데, [조사자: 뭐 몇 남?] 2남 4녀여, 내

형제가, [조사자: 그 중에 할아버님이 첫째세요?] 예, [조사자: 다 출가 안하셨고, 동생들은?] 그렇지, 2남 4녀로 있었는데 뭐 다 애들이고 뭐 고만고만하고. 내 동생들은.

[6] 죽기 아니면 까무러치기

[조사자: 그러면 할아버님은 전투경찰이지만, 그 나머지 가족들은 따로 피난을 가시거나 그러진 않으셨어요?] 그 애들을 데리고 어데로 가, 쪼끄마하고 한 것을 데리고 어디로 가냐고. [조사자: 그러면 인민군이 왔을 때는 밤에, 이런데 해코지는 안 당하셨어요?] 그래 우리집 인민군들이 불을 질러서 홀딱 탔잖아. 빨치산들이 와가지고, [조사자: 그럼 어떻게 하셨어요? 집이 불나서 없는데 어떻게 사셨어요?] 그 인자 새로 우리 해가지고, 우선 잠잘 자리만 맨들고, 그전에는 인제 이 동네에서 어떤 집이 인제 잘못으로 실수를 해가지고 불이 나잖아? 동네 사람이 전부 나서서 이제 볏짚 같은 거 뭐 이런 거 거둬다가 이래 해서 해 주고, 지금은 그렇질 않지만, 그전에는 다 그렇게 했어. 동네 사람이 나서서.

그래 동네에서 집을 진다고 하면은 동네사람들이 전-부 부역을 자원을 해서, 자원봉사를 핸거지. 그래서 또 집도 져주고. 그전에는 다 그렇게 했어. [조사자: 그럼 가족 중에 다친 분은 없으셨어요? 전쟁 중에?] 응 없어. [조사자: 삼 년 동안 전투를 많이 하셨는데 가장 힘들었던 전투 혹시 기억나세요?] 예, 진안 운장산에서 제일 어려웠고, 딛다, [조사자: 그 자갈?] 응, 자갈이라. 올라가다가 발을 잘못 디뎌서 빠꾸를 하는데 한 사십 매다씩 내려가 버렸어, 자갈을 타고. 그래 내리가다가 보이께 이 저 산죽대라고 있어, [조사자: 대나무?] 어 대나무겉이 생긴거 산죽대라고, 까놓으면 손가락만큼 이게 발에 똑 걸려갖고 더 못 내려간 거여.

그래가지고 그걸 또 올라가는 겨. 그래 등허리 확 다 까지고, 막 피가 막 발발 나오고 그랬어. [조사자: 그 전투를 어떻게 해서 이기셨어요?] 아우, 그때는 그래도 그거 아픈 줄 몰라, 죽기 아니면 살기니께, 여간 오래 다쳐도 다친 걸 몰라, 그래 한창 인자 점령을 해가지고 보이니께 옆에 친구가

"야 너 그 다리에 총 맞았는게벼."

그래서 보이께 피가 벌 나가지고, 그래도 그걸 몰랐어. 그때는 그걸 여간 다쳐도 몰라, 죽기 아니면 살기니께. [조사자: 그 치료는 어떻게 받으셨어요?] 그러면 인제 많이 다친 사람들은 내려와 가지고 인제 우리 차가 있으니께, 차에다 실고 뭐 금산에 제일 좋은 병원이라는게 있는데 그기 지금으로 말하자면 보건소 역할을 했어. 그래 거와서 치료, 약만 조금 바르고 그래가 도로 가고. 그때는 또 뭐 약도 여간 연약햐. 사변중이라 뭐 제약회사가 있어, 뭐 있어 미군들한테서 약 겉은 것도 지원 받아서 조금씩 있는 거 그거, 한국에서 뭐이 제약회사가 있어, 뭐 있어? 사변이 나서 다 때려 부수고 아무것도 없는데, 그래서 미군들한테서 조금씩 지원 받아가지고 쓰고.

[조사자: 미군을 보셨다는 거네요? 이 금산에 미군도 있었나요?] 아유, 미군도 여기 들어와 있었지. [조사자: 미군들은 뭐 했어요?] 미군들도 우리랑 같이, [조사자: 합동작전?] 합동할 때도 있고, 인자 안할 때도 있고, 인제 미군들은 주로 치안담당, 지금 말하자면 경찰관, 지금으로 말하자면 치안담당을 주로 하고, [조사자: 실제로 싸우는 건 할아버님네고?] 아. 인제 실제 전투하는 거는 인제 이 한국 사람들이 하고, 그래 요소요소에 미군들이 찡겨 있었어, 경찰서 뭐 구청 뭐 이런데? 요소요소에 인제 질서가 잽힐 때까지.

그 질서가 잽히면서 그 사람들 다 간 거지, [조사자: 토벌 다 끝나고?] 응, [조사자: 그때 외국인을 처음 보셨을 거 아니에요? 미군을.] 아니지, 사변 전에 미군들이 와서 여그 많이 돌아 댕겼지, 8.15 해방되고 바로 미군들이 들어왔으니까, 8.15 해방되고 바로 미군들이 왔거든?

[조사자: 그럼 할아버님은 일제 치하도 겪으셨잖아요? 그죠?] 그때 국민핵교 3학년 댕겼어, 일제때. [조사자: 수복하는 날 어땠어요? 해방되는 날 여기 금산

이 어떠셨어요?] 해방 뭐, 그냥 만세나 불르고, 인제 일본 사람 정치가, 돼지도 잡지마라, 소도 잡지마라 이런 걸 못 잡게 하고 술도 하지 말어라, 막걸리 술도 맹글지 말아라, 그거 인제 술을 맹글면 식량이 손해 가니까, 식량을 일본 사람이 다 뺏들어 가버려? 일본 사람들이 다 뺏들어 갔어. [조사자: 아 소 돼지도 가져갈라고 잡지말라고?] 아 그러구서 일본 그 군인들 멕일라고.

그렇게 할 때 하다가 8.15 해방이 딱 되니께, 우리나라 사람들이 아이고 세상은 이제 우리 세상 왔다 하고, 밥만 먹으면 가 돼지잡고 소 잡았어, 학교 겉은 거 이런 뭐 이런 시설을 얼렁 준비해서 애들을 가르치고 할라고 하는게 아이라, 그거는 한이 서렸던걸 한 푸니라고 맨날 소나 잡고, 돼지나 잡고, 그때 어른들이. 그래 인제 세월이 흘러가면서 학교도 인제 설립하고 이렇게 돼가지고 지금 이렇게 나온 거지.

[조사자: 입대를 하시기 전에, 학교 다니시고 계셨나요?] 아니, 그때는 집에 와 있었지. [조사자: 그럼 초등학교 나오시고? 중학교는 안 가시고?] 아, 못 갔지. [조사자: 그러면 할아버님 해방이 되고 난 다음에 하고 6.25 전쟁이 나기까지 한 5년 정도가 있잖아요? 그 사이는 고 사이는 전쟁의 조짐이 좀 보였어요? 어땠어요?] 음 뭐, 그때는 전쟁 나리라고는 생각지 안했고, 전쟁 나리라고는 그때 당시에 국회의원이나 뭐 하는 사람들은 알았나 몰라도 전 국민이 전쟁 나리라고는 생각지도 안했고, 그라고 인제 8.15 해방 되고 한 이삼 년간은 전 국민이 허송세월을 보낸 거여. 일본놈한테 압박 받은 거 때민에, 허송세월을 보내다가 한 일이 년 사이에 6.25 동란이 일어났거든? 그러니 뭐 무슨 질서라는기 그렇게 지금같이 이렇게 확고부동한 질서가 없었어.

[조사자: 근데 그 전에 말씀하실 때요, 그 6.25 나기 전에 좌익사범들을 미리 잡았다고 하셨잖아요? 그때 좌익사범들이 있고 그런 건 어떻게 아셨어요?] 어, 그건 공공연하게 자기네가 말을 했지, 8.15 해방되면서 에, 휴전선 삼팔선이 갈리면서 삼팔선이 갈리면서 삼팔 이북은 공산, 또 삼팔 이남은 자유 했거든? 그럴 때 공산주의는

"있는 사람 없는 사람 똑같이 평등하게 산다."

하니까 나는

"이기 좋다."

하고 나선 사람이 있고,

"그기 그렇게 되는 거 아이다."

하고서 인제 자유를 택한 사람이 있고, 그래 공공연하게 자기가 나섰어. [조사자: 아 그런 걸 하는 사람들이요?] 응, 나는 공산주의가 좋다. 그래가지고 나서서 그기 인제 보도연맹이라 해가지고 보도연맹이라 해가지고 인제 그 명단이 인제 질서가 어느 정도 잽히니까 경찰서에서 전부 그걸 조사를 해가지고 그 사람들 명단을 가갖고 있었어.

그래다 삼팔선 터졌다 하니께 경사들이 그 사람들부터 잡아다 팬 거여. [조사자: 그 사람들은 다 죽었어요?] 아, 다 죽었지. 그래서 애매하게 죽은 사람도 있어, 애매하게. 이 예를 들자면 내가 공산주의를 택한 사람인데 내 이름 성하고 이름하고 똑같이 가진 사람이 있어. [조사자: 아 동명이인.] 그래서, 그 사람을 잡아간 거여, 나를 떼놓고 이걸 몰라서 그래 애매하게 가서 죽은 사람도 있어.

[조사자: 그러면은 토벌 끝난 다음에 제대를 하신 거예요?] 토벌 끝나고. [조사자: 바로?] 공비토벌 다 끝나고, 나서 새로 군인을 갔지 내가, [조사자: 아 군인을 바로?] 응, 또. [조사자: 그러면 경찰 3년 하시고, 토벌 끝나고 바로 또 군대를 가시고?] 예, 끝나고 또 군인 가서 3년 하고, 그라고 왔지. [조사자: 경찰 했는데 군대를 왜 또 가셨어요?] 내가 지원해서 갔어.

[조사자: 그럼 할아버님 결혼은 언제 하셨어요? 전쟁 끝나고 하셨겠네요?] 오십, 1957년도. 군대 생활 할 때, [조사자: 그럼 스무 살에 군대 가신 거 아녜요? 삼 년 이면은?] 아녀, 스무 한 살에 갔어. [조사자: 그럼 군대는 3년 계셨나요? 아니면 4년?] 3년. [조사자: 거의 제대할 때쯤 되 갖고 결혼하셨구나. 그래서 자녀분은 몇 분을 두셨어요?] 아들 하나 딸 하나, [조사자: 아 많이 안 낳으셨네

요?] 내가 객지로만 돌아댕기는 사람이.

[조사자: 그럼 객지로 돌아다니시는데 중매는 어떻게 보셨어요?] 뭐를 봐? [조사자: 중매, 옛날엔 결혼할 땐 중매로 했잖아요.] 아녀, 내가 연애했어. [조사자: 아 정말이요? 어떻게 연애를 하셨어요?] 어떻게 연애를 하냐니? [조사자: 아니 군대 가 있는데 어떻게 연애를 하셔요?] 우리 동네, 우리 동네 아래 웃집에 나랑 살은 아가씨가 있는데 휴가를 오면 노상 따라댕겨, [조사자: 아, 그 아가씨가?] (일동 웃음) 예. [조사자: 부모님은 뭐라 안 하셨어요? 원래 부모님이 정해준 대로 가잖아요.] 그때는 그랬는데, 그랬는데 우리 어무이 아버지가 말 안하고.

[조사자: 할머니가 몇 살 연하셔요? 나이차이가 어떻게 되세요? 할머니랑?] 네 살, [조사자: 할아버님이 네 살이 더 많으세요?] 응. [조사자: 그 제대도 안 하시고 결혼 하셨어요?] 그래서 군대 있는데 결혼이라고 전보가 왔대? [조사자: 군대 있으신데] 예, [조사자: 하라고?] 예, 그래서 인자 휴가 받아가지고 와서 결혼하고 또 군대를 또 갔었지. 그래 그 큰애기 집에서 바짝 서두르니께. 그런데 그 마누라는 죽었어, [조사자: 병으로?] 응, 병으로 죽고, 그래 내가 재혼을 했지, [조사자: 일찍 돌아가셨어요?] 지금 한 사십 년, 한 사십 년 되겄네.

[7] 전쟁이 끝나자 또 다시 입대한 군대

[조사자: 그 입대를 하시게 된 계기가 뭐에요? 그냥 좋아서 그러신 거예요?] 군대? [조사자: 예, 그 전쟁이 끝나고 토벌까지 끝났는데 군대에서 영장이 다시 나와서 가기 싫은데 가신 건 아니고 입대하셨다 했잖아요?] 아녀, 지원했어. [조사자: 그래 뭐 돈을 받으신 거예요?] 아니, [조사자: 그냥 의무?] 응, 군대 생활 할라고, 그래 지원을 할 때는 평생을 군대 생활 할라고 지원을 했는데, 군대 가서 겪어보니께 도저히 못 견디겄어. (일동 웃음)

[조사자: 전쟁 때 보다 더 힘드셨어요? 군대 생활이?] 응, 훈련 받는 게 그렇게 힘들고, 그때는 장교들이 맨 소나무 베는 거, [조사자: 왜요?] 대검, 이거

군인들 차고 댕기는 대검, 두 사람이 하루에 이 저 소나무 이렇게 큰, 잣나무라고 있어. 강원도 가면은 잣나무 이래 큰 나무를 대검으로 벼, 그걸 쪼사서 두 사람이 일개 조를 맹길어서 그래 마루타(통나무)는 맹길어. 어떻게 해, 아홉살인데, 에. 삼대나, [조사자: 거 나무 토막 말씀하시는 거죠? 마루타가 일본말로 통나무죠?] 응.

이 통나무를 맹길어서 끊어가지고 둘이, 둘이 어깨에다 메고 와, 인제 아껴서, 가져 오지면, 저녁이면 장교들이 싹 팔아 묵어, [조사자: 아 팔아 먹을라고 시킨 거예요?] 응, 팔아 먹을라고 시켜, 막 어깨에 피가 나고 그래, '에이 이눔의 군대 생활 못 하겠다 안 한다'고 그러고 도망을 해서 와삐렀지 뭐, [조사자: 예? 제대 하신 게 아니고?] 엉, 그래 도망을 해가지고 왔다가 집에 와 있는데 인제 이 저 이제 잡으러 올 거 아니여? 이 저 경찰들이, 그래 내가 인제 여 경찰서 이래 쓸 때 그 서장이 애가 그, 이 서장으로 있었어. 그래 서장이 김형수라고, 나를 만나러 연보를 왔어, 와가지고

"경찰서 앞에 와서 장사를 해라, 그래야 편하겄다."

"아 나 죽어도 장사는 못 한다."

그래구선, 있다가 5.16이 딱 났어 인제, 박정희가. '옜다 인제는 군대 생활해도 되겠다', 그래 또 갔지, 그러고 5.16이 나고서 군대를 가가지고 그때는 내가 줄이 좋았어, 육군 본부에 빽도 있고 인사과장을 형님동생하고 지낸 사람이 있었어, 그래 거가서 육군 본부가가지고 인사과장을 찾아서

"나 군대 생활 또 해야되겠다."고 그러니께,

"군번 받었냐?"

인자 그래서, 그 탈영을 했어도,

"동기들이 제대를 했는데, 제대증을 해주시오."

그런게,

"그거는 안된다. 단 하루래도 군복을 입고 있어야 된다."

"그럼 다시 군대생활을 한다."

"그래 해라."

그래 가지고 그 인사과장이 헌병대로 딱 발령을 내주대? 그래 헌병으로 갔었지? 그래 용산 알투오라고 하는 데가 있어, [조사자: RTO?] 응, 그땐 알투오가 뭐냐 하면은 군용열차, 군용열차 장병들 싣고 왔다갔다 그런 거 해, 거기 인자 헌병들이 질서 잡으러 댕겼거든? 질서 정리, 그래서 용산서 대전까지 와, 대전까지 오면 호남선하고 경부선하고 이렇게 떼어 가지고 인자 가고 그럼 용산서 6시 40분에 출발해가지고 그때만 해도 이 저 석탄차여, 칙칙폭폭 칙칙폭폭 하는 거이? 그래 시간이 많이 걸렸거든? 그래서 대전을 오면은 10시 반 정도 돼, 6시 반에, 40분에 용산서 출발을 하면.

그라믄 인자 대전 와가지고 우리를 내리고, 인제 차는 갈려서 가면 인자 대전 헌병들이 또 타고 가고, 교대로 하거든, 그럼은 있다가 열두 시 반 되면 호남선에서 오고, 경부선에서 오는 대전서 연결해가지고 우리가 또 타고 올라가, 그래믄 용산가면은 아침 여섯 시 반쯤 되거든, [조사자: 그거는 좀 견디기 쉬우셨어요?] 응, 그거 하니께, 그거 하니께 그거는 할만하대? 그거는 할만 혀, [조사자: 훈련 따로 안 받으시니까?] 응, 밥만 먹으면 군용열차만 타고 댕기니께 그래서 인제 경찰에 계통에 있었으니까 군대 헌병도 충분히 할 수 있다, 해가지고 헌병으로 발령을 냈어,

[조사자: 근데 탈영한 거에 대해서는 뭐라고 하지 않으셨어요?] 아이, 그거는 그냥 싹 삭제 시켜버리고, [조사자: 그럼 그거는 얼마나 하셨어요? 알티오는 얼마나 하셨어요?] 그래서 삼년 했다니까. [조사자: 아 아까 말씀하신 삼년이 여기서의 삼년을 말씀하시는 거예요?] 어, [조사자: 그럼 처음에 군대 가셨을 때는 얼마 만에 도망 나오신 거예요?] 팔 개월. [조사자: 고때는 그럼 어디 어느 쪽으로 가신 거예요?] 그때는 저 강원도 인제 원통, 27사단. [조사자: 27이요? 저 27 나왔는데?] 27사단 이기자 부대? 그랬는데 지금 군대 생활은 할만하지, 그때는 그 통나무 베서 어깨다 메라는데 어깨에 막 피가 철철철철 그래 이런 군대 생활 못하겠다고 그냥 도망해 빼린 거야.

[조사자: 그때 그러면 그때 군대에서는 식량은 뭐가 나왔어요?] 먹는 거, 식당 가서 밥 먹고. 그란데 밥을 쌀을 인제, 예를 들어서 한 끼니에 300그람을 이제 정부에서 주잖아? 장교들이 떼먹고 한 100그람이나 줬어, 그래서 밥그릇을 받아가지고 보면 밑바닥이 보였어. [조사자: 다 장교들이 떼어 먹었구나.] 장교들이 전부 다 훔쳐 먹었다 이기야, 그래도 낮에는 나무 베 날라다가 그 놈 팔아 먹고. [조사자: 대검으로 어떻게 나무를 베죠?] 대검 갖고 그 큰 나무를 둘이 양쪽에서 가를라면 아침 먹고 가면 한 시나 돼야 그 나무가 넘어가, 쪼사서. 그때 당시는 군인 장교들이 전부 도둑놈이었어.

[조사자: 그 전쟁 하실 때 있잖아요? 그때 뭐 친구분들이나 같이 군생활하셨던 분들 중에 뭐 기억나시는 분이나 뭐 추억이 있다거나 그런 건 없으세요?] 뭐 추억이래야 만날 그 사람이 그 사람이고, 그 사람이 그 사람인데, 에 지금 그 친구들이 살아있는 사람이, 그때 삼백 오십 명 있었는데 이사 가고, 나이가 많아 죽고, 인자 뭐 딴 동네로 이사 간 사람들 이럭하고.

현재 건강히 있는 사람이 43명인가 얼마 되는데, 거 병원에 가 있고 우짜고 해서 엊그적에 총회를 했거든? 14일 날 월요일 날 총회를 했어 우리가, 우리가 그 단체가 지금도 나와 그 때 고생했던 사람들 모여서 이렇게 하는 게 있는데, 14일 날 총회를 한께 20명 모였어, 이사 가고 죽고 인자 나이가 많은 게 인자 아파가지고 병원에 가있고, 뭐 우짜고 해가지고 모였는데 20명 백에 안 됐어.

[조사자: 그 단체 이름은 뭐라고 지으셨어요?] 아, 그 우리 단체 이름? 참전동기회(참전동지회). [조사자: 거기서 그러면 혹시 그 전쟁 중에 총을 맞거나 그러신 분도 계세요?] 아 있지, 있구 말구, 총 맞은 사람들 수류탄 던져가지고 파편 맞은 사람들, [조사자: 그러면 그 분들은 다 보상 등급은 어떻게 나왔어요?] 어 그거, 등급이 있어. 등급이 있는데 6등까지는 돈이 좀 많이 나와, 그래 6등 이상은 등외라. 해가지고 한 달에 12만원 보훈청에서 그래 요번에는 3만원 올려준다고 그라대? 방송에 나오는데 보이께?

그라고 군청에서 5만원을 줘, 그래서 인제 17만원 타다가, 인제 20만원 되는 거지. 그래서 그때 총을 맞아가지고 만약에 팔이 부러졌다던가, 다리가 했다던가, 불구자가 됐다던가 하는 사람은? 최고 많이 나오는 사람이 60만원 나와. 그라고 뭐 20만원, 30만원 뭐, 인제 그 등급에서 나오는데 인제 6급 이상은 무급이라 해가지고, 고거 밲에 안 나와. [조사자: 그럼 혹시 몇 급 받으셨어요?] 나 무급.

[조사자: 뭐 어디 가보니까요, 군대 때 받은 총으로 먹을 게 없어서 사냥을 하러 다녔다는 둥, 어떻게 뭐 산골짜기에서 칡 같은 걸 캐먹다가 독이 올랐다는 그런 얘기를 하시던데, 그런 비슷한 얘기는 없어요?] 칡은 우리는 칡은 안 캐먹어도 멧돼지는 여러 마리 잡아먹었어, [조사자: 산 멧돼지?] 응, 산에. [조사자: 군대 때? 아님 경찰 때?] 토벌하러 올라가다 보면, 어떨 때는 한 삼일 간 밥을 못 먹을 때가 있어. 보급질이 끊어져가지고.

우리는 저 산 뭐야, 고지 날망에서 인제 주둔을 하고 있는데 적군이 고걸 알고, 밑에 와가지고 인제 그 밥해서 올리는 사람들 그 길목을 알아서 딱 지키 가지고 이런 걸 잡아가버린 게 밥을 누가 배달하고 어뜩해. 밥을 뺏들아 묵고 사람은 놔줬어야 하는데 사람을 잡아가 버렸으니 한 삼일을 굶은 적이 있고, 그래다 본께 할 수 없지.

그러다 이제 한번은 보이께 저산에서 뭐가 부시럭 부시럭 부시럭 해 적군인 줄 알고, 사람이 한 삼십 명이 돌아서서 총을 막 쏘아댄 거여, 거기다가. 그래 나중에 둥그러지는데 본게 멧돼지여. [조사자: 잘 됐네요 뭐.] 엄청히 크더라고, 소만해. 그래 그놈 벳겨서 이 저 돼지 가죽을 이렇게 벳겨, 벳겨 가지고 나무, 나무를 벼, 산에 가면 나무 많거든, 나무를 베가지고 나무다 이렇게 그 저 가죽을 걸어서 싸매고, 가죽 안에다 인자 고기 놓고, 밑에다 불을 놔. 가죽으로 솥을 걸은거여. 솥이 있소? [조사자: 아 솥이 없으니까?] 그래 가죽으로 솥을 맹글어 가지고, 가죽이 얼른 안타거든, 그래 갖고 익혀서 먹고 그랬어.

[조사자: 맛있어요?] 아이 그때는 뭐 그때는 뭐 아 자갈도 먹을 판인데, [조사자: 그게 일부러 막 잡으려고 잡은 게 아니고, 그렇게 되신 거구나?] 응, 그러니 인제 그 사람 소리가 나고 이 총을 갖고 있으면 화약 냄새가 멀리가, 총을 갖고 있으면 짐승이 그걸 먼저 알어, 그래 이기 도망간다고 한 게 이제 이 나무 저 잎사귀 겉은기 걸리니께 부시럭부시럭 소리가 나거든, 그래 우리는 적군이라고 대고 쏘는 거지. 그래 나중에 이제 총 맞으면 둥그러지면 그때는 인제 짐승인 줄 알지.

[조사자: 그럼 전쟁 끝나고 총은 다시 다 반납하셨어요?] 아이, 반납하지 그럼. [조사자: 그런데 할아버님 금산은 인삼 농사를 지은 건 한참 뒤에요?] 어이구, 고려 적에 인삼, 그래 금산 고려 인삼 아녀. [조사자: 근데 먹고 살기가 힘들었어요?] 그때는 농사를 져도 내가 밑천이 있어야 농사도 많이 짓지. 내가 돈이 없은게 많이 심덜을 못하지, 내 땅 없으면 못하지, 그러니께 못 살 수밖에 없지. [조사자: 그땐 부자들만 부자였어요?] 어, 부자만 부자래는겨.

[조사자: 그럼 그때 농사는 거의 그런 인삼 농사를 많이 지었어요?] 아 그때도 이제 인삼을 부자라고 해야 한 이백 평, 백 평 정도 했지, 지금은 뭐 만 평도 하고 막 그라지만, 원래 인삼 농사가 자금이 많이 들어. 노력도 많이 해야 되고, 그러니깐 부자들만 하니께 부자들 밑에 가면 맨날 품 팔다가 판나. 우선 먹을게 없은게 어떡해, 품이라도 팔아야 가족이 먹고 살으니께, 그러니 없는 사람은 항상 없이 살고, 있는 사람은 자꾸 부자가 되고, 그렇게 살아왔어.

[조사자: 그러면 할아버님 제대하고 나서는 어떤 일 하셨어요?] 제대하고 나서? [조사자: 이제 결혼도 했으니까 가족을 부양해야 되잖아요?] 목수. 목수일해서 25년간 해서로. [조사자: 건축 목수요?] 25년간 하다가 인자 나이가 많아서. [조사자: 기술을 따로 배우셨나봐요?] 인자 뒷문으로 하다가 이제 배운거지 뭐.

[조사자: 그럼 금산 중에서도 가장 그 전쟁 피해가 큰 마을이 어디에요?] 다

똑같어, 똑같고, 면 단위로 보자면 피해가, 남이면, 진산면, [조사자: 여기서 먼가요?] 어, 남이가 여기서 한 6킬로 넘을 걸? [조사자: 그 황풍, 황풍.] 잉 황풍리, [조사자: 그게 남이면이에요?] 거기는 남일면, [조사자: 아 남일면이 있고, 남이면이 있어요?]

그러고 금산에서 빨갱이가 제일 많은 데는 부리면, [조사자: 아 그 얘기는 들었어요. 근데 막상 갔더니 얘길 안하시던데.] 그거 그런 거를 왜 얼른얼른 얘기 해 줄라고 하는가, 자기 면 명예도 있고, 손상 되라고. 나는 인자 그 사람들 잡으러 댕겼기 때문에 이제 얘기 하는 거지, [조사자: 그 저번에 뵀을 때, 여름에 뵀을 때 어디 강연 다니신다고.] 아, 중앙국민학교서 일 년에 한 시간씩 6학년 학생한테 와서 6.25때 워뚷게 싸웠으며, 인민군들이 하는 행동이 어땠는가 애길 좀 해돌라고 그래서 내가 이 저 참전동지회 회장을 했어, 그래 인제 와서 한 시간씩 강연을 해달라고 해서 강연을 해줬지.

근데 작년부터 딴 사람을 쓰는가 우짜는가 소식이 없대? 잘됐다 하고, [조사자: 참전동기회에요?] 동지, 뜻 지자. 동지. [조사자: 그 저는 예전부터 궁금했던 게 그 전쟁할 때도 군가 같은 거 배우고 부르고 그러셨나요?] 어이, 전쟁할 때 군가 불르지, [조사자: 그때 불렀던 군가는 뭐에요? 군가 조금 불러주시면 안돼요?] 아이고 다 잊어버렸어, 뭐 그때는 뭐 주로 정의의 시체를 넘고 넘어, 주로 그거 불르고 그랬는데, 지금도 몰라 다 잊어버렸어.

그라고 인제 공비토벌 할 때는 나팔부대, 이제 노래하는 사람들 해가지고 저 산을 점령을 해야 돼. 그라몬 그 사람들이 먼저가, 나팔부대 노래하는 사람들이, 먼저 가가 저 반대편에 가서 막 나팔을 부르고 노래를 부르고 하면 기가 거기로 솔깃하거든? 그때 우리는 뒤에서 올라가는 거야. 전술이지 전술. [조사자: 그럼 뭐 무슨 노래를 불렀어요? 그런 사람들이?] 그때는 뭐 유행가도 부르고, 아무 노래고, [조사자: 막 시끄럽게 해갖고 그런?] 아, 이제 적군들 정신을 교란시키는 거니께 막 나팔 불고 장구 치고, 막 적은데서 그라거든? 그라먼 거게 어 저기 무슨 소린가 할 때 솔깃할 때 우리는 뒤에서 밀고 올라가는 거지.

[8] 인민군과 맺어준 여인의 기구한 운명

[조사자: 그 토벌한 인민군들 중에 기억나는 사람 없으세요?] 하나 있는데, 남자 여자 둘인데, 저 육백고지라고 하는데서 나 이제 대대본부에서 이렇게 하고 있으니까 있다가 망원경을 이렇게 해갖고 훑어보니께 저 건너 산에 바우굴이 하나 있었어, 굴이 하나 있는데 굴 문 앞에 요렇게 사람이 하나 앉아 있더라고? 그래 대대장한테

"저 굴에 사람이 있다."

한게, 나보고 가 잡어오라, 그래 거길 갔지 인제, 땅에서 한 질 이상 되는데 바우가 요렇게 있는데 우에 굴이 있어, 바우에 그래서 밑에서 소리를 질러도 안 나와.

"나와라 나와라."

해도.

"수류탄을 던질텐게 알아서 해라."

그냥, 수류탄 까서 던지면 죽어 그거, 그란게 나오더라고? 그래 이제 잡아서 꽁꽁 묶어가지고, 묶어놓고 묶었는데 여자여, 그래 인제

"안에 또 있냐 없냐."

그러니 없다, 총을 딱 갖다 모가지에 갖다 대민서

"정말 없냐?"

"없다."

그러더라고. 그래서 얼른 가자, 그래 대대본부로 데리고 왔어. 그래 인제 데리고 와서 인제 대대장이 해가지고 금산 인제 이 경찰소에 이제 범소를 넘겨 버리고, 그래 토벌이 끝나고 나서 그 범소를 들어오니께 아이고, 김 뭣인데, 이름도 잊어버렸는데 인자 하도 오래 되서, 이 친구가 우리랑 같이 총을

메고 싸왔는데 그 사람이 어떤 사람이냐 하면, 이북에 인민군이여, 인민군 놈이 내리왔다 자수를 하니께

"그럼 너 총들고 싸워라."

그래가지고 우리랑 같이 공비 토벌하러 댕긴 사람이여, 그래 지금 여 축염 밑에 거게가 담배창고가 있었어, 연초 창고, 그기 인자 경찰소에 유치장이었었어, 막 폭격을 해서 다 때려 부셔서 뭐 경찰서도 없고 그랬거든, 지금 우체국 자리가 경찰서 자리고. 거다가 인자 우리 임시 경찰서 정해놓고 있고 그러는데, 이 창고다가 넣어 놨는데 이 친구가 딱 나를 불르더니

"저게 가면 유치장 안에 있는 그 여자 있잖여."

이름을 말을 하면서

"나랑 한 동네 사람이다, 이북에. 어려서 났을 때 나가지고 이려 쪼끄맣고 클 때 자기 어머니, 그 여자 어머니 아버지하고 이 남자 어머니 아버지하고가 서로 사돈 산다면서, 사돈 사돈 하고 지낸 자리다, 그러다가 우리가 총을 메고 나왔는데 인제사 여서 만냈다, 그러니 더 하고 살게코롬 해줘라."

그러더라고? 정말 그래? 그렇다, 그때는 이 빨치산들을 잡아오면 요렇게 해가지고 머리를 숙이고 있어요, 머리 들면 총 개머리로 갖다가 쳐 버려, 왜 그러냐 하면은 머리를 들면 서로 신호 해가지고 폭동을 일으켜, 그래 머리를 숙이고 있으면 폭동을 못 일으켜, 신호를 못 하니께, 그런데 가까 된 게 너 일어나, 그래 죄다 물고 인제

"아 그게 사실이네? 그래 좋다. 너 나와 이리."

그 데리구 나와서 그냥

"아무 것이하고 살어."

[조사자: 아 결혼해서요?] 그때는 결혼이고 뭐고 없어 그냥 가서 살면 되야, 그래 내가 자던 방이, 방 하나 얻어 갖구, 있었는데. 그 방을 줬어,

"이거 느그 둘이 살아라."

그러믄 그 때 당시 쌀 엿 말 탔거든? 여섯 말을 타서 먹는데 둘이 먹을라

하면 엿 말 가지고 모지래잖아, 그래서 내 앞에 돌아오는 쌀을 두 말씩 서 말씩 떼서 줘어 살으라, 그래 인제 그걸 조사를 해가지고 이제 우에 상관한테 보고, 보고도 안하고 내가 그렇게 했그등? 그래 인자 이 사람들을 전부 명단을 불러갖고 인제 전주로 넘겨야 되는데, 이름을 불른게 없거던? 그래 보안 주임한테 막 앞정이를 깨이고 막 그랬었어, 아, 그래 같이 거 빨갱이 체포하는 사람들이,

"저게 저 사람이 불러갔다."

이기를 막 앞정갱이 깨이고 그러네 차더라고.

"이 빨치산으로 도로 가면 어떡할라고 니 마음대로 했느냐"

"절대 안 그렇다."

그래, 그래 둘이 살았는데 공비토벌을 그 다음에 나가 가지고 남자가 총을 맞아서 죽어버렸어, [조사자: 아 여자 혼자 남았구나.] 여자 혼자 남았어, 먹고 살 길이 있나, 그래 내가 또 중매를 했어, 시장에 들어가면 포목상, 이 옷감 파는 가게가 있었는데 그 사람 나이가 많아, 그래 이 여자하고 그 사람 딸하고 나이가 같아, [조사자: 아우, 그렇게 차이가 많이 나요.] 그래, 우선 먹고 살아야 되는데 어떡해, 그래 거지 중매를 했어, 그 사람이랑 살았어.

그럴 때 이 여자가 우리집에 자주 댕기면서 우리 어머니 보고

"어머니! 어머니!"

하고 댕기니께, 우리 어머니가 오해를 했어, [조사자: 응, 할아버지 여잔 줄 알고?] 응, 오해를 했었다고. 그래 어머니가 한 번 얘기를 하길래

"절대 그렇지 않다."

그랬는데 그 영감이 이제 나이가 많은 게 영감이 죽어버렸어, 그 여자도 팔자가 기구하지, 그래서 그 여자가 나한테 와서 그라대?

"이래저래 여기서 도저히 못 살고 서울로 오데 가서, 가야겄다."

그러기에,

"가서 잘 살으라."

그랬는데 가고 나서는 소식이 없어. [조사자: 그때 할아버지는 결혼 안 하신 상태였어요?] 안 했지, 그런게 우리 어머니가 오해를 하지.

[조사자: 그런데 어떻게 그렇게 믿으셨어요? 도망가지 않을 거라는 걸?] 그때는 내가 통 큰 짓을 많이 했어. 그라고 나이가 제일 작고 이런 게 높은 사람들이 나를 귀여워하고 하니게, 귀여워 하고 하니께 그기 좋아서 나를 믿는다 이렇게 나는 생각을 하고, 그래 내 맘대로 많이 저질렀어, 통 큰 짓을 한 거여 그래, 지금 같으면 어림도 없지, 그때는 인자 높은 사람들이 나이가 제일 어리고 한게 귀여워서 하고 그라니게 그거를 귀여워하는 줄을 모르고.

[조사자: 그럼 애들한데, 6학년 애들한테 가시면은 어떻게 무슨 말씀을 하세요?] 인자 6.25때 전장(전쟁)이 어떻게 일어났다는 거 공비 토벌은 어떻게 해 왔다는 거, 먹고 사는 거는 어떻게 먹고 살은 거, 내나 오늘 한 얘기랑 비슷하지. [조사자: 애들 반응은 어때요?] 상태? 그리고 며칠 있으면 막 편지가 와, 이 그 놈의 학생들이, (일동 웃음) 나도 커서 할아버지마냥 이렇게 될래요, 하는 애들도 있고. 그렇더라고 근데 작년부터 안햐. 가을, 이 겨울방학

며칠 앞두고 만날 오라기래서 갔었거든? 작년부터 안햐. 말이 없어, 말이 없는데 내가 자발적으로 갈 수는 없는 거 아녀?

[조사자: 그 영화같네요, 그 인민군 여자 얘기는.] 이름도 다 잊어버렸어, 이름도 다 알았는데 내가, 다 잊어버렸어. [조사자: 그래도 기억을 꽤 잘하시네요. 할아버님, 나라가 어려웠을 때를 다 지나 오셨잖아요, 전쟁도 겪고 일제도 겪고. 젊은 사람들한테 당부하고 싶은 말이나, 해주고 싶은 말 있으세요?] 제발 종북생활 하지마라, 신세 조질텐게 아주 평생을, 요새 젊은 사람들 종북을 좋아해, 종북이랑 하지 말어, 그런 사람들은 실정을 몰라서 그려, 실정 알면은 하래도 안햐. 몰라서 하는겨, 몰라서. [청중: 넌 담배나 피지 말어, 말로 안 들어.] 그럴 때부터 담배 핀 거여, 인제 다 안펴.

[조사자: 처음에 담배를 전쟁 때 배우셨어요?] 응. 전쟁 때문에 담배 피는 거여. [조사자: 아 그럼, 그때 여기 담배농사도 지으신 거예요?] 아이 그럼, 담배농사도 짓고. 그때는 이 담배를 이렇게 말은 담배는 골련(궐련)이라고 그랬어, 골연. [조사자: 담배를 누가 줬어요?] 어, 자기가 돈 주고 샀지, 뭐. [조사자: 아 남들 피는 거 보고 그냥 사서 피신 거구나.] 그래 인제 이런 부락에 출장 나가면 이장들이 또 줄 때도 있고. 그런게 그런거 받아가지고 내밀기도 그렇고 그러니 인제 피다보니 인제 배운 거여, 그래서 열일곱 살 먹어서 술 먹고 담배 폈어. (일동 웃음)

[조사자: 처음에 스파이 하셨다고 하셨잖아요? 그런 용기가 어떻게 하다 나셨어요?] 어 이제 그 사람들하고 퍽 친했어. [조사자: 아, 그 인민군들이랑요?] 아니, 저 경찰하던 사람들이 나를 퍽 귀여워하고 좋아했어, 그 사람들을 감추다 보니까 그렇게 된 거지, [조사자: 인민군들하고는 어떻게 뭐라고 얘기하고 같이 다니셨어요?] 인제 그 사람들 하는 행동에 졸졸졸졸 따라 댕기는 거여. [조사자: 뭐라고 안 해요? 인민군들이?] 안 하지. 그러면 그 사람들이 어디 가서 뭐하는가, 어디 가서 뭐하는가 인자 졸졸 따라 댕기면 그냥 암말도 안 하고 있어.

[조사자: 근데 잘못하면 표적이 될 수도 있었을텐데 인민군한테.] 아녀, 그 때 이제 열일곱 살이라 나이가 어리고 한게, 그냥 야들이 어리게 본 거여. 그래 이 저녁이면 굴에 가서 죄다 얘기해주고, 인민군들이 뭐 어디 가서 뭐 하고, 어디 가서 뭐 한다. 무슨 회의한다 뭐 우짠다 인제 얘기해주고.

버릴 수 없었던 눈 먼 남편

송 옥 례

"도망갈라고 맘 먹었었지요. 내가. 그러다 병원에는 내가 붙잡구 가유."

자 료 명: 20130218송옥례(춘천)
조 사 일: 2013년 2월 18일
조사시간: 21분
구 연 자: 송옥례(여 · 1930년생)
조 사 자: 오정미, 이원영, 남경우
조사장소: 강원도 춘천시 신동면 정족 2리 경로당

[조사과정 및 구연상황]

조사팀이 찾아간 정족리 마을회관은 마침 마을 잔치가 있었던 날이었다. 수많은 동네 어르신들이 모여있었고, 전쟁담 조사에 대해여 호의적인 분위기였다. 이때 처음으로 만난 송옥례 화자는 할머니 그룹에서 비교적 연장자이신 분으로 모두가 송옥례 화자를 추천하였다. 할머니의 피난이야기가 시작되자 모두가 경청하는 분위기 속에서 조사가 시작되었다.

[구연자 정보]

송옥례는 춘천이 고향으로 6.25도 춘천에서 겪었다. 다친 남편까지 보살피며 이겨내야 했던 전쟁이기에, 송옥례는 누구보다도 치를 떨며 이야기를 구술하기 시작했다.

[이야기 개요]

송옥례와 남편은 피난을 나오던 중, 남편이 탄약을 잘못 만져서 손가락이 절단되고 눈이 멀게 되었다. 홀몸으로도 힘든 피난살이인데, 다친 남편의 병수발까지 하며 이겨내야 하는 피난살이기에 송옥례는 이야기를 구술하는 중간 중간 긴 한숨을 쉬며, 힘겹게 이야기를 구술하였다. 결국 끝까지 남편을 보살피며 전쟁을 이겨낸 이야기이다.

[주제어] 피난, 고생, 폭탄, 폭격, 동네 빨갱이, 남편, 염병, 병원, 병수발, 장님

[1] 동짓달 피난을 나가다

[조사자1: 할머니, 먼저 성함하고 연세가 어떻게 되세요?] 팔십 너이.

[조사자1: 아, 성함은 어떻게 되세요?] 송옥례

[조사자1: 그러면 고향이 여기세요?] 예, 본데 여기에요. [조사자1: 아-. 원래 춘천 여기?] 예. [조사자1: 결혼도 이리로 오신 거구요?] 예.

[조사자1: 그러면 육이오 때 연세가 어떻게 되시는 거예요?] 스물 둘, 그렇게 되지? 스물 둘, 스물 하나. [청중: 육십삼 년 됐지, 난리 난 지가. 전쟁 난 지가 육십삼 년 됐어.]

(잠시 조사자들이 드린 사탕을 나누시느라 대화 중단.)

[조사자: 몇 년 생이세요?] 음력 동짓달 열 사흗날. [조사자: 몇 년 생?] 그건 몰러. (일동 웃음) [조사자2: 띠가, 띠가.] [조사자1: 띠가 어떻게 되세요?] 말띠.

[조사자1: 말띠, 그러시구나.]

[조사자1: 그러면, 여기 전쟁 나고 나서, 그때는 결혼을 하셨던 거세요?] 그렇지.

[조사자1: 아~. 그럼, 어떻게 전쟁이 난지 아시고, 누구누구랑 같이.] 전쟁이 어뜨케(어떻게) 나구, 그거야. 그걸 어뜨케. (웃음) [조사자2: 전쟁이 났다고 알았을 때부터 피난까지 어떻게 해서, 그 기억을 쭉 이야기 해 주세요.] 예. 전장(전쟁)이 나갖구, 그 인민군들. 여기 동네 빨갱이들 많았잖아요. [조사자1: 그렇죠.] 그러니까, 우리 신랑을 동네 빨갱이가 붙들어다 이북에다 보냈다구. 이북에다 보내갖구, 일 년 만에 도망을 왔어요, 집으로. [조사자1,2: 아~.] 저, 시월달 피난에 도망을 왔어요, 집으로. 그래갖구 동짓달 피난에 또 나갔잖아요. 또 나갔다가, 들어와 있다가 삼월 피난에 나갔지. 또, 예. 삼월 피난에 또 나가서, 우리 신랑이 그렇게 돌아댕기다, 그 전에는 중국 놈들이 왔잖아요, 여기. 그래서 그 못된 옘병(염병)을 갖다 줬어요, 여기다. 그래갖구 우리 신랑이 옘병을 붙들고 있어갖구, 그 병을 갖구 여기서 저 충청북도 장원읍에까지 내가, 지팽이를 짚은 걸, 데리꾸(데리고) 거까지 간 거예요.

[조사자1: 아~.] 뒤에다가 내가 먹을 거, 이불, 그릇 짠뜩(잔뜩) 지구. 그때 스물 하나, 스물 둘인데 내가. [조사자1: 네, 네.] 그렇게 해 갖구 거기 가서 또 일 년을 있다가 우리 즈네 아버지(남편을 가리킴)가 그렇게 병들어서 갔는데, 거기 가서 남의 방을 읃어 갖구 그냥~ 누워 있어서, 내가 남의 일, 짐매구, 모 심구구(심고) 이래 갖구, 하루에 이천 원씩 받아서 벌어 먹었어요, 거기 나가서. [조사자1: 오~.] 예, 그러다가 우리 즈네 아버지가, 이~ 그러니까 운제(언제) 지팽이를 짚구 나 일하는 데를 나왔느냐면은, 으이~ 칠월 달에 걸어 나온거야. 앓다가. 그래서 그렇게 지극히 고상(고생)을 해서 난, 얘기할라믄 가슴이 떨려 못해, 아주. [조사자1: 응~.]

[2] 폭탄에 다친 남편을 버리고 싶었다

그러다가, 인제 가을게에(가을께에) 또 베 비구(벼를 베고), 베 묶구, 그전에는 요렇게 묶잖아요. 그걸 이렇게 내가 남에(남의) 걸 묶으니까, 거길 기어 나왔다가 논두렁에 와서 뭘 맨적맨적(만지작만지작)거리더니, 요만헌 뭐 하얀 거를 주더라고. 이게 뭐냐고 물으니깐 "몰라."

그러더니 주머니에다 넣는 거야. 이거를. [조사자1: 네, 네.] 주머니에다 갖다 느 갖구, 그게 이쁘니까 저녁에, 그전에는 이 불(전깃불을 가리킨다.)이 아니고 등잔불인데, 남에(남의) 사랑에서 그게 뭔가 요렇게, 불을 켜 갖구 그러다가 고게 불이 붙으니까 '팡' 하고 터진거야. 그래 갖구 이 눈이 홀랑 두집히고(뒤집히고) 얼굴이 다– 깨지구. [조사자1: 아–.] 손, 지끔 바른 손 이게(손가락 마디를 가리키며) 없어요. 탁 잘라지고. 신랑이. [조사자1: 할아버지께서?] 예, 예, 예, 예. 그렇게 지겹게 고생을 했어요. [조사자1: 그럼 그 탁 터진 게 뭐였어요?] 그러니까 무슨 터지는 탄알 이런 거지 뭐. [조사자1: 어–. 폭탄 같은 거?] 예, 예. [조사자1: 그러셨구나.] 예.

그래 갖구선, 그래구 나니깐 빚데미에 올라 앉잖아요. 타 동네 가서 내가 벌어놓은 것도 없는데. 그래 갖구, 가을인데 그 동네 아줌마들이 돈을 한 이만 원 주믄서, 이거를 갖고 감을 떼다가 감 장사를 하래. 그래 난 그거 못한대니까는 그걸 끓는 물에다가 소금물에다가 끓여서, 이렇게 하룻밤 덮었다가 이틀날 저녁에 띠 내서(떼어 내서) 그 이틀날 동네로 가지구 오믄 다 팔아준다고. [조사자1: 아–.] 그래 갖구, 그렇게 해서 거기 빚을 다 갚은 거예요, 내가. 병원에 댕긴 빚을. 이 손하구 눈하구 그래 갖구. 그래 눈을 아주 못 봐. 그래서

"아이구, 아주 못 보면 뭘 해. 집어 내뻐리고 얼루(어디로) 도망을 가야지."

혼자 속으루 내가 그러면, 거기 아줌마들이

"박서방댁. 그러면 안 돼. 죄 받어, 안 돼."

내가 간대믄 우리 즈 아버지가

“나 본 체 놓고(본 척 하지 말고, 버리고) 가. 내가 안 붙잡을게. 본 체 놓고 가.”

[조사자1: 누굴 놓고 가요?] 자기를 본 체 놓고 가래. [청중: 할아버지가.] 내가 도망간대믄. [조사자1: 아-.] 아휴, 그래도 또 동네 아줌마들이 그렇게 사정을 하고 못 가게 하더라고요. 도망갈라고 맘 먹었었지요. 내가. 그러다 병원에는 내가 붙잡구 가유. 눈이 망가져, 눈이 아주 망가졌나 안 망가졌나. 보라 그랬더니 이렇게 비집고 보더니 손톱이 깨지지도 않고 양쪽 눈에 가 콕 백힌 거야. 그래서 그걸 사흘 만에 그걸 띠 낸거야. 그래 갖구 몇 달을 앞을 못 봐서, 내가 일 갔다가 밥을 좀 국에다 말아서 갖다 주면 퍼먹고 퍼먹고. 그지 모냥(거지 마냥). 그렇게 살았어요. 그래다가 한해 지우 거기서 나고, 정월 달에 시어머니, 친정어머니, 천정아버지 다 여기 계시기 때문에 혹시 돌아가셨나 하고 거기서 여기를 사흘을 걸어 들어왔어요. 그땐 차가 없으니까. [조사자1: 네, 네.] 예. 그렇게 걸어 들어왔어요. 여기를. 그렇게 지겹게 고상을 핸 거야. 그래 얘기를 할래믄 가슴이 떨리고 그래서 얘기를 못 했어요, 내가.

그래 갖구, 이제 여기 들어와 갖구 또 주민등록을 새로 내야 한대. 내야 간대 거기로, 살러 갔는데. 그랬는데 내 것만 나오고 우리 즈네 아버지 건 안 나온 거야. 그러니 어뜩해. 내가 혼자 사월 달에 거기를 걸어서 사흘을 걸어서 간 거야, 또. [조사자1: 어머.] 걸어서 물을 개울을 또 건너고, 또 말르고, 또 건너고. 그때는 치매도 이런 바진가? 그랬는데 여기가(밑단을 가리키며) 죄- 터진거야, 바람에. 그렇게 지겹게 고상을 했어요. 그래 갖구 스물 서이에 들어 왔지. 스물 서이에 들어와 갖구 남에 사랑에 있다가, 살다가 스물 너이에 우리 아들을 하나 낳은 거야. [조사자1: 아-. 스물 셋에.] 스물 너이에. [조사자1: 음-.] 아유, 다 헐래믄 한이 없구. 가다가두 잘 데가 없으면 어디 누구들 방 달래는 소리를 못 해구, 아유, 저 마굿간에 들어가 좀 자야지, 깍지광에 들어가 자야지. 이렇게 마음을 먹구 어디 버리(보리) 짚가리가 있으믄 버리 짚 단 하나 쑥– 빼구 그 안에 들어가 자구. 그랬어요. 방애간(방앗간)에 가 자구. [청중: 할머니는 그래두 호강으로 피난을 하셨수.] [조사자1: (웃음)] [청중: 짚거리(짚가리) 속이면. 우린 남의 화장실 그 앞에다가 그냥 그 앞에 가서 잤어, 그냥. 그래다가 그냥, 아유 또 폭탄이 여기저기 터지고, 막 쳐들어 온다고 그래서 또 일어나 가구, 또 일어나 가구, 그냥. 열두 살 때 난. 아이구, 지겹게 했네.] 혼자 가서는 거기 짐 있는 걸, 가서 웬만한 건 다 버리구, 쌀 짐 두어 말하구 버리쌀(보리쌀)하구 이불하구, 혼자 가서 지구서 올라고, 몇일이라도 올라고 지게에다 잔뜩 해 졌는데. 하루를 왔는데, 논에서 일허는 아저씨가

"아주머니 어디로 가세요?"

그래. 그래 춘천으로 간대니까 그렇게 해구 어뜨게(어떻게) 가느냐. 젊은 양반이. 그래

"어뜩해유, 오던 질이면 가면 되유."

그래니까

"아유, 그래지 말구 내려 놓으슈, 내가 해줄게."

그래더니, 지게는 빼 내빌구(내버리고) 거기서 지게 고리 해서 멜빵을 해지 주는데, 더 못가겠어 아파서. [조사자1: 오–.] 예. 그래 갖구, 원주 문막으로 가므는 춘천으로 피난민을 실어가는 차가 있다구. 그래서 원주 문막에 가서는 사흘 밤을 잤네. 어느 차가 데려가는 거를 몰라 갖구. 그래 갖구 거기서 이제 차를 만나 갖구 요 너메 하곡리라는 데까지 실어다 줘서 거기서 여길 걸어 들어 왔어요. [조사자1: 아–.]

[3] 홀로 남겨져 전쟁을 겪다

[조사자1: 할머니, 그런데 그 이야기가 궁금한데요, 처음에 결혼 하셔서 빨갱이들이 할머님 할아버지를 이북으로 데려갔잖아요. 거의 일 년이라고 그러셨는데

그 시간 동안 혼자 어떻게 사셨어요? 할아버지 없이?] 응. 큰댁에. 큰댁에, 여기에 그러니까 시어머니한테 가 있었구. 요 근처니까. [조사자1: 할아버지 없이?] 아이, 그까짓 그 몇 달이야 뭐. 그래서 애가 하나 있어서 그때 죽었지, 이제 애가. [조사자1,2: 아-.] 애가 병이 났는데, 그때 병원이 있나유 뭐 있나유, 그때 죽었지. 그래서 그렇게 지겹게 고상했어요. 우리 두 늙은이가.

[조사자2: 전쟁은 유월 달에 났잖아요. 그러면 어르신은 언제쯤 잡혀가신 거예요?] 응. 그러니까는, 가을게유. 가을에. [조사자1: 가을에-] 그럼. 그 여름에 한참 동네 빨갱이가 많았어요. 앞치매를 뒤집어 쓰고 돌아댕기는데, 뱅기(비행기)가 무서우니까, 그렇게 돌아댕기며 붙잡아 갔지요. 산에 가 숨어 있다가 마침 내려온 거를 붙잡아 갔지. 부엌에 낭구(나무)를 이렇게 끄지러 놓잖아유. 그 낭구 속에다 감췄어유 내가. 그랬는데 찾아내라구 지랄 지랄을 해갖구. [조사자1,2: 아-.] 거기 가서 죽지 않고 살아 와서 여태까지 살아요. 구십 너이에요. [조사자1: 어머!] [조사자2: 그럼 댁에 계세요?] 예. 집이(집에) 있어요. [조사자1: 북한 갔다 온 이야기를 듣고 싶네요. 이렇게 이야기를 잘 듣고 말씀 하세요?] 예. 그런데 귀가 잡숴어요. [조사자1: 아-. 그러셨구나.] [조사자2: 말씀 잘 하시면 저희가 이야기 한 번 들어보고 싶어서요.] 우리 할아배요? [조사자2: 예.] 아유, 귀가 잡숴서 몰라. [조사자2: 아-. 그래요?] 아주 그리고 요새 감기가 와 갖구 목이 폭- 잼겼어. [조사자1, 2: 응-.]

[4] 전쟁을 이기고 살아가다

[조사자1: 그러면, 이제 지게 지고, 다시 이쪽으로 이사를 오신 거세요? 짐 들고?] 그렇지요. 예, 예. 내가 혼자 가서 갖고 왔지요. [조사자1: 혼자 가서?] 그럼. 우리 할아배는 주민등록이 안 나와 못 가고. 나는 나왔으니까 가고. 세 달 전에 애는 죽고 나 혼자잖아. 그러니까는 가다가, 걸어 가다가 해가 지면는 거서 자구 가야 하는데, 새댁이니까는 안 재우는 거야. (웃음) [조사자

1,2: 아-.] 무슨 뭐 빨갱인가 뭔거 이럴까봐 그런지 안 재워. 반장 집으로 가라 이장 집으로 가라 이래는 거야. 안 재울라고 해. 아유, 내가 고상한 얘길 우리 애덜한테도 안 해봤어요. 이런 거를 이르면 내 가슴이 막 떨려. [조사자1: 떨려서-.] 예.

[조사자1: 할머니, 그러면 할아버지 모시고 피난 가셨을 때에 할머니가 주변에서 보신 풍경들도 있었잖아요? 죽은 사람들도 많이 보시고 그러셨을 거 같은데.] 죽은 사람은 나가다가는 못 봤지. [조사자1: 아-.] 예. 나가다 죽은 사람은 못 봤지. 여기 있을 적에 동네 빨갱이덜을 아군덜이 쏴 죽인 거. 그것만 봤어. 나가다 죽은 사람은 없지.

[조사자1: 그럼 피난 가서 얼마나 있다가 오신 거예요?] 돌만에 왔지. [조사자1: 예?] 일 년 있다가. [조사자1: 아-. 돌만에.] 고상을 너무 해서 이렇게 오래 사는 거야. [조사자1: 예-. 아이고, 참.] 새끼들은 다 나가 있고, 두 늙은이가 있어요. 밥 해 먹기도 싫고, 아주 구찮아. 사는 게 아주. 너무 춥구 아주, 눈 오고 눈 치고. 사는 것도 아유 진저리 나. (웃음)

[조사자1: 그럼 자녀 분들은 몇을 두신 거예요?] 오남매요. [조사자1: 오남매.] 다 먼 데 있어. 여기 춘천은 하나도 없어요. [조사자1: 아-.] 진저리 나요, 생각을 하면 어뜨게 살아 왔나 그래. 츰(처음)에 난리 나고 그럴 때, 뱅기(비행기)로 막 내려요. 동네 빨갱이던 말던 뱅기가 막 내려 쏴서 집도 다 태웠잖아, 우리 것도. 동네 집덜도 많이 탔지유. 그리면 얼로(어디로) 갈 데가 없어서 낭구에 뛰어 올라가서 꼼짝 않고 달라 붙어 있었어. 아유 그때는 막 내려 쏘잖아유 뱅기가. 그 뱅기서 맞아 죽구, 내 뒤에 죽은 사람이 둘이야. 그런 거 보면 무섭잖아요. [조사자1: 예-.] 아유. 그 뭐 얘기 들음 뭐해. [조사자1: 저희는 이야기 해 주시면 머릿속에서 그림이 그려지죠. 그랬구나.] (웃음)

[조사자1: 그럼 친정 식구들은 어떻게 전쟁 때문에 돌아가시거나.] 아니에요. 안 돌아가셨어. 전장땜에 죽은 사람은 없어요, 우리 집안에는. [조사자1: 아-. 뭐, 억울하게 돌아가셨거나 그런 분도?] 아니에요. 없어요.

[조사자1: 그러면 피난 가시다가 그 폭탄 같은 거를 만지셔서 할아버지가 시력을 완전히 잃은 거세요? 지금도 앞을 못 보세요?] 잘 안보이지유. 흐미하게 보이지요. 츰에는 아주 못 봤지유. 요만한 걸(손가락 마디를 가리키며) 갖구 그러다가 성냥불을 이렇게 해니깐 팍 하고 터니지깐 손이 뚝 잘라졌지. [조사자1: 손이?] 그니까 대롱대롱 매달려 있는 거를 [조사자2: 아이구.] 병원에 가 잘랐지유. [조사자1: 그래도 그때 당시에 병원에서 치료를 받을 수는 있었나봐요?] 그럼. 저기 충청북도 장원읍에 거기 병원. 여기서 피난민이 다 글루 가니까 거기는 괜찮잖아. 거긴 좋잖아. [조사자1: 아~.] 거기 사람들은 피난을 안 나가고 농사 했잖어. [조사자1: 아, 장원읍은?] 예, 예. 억척같지유. 거기까지 걸어갔으니, 지게를 지구. [조사자1: 응, 그러게요. 참. 남자도 하기 힘든 일인데.] 그니까 계속 가는게 아니구, 쪼끔 가다가 쉬구, 쪼끔 가다가 쉬구. 어디 잘 데 있으면 잘 때나 내려 놓을라나 해구. 사는 게 아니지유 뭐.

[조사자2: 피난 가실 때, 시댁 식구들이랑 같이 가셨어요?] 아니유, 각각 갔지유 다. [조사자2: 따로 따로?] 예. 큰댁은 큰댁대로. 나는 우리 즈네 아브지가 병이 들었기 땜에, 그게 옘병이잖아. 그르믄 옮잖아. [조사자1: 네.] 그르니까는 나는 둘이 먼저 갔지유. 한데 안 갈라 그르지 갈라 그르나유? [조사자1, 2: 아~.] 이거 접어놓고 뭣 좀 잡숴. [조사자1: 아니에요. 괜찮아요.] [조사자2: 오늘 마을 잔치 하시나 봐요?] 돼지 잡았어.

전쟁 중에도 보고 싶던 남편

정 미 순

"이렇게 내다보다가 이거를 다 못 붙들구 돌아서다 물동이를 깬 적이 있어요."

자 료 명: 20130218정미순(춘천)
조 사 일: 2013년 2월 18일
조사시간: 120분
구 연 자: 정미순(가명; 여 · 1931년생)
조 사 자: 오정미, 남경우, 이원영
조사장소: 강원도 춘천시 팔미 1리 경로당

[조사과정 및 구연상황]

춘천시 팔미 1리 경로당에서 다시 정미순 할머니를 만났다. 2012년에 할머니의 배우자인 민홍석 할아버지의 전쟁담을 조사하였고, 이번에는 정미순 할머니의 이야기를 듣기로 했다. 조사자의 짧은 질문이 던져지면 할머니께서는 매우 흥미롭게 전쟁담을 구술하셨고, 곁에 함께 하신 민홍석 할아버지가 설명을 덧붙여주곤 했다.

[구연자 정보]

정미순 할머니는 2012년에 만난 민흥석 할아버지의 부인이시다. 작은 체구의 조용한 성격이지만, 말씀을 조리있게 잘하시며, 표현력이 매우 뛰어나시다. 고향이 춘천으로, 춘천에서 6.26전쟁을 겪으며 어머니와 오빠 두 명을 모두 잃었다. 그렇지만 정미순 할머니의 전쟁담 구술 속에는 가족을 잃은 아픔 이상으로, 전쟁 통에 결혼한 남편에 대한 설렘과 그리움이 가득하다.

[이야기 개요]

6.25 전쟁이 터지기 바로 전에 중매를 통해 결혼을 약속하였다. 그러나 갑작스럽게 전쟁이 터지고, 할머니는 예비시집으로 피난을 가게 되었다. 잠시 후, 다른 곳으로 피난을 갔지만, 할머니는 다시 예비신랑이 궁금하여 춘천으로 돌아왔다. 그 소식을 들은 시할아버지가 찾아와, 할머니는 군에서 휴가를 나온 예비신랑과 결혼식을 마침내 올리게 되었다. 도중에 친정어머니는 홀로 죽어 시체도 찾지 못하고 두 오빠들도 모두 죽었다.

남편 없는 시집생활이었지만, 남편이 휴가를 나오기만을 기다리며 하루하루를 보냈다. 매번 안타까운 마음으로 남편을 군으로 다시 보냈다. 전쟁이 끝나고 교사인 남편과 함께 전방에서 근무하였다.

[주제어] 사주, 약혼, 신랑, 피난, 결혼, 남편, 그리움, 휴가, 교사, 철원, 가족

[1] 결혼을 앞두고 전쟁이 터지다

[조사자1: 옛날에 있었던 이야기, 육이오 전쟁 때 피난 이야기 해 주셔도 되고, 어떻게 어르신과 결혼하게 되셨는지 그 이야기 해주셔도 되고요.]

[조사자2: 전쟁 나던 날 어떻게 하고 계셨는지.]

시내서 사는데요, 내가 그러니까 열아홉 살 되었나? 그랬는데, 이제 고때 쯤은 중매가 든다 그러대요. [조사자1: 네.] 중매가 든다는데, 그전에는 선보는 게 별루야. 그러니까 선도 안 보고 저 양반은 학교 댕긴다고 우리 사촌 올게 양반이 그래. 그니까 난 귀 밖으로 들었지. 그때는 나이가 한 이십 살 가까와두 그런 거 저런 거 몰르구 컸으니깐. [조사자1: 네, 네.] 그랬는데, 그저 그런 가보다 하구서 있는데, 참 선을 보러 오셨는지 으쨌는지, 사촌 올캐네 집으로 오셔가지구, 오셨는데 나를 사촌오빠가 오라고 그래서 가니깐, 우리 또 조카들이 하나 춘천여고 다니는 게 있었어요. 그니까 걔 체육복을 하나 좀 맹길어 달라 그래더라구. 그러니까 이제 그거를 시키면서 내 선을 본 거지. [조사자1: 아~. 옷을 만들게 하면서?] 어, 어. 그러니까 이제 시어머니가 오셔가지구서, 선을 보시구 가셔서, 그니까 시방두 장가, 그때는 뭐 더 잘 갔겠지. 그니까 보구 가셔가지구서, 이제 그런가보다 하고 지냈는데, 어느 날 사주가 왔다고 그러대요. 그니까 나, 본인은 몰르지 뭐. 사촌 언니 네가 이웃에 살았어. 사촌 언니네 집으루 가

"에이, 난 모르는데."

우리 형부가 경철서에 계셨다구, 수사과에.

"아, 아줌마는 좋겠네, 좋겠네."

하구 자꾸 장난을 걸으시는 거야. 나는 무안해니까 자꾸 울기만 하구. (웃음) 학생이래는데, 그런데 그때만 해두 나이 저거한 게 싫잖아. 그래 거 다음 이튿날 아버지한테

"왜 나를 그렇게 나이 작은 사람한테 보내냐."

그러니까

"아이, 괜찮다. 괜찮어."

[조사자1: 몇 살이나 나이가 적으셨어요?]

두 살. [조사자1: 아, 두 살.] (웃음) 학생이니까는 싫다구. 내 친구들은 모두 직장인들하고 하는데 학생하구. (웃음)

그냥 그렇하구서 지내는데, 우리집이는 공무원 가족이고 그러니까는 봄에라도 이제 잔치를 한다고 그랬을 때, 여기는 시골이고 농사를 지어야만 가을에 결혼식을 한다구. 그런데 육이오가 터졌지 뭐야. [조사자1: 아-. 결혼을 준비하고 있는데 육이오가.] 육이오가 난 거야. 이제 봄에는 사주가 왔는데, 저 양반 이제 선이래는 것두 못 보구, 그랬는데 이제 그냥 육이오가 터진 거지. 그니까 이제 갑작시리, 진짜 자다말구 저거해서, 아침에 포 소리가 막 나구 그러니까는 피난을 나가게 된 거지. 시내루. 시내에 있으니깐 친정아버지가, 여기를 실레라구 그랬어요. 실레 쪽으로.

그래 나는 뭐 우두커니 하지. 실레가 어딘지 아나? 그러니까, 그때 급허니까는 그냥 가방 하나 들고 우리 올케가 이제 애기 베구 업었으니까, 나는 조카애를 업구 가방 하나를 들구 이렇허구서 이제 피난을 왔는데, 세상에 여기를 오니까 사람이 우글우글하지 뭐. 나는 그런 줄도 모르고 따라 왔는데. 수근수근들 대. 여기가 아마 시집일 거라구. 그서 으뜨게 으뜨게 해서, 어서 잤는지도 몰라요, 자구선 또 그 이튿날 피난 나간 거지 뭐. 뭐 신랑 자리도 못보고 (웃음). 학생이니까 막 다니니까, 몰르구선 나는 또 피난 그냥 따라 나간 거지. 저-기 양덕원 그쪽에 가서 포위가 들어와서 다시 들어왔지. 다시 들어와가지구서 그냥 시내에서, 그니까 시내에서 폭격이 심하니까는 그 저 삼천동 쪽으로, 어쪽으로 이케 댕기면서 그때 그때 피난허구, 여기 나와서도 이제 방을 하나 얻구, 우리 올케하구 여기다 방을 하나 얻구 여름을 그냥 난 거지. 여름을 나구서 또 구월 달엔가? 수복되가지구서 들어왔다가, 들어왔을 적에 도루 시내루 들어간 거야. 그 당시에 벌써 우리 집은 벌써 시내서 불이 타서 없어지구.

그니까 이제 어느 집을 하나 얻어가지구서 사는데, 또 시월 달 피난이 또 있었어요, 패전병 나올 때. 그때 또 이제 나와가지구서 여기 창내 오다가 포위에 또 드는 거야. 그니까 또 헐 수 없으니가 또 시내루 들어간 거지 뭐. [조사자1: 아-.] 한 사나흘 그랬을 거야. 그 시월 달 무렵에. 사나흘 저거 해가지구서, 포위에 들어가지구서. 인민군들 패전병들이니까 뭐 맥을 쓰나. 패전병들은 그냥들 가빠리고 아군이 다시. 그때는 마석 피난 밖에 못 나갔어요. 그 패전병들 나왔을 적에만.

[2] 결혼도 하기 전에, 보지도 못한 신랑의 집으로 피난을 가다

그래가지구 우리 집은 또 다섯 칸짜리 소양로 어디 우리 어머니 외사촌 고종사촌 동생네 집에, 거기 방을 얻어가지구서 거기서 사시다가. 사는데 또 일사 후퇴가 터진 거야. 일사 후퇴가 터져가지구서, 일사 후퇴 때는 우리 어머니가 해수끼가 있어서 아주 몸져 누워계시는데, 막- 이제 밤에 소동이 난 거야, 피난 나가라구. 소동이 나서 피난을 나가는데 우리는 이제 애기가 업을 사람이 둘이 있지, 우리 어머니 누워계시지, 그러니까 이제 보따리들을 이렇게 앞에다 놓고

"이 노릇을 어떻게 하나."

하구선 앉았는데 갑자기 군인이 들어와

"아, 당신네 왜 피난 안 가느냐?"

"보시다시피 이렇게 환자도 있고, 애기들도 어떻게 할 수가 없고 그래서 저거 한다."

그러니까

"그래두 빨리 나가야 한다."

그래. 그러니까 이제 소양강 쪽에서 이제 막- 포 소리가 나는 거지. 그니가 할 수 읎이 밤에 이 환자 양반은 두고 우리는 그냥 애기 하나를 우리 아버지가 업구, 우리 올케가 업구, 하나 갓난쟁이는 업구, 내가 또 하나 그 젖떨어지기를 업구 이렇게 해서 나온 거야. 나와서 약사동에 오니까 거기는 이제 또 저거 허더라구. 약사동에 이제 그 당시에 우리 사촌 오빠가 청년단장으로 계셨어. 그러니까 아군들이 밤에 피난하라구 그러니까, 주먹밥을 솥에 주먹

밥을 해가지구서 뭉치고 있는데, 거기서 이제 그냥 새벽에 세워가지구서 세움서 그렇게 해. 아군들이 그러더라구.

"빨리들 갈려면 차에들 타라."

아, 차에 탈라구 이렇하니까 우리 사촌 오빠가

"거긴 가지 말라. 우릴 따라 와라."

그래. 그래서 우리는 이짝으로 피난가구, 아군들이 실은 피난민들은 홍천 쪽으로 간 거지. 그래 여길 따라 서니깐 여기는 벌써 다들 피난들 가셨더라구. 그니까 우리는 또 우리대로 나가는 거지. 나가는데 저기 덕만이(덕만이 고개), 거길 가니까 또 가다 서니 해가 저무르니까 또 못 가게 된 거지. 거기서 자구. 잤는데 벌써 밤에 자는데 어서 띠따따 대구 중공군이 나온 거야. [조사자1, 2: 어머.] 중공군이 나와서 뭐 이렇게 쌀도 좀 달라, 어떻게 해달라 이렇게 글로 쓰더라구. 우린 또 어떡해. 그니까 자기들도 그러더라구.

"들어가라. 우리가 아무런 해코지 안 할테니까 들어가라."

그러니 어떡해요. 도로 들어오는데, 우리 친정아버지가 고집이 저거 해, 옛날 노인네가 되서. 나를 이 집에다가 맽기겠다는 거야. 사주 받았으니까는 [조사자 일동: 아-.] (웃음) 근데 저 양반은 벌써 일사 후퇴 때 저기 당숙한트루 따라간 거야. 그러니까 못 본 거지 이제. 얘기도 한 번도 못 해본 거야. (웃음) [남편: 학도병으로 나갔으니까.] [조사자1: 그러니까요.] 못보고. 나는 그러니까, 신랑도 없는데 아버지가 그러더라구. 사주 받았으니까 이 집 식구라고. 이 집에다 떼놓구 아버지는 도루 덕만이 고개 군들이라는 데다가 방을 읃구 거기서 피난을 허시는 거야.

[3] 홀로 남겨진 어머니가 죽다

[남편: 그거 보다두 중요한 거는 그 피난 나갔을 때에 어머니는 병으로 누워 계시구 폭격에 맞아 돌아가셨어.] [조사자1: 아-.] 그렇허구서 이제 여기서

겨울에 피난을 해서 이제 중공군들하구 같이 피난을 허믄, 폭격을 하면 여기에 방공구데이가 있어요. 방공구데이로. 그서 또 저짝 너머에 또 방공구데이가 있다구. 그러믄 아침에 밥을 부지런히 해 먹구 간다구 글루. 우리 시누하구 해서 밥을 싸가지구 거가. 거가서 방공구데이서 하루– 죙일 있다가 들어오구. 오다가 해가 지믄 또 집이 오구. 이맘때지 아마. 가끔 아무도 모르게 아군 소식이 와요. 그러믄 이제 (아주 작은 목소리로) 어느 집에 있다, 어느 집에 있다. 어떤 때는 간간히 들리는 포 소리가 쿵– 쿵– 날 적이 있다구. 그럼 (아주 작은 목소리로) 어디쯤에 아군이 왔을까, 아, 이러는데, 아버지는 군들 거기에 계시는데,

"어머니를 좀 보러 가야겠다."

그러시더라구. 그러니까

"아, 시방 가시믄 어떡하느냐. 저렇게 저거헌데 어떡하느냐."

그래두 가보셔야 한대. 그 환자를 두고 오셨으니까는. 그니까 가보시니까는, 이제 불 탄 나머지, 이게 그걸 기어가 끌어다 때시구, 물은 주전자에다 날라다 잡숫구 그렇게 혼자 피난을 하셨더라구. 소양로에서. 소양로 2가 계실 적에. 그래 가 보셨는데. 그래가지구 좀 살아나셔서 우리 집이 효자동인데 옆집은 안탔어요. 그 집이 아우 동생 끼리 살고 있는데, 그 집에를 가서 의지하고 계셨던 거야, 울타리 사이인데. 그래 가 보신다고 가니까 안 계시더래잖아. 우리 아버지가 가보시니까. 군들서 거길 걸어갔는데 안 계셔가지구서, 집은 벌써 무너졌지. 그래 어떻게 된 가 싶어 보니까 불이 타더래요. 거기서 해를 보내시구서 어떻게 할 수가 없어서 불이 어지간히 꺼진 다음에 가서 그 재를 이렇게 치니까는 다– 시체가 저거 됐더래요. 그러니까 어떻게 할 수가 없어서. 새벽녘에 이제 방공구데이를 갈라고 밥을 싸가지고, 요기 살던 이가 있어요. 이제 같이 갈라구 우리 시누하구 갈라구 이제 밥을 싸고 있는데, 식전에 오셨어.

"이유, 어떻게 식전에 오셨어요, 추운데."

이맘때니까는 춥잖아. 우리 시어머니가 그렇게 물으시니까

"아유, 괜찮아요."

그런데, 들어가시자고 해도 들어가시지도 않고, 딱 서셔가지구 그러고 있는 거야.

"아유. 애미가 갔단다."

그러시더라구. 그런데 진짜 뭐 어떻게 할 수가 없지요. 시방도 떨리네, 얘기를 하다 보니까는. 그랬으니 어떡해. 잿더미 속에서 겨우 시체만 찾아 놓으신 거. 난리 때 뭐 이불 거리가 있어? 내가 혼수 가지고 댕기던 거, 명지가 있어요. 옛날에는 명지(명주)가 있으니까, 명지 이런 걸 몇 그 드리며

"아, 나도 가야 한다."

그러니까, 아니래요. 못 간다구.

"나도 시방 가야 거기 시체 있는 데를 가지도 못하고 그러니까."

그래서 안가신다구, 나보고 피난하라고 그래서 방공구데이 간 사이에 가셨더라구. 점심 때 와보니깐. 그러니 어떡해. 혼자 가지두 못하구. 또 그 이튿날 오셨더라구. 그니까 그냥 매장을 해서 효자동 거기에 모신 거지 뭐.

[4] 다시 예비 신랑을 찾아가다

그래가지구 또 삼월 달 피난이 또 있었어요. [조사자2: 어머.] 삼월 달 피난에 가다가 우리 올케하구 아버지하구. 그때 일사 후퇴 때는 우리 사촌오빠는 앞에까지 나가셨으니까 또 삼월 달 저거 했을 때는 또 들어오셨어. 내가 있으니까 여길 들리셨드라구. 근데 아버지는 자꾸 여기 있으래.

"아, 나는 여기 못 있겠다."

그니까 그 오빠가

"그럼 가자."

가자 그러더니 자기는 또 책임이 있으니까 가시구 나는 또 아버지한테다

떼놓구 가시더라구. 근데 그 사이에 봄 피난이 또 있었어요. 봄에 나갔는데 제우 여주백에 못 나갔어요. 여주 가서 일 년을 있다가 다시 저거 해가지구 들어오구. 그때 여름에 아주 여기가 궁금해 죽겠는 거야. 저 양반도 소식이 있는지 어찐지, 그래두 그게 듣구 싶어 그랬겠지. (웃음) 이제 애기를 업구 이렇게 우물가에 섰으니까는 피난민들이 그래.

"어디가시우?"

그래

"나는 춘천인데, 춘천 좀 가볼라고."

"아, 그럼 나도 좀 가보자고."

그네들을 따라서 사흘을 걸어 들어왔어요, 여주에서. 그러니까 발바닥이 이만큼 부풀더라구. 걸어 들어와가지구서 여길 들렀지. 여길 들리니까, 소식을 알아요? 몰르지 뭐. 소식을 몰르니까 어떡해. 할 수가 없지. 그래두 또 시내가 궁금해가지구서 시내 좀 들어가겠다고 했는데, 그때는 이제 내가 군들서 피난하던 집이가, 그때는 거기서두 시내에다가 저 미군부대에다가 장사를 했어요. 머리를 여다가 뭐 나물을 해다 판다, 도라지를 해다 판다, 뭐 이렇게 해서 미군부대에 팔아. 거기에 따라가서 시내에 들어갔어요. 시내 들어가니까 시방 저기 중앙로가 싹— 잿바닥이더라구, 아주. 거 도립병원 있는 앞으로 쭉— 중앙로 거기가 다 뭐 어치게 하나투 없어. 그런데 형사복을 한 사람이 둘이 내려와요. 아휴. 거기 광판리 사람들은 나물팔러 간 거는 미군부대 쪽으로 가구. 나는 이제 도립병원 앞에, 옛날 도립병원 앞에 거기께 있는데, 형사 둘이 오더라구.

'아유, 여기서 어떻게 해야 하나.'

나 살던 데는 소양로 효자동인데, 어떻게 해야 하나 하고 섰는데, 마침 사촌 형부야. 형부가 경찰에 있었어요.

"아니, 아줌마 여기 왠일이야?"

"아유, 하도 궁금해서, 오고 싶어서 이렇게 피난민을 따라 들어왔다."

그래가지구서, 그런 다음에

"아, 여기 있으면 안 돼."

그러면서 나를 저기 구렁고개 너매, 그전에는 '둥구재'라고 그랬어 거기를. 시방 저거 뭐야 '겨울의 연가'인가 거기 하던, 촬영하던 데. [조사자1: 남이섬, 남이섬.] 아니, 남이섬 말고 저기 저 촬영키구 그러던, 거 골목이 기와집 골목이야, 대문은. 소양로 거 기와집 골목이 있어요. [조사자1: 네.] 잘 모르시지 여기 안 사시믄. 거기에 저기 형사들 하숙하고 계시는 데가 있더라구. 그래 거기다 재우더라구. 거기다 재워가지구서 나를, 저기, 이제 미군 부대에 물건 팔고 오는 사람까지, 오는 사람하고 만나게 해주구선 가시드라구, 열두 시 반에. 그래서 그이네 따라서 군들 가서 하룻밤 자구서, 뭐야, 또 피난민 나가는 사람하구 날짜를 약속을 했어. 그날을 약속을 해가지구서 쌀 요만끔 싸가지구, 가다가 먹어야 하잖아, 사흘씩 걸어가야 하니까.

(잠시 옆방에 계시던 할머님이 제보자에게 말을 걸어서 중지)

그렇게 해가지구서 이제 군들 가서 있는 거지 뭘. 군들 가는데 봄 피난이 또 난 거야. 아니, 참 피난 나간 얘기 했지? [조사자1: 예, 예.] 그래서 이제 또 여주까지 간 거지. 여주에 가서 있으니까는 이제 거기서 여름을 나서 가을이 되니까 시할아버지라는 데가 찾아오신 거야. [조사자1, 2: 오-.] 거기로. 그러니깐 내가 그때 와서 여주 어디메에 있다고 그랬으니까는 그걸 기억하시구서 시할아버지되는 데가 찾아오신 거야 나를. 아우, 진짜 뭐 내 맘이 이제는 겁이 나니까는. 아니 또 델구 가시겠대네.

[5] 마침내 전쟁 중에 결혼을 하다

거 이튿날. 그러니까 나는 '안간다'구. 그러니까 우리 아버지가 먼저 피난짐을 지고, 올케를 거기다 놔두고, 따라나왔으니깐 여주 광햇나루, 광햇나루로 해서 이렇게 또 사흘을 걸어서 들어온 거야. 그러니까, 여기서는(시댁) 잔칫날을 받구 데릴러 오신 거야. 나만 데리러. 그러니까 저 양반(남편을 가리키며)이 어뜨게 여름에 휴가를 나오셨는지 외출을 나오셨는지 해서 보셨데. 그래가지구서 잔치를 해야 핸대는 거지. 그래 내가 그랬어.

"잔치를 하긴 뭘 해요!"

못 했지 뭘, 잔치를. 이제 피난 나오는데 나를 데리구 여기까지 오신 거야. 그때 사흘을 걸어서. 그렇게 해가지구서 이제 잔칫날이 되니까, 신랑이라는 사람이 와야 잔치를 하지요. (일동 웃음) 잔치도 못 했어요. [민흥석: 한창 전투가 벌어졌을 때야.] [조사자1: 아~.] 그래도 여기는 술이야 떡이야 모도 준비를 했는데 잔치를 못했어. 그래 뭐 한창 전투가 심하니까, 잔치를 못하니까 할 수가 없지. 다 해, 준비를 해 놓구선. 근데, 어느 날인가 밤에 부적적! 해대. 여기 미군 부대가 있었으니까. 우린 또 미군이 오는 거라구… 우리 시누하구 무서와서, 겁이 나서 이제 저거 허는데.

대청문을, 촌에는 요런 쪼끄만 문이 있다구.

"엄니!"

이러구선 들어오는 거야. 그러니까 나는 (남편과) 생전 말도 안 해봤어요, 그때까지. (일동 웃음) 사주만 받았지, 얼굴만 힐끔 했지, 왔다 갔다 하믄성 봤지, 몰른다구. 그러니까, 할아버지가 중대장님을 불러가지구서

"하룻저녁만 두고 가라. 잔치해서 보낼테니까."

[조사자1,2: 아~.] (웃음)

"아, 그래선 안 된다."

중대장님이 아마 그래셨나봐. 그래니까는 밤에 가서 날을 받아가지고 오셨드라고. 그래니까 중대장님이

"그러면 그땐 틀림없이 휴가를 보내준다."

고 그런거야. 그래서는 잔치를 가을에 할 거를 겨울에 했어요. [조사자 일동: 아~.] 그렇게 해가지구서 결혼식을. 결혼식이라구 나는 그거 시내 집이 다 탔으니까 읎구, 형제들은 다 피난가구 그러니까, 아버지도 기셨는지(계셨

는지) 안기셨는지 몰라. 또 아버지도 어떻게 된게 미군부대에 저걸루, 노무자루 붙들려 가셨어 아마. 그러니까 여기서 주선해서 예를 올리구선, 뭐 가마구 차구 뭐구 읎이 그냥 걸어서 스리꼬단 가마 하나 끌고 오셨더라구. (웃음) 그래가지구서 어떻게 결혼식을 해가지구서, 결혼식 하구 며칠 휴가가 안 되니까 금방 간거죠 뭐. [조사자1: 그럼 며칠 있다가 가셨어요?] 한 보름 했었나봐요. [조사자1: 아, 보름.] 예. [남편: 열흘. 열흘간이지 뭐.] 그래 남보단 더 받았어요. 그때 그래두 열흘인데두, 당숙님이 인사계 계셨으니까는 조끔 더 받아가지구 오셨어.

그래가지구선 삼-년? 삼년 되니까, 삼대독자니까, 의가사제대지. 그렇게 지나갔어요. 6.25에. (웃음) 뭐 피난 댕길때 고생하고 이런 거야 다 그만큼 고생 했지유 뭐. (웃음)

[조사자2: 6.25때문에 사주 받은 지 일 년이 넘어서 결혼하셨네요?]

아니, 봄에. 봄에 받구 여름에 6.25니까, 이 삼 월에 사주는 받구, 6.25에 피난 나간 거지. 그러니까 몇 달 있다가 6.25가 났으니까. 그냥 피난 간 거지요. 옛날에는 학생을 뭐헐라구 장개를 들였는지 몰라요. (웃음)

[조사자1: 그럼 열아홉 살에 사주단자를 받으시고, 실제로 결혼식을 올리신 건. 스무 살? 스물한 살?] 스물한 살. [조사자1: 1.4 후퇴 후니까.] [조사자2: 일 년, 겨울 지나고.] 피난 나갔다가 들어오고. [조사자2: 그럼 얼굴도 못 보신 상태에서 시댁에 가서 사셨던 거네요?] 그러니까, 얼굴은 봤지만 서로 말은 안 해봤지. (일동 웃음) [조사자3: 얼굴만 보셨구나?] 아이구, 서로 수줍으니까 말도 못 해본 거지 뭐. 여자 측에선 먼저 못 해보구. 남자쪽에서도 그렇구. [조사자1,2: 좀 걸어 주시지. (웃음)]

그러고 또 저 양반은 6.25때 자구 나믄 또 어디가 숨어야 해잖아. [조사자1: 그렇죠. 잡혀가니까.] [남편: 그래, 학생들은 강제로 끌어가지고, 학생들을 전부 의용군으로 붙들어 갈라고 그러는 거야. 도망다녔었지.] 뭐 별루 애깃거리두 없어요. 나 저거 살은 거지. 나 피난 가서 여주 가서 있다가 양횃나루(양화나루) 건너온 거 그런 거지 뭐.

[6] 휴가 나오는 남편만을 기다리다

[조사자1: 그러면 할머니 결혼 하시고, 며칠 지내시고, 할아버지가 다시 군대 가셔서 할아버지 없이 한 이 년을 시집에서 보내신 거구나.] 한 이 년 있었어요. 가끔 휴가 나오고. 일 년에 한 번 정도 백에 휴가를 못 왔어요.

[조사자1: 그때 얼마나 반가우셨어요?] 이제 우리 집이 요기니까는 그전엔 여기에 맥히는 게 없으니까는 저– 근처로 오면 (목을 가리키며) 요 빨간마후라가 뵈켜요.(보여요) 벌써 기별이 우리 집에 먼저 와요. 아무개 이제 춘천에 와 있다고. [조사자1: 오–.] 어떻게 또 그렇게 연락이 빠른지 몰라. 그래서 인제 혹시나– 하고 인제 이렇게 내다보지. 내다보믄, 이제 어디쯤 오믄 빨간마후라가 뵈켜요. 여기서 아무 건물이 없으니까 저–기 오는게 뵈킨다구. 사람이 어느 질로 오는지. 요로케 아주 마주 뵈이거던요? 그러믄 이제 뛰어 나가질 못하구 저 뒤꼍으로 돌아가요. [조사자2: 부끄러워서요?] 부끄럽구, 시부모들이 있으니깐, 뒤꼍으로 가빼리는 거야. (웃음) 그렇하구선 제나 게나 보는 거지 뭐. (웃음) [조사자1: 그렇게 기다리시다가 막상 보이면. (웃음)] (일동 웃음) [남편: 아니, 휴가를 오래간만에 맡아가지구서 집에 오며는.] 그러며는요, 그래도 집에 못 있어요. 친구들이 벌써 막걸리 통자들을 미구 와요. (웃음) 막걸리 통자들을 작대기에다 이렇–게 끼어가지구서 와요. 그러믄 밤새도록 붙들려가 있지유 뭐. [조사자1: 마음은 안 그러셨을 거예요. (웃음)] 그래믄 이제 낮에도 그래요. 다들 그때는 직업이 읎구, 학교도 못 가고 그러니까. 다덜 집에덜 있으니까는.

[남편: 그때는 여기서, 같이 학교를, 고등학교를 다니던 친구들이 넷인가? 아– 넷이 있었는데, 그 사람덜은 6.25때 이제 거 학도병을 지원하지 않고, 나는 인제 학도병으로 지원해 갔지. 그러니까 나는 삼대독잔데, 삼대독자가

전쟁터에 간다고 그러니까 할아버지가 엄청 말리지. 그러면 안 된다구. 요 전에도 얘기 했지만은. 그래서 주저하고 있는데, 어머니는 가믄 안돼다고 그러시구, 할아버지두 그래구 그랬는데.]

어머니가 안된다고 하는 게, 스물다섯에 혼자 되셔서 아들 둘 데리고 사셨잖아요. 그러니까 더 애지중지하셨지. 그래서 더 했죠.

[남편: 그래 인저, 우리 아버지도 일찍 돌아가시구, 그래서 인제 뭐라냐믄 어머니가 나가지 말라는 건

"다들 친구들은 안 가는데, 왜 너만 간다고 그러느냐."

그래서 난

"이게 북한의 남침으로 인해서 피난하고 이렇게 고생하는데, 빨리 쟤네들을 물리쳐 쫓아 올려 보내야 우리가, 부모 네도 행복하게 살 수 있지 않느냐. 난 그래서 나간다."

이런 결심을 하고 있었을 때 마침 우리 당숙 되시는 분이 군에 포병대에 작전과에 근무하셨는데, 그때 상사였어요, 당시. 6.25 전에 입대하신 분인데, 그 분이 마침 우리 집엘 오셨어요. 오셔가지구선, 내가 그렇게 학도병으로 갈라 그랜다니깐

"우린 지금 북진하는 중이니깐은, 그러므는 내가 데리고 가서 같이 근무하고 거기서 제대하게 내가 보호한다."

피난은 위험허니깐은. 그러니까 할아버지하고 어머니하고 그렇게 반대하던 양반이

"그래, 그럼 네가 같이 가서 얘를 보살펴서 군복무를 하도록 해라."

그래서 승낙을 해주셨어요. 그래서 갔지요. 갔는데, 지금 여 남춘천역에 방직공장이 있었는데, 우리 작전과가 거기서 후방에서 작전을 하고 있는데, 가니까는, 거기서 우선 군번이 나오기 전까지는 여기서 저기 뭐야 식사 당번이나 하라고 말야. 그리고 그 이튿날 또 할아버지가 오셨어요, 데릴러. 안되겠지. 밤에 생각을 해보니깐 가라고 승낙은 했는데 안 되겠으니까 와서 그

또, 가자 이거야. 그때는 입대가 안 됐으니까 뭐 갈램 가고 말램 말을 때니까는. 또 학생이었고. 그래서 내가 이제 주저주저하고 있는데

"이왕 나는 결심을 했고, 또 우리 당숙이 같이 가니깐, 안전하게 가서 군복무를 할 수 있다. 그러니깐 나는 가겠다."

그래가지구 도루 그냥 어머니하구 할아버지가, 그 맘은 굉장히 아프셨겠지. 눈물을 흘리면서 도루 집으루 오시구, 난 그때서부터 군 거기서 이제 하는데. 그때는 현지 입대기 때문에 군번을 다들 주질 않았어요, 그냥. 학생모자 쓰고, 그냥 저 교복 입고, 거기다 뭐야 그 쉽게 말해서 임시루다 그냥 뭐 마후라, 모자 하나 주는 거 쓰고 총 미구서 그냥 올라 간 거에요, 북진한 거에요.

그런데, 그렇게 하고서 다시 이제 거기서 현재 입대, 군대에 입대해라는 건데, 그런데 거기서 뭐냐면 학도병은 군번 받으면 다시 3년 복무해야 하니까 압록강꺼정 딱 전진해가지고 거기서 방어할 때, 그때 가서는 그대로 학생이니까 그대로 학교에 가서 공부할 수 있다고 그래서 안 저거하고 그랬는데. 다시 또 중공군이 남침하는 바람에 가만히 보니깐 안되겠어. 그래서 아주 정식 입대를 했지. 그래가지구 군복무 하다가 제대를 해가지구 나온 거죠. 그러니까 우리는 사범학교, 지금 춘천교육대학교를 다니다가 뭐냐믄 거기서 다시 와가지구, 제대해가지구 군번 받아서 아까두 얘기했지만은 의가사루, 삼대독자니까는 의가사루 제대해가지구, 그래가지구 집에루 와서 다시 학교 복교해가지고 일 년간 춘천교육대학교 다니다가 졸업해가지구 교사자격증 받아가지구서 발령받아가지구서 사십 삼년 동안 교직에 몸담고 있다가. 교사, 교감, 교장을 하고 정년퇴임한 거에요.]

[7] 전쟁 직후, 교사 남편을 따라 전방에서 살아가다

[조사자1: 그 이야기 하시니까, 그때 왜 교장선생님께서 전방에 교사로 발령받

으셔서 가신 이야기들도 재미있게 해 주셨잖아요. 이번에는 사모님 버전으로 한 번 말씀해 주세요.]

발령을 받아서, 그때 철원을 가게 됐어요. 철원을 가게 됐는데, 그때는 철원을 갈래믄 서울루 돌아갔거던요? [조사자1: 예.] 돌아서 갔는데, 하루 진종일 가. 하루 진종일 가는데, 가서 뭐 그때는, 여기서 뭐 살림살이도 읎지 뭐. 요만한 솥 하나 하고, 냄비 하나 하고, 그것두 여기서 못 사고 서울 동대문 시장에 가서, 뭐 접시도 두어 개 사고, 밥 그릇두 두어 개 해서, 요만한 보따리에다가. 그때는 뭐 가방이나 있어? 그전에는 저 전깃줄로 엮은 가방이 있어요. 거기다 해 넣어가지구서. 웬데서 그르게 차멀미를 나는지, 철원을 들어갔는데 멀미가 나가지구서 정신이 없어. 어느 마을루 갔는데 차를, 버스를 검은 천으로 카텡(커튼)을 가리데요? 그 고개만 넘어스믄 가린대요 그렇게. 거래서 갔드니, 군데군데 가다 보니까 이렇게 돌을 싼 데가 있구, 그런데 가믄 좀 이상하드라구 맘이. 또 가다 보니까 문을 껌은 카텡으로 가려요. [조사자1: 오–.] 요 앞만, 운전석만 보이구서 고개를 넘어가. 그래가지구서 그때는 차멀미를 하든 어떻게 하겠어. 학교서두 뭐 하꼬방 학교니까는 뭐 저거허지 뭐. 학교 소사가 짐을 받으러, 짐이라고 뭐 있나? 이불보따리 한 동하고, 서울가서 냄비하고 요만큼 싸가지고 가면서. 그땐 뭐 리아카(리어카)도 없으니까 말굽바퀴를 해가지구서 구루마를 끌고 왔더라구, 학교서. 그렇게해서 학교를 들어갔어.

6.25때 갔으니 오죽해? 또 학교도 하꼬방이고. 그래서 뭐 숙직실에, 숙직실도 못 갔어요, 숙직실도 못 가고 여느 집 방을 하나 읃었는데. 불두 우리가 내가 못 떼고 새불 끓인 방. 그러니까 밥 해 먹는 것도 그집이서 불을 해 담아 놔애 거기다 밥을 해 먹구. 그렇허다가시니 어뜨게 몇 달 지내다 보니까 학교 숙직실이 나가지구서, 학교 숙직실에 와서 사는 거지요 뭐. 학교 숙직실에 와서 사는데, 이제 우리 둘째 아들을 낳아가지구서 갔는데, 그것두 뭐 어떻게 할 수 가 있간? 애덜 저거 할 때라, 놔두먼 운동장서 기어다니메 놀구.

(웃음) 거기서 부식 사먹는 거래 읎어요. 기껏해야 고등어나 하나 사 먹구. 한 번은 거기다가, 학교 실습지에다가 열무 좀 심구, 오이 좀 몇 폭 심구. 그거나 해 먹구. 이렇구서 일 년을 난 거지 뭐.

일 년을 나구서, 집을 으뜷게. 아무도 없으니까, 우리 시어머니하구 시누하구 사는데 아무도 없고, 집안을 이끌어 갈 사람이 없잖아. 그래서 일 년 만에 이 학교로 오게 됐어요. 그래서 이 학교 와서 한 오륙 년 근무 잘 하셨지. 그랬다가 이제 인제로 가게 되서, 인제에서 있다가, 몇 해 있다가 또 아주 영- 넘어로, 영동 쪽으로 갔었지. 고성군에 가서 맻 해. 그 고성군에서 우리가 객지 나간 지 한 십오 년 만에 들어왔나, 여길? [조사자1,2: 아-.] 그렇게 해가지구서 참 아들 딸 오남매를 그저 객지 생활 하믄서 가리킨(가르친) 거야. (웃음) 우리 할애버지가 그렇게 손을 잇기 위해서 일찍 장개를 보냈어. 그래두 할아버지가 두 형제 낳는 거 보구 돌아가셨어. [조사자1: 뿌듯하셨겠어요, 할아버지가.] 돌아가실 때 그랬겠지요 뭐. [조사자1: 시할아버님 아니셨으면 두 분이 다시 못 만나셨겠어요.] 그렇지요. [남편: 그렇지요.]

[조사자2: 원래 철원 가실 때는 아기가 없으셨어요?]

둘째가. 하나는, 큰아들은 여기다 둬 두고 갔어요. 세 살 나는 거. 한 달 나는 건 업구 가구. 그래서 이제 할머니가 보셨지. [조사자1: 아-.] 그래서 일 년 있다가 도루 돌아왔지. [남편: 그리고 그때는 지금두 얘기 했지만은,] 한 번은 자구 일어났는데, 피난을 갔다왔다고들 그래요. 그러니까 저쪽에서 내다 보구 밤에 내려온 거야. 그런데 그 동네서 피난을 갔다 왔어두 우리는, 이렇게 학교가 마을은 이쪽에 있고, 이쪽에 있는데(왼쪽과 오른쪽을 손으로 가리키며) 여기 개울이 있어요.(가운데를 가리키며) 그러니까 이렇게(주변을 둘러 가리키며) 큰 길이 있는데 이리 가며는(학교가 있는 쪽과 반대쪽을 가리키며) 질러가는 길이 있는데, 이 사람들은 글로 질러가지. 그래서 우린 몰르구 그냥 밤새도록 잔거야. 아침에 자고 일어나니까 피난덜을 갔다 왔대는 거야. [조사자: 웃음] [남편: 그러니까 전방은] 그러니까 뭐, 귀를 띠어 갔다, 코를 비여 갔다 뭐 그런 소문이 나더라구. 입적 보지도 못 했지만 그런 소문이 났어. 그래, (웃음) 그런 데 가 있다가 일 년 있다가 왔어요.

[남편: 왜 그러냐면 걔네들이 밤에 기습해가지구 와 가지구서, 자기는 가서 몇 명을 살해하고 왔다는 증거물루다가 귀를. 귀두 오른쪽 왼쪽이 있으니까 한 사람 귀를 짤라 가지구 가믄 두 개지만은, 한 개만 짤라가믄 오른쪽인지 왼쪽인지 아니까는. 그래 그렇지 않으믄 코를 베어가지구 간다는 거야. 가지구 가가지구 증거루 해야 되니까. 그래서 그랬다는 소문이 나데요. 근데 처음에는 전방으루, 뭐냐믄 발령 가면은 덜 안갈라구덜 그랬거든. 근데 나는, 전부 무서와가지구서 처음에는 갔다가, 발령받아가지구 갔다가는 도루 집에 가서 짐가지러 간다구 갔다가는 안 와. 가보니까 아침이믄 대남방송이다 뭐다 막 트리구 그래니까는, 무섭지. 겁나지. 최전방이니까는. 들어갈 때는 아까 말 맞다나 꺼먼 막으루다 다– 창문을 가리구 앞에 기사만 내다보는 거루다 해서 들어가는데. 그러니까 다 그래. 나는 군대 생활을 겪었거든. 올라갔다가 오니깐. 제대군인이구 그러니까는.]

시방두 철원 겉은데 가다 보므는 중간에 여기 돌담 싼 게 있잖아요. 그러믄 욜로(담을 피하는 시늉을 하며) 해서 가잖아요. 그르믄 그런 델 지날 적에는 무서와요. 겁이나. [조사자1: 지금도?] 그럼. 거기가믄 이상–한 감이 든다구. [조사자1, 2: 오–.] 그르니까 한–참 가야 해잖어.

우리가 철원을 두 번을 갔어요. 한 번은 유곡이라는데, 더 전방이야. [청중: 최전방.] 거기를 직접 들려요.

[남편: 그래서 그, 지끔두 얘기했지만, 마을에서, 마을이 양쪽에 두 군데 있는데, 한쪽 동네에서는 이쪽(반대쪽) 마을에다 학교를 지며는 여기서 멀으니까. 또 이쪽에서 여기다 지며는 멀으니까. 그러니까 중간에다 이제 뭐냐므는 학교를 건축하라는 거야. 그래서 양짝이 협의 하에 가운데다 지었단 말이야. 그러니까는 이쪽 길이 있구 이쪽(반대) 길이 있는데 여기는(가운데) 아무것두 읎는 벌판에다가 학교를 지은 거에요. 그래구 뭐냐믄 저 숙직실 하나 있구.

아까 얘기하는 하꼬방이라지만 판잣집. 판자루다가 이렇게 해서 가교를 해서 놓은 거. 그러니까 이 사람덜이 갈 때 일루 가면서

"선생님, 현재 이러이런 상황이 벌어졌습니다. 피난을 나가십시다."

이래야 할텐데 다 이쪽으로 가고 이쪽으로 가고 이래는 바람에 여기는(가운데, 학교) 몰랐지. 그러니까, 아침에 일어나보니까 (웃음) 그런 상황인데 잔-뜩 뭘 들고는 지구서 오잖아. 그래

"아니, 어디들 갔다가 오슈."

그랬더니

"아유, 모르세요? 엇저녁에 걔네들이 넘어와가지구 난리였었다. 그래서 피난들을 갔다가 다시 걔네들이 물러가서, 아군들이 들어와서."

막 헬리콥타가 날라들구 난리더라구. 난

"왜 그러나, 훈련하는 모양이다."

그랬더니 그게 아니라 이제 걔네들이 다시 후퇴해가지구 도로 그 주민들이 들어온거야. 집으루들. 그런 상황이었지. 그래 이제 그런 데니깐 모두 잘 갈라구 그러질 않았지덜. 누구든지 발령받으믄 굉장히.

근데 우린 그게 아니거든. 그래가지구 그 기숙사라는게 숙직실이야. 아까두 얘기했지만은, 우선 가니깐 기거할 집이 읎어. 어느 노인, 학부형되는 그 집이서 방 한 칸, 냉방 방 하나가 있다구 그래. 그냥 거긴 군불만 때는 건데, 뭐 솥두 읎구 그냥 불만 때는 그런 데. 그래 그 방을 하나 줘서 거기서 한 해 거기서 났지요. 그러다 그 이듬해 숙직실에, 거기 있던 누가 이제 거기가 나니까는, 거기 숙직실에 와서. 다른 선생들은 혼자 숙직실에 와서 무섭거든 거기가. 허니까는 숙직하는 날이 다가오며는 굉장히 아주 불안하거던. 근데 내가 거기 새루 발령받아 와서 있다가 거기 날보구 그래. 거기 숙직실에 나무두 다 때주니깐 나무 살 필요도 없구. 거기 와 있는 게 어떠냐구 그래. 아, 좋다구 말이야. 아, 다른 사람들은 무섭다구 그래지. 거기 벌판 아무것두 읎는 데 가서. 또 그른 사항두 있구 그런데. 아이 괜찮으니까 내가 있는다구.

그래 거기서 그냥 같이 이제 지내는 거지요. 둘이서 밤에. 아까 얘기한 둘째 애 데리구서.]

그땐 봉급두 읎어요. 보리쌀. [남편: 보리쌀 서 말에 쌀 두 말이지?] 거기 쌀 한 말. 그렇허구 우유, 우유깔루. [조사자2: 우유가루?] 어. 그것두 주구 그저 그랬어요. 애들은 우유깔루로 그만. 학교서 애들 쪄서 주고 그랬어요. [조사자1: 교사 봉급이 이제 보리쌀, 우유가루?] 우유깔루는 이제 애들한테 주구. 우리는 이제 보리쌀하구 쌀 한 말인지 두 말인지. [민흥석: 쌀 두 말 일꺼야. 쌀 두 말허구, 보리쌀 서 말허구.] 그것두 제때 안 나와요. (웃음) 제때 안 나와가지구, 거기 무슨 기관총 부댄지 뭔지 뭐 하나가 저기만큼 있었어요. 우리 쌀이 떨어졌으니 어디가서 이 외딴데서 누구보구 쌀 좀 꿔달래. (웃음) 그러니까 그 군인보고 꿔달라고 그랬지. 군인보고 꿔달라니깐 요만한 탄피통으로 하나 꿔주더라구. [조사자1: 아-.] 아, 그랬는데 우리 쌀이 또 얼른 안나오니까 못 갖다 갚았지. 못 갚았는데 그이네들두 우리보구 차마 [조사자1: 쌀 달라고 할 수는 없고?] 그러니까. 자기네들은 그래서 국수를 갖다 먹었대요. 우리 때문에. (웃음) 우리한테 그러지도 못하고. 그니까, 물은 길러 날마두 오는데, 날마다 아침저녁 보다시피 하죠. 뭐. [남편: 그 부대에서 물을 퍼다 먹으니깐.] [조사자 일동: 아-.] 물을 거가 길어가구 그러니까 아침 저녁으로 보니까. 있으면 줄 텐데 안 주니까 자기네도 달래 소리도 못하고 자기네도 굶다시피 해면서 어디가서 국수 갖다 먹었다네. (웃음) 낭중에서야 얘기해더라구. (웃음) 그렇게 그때는 봉급두 읎구 그렇게 어려왔어요. 그게 다 옛날 얘기 같으죠? [조사자1: 너무 좋아요. 그림으로 보이는 듯하게 이야기해 주시니까.] 아유, 그때 허허벌판 무섭지요.

[남편: 그래가지구서 그때 내가 이제 최전방에서 이 년 동안 근무 하다가 고향, 여기 금병초등학교로 발령 받아 왔지. 그래가지구 여기서, 계속 이 금병학교에서 육 년 동안을 내가 육학년만 담임을 했어요. 중학교 전부 시험 봐서 보낼 땐데 중학교 보내고. 그러니까 애네들이 전부 우리 방에 와가지구

서 과외공부 내가. 그런데 뭐 과외라고 과외비고 뭐고 그냥 우리 사랑방에다 가 거기다가 모도 앉혀놓구서는 밤새도록 애들을. 뭐 열 시면 열 시까지 교육 시키구서. 이제 집에 갈라므는 가까운 데 있는 애들은 가지만은 또 먼 데 동네 있는 아이들은 그냥 거기서 자구 그랬어. 밤새도록 자구 그래믄 아침에 나가보므는 마당에 아주 그냥 밤에 무서우니깐 멀리는 못 나가구 마루에서 오줌을 내깔려가지구. (웃음) 그래면서두 애들이 그냥. 대학교 교수도 하고 있지 뭐, 선생하고 있지 뭐, 교감하고 있지 뭐, 그 연구원에두 가 있지, 많이들 가 있어요. 지끔. 그래서 우리 애덜두 지끔 전부, 내가 지끔 생각을 하믄 더 좀 낳았으면 좋을 건데 (일동 웃음)] 다섯인데 뭘 더 낳아. (웃음) [남편: 사남일녀만 낳구 한 딸만 둘만 더 낳았으믄 아주 행복하겠는데.] 딸이 그렇게 부러운가봐요. [조사자1: 잘 해주셨을 것 같아요. 그래도 아드님 네 분이 다 교수님 하시고. (웃음)]

아유, 그때는 공무원 생활이 힘들으니깐 우리 큰아들은 머리는 좋은데 과외를 못 시켰어요. 과외를 못 시키구 이제 지가 저거허구. 그때만해두 학비 대기가 그렇게 힘들더라구요. [조사자1: 그렇지요.] 그래갖구 어떻게 어떻게 그래두 첫 번에 가서 장학금도 타구. 내내 장학금 타구, 국비루 어떻게 외국까지 갔다 오구. 그래서 시방 강대(강원대)에 있어요.

[8] 시체도 못 찾은 친정어머니와 헤어진 둘째 오빠를 기억하다

[조사자1: 할머니, 이건 조금 슬픈 이야기라 여쭤보기 좀 꺼려지는데. 친정어머님 돌아가시고 나서.]

우리 어머니? 시방도 시체 못 찾았어요. [조사자1, 2: 아이고.] 우리 아버지가 그 모이(묘) 자리만 찾아 놓으시구 그냥 돌아가셨어. 그거를 인제 동(동사무소)에 가서 알아보시구, 어디메 사람이 파 갔다 그래가지구 화천 어디 사람이 파갔다고 그래가지구, 화천 누구네 집. 거기 가서 화천 댐 근너 어디 있다는 것만 알으시지 시체를 아직도 못 찾았어요. 그래서 그냥. 그니까는 그 사람은 어뚱게서 인제 자기네 시첸 줄 알고 찾아가놓니까 그때 나이 열일곱 살이래요. 열일곱 살인데, 자기 할아버진데 난리 때 거기가 적산이라는 소리를 듣구서 그냥 갖다가 피난 나와가지구서 거기다 갖다 썼대요. 그러니까 요건지, 요건지 모르니까 우리 어머니를 파 간 거야, 그 사람이. [조사자1: 아-.] 그니까 우리 아버지는 그제선 오셔가지구서 아주 난감싸. 아주 지쳐 오셨드라구. 오셔가지구서

"느 어머니 잊어먹었다."

그래니 내가 어떡해요. 그래서 아주 실신해서 진짜루 저거하게 되서 오셨더라구. 그러니 나는 또 여기서 어떡해. 시집살이를 허지, 원래 또 활동 못허던 사람이니까 또 못 허지. 그러니까 이제 어떻게 수습을 할 수 있어. 화천댐 강 건너 어디에 계시대는 것만 알지. 그니까 그사람은 어쨌든 자기 할아버지가 피난 나와서 돌아갔는데, 그 피난 나와서 아무도 읎구, 그 열일곱 살인가 열여섯 살인가 먹었다는 손주가 갖다가 묻었데. 그니까 와서 찾아갈 적에 요건지 요건지 모르니깐 요걸 잘못 파 간 거야. 그니까 찾기는 찾았는데, 거길 찾아가니까 자기 할아버지인 줄 알고서 여자 쪽에 가 합장을 해 놓은 거지. [조사자1: 아-.] 그런 일이 있어요. 난리에. 그러니, 아무데고 잘 계시고, 난 그렇게 생각하고 있어. 아무데고 이장을 해야지 그랬는데 그걸 못 찾으시고 참, 아버지도 세상을 뜨신 거지.

[남편: 그 6.25 때, 장인되시는 분이 우리 장모님을 갖다가 아까 얘기하던 산에다가 매장을 했는데. 고담에 다 이제 수복되고 나서 그 뒤로 얼마 후에 이제 안정된 세대가 왔단 말이에요. 그런데 이제 그 화천에 사는 사람이 그 사람네도 자기 어머니지, 어머니가 돌아가셔가지구서.] 아버지래요. 그니까 자기 어머니가 돌아가셔서 아버지를 찾아갔는데 여자를 찾아서 여자끼리 합장을 해 놨다는 거야. [남편: 그니까, 자기 아버지가 돌아가셨는데 자긴 화천에 가 사는데, 거길 와가지구서 열일곱 살 먹은 고 아이가 그때 가만히 보니

까는 자기 할아버지를 요기가 묻은 거 같다 이거야. 그래서 이제 거기를 갔는데 고 옆에는 또 우리 장모님을 거기다 모셨다 이거야. 그래가지구 열일곱 살 때니까 어디인지 긴가민가 할 때에 마침 여기다! 이쪽에 했으면 바로 자기 할아버지를 모셨는데. 그니까 인제 장모님을 모셔다가는 이제 하루 종일 묘를 해서, 합장을 해서 거기 묘를 잘 모셨단 말이야. 그래 이제 우리 장인 되시는 분은 우리 장모님을 찾느라고 사-방 수소문을 하고 여러 가지를 하니깐 화천사람이 그리루 모셔갔다 그런 거지. 그래가지구 여러가지 수소문을 해서 가서 알아보니깐 어디 어느 분이 모셔갔다는 걸 알아가지구 가 보니깐 아주 잘 모셔놨는데. 근데 거기는 할아버지인 줄 알았는데 이제 우리 장모님을 갖다 모시구. 또 거긴 자기 할머니를. 그니깐 할아버지는 일찍 돌아가셔서, 6.25 때 돌아가셔서 이제 글루 모시구. 할머니는 늦두룩 살으셨으니까 나중에 할머니 장사를 지낼 때에 춘천에 있는 할아버지를 갖다가 같이 합장을 하자라는 말이 나온 거야. 그래 전-국 묘자리를 선정을 해가지구 이렇게 했는데. 그 착오가 일어나가지구서 할아버지를 모시구 간 게 아니라 우리 장모님을 모셔다가. 그니까 이제 거긴 할머니 두 분. 그 집서는 할머니 우리 집서는 장모님을 합장을 하구서는. 그래 그 뒤로 우리 장인님이 가서 잘 얘기를 하니까는 그 집이서 그게 잘못됐구나 싶으믄 도루 이렇게 해야 하는데, 아니라는 얘기지. 이건 우리 손주가 바로 찾아 모셨으니까. 만일에 그렇다 하더라도 동네사람이 뭐라겠어. 즈이 할아버지인 줄도 모르고 남의 어머님을 모셔다가 (웃음) 그거 여러가지 그런 문제도 있거든.] [조사자1: 그때는 그런 일이 비일비재했겠어요.]

[남편: 그러니까는 이제 그런 일 읎다. 우리 할아버지를 모신 거니까는 그런 소리 하지도 말라고 한다는 거지. 승낙을 안 하는 거지. 만일에 그때 승낙만 했으믄 다시 얘길 해가지구서 이리이리 해결을 했을 텐데, 해결이 안 돼가지구서 고심만 하시다가 돌아가셔서. 그냥 그대루.] [조사자2: 거기서 나쁜 말이 나올까봐 승낙을 안 한 거네요.] [남편: 그럴 수도 있지.]

[조사자1: 그럼 할머니는 홍천의 그 집을 아세요?]

시방은 몰르지요. [조사자2: 아버님만 아시고 돌아가셨구나.]

[남편: 그때에 이제 그래두 우리래두 같이 가보자, 또는 우리 손주가 있어요, 조카애가. 장손이 있어. 같이 가서 설득해도 되지도 않을 일이구, 그러니까 이제 포기 한 거지요.]

[조사자1: 그러면 6.25 전쟁 때문에 잃은 분이 이제 어머니 한 분?]

[남편: 그러니까 우리 집사람이 참— 마음이 아파하는 게, 6.25 전쟁으로 인해서 어머니가, 친정어머니가 폭격에 돌아가셨고. 당시 이제 우리 큰 처남, 제일 큰 오빠는 초등학교 교사셨어요. 그다음에 둘째 오빠가 있어요. 둘째 오빠는 형무소 형무관이랬어요. 그래구 이제 집사람이구. 이렇게 이제 이남일녀지. 이렇게 살았었는데. 6.25 나가지구서 형무관들은 죄인들을 안내해가지구 남쪽으로 안내해가지구 남쪽으로 나가야 할 거 아니야? 그래구 인제 우리 처남 되시는, 큰 처남 되시는 분은 교직이니까 남쪽으로 가서 교직이고 그랬다가, 다시 이제 북진해서 들어올 때 이제. 그때는 다 나는 형무관이다 뭐다 그것도 안 되고 다 한 몸이 되서 적과 대결할 때니까. 그니까 이제 군에 희망한 거야. 그 양반들도.]

희망한 게 아니라. 큰오빠는 이제 그렇게 6.25 때 저거 되고. 작은 오빠는 형무관이니깐 6.25 때 아주 부산까지 내려갔어요. 부산까지 내려가서 피난을 잘 허구. 1.4후퇴 전에, 여기 10월 달 패전병 나오기 전에 여길 올라오셨더라구. 올라오셨는데 사흘 만에 또 패전병 나오는 마석 피난까지 또 갔어요. 마석 피난도 또 잘 하셨지. 마석 피난 있다가 또 1.4 후퇴가 나니까는 어떻게 할 수가 없잖아요. 그래 거기도 언내(어린애)가 둘인가 서인가 그랬어요. 그니까 할 수가 없으니까는 하나는 지게 위다 업구, 하나는 걸리구, 이저 보따리 위다 얹구, 하나는 걸리구 하나는 업구. 이렇게 해가지구서 가는데 여기 광판리 가서 포위에 들었대요. 나는 그때 이제 같이 안 댕겼으니까 몰르지. 우리는 아버지하고 댕기니까. 어머니는 시내 있구. 아버지하고 나는 댕기구

어머니는 그 폭격 속에 시내 계신 거지. 그거 어떡해. 환자니까 드러누워 계신 거지. 거 오빠 네는 그렇게 해서 따루 떨어져서 약사동까지는 같이 있었는데, 헤어진 거지. 헤어져서 이제 오빠 네는 그렇게 네 식구가 광판리까지 가서 포위가 되니까 어떡해. 관복을 벗어가지구서 안에다가 바지 저고리고 갈아입고, 그거를 여기다(위를 가리키며) 감췄대요. 여기다 감췄는데, 나를 여기다 맽겼으니까 날 보러 오셨드라구. 감추구서 여길 도로 들어온 거지. 들어와서 나를 마지막 보고 가신 거야. 가시면서 잘 있으라구 하시면서 갔는데. 여기 서면에 저기 처 외갓집이 있어요. 거기 가서 이제 겨우 내나 피난을 하신 거야. 겨우 내나 피난을 하며 수염 하나나 못 깎구 그러니까. 봄에 저 집에 들어올 적에 막- 이제 아군들 들어왔다니까 방공 구데이(구덩이)에 있다가 수염이 이만하니까, 얼른 뛰어 나간 거야. 아마 선발대 들어왔을 때 그랬나봐, 수색대. 그래니까는

"당신은 누구냐?"

그래니까는

"아이, 난 직업이 이러저러한 (형무관) 사람이다."

그러니까, 그러냐구 그러면서 이제 가족들이 있으니까 어쩌저쩌 하는데

"M1 총 쏠 줄 아느냐?"

라구 물어봐서

"그렇다."

라고 하니까 가자고 그러드래요. 그니까 시방 조카애가 한 육십구나 칠십 되네. 그런 애가 그때 6.25 때 대여섯 살 됐으니까. 걔한테 대고, 거기가 5사단이라고 그러던가 뭐. 그런데 그 부대 이름은 시방두 알고 있더라구. 그래가지구서 가자구 그래서 그냥 갔다구 그러는 거야. 자기가 총 쏠 줄 알고 그러니까 그때 반갑다구 그냥 아군을 따라 슨 거야. 따라 서서 이제 난 간다구 그러구선 가족들하고 헤어진거 아니야? 그니까 이제 가족을 놔두구. 이제 난리 때니까 그렇게 다 헤어져서 서로들 사는데. 뭐 난중 얘기지. 아유 뭐 작은

오빠가 실종 됐고 어쩌고 막 그래. 우리 아버지도

"아이구, 작은 애가 실종 됐단다."

우리 재당숙모 되는 데가 우리 원 고향에 사셨어. 거기가 이제 삼팔 경계에요. 거길 이제 나 살던 때, 나 학교 댕길 때니까. 거길 찾아 들어가니까 방공구뎅이들 계시더래.

"아이구, 니가 어쩌자구 여길 와."

"아니에요 아줌마. 나는 저 짝 군인이에요. 걱정 말아요."

그러니까

"그러냐."구.

그전에는 고 강 건너에 금광굴이 있었어요. 그니까 저 금광굴에 인민군들이 있다구 가르쳐 주신가봐, 그 아주머니, 당숙모가. 그래 오빠가 저거 하는데 미군 탱크가 들오드래. 그 아주메 말이지 뭐. 우리는 못 봤으니까. 이제 실종이 됐으니까 낭중에 그 소리가 난 거지. 나가서 흔들더래. 그러니까 그 탱크가 서가지고 그러니까 그제서부텀 들어와서. 그니까 이제 탱크가 전진을 해 가구서, 들어와서.

"아주머니, 난 앞으로 더 가야해요. 나는 이쪽 편이에요."

그러면서

"나는 앞으로 더 가야해요."

그때 인사하고 다시는 못 보는 거지. [남편: 그래구선 못 봐. 소식이 없어.] 그러니까, 수삭대(수색대)에 나갔는지 어뜷겠는지 우린 그것도 몰라. 우리도 다 6.25 때 다 헤어져서 서로 각자 피난을 했으니까, 모르지 뭐 어떻게 됐는지.

[남편: 가장 그 6.25의 참사를 말하는 것은 형제를 잃고, 그담에 이제 장모 되시는 어머님을 폭격에 잃으신 거, 그거에요. 안타까움이 컸겠죠.]

[조사자2: 큰오빠는 어떻게 잃으신 거예요?]

큰오빠도 모르죠.

[조사자1: 그러면, 친정이 오빠 둘에 할머니 혼자신 건데, 친정아버지 빼고 오빠 두 분, 어머니까지 다 잃으신 거네요, 전쟁 때문에.]

올케들은 저거해서 돌아가신지 십년 안팎이지.

[남편: 말씀은, 우리 장인이 말씀은 안하셔도 얼마나 안타까운 얘기겠어. 가족을 다, 자식들을 다 잃구. 그래두 딸 하나는 나한테 줘서 그래서 살았지. (웃음)] (일동 웃음) [조사자1: 진짜 그러네요. (웃음)] 그렇게 다 넘어가. 6.25에 비극 아닌 사람 있어요? 그만큼 다 비극을 겪은 거지요 뭐, 6.25 때. 우리 나이에 그만한 비극을 안 겪은 사람 있어요? 3.8선 경계에 있으니까는. 고 경계께 살았거든요, 우리가. [조사자1, 2: 아-.]

[조사자1: 그때 당시에 정확히 어디에 사셨던 거에요?]

나는 효자동 여기. [조사자1: 춘천시 효자동?] 예. 그니까, 춘천시 형무소 때릴 적에 우리 앞에 폭탄이 떨어진 거지.

[9] 전쟁통에 데려다 함께 산 시동생에 관해 이야기하다

[조사자2: 그러면, 어르신이 휴가 끝나고, 잔치 치르고 다시 들어가시고 난 다음부터는 진짜 시집살이가 시작된 거잖아요. 결혼하시고 보름 있다가 들어가셨잖아요. 그 뒤로 시어머니, 시할아버지를 다 모시고 사셨는데, 그때 이야기 좀 해 주세요. 어떻게 사셨고, 전쟁통에 아이는 어떻게 낳으셨는지.]

애기는 휴전된 뒤로 났어요. [조사자2: 휴전된 뒤에 낳으셨어요?] 그럼. 걔 별명이 휴전이야. (일동 웃음) [조사자1: 아-. 첫 아이 별명이? (웃음)] 그르니까는 나는 뭐 와가지고 집에서 질쌈도 안 배우고 그렇게 와서, 여기 와서 누에 키우는 것도 배우고, 이렇하구 질쌈두 안 하던거 질쌈도 할 줄 알고. 명지(명주) 이렇게 하는 것도 알고. 그런 거 배우고 그렇게 해서 시집살이 하고 살았지요.

[조사자2: 그럼 농사도 짓고 사셨던 거예요?]

농사는 뭐 헐 줄 몰라요. 그래두 시방은 밭이 있으니까 농사 짓고. 그때만 해도 시어머니가 젊으셨으니까 객지로 쫓아 댕겼죠. 한 10여년.

[조사자2: 할아버지가 독자시면, 따님들, 시누이들도 계셨어요?]

시누 하나. 우리 시어머니가 스물다섯에 혼자가 되시니까, 단지 남매 낳고 돌아가셨어, 시아버지가.

[조사자2: 그럼 시할아버지, 시어머니, 시누이. 이렇게 같이 사셨구나.]

또, 일꾼. 나중에 인제 이 사람이 마땅치 않으믄, 왔다가 가며는 또 딴 사람 들어오구. 이렇게 살았어요.

[남편: 그때 6.25 때 어려운 사람이 많으니깐 데려다가, 우리 집에서 데려다가 양육하면서. 그래 이제 내가 혼자 독자니까 외롭다고 해서. 거리를 밤새 울며 돌아다니는 아이를 우리 할아버지가 데려다가 어디서 왔냐고 물어보니까 뭐 함경도 어디서 왔대. 그래서 밤에, 자기도 아버지가 돌아가셔가지고 철도 이런 데, 함경도에서 철도 이런 데서 근무했던 모냥이야. 빨건 모자 쓰구. 이제 어머니하고 자기 형제가 살았는데, 만날 어머니는 울구. 그럴꺼 아냐. 애도 울구, 남편되시는 분은 돌아가셨으니까는, 이제 애들이랑 항상 이걸 어떻게 사느냐 이런 거를 맨날 이제 얘기 하고 마음속으로 그러면서 애들을 이제 그래는데. 이 애가 하는 얘기가 언젠가는 어머니가 자기들을 버리고 재가해 가실지 모른다고 생각해서, 밤이며는 어머니 옷고름을 둘이서 양쪽에서 붙들고 잤다는 거야. 근데 아침에 일어나보니까는 옷고름은 가위로 딱 짤라놓구서 옷고름만 쥐구 있드라 이거야. 어머닐 찾아보니까 없지. 거기서부터 울구서 그냥 차를 무조건 타고 내려와서 함경도에서 타도 내려와가지구선 뭐냐며는, 그니까 뭐 함경도면은 경원선이겠지 뭐. 경원선 이걸 타구 와서 서울에 와 내렸어. 서울에 와가지구서 울면서 이제 그랬는데 같이 거기서 내렸는데 그게 누군지, 하이튼 헤어지게 됐대는 거야.] [조사자3: 둘이 같이 내려왔다가?]

그까는 얘길 들으니까, 어떤 사람이 두 형제가 댕기니까는

"너는 커서 그러니까, 이 쬐끄만 애는 내가 데려가구 너는 어디가서 커라."

그래 어떻하다가 기차를 타고 와서 여기서 내린가봐 아마. 내려가지구선 울고 돌아댕기니까 우리 할아버지가 보시구선 데리구 들어와서. 아홉 살 되던 애여. 그런 걸 데려다 길러가지고. 우리 집에서. 해가서 훔쳐가지구서 도망을 가더래요. 도망을 갔는데 6.25가 났지. 6.25가 나가지구서 휴가를 맡아가지구 갈 데가 있나? 그니까 또 우리 집을 찾아 온 거야. 우리 어머니는 또 길르던 애니까는 아―주 아들두구 또 반겨서 들인 거지. 그니까 또 군대 생활 제대를 하니 갈 데가 있나, 또 우리 집을 찾아 온 거야. 그제서부텀 또 우리 집에서 저거 하는데, 그와 똑같은, 나이 비슷한 사람이 우리 집에서 머슴으로 또 있는 거야. 둘이 시샘을 하구서 서로 일두 안 하드라구.

먼저 있던 사람은 또 자기 고모가 이제 데루가드라구.

"얘는 인제 머슴 저거 하지 않구 우리가 데루가겠다."

아유, 그럼 데루가라구 그러면서 인제 길르던 사람들 도루. 아, 일 년을, 일 년인가 있었나? 있구서, 그 데루간 사람은 또 장개가게 된다대네? 장개가게 된다구 우리 집에서 있었다구 그래믄서 장개간다구 기별이 왔어. 그래 우리가 바지저고리 해줘, 두루마기 해줘, 한 벌 싹– 씌워서 또 해줬지요. 어떡해요, 우리가 부려먹었으니. [조사자1: 아–.] 그래 또 이 사람을(군 제대한, 어릴 때 키웠던 사람) 키워서 일 년인가 일하는데. 농사를 지을 때, 남에 식구니, 장개들이기가 그렇게 힘이 들더라구. [조사자1, 2: 아–.]

[남편: 가만히 있어봐. 우리 할아버지가, 일제시대에 이 동네에서 일제시대에 초등학교 나온 분은 없어요. 우리 할아버지밲에. 그래 또 우리 아버님이 우리 할아버지가 그렇게 교육을 하시니까. 에– 뭐냐므는, 일제시대에 에– 그 춘천 초등학교에, 보통학교. 거 역사가 있는 데죠. 거기에 4횐가에 졸업을 하셨어요, 우리 할아버지가. 그리구 우리 아버님을 또 다시 춘천 초등학교를 입학을 시킨 거야. 그니깐 입학을 시켰으니까는 여기서 저– 시내를 걸어 다닌 거지. 걸어다니맨서 이제 공부를 헌 거지요. 응? 근데 이제 그래서 그런지

얘가(어릴 때 데려다 키운 사람) 왔을 때 할아버지가 수양아들로 삼으려고 하니까 성이 뭐냐고 물었지. 그래니까는 조가라고 그러더래. 자기 아버지를 찾을 때 누가 와서 '조상, 조상' 그렇게 찾는다 이거야. 그래 '조상'이면 조씨인데, 무슨 조씨냐고 그러더냐 하니깐 그건 모르는데. 하이튼 여기에 조씨네 집들이 여러 군데 있었어요. 지끔도 있지머는. 이제 조씨도 그 본이 다 다를 거 아니에요? 그래 여기에 가장 많이 있는 조씨. 풍양 조씨로다가 걔를. 그러면 이제 그 조씨네들하고도 같이 이제 이렇게 할 수 있고, 외롭지 않게 하기 위해서. 욕심을 차린대머는 민씨로 해얘지. 그렇잖아? 그래가지고 걔보고 '이제 너는 민가다.' 라고 한 거지요. 그래서 형은 민홍석이고 걔는 민우연이 된 거지. 우연히 들어왔다 이거야.]

[조사자1: 아-. 우연히 들어와서?] [남편: 어, 어. 걘 이름도 없었어. 우연히 들어와서 민우연으로다가 호적에 올린 거야. 그래 호적에 올려가지구선 같이 이제 이랬는데. 이제 얘가 이제 나중에 문제가 결혼을, 아까도 얘기했지만, 그렇게 해가지구선 다시 와서 다시 사는데, 얘를 이제 또 결혼을 시켜야 될 거 아니에요? 중매가 들어오는데 중매자는 머냐믄, 그 집 민씨네 둘째라고 그래서 중매가 들어오는데, 알아보면 조씨라고 그러면 파혼이 되지. 그러니까 이제 이게 문제가 되더라고. 그래가지구서는 딱- 입을 아주 그냥 모두 뭐, 문패도 다 띠어버리고, 민씨 문패도 띠어버리고. 그래 이제 어떻허믄 중매라든지 결혼을 이럴 때도, 누가 오믄 '민홍석 계시오?' 그러는 게 아니라 '조홍기 계시오?' 이래는 거야. 다른 사람들이 모르게.] [조사자1: 장가보내주시려구?]

[남편: 그럼요. 그러니까 이제 애들 교과서며 뭐며 전부 갖다가 그냥 저 웃방에다 그냥, 다락방에다 다 감춰놓고, 문패도 다 그냥 읎고. 그리고 이제 오는 사람보고 조우연이라고 그러지 말고, 민우연이라고 얘기하라고 시키고. 이제 그거는 어느 때에 그랬냐믄, 그렇게 이제 민우연이라고 해서 나하고 친형제라는 걸 알려가지고 중매가 돼서 결혼식을 했단 말이야. 근데 거기서 이

제 올 거 아니요, 이제 그전에는 결혼하믄 '한님'이라고 그러지.] 말하자면 종이야 종. 옛날에는 여자가 시집을 가믄 여자종이 따라와서 시집에서 다 해줬잖아. [남편: 처음에 혼자 시집와가지구서는 잘 모르니까는 거기 와가지구 사흘 동안을 다– 그냥 옆에서 보살펴 주는 거야.] [조사자1, 2: 아–.] 옛날엔 그게 있었어요. [남편: 그래서 그 한님을 같이 딸려 보낸 거야. 그래 같이 와 있는 사람이 보기에, 오는 사람이 전부 부르면은 자꾸 조우연이라구 민우연인데. 동네 사람은 다 조우연으로 알고 있으니까. 그래니까는 그렇게 부를까봐 아주 그냥 바깥에서 예고를 하는 거야. 절대 들어가서 민우연이라구 그래야지 조우연이라구 그래지 말라구. 그래가지구서 다 와가지구 전부 이제 내가 근무할 때고 교직에 있으니까, 선생들이 그냥 깜빡하고 '어이, 조우연이!' 이런 거지. (웃음)] [조사자1, 2: 아이고.] [남편: 내 성을 안부르고 그래니깐, 아주 그냥 질겁을 하고 그래지 말라고 그러면, 잠깐 잊어먹었다고 그래고. 머 이런식이었지. 그런 그런 지금 말하면 쇼가. (웃음)]

[조사자1: 그래서 이제 장가를 가셨어요?]

[남편: 그렇죠. 장가를 가가지구 와가지구선 그랬는데, 이제 내가 상객으로 신부집에 가서 신부 이제 이거 결혼식을 하고 그래는데. 이 동네 살다가 거 가서 사는 사람이 하나 있었어.] [조사자 일동: 아–.]

[남편: 아, 그러니까 이제 이게 또 빵꾸가 났네. (일동 웃음) 아, 그래가지구선 '재가 저기 오시는 저 양반네 수양아들인데.' 아마 그랬던 모냥이지. 으뜽게 알았는지. 굉장히 이제 아마 그 두 부인, 신부하구 신랑, 내 동생하구. 밤에 이제 첫날밤이니까 둘이 무슨 얘기가 있었던지. 그래 디려 바루 얘기하라구 어뜽게 그랬는지. 그래 아침에 형님 좀 만나뵙고, 어머님 좀 만나뵙겠다고 그래. 우리 사랑에다 신방을 꾸미고 그랬으니까는. '저, 거시기 내가 다 얘기했어요.' 그래가지구서는 그 다음에 이제 삼 일이 되어가지구선, 삼일근친이라구 그래가지구선, 옛날엔 삼일만이믄 우리 집에서 갔지. 그래 가서 거 가가지구서 다 얘기가 됐지. 머 한님두 와서 따라가 사흘 동안 있었으니까, 다

아니깐. 그래가지구서 그냥. 뭐 결혼한 다음인데 어쩧게.] [조사자3: 아. 결혼식을 올리고 나서 다 알려졌으니까.] [남편: 그럼. 그렇지. (일동 웃음)]

저케 우리도 사연이 많아요. 그런 집안이나마 가서 잘 살으면 되는데, 또 사고로 죽었어요, 여자가. [조사자 일동: 아-.] 이제 우리가 시간(세간)을 내줬는데, 가서 저거하게 살다가 농사는 못 짓겠다고 그래서 시내에 가서 사는데. 시내에 가서 호떡장사를 하는데, 호떡 배달 해가지고 오는데 오도바이(오토바이)에 쳐서 나가 떨어졌네? 날아서 뇌를 다쳤나봐. 츰에는(처음엔) 괜찮다 그래더라구. 그러더니

"아유, 형님 나 눈이 좀 어두워, 침침해."

이래더라구. 그래두 뭐 좀 저거해서 그래나 했더니, 여기서 허지 않구 서울 성심병원서 허니까는 (오른쪽 뒤통수를 가리키며) 여기 금이 갔더래요. 금이 간 걸 여기서는 발견을 못 한거야. [남편: 옛날 그때야 뭐 의술이.] 그래가지구서 고거 수술을 하다가시리 갔어요. 그런데 또 그 사람은 또 벌어먹는대는 게 어뜨게. 우리 또 옛날 얘기를 하믄 길지. [남편: 이제 됐어. (웃음)] [조사자1: 괜찮아요.] 왜냐하믄, 우리가 저거하는데 우리 좀 살게 해달래. 어떻게 살게 좀 해달래. 우리는 농사를 짓고 있는데. 그것두 못 짓겠다고 그러던 게 옥시강쟁이틀(옥수수 강냉이 틀, 뻥튀기 기계) 하나만 사달래. 그래 옥시강쟁이틀이 얼마냐니까, 우리 봉급에서, 얼마야, 하턴 천 원 하나가 남았어. 오천 원인지 육천 원인가봐 봉급이. 그래 오천 원을 줬는데, 오천 원을 봉급을 타서 다- 준 거야. 옥시강쟁이틀 사겠다구.

[남편: 이렇게 돌리면서 뻥- 하고 터지는 거 있잖아.] [조사자 일동: 아-.] 그러면 느이는 살겠다 하구선 한 달 봉급을 타서 천 원만 냄기구 다- 준 거야. 다 줘서 이제 그거 샀지. 그거 사서 참 그걸루 벌어먹는데. 우리는 또 그거 봉급 타서 다 줬는데, 또 발령이 나는 거야. 참 여비두 읎다시피 해가지구서 우린 가고. 그렇게 해가지구선 사는데, 뻥태기(뻥튀기) 장사를 하고 사는데, 아 또 어뜷게 다리에 병이 나서 불구가 됐어요. [조사자1, 2: 아-.] 불구

가 돼서 이 하체를 못 쓰잖아. 시방 하체를 못 쓰고 살아요.

[남편: 그 동생두 백마부대, 백마 고지에서 상사꺼정 했지.] 그런데 그거를 시방 이저 6.25 참전용사로 타먹기야 타먹겠지만, 저걸 못 타먹어요, 그래두. 집이서 일하다시니 하체를 못 쓰게 되었으니깐, 전장 때 했으믄 아주 타먹는데, 전장 때 못 다쳤으니까. [남편: 어. 제대 해가지구 나와서.] [조사자3: 상이군인이 안 됐구나.] [남편: 군에서 그랬으면 상이군인으루다 보상을 많이 받았지.] 그걸 헐라구 그래니까 안 돼더라구. 넉넉히 살 수 있었는데. 시방은 그래두 살기는 수월하대. 거기두 딸 둘에 아들 하나야. 그집두 그렇게 평탄칠 않게 살아요. 잘 살았음 좋은데. 잘 살지를 못하고 그래요.

[조사자2: 그래도 어렸을 때 할아버님 도움으로.]

[민흥석: 그러니까.] 우리 어머니가 고생하셨지. 길르다가. 거둬 멕이느라고. [남편: 그래서 그렇게 어려운 사람이 지금 말하믄 고아지. 고아들을 데려다가 그렇게 이제 장개꺼정 들이구, 살 수 있도록 옥시강쟁이틀이라든지 이런 거를 마련해주구, 또 집두 마련해줬어. 집 시간(세간)도 내주구.] 아주 그냥 시간(세간)두 골고루 사다가 내줬어요.

[조사자2: 그럼 족보에는 풍양 조씨로 가 있는 거예요?]

그렇지. [조사자2: 그럼 부르기에는 그냥 민우연으로 부르시고?] 그렇지. [민흥석: 그게 이제 그때에 결혼을 시키기 위해서 이제, 바루 찾아 주었는데, 결혼 시켜주기 위해서, 파혼될까봐. 조우연으로, 내가 조가가 된 거지 꺼꾸로. (일동 웃음) 근데 결국은 다 알려져서, 얘들도 다 자기 성 따라서 이름 짓구.] [조사자2: 정말 각별한 사연이네요.]

[조사자3: 할아버님이 정이 많으셨나봐요.]

[남편: 예. 그래구 일제 시대에두 그롷게.] 그때만 해두 어려운 사람이 많으니까는. 많이 거둬줬지요. [남편: 이제 할아버지가 졸업하시구 그 다음에 이제 춘천 보통학교 나오시구, 일제 시대에 초등학교 나오믄 지끔 대학교 나온 것마냥 취직이 금방 되는 거야. 일본말 다– 잘하구 그래서. 그래서 함경도

이쪽에 가서 통역관도 하시고, 또 통역관인데 통역관보다두 이제 측량기수, 세부측량. 우리나라에서 처-음 측량이 시작된 게 세부측량이라구 그래는데. 그래가지구서 전국을 돌아다니면서 측량을 하는데, 이제 지도를 만드는 거지요. 지적도를, 지끔 말하믄 지적도야. 요주변이 아무개네 땅인데 어디서버텀 어디가 경계구 이런 걸 다- 측량해서 지적 사항으로다가 올려주는. 그 지적도를 첨 만들 때에 이제 할아버지가 함경도 쪽으로 발령을 받아가지고 그쪽으로 올라가가지구서, 이제 밑에 기사들을 전부 인솔해가지구 우리 할아버지는 말 타고. 그담에 인제 판인관이니까 (오른쪽 아래 팔을 가리키며) 여기다 누런 테를 하고 말 타고 다니시면서 측량판 그 같은 일행들 이렇게 해가지구. 그 함경도를 주로 하구 강원도도 많이 측량을 해셨지. 그렇게 하셨고. 우리 아버님은 이제 춘천 여기 나오셔가지구서, 김유정 선생도 짧은 시간 내에, 짧은 해에 여러가지 많은 소설을 많이 썼잖아요? 우리 아버님도 김유정 선생님이, 이게 여기가 이제 금병의숙인데 여기서 이제 농촌 계몽하고 이런 활동 이런 거를 하시다가]

(잠시 다른 할머니가 들어와 말을 거셔서 대화 중단)

[남편: 그래서 그런 그 뭐냐므는 아버님이 이제 여기 나오셔서, 아버님도 첨엔 우체국으로다 영월쪽으로 가서 근무를 하시다가 다시 고향으로 오셔가지고 여기서. 그래 김유정 선생님이 여기서 야학하면서 농촌 계몽 활동과 여러가지 활동을 하시다가 소설 이런 걸 주로 많이 써서, 서울로 올라가셨잖아요? 그 후를 이제 우리 아버님이 맡으셨어. 그래가지구 여기서 이제 야학 가리키고(가르치고) 여기서 가리키던 제자들이 지금 칠전동에 있는 신남 초등학교루다가. 거기 학교가 이제 춘천 초등학교에서 분교로 있다가 본교로 승격되는 바람에 그리루 갔을 때, 여기 학생들이 김유정 선생 밑에서 배우다가, 아버님한테서 배우다가, 그 학교루다 인제 일 학년으로 입학이 되가지구선 그렇게 됐지요. 그래 이제 우리 아버님두 교육 계통으로다가 관심이 있었고, 그게 아마 그 유전인 모냥이야. (웃음) 그래가지고 할아버지가 그렇게 생존하

시면서도 어려운 사람, 어려운 아이들을 끌어다가 그렇게, 이제 성도 바루 찾아 주맨서 양육해가지구 결혼시켜주고, 살을 수 있도록 기회를 만들어주고. 그러셨지요. 아주 내가 생각할 때도 우리 할아버지는 훌륭한 분이셨어.]

[조사자1: 사실 아무리 그때 그런 아이들이 많아도 당장에 내 먹을 것도 많지 않으니까, 바로 그냥 지나쳐 갈텐데.] [조사자2: 다들 어려울 때라.]

[남편: 그럼. 일제시대, 일제 말기인데, 좀 어려울 때야?]

[조사자2: 시아버님이 일찍 돌아가셔서, 시할아버지를 모시고 사셨는데, 며느리로서는 어떠셨어요?]

다른 건 괜찮은데, 약주가 좀 과하셔. 약주가 과해서 약주를 잡수시면 뭐 말도 못하지요 뭐. 어디 나갔다가 늦게 들어오시면 벌써 저 먼 고을시루 소리를 지르시면 다들 가서 배웅해 드리고. 그거죠 뭐.

[남편: 왜 그러냐면, 우리 할아버지가 성격도 온화하신 분이 약주를 잡수시면 그래시는 원인이. 가족이, 생으로 자식을 남매나 둘 딱 낳고 돌아가셨으니까. 그니깐, 그리구 며느리하구, 우리 어머니지, 며느리하구 생활을 해 나가시니까는 굉장히 마음에 아픔이. 그러니까 이제 술로 마음을 달래시면서 이래구. 뭐 어떤 누구를 폭행을 한다던지 뭘 이러는 건 절-대 없으시구, 그냥 혼자 그냥 소리지르시면서 이랜 거지.]

[조사자2: 시할아버지가 며느리를 예뻐해 주셨어요?]

예. (웃음) [조사자1: (웃음)]

[남편: 이제 저희 어머니는 일찍, 이제 열일곱이지. 오셔가지구서 결혼허시구선 아버님 나하고 우리 남매 낳고 금방 돌아가셨으니까, 어머니도 그렇다고 속을 썩일 수도 읎고, 꾹-꾹- 참아가믄서 시아버님을 모신 거예요. 우리 할아버지를 모신 거예요. 그래서 오늘날에 우리 어머니 때문에 오늘날에 우리 가족이 이렇게 됐지. 그렇지 않으시구 우리 어머니가 다른 데루다 다시 출가, 재가해 가신다구 그러믄 우리를, 나를 교육을 시켰을 리도 만무하고. 그런데 그렇게 다-. 어려운 가운데에서도 우리를 다 교육시켜가지구서.]

어려와두, 땅은 있어두 노동력, 저거, 읎으니까는. 소출을 해 내지를 못했지. 그때만해두 뭐이 비료가 있어요 뭐 그러니까 소출을 내지를 못허는 거야. 그래니까 땅은 좀 있었어두 그만큼 양을 못 내는 거지. 실히 허는 사람이 없으니까. 남자들이 있어야 그걸 실히 하는데 남자들이 없어 그걸 실히 못하니까. 그니까 남이나 좀 두고 하니까 그렇게 안 돼더라구.

[조사자2: 그럼 시어머님이랑 할머님이랑 두 분이서 일을 하셨던 거예요?]

나는 농사 안 짓구, 우리 어머니가 농사일을 하셨지. 남이나 좀 두구. 그제섬 인제 저 양반이 커서 저거하니까 그때사 남을 두구선 하는 거지. 그니까 일 년에 한 쌀 한 가만가 두 가마씩 이렇게 주구서 부려 먹은 거지요.

[조사자1: 할아버지가 선생님이셔서 여러 지역을 발령다니셨잖아요. 그러면 시어머님을 모시고 함께 산 세월은 생각보다 길지 않으시겠어요.]

한 십 년 넘게 나가 있었으니까 그렇지요. 그래두 우리 큰 애, 걔가, 그때도 나간 건 우리 큰애가 중학교 갈 무렵에 나갔다가. 그래도 집에 와서 있는 시간이 많지요. 저 양반이 혼자 많이 끓여 자시지. [조사자1: 아–.] 그러구선 내가 가서 김치니 뭐니 많이 해 놓으면 내가 와서 여기 와서 몇일 있다가 또 가구. [남편: 고생 많았지.] 인제 또 저거허면 거기가서 또 허면 여기 와서 있구. [조사자1: 요즘말로 기러기 아빠셨네요.(웃음)] [남편: 지끔처럼 뭐 송금이 되는 것도 아니구. 봉급 타면은 또 애들 등록금 다– 내야 하구 그러잖아.] 그러니까 이제 그때쯤 다 해가지구 오구. [남편: 또 여기 와서 여러 가지 찬이니 뭐니 또 해 놓구 또 애들 보살피다가 또 와가지구.] 가을, 방학 때면 와서 애들 교복 준비 다 해놓구 가야지 이제 또. [조사자2: 할머니 그러면 두 집 살림하신 거네요. (웃음)] 그렇지. 왔다 갔다. (웃음) 이제 저거 해 놓구 오면 몇일은 손수 끓여 잡숫지. [조사자3: 두 분 다 고생이 너무 많으셨네요.]

(본인들의 이야기가 재미가 없다며 걱정하심.)

내가 요 시집에 와서 사는 땐 어려운 게 별로 없어. 조금 그때 노동력이 부족해서 어려왔지. 별루 저거 한 건 없었어. 뭐 내 앞에 오는 건

“나 이거 못해요.”

하고 내놓지도 않고, 내가 다 해 내니까는. 힘든 것만 못허지. 내가 핼 만한 건 다 해 내거든. 닥치믄 못한다고 내놓지 않고 다 해 내거든. 그래니까는 그거 뭐 시집에 대한 건 별로 어려움은 없었어.

“너 이거 못한다.”

그 소리는 없었어. (웃음)

[남편: 집사람이 교육 가족에 있었고. 또 우리 장인 되시는 분이 한문 선생님이셨어요. 한문 선생님으로 계셨기 때문에. 그 우리 큰 처남 되는 사람도 교직에 있고. 그러니까 그런 가운데에서 여러 가지 배우고, 또 집사람도 배울 만큼 배웠고. 그래서 이제 가정, 우리 집에 와가지구선 아주 현모양처루다 아주 잘– 이끌어 나갔기 때문에, 애덜들도 다 희망하는 대학들로 다 진학을 시켰고. 그래 현재는 그런대로 근심 걱정 없이 살고 있어요.]

[조사자1: 할아버님이 다 보는 눈을 가지고 계셔서 (웃음)]

아니, 자식인데 볼 게 뭐 있어. (웃음) 부모님이 허래는데 해야지.

[조사자1: 그 귀하디 귀한 삼대독자인데, 그 짝을 맺을 손부를 얼마나 까다롭게 결정하셨겠어요.]

[10] 전쟁 중에도 남편이 그리웠다

[조사자2: 떨어져 계실 때, 언제가 제일 보고싶으셨어요? 6.25 때에?]

6.25 때요? 많지요 뭐. (웃음) 한 번 저거 우스운 얘기 좀 할까? [조사자1: 예.] 오나– 하고 물동이를 이구서 이렇게 내다보다가, 이거를 다 못 붙들구 돌아스다가 물동이를 깬 적이 있어요. 저–기 내다보다가, 오나– 하구. (웃음) [조사자3: 아–. 할아버님이 오시나 안오시나? (일동 웃음)] 그니까 이제 부엌문에서 이렇게, 옛날에는 (양손으로) 이렇게 열고 닫는 부엌문이 아니고 (위로 들어올리며) 이렇게 걷어 올리는, 짚으로 엮은 문이거든요. 거기서 이제

이렇-게 내다보다가 그냥 돌아서는 바람에. (웃음) 그게 아직도 안 잊어먹어요. (웃음) 그리구, 보고 싶을 적에, 꽃 필적에. [조사자 일동: 아-.] 우리 집에 매화나무가 있었어요. 매화나무가 있으믄 요롷-게 들여다보구, 그 봉오리를 날마듬, 얼마만큼 컸나. [조사자1: 어머-.] 얼마만큼 컸나. 그게 그리움이겠지. 아주 매화나무가 활짝 피믄 아주 이쁘잖아요. 하-얗구 뽀얀 게. 그래 그걸 날마다 그걸 들여다 보구. 꽃 필 적에가 제일 저거 했지요. 그리구 우리 집에 (친정집) 담이 있었어요. 담 안에 큰 벚나무가 있었어요. 꽃 필 적에가 하이튼 저거해요. 그러믄 그 벚꽃이 피므는 그렇게 거기가 가보고 싶어. 멀지 않아두 거기가 가보고 싶어. 그래두 거길 못 가보구 말았어. 요 앞동산에도 거기는 철쭉꽃이 젤 먼저 펴요. 양지가 되서. 거기가 이제 시방은 다 가려서 안 보이지만 그때만해두요 가리는 건물이 없으니까 다- 보여. 꽃 피구. 그 바우 틈에서 꽃 핀게 빨갛게 비쳐서 여기까지, 내 눈에 띨 적에. 그럴 적에. 그럴 때가 제일 저거 했지요 뭐. 매화나무 매-일 들여다 볼 적에.

[조사자1: 그러면 그렇게 보고싶을 때, 군대에 계신 할아버지한테 편지를.]

편지를요, 왜 못했느냐면, 우리 할아버지 앞에서 꼭 읽어야 해. [조사자1: 네?] 편지가 오면은 읽어야 해요. [조사자1: 아-.] 보낼래두 또 우체부를 통해야 해니까 또 읽어야 해내. 그래 못 보낸 거야. [조사자3: 검사 받으셔야 하니까. (웃음)] 그래 받으면, 편지가 오잖아. 혹 가다 이제, 그때만 해두 우체부가 없잖아요. 그러면 데려 와요. 그러구 꼭 앞에서 읽어야 돼. 이런 제길. (일동 웃음) 그리구 또 보낼래므는 그걸 또 뵈켜야지 어뜩해. 그리고 또 그때는 심해서요, 그걸 검사해야 본인한테 들어간대요. 대장한테 검사. 그니까 집에서 어떤 비밀이 있다 해놨는지 그걸 대장한테 뵈켜야 돼. 그래 못 갔어요. 편지를 못 했어요. 진짜야 그거. 그래서 난 시방 한문두 다 잊어먹다시피 했어. [남편: 안부 백에 못 묻는 거야. 안부 밖에.]

[조사자2: 읽어 보신 적 있으세요? 어르신 앞에서? 편지를?]

있었지요. 그러니까 못 했지. (웃음)

[남편: 그리고 우리 결혼식에 사주 쓰잖아요, 사주. 사주 쓸 때에두 우리 할아버지가 그 붓 명필이시거든. 그때두 딱- 날 불러다가 왜 그러냐고 물으니까 먹을 갈라는 거야. 그러더니 당신이 쓰래는 대루 쓰래. 그래가지구선 사주를 직접 내 자필로 붓으로다 쓴 거야. 그게 처음, 옛날에는 사주먼저 가고, 쓰거든요 그렇게. 그게 이제 혼인 약속이지.] 그때는 예물이라는 게 없어요. 사주 종이 하나만 갖구. [남편: 지끔은 성혼문이니 뭐 그런거나 마찬가지야. 그래 나두 여기 와서 이제 우리 제자들두. 금병학교가 올해 60회 졸업인데, 내가 2회 서부텀 있었어요. 그니깐 오십팔 년 된 거야 거기서두 근무 처음 시작 한 때가. 그래구선 있으면서 여기서 우리 제자들두 많이 있구 그런데 제자들두 우리 고향에 친척 되시는 분들 자녀분덜 전부덜 다- 여기를 다니거든. 그니깐 가족같애. 넌 누구네 아들, 넌 누구네 아들. 그라구 내가 출석 부를 때는 우리 아주머니뻘 되는 사람들이 아주 많았었어요. 이름이. 아주머니, 아저씨. 심지어는 친구가 할아버지 항렬두 있구. 내가 이제 종손이니깐 항렬이 낮아서, 낮기 때문에 나이는 많지만은 맨 밑에. 그니까 이제 6학년 담임할 때에도 전부 아주머니 항렬이야. 전부.]

[조사자2: 할아버지가 오랜만에 휴가를 나오셨다가, 며칠 안계시다가 복귀하실 때, 떠나보내실 때에는 어떠셨어요?]

아이구, 뭐 그래도 잘 가라 소리를 못 해봤어요. 그때는 꼭 배웅을 어머니가 가시지. [조사자1: 아-.] 저 - 소양강 까지, 우리 어머니가 배낭을 먼저 들고 나서시는 거지. 난 못 가봐요. 그러면 잘 가라는 소리도 못 하고 도로 방으로 들어가는 거야. [조사자3: 아이구. 저고리 고름에 눈물 좀 흘리셨겠어요. (웃음)] [조사자1: 아이고. 사실 배웅은.] 내가 시내까지 가야지. [조사자1: 그렇지요. 배웅은 아내가 가게 해주셔야죠.] 그런데 인제 한 번, 외출을 시내에 볼일이 있어서 나왔어요. 뽕 딸 때야. 그때 이제 나왔는데 왔다가 이제 금방 간대요. 그니까 금방 간다니까 무조건 따라간 거야. 뽕따다 말구. [조사자1: 아-. 할머니께서?] 그럼. 뽕 따다가 말구. 저 양반은 부대에서 같이 나온 사람들하구 자야 할 것 아냐. 그니까 나는 사촌 언니가 시내에 있었어. 거기서 자구선 아침에 또 그 집을 찾아갔어. 찾아가니깐 뭐 작업복인지 뭘 하나 주더라구. 집에 오니 얼마나 걱정을 하시던지, 왜 말도 없이 따라갔느냐구. 따라가서 그냥 자구 왔으니 얼마나 걱정을 하셔. (웃음)

따라가믄 뭐해. (웃음) [조사자1: (웃음) 따라가서 뭐 하셨어요. (웃음)] 아니, 뭘 하나마나, 저 양반은 부대에서 같이 나온 사람허구 같이 자야지. 나는 거기 같이 갈 수가 없으니깐 나는 또 따루 와야지. 걸어 나올래니 저녁 때 여길 어뚷게 걸어나와요. 그러니까 그 이튿날 나올 수 밲에. [조사자3: 얼마나 보고 싶으셨으면 어른들께 말도 없이 그냥. (웃음)] 만나기는 만났는데, 다 쫓아갔으니, 뭘 해, 아무 것도 아니지 뭐. [남편: 지끔 사람들은 상상도 못 할 얘기야.] (일동 웃음)

[조사자2: 할아버지는 군대에서 언제 제일 보고 싶으셨어요?]

에이, 그런 거 몰르쥬 뭐. [조사자1: 지금 들어보세요, 할머니. (웃음)] 그저 집에 가면 있구나 이렇게 생각 했겠죠 뭐.

[남편: 내가? 뭐 부대 있을 때는 뭐 맨날 훈련허구 뭐 하기 때문에 그런 생각 못했고. 집 생각 날 때는, 그래두 인제 결혼 하구서, 사실 결혼 하므는 그때가 가장 정이 있을 땐데, 그 뭐 그냥 나와 있으니까, 군 생활을 하고 있으니까. 그냥 '우리 집사람이 지금 잘 있나?' 이정도지. 같이 아기자기하게 생활을 한 기억이 없으니까. 그저 '정미순은 내 부인이다.'라는 거. 그 정도 밲에 생각을 못 한 거야.]

[조사자1: 그러면 할머니께서 전쟁 중에 시집에서 사실 때에.]

근데, 그 소리를 해요.

"나 이번에 가면은, 또 올지 모르겠다."

[조사자1: 아-. 할아버지께서?] 예. 휴가나오면. [남편: 하이튼, 전투가 한참 심할 때는 내가 오늘 살아야 살았다고 생각 되지, 그 외에는 뭐. 휴전되던 날두 내가 이제 포병대 사격 지휘 본부에 사격지휘, FDC라는. 거기에서도

통신, 통신 이거를 해가지구서 우리가 이제 포를 어느 방향으로 어떻게 쏘라고 방향 제시를 하며는 그거를 전방 OP, 관측장교가 있는 데에 전달을 해주는 거예요. 이제 거기서 전달을 받구 고 방향으로 쏘는 거야. 명중을 시키기 위해서 이제. 그런 역활을 우리가 해구 그랬는데. 이제 여기서 근무하다가 최전방으로 교대로 올라가는 거거든. 전투가 한참인데 몇 월, 몇 일, 몇 시가 되었으니 이제 민흥석가 올라가고 해. 그럼 그때는 이제 내가 죽으러 가는지, 살고 돌아올런지 그거를 장담을 못 할 때야. 그니까 거기 그냥 하이튼 같은 조가 있으니까는 세 명이 같이 올라가고, 세 명이 같이 내려오고. 그런데 양구 그쪽에서는 걔네들이랑 우리 사이에 봉우라지가 하나 있는데, 낮에는 우리가 화력이 굉장히 쎄니까는 폭격하구 그래서 걔네들이 거기서 견디지 못하구 그냥 물러나가는 거야. 그럼 아군이 이제 공격해 올라가는 거야. 낮에는. 그래 또 밤에는 걔네들이 하는 거야. 밤에는. 그래 밤낮으로 낮에는 태극기가 꽂혀 있고, 밤에는 걔네들 인공기가 꽂혀 있고. 그런 상황인데 낮에 우리가 폭격을 해서 재바다로 만들어 놓고 공격을 해 올라가면, 걔들이 호를 파놓고 요만한 구멍으로 우리가 올라오는 걸 보다가 방망이 수류탄을 홀딱 내려 던지믄, 거기서 공격해 올라가던 사람이 폭발하는 바람에 부상당해서 굴러 내려오고 사망도 하고. 이런 상황이 많았거든. 이런 전투가 휴전이 된다 된다 하면서도 서로가 그냥 전력에 집중하고 있는 거야. 아주 한 치라도 뺏기면 안 된다는 거지. 지금두 백석산이나 이런 데에 일 년에 한 번씩 참전 용사들을 초대해서 가는데, 가서 전우들도 만나고. 가서 산을 올려다보믄 '내가 저런 데서 살아남은 게 다행이다.' 싶어. 거기서 전사한 사람도 많지요.]

[조사자1: 그러니까 얼마나 걱정하셨겠어요. 헤어질때 또 얼마나 애틋하고.] [**남편:** 그래 이제 거길 같이 올라간 전우가 같이 사격을 하는데. 원래 우리 포병은 연대나 대대 후방에서 지원을 하는데, 이 사람도 욕심이에요. 전투력을 보다 더 지원하는 뜻에서 앞으로 갔어요. 그런데 우리 전우는 휴전 되던 날 거기서 사망했어요. 휴전이 딱 되는 날 다섯 시 되서 양쪽으로 물러서는 바람

에 거기 시신을 놔두고 왔어. 그 시신은 이제 까마구밥 됐지 뭐. 그니까 이제 딱― 봤으니까 전사한 거는 확인이 됐거든요. 확인이 됐는데, 집에다가 전사통지서를 보낼래믄 유골함을 보내야 부모가 인정이 될 거 아니요. 자기 자식이 이제 사망했다고. 그런데 그 시신을 가져올 수 없으니깐, 어뚷게 해 볼 도리가 없으니깐 이제 유골함 안에다가 그 전우의 칫솔, 입던 내복 이런 거를 거다 착착 쌓아 가지구선 거기다 느서 보냈단 말이야. 이제 보냈는데 거 가서 이제 부모가 전사통지서를 보니까 대성통곡을 울면서 열어보니 옷이고 칫솔이니까, 이제 안죽었다고 하는 거지. 믿을 수가 없지요. 그래니까는 그 많은 전투에서 사망했는데 우리 애가 살았는지 죽었는지 확인을 못한 거다 이거지. 안 죽었다고. 그래서 그냥 거다가 올려놓고 왔다고 갔다 온 사람들이 그래대. 그러니까 우리 집사람이 그러지. 그런데 나는 위로는 못 해줄 망정, 와서 친구들이랑 막걸리나 마시고. (웃음) 그때는 뭐 결혼이나 이런 거는 보름을 주지만 그냥 나올 때는 일주일 주는 게 최고야. 그래 내가 나왔을 때는, 집사람도 그렇지만 친구들이 더. 어렸을 때부터 같이 크고 이렇게 지냈으니까, 걔네들이 더 그리워. 뭐 부인은 뭐 남이나 같게 오랫만에 만난 사람인데 뭐. 친구가 그렇더라구. 그럼 집사람은 왜 오래간만에 왔는데 같이 좀 대화두 허구 같이 좀 있지 그래는데, 맨날 친구들하구 나가구 그래니까는. 불만이지 좀. (웃음)]

[조사자2: 할아버지가 연하라서 좀 어리셨네요. (웃음) 이렇게 붙어서 손도 잡아 주시고 하셨어야 하는데.] [조사자1: 같이 벚꽃 나무도 보고, 매화도 보고.]

피난 중에 군인 덕에 목숨을 건지다

박 정 순

"그 군인이 자꼬 타일러서, 이모만 넘어가믄 산다고 그럼서……"

자 료 명: 20120207박정순(함평)
조 사 일: 2012년 2월 7일
조사시간: 42분
구 연 자: 박정순(여 · 1930년생)
조 사 자: 심우장, 박혜진
조사장소: 전라남도 함평군 해보면 광암리 마을회관

[조사과정 및 구연상황]

조사자는 사전조사 차원에서 광암리 마을회관을 방문하였다. 조사자가 조사 취지를 말하자 제보자가 구연을 하였다.

[구연자 정보]

박정순 제보자는 1930년생이다. 20세에 전쟁이 나서 구사일생으로 살아나왔다.

[이야기 개요]

박정순 제보자는 두 살 난 아들을 업고 피난을 가다가 날아온 총탄에 여동생을 잃었다. 본인도 피난 중에 군인에게 잡혀 큰 위험에 빠졌으나 다행히 마음 좋은 군인 덕에 목숨을 건질 수 있었다. 그 후 피난을 가서 남의 집에 얹혀살며 고생이 심했다.

[주제어] 아기, 피난, 총탄, 죽음, 더부살이, 협박, 생존

[1] 피난 가다가 여동생이 총에 맞아 죽은 이야기

[조사자: 연세가 어떻게 되세요?] [청중: 나 야든 네 살이요] [조사자: 그럼 전쟁 때 한참 스무 살?] 그랬지라. [조사자: 할머니는?] 나는 여든 셋이라. [청중: 여가 없어서 나는 몰라라] [조사자: 어디에서?] [청중: 친정에 가 있었어] [조사자: 친정이 어디?] [청중: 저 복재, 신광. 장성 신광] [조사자: 거기서도 난리 때 경험을 하셨을 거 아녜요?] 모르겄소. 암 것도 다 잊어버렸응게.

[조사자: 피난도 가셨어요?] [청중: 안 갔어요 난. 친정에 갔지] 피난 갔어라. [조사자: 어디로 가셨어요?] 영감 따러 가다가 도로 돌아서서 저그 산봉댕이로. 저 건느서 총을 요리 집 있는 디로 들고 쏴서 요리 산봉댕이로 올라서 우리 애기 한나 업고 불갑사 있는 디로 가다가, 거그는 사람이 더 많이 있드라고라. 군인들이. 그래가지고 저그 영광 가 친정이라 친정으로 갈라다가. [조사자: 그럼 그때는 애도?] 애기 하나 있었어. 그놈 그 아들이 시방 쉰네 살 먹었소. 예순넷. 그놈 업고 가다가 가다가는 도로 죽겄다고 도로 들왔어. 요리 와가지고 산고랑이로 빠져서 저 농사 있는 논바닥이로 가는디 또 거그 산에서 총을 쏘드라고 우리다 대고. [조사자: 사람에 대고 직접이요?] 예, 막 직접. 사람에다 대고 쏭게 우리 여동생 하나 데리꼬 가다 여그가 걸으가다, 여숫이 걸어간디 우리 여동생만 탕 맞아부렀어. [조사자: 여동생이요?] 예. 그래

갖고 그 자리서 죽어부리고.

[2] 피난 가다가 착한 군인 덕에 살아난 이야기

이러고 가는디 군인들이 잡으러 왔드라고라. 잡으러 온 사람이 참 좋았어라. 내가 시방도 항상 말해요. 그 사람 아니었으믄 우리는 죽어부렀을 것인디, 그 사람이 잡으러 와가지고

"아주머니는 아저씨 어디 가 있소?"

그서

"저그 한청에 대녀라"

그렁게

"그른 소리는 그짓말잉게 아줌마, 아주머니가 말해도 알고 안 해도 안다."고, "이런 산고락이서 삼서 어쯔고 거그다 산대" 허고,

아저씨는 입산했지 어찌냐고 그럼서 안했다고 해도 막 그럽디다. [조사자: 국군이요?] 군인이 잡으러 내려와서. 잡아갖고 감서 그드라고라. 근디 산꼭대기를 깔끄막을 못 올라가고, 애기 업고 못 올라강게 군인이 개머리를 나를 주고, 총, [조사자: 예? 아, 총] 총 개머리를, 올라감서,

"아주머니 내 말만 들을라우?"

그서

"들을라우."

그렁게는 그러고 탁 갈쳐주드라고라. 아저씨는 저 먼 디 가서 머슴 살고 있고. 그러코 허고 있고 나는 하도 배고파서 식량 가지러 왔다 잽혀갖고 못 나갔다고 그렇게 말을 하라고 하드라. [조사자: 그때 애기도 같이 있었습니까?] 애기 업고 대녔어라. 두 살 먹었나? 그랬는디, 갖다 막 놓고 낭게 그릅서 그 사람이 그러드라고라. 해 넘어가드락 문초를 받아도 고로케만 말해야지 살지, 요랬다 저랬다 하믄 죽는다고.

근디 그냥 막 갖다 막아 농게 칼 요롷게 생긴 놈 피 빨건 놈을 여그다 들어댐서 문초를 받드라고. 그래서 꼭 그 사람이 갈쳐준 대로 해야 쓸 것 아니요. 이자 안 허믄 꼭 그렇고 헝게 적어갖고 가드니 밥을 가즈 왔드라고. 나도 이롷게 한 그릇 우리 아들도 한 그릇. 거그 사람들 여섯이 다 한 그릇씩 가져왔드라고. 이놈 먹어도 죽고 안 먹어도 죽응게 먹고나 죽으라고 그러드라고라. 그서 그놈을 먹고 있응게는, 저녁때도 늘 와서 조사를 받는디, 이 사람이 와서 받고 저 사람이 와서 받고 막 총대로 때리고 그럼서 받는디 그대로만 허고.

또 낮에 밥을 갖고 왔어라. 낮에 밥 갖고 와서, 이놈 먹어도 죽고 안 먹어도 죽응게 아주머니가 운수가 있으믄 살고 그런다고 먹으라고 그러드라고라. 그서 먹었어라. 배는 고프고 정월 보름날이라. 그서 그놈 먹고 있응게는 군인 대장이 와가지고 이름 다시 적어서 가고. 또 한사람, 군인 한사람 데리꼬 와서 그 사람게다 그 종이를 주믄서로 지서 주임한테다 이놈을 주고 도장을 받아오라고 그러드라고. 우리 거그다 맽기고. 그르고 점방에서나 어디 딴디서 도라고, 우리를 도라고 뺏으러 오믄 주지 말고 지서 주임한테만 갖다주라고 그러드라고.

그러믄서 내려강게 사방디서 경찰 군인들이 다 와서 뺏어갈라고 야단이라. 그래도 우리는 그 종이쪽지를 그 사람에다 비치믄 안된다고만 항게 그래갖고 지서에다 델다줬어라. 지서에 델다준게 지서 주임이 아이고 잘하셨다고 찬성을 하드라고라. 그름서 우리는 총을 들고 와도 빵 하나도 안 때리고 자수를 시켜서 살린다고 사람을 다 죽여서 쓸 것이냐고 그럼서.

그르고 지녁에 또 밥을 줘서 먹고. 또 우리 있는디 사람이 많이 있으믄 빙 걸린다고 소독약 다 해주고 그럽디다. 그르고 지서주임이 지녁에 와서 또 강연을 함서 어디로라든지 손을 대서 총을 들고라도 요리 자수를 시키라고. 자수를 시키믄 아주머니도 급이 높아지고 더 활발해지고 그 사람도 다 살린다고.

[조사자: 실제로 할아버지는 어디 가셨어요?] 몰라라, 어디 갔능가. [조사자:

그때 어디 산에 가셨어요?] 함평에 머슴 살러 잽혀 가부렀어라. 아이 없응게, 우리가 없이 상게 머슴 살러 갔어라 , 함평이로. 그서 봄에 나락 갖다 줘서 먹고, 거서 일허고 살다 그서 있는디, 거그서 잡아가 버렸등갑디다. 우리는 몰랐어라, 잡아간 지도.

그르고 피난 대녀갖고는 사흘저녁을 지서에서 자고, 나흘 만에 아칙에 딱 지서 주임이 내다놓고 요쪽으로는 절대로 가지 말고 요쪽으로만 가서 어쯕허든지 죽지 말고 살으라고, 누가 안 붙여주믄 도로 들어오라고, 지서를 오믄 지서 주임한테 말해서 살게 해준다고. 그래서 살다가 좋은 동네로 갔등가 누가 나가란 소리를 않드라고라. 그래서 할머이하고 손주하고 둘이 사는 방에 가서 살았어라, 방도 못 얻고. [조사자: 모르는 사람이 그렇게 살게 해줬어요?] 예, 모르는 사람이. 그서 할매허고 손주하고 산디 우리허고 우리 아들허고 거 가서 삼서 [조사자: 그때는 아들이 두세 살 정도?] 예 두 살 먹었어라.

그랬는디 동네가 이 집이었던가. 자운영 캐다가 죽 쑤서, 밀겨히 쭉 쒀갖고 쪽박에다 갖다가 이러코, 전기솥단지 속에다 너 놓고 이러코 이러코 하믄, 신호 가고 허믄 내가 먹고 그랬어라. 그러고 살았어라. 그다가 나중에는 인자 배급을 줍디다. 지서 주임이 동네 들와가지고 나를 찾아서, 예, 잘 먹고 산다고 그렁게, 잘했다고 그럼서 그때부터 배급을 주드라고. 그서 먹고 살았어라. 살다 요리 들어가라고 해서 여기 들와서 살았어라. [조사자: 원래 여기서 사셨고 나갔다가 전쟁 끝나니까 들어오셨네요?] 예. 전쟁 끝낭게 도로 들왔지라. [조사자: 그럼 아저씨는 언제 오셨어요?] 같이 왔어라, 나중에. 그래서 인제까지 살다 인제 돌아셨어. [조사자: 아저씨는 그때 고생 안하셨어요?] 예, 고생 안하셨어. 어디 좋은 데로 가 있었어.

[조사자: 그렇게 가다가 옆에서 여동생이 그 자리에서 돌아가시면……] 긍게 내가 옆에가 앙겄었지라. 그렁게 군인이 내려와서 떠들어보고 아이고 안 죽었으믄 데리꼬 가서 빙원에 가서 살릴 거인디, 여가, 여가 해필 정통에 맞아부러서 죽었다고, 여간 짠히 생각하드라고, 그 사람도.

[조사자: 그럼 여동생은 아직 시집 안 가셨구요?] 그때 애려서 그랬지라. 열두 살인가, 열세 살인가 먹어서 죽었어. [조사자: 그럼 엄청 마음이 안 좋으셨겠어요?] 그러지라. 그래도 헐 수 없이 군인들이 끌코 가니까 따라갔지라. 근디 거그 가서는 그런 소리 하지 말라고 그러드라고라. 그서 허지 않고 살았어. 여그 나 델러 내려온 군인들이 저 우에서 쏴 죽여부리지 뭣허라 데리꼬 내려왔냐고 막 야단입디다. 그래갖고 여섯이 살아갔어라.

[조사자: 그런 소리 하면 엄청 무섭겠어요?] 그러지라. 그러고 그 군인이 자꼬 타일러서, 이모만 넘어가믄 산다고 그럼서, 이모 동상은 가부러서 할 수 없응게, 이러코 좋은 아들을 내부리고 죽었시믄 쓰겄냐고. 그럼서 [청중: 큰 아들이 육십 넷이요?] 응, 넷. [청중: 그때 난리 통에 두 살 먹었어?] [조사자: 올해가 전쟁 일어난 지 62년이니까 육십네 살이 맞죠] 배나무골 가서 그 아들 났거든. 배나무골 점방에서. [청중: 우리 동생은 시방 세 살인디 그 때 났는갑네, 전쟁 일어날 때. 나는 그럼 그때 네 살 먹었겄네.] [조사자: 여섯이세요?] [청중: 응.] [조사자: 그럼 기억하는 거는 거의 없으시겠네?] [청중: 암 것도 없제.] [조사자: 혹시 어머니 아버지한테 들은 소리도 없으세요?] [청중: 들은 소리도 없고, 우리 동네는 속에 안 댔는디 막 어디로 갔다 오고 그랬어, 미리서. 미리서 겁내갖고 갔다 온 사람도 있고, 가만 있은 사람은 고생않고. 간 사람들이 고생했제. 동네가 그때는 겁나고 크고 헝게, 간 사람들은 고생허고 안 가고 가만 있는 사람은 괜찮허고. 우리 동네는 소개 안되얐어.] [조사자: 친정이 어디세요?] [청중: 나는 신광면.]

[3] 피난 나갔다가 돌아오니 마을이 모두 불탔다는 이야기

인동덕네 형제간들이 이러고 사람을 보믄 잡아가드라고. 다른 사람들은 글안 했는디. 덕산덕 큰 동상, 그 사람이 많이 잡아 가드라고, 사람을. [조사자: 여기 동네 사람 중에요?] 아니라 저그 피난 가서 산디, 지녁이고 넘으 집이라도 자러 가믄 그러코 합디다. [조사자: 누가 데려갔어요?] 일테믄 그때는 근무했어라. 질깟에가 서서, 일반사람들이. 밤사람들 대닐께미 질깟에서 근무헌디. 이러고 아낙들은 인자 식구가 많응게 못 자믄 인자 방, 방 너른 데로 가라, 지녁에 자러. 그러믄 그 통에가 잡어 가다가 말 받고 그래갖고 졸졸 해주믄 도로 내주고 그랬어라. [조사자: 왜 이렇게 사람들을 잡아갔어요?] 간첩이라고 잡어가제. [조사자: 뭐 경찰서에서 잡아가요?] 예. 그랬는디 이자 와서 말을 받응게, 아이고 피난 와서 사는 사람잉게 도로 내주고 그랬어라. [조사자: 그 마을 사람이 아니니까?] 예.

[조사자: 전쟁 통에 고생을 많이 하셨겠네요?] 그랬지라. [조사자: 얼마나 나가 계셨어요?] 삼 년, 저가 삼 년 살고 여그서 이 년 살고, 오 년 살았소. [조사자: 오 년 살고 이쪽으로 다시 들어오셨어요?] 애기 뭐, 아무것도 안 갖고 가, 빈손으로. 애기 한나 업고 그러고만 갔어라. 옷도 없이, 다 여그다 놔두고. 그렁게 다 군인들이 가져가고 꼬실라부리고, 설움 받았지라. 나중에 옷도 배급 주고 그랬어라. 우리 애기도 옷 주고 나도 옷 주고 그랬어. 담요 하나 덮으라고 주고.

[조사자: 이 동네에서는 몇 명이나 피난을 나가셨어요?] 다 나가 버렸지라. 집 불질러부리고. 암 것도 없어서 못 살어라. [조사자: 인공군들이 와가지고?] 아니라. 군인들이 다 질러. [조사자: 왜 질러요?] 모르지라, 어째 그러는지. [조사자: 그럼 나중에 돌아오셨을 때도 여기 아무것도 없었겠네요?] 암 것도 없었지라. 와서 산에서 나무 하나 쓱- 비서갖고, 오두막집 지서갖고 삼서 인자 밥 해먹고 삼서 농사짓고 살았고, 나중에사 집 지섰지라. [조사자: 돌아오셔가지고도 고생을 많이 하셨겠네요?] 예, 그랬지라. 우리가 우리 집 지슨 지가 쉬은 세 해 됐소. [조사자: 그러면 전쟁 끝나고도 한참 있다가 집 지으셨네요?] 예, 그랬지라.

[조사자: 그러면 자제분들이 어떻게 되세요? 큰아드님 말고.] 그 뒤로 난 놈이. 아그들 내가, 그 아들까지 아들딸 해서 칠 남매 났어라. 어저께 그저께 다

왔다 갔어. [조사자: 고생 많이 하셨겠네요?] 예. 오두막 쳐놓고 시아제네 짚으로 엮어서 문도 달고 살고 그랬어라. [조사자: 전쟁이 일어나기 전에는 집이 있으셨던 거죠?] 암만이라. 집 좋았지라, 모다. [조사자: 전쟁만 안 일어났으면 고생을 덜 하셨을 텐데……] 예. 한 삼 년, 여가 땅도 못 벌어먹었는데. 나중에 돌아다님서 벌어먹으라고 해서 모다 농사짓고 막 치고 그랬지라.

[조사자: 피난 갈 때 친정식구들이 여러 명이 같이 가셨어요?] 아니라. [조사자: 여동생만? 왜 여동생이 이쪽에 있었어요?] 예, 나한테 가 있었어라. 우리 어머니가 그때 애수님이라고 돌림병이 엥겨갖고 저 대발 속에다 막 치고 지셨어라. [조사자: 아, 혼자 계셔가지고? 임시로 여동생이 와 있었네요?] 예 그랬어라. 우리 어머니가 참말로 애수님 걸려서 무솹어. 누가 옆에 가도 못하게 무솹어. 울 어머이가, 왼 전신이 부글부글해갖고 다 들떠갖고 막, 그도 안 죽고 살었어. [청중: 당신만 허고 나섰는갑네?] 응. 당신만 허고 나섰어. [청중: 늙어도 헌갑소?] 그릉게, 나이 먹어도 허는가벼.

총 맞은 걸 알대.

"언니 나 총 맞었어."

그러드라고. 그래서 돌아봉게 탁 엎어져불드라고. [조사자: "총 맞었어." 라고 이야기를 하고요?] 예. [조사자: 그때 여동생이 몇 살 정도나 먹었을까요?] 모르겄소. 열두 살이나 먹었는가 어쨌는가.

아프네 아프네 해도 개머리로 맞는 것이 젤로 아파. [조사자: 총 개머리로요?] 예. [조사자: 많이 맞으셨겠네요, 돌아다니시면서?] 지서에가 자고 그럴 적에 많이 맞었지라. 지서 주임은 안 때려라. 근디 군인들이 들어와서 맞고.

육이오 뒤에 여그 뒤에 절을 복구를 시킬라고, 여그 사람들이 애먹었어. [조사자: 어디 절이요?] 여그 뒤에. [조사자: 용천사?] 예. [청중: 용천사도 불나부러서] [조사자: 육이오 때 났습니까?] 예. 군인들이 그랬어라. [조사자: 그것도 군인들이?] 예. 근디 반란군들보러 했다고 그러고 있드라고. 우리집 남자들이 거그 갔는디, 글 안 했다고, 군인들이 질렀다고 그랑게 그러냐고 묻드라고.

서류가 있어. [조사자: 다른 동네도 보니까 불 지른 건 대부분 군인들이 지른 것 같아요?] 예. 그랬어라. 저 용천사 절 복구할라고 가서 그러고 헝게, 첨에 절이 있을 때 사진을 찍어놨으믄 벨 일 있어도 복구를 다 해준다 그러드만. 근디 없응게. 암것도 없응게. 그럼서 누가 절에다 불을 지르라고 했냐고 그럼서 허드라고 해. [청중: 시방 그럼 사천왕 있는 데가 거가 사천왕 있었어?] 안 있었어. [청중: 어디가 있었어? 사천왕도 있고 다 그랬어?] 아문. 사천왕도 있고. 시방 사천왕 있는 디가, 요쪽에가 방아틀이 있었어, 디딜방아. [청중: 절에서도 방아 쪘는갑네?] 아문, 방아 찌었제. [조사자: 절에도 방아실이 있어요?] 예. 옛날에는 있었어라. [조사자: 왜 절에서 그걸 쪄요?] 나락 받어다가 찧어 먹었어라. [조사자: 절에서 쓰는 디딜방아요?] 예. [조사자: 그럼 동네 사람들도 그거 씁니까?] 동네 사람들은 여기서 허제. [청중: 즈그는 즈그 쓸라고 그렇게 했는갑제] [조사자: 그럼 절은 한참 뒤에나 다시 지어졌겠네요?] 예, 그랬지라. 시방도 복구 안했어라. [청중: 절 하나 있다가 나 와서 다 지슨 절이네.]

의용군에서 빼 준 고마운 옛 동료

손 동 수 · 송 대 만

"그 애가 좌익 오야지드라고. 태안면이서. 일본서 같이 왔응께 잘 알잖아. 그러고 제일 날 따랐어. 형님 형님하고. 그 사람 땜이 안 죽었어."

자 료 명: 20140316손동수송대만(서산)
조 사 일: 2014년 3월 16일
조사시간: 78분
구 연 자: 손동수(남 · 1932년생), 송대만(남 · 1923년생)
조 사 자: 박경열, 유효철, 이원영
조사장소: 충청남도 서산시 팔봉면 호리1구 경로당

[조사과정 및 구연상황]

서산의 호리 경로당에는 많은 할머니들이 모여 계셨다. 할머니들은 바다에 나가 캐온 것들을 함께 정리하고 계셨다. 조사팀이 방문하자 반갑게 맞이해 주셨다. 할머니들은 조사팀에게 해 줄 얘기가 별로 없으니 옆방에 있는 어르신들에게 가보라고 권하였다. 경로당에는 미닫이문이 달린 작은 방이 있었는데 그 곳에 어르신 세 분이 계셨다. 손동수 화자가 먼저 이야기를 시작하였다. 손동수 화자의 조사가 끝난 후 이어서 송대만 화자의 이야기를 녹음하였다. 송대만 화자가 이야기하는 동안 손동수 화자도 옆에서 이야기를 듣고 있었는데 중간에 조사팀에서 먹을 것을 자주 권하여 조사에 방해되기도 하였다. 손동수와 송대만 화자 이외에 세 분 정도의 어르신이 함께 다과를 즐기면서 화자들의 이야기를 경청하였다.

[구연자 정보]

손동수의 고향은 충청남도 서산시 팔봉면 호리이다. 1932년생이다. 가족은 3남 1녀이고 그 중 장남이다. 자식은 6남 4녀를 두었다. 귀가 좀 어두운 편이고, 술을 매우 좋아하였다.

송대만의 고향은 충청남도 서산시 해미이다. 돌잔치 때 아버지가 돌아가시고 어머니는 구연자가 8세 되던 해에 돌아가신다. 고아가 되었지만 재산이 있어 사촌 형수가 키워 주나 많이 맞고 자란다. 18세에 결혼하였으나 아내가 자식을 돌보지 못하자 25세에 이혼한다. 다시 재혼하여 자식은 4남 6녀로 10남매를 두었다.

[이야기 개요]

손동수는 영장이 나왔으나 군대 가면 죽는다는 말에 여러 번 도망을 다닌다. 도망 다니다 결혼한 지 삼 일만에 군대에 잡혀간다. 제주에서 6-7주간 훈련을 받았고 군에서 나눠 주는 음식의 양이 적자 군에서 남은 음식을 버리는 곳을 찾아 음식을 주워 먹기도 하였다. 군에서 병이 걸렸고 병이 걸리자 부산으로 이송되었으며 대구 육군병원에서 치료받았다.

송대만은 1945년 3월에 일본의 화약공장으로 끌려가 일을 하였다. 8월에 해방되자 다시 돌아온다. 전쟁 당시 자산이 있었는데 인민군이 들어오자 재산이 있다는 이유로 우익으로 분류된다. 의용군에 소집되어 100명 정도가 끌려가고 있었는데 전에 일본 화약공장에서 일하던 동료를 만난다. 그 동료는 당시 알아주는 좌익의 우두머리 역할을 하는 사람이었는데 옛정을 생각해서 화자를 의용군에서 빼준다. 서울 수복 이후에 도움을 준 동료는 마을 사람들에 의해 처형당했다는 소식을 듣는다. 화자는 동료가 죽었다는 소식에 가고 싶었지만 무서워서 가지 못한다. 뒤늦게 군에 입대를 했는데 군 생활이 너무 힘들어 아내에게 가진 재산을 모두 써서라도 자신을 군에서 빼달라고 요청한다. 아내가 수소문 끝에 남편을 군에서 빼내줄 사람을 찾았으나 그 사람은 돈만 받고 사라진다.

[주제어] 영양실조, 육군병원, 화약공장, 인민군, 의용군, 좌익 우두머리, 처형.

[1] 손동수: 원치 않는 군에 끌려가다

[조사자: 어르신 연세가 어떻게 되세요?] 팔십 삼유. [조사자: 그럼 몇 년 생이신 거예요?] 임신생. 아! 몇 년 생이냐구유? [조사자: 띠가 무슨 띠세요?] 잔나비. [조사자: 전쟁이 났을 때 1950년도에 한국전쟁이 났잖아요. 그때 몇 살이셨어요?] 나는 붙잡어 갔죠. 영장, 그냥 콩 걷는디. [조사자: 군대 간 거예요?] 그렇죠. 집에 가 옷 갈어 입고 간다니께 거기가면 새 옷 준다고 그냥 차에다 싣고 갔지.

[조사자: 군대를 몇 살에 처음 가셨는지 기억하세요?] 그때유? 스무 살. [조사자: 어르신 성함이 어떻게 되세요?] 손동수. [조사자: 원래 고향은 여기세요?] [청중: 여기가 본 고향. 서산 호리.] 여기가 보물길이라고 그러드먼그류. [조사자: 새 주소로?] [청중: 두 가지 다 쓰더먼.] [조사자: 아직 도로명 주소가 정착이 안 돼서. 원래 가족은 몇 남 몇 녀셨어요?] [청중: 잔뜩유.] 열 요. 아들이 여섯, 딸이. [조사자: 넷. 어르신은 몇 째셨어요? 첫 째? 몇 째?] 둘. 차남.

[조사자: 지금 자제분은 몇 두셨어요?] 열이요 열. [조사자: 아니 아니. 원래 어르신 가족. 원래. 자식은 열을 낳으신 거고, 원래 형제관계는?] 우리 형제유? 형제쥬. 이웃이서 살어유. [조사자: 원래 형제는 둘이셨어요? 누이나 없었어요?] 동생, 여동생. 아직은 살아있어요. [조사자: 여동생 하나에 형 한분 계시고, 돌아가신 분들이 많으신 거예요?] 남동생 내 밑으로 있구유, 여동생 하나 있구요. 대전 살아유.

[조사자: 3남 1녀? 전쟁이 나자마자 군대로 끌려가신 거예요?] 그게유, 그때 그게 영장이 나오면유 가면 죽으니께 도망 간 거유. 그러니께 병사 헐 사람이 있어야쥬. [청중: 그러니께 그냥 아는 사람이 붙잡어 간거쥬. 나이 먹었으면 다 붙잡어갔슈. 징집이 아니고 소집으로. 막 붙잡어 갔어 그때.] [조사자: 그때 서산에 있으셨던 거잖아요. 여기서 어디로 가셨어요?] 여기서 간 거유? [조사자: 어디 가서 훈련을 받거나 그러실 거 아녜요?] 제주도요. [조사자: 아, 제주도 가셨어요. 제주도선 얼마간 훈련받으신 거예요?] 제주도유? 그런 걸 어떻게 알어유. [청중: 다 잊어버렸구먼]

[조사자: 제주서 훈련 받아서, 어디로 배치되셨어요?] 제주도서 훈련 다 마치고 아퍼서 죽었었어. 난 몰르고 온겨, 부산으로 왔는디유 죽어서 왔슈. 어떻게 온 줄을 몰러유. [조사자: 그때 다치신 거예요?] 아퍼서유. [조사자: 병에 걸리신 거예요?] 그렇죠. 병 걸린 거지 따지믄. 훈련이 얼마나 심한지 훈련은 다 마쳤는디 참, 어떻게 부산으로 왔는지 몰러.

[2] 배경에 따라 달라지는 녹록하지 못한 군생활

그까짓 거, 밥 요맨큼씩 주먹이다 뭉쳐주는디 거기다 단무지 하나, 사람 참 말이니께. 그거 먹고 배고파서 주워 먹는 거, 구녕이서 나오는 밥 땡이, 나 하나유? 아니요. 가면 잔득 있슈. 나 한 댕이 주워 먹으면 솥이서 막 삽으로 뭉탱이 긁어서 부셔서 내버려 채 나가유. 그러나 드럽진 않어유 깨끗허유. [조사자: 그걸 버린다고요?] 그렇지유. 나 하나간유? 나 한댕이 주워 먹으면 또 옆에 또 뒤 사람 주워먹고 가고. 야 이만씩 헌 놈 막 나오쥬 그냥.

[조사자: 그걸 왜 버려요? 안 주고?] 버리죠 그러믄. [청중: 군대는 다시 먹는 게 없슈.] 말이니께. [조사자: 아, 배급을 주고 나서 남은걸 버린다는 거예요?] 말하자면 밥 허고 난 솥 무지허게 내버리는거쥬. [청중: 찬밥을 안 먹고 끝나믄 시간되면 주고 또 남어도 다 내버려요.]

[조사자: 그때는 무슨 병 걸리셨어요? 제주도에서. 원래 몸이 허약하셨어요?] 그렇죠. 훈련 대기 받았을 때지 말하자믄 따지믄 몸살 난 거쥬. [청중: 영양실조 걸려서.] [조사자: 부산 병원에 가신 거예요? 병원으로?] 그렇쥬. 원호대로 가갖고. 대구 육군병원으로 왔는디 거기서 나서 갖구. 참 일선근무 지원 했슈. 얼마나 매터지고 막 몽댕이로 조지는디. 그 안에 있는 것이 몇 천 명 되유 몇 천 명. 거기서 여북해야 일선근무 지원 했겄슈? 가서 전쟁 하다 죽으면, 사람 한 번 태어나서 한 번 죽는 건 마찬가진디 그때 전쟁하다가 죽는다고. 무조건 일선근무 지원해서 나갔슈.

나갔는디 몇을 뽑느냐 허믄 3백 명. 그러면 참 그거 뭐 무식 헌 사람 뽑나유? 말허자믄 [청중: 대졸?] 대졸허고 참. [청중: 참 그땐 무식 헌 사람이 많었슈. 일선근무 허고 못헌 사람은 후방으로 빽 써갖고 나올 땐디. 그때는 뭐 무조건 빽이 없는 사람은 일선근무 했고 빽 있는 사람은 후방으로 빽 써갖고 나가구. 일선에 가면 죽으니께.]

[조사자: 어떤 사람들이, 어떤 게 빽인가요?] 빽이 없구유. 똑똑헌 사람. 그럼

몇 명 뽑느냐면 일선근무라고 해서 나갔는디 뭐뭐 적느냐믄 명찰만 적어유, 장부 갖고 대니며. 그럼 내가 나가 가지고 3번이 가 서는거야. 그러면 거기서 그래갖고 300명을 뽑는디 또 150명씩 나눠요 반을. 근디 영문을 몰랐쥬. 그리고 나머지는 1분 내로 내무반으로 들어가라는규. 몽댕이로 사정없이. 그때는 죽여도 상관없는 때에유. 하나 둘 죽여서는. 얼마나 군기가 엄헌지. 그래갖고 참 조치원으로 150명, 포항으로 150명. 일선근무가 후방이여. 야, 그때 생각허면.

[조사자: 인천이 후방이었어요?] 내가 일선근무 지원해서 나갔는디 300명 딱 뽑고 그 이내는 1분 내로 들어가라고 몽둥이로 싹. 그러면 몇 명이냐면 한 2천명 될거유. 2천명. 그래서 포항으로. 아는 놈은 조치원으로 올라고 바꾸다가 장작깨비로 기냥 그렇게 얻어 터져가면서. 대강 아는 데라구유 그 외는 내무반으로 싹 다 들어가 300명, 그 넓은 마당 개미새끼 든 거 같지 뭐. 150명 갔는디 단번이 그냥 옷 싹 갈아입히고 이렇게 싸서 겨드랑이다 끼라는겨. 왼쪽 겨드랑이. 그러더니 군악대 오더니 막 뚜드려가며 역전으로 가는디.

우리는 알었나유? 알지 못허쥬 어디 가는지. 일선근무 지원했응께 일선으로 가는 거다 이렇게 생각하고. 군악대, 처 불려가며 발 맞추어야지 기맥혀 참. 그라니께 포항인지, 일선근무니께 일선으로 가는 줄 알었지. 포항으로 갔지. 갔는디 미역국허고 밥을 한 사발씩 주는디 이제는 살았구나. 배 부른께. 일선근무 지원했는디 후방으로 막. 간 사람 다 죽었슈.

[조사자: 포항에서요?] 아니쥬. 거기서 기양 무조건 싹 다 쓸어서 올리는규.

여북해야 7사단 5사단. [청중: 휴전되기 전이니께 전방으로 올라가면 죽을 때 아녀?] [조사자: 포항에서 계속 있으셨던 거예요?] 계급유? [조사자: 아니 포항에서 계속 있으셨던 거예요?] 못 들었슈. [조사자: 포항에서 뭐 특별한 일은 없으셨어요?] 없쥬. 거기서도 뽑아서 참 어떻게. 백가들이 정치 했잖유. 그때는. 백선이허구. 근디 백선이형이 6촌간이래유. 백원균이 집이 그 쪽 어디래유. 거기서 헌병. 거기서 맹장 걸려갖고. 너 제대 하러 나 따라다니는디 나는 장남이기 때문에 집에 가서 어머니 아버지 모시고 살어야겠다고 농사짓고. 단번에 제대증 나와서 왔쥬.

[조사자: 전쟁 끝나고 나오신 거예요?] 끝났쥬 그때는. [조사자: 군 생활은 몇 년 하신 거예요?] 몇 년? [청중: 5, 6년] 5년. [조사자: 한 4년?] [청중: 몇 년 한 거 몰라?] 몰라. [조사자: 몇 살에 제대하셨어요?] 기억이 안나. [조사자: 어르신 그때, 군대 가기 전에 혹시 결혼을 하셨었어요?] 결혼하고 3일 만에 붙잡혀 갔다니까. 말하자믄 대사 지내느라고 콩이 싹 다 한 밭씩 다 콩 갈았어요. 얼마나 잘 자라는지 막 장가 드니라고 콩 걷었나요? 콩 걷는디 얘기로는 7일인가 병사 됐는디. 우리 대사 날 왔었슈.

[조사자: 군대를 가 있는 동안은 아내를 못 보셨을 거 아녜요?] 뭐유? [조사자: 그럼 휴가를 나오셨었어요?] 한 번 출장으로 왔었쥬. [조사자: 그때는 전쟁 중이었어요?] 그렇쥬. 완전무장하고 가라고 그런 걸 완전무장하고는 안 가겄다고. 왜 그러냐, 이 시골에 오면은 총각보면 사고 난다. [청중: 웬만하면 다 쏴 죽인다고 그랬지 그 때.] 결혼하고 3일 만에 갔는디 얼마나 색시 보고 싶고 부모도 그렇고 다 그럴 것이여. 결혼하고 3일 만에 군인 붙잡어 갔으니. 백원규가 그려

"야, 너 장가들고 3일 만에 왔다며?"

"예."

"집에 가고 싶으냐?"

"예."

하하하 참 그래도 그이 아들 하나가 중핵교 다니는디 뭐라 그러냐믄 그러쥬. 손하사는 장가들고 3일 만에 왔다고. 휴가 좀 보내주라고. 그건 단번에 일러줘 갖고 지 아버지 일러줘 갖고. 그것도 뭐 열흘이나 일주일. 전장 헐 때라 출장이지 휴가라는 건 없구유. [조사자: 그때 출장증 이런 게 있었어요?] 그러니께 말하자믄 그게 집이 갔다 오라는 출장증이지 출장. 휴가가 아니지 출장. [청중: 출장도 증명해줬을 거 아녀?] 그렇지. 말을 허면 뭐혀. 증명이 있어야 허지. [청중: 설명을 다 해 드려야지.]

[조사자: 군대를 가면 보병도 있고 포병도 있고 공병도 있고 그러잖아요. 어르신은 정확히 뭐예요?] 보병이지. [청중: 보병이니 여러 가지로 쓰지.] 보병인디 여북해야 백선엽이가 그때 대통령하고 6촌간이래, 6촌간. 그 집이서 근무를 하고. [조사자: 주로 거기 있으시다가 나오신 거예요?] 맹장 걸려갖고. 배지에 한 뼘 짼 흉터 있어. 배 짼 흉터가. 그땐 죽어도 상관없는 그럴 때유. 맹장 땜에 죽어도 상관없고. 막 죽을 때유. [조사자: 그때는 그러면 수술을 누가 한 거예요? 의사?] 군인들이 헌거쥬. [조사자: 군의관?] [청중: 군의관덜.] 지금도 흉터가 한 뼘. 죽여도 상관없대유.

[조사자: 그럼 아까 국가유공자 증 있으셨잖아요. 어떻게 해서 타신 거예요?] 정부에서 나온 거지. [조사자: 혹시 다치시거나 이러신 건 없으시구요? 전장에 참여하셨나.] 그러게 일선근무 지원했는데 나는 내 정신은 말하자믄 일선에서 전쟁에서 죽겠다 이 정신 갖고 선동에 3번에 가 섰는디 그게 일선인줄 알었는디 후방으로 바꿨다니께. 300명 이상은 더 안 받고. 1분 내로 들어가라고. 그 숱헌 놈헌테 1분 이내로 들어가라니. 연병장이 300명 세워놓고 150명씩 나눴는디 안 헐 모양여. 바꾸다가 조치원으로 오라고. 바꾸다가 얼마나 더 터지고. 막 몽댕이로 그냥. 지금은 때리믄 징역 간다고. 맞아서 가만히 죽으니께 병들고. 나는 아무것도 아녀.

[3] 송대만: 일본에 끌려가서 한나절은 화약공장, 한나절은 전투훈련에 시달리다

[조사자: 어르신은 군대 언제 갔다오셨어요?] 나는 말할 것도 없슈. 일정 때 제1차 징병잔디. 뭔 얘기를 다 할 수도 없고. 그때 일정 때 제2차 징병장에서 갑종자리는 군대 가구. 우리는 을1,2,3 병정 있었는디, 1만 있었는디 갑종자리는 가고. 잘못 면에서 조사를 했던 모냥이지. 징병 왔는디 하루는 떡 허니 징병통지가 왔드라고. 이놈들 미쳤구먼. 면에 가니께 일본에 한국 여자만 있지. 남자 하나 없다는 거여. 그래 거기 가서 일 좀 하다가서 통장이 영장이 글로 나간다는 겨. 일본으로. 그때는 하라는 대로 밖에 할 수 없잖아. 그래서 일본 가서 화약공장에 넣구서 한 나절 일 시키고 한 나절은 전투훈련.

그때 밥은 요만큼 주지 그 담배 피라는 담배도 하나도 안 나오지. 그때 죽을 고비 다 겪었슈. 일본 나오니께 동경, 대판, 도시 집이 하나 없어. 전부 다 땅이여. 피딱지 같은 마을 있드라고. 우리 화약공장이 뺑드렇게 산 분락에서 있는디 일반 집이 하나 없어요. 화약공장 여기서 거기서 폭약 하나 던지면 사람 하나 살 사람 없어. 화약공장 거기서 성냥개비 하나라도 발견 되믄 맞아죽어. 그런 데가 있다가서는 얼마 안 있다가 해방 됐쥬.

그래서 참 좋다고 나와 살다가 대한민국이 군대가라 그래서 참 환장헐 노릇이지. 그래서 넘들도 돈 있는 사람 빽이로 빼다 빼다 서른세 살에 붙잡혀 군대 갔시유. [청중: 나는 아무것도 아녀.] 서른 세살이믄 늦게. 스물한 살 스물두 살에 군대 가잖아. 가보니께 7사단 갔었어 논산 훈련소. 그래갖구선 스물한 살, 스물두 살 먹은 놈들이 이 새끼 저 새끼 이거해라 저거해라. 근디 집에서 국문교육 좀 받은 놈은. 아무것도 일자무식은 막 개 취급허듯 혀. 한국사람 우리 나이 먹은 사람만큼 고생한 사람 없슈. 6.25전도 겪었쥬. [청중: 내가 젤 편케 있다 왔네.]

일본서 입금 나왔는데 돈 일 년에 80만원이래요. 1년에 80만원 뭐 허는 거여 그게. [청중: 일본서 나오는 거.] 주나마나지. 많이 겪었수다. 내가 아흔 한 살인디 우리 친구들이 제일 많이 겪었어요. 안 겪은 거 없어. 우리 나이 먹은 사람들이. 갑자생 계해생 을축생 요 세 사람들이. 여든 살, 여든 한 살, 여든 두 살 먹은 사람들이 최고로 겪었어요. 안 해보 거 없이. 하여간 뭐 하나 하나 얘기를 다 할 수가 없어요.

[4] 어려서 조실부모하여 사촌형수에게 맞고 자라다

[조사자: 어르신 성함이 어떻게 되세요?] 송대만. [조사자: 올해 구십 일세가 되시는 거예요?] 예. 구십일세 됐어요. [조사자: 원래 고향은 여기세요?] 아니에요. 원래 내 고향은 해미가 있구요. 내 고향은 그렇고 아이들은 전부 여기서 탄생했으니께 여기가 고향이쥬. [조사자: 원래 어르신은 몇 형제였어요?] 나는 아주 무남독녀. 정말 외아들이었어. 아버지 소리 못 불러봤어요. 나 돌잔치 하고 아버지 돌아갔다 하고. 어머니는 여덟 살 먹어 돌아가시고 했응께 아버지 소리 못 불러봤죠. 그래도 부모 시절이 좋은데 있었기 때문에 다 재산 들고 그것 갖고 사촌네 집이들 가서 사촌 형수한티 숱하게 맞아 가며 살었어요. 말할 거 없어. 나 산 얘기 하자면은요 사실 소설 꾸며도 몇 권 꾸며도 다 안 돼요. 우리가 산 거 고단혀.

그러면서 6.25가 딱 돌았는디 내가 자산이 있응께 자산 있는 사람은 우익여. 아무것도 없는 사람 좌익 노릇허고. 그런데 떡 허니 내가 논 20마지기 닷마지기 예편 크니까 갖다 걸어 놓더라고. 깜이는 겨 내가. 그러면서 머슴 사는 사람 주더라고. 머슴 사는 사람. 그래갖구선 나보고선 우리 매형이 그때만 해도 동네 위원장이 이장이여. 그러는디 저 양반 무조건 복구대로 팔어라 이말이여. 우리 대한민국에 좌익노릇을 3개월 했어요. 이북서 점령해갖고 3년, 3개월 동안에 여북허면 그때가 가을인디 볏이삭 수수 이삭을 다 볐다고 했잖어? [청중: 그랬슈.]

[5] 옛 동료가 의용군에서 빼 주다

그런데 논 이삭 이만큼 벼 갖구서 잘 못 패. 전부 뺐겼는디 곧이어 해방됐기 때문에 하나 뺏기지 않았어. 그 사람이 한번은 의용군 가라구 말여. 통지가 나왔더라고 그땐 젊었으니까. 의용군 가긴 가야겄는디 그때 못 간다 그러면 목아지 짤라져. 죽어. 아이들하고 나 외아들로서 어쩔 수 없응께 의용군 가긴 해야헐텐디, 가는 걸로 해 놨드라고 명단에. 하루 불러서 걸어서 서산에 한 100명 정도 갔어. 그 면에서.

갔는디 죽 서서 김창근이라는 태안에 사는 애가 근력이 우리 두 배나 되는디 키도 이렇고. 그러면서 툭 치드라구. 일본서 하냥 갔다 왔는디 한 살 아랜디 나 보고 형 그러면서 굉장히 따랐어. 낫 놓고 기역 자도 모르는디 근력이 그려. 우린 하냥(같이) 나왔거든.

"어, 형님이 이게 워쩐 일유?"

"야 나보고 의용군 되라근다."

"예? 형님이 의용군 가믄 아이들은 어떡혀."

그러더니만

"그 면서기 어떤 놈이유?"

"저기 저 사람."

"여보게"

부르니께

“이리 오란께.” 그때 이러고 있지, 면서기라믄. 안 오드라고.

“이리 오라우. 누가 내 하믄 이 김창근이가 했다 할틴께 언능 오라.”

고 헌께 오드라고, 슬슬 오는디, 명단에 꼈을 거 아녀? 명단 줘봐. 이게 누구가 명단 모냥이냐구 반말로 근께, 야 나 김창근 보자고 혔다고 혀 김창근이가. 빼앗더니만 추린께 송대만이라고 떡 써 있은께 이렇게 해 버리네.

“이거 누가 했냐구허면 이 김창근이가 했다고 혀. 김창근이가.”

그 사람보고 면서기보고.

“형님 이제 가. 어찔 어찔허면 큰일 나.”

집에 가라고. 그래서 집에 왔어. 그 애가 좌익 오야지드라고. 그래가지고 인솔해 갖고 왔어. 거기 태안면이서. 나 만나서 일본서 하냥 왔응께 잘 알잖아. 그러고 제일 날 따랐어. 형님 형님하고. 그 사람 땜이 안 죽었어. 그 의용군 갔던 사람 싹 죽었어. 그래갖고 그때 참. 아흔 한 살까장 먹고 삽니다. 안 해 본 게 없어요. 우리는.

[조사자: 도와주신 분은 어떻게 도와주시게 된 거예요? 평소에 혹시 신세를 많이 지셨어요?] 아니. 일본서 있다 하냥(같이) 나왔거든. 일본 갔다가 하냥 나왔어요. 갈 때도 하냥 가고. 서산 근래에 전부다, 그 사람은 태안서 살고 나는 해미 살더니만 하냥 있을 땐데 거기가면 다 똑같잖어. 그래서 잘 알고 있는 거지. 그래 김창근이가 결국 수복 후에 그 날 즉시 죽었대요. 오야에서. 그 놈 땜이 나는 살았는데 그 사람 땜이. 나는 그 사람 죽었는데 가보지도 못 했어 갈 수가 없잖어 무서워서.

[6] 재산과 맞바꿀 만큼 힘들었던 군대 생활

그래서 이 날까지 이렇게 한 90년 세월을 살았시다. 안 해본 거 없어요. 서른세 살에 대한민국 군대 갔다면 말 다했지 뭐. 사실은요, 우리 같은 사람은요, 지난 역사를 아는 대로만 얘기해도 하루에도 다 못해요. 고상 숱하게 많이 죽을 고비도 여러 번 겪고. 내 친구들 고향에도 하나 없어요 다 죽고. 이 동네선 남자는 내가 최고 나이 먹었어요. 없어요 다. 이 날까지 살았습니다만 그래도 끝에 뭐해서 자식들을 많이 나서 10남매 두고서 큰아들만 하나 죽고, 여자 죽고, 아이들은 다 그냥 크고 있습니다만도.

[조사자: 그러면 원래 자제분은 몇 분 두셨었어요?] 그때는 그럴 때는 젊었을 적에 아이들은 없었지. 그 후로 낳아서 10남매요. 딸 4형제, 아들 6형제. 인제 8.15 해방 되고서, 아니 해방이 아니라 서른세 살에 군대 갔다가 그해 갔다가 그해 왔어요. 1년 이내로. 참 이런 소리는. 얼마나 고생스럽던지 여자한테 편지를 하기를 무조건 나 나가면 달방살이도 좋은게, 나 그 동네서 제일 부자로 살았거든. 나만 빼다가 군대를 빼면은 달방살이도 좋단께 여자가 뭔 유지들 몇 있는데 가서 우리집 아배만 빼주믄 돈이야 얼매나 들였건, 이러니께 어떤 사람이

"예, 내가 빼주께유 돈 50만원만 나오믄 빼 주께유."

그랬어. 그때 돈 50만이믄 굉장히 컸었어 50만이믄. 논 팔어서 줬다는 거여. 뭘 빼줘 빼주기는. 없애고. 또 어디 가서 한마디 하니께

"예. 내 돈 70만원이믄 1년이믄 나오쥬."

이러드랴. 그렇게 또. 우리 돈이 내놓기만 하면 쉬운 돈이여. 그렇게 또 70만원 해줬슈.

[조사자: 그러면 어르신. 결국은 돈만 먹고 안 빼주는데 어떻게 그 해에 다시 나오셨어요? 안 빼셨는데 어떻게 제대 하셨냐고.] 군대유? 응. 몸이 괴로워서 병원에 입원했다가서. 강원도 화천서 열병이 있어서 천안까지 갔어. 그래서 그랬는지 하루는 군의관이 불르대유. 불러 가니께 왜 서른 세 살 먹어서 군대를 왔느냐 인저. 사실대로 했지. 차마 피차피차 해서 붙잡혀서 이렇게 왔습니다 했더니, 응 그래 하면서

"낼 아침 내가 부르면 꼭 나와라."

그때 가래가 피가 나왔어요 내가. 병원 생활인거여. 나오라 그래서 나간께 데리고 어디 가드라구. 저쪽 어떤 창고에다 거기 앉았으라고. 어떤 사람하고 얘기하더니 조금 이따가. 가 가. 그 날로서 즉시 의병제대로 제대 시켜 주드라고. 병원이서 나와서 지금도 선헌 것이 얼마나 좋은지. 그래갖고선 집으로 온께 다 팔고 논 닷마지기 남았대요. 그래 집허고. 돈 100만원 되드라고. 그때 돈 100만원 굉장히 커. 서산서는 최고 큰집 샀거든.

[7] 일본에 징용 끌려간 보상으로 80만원 받다

그래가지고 바깥도 싫고 이런 구석장이 오는 사람이, 여기 사촌들이 살았거든. 거기서 고개 수그려갖고 일용하고 아이들 키우고 간간 일용직 돌았어요. 지금 오십 몇 년 살았나 여기서? 하여간 우리 같은 나이는요 고상 뭐 안 해본 것도 없구.

그때는 학교도 일개 마을에서 잘해야 하나 둘 밖에, 국민학교도. 하나도

다행이지 국민학교도. 그때는 없었어요. [조사자: 그때는 국민학교 갔었어요?] 못 갔쥬. 못 가구서 동네사람이 배운 사람들이 야학이라고 저녁에 하는 거. 그걸로 들 전부 우리 친구들이 전부 다했지. 그래서 구구, 일이삼사 그거 배고 국문 배고 그래서 모두 배웠지.

[조사자: 그럼 어르신 전쟁이 끝나고 군대를 가신 거예요?] 그때 전쟁 끝났죠. [조사자: 전쟁이 났을 때는 해미 계셨었어요?] 일정 때는 일본가 있었고. [조사자: 일본 갔다가 여기 와서 해방되고는 여기 있으셨어요?] 그렇죠. [조사자: 해방되면서 들어오신 거죠?] 그렇죠. [조사자: 그때 해미에는 별일 없으셨어요. 폭격이 있거나 이러진 않았어요?] 폭격 같은 건 없구 그러자 6.25가 터졌어요. 6.25가 터졌는디 그 마을에는 좌익이 하나도 없었어요. 전부 좌익이 없구서. 일단 저쪽에 이북서 동네 이장, 위원장 여맹위원장 이걸 맨들드라구. 그걸 다행히 우리 매형이 위원장이고 누님이 여맹위원장 하드라고. 그래 나는 우익 진영여. 자산이 많이 있응게.

[조사자: 제가 궁금한 게 아까 일본의 화약공장에 가서 일을 하셨잖아요. 그리고 와서 아까 80만원을 받으신다고 그러셨는데?] 그건 몇 년 전에 국가에서 신청하라고 해서. [조사자: 해마다 나오는 거예요?] 그렇죠. 국가에서 그걸 신청하라고 해서 1년에 한번씩. 확인서가 알어야 해주지 확인서 없으면 안 해줘. [조사자: 뭐 증명이, 기록이 나와 있으신 거죠?] 예. 증명서 띠는 거 있지. 확인서도 있고 우리 집에 신청서도 있지. [청중: 확인서는 일본서 해준거유, 여기서 해준거유?] 여기서 했지. 확인서가 있어야 돈 80만원이 나오지.

[조사자: 그러면 아까 원래는 해민데 어떻게 해서 호리로 오게 되신 거예요?] 호리로? 그래갖고 그 만고풍상 다 겪고서 서른세 살에 군대 붙잡혀 가서 제대 해가지고 나오는 거지. 그때 내가 아까 말한 대로 여자에게 편지를 허기를 50만원 먹고, 70만원 먹은 놈이 재산 다 팔아 먹었드라고. 그런데 그놈이 우선 빼줬어 그러고서 도망 가버렸어 어디로. 그때 돈 50만이면 하여간. 그때 돈 100만 원이면 서산서 최고 큰 집을 샀어. 그랬는디 그 논 밭 다 팔아 없애고 논 딱 닷 마지기 허고 집은 빼서, 안 남었드라고.

그래서 그때 아이가 시에 있어갖고 가르쳤는디 일본 가서 얼마 안 있었어요. 3월 달에 갔다 8월 달에 해방됐어요. 고 안이 겪었었지 고 안에. 나와서 그걸 신청서를 하라 그러드라고. 확인서를 알어야지 내가 말해도 소용없어. 그런디 확인서가 나왔더라고. 나오면서부텀 1년 있어 80만원 줘요.

[8] 조실부모한 탓에 자식에 집착하다

[조사자: 해미에서 결혼 하고 자식을 세 명 낳으신 다음에 이사를 오신 거예요?] 그렇죠. 네 명인디 큰 애가 죽었어. 여기 와서. [조사자: 아까 해미가 부자 동네라고 그러든데 왜 호리로 오셨어요?] 그 동네서 제일 낫게 살았는디 다 팔아 없애고 논 닷마지기하고 집 밖에 없으니께 남어 집 밖에 없으니께 넘 부끄러서 못 살겄다고. 그것 팔아갖고 여기 사촌이 하나 사는디 자꾸 일리 들어오라고 그러드라고. 대가리 수그려 박고 일이나 하고 서산도 7년 8년 안 나갔어요. 머리 수구려 박고서 일만 하고 살은 거유.

[조사자: 아까 어렸을 때 조실부모 하셨잖아요. 아버지가 돌 지나고 돌아가시고.] 돌 잔치 7월인디, 7월이 내 생일인데 7월에 돌잔치하고 9월 그믐날에 아버지 시킨거유. 그렇게 조금 이따 돌아가신거유. [조사자: 어머니가 또 좀 이따가. 어머니가.] 나 여덟 살인가 돌아가시고. 할머니가 있응게 할머니가 사십 몇인가 살드라구요 그때. 할머니 돌아가시는 바람에 사촌이.

[조사자: 키워주시기는 삼촌 댁에 있었던 거예요? 고모집에서 크신 거예요?] 사촌형수한테. [조사자: 형수?] 내 재산만 가지고도 학교 실컷 가는디 학교도 안 보내주드라고. 그러고 사촌 형수가 막 때리고 맞기도 많이 맞고 살았어요. 여북혀서 동네서 이런 회관에서 하늘 천 따지 천자 배우지 않았나? [청중: 그려.] 친구들 배우는디 우두커니 서서, 이것 좀 가르쳐 줬으면 하면 하지마라고 가믄 대갈박 쥐어 박으며 그랬어. 이렇게 살았어.

그래갖고 커서 소원이 철천지 소원이 자식 소원이었더만. 왜그랬냐면, 나이 한 이십이 돼서 아버지 정월 초하루 날 성묘 가잖어. 성묘가면 나 혼자 가는디 아버지 어머니 산소에 가 절 하고서 이렇게 보면 넘들은 함께 가잖어. 그래가지고 에이 나도 커서 장가 들어서 마누라 손 잡고는, 어린 맘에, 안 헐 소리이지만은, 넘의 과부 치마꼬리라도 붙잡고 자식 난다고 여북허믄 그런 마음을 먹었었다구.

[9] 아들이 죽자 아내를 용서하지 못해 이혼하다

[조사자: 여북허면이 오죽하면 그런 뜻이에요?] 여북허면 그런 소리가 다, 어린 것이 어린 맘에. 그랬더니 낳기 시작허드니만은 10남매 낳았습니다만도. 다 커서. [조사자: 어르신은 결혼은 몇 살에 하신 거예요?] 열여덟 살에 했다가 스물다섯 살에 이혼했어요. 딸 하나 낳고서는. [청중: 왜 이혼헌 것 까지 다 얘기해야지.] 여자가 원체 팔불출이여. 나보다 두 살 더 먹었는디 나 열 여덟 살 먹고 스무살 먹은 여자랑 결혼했거든. 원체 팔불칠이여. 딸 하나 낳고 사는디.

[청중: 그때는 맞선은 안 봤지?] 안 봤지. [청중: 안보고 결혼헌거지?] 그렇지. [조사자: 연애결혼 하신 거예요?] 아니쥬. [조사자: 선을 안 봤다길래.] 중매 결혼이지. 고모들이 불쌍한 조카니께 인제 여자가 집안에 마땅하다고 소개한 거지. 그래갖구선 장가 좀 가겠다고 허니께 장가도 못 갔슈 그냥. 나 열여덟 살에 스무 살 먹은 여자하고 7년 살았어요. [청중: 빨리 갔네.] 열여덟 살, 열아홉 살 때 장가 많이 갔어. 열다섯 살도 많이 갔어. 열 다섯 살이도 갔어. 내 친구는 열다섯 살이 장가갔어.

[조사자: 그때는 이혼할 때 지금처럼 면사무소 가서 서류를 작성해서 이혼 하나요?] 합의이혼도 아니고. [조사자: 그냥 살지 않는 거예요?] 너 허고 살다가 자식 못 낳겄다. 그래서 가거라. [조사자: 그러면 이혼이에요?] 가라고 헌께 안 가고서. 안 가면 나 데리고 가서 어머니 아버지 보고 얘기한다고 갈라 한다하고 갔어. [청중: 이쁘지 안허니께 그런 거지.]

딸 하나 낳고서 이혼 허는데 나는 내가 가서 이혼 못헌께 당신이 가서 어머니 아버지께 말씀 드리라고. 그렇게 하니 어리석게 데리고 가네. 여기서 이만큼 여자가 가. 여자가

"우리가 이래서 되겠어요?"

하면 데리고 올라고 마음을 먹었는디. 내가 앉았으면 거기도 앉었어. 또

내가 일어서 가믄 거기도 가. 그렇게 갔는디 그 집이 갔더니 이사 갔대유. 큰 집으로 이사 갔는디 들어가면서 요 대문간 밑에 그 전에 사랑방 있지 않았어? [청중: 그려.] 이리로 들어가라고 그러드라고 들어가 보니께 집이 얼어서 춥기는 허고 들어가라고 허고 저는 안으로 들어가 버립디다. 그래서 사랑방에서 나와서 걸어서 고모댁으로 왔지. 오니께

"야, 왜 이렇게 왔느냐"

이래이래서 왔다고 했지. 그 집안이 깨닥하면 큰일 나. 그 아이들이 다 큰 놈들 쨌어 이러드라고. 어두워서 집에 올 수 있남. 저녁 먹고 있는디 고모가 신발 감추고 있는디 아니나 달러 조금 있은게 문을 똑똑 뚜드려. 고모가 문 열어주니, 나를 웃방에 그전에 횟대 매지 않았어? 구석댕이가. 횟대 놓고서 기워 놓구서 자 윗목에 옷 놓구서 내 신발 감추고 나가더니 아니나 달라 그 여자 왔어.

"이 놈의 새끼 어디 갔슈?"

"갔어 저녁 때."

"가긴 그때 언제 가유?"

안방이서 둘래둘래 웃방이서 그려.

"정말 갔구먼유. 이 놈의 새끼"

이려. 그러더니 고모가 나가. 나가서 보니께 젊은 놈들 둘 데리고 왔는디 그때 붙잡혔으면 죽었어. 걔들이 두드려 팰라고 왔거든. 지나고서 고모가 새벽밥 해주고서 가라 그러드라고 새벽에. 새벽에 가다가 떡허니 경찰한티 붙잡혔네. 경찰이 순행 돌다가 경찰 둘 허고 넷이가. 그래서 내가 이차저차해서 내가 고모댁에 갔다가 볼일이 있어서 일찍 간다고. 내가 아는 면서기가 오야였어. 김재규가 내 오종사촌이라고 했더니

"네. 증말유?"

그렇다고 했더니

"그럼 가유."

이러드라구. 그때도 맞어 죽을 뻔 했어. 그래갖구서 그해 동네 사람이 그 달에 또 결혼 했어요. 결혼을 하고 길쌈 모지리 했샀대. 그래 참 부끄런 얘기이지만은 사모를 두 번 썼어요. 후처에서 9남매 낳고 먼저에서 하나 낳고 10남매.

[조사자: 어르신, 근데 처음에 왜 이혼했어요? 아까 불찰해서 이혼했다고 했는데] 불찰이 아니라 아들을 하나 낳었어. 딸 낳고서. 세 살 먹었는디 딸 하고 머슴애 넷이가 한 상이서 저녁 먹고서 우리 누님 댁에 갔는데 그 사이에 사내애가 어려서 죽게 됐던 거여. 누님 댁에 갔는디 매형은 어디 거기가 있는디 점쟁이 산에 가서 대감댁 헐라고 참나무 꺾고 이렇고 허다 보니 점쟁이 본께 올 수 있남. 그래서 밤에 집에 왔는디 밤 12시 지났지. 아, 우리집에서

"에-엑"

소리가 나는디 머리가 쭈뼛거려. 골방에 대문이 활딱 열렸어. 들어가 보니께 그 전에 자리 깔지 않았나? 지 어매는 이불덮고래도 드러눕고, 애 밀고서 쭈르르 나오면 다리 찌르르르 끌어다 놓고 놓고 헌다. 이렇게 들어가서 펴

본게 눈이 벌써 죽게 됐어. 얘 언제부터 그런 거냐고, 당신 간 뒤로부터

"야 죽일 년, 너 자식 하나 죽이겠다."

그랬지. 아 이웃이나 집에 있으니께 문 열고서 우리 아들 아무 데 좀 데려다 달라고 그랬으면 야 데리고 병원 갔을 거 아니냐. 뛰어갔지. 점쟁이 좀 데리고 오느라고. 데리고 오니께 방에다 데려다 보고

"아유 애 금방 죽어."

그러고 가버리드라고. 그래서 조금 있으니께 죽더니먼 그려. 그래서 우리 내종 사촌들이 데려다가 갖다 묻고 그래서 이혼했죠. 나는 젤 최고 소원이 자식 소원인디, 너허고는 자식 못 키운게. [청중: 여자 책임도 아닌디 여자 책임으로 덮어씌우고.] 그래갖고서 이혼허고서 다시.

[10] 암으로 먼저 간 아내

[조사자: 그때 당시가 어떠했는가를 아는데 도움이 참 많이 되는 거 같아요.] 그때는 내가 금방 죽는 거 같았어. 여러 가지가 얘기니까 그렇지, 참 헐 일도 아니고, 말 할 수 없었어요. 산 것이 전부 그렇게 살았어요. 요즘이 제일 속 편합니다. 편케 사는 것두 요것도 내가 23년 전에 상처를 했어. 육십에 죽었어. 암 병에. 암 걸려서 쉰일곱 살에 걸려갖고 서울 큰 병원에서 고쳐갖고 왔더니 육십먹은께, 환갑이 명년인디 또 앓더라고. 큰 병원 데리고 갔더니 암이여. 머리카락이 두 동강 나는 것이 3년 동안 머리부터 발끝까지 뻗어 나갔어요. 고칠 수가 없다는 겨. 데리고 집에 가라는디 촌이서 돈만 들어가니께 데리고 가라는디

"원장님 워떻게 내가 가자고 합니까. 말씀 좀 해주슈."

원장님 순행 돌잖유. 그 아침에 돌더니

"아주머니, 아주머니 명은 세상없어도 고치들 못혀. 돈만 많이 들어가니께 가슈."

그 암이 머리부터 발끝까지라 고칠 수가 없어. 나보고 가자 그러드라구. 데리고 오니 아니나 다를까 안 먹혀서 죽었쥬. 그렇게 됐시유. 나 혼자여.

빨치산 토벌대로 사람을 죽이기도 살리기도 하다

손성환 · 조도상

"아무리 인민공화국이라도 형님은 형님인데 뭐 그런 말씀을 하시오."

자 료 명: 20130120손성환 · 조도상(산청)
조 사 일: 2013년 1월 20일
조사시간: 90분
구 연 자: 손성환(남 · 1919년생), 조도상(남 · 1922년생)
조 사 자: 김경섭, 김정은, 이부희, 박샘이
조사장소: 경상남도 산청군 시천면 면사무소

[조사과정 및 구연상황]

이곳 산청이 고향이신 한문학자 윤인현 선생님의 주선으로 산청군 시천면 사무소를 방문하였고, 면사무소의 도움으로 전쟁경험담을 구연해 주실 화자 두 분을 만나 뵙고 이야기를 듣게 되었다. 면사무소에서 조용한 회의실을 마련해 주고 조사가 이루어 질 수 있도록 도와주어서 좋은 환경에서 구연을 들었다.

[구연자 정보]

손성환 할아버지는 의용경찰대의 일원으로 빨치산 · 인민군 연합군을 상대로 전투에 참여한 분으로 이곳 산청군 시천이 고향이다. 조도상 할아버지는 남명 조식의 후손으로 부산교통 사장을 역임한 바 있다. 그는 한국전쟁 시 3연대 정보부대에 민간인 군무원으로 참전했었고 의용대 대대장까지 지낸 적도 있다.

[이야기 개요]

손성환 어르신은 국군이 북진한 이후 빨갱이와의 전투로 힘겨운 나날을 보냈다. 8.20사태라 하여 3일 밤낮으로 빨치산과 전투를 벌이기도 했다. 조도상 어르신 역시 8.20사태에 참전하였으며 빨치산에 잡혀 인민재판에 끌려갔다가 살아나기도 하고, 간첩을 잡았다 놓치기도 했다. 빨치산을 회유해 호위대장으로 쓰고, 빨치산이 득세할 때 친했던 동네 동생을 빨치산에서 만나 동생이 숨어있을 것을 권유해 목숨을 부지하기도 했다. 억울하게 빨갱이로 몰려 죽은 남자의 아내를 살려주고 돌봐주어 나중에 덕을 보기도 했다. 두 분의 증언과 정부의 도움으로 8.20전투와 인근에서 있었던 빨치산과의 전투에서 죽은 사람들의 위령비를 세웠다.

[주제어] 빨치산, 전투, 인민재판, 8.20사태, 의용경찰대, 정보대, 여자 빨치산, 정순덕, 위령비

[1] 손성환: 빨치산과 학생부대의 전투

[조사자: 그럼 6.25때 참전하셨습니까?] 고때는 우리가 중학교 3학년을 댕겼는데 여기 인자 학교를 못가니까 인자 휴학하고. 학교를 못가니까. 여기 집에 와가지고 인민군들 내려오고 고만 여기 지서도 다 불태우고 마 이리 내려 가

뺐는데 그러고 마 좀 있으니까 대항군이 올라온다고 하는 정보를 우리가 받아가지고 여 우리 학생들 7,8명 모여가지고 지하에서 태극기를 많이 그렸어. 환영한다고. 태극기를 그렸는데.

요 부락에 여기 인자. 나는 저 부락에 살고. 요 부락에 여기 사는 조재현이라고 하는 사람이 건너와가지고 여 인민군 두 명이 못에 누워 자는데 죽었다 이기라. 총을 갖다가 따발총을 한 대 하나 가지고 하나는 상총으로 가 있고. 여기서 그 누가 있더라 그래. 그래 인자 우리하고 동기가 여 와가지고 총을 가져와삐리었어. 한명 총을 가져와가지고 그날 저녁때 여기 동신부락에 여기 우리가 인자 있었는데 그걸 과(가지고) 댕기다가 짚단에 싸가지고 인자 예전에 초가집은 위에. 지붕 밑에 그기다가. 그기다 놓고. 그래 저녁에 있은께. 그날 저녁에 우리 웃동네에서 누군가는 몰라도 사람이 한분 내려오셔가지고 학생들 오늘 저녁에 함께 누어자면 큰일 난다. 그 얘기를 듣고 우리는 거기서 몬자고 휘어져서 잠을 잤어. 휘어져서 누워 잤는데 그날 저녁 한 날이 새자마자 총소리가 나고

"야! 저기 있다! 저기 있다! 잡아라."

겁이 나는 거라.

[조사자: 그게 지금 6.25 일어난 다음에 말씀하신 겁니까?] 예, 6.25 인자 대항군이 저쪽에 중간쯤 오는 판이라. 대항군이. 진격하고 올라오는 기라. 그래니까 우리가 태극기를 만들고 그랬거든. 그래 요놈들이 막 우리 정보를 듣고 우릴 죽일라꼬 총을 뺏으러 왔음께네 난리가 난거라. 그래 인자 그날 저녁 우리는 하나도 안 잡혀가가지고 그길로 총을 집어 내삐고 우리가 나갔어. 당송쪽으로. 그런께 당송으로 나가니께네 그 당시 내가 지서장을 내가 잘 알고 있는데 정은조라고. 그래 우리가 나온께 얼마나 기쁘던지 서로 부둥껴안고. 이리 했는데

그때부터 인자 우리가 마음을 놓고 그당시 묵고살기가 참 또 힘이 들고. 못 묵고 살았어. 어디를 얻어묵기가 힘이 들고. 그런께 뭐 지서직원들이 밥을 얼마든지 묵을 수 있고 총은 써야니께 총을 매고. 부근에 인자 정보 수집도 하고 우리 학생들 몇이서 말이지. 그래 있다가 거기서. 우리 여기는 들어올 수도 없고. 정보 수집을 우리가 많이 했지. 이러고 있다가 군이 언제쯤 들어온다카는 정보를 듣고 우리 경찰서잉. 듣고 우리가 지서에서 참 어른도 여기 계시지만은 학생들은 학생 학부대를 조직하고. 특공대를 갖다 거기서 조직을 했어. 조직을 해가꼬 신한국민핵교에서 훈련을 받고. 총기 하는 훈련을 받고. 그래가지고. 며칠 후에 군이 앞장서서 진격을 하고. 그래 우리는 뒤에 따라오면서 인자 진격을 해 들어오고. 나는 여기에 우리가 들어왔어요. 들어가지고 있는데 남명 선생님 (조식) 묘소에. 묘소에 진지를 했는데 거기가 고지인게네. 진지를 구축하고. 요 밑에 사리부락에. 전 구간에. 동네 바깥으로잉. 그날부터 나무를 가지고 울타리를 막았어요. 이중삼중으로. 울타리로 막아가지고. 중간 중간에 말이지. 가마니를 가지고. 흙을 가지고. 진지를 구축해놓고.

저녁에 방위를 하고. 낮에는 우리 주위에 다 대한민국이고. 저녁에는 우리 울안에는 대한민국이고. 고 밖에는 인민공화국이라. 울타리 밖은 나올 수도

없고. 고놈들이 저녁이 되면 울타리 너머까지 와가지고 우리하고 싸우는 거야. 그렇게 낮에는 우리 바깥이 대한민국이고. 밤에는 인민공화국이라. 밤에는 뭐 엄청 싸우고 그렇게 인자 우리가 거기서 특수대군을 조직해가지고 잠복도 하고. 잠복을 해가꼬 내려오는거. 그 사람들이 여 부락에 내려와서 소도 잡아가고, 돼지도 잡아가고, 식량도 강탈해가고. 사람도 잡아가고 이렇께 그 중간 내려오는 루트에 그 잠복을 해가꼬. 고놈들을 사살도 하고. 인자 그리 하다가. 병력이 적으니까. 요 위에 막 국도가 있는 요 위로는 올라갈수가 없어요. 여기가 시청산맥이름인데 산장에도 지서가 있거든. 그 사람들 자기 면에 복구를 못하고 여기 같이 있었지.

그래가지고. 군인들이 또 와가지고 작전을 하고. 수도 사단이 또 내려왔어. 내려와가지고. 작전을 하는데 비행기가 뜬게네. 비행기가 뜬게네 저놈들이 밀집해있는데 사격을 하고. 군인들이 있은께 그래가지고 지리산에 거의 인자 많이 고놈들이 죽었지. 인자는 뭐 그 당시 집계로 보면 한 3만 5천. 그건 뭐 사오만의 병력이 있어다케.

[조사자: 그럼 지금 빨치산 말씀하신겁니까?] 고기 인자 빨치산이 어찌 된고 하니. 여수 반란 사건 일어나가지고 고게 완전 소탕도 하기 이전에 6.25가 났다. 긍께 고놈 지리산을 넘어왔거든. 6.25 나기 이전에. 고 사람들을 소탕도 하지 못하고 그러는 순간에 6.25가 났거든. 그렇게 시방 빨갱이. 그 사람들을 저저 빨갱이. 전방에서 인자 낙동강까지 안내려가고 잊어버리니. 그 사람들이 인자 좌우에 인천상륙을 한께네. 중허리가 그만 잘라지거든. 오갈데가 없는기야. 보 무너뜨리고. 그렇게 여기서 인자 올라갈 길이 없어요. 그렇게 갈수가 없으니까 지리산으로 올라가뿌려. **[조사자: 그러니까 인민군 정규군하고 합쳐져서 올라갔다 그거죠?]** 긍게. 정규군이 지리산을 다 공략. 그러니 우리 경찰 병력은 뭐 총도 안 좋고. 그렇게 인자 꼼짝 못하고 그런거. 참 살아난게 다행이제. 그 당시 다 죽어버렸어. 많이 죽었어요.

[2] 빨치산과 밤낮으로 싸운 8.20 전투

[조사자: 이 동네는 국군이 북진한 다음에 여기 경찰들밖에 안 남았을 때 인민군 남은 사람들이랑 빨치산이 여기 지리산쪽에 다 숨어들었으니까 그때 더 힘들었겠네요.] 그렇지. 그때가 제일. 우리는 그리하다가 여기에 8.20 사건이 있었어.

'8.20.'

그게 51년 8월인께라. 날짜는 정확히 기억이 안 나고 고때 여기에 밤낮 살아 싸웠어요. 밤낮 살아 싸운게 우리는 보급로를 갖다 끊겨버렸어. 요 들어오는 산에. 그 능선이 고마 그 인민군 주력부대가 그 당시 있었으니께 고것들이 막아가지고. 막 우리 보급로가 딱 떨어진께. 밤낮 사흘 보니까 탄환이 떨어지거든. 그러니까 고때 산장에 있는 그 경찰들이 능선에 두 군데 지키고 있었는데 위에 능선을 지키고 있는 사람이 탄환이 떨어지고 희생자가 생긴게네 밑에 있는 사람들은 후퇴를 했거든. 또 그거 못산게네 또 후퇴를 했어요. 그래가지고 요쪽에 고등학교 뒤에 산에 우리는 있었는데.

[조사자: 그러면 어르신은 학도병 출신으로 계속 경찰들과 같이 있었던 건가요?] 그때는 학도병은 일부 학교를 다 가고. 그래 나는 고마 잘못 돼가지고 고마 의용경찰로 있는데. 의용경찰로 여기 인자. 서남지구 전투 경찰대라. 그 경찰대 그 인자 우리는 소속으로 있고 그런데 그래서 여기서 또 후퇴를 했거든. 그날 저녁에. 좀 더 후퇴를 했는데 여기 탄환이 없단 말이야. 밑에여 보국로를 끊지노니까. 한 아홉시, 열시 돼서 우리가 후퇴를 했어요. 여기서. 부득이 강둑으로 해서 저리 후퇴를 하는데 저 산으로 가고 강으로 가고 이래가지고 여기 희생자가 그날 저녁 많이 났습니다.

[3] 조도상: 3연대 정보과 이야기

첫 번째부터 말해야제. 첫 번째부터 쭈욱. 원래 3연대 주둔하고. 6.25전에. [조사자: 예] 산천. 6.25. 전라도 인자 그 반란군 2개 중대가 반란을 시켜 가지고 지리산을 침투했거든. 지리산을 침투했는데 그걸 갖다 우리 대항군에서 소탕을 못하고. 소탕을 못하고 3연대가 여기에 주둔을 했어요. 덕산 국민학교에 주둔을 했는데 요 올라가다가. 인자 그 반란군 그것들한테 요 위에 먼저 올라가다가 기습을 당했어요. 그래서 인제 대항군이 좀 죽고. 또 군인이 생포로 잡혀가버렸어요. 생포로 잡혀가서 지리산에 갔거든. 그래가지고 군인도 잡히고 일반인도 잡히고 사람들이 집을 양식같은 거 이런 걸 빼트려 가지고 지리산에 가져가는데 짐을 지고 또 지리산까지 올라갔어.

올라 가가지고 저 사람들이 즈가 선공을 해놓고 이러니께네 인쟈 운전기사 같은 이런 사람은 여비를 좀 작게 주고, 군인은 아무 소득이 없다고 군인은 여비를 좀 많이 주고 이런 식으로 해가지고 싹 다 줬어. 안 죽이고. [조사자: 네] 안 죽이고 인제 다 내려왔는데. 그러고 나서 얼마 있으니까 여 인자 뭐 사상가가지고 지방민도 있고 탈출해서 오는 놈도 있고 이래가지고 인제 빨갱이들이 저 오루구들이.

오루구라고 하는 것은 부산서 올라오는 부산에 본사가 있고, 그래가지고 소탕을 할라고 3연대 정보과에 김시건이라고 하는 사람이 정보과장이라. 대위로서 정보과장으로 있는데 여기 인제 그때 면장이 누구냐 할 거 같으면 정면장이 여기 면장을 했는데 여기 와가지고 기습을 당하니까 삼년동안 많이 죽었거든, [조사자: 네] 죽어놓으니까 삼년째 열이 올라가지고 고마 일반인도 죽이고 이래가지고 마 엉망진창이 되어가지고 많이 죽었어. 죄 있는 놈도 죽고 죄 없는 놈도 죽고.

[청중: 그럼 6.25 전이네요?] 하모. [조사자: 그러면…] [청중: 그럼 요거 한 마디만 이야기 하고] [조사자: 잠깐만요] [손성환: 요거 제일 처음부터 알아야 돼.] [조사자: 네] [손성환: 여수 반란사건이 14연대라. 그 사람들이 반란을 일으켜가지고 거기서 있을 형편이 못 되니까 지리산으로 올라온 거라고.] [조사자: 네] 지리산에 올라왔는데 여기에 군인이 2개 중대인가 대대가 왔어. 정보

를 듣기로 이 위에 그 사람들이 와 있다 그런 정보를 듣고 군 트럭이 세대인가 그 사람들 소탕하러 올라갔어.

올라가는 중에 3연대가 여수 반란 사건이 나니까. [조사자: 네, 나니까요.] 나니까 그 사람을 소탕하기 위해서 여기 주둔하러 온 거라. 왔는데 정보를 듣고 여기 빨갱이가 왔다카는 소리를 듣고 출동을 갔단 말이야. [조사자: 3연대가 출동을 한거에요?] 출동을 갈 때 트럭에 담아 싣고 갔는데 그 저 중간에 호리가라가 되어 있고 저 내려가는 호수에 그 위에 있다고. 근데 그 위에서 전부 다 그놈들이 병력이 말이지 잠복을 해 있다가 오는 차를 갔다가 습격을 한기라. [조사자: 네] 습격을 했는데 그 뒤로는 어르신이 인지 잡혀가는 거하고 연결이 되지, 거기서 한 두 차 이상 죽었지.

[조사자: 어르신 잠깐만요. 그런데 성함을 좀 알려주세요.] 조도상. [조사자: 조도상 어르신] 조도상. [조사자: 그럼 연세는 어떻게 되세요?] 내가 구십 한 살. 22년생이라. 3연대 정보과에 정태생이라고 부르는 정면장이 그때 우리는 30대 이하거든, 정면장이 빨갱이 잡아다가 조사를 받을 수 있는 지식이 있는 사람. 몇 사람 빼다가 3연대 정보과에 문관으로 넣었어. 그 한사람에 내가 들어갔어. [조사자: 아 그러니까, 군 정보과에 문관으로 들어가셨구나.] 3연대 정보과에 근무를 했지.

[조사자: 그럼 민간인들이 모르는 얘기 많이 알고계시겠네요.] 나는 그 당시에 사상이 있는 사람은 지금 잊어버려서 그렇지 얼추 다 알지. 왜 그러냐면 3연대 정보과에 있으니까. 알았는데, 지금도 아는 사람들 중에 사상이 있는 사람들 몇 사람 살아있어. 지금도. 그래도 지금 3살 어렸고 이랬기 때문에 그런 사람들 어떤 얘기 하면은 어떤 해코지할까 싶어서 말을 못하고. 근데 그렇게 살아가지고 그 사람들이 고마 김시건이라고 부르는 사람이 정보과장이고, 대령이 저 조재현이라 부르는 사람이 대대장을 했거든. [조사자: 이게 다 3연대에요?] 뭐고, 계급은 대령이고 정보관은 대위로서 정보과장으로 김시건이라는 사람이 했어. 거기 우리 문관으로 들어가 있었거든. 그래서 이제

그때부터 여 지금 저 사람들이 와가지고 지방에서도 빨갱이 많아요.

[4] 인민재판에서 살아나다

이래가지고 이제 지방 사람들이 많이 죽고 이랬는데 그러고 나서 나중에 고마 6.25가 일어나가지고, 정부가 후퇴해버리고. 이랬는데 나는 후퇴를 못 했어. 나는 후퇴를 못하고 3연대 정보과에 있으니까. 잽히면 죽거든? [조사자: 네 그렇죠.] 그런데 내가 일단 잽혔어. [조사자: 인민군한테 잡히신 거에요?] 응. 잽혀가지고 후송되가 있었거든, 후송이 됐는데 다행히도 빨갱이 잡아갔거든, 인자 경찰관하고 군인하고 합동을 해가지고. 나는 경찰특공대에도 있었고 내가 한 10년 근무를 했어. 10년 근무를 했으니까 내가 잘 아는 기라. [조사자: 네.] 그래가지고 나는 인자 인민재판까지 했거든. 여기가 인민공화국까지 됐어.

[조사자: 그 얘기 좀 자세하게 해주세요. 어떻게 풀려나셨는지.] 인민공화국이 됐기 때문에 그래서 빨갱이하고 같이 만나 가지고 또 빨갱이 중에서도 내 동기도 있어. [조사자: 그렇겠죠.] 초등학교 동기. 그래서 그 사람들이 닭도 잡아 놓고 맛있는 것도 만들어 놓고 친구들을 불러가지고 날 좀 살려달라고 부탁하더라고. 부탁을 하니까 안 된다고 하더라고, 인민공화국은 단속하고 그러기 때문에 살려줄 수 없다. [조사자: 그 친구도 살려 줄 수 없대요?] 바로 그래 버리대.

나중에는 나는 3연대 정보과에 있었기 때문에 특히 살 수가 없어. 그래서 날 잡으러 와가지고 내 이름이 조도상인데, 조도상 동무 봤느냐고 묻더라고. 그래서 [조사자: 아, 그러니까 어르신이 조도상인지를 모르고 잡았던 거군요.] 내가 답이 조도상 동무는 방금 인민군 동무 식사하기 때문에 안방에 들어갔습니다. 이러카께 요 안방으로 찾아 가드라고. 그때 나는 인제 튀 가지고. [조사자: 그렇죠, 잘하셨어요.] 대한민국이 진격하는 게 한 달이 걸렸거든. 한달 넘게 걸렸거든. 한 달되도록 나는 저기 산골에 가 가지고 대한군인이 들어올 때까지 산에 피신하고 있었어.

[5] 전우의 시체를 찾으러 가다 빨치산과 싸우다

그러고 인제 밤에 와가지고 쌀로 한 되나 두 되나 가가지고 밥을 해먹으면 연기가 나거든. 그래서 밥을 못해먹고 굴에서 자고, 그때 8월달이거든. 쌀은 물에다 담아서 불려서 그냥 생쌀로 먹고. 이래가지고 한 달 있다가 왔어. 그래가지고 인제 그때부터 대한군인이 여기 진격을 해 들어와가지고 그때 나타나가지고 사람들도 만나고, 우리가 조직을 원주에서 하는데 정원종이가 지사장이고, 거기서 조직을 해 가지고 그때부터 특공대라는 명칭으로써 서울로 오니까 영 경찰로 가야지. 그래서 여기 인원을 합해서 최고 특공대 인원이 많을 때는 800명까지 있었어. 그때 내가 그 대 대대장을 했어.

[손성환: 이분은 처음에는 감찰부장을 하다가 대대장을 했다가 하면서 전투도 많이 했고, 나도 그 전투에 참전했는데 요 위에 가면 초등학교 있는데 그 위에 유평 소막골이라 부르는 데서 말이지, 우리 대원들이 가가지고 너이가 고마 잡혔어. 시체를 가져오지 못하고 거기 버리고 나뒀는데 시체 찾으러 간다고 총 동원을 해가지고 올라갔는데 작전이 좀 미숙해가지고. 우리가 전투에 배운게 있나요. 올라가다가 학교 모퉁이에서 저놈들이 딱 잠복해있는데 기습을 당해가지고 거기서 많이 죽었지. 그 당시 대대장을 했는데 여기 팔다치고 그리 하고 나서 말하자면은 8.20 사건이 나가고 밤낮 3일을] 전투를 수없이 했어. 전투를 [손성환: 이 얘기를 다 할라면, 며칠을 해도. 간단히 하니까 이렇지.] [조사자: 그럼 여기는 인민군은 왔다가 바로 정규군에 쫓겨 올라간 거에요?] 아니지, 지리산에 다 남았지. 반란군은 위로 안올라가고 지리산에 있었고. [조사자: 그럼 인민군 정규군도 상륙작전 하고 나서 지리산에 갇힌거죠?]

지방 빨갱이 하고 반란군하고 합류가 되가지고. [손성환: 우리가 조직하고 있었을 때에는 여기는 인민 공화국이라. 면장도 만들고, 지서장도 만들고. 여기 조직 다 되가지고 소득세도 내고, 그런 고초를 당했어. 그런 게 인제 우리는 여 들어오니께네 누가 빨갱이했다, 누가 뭐했다. 이러면 알거든 사실적으로.]

그래가지고 이 사람이 아까 얘기했지만, 그 정태상이라하는 면장이 사흘 밤 사흘 낮으로 교전하는데 실탄이 떨어져가지고, 그때 경찰관이 여기를 못 들어오드라. 그 반란군 그것들이 많이 살아가지고 무리졌지. 그래서 못 들어와가지고 사흘 밤 사흘 낮을 싸워가지고 실탄이 떨어져서 새벽에 후퇴를 할 때. 그때 면장하고 우리 대원하고 이런 사람들이 많이 잡혀가지고 면장도 죽었고, 대원도 죽여버리고 이래가지고 그런 사람들이 요 밑에 비를 만들어놨는데, 그 이름이 다 있다. [조사자: 아, 거기 있었구나. 오면서 비 봤어요.] 요 위에 올라가면 매봉이라고 있는데 매봉 재를 넘어가지고 하동 쪽으로 빠지려고 하다가 빨갱이한테 잡혀가지고 죽었어.

지금도 그 사람들 가족이 있는 사람은 국가에서 유공자로 등록을 해가지고, 이런 걸 갖다 하지. 이런 것도 돈 받고 한 것은 아니다. 지방을 사수하기 위해서 한 거지. 봉급도 없고. 반찬을 거두기도 하고, 지원받는 것도 있고. 그런 것 때문에 매일같이 적들과 싸울 수 있었지. 저녁에는 여기는 인민공화국이고, 낮에는 대한민국 그랬어요. 우리 단성이라 부르는데서 낮에는 들어오고 밤에는 후퇴하고 이랬어요. 우리 인원이 2개 중대가 그래놓으니까 무기가 모자라는 거요. [조사자: 음 무기 모자라고.]

그래가 인제 지방 사람들이 많이 죽었어요. 많이 죽기도 하고 [조사자: 어르신, 아까 3연대가 다 몰살했다고 그러셨잖아요. 그 이야기 좀 더 해주세요.] 몰살한 게 아니고, 한 트럭이 3대 올라가다가 두 대는 전멸했어. [손성환: 첨에 이제, 부대가 여기 들어올 때 대항군인은 첨에는 이제 3연대가 들어올 때, 선발대가 정보과거든. 정보과에서 앞에 가서 수사를 해 보고 연락을 해 줘야 들어오는 거거든. 그런데 이제 정보과에서도 그때에 반란군이 여기서 사십리

되는데 중산이라 하는 데가 있어. 중산이라는데서 나타났다고 하는 것을 알고, 중산방면으로 올라가는 도중에. 빨갱이가 작전을, 거기서 한 20리 내려와 가지고 시천이라 부르는데 딱 거기 매복을 하고 있었어. 빨갱이가. 매복을 하고 있는데 거기 군인이. 정보과서 우리 지방에 차가 있거든 짐차가. 그것도 징발을 하고 이래가지고 올라가다가 군인이 기습을 당해가지고 그래서 군인이 많이 죽었어.

사전에 딱 도로가 올라오면, 저기하고 여기하고 딱 배치를 해가지고 거기 고랑이 있어요. 고랑이 있으니까 자기들은 전부 기관총 다 채워놓고 만반준비를 하고 있는데, 3연대가 모르고 들어가가지고 그래가 이제 기습을 당한기라. 그래가지고 많이 죽고 생포로 잡혀가고, 이래가지고 비참하게 됐지. 그러니까 이제 3연대가 열이 올라가지고. 전부 여는 빨갱이 같거든 지들 눈에, 그러니까 빨갱이 아닌 것도 죽이고, 빨갱이도 죽이고. [조사자: 응] 이래가지고 우리 지방사람들이 많이 죽어가지고 여기 비를 세워놨어요.

[조사자: 아시는 분들 중에서도 그렇게 돌아가신 분들 있으세요?] [손성환: 억울하게 죽은 사람도 있고. 그런 사람도 있고. 그 부근이 알고 보면 진짜배기 빨갱이가 많이 있는 곳이라.] [조사자: 아닌 사람도 있었는데.] 그 당시에 인제 처음에 조직할 때는 이 사람이 학도병으로 들어가 있었고, 아주 열렬히 싸우고. 나는 인제부터 그때부터 그 당시에 경찰 전투한 거 산청만 그리한 게 아니고 산청, 함양, 거창 있어. 그걸 보면 이제 나는 대대장 조도상 해가지고 거기도 기록되어가 있어요.

[조사자: 이현상이라고 그 사람에 대한 이야기 혹시 아는 거 있으면 해주실래요? 그 사람이 아마 빨치산 대장이죠?] 빨갱이 이현상? 이현상이하고 또 우리 지방에는 정순덕이 이 부락에 있는 사람인데 [조사자: 아 이 부락 사람이었어요?] 여자로서는 아주 용감하게 빨갱이 노력을 했어요. 요 동네 살았어요. [손성환: 원래 정순덕이가 빨갱이는 아닌데, 남편을 갖다가 산에 데려가서 빨갱이가 됐는데, 그래가] 지방 사람은 입산했다가 자수해가지고 우리 병원에 와가지고 근무하던 사람도 있고.

[6] 빨치산을 자수시켜 호위병으로 쓰다

그래서 나는 인제 지리산에 저 도당에 있던 놈인데, 글마로 갔다가 나는 그때 대대장 할 때 호위병으로 데리고 다녔다. [조사자: 호위병으로요.] [손성환: 권영선이하고 우리하고 한동갑인데, 한마을에 있었고. 하루저녁에 그 왔어. 온 걸가지고 조상진이라는 사람이 내가 내려와도 괜찮겠냐 식으로 하니까, 상진이란 사람이 내려오면 되지 하고 내한테 묻더라고.] 그때 그러고 나서는 여가 계엄령이 내려가지고 사람이 죽고 막 대원이 많이 죽고 이래가지고, 계엄령이 내려가지고. 계엄령이 내리면 행정도 군의 지배를 받아야해요. 그래가지고 덕산이 완전히 마 빨갱이 나라가 됐다. [손성환: 그래 고거는, 영선이 내려온다고 하는데 어떻게 해야된다고 물어. 내일 저녁에 내려온다카드

라.] [조사자: 음, 정보를 얻으셨구나.]

그 사람이 간부 연락병을 하는 모양이더라. 칼빈을 들고. [조사자: 네.] 그래서 내가 그렇게 해서 내려온걸 갖다가 데려오서 자수를 시켰거든. 그 사람이 산 지형도 잘 알고, 이 어른이 말이지 이 연락병을 많이 데리고 있었지. 그런데 그 사람은 입산해가지고 도당에 근무를 했었거든, 빨갱이 경상남도 도당. [손성환: 이원장 밑에] 호위병으로 데리고 있어보니까, 간 크지, 총 잘 쏘지. 아주쓸모가 있어. 그래서 내가 그 사람을 호위병으로 데리고 있었지. [조사자: 그러면 지금 그 사람은 돌아가셨습니까?] 죽었어. [손성환: 우리가 생각을 해보면 말이지. 자기가 그리 해야만 말이지 신분이 좋아지지.] [조사자: 좋아지니까.] [손성환: 저자식이 또 우리는 이런 생각이 들거든. 우리가 생각을 한번 해봤지.] [조사자: 그러면 의용경찰 하실 때 피복이나 옷이나 총이나 총알 이런 거는 경찰에서 줍니까 아니면…]

[손성환: 여기 경찰에서. 경찰에서 지휘를 하는 편이지. 근데 총알은 총은 일정시대 쓰던 구식. 그걸 갖다가 총구를 깎아서 M1탄환을 쓸 수 있도록 만들어서 그래서 쓰고, 또 이북 사람들이 나오는 따발총. 기관단총, 장총 이걸 갖다가 탄환은 있으니까. 그걸 갖다가 쓰고. 근데 저놈들이 후퇴할적에 남사라고 하는 데는 탄환상자가, 무진장으로 막 쌓였잖아. 후퇴할 때 막 내버리고 올라간기라. [조사자: 아, 버리고 올라갔구나.] 그리고 여기 묵실이라 하는데는, 버드나무가 많이 있는덴데 거기에는 마 탱크도 갖다 놓은게 있고, 트럭, 야포, 오토바이 별게 다 있어. [조사자: 다 놔두고 후퇴한거에요?] 응, 다 놔두고. 거기 탄환을 그만치 놔두고 갔는데. [조사자: 그런데 M1총알이 들어가려면 총열을 손으로 깎아서?] 아니, 그 공장에서 깎는갑데. [조사자: 아 그래도 그게 맞는 모양이에요?] 응 딱 맞게. 그리고 인제 탄환 많이 갖다 내버린거 그걸 쓰고.] [조사자: 네.] 그리고 지리산에 출동을 가보니까. 겨울에. 대항군이 군인은 많거든. 그래도 저놈들 작전이 항시 대항군이 있는기라. 그래서 저쪽 조개골이라 하는데서 많이 죽었습니다. 지금도 가면 뼈가 있습니다. 많이 죽었습니다.

그런데 이제 중봉에서 상봉쪽으로 가면 눈이 붓고 그러지 않겠습니까. 겨울에 눈이 붓고, 딱 기관총 내려서 쏘면 저놈들도 많이 죽었어요. [조사자: 예 그쪽도.] 만일에 한발자국만 미끄러져도 눈에 묻혀서 사람이 찾을 수가 없어.

[손성환: 당시는 온 지리산에 불을 놔버렸어.] [조사자: 아 불을 놔서.] 불을 지켜 놓으니께 싹 타가고 눈이 오니께 허옇지. 그러니까 노루가 가도 보이는 기야. 서로.] [조사자: 올라가는 것도 보이고, 내려가는 것도 보이고.] 그리고 우리가 정보과에 있을때는 우리가 빨갱이 옷을 입고. 원래 장총이 이북총이 총이 좀 길고 안 좋거든요. 그걸 이북총 메고 옷도 떨어진 옷 입고. 가발도 쓰고 이래가지고 부락 안 들어갑니까. 가면 아들이나 남편이나 입산한 사람은 가면 막 [조사자: 아, 반갑다고.] 응. 반갑다고. 우리 아들 봤느냐, 우리 남편 봤느냐. 이런 식으로 해서 말하자면 그럼 절대 안 잡아갑니다. 살빠(집앞, 사립문) 나올 때 딱 포실해놓고. 한 2-3일 후에. 잡아가서 조사하거든요. 그러니까 무고한 사람은 절대 안 죽이지. [조사자: 그렇게 인민군 옷 입고 가서 정보도 얻어내고 그러신거에요?]

[7] 3일 밤낮을 싸운 8.20사태의 전말

[조사자: 아까 8.20사태인가? 그게 3일 동안 빨치산하고 싸웠던 사건이죠? 그 이야기를 좀 자세하게 해 주세요.] 8.20사건은 57년 8월 한 18일부터 해서 3일간이니까. 아마 그런성 싶어. 날짜는 정확하게 기억이 안나도, 3일간 딱 싸웠거든. [조사자: 네.] 제일 첫 번째 저녁에 그놈들이 팡팡팡 하니께는 우리도 그쪽으로 총을 쏘고 저녁에 그리했는데, 낮에는 나오도 몬하는기라. 저 안에 들어앉아있고. 탄환이 떨어진기라. 탄환이 한데 보고 쏘는 게 아니고, [조사자: 예, 막 쏘니까.] 저 위에서 무조건 쏴젖히고 그러니까 있는대로 탄환 막. [손성환: 그러니까, 요 삼장에 가면 덕교 위에 면상에 가면 반란군 그것들이 제일 겁나거든요. 그게 딱 삼장 초등학교 뒤에 이런 도로같으면 둑이 한길

이상 되는 둑이 있어요. 거기에 좍 배치를 해가지고 이래가지고 나타나기는 여기서 한 십리정도 올라가서 나타났거든. 빨갱이가.

그래 우리는 정보를 수집해가지고 그때 이제 내가 3개 소대로 듣고 출동을 갔거든. 출동을 갈 때 말하자면 내가 있고 학교가 있고 그곳에 가면 평촌이라 하는 부락에 고 앞날 우리 대원이 가가지고 4명이 전사를 했어요. 4명이. 4명이 전사를 했기 때문에 그 전사한 시체를 가져오기 위해서 거기까지 가려고 하면 빨갱이 거기 있는지 없는지 모르거든 그래서 내가 작전을 여기 있는데 1개 소대를 배치했어요 또 그 건너에 1개 소대를 배치해가지고 만일에 빨갱이가 나타나거들랑, [조사자: 양쪽에서] 총을 칼빈을 팡팡 팡팡팡 다섯발을 쏴라. 그러면 우리가 말하자면 행동을 하겠다. 우리가 이쪽 배치하고, 이쪽 배치해놓고 완전무결하게 배치해놓고 내가 들어가야 되거든. 적있는 데를 가야하니까. 내가 가다가 기습을 당하면 여 우익부대가 사격을 하면 우리가 빠져나올 수 있거든. 그래 작전을 세워가지고 그래 해 놨는데 이상하게 여기 있는 소대장이 빨갱이를 본기라. 봤는데 엄청나게 많이 배치되어있다는거라. 그래 1개 소대가 막 깜짝 놀란거라. 놀래가지고 김기신이라 하는 소대장인데, 김기신이 이걸 보고 막 놀래가지고 내리 도망을 가버렸어. [조사자: 아, 그걸 신호를 안하고.] 도망가버리고 난 뒤에 인자 나는 들어갔거든. 들어가가지고 내가 빨갱이한테 바로 쏘였어. 바로 고마 손아구에 들어가버린기라. 이래가지고 그때 대항군을 몇 사람을 죽였거든. 이래가지고 김기신이라고 하는 이사람을 갔다가 고마 내한테 안죽을만치 기합을 받았지. 흠씬 두드려맞았지. 이 사람 여러사람을 지 때문에 죽여 놨으니까 내가 열이 안날수가 없거든. [조사자: 네네.]

그리도 하고 이랬는데, 참 젠장 우째든 뭐라 해도 책임자가 있어야 되거든. 그래야 대원 하나라도 더 살릴 수 있고, 성과도 올릴 수 있고. 그날이 4월 8일이라. 4월 8일. 내가 잊어버리지도 않아. 4월 8일. 중대장하는 사람들이 방위장교인데, 방위 교육을 받아 와가지고 장교로 그래가 인자 여 특공대 중대장을 했어. 했는데, 고 당시에 그리 해도 이 어른도 마찬가지지만은 군인 같으면 전술같은 거 배우는 게 여러 가지 많을 텐데 생떼(?)이거든. 총기도 잘 다루지도 못하는 그런 판국에 작전을 임했으니까. [조사자: 겁먹고 그냥.] 그 당시에는 몰랐지. 지금 보면 그게 전부 다 우리가 잘못해가지고 서툰 애가 가서. [조사자: 잠깐 이 4월 8일이면 전쟁 전이에요 전쟁 후에요?] 그거는 52년 이니까. [조사자: 전쟁 후야. 전쟁 전일수가 없어. 할아버님, 아까 하다가 못하신 8.20 얘기 마저 해주세요.] 8.20은 51년 8.20. 아까 얘기와 같이 저녁에 그런 총이 탕탕 날라온게네 우리는 안쐈는데 저 사람들이 쏜 거거든. 그러니까 우리도 사격을 하고 [조사자: 총알이 다 떨어져서요?] 응. 하고 그날 많이 싸우고, (총알을)소비시키고. 낮에는 저놈들이 안나타네. 낮에는 안 나타나니까 낮에는 또 좀 쉬었다가. 또 저녁되면 막 퍼붓고 그래가 고 다음날 면에서 1개 지원들이 말이지 한 흩어진기라.

그래가 합세를 하고 여 한군데 더 있었는데 합세를 하고. 그래가 인자 한데 모으면은 더 나을 줄 알고, 힘이 더 나을 줄 알고 그게 모으면 안 되는기라. 모으면 탄환이 있으면 안 모으는기고, 탄환이 없으니까 모으면 될 줄 알고 했는데 여도 탄환이 다 떨어졌드라. 그래가 인민군들이 들어오는 입구에 산으로 탁 방어를 하고 있으니께네 탄환 보급이 안 되는기라. 올 수도 없고. 그래가 비행기를 요청했는데 비행기가 전방에 다가버리고 날씨가 안 좋고 비행기가 못 뜨니까 어떻게 우리가 당할 재간이 있겠어. 그래가지고 여 그날 저녁에 한 10시 넘게 되어서 후퇴를 안 할 수가 있나. 후퇴를 해가고 나가니게 죽는사람은 많이 죽었고. 나가니게네 단성국민핵교를 있는데 거기서 부상 치료도 하고 그래했지.

그래가 거서 또 경찰이 오고 군인들이 또 오고 복구를 고 뒤에 또 했어. 또 했는데 둘째아도 여 참 힘들었어. 여 높은 산 있제, 거기에 저놈들이 기관포를 거기 채려놓고 이라 하는데 우리는 야포를 갔다 놨거든. 야포를 해서 아무리 때려도 고놈 당할데를 없어. 그래가 들어오긴 들어왔는데 그 이후로 순사들이 들어와서 고놈들을 절단 내고 그래 잔류병 고놈만 남은 거 그거만 이제 경찰이 소탕을 적은 거 그거는 많이 했지. 거기에서도 많이 죽었고 그러니께, 잠복은 수없이 많이 갔지.

부락빨갱이가 많이 있거든. 어느 부락에 오늘 저녁에 털러 내려온다카드라. [조사자: 네] 정보를 들으면 고 부락 부근에 뒤에 저녁에 가서 살짝 가서 잠복을 하는 기라. 그럼 저녁에 까딱 까딱하니 [조사자: 내려오나요] 배낭 짊어지고 즈그 묵을 거 싣고 올라가야 되거든. 그럼 그거 내려오는거 딱 잡을 수도 있고. 못 잡을 수도 있고 우리가 당할 수도 있고. 여그 뭐 소 같은 거 많이 뺏겼어요. 우리도 뭐 소 큰 게 있었는데 8.20사단에 밑에 저 갔다놓은 거 잘 몰아다 줬어. [조사자: 그럼 마지막 빨치산 전투가 몇 년도까지 갔습니까?] 몇 년까지 했는 거는 나는 모르겠어. 나는 그 뒤에 나는 학교로 갔거든 학교 가가지고 군에 가고 이랬는데, 내가 53년도 한 7월까지 여기 있었을기라. [조사자: 그럼 6.25막바지까지 여기 계셨네요.] 한 3년넘게 있었지. 그 뒤로는 여기 병력이 많고, 소탕할라고 병력이 많았지요. 그 뒤로는 군에 가 놓으니께 모르지.

[8] 간첩을 놓치고, 전쟁 전 친했던 동네 동생을 빨치산으로 만나다

[조사자: 아 그러셨구나. 네.] 그런데 여 어른은 끝 날 때까지 했어. [조사자: 언제까지였어요?] 끝날 때가 57년이나 8년까지. 내가 인자 문관으로 있을 때 진주 파견대장으로 있었거든. 진주파견대장으로 있을 때 계엄령이 내렸어. 계엄령이 내리면 진주서도 군의 지배를 받아. 군의 지배를 받기 때문에 내가 파견대장으로 있으면서 도당을 갖다 습격하기 위해서 그 선을 찾아서 내가 데려왔거든. [조사자: 네] 찾아서 데려왔는데, 진주 남강 다리가 있는데 남강 다리에 12시 정각에 보통 담배를 오른손으로 피우지 왼손으로 피우는 사람 별로 없거든. 왼손으로 피워도 여기 안끼우고 여기에 끼우고 담배를 피우고

오른손으로 사과를 던졌다 받고. 그리하는게 도루꾸다. [조사자: 아, 도루꾸가 간첩이라는 뜻이에요 첩자?] 하모. 그러니까 도루꾸니까 그걸 잡아라. 단디 잡는데, 권총을 갖고 있으니까, 잘못하면 죽는다. 그러니까 미리 말하자면 인원을 많이 데려가서 잡아라. 그런 내가 정보를 받았거든 연대장한테. 과연 그런사람이 오는기라. 그래서 인제 진주 경찰서 형사를 갖다가 한 10명 동원해가지고 그래가 오드라고, 전부 사복하고 있으니까. 딱딱 쳐가지고 보니까 과연 권총을 가지고 있더라고. 권총도 실탄 탁 쟁여가 있고. 그래가 잡았거든, 잡아가지고 보고를 했단 말이야. 정보과에다 김시건이가 연대로 가고 대대에는 한머시기라고 중위인데 그게 정보과장으로 오고 그랬는데.

그래 이제 그걸 잡아가지고 사람 잡아가지고 그걸 위에서 지령이 형무소에 넣지 마라 이거야. 같이 누워 자고 같이 행동을 하게 하라. 단 우리는 권총을 가지고 있고 거기는 권총을 안가지고 있으니까. 그래가지고 좀 자라하는기라. 그래서 자는데 내가 인제 전방은 내가 하고 현역 상사가 있어. 황상사라고 황상사 그사람이 하고 둘이 자는데 내가 소반을 하는데 12시까지 하고 황상사 다리를 찍으면 지가 내 다리를 찍어주면 나는 인수인계 넘기고 그때부터 나는 자는기라. 누워 자는데 황상사 이게 떨가뻤어. [조사자: 잡은 사람을 놓쳤다구요?] 총알을 다 빼뜨렸지마는, 우리가 총을 갖고 있는데. 그래가 보고를 하니께네, 황상사 이사람 말이지 니가 가서 해라 나는 문관이고 니는 현역이니께 니가 가서 해라 이러니께 안갈라하는기라. 둘이서 도망을 가자 하는기라. 안되면 해외를 가더라도 도망을 가자. 이러고 있는데, 나는 안갈란다 니야 가든지 말든지 니가 가라 이러니까 꼭 안가고 내가 정보관하고 문관하고 잘지내니까 내가 가서 요리를 하라 하대.

그래서 인제 정보과가 덕산에 있었거든, 그래서 진주에서 덕산에 들리니께네 정보관이 있어. 그래서 이러저러한 일이 있었는데 도망가버렸다. 우째해야되는데 공동묘지에. 공동묘지에 죽여놓은게 있으니까 이걸 그놈이라 하자. 이걸 기라 하자. 이걸 이제 지하고 약속을 하니까, 지가 그렇게 그래하면 안 되겠나? 하니까. [조사자: 아 먼저요?] 정보관이. 그러면 좋은 수가 있다. 직이 놓은게 있으니께네 직이놓은 그걸 갖다 하면 안되나. 니하고 내하고만 말이지. 말이 안나오면 우리 살수 있지않나, 그래서 인제 명령도 하고 이랬는데 처음에는 빨갱이가 자수해가지고 그걸 죽여가지고 도로꾸를 만들자고 하는기라. 정보관은. 그래가 그걸 죽이지 말고 죽여 놓은걸 만들면 안되나. [조사자: 네] 그러니까 그 소리를 들었어 [조사자: 황상사가?] 방이 이래 있는데 문구멍이 뚫려가지고 들었어. 그래 나는 이제 모르고 진주 파견대장이니까 돌아오니까 밤에 울어대는기라. 그래 와우는고 했더니 이 새끼 그 얘기를 하는기라. 그리고 총을 쥐고 지 있는데도 총이 있거든 갖고 도망을 가도 되거든. 근데 그리 안하고 날 보고 눈물 흘리면서 얘길 하는 거라. 그래가 저놈을 살려 줬는데 그 후에 6.25가 났거든. [조사자: 아 그러고서 6.25가 났어요?] 6.25가 났는데 저놈이 산청군 책임자로. 산청군 책임자로 갔어.

그래서 나는 우리 집에 와서 우리 어른이 그때 살아 계신데 편지를 써놓고 갔어. 지를 살려준 은인이라고. 그래서 도망갔어. 내가 입산하고 있을 때 뭘 가지고 있었냐 하면 총을 가지고 있었어. 그 총도 있고, 호주머니에다가 고춧가루를 좀 넣고. 그래서 인제 저놈은 솜씨가 내보다 좀 약하거든 힘이. 그래서 내가 거서 만나자 했는데, 밤에 누워가 있으면 사람이 둘이 오는가 서이 오는가 알거든. 그 딱 보니까 한 놈이 오는기라. 혼자 오는기라. 그래서 내가 둘이 오면 안갈끼고 혼자 오면 만나고. 나 또 이제 총 있지, 고춧가루 있지 칼있지. 그래서 인제 만나니께네 날 보고 행님 이러거든. 행님 이랬는데 평소에, 내가 인민공화국이 되놓으니께네 아이고 오래간만입니다. 저놈이 하는 말이 아무리 인민공화국이라도 형님은 형님인데 뭐 그런 말씀을 하시오. 내가 여기 산청에 배치가 되어 있는 이상은 나타나지만 마시오. 나타나면 인민공화국은 단속을 하니께 안 된다. 숨어가 있어도 안 찾을거니깐 숨어가 있어라. 이러는기라.

그래가지고 근데 그 뒤에 진격을 했거든. 우리 군인들이 한달 만에 진격을 했거든. 진격을 했을 때 그때 산청 지리산 입산한기라. 지리산 입산했거든. 날로 산에 있으니까 자수해라 이 사람아 [조사자: 아 예예] 그래가 내가 편지로 [조사자: 아, 편지도 보내셨구나] 산에 올라가면 인제 동네 떨렁내려올 때 보고 내가 자수만 하면 살려줄라고. 꼭 자수안하고 그래가지고 죽어버렸어. [조사자: 아, 죽었어요?] 전투에 죽어버렸어. [조사자: 성함이 어떻게 되세요 그 분이? 함자가] 김지혁이. 인민공화국 사진부(산청부?) 총책임자. [조사자: 그런데 고춧가루는 왜 가지고 가셨어요?] 고춧가루는 눈에 탁 던지면 아무리 사람이라도 눈 안감을수가 없어. 그때 딱 도망가는기야. 그 당시에도 법원이 있었지. 법원이 있어도 사람 하나 죽이고 그래도 눈도 끔쩍 안 해.

[9] 살려준 여자 덕분에 목숨을 건지다

[조사자: 6.25그때 인민군하고 싸워서 어르신이 살려주신 분이 있을 거 아닙니까. 살아있는 분 중에 연락이 되신 분이 있으신가요? 직접 살려준 사람 중에.] 부산에 있는데 여자라. [조사자: 그러니까요 그분을 어떻게 만나서 살려줬는지 지금까지 연락이 돼요?] 내가 그 사람한테 돈도 보내주고 그랬거든.

말하자면 대질심문인기라. 딱 데려 오니까 그 여자라. 그 남편하고 데려올 때 뒤에 조서 딱 받아서 죽일 놈은 빨간 연필로 해서 체크를 해놨다고. 죽일기라 하는 걸 내가 알고 하도 말로 공손히 해주고 밥도 사주고 과일도 사주고 해서 다른 순사들하고 군인하고 문관하고 이리 갔는데 다른 놈은 이년 저년이라 하고 발로 차기도 하고 그래쌌는데 나는 불쌍해서 좋게 말했어. 이랬는데 그러고 나서 6.25나서 인민공화국이 됐는데 내가 잡혀서 최만일이라 하는 지방빨갱이한테 잡혀서 형무소갔거든. 형무소 갔는데 있는데 저 사람을 데리고 와서 날 더러 대질심문을 하는기라. 그래서 내가 하는 말이 저 여동무는 내가 처음부터 가긴 갔는데 내가 알켜준 것도 없고 내가 죽인 것도 아니고 다른 군인도 가고 경찰도 가고 그랬는데, 내가 저 여자 남자를 죽인 건 아니다. 그랬더니 그 여자가 말로 받아가지고 저 남동무는 나를 이제 저 남동무는 저 높은데서 왔다. 와도 저로 말미암아 데려왔어도 너무 고맙게 해주고 밥도 사주고, 말도 공손히하고 너무 고맙게 해주니까 저로 말미암아 데려왔으면 석방시켜주이소. 하드라. [조사자: 음, 네네.] 지방 지서 책임자한테.

우리나라는 지서고, 이북 말로는 분지소. [조사자: 아 분지소.] 분지소에서 그러는기라. 그러고나니까 날 석방시켜주대. 그래서 석방되가지고는 이사를 한기라 내가. [조사자: 산속에 숨어 들어가셨구나.] [조사자: 어떻게 만나셨어요?] 저으 남편 잡으러갔어. [조사자: 그때 잡으러 가서 주신 거 아니에요?] 아니 직이고 나서, 나는 인제 죽이고 나서도 얼굴도 모르고 이름도 몰랐는데 그때 인민 공화국때 나하고 대질심문 할 때 그때 그러니까 그때서부터 내가 돈을 주고 그랬지. [조사자: 아 전쟁 끝나고 난 뒤에도요? 돈을 언제까지 주셨어요?] 근간까지. [조사자: 아 지금까지도요?] 내가 인자 그러고 나서 내가 살게 됐거든. 나는 말하자면 그때는 돈이 없었는데 그 뒤에는 돈을 좀 벌었거든. 부산교통 대표이사도 하고. 부산교통 본사가 부산 영주동에 있어요. 내가 거 대표이사 했어요. 그래서 차도 열 두세대 있었어요.

[조사자: 아, 남명선생님 후손이세요?] 내가 사장하다가 나이 많아서 지금 부산교통 사장 조카한테 넘겨주고 나는 돈도 많이 벌어봤어요. 벌어봤는데. [조사자: 어르신 정순덕. 정순덕 여자 빨치산 만나본 적 있으세요?] 아 정순덕이? [조사자: 기억나는 얘기 있으세요?] 아 여러 번 만났지. 정순덕이는 방에 바깥에서 굴로 파가지고 그래가지고 유리를 딱 깔아가지고 그 위에 자리 딱 깔아놓고 그 밑에 있었어. 그래가 가까이에 두고도 못잡는기라. 못잡아. 그래가지고 오래살았거든. 그러다 나중에 경찰관 누구고 김 머시기 죽은 그게 잡았거든. 산청경찰서 수사과장 하든거. 그기 잡았다.

[10] 빨치산과의 전투로 죽은 사람들을 위해 위령비를 세우다

나는 한 10년 정도 청년시절부터 시작해서 의용경찰까지 근 10년 근무했거든. 그러니까 순사들 모르는 사람이 없어. 그기 해산되고 나서 내가 장사를 하면서 나무장사를 했어. 어느집을 가도 순경들 아는 사람이 많아. 그러니께 그 당시에 '증'이라는 것이 있거든. 그것이 없어도 다들 욕봤다고 통과 시켜 주고. 그래서 덕을 보기도 하고. [조사자: 어르신 군에는 입대 안하셨어요?] 군에? 22년생은 해방 전에는 해당이 안 되고, 해방 후에는 나이가 많아서 해당이 안 되고. 이래저래 해당이 안됐어. 그런데 여는 하는것도 참 많고, 어깨도 부상을 당하고 경찰유공자 이래가지고 요 밑에 여기 우리가 당시에 참전한 사람들. 명단이 있어야 할텐데 그게 좀 아쉽고 그러던게 이걸 보훈처에서 돈이 나와서 조금 만들어 놨어. 비를 세우고 이래놨는데. 우리는 별거 아닌데 어떤 사람들이 젤 아쉬워 하냐면 우리 아재 그 당시 그렇게 욕보고 죽어도 이름도 없고. 눈만 글썽글썽하고. 그런 사람들이 쌨단(많단) 말이야.

그래서 내가 가만히 생각해보니까. 이거 기록이나 해주고 죽은 사람들 일년에 한번이라도 영혼이라도 달래 주는 것이 좋겠다. 해서 명단을 갖다 면장한테 얘기해가지고 비석을 만들었지. 만들어 놓으니까 명단이 한 270몇 명이 기록됐어. 그것도 우리가 모르는 건 기록도 못하는기라. 대충은 그래놓고 나니 기분이 좋은 사람도 있고.

전쟁 중에 북한군과 악수하고 물건을 교환하다

길 병 락

"왜 다 똑같은 사람이 싸웠냐. 그랴 서로 손 붙잡고 울었어."

자 료 명: 20120717길병락(금산)
조 사 일: 2012년 7월 17일
조사시간: 50분
구 연 자: 길병락(남 · 1931년생)
조 사 자: 박경열, 유효철, 김명수
조사장소: 충청남도 금산군 부리면 도파리 수통2리 노인정 앞 정자

[조사과정 및 구연상황]

길병락 화자는 제보로 만나게 된 화자이다. 길병락 화자의 집을 찾아갔으나 부재중이었고 동네 주민에게 수소문하니 논에 일하러 나갔다고 해서 화자를 찾아 나섰다. 화자가 일을 마치고 오겠다는 말에 마을 입구 노인정 앞에서 화자를 기다렸다. 화자가 오자 노인정 앞에서 조사가 시작되었다. 노인정 앞 정자는 야외여서 주변 소음이 들렸으나 조사할 때는 크게 문제되지 않았다.

휴전 당시 상황을 말할 때는 분노하면서 울분을 토하기도 했다.

[구연자 정보]

고향은 충청남도 금산이다. 1931년생으로 가족은 2남 2녀 중 장남이다. 가난하여 입을 줄이려고 군에 입대한다. 집에서는 군에 간 후 소식이 없자 죽었다고 생각하여 호적을 없애버린다. 제대 후 중매로 30대에 결혼을 했으나 아내가 병으로 일찍 죽는다. 자식은 3남 1녀를 두었다. 현재는 귀가 조금 어두운 편이다.

[이야기 개요]

전쟁이 나자 군대에 끌려간다. 제주도에서 훈련을 받고 전방에 배치된다. 전쟁으로 많은 피를 흘리고 송장을 치웠지만 화자는 죽지 않는다. 전방에서 밤마다 북으로 오라는 여성 목소리의 북한 방송을 듣고 유혹에 시달리기도 한다. 휴전이 된다는 소식에 남은 실탄을 다 소진한다. 북한군과 악수하면서 담배 두 갑과 명태를 서로 교환한다. 그렇게 보니 북한군 또한 우리와 같은 사람이었다는 사실을 알게 된다. 그러나 명태에 독이 들었을 지도 모른다는 생각에 모두 내 버린다. 후방에서 휴전 반대 한다는 소식을 접하게 되자 반대하는 사람들을 미워하는 마음에 사람들을 소집한다. 전쟁이 끝난 후 서울로 가자 폐허가 되어 있었고 그런 모습을 북한군들이 보면 못 산다고 생각할까봐 마을에 불을 지른다. 전쟁이 끝나고 집으로 돌아오자 3년 동안 연락이 되지 않아 부모가 호적을 정리했다는 사실을 알게 된다.

[주제어] 제주도, 훈련, 입대, 전방, 굶주림, 가난, 오줌, 북한방송, 시체, 후방, 휴전, 명태, 독, 호적

[1] 배가 고파 군에 입대하다

[조사자: 할아버님 제가 시작하기 전에 몇 가지만 좀 여쭈어 볼게요. 할아버님 함자가 길.] 길병락. [조사자: 아, 락이에요? 철이 아니라 락이에요?] 락이요. [조사자: 연세가 어떻게 되세요?] 시방 팔십 둘이여. [조사자: 그리고 여기 할아버님 주소 좀 가르쳐 주세요.] 주소? [조사자: 네.] 충남 부리면 도파리 [조사자: 여기가 도파리에요?] 예. 수통리 2호여. 여기가. 그래 도파리여.

[조사자: 그 때 전쟁 났을 때부터 얘기해주시면 돼요.] 그래 인자. 저 제주도서 훈련을 받았어. [조사자: 전쟁이 나고 군대를 가셨어요?] 가기 전 첫 번이 집에서 떠날 때 제주도로 이자 강제적으로 그때는 갔어. 배를 타고서 무조건적하고. 배를 태우더라구 사람들을. 우리를. 그라니 건너가보니 제주도요. 제주도 훈련소서 갔다 막 몰아치는 거여, 그냥. 그때 사람 뭐, 몰아치는 거 보니까는 제주도요.

거기서 훈련을 보름간 받다가 전방에 사람이 없어갖고 사람이 없어서 죽어서 사람이 없어. 전장이 날마다 하니까. 밤에는 하지는 않으니께. 우리를 나를 우리를 또 저 제주도로 그냥 나와 가지고 그냥 육지로 나와 가지고 전방으로 올려 보내더라구. 그래 전방위 삼태방이여. 쌈만해서 나무가 죄다 없어, 죽어서, 그냥 저저 모래방 저거 저거랑 모래방마냥 저려.

[조사자: 삼태방?] 에. 흙이 저 나무가 하나도 없어, 인자 그 실탄이 쏘고 포탄이 떨어져 싸서 비행기 포탄이 떨어져 싸서 그냥 패어지고, 들어가질수록 패이고 들어가 보면 푹푹 들어가고. 폭탄이 어떻게 많이 때려서 말이여. 그랴 인자 날마다 죽을 고비를 넘긴 거여. 가더라구. 싸우고 말이여.

그래 나는 맞아가지고 내려올라고 해도 세상 맞들 안혀. 걔들한테. (웃음) [조사자: 너무 힘들어서] 하도 그냥 해싸서 지급시려서 그냥 말이여. 싸우는 걸 말이여 지급시려서 그냥 내려 올라해도 세상 맞들 안하구 그냥 [조사자: 다행이죠.] 딴 사람들은 맞아서 죽고 죽고 그냥 비행기도 몇 번 타 가지고 서

울을 왔었어.

[조사자: 비행기를 타셨구나.] 인자 그때는 잠말이 비행기. [조사자: 잠자리 비행기?] 응. 그걸 인자 막 싸워갖고 환잔 줄 알고 옷이 맨 피칠이거든. 그 사람들하고 우리 인자 아군하고 끌고 내려오고 막 그러거든. 살았으면. 죽은 사람은 놔둬도. 그 때는 개짐승만도 못햐. 그냥 죽으면 내비는 거야. 전방에서. 그래자 산사람은 혹 우리가 내려오다 보면 끌고 내려와.

그냥 이 야단을 내고 이리 야단을 해도 그때는 노무자. 노무자라고 해도 한 팔십 먹은 사람들, 한 오십 먹은 사람들. 그 사람이 있어야 저 실탄을 져 올리거든, 저 그 보리 밖으로 보리 밖으로 져 올리다 갸들, 갸들 포탄에 맞어서 그냥 죽는 경우가 많아. 실탄이 없어 싸우들 못할 때가 많았어. 실탄을 운반을 못해서, 그 사람들이 죽으면 실탄이 없거든. 그러니 노무가자 죽으면 없고, 자꾸 노무자들을 보내고 우리야 보내야 한강이 독 집어놓기여 뭐. 그냥 뭐 실탄이 비 오듯하니께 말이여.

그러니 그렇게 싸우고서 인자 저녁 먹을 때 네 시 다섯 시 고럴 때는 쪼금 준비할 때가 있어. 갸들하고 우리하고, 인자 싸우다가 쉴 때가 있어. 고럴 때 식사를 한두 발 짝 읃어 먹고 노무자들이 갖고 와서. 주먹밥 요 막사에 몇 일만에 가지고 올 때가 많아. 고거 한 주먹씩 먹고서 또 올라가서 맨날 싸움만 했어 그냥. 낭중에 그냥 말이여 '이게 맞는가 안 맞는가' 그냥 무냥 무대기여. 날마다 싸우니께 말이여. 그러니 행여나 맞아서 내려 올라고 해도 세상 맞들 안-혀. 나는 안 맞아. 딴사람들은 그렇게 쓰러지고 죽고 해도, 말이여. 수천 명 송장을 치웠어, 휴전돼 갖고.

우리 아군이랑 그제 우리 아군이랑 그걸 저기다 끌어내고 해야지. 저런 산 비탈에서. 그걸 보름간 끌어내리고 왔어. 그래 제 모시다가 그때는 차 어쩌다 한대씩 있어, 실탄 실어 올리는 차 그런 거만 있고. 거기다가 실어갔고 화장터로 가고 그랬지. [조사자: 화장터로요?] 화장터, 화장터라 봐야 갖다 들어 붓고서 저런 산골짜기에 그냥 그때는 화장터가 말이 화장터지. 산골짜기에 갔다 들어 부어놓고 그냥 처세 요만씩 요만씩 그냥 짜갖고 제하고 독에 넣어서 그렇게 후방위로 보내 주고 보내 주고 그랬지 뭐.

[조사자: 할아버지 그러면 군대를 정확히 언제 가신 거예요?] 군대? (한숨) 나이가 먹으니까 깜박깜박 혀. [조사자: 전쟁이 50년도에 났잖아요.] 그렇지. [조사자: 그 때쯤에 가신 거예요?] 고 때에 갔어. [조사자: 그 때 그러면 어떻게 가신 거예요? 자원하셨어요?] 안 그려. 자원한 게 아니라 노무자로 갔었어. [조사자: 아 처음에.] 노무자로 갔었는데 일본 놈들한테 붙잡혀 갔고 일본 놈들한테 노무자 두 달간을 두 달간인데 한 달만 하고 내 빼와 버렸어. [조사자: 징용 가셨네. 징용 일본 징용 가셨어요?] 응 그려.

지금에는 노무자라고 하지, 거기를 갔다 오니께 군인이 나오더라고. 집에서 한 열흘 있으니께. [조사자: 군인가라고?] 군인가라고 응. 일본 놈들한테 갔다 오니께 군인가라고 나왔다라고. 그래 인자 한 열흘 있다가 또 집에서 있다가 그냥 또 군대를 갔지. 그래 제주도에다 내려 놓더라구, 배에다 실어다가. 그래 찬머리가 나아가지고 재주도가 어디인지 아무것도 몰라, 인제. 그 놈의 배를 탔고 하루 종일 타 가지고 와서 찬머리가 나서 정신이 없어. 그냥 뭐 먹은 거 다 돌려보내고 이렇더라구.

하! 눈을 떠보니께 드러누워서, 드러누워서 한숨 자고 나니께 근데 바닷가니 바닷가에 막 늘펀하게 드러누워 있었어. 그 때는. 뭐 그거 파리 목숨만도 못했어. 사람 하나 죽는 거. 그냥 참 뭐랑 저런 물가에 다 사람들이 다 자빠지니 찬머리가 나고 먹질 못하니께. 거기서도 사람이 여간 많이 죽은 게 아니여.

[조사자: 그럼 제주도에 가서 어떤 훈련을 받으셨어요?] 제주도에 훈련을 그저 거 뭐여. 난 다 잊어버렸네. 제주도가 높은 산 [조사자: 한라산] 잉. 한라산, 하루 종일 올라가도 못다 올라간다는 데여, 종일 그런데 가서 훈련을 받고 막 박혀서 그 에므원(M1) 총을 미고 [조사자: 에므원 총?] 잉. 그 놈을 미고서 총 쏘는 것을 배우고 인제 그 저 제주도 밑이 거기서 그렇게 했지. 날마다는 못 올라갔어. 등허리에서 총질하고 싸우고. 전장 실탄 싸우는 것, 그런 것만 하고.

[2] 여자들의 대남 방송에 간이 설설 녹다

그랴 두 달간인데 한 달도 안돼서, 전방이 위험하니까 사람이 없고 하니께 그냥 싫어서 싣고서 총 쏘는 것만 보고서 그냥 육지로 나달아 왔지. [조사자: 한 달 만에?] 한 달도 안됐어. [조사자: 그럼 얼마나 계셨어요? 제주도에.] 한 보름. 그랴 전방에 사람이 없어 가지고 싸움을 못한다고 그냥 그런 소리를 하더라구. 싣고 온 사람들이 싣고 온 사람들이 이랴. 전방에를 가니까는 텅 비었어. 가덜만 바그락 바그락하지.

[조사자: 전방이 구체적으로 어디에요? 전방이?] 이 쌍용고치, 백마고치. [조사자: 백마고지?] 잉. 백마고치, 쌍용고지. 한군데는 또 어딘가 모르겠네. 세 군데서 싸웠는데 고치가 세 군데 가서 싸웠는데, 한 군데는 자세히 모르겠어. 그러고 칠 사단 칠 사단 사단장이 부하가 다 죽었다고 자기가 자살해서 죽었어. 날마다 비석해서 세웠어. [조사자: 아, 부하가 죽었다고 이제 자살한 거예요?] 잉. 부하가 다 죽었다고 말이여. 나 혼자 살아서 뭐 하냐, 칠 사단 사단장이 거기서 자살해서 죽어서 싸우고서 내려오니께, 자살해서 죽었다고 그 소리가 들리더라고.

그래서 거기다가 비석 하나 큼직하게 해서 한진 저기에 거기서 세워놨어. [조사자: 그럼 할아버지는 몇 사단에 계셨어요? 그런 거 없었나요?] 뭐 전방? [조

사자: 소속이? 할아버지 소속이 몇 사단이었어요?] 12사단. [조사자: 12사단이요?] 12사단 창설했어 내가. [조사자: 아!] 12사단 창설이 안양인가, 안양인가 백은 내가 내려갔고 안양인가 그 소리는 내가 안 잊어버렸어. 안양 거기서 [조사자: 창설해서] 안양 거기서 창설을 해가지고 그냥, 12사단 저 전방으로 대뜸 올라가버렸어. 12사단이 망해버렸어, 그때는 모든 사단 할 것 없이 보충을 받아서 그렇지 다 망했어.

[조사자: 그러면 거기 전방에 계셨을 때는 일단 인민군들이 치고 내려오고 나서 다시 올라왔을 때에요?] 갸들 뺏겨 내려가다가 우리가 뺏겨서 올라오다가 맨날 싸움만 하다가 말았지. 갸들 갸들은 뭐라고 하는지 알어? 군인들 여자들이여. 방송을 햐. 저녁으로. '얼마나 군인 아저씨들 고생을 하고 사냐.'고 산골짜기서. 그런 방송을 짜랑짜랑 햐. 기똥차게 햐. 그냥. 간이 설설 녹아. (웃음)

그 소리 듣고 보초서고 싸우면 말이여 참 갸들이 변호사라니께, 그런 재주들은. 어쩔 때는 웃는다니께. 지들도 웃어. 확 그냥 어떻게 입이 잘 돌아가는가 몰라. 우리 한국 여자들은 병신이야 죄다. (웃음) 우리 한국군들도 하지. 하지만 갸들만 못 햐. 입담이. 참 짜랑짜랑 햐. 어떻게 입맛 다시게 그렇게 잘 햐.

[조사자: 밤마다 그렇게 방송을 하는 거예요?] 그럼. 밤마다 햐. 그라고 달밤에 이렇게 비춰. 이렇게. 갸들하고 우리하고. 휴전될 무렵에 밤 열두 시에 휴전됐는데 가더라고. 밤 열두 시 전에는 전방에 실탄이 그냥 집댕기처럼 있는 데가 많았었어, 실탄 떨어지면 못 싸우잖아. 그래서 그 하필 실탄 있는 놈을 밤새도록 다 쏘라니, 다 없애라는 거여. 내일이면 휴전되니께 오늘저녁에 다 써라. 그렇게 지시가 내려와, 그거야 뭐 얼마 싸우나? 실탄이 참 저 애멍청이 어떻게 저 다 타고 불덩어리가 돼. 얼마 못 싸. 그랴 전부 다 땅속에다 파묻고 그냥 싹 없애고 그랬지.

[3] 인민군과 손 붙잡고 울다

그날 서로 갸들도 나가고 우리도 나가고 상대방이 서로 악수하고 [조사자: 아군하고 악수하고?] 가덜하고 악수하고. 왜 참 다 똑같은 사람이 얼굴도 똑같고 눈도 똑같고 코도 똑 같으고 다 똑 같혀. 왜 다 똑같은 사람이 싸웠냐. 그랴 서로 손 붙잡고 울었어. 우리는 양키 담배를 두 갑씩 주고 갸들은 생명태를 거기는 생명태가 많아. [조사자: 명태요?] 말린 명태. 말린 명태 그거를 티만에 주더라고. 약에다 뭐 버물어서 봉창에다 꼽아서.

그때는 군대 옷이라. 여기다 꼽고서 갸들 보는데서 꼽고서, 갸들은 양키 담배를 먹었을 거여. 그랴 조금 내려오다가 그냥 다 버렸어. 약이나 탔는가 하고. 그런 거 바라도 안 봤어. 그랴 인자 고맙다고 잘 먹겠다고 한 사람씩 인사만 했지 서로. 돌아서자마자 다 내버렸어. 약이나 버무렸어 봐. 곧 죽어. 절대 이거 먹지 말고 내버리라고 해서 전부 다 그냥 파묻고 와버렸어.

[조사자: 할아버지 혹시 그때 날짜 기억하세요? 그때 한 53년 그때쯤이죠.] 6.25전쟁 할 때인데 말이여, 날짜 같은 거는 몰라. [조사자: 그때 뭐 가을이었어요? 봄이었어요?] 봄. 봄이여. [조사자: 봄이었어요?] 잉. 봄. 그땐 날짜도 몰러. 맨날 싸움만 하니께 말이여. 죽냐 사냐 하는데 무슨 날짜가 있고 뭐가 있어. 남하고 얘기도 못햐.

[조사자: 그러면 군대는 총 몇 년 동안 갔다 오신 거예요? 군대는] 그러니께

[조사자: 한 삼년?] 응? [조사자: 삼년 더 되요?] 나 군대 갔다 온 지가? [조사자: 아니요. 군대에 있었던 시간.] 있었던 시간. 4년. 4년 만에 휴전 돼 갖고. [조사자: 전쟁이 나서 군대에 가신 거예요? 아니면.] 그때도 싸우고 있었지. 싸웠어. [조사자: 해방이 되고 45년에서 50년 사이에도 싸우셨어요?] 그럼. 싸우는데 우리는 논산으로 가라고 하더라고. 논산에 가서 훈련을 받아야 한다고, 그랴 첫 번에는 여기. 여기가 어디여. 육지 여기. 여가 이름이 뭐여. 입이 뱅뱅 돌아도 몰르네 그려.

그래 육지서 제주도 가서 막 몽댕이로 막 쳐대는 거여. 죽으면 죽고 살면 살고. 서로 막 기운 있는 사람만 살지. 그냥 뚜들겨 패는 거여. 서로 그냥. 그때는 뭐 군대 몸이라 상관없더라고. [조사자: 할아버지 그게 6.25 전쟁 나기 전에도 군인이셨죠? 그 때도 군인이었는데 전쟁이 난 거죠? 군 생활하면서. 그러면 제주도에 빨갱이들 왔다 그러셔서 전쟁 갔었어요?] 빨갱이들이 아니라 저 아까 산 애기 했잖어. [조사자: 한라산?] 거기는 빨갱이들이 있어. [조사자: 한라산에? 한라산에?] 빨갱이들이 있어. 응. 빨갱이들이 있어. 빨갱이들이 꽉 찼었어. 거기.

그런데 우리가 도로 잡으러 가. 훈련받다가. 가가지고 굴을 파놔서 어디 숨었는가도 몰라. 그래 갖고 낮에는 못 올라가. 갸들 때문에. 백고천착을 만들어 놓았댜. 거기를. 지들 들어앉아서 있을 때를. 빨갱이들이. [조사자: 훈련병으로 가신게 아니라 병으로 가셨구나.] 잉.

[조사자: 그러면 논산에서 훈련받으셨어요?] 안 그래. 제주도 [조사자: 제주도 가셔서 훈련받으시다가] 잉. 그냥 갔어. [조사자: 그러다가 전쟁이 난거예요?] 그때부터 전장이 싸우다가 했어. [조사자: 그래서 제주도 계시다가 인제 전방으로 오셨구나.] 그럼. 전방으로 갔지. [조사자: 49년 50년. 그랬구나.]

[4] 휴전에 대한 의견이 엇갈리다

[조사자: 할아버지 그 휴전된다고 했을 때요. 휴전된다고 말은 먼저 나왔는데 하루 더 싸웠다는 얘기가 있는데] 휴전되고서 휴전 될라고 휴전 후방에서 휴전 반대를 하더라고. [조사자: 후방에서?] 휴전 반대를 해. 그래 우리 여기서 싸울 것이 아니라 사단장 얘기소리도 안 듣고 우리 꺼지 이렇게 우리까지 싸우는 사람들이여. 휴전반대를 하니께 우리 저 서울 가서 죄다 쏴 죽이자고. 모집을 했어. 하루 저녁에.

모집을 해가지고 인제 모여 갖고 내려올려다가 막았다고 하길래, 우릴 못 내려오게 막았다고 하길래 군인들을 막았다고 하길래 되짚어 올라갔지. [조사자: 아 진작에 휴전 반대하는 사람들이랑 싸우러 내려 오실려고 그러셨어요?] 잉. 그 사람들 죽일라고. 그라고 우리는 하루가 열흘 잡이거든. 사람이 늘 죽으니께. 사람은 전방에서 고꾸라지지 날마다 밤이나 낮이나 고꾸라지지 후방에서는 휴전 반대다 잉 그렇게 막 연락이 오더라고.

[조사자: 그러면 그때 인민군이랑 악수하고 전쟁 딱 끝났어요?] 그렇지. 그려. [조사자: 제대도 바로 하셨어요?] 제대는 그대로 나온 거여. 전방을 내려와 가지고 저 서울 와서 한 달간 거 가서 놀다 그냥 온 거여. [조사자: 한 달 쉬셨어요? 서울에서?] 쉬들 못했지만, 거기 인자 서울 있는 사람들 거지같았어. 사람들 모습도 아니야. 초가집에 꽉꽉 차서 우리가 불도 질렀어. 뵈기가 싫어서. [조사자: 보기가 싫어서 불을 질렀어요?] 아 그냥 기어 나오고 기어 나오고 뭐-어. 갸들 보니께 서울을 갸들 보니께, 그래 우리가 불을 더 질렀어.

[조사자: 아 아까 휴전 반대하고 그랬다고 해서요?] 인민군들이 혹간 내려와 갖고 그 집들 같은 거 보고 우리 한국이 이렇게 못 살았나 그런 거 못 보게 하기 위해서 더러 불을 질러버렸어. 쳐내버렸어 우리가. 서울 거지 같았다니께. 말이 서울이지. [조사자: 누가 뭐 불 지르라고 명령이 내려온 거예요?] 내려온 게 아니라 우리가 우리 맘대로 한 거지 뭐. 그땐 뭐 법이 있어 뭐 있어.

사람 하나 죽어도 개미 새끼 하나 죽은 것만도 못하는데.

[조사자: 그럼 서울에서 왜 한 달 있다가 그냥 내려오셨어요?] 바싹 마르고 고생을 많이 해서 사람이 얼굴이 말이여 배배 돌아가. 눈도 다 돌아가고 거지 같았어. 옷도 일 년 작업복 한 벌 입고서 일 년을 입어서 떨어져서 말이여 그냥 바늘로 이렇게 오물쳐 놓으면 엎드리면 다 찢어지고 다 찢어지고. 그냥 홀딱 벗고 싸움한 거라니께.

[조사자: 근데 서울에서 한 달은 왜 있으셨어요?] 인자 그건 왜 그렇게 하고 있나하면 바로 집으로 올라고 해도 보는 눈이 있잖아. 하도 말라서 거지 같으고 옷도 없지. 내려올 수가 있어. [조사자: 챙피해서?] 잉. 거기서 기달리니께 서울서 입던 옷 저 민간들이 입던 옷들이 더러 있어. 입고서 내려왔어.

[조사자: 할아버님, 물이 없어서 그거, 그 얘기 좀 해주세요.] 오줌을. 물을 먹어야 오줌도 나오는데, 오줌도 나오들 안혀. 그래갖고 골짝을 봐도 물이 없어 그때는. 골짜기 쫓아가서 물 한바가지 먹을라고 속이 타거든. 그냥 뛰기만 하고 물 한바가지를 먹질 못하고. 아이 굶는 것을 밥 먹듯 했어. [조사자: 소변을 받아 드셨어요? 목 말라서] 그-럼. 손바닥에 받아서 입만 혓바닥만 축이고서 이랬어. 그래 물을 안 먹으니께 오줌도 안 나와.

[조사자: 그럼 휴전할 때 말고요, 인민군들이랑 마주친 적 있으세요? 싸울 때 말고] 잉. 서로 육박전 많이 했지. 서로 그냥 찔러. 찔르고 그냥 막 이렇게 해갔고 같이 드러누워서 서너 시간씩 댓 시간씩 같이 드러누워 죽은 것 같이 드러누워서 내가 그 짓을 많이 했어. 그래 인민군들하고 죽어서 갸들이 오면 다 인민군인줄 알고 가더라고. 껴안고서 드러누워서 그만 가면 내빼 나오고 내빼 나오고 이랬어.

[조사자: 하다가 지쳐가지고.] 잉. 갸들한테도 두 번이나 붙들려갔다가 내 빼왔어. [조사자: 아, 그 얘기 좀 해주세요.] 갸들한테를 갔는데 죽이냐 살리냐 이런 소리를 하더라고. 들리더라고. 지들끼리 얘기를 햐. 오늘 저녁에는 내가 잉 죽으나 사나 어디 가 죽어도 한 가지인데, 니놈들하고 내빼하던 해야지

살지, 못 살겠다하고서 새벽에 지들만 따라 다니라고 하더라고. 날만 전방에서. 싸운 데서. 따라 당기다가 그냥 어떻게 해서 슬쩍 피해가지고서 우리 아군 진치로 왔어.

[조사자: 도망쳐 나오신 거예요?] 에. 우리 아군 진치를 이렇게 이렇게 와서 붙었어. (손으로 그림을 그리며) 우리 아군이 여가 있어. 인민군들은 여가 있고. 여가 와서 붙었는데 아군 진치를 인제 아군 진지로 못 오겠네. 아군들이 쏴 죽일까봐. 인민군인줄 알고. 그래 인자 벌건 낮에를 총을 들고 이렇게 (손을 들어 올리는 동작을 보이며) [조사자: 항복?] 이렇게 하고서 온 거여. 우리 아군진지를. 그런께 쏘들 안 하잖어. 그렇게 해서 두 번이나 그렇게 했어.

[조사자: 어떻게 잡혀가셨어요?] 어? [조사자: 어떻게 잡혀가셨어요?] 싸우다가 어떻게 그냥 붙들려버렸어. [조사자: 그때도 이렇게 누워 있다가 잡히신 거예요?] 그럼 (웃음) [조사자: 많이 잡혀갔어요? 혼자 잡혀가셨어요?] 많이는 안 잡혔지. 그냥 잡아 죽지. 죽어. [조사자: 잡힌 사람은 얼마 안 되는구나.]

근데 나는 그냥 어서 쏴서 죽었으면 싶은디, 생전 맞덜 안혀. 실탄이. 그래 이렇게 살아 나왔어. 그랴 할아버지 할머니를 잘 뒀다고 동네 사람들이 겁나–. 그래 그 소리만 하면 서글프고 눈물이 나와. [조사자: 할아버지 계시던 데서 많이 끌려갔어요? 군대에?] 아 갸들한테 반절은 죽고 끌려가고 그려.

[조사자: 할아버지 원래 고향이 어디세요?] 잉? [조사자: 고향.] 누가? [조사자: 할아버지 고향?] 여기. [조사자: 여기에요?] 응. [조사자: 금산. 그 때 북한 여자들 얘기 하셨잖아요. 방송했다고.] 참 방송. 입맛 다셔. [조사자: 근데 그것 때문

에 올라간 사람도 있었어요? 방송 듣고?] 방송. 죽었는가 살았는가 갔는가 모르지, 우리는. 그걸. 더러 넘어간 사람도 있어. 환장한 사람도 더러 있다니게. 여자들 방송하는 거에. 기똥차게 하니까 말이여. 간이 설설 녹아. 참 죽었는가 살았는가 우리 모르지. 붙들려 갔는가 어떻게 했는가. 넘어간 사람도 있을 거여. 하도 죙일마다 방송을 햐. 우리 저 속으라고.

[조사자: 무슨 얘기를 많이 해요? 그 여자들이.] 순전히 국방부, 군인아저씨들 얼마나 수고하냐고 말이여 인사를 딱 혀. 그렇게. 얼마나 수고하시냐고. 왜 이렇게 고생하고 여기서 이렇게 하고 있냐고. 우리한테로 오라고 더러. 그랴. [조사자: 그렇구나.] 변호사여. 걔들은. [조사자: 그러면 할아버님 그때 남한에서는 북쪽에다 방송을 안했어요?] 하지. 우리도, 우리 여자들이 햐. 똑같이 햐. 안질라고. [조사자: 근데 우리나라 쪽에서 남한에서 하는 거는 형편없었다면서요?] 그렇지. 못 햐. 우리 아군 아군 아줌마들은 방송을 못 햐. 갸들은 기똥차게 한다니까 간이 설설 녹아.

[5] 죽은 줄 알았던 아들이 살아 돌아오다

[조사자: 할아버님 그 때는 군대 가셨을 때는 결혼을 하셨을 때였어요?] 안했을 때지. 그냥 망부질 해갖고 휴전돼 갖고 집에 와서. [조사자: 그럼 그때는 몇 살이셨어요? 전쟁 끝나고?] 결혼. 아이고. 가만있어봐. 또 내가 인자 딴 얘기하다가 잊어버렸네. (웃음) 집에를 오니께 그 때는 늙은이들만 있어. 인자 우리 부모님들만. 그런데 나를 죽었다고 죽었다고 면에 가서 호적도 또 없애 버리고 그랬더라구, 오니께. 3년을 아무 소식도 없으니께 죽은 걸로 인정했지, 부모는. 3년 그 소리를 집에 오니께 그런 소리를 하더라고.

"하이고."

부모네들도

"하이고."

그러더라고.

"꿈 같으다. 꿈 같여. 네가 여기를 어떻게 왔냐. 하늘에서 날라 왔냐."

이런 소리를 하더라고 부모네들이. 오죽하면 그런 소리를 했겠어, 부모들이. 그래 인자 죽은 거로 취급을 해서, 저 면사무소서 이름을 없애 버렸어. 호적을 없애 버렸어 나는. 그래서 인자 새로 해 올렸지. 와가지고 내가 가서 해 올렸어. 그래 면사무소서 악수를 하고, 겁나 하더라구. 그냥 고생 많이 하고 왔다고 하면서 말이여. 죽었다는 양반이 이렇게 살아서 왔냐고 하면서 말이여 그렇게 악수를 해쌓더라고. 그 전 면직원들이.

[조사자: 할아버지 원래 형제가 어떻게 되세요?] 둘인디 [조사자: 할아버님이 장남이세요?] 내가 장손이여. [조사자: 아.] 내 밑으로 하나 있는디, 여자가 둘. 남자가 둘, 그려. [조사자: 4남매?] 그려. 어어. 근데 그때도 여기서 만났는데 적어 가더라구. 와가지고 이렇게 와서. 서넛이 와서 적어가. 적어가더니 아무 소식도 없어. [조사자: 할아버님 자식은 몇 두셨어요?] 아들 삼형제 딸 하나. 아들이 아들네가 잘 살아.

[조사자: 결혼한 얘기 해주세요, 결혼은 어떻게 하셨어요? 전쟁 끝나고 돌아와서.] 와가지고 이태인가 일 년인가 있다가 그때도 한국이 편하질 못 했어, 나 나오고서도 편하질 못해서 안 좋았어. 그러더니 이태인가 있다가 장가를 갔지. 그때는 중매를 했어, 어른들이. [조사자: 예, 맞아요.] 중매를 해가지고, 해서 장가를 간 거여.

[조사자: 그 때 색시 나이 기억나세요?] 나이? 하여간 그때 한 오십 됐을 거여. [조사자: 오십?] [청중: 결혼할 때 말이여 결혼할 때. 아줌마 나이가 몇 살이냐고? 결혼하셨을 때] 식구? [청중: 예. 식구 말이여.] [조사자: 아니아니, 할아버님 결혼할 때.] 그때 나이가 많았지. [조사자: 그러니까 제대하고 결혼하셨으니까 한 삼십대 정도에 하셨어요?] 그럴 거여. 되고말고. [조사자: 할머니랑 나이차이가 많이 나셨어요?] 열 살 차이여. [조사자: 그러면 삼십에서 스물이라는 얘기인데.] 죽었어, 식구는.

[조사자: 병으로 돌아가셨어요?] 응. 아파 나쁜 병이 걸려 죽었어. 왜 그 전으로 얘기하면 가시네피라고 여자라고 가시네피라고 있어. [조사자: 가시네피?] 잉. 그게 걸려서 죽었어. 그게 병이지, 여자들은 그게 제일 나빴어 그때는. 그때는 병원이 있어. 뭐 있어. [조사자: 일찍 돌아가셨구나.] 어. 일찍 죽었어. 그래 하나 데리고 살다가 나간다고 해서 내보냈지.

[조사자: 나중에 다시 재혼하셨다가 지금 혼자사시는 거예요?] 인자 혼자 사는데. [조사자: 자식들은 다 나가 있고?] 나가있는데 지그들 며느리들이고 뭐고 다 일을 이렇게, 그래 인제 오라고 하지. 내가 가기가 싫어서 안 가.

그래 인자 아들 삼형제가 있는데, 딸하고. 딸은 대전서 살아. 그래 한 바퀴, 눈비오고 그럴 때 한 바퀴 들르지. 부산 둘 있고 하나는 인천에 있고 대전에 있고 이래. [조사자: 전국에 있네요.] 시안이 눈비나 오고 하면 한 바퀴 둘러. (웃음) 지금도 오라고 했사. 안 가. 내 승질이. [조사자: 그러면 식사는 어떻게 하세요, 할아버님?] 근데 인자 전기 들어서 나이가 있으니께 밥해먹기가 싫어서 절로 죽겄어. [조사자: 그러니까 그러니까.] 그러니께 서울로, 참 서울이라네. 금산으로 내가 많이 가.

[조사자: 금산 어디요?] 금산 여기 노인방. 그런데 가서 그런데 가서 서로 먹고. 그래 그런데 가서 많이 먹어. 오늘도 금산 갔다 오고 어제도 갔다 오고. [조사자: 금산 어디 가세요, 할아버님?] 에? [조사자: 금산 어디쯤 가세요, 금산?] 사방에 가. (웃음) [조사자: 사방에. (웃음) 할아버님 지금 사시는 댁이 옛날

부터 살던 집이에요? 지금 사시는 곳이?] 그럼.

[조사자: 그때 그러면 군대 갔다 오시는 군대 가 있을 동안에 부모님들은 여기 계셨잖아요?] 여기 있었지. [조사자: 여기 피해는 좀 없으셨대요? 그 때] 오니까 말이여, 쌀 한 주먹도 없고. 노인들이 굶고 있어. 그래 산으로 가서 나무를 해갖고 밤에 짊어지고 금산을 갔었어. [조사자: 금산에?] 금산. 금산 가서 날마다 나무해 갖고, 낮에는 나무하고 저녁엔 금산에 가. 짊어지고. 짊어지고 가서 쌀 한 주먹씩 좁쌀, 좁쌀 요만씩 맨날 바꿔 와. 바꿔다가 이자 아버지하고 엄마하고 나하고 서이 인자 끓여먹고. 흰죽같이 그냥 끓여 먹고 이랬어.

[조사자: 그 때도 아버지 어머니가 연세가 많으셨구나.] 많았어. 그래 못살아가지고 그때는 조당 너나 나나 없이 다 못살았어. 그 때는 하는 수 없어. [조사자: 할아버님 저쪽에서 거기 어디지. 부리면. 여기도 부리면인가요?] 부리면. [조사자: 여기가 부리면이에요?] 아니여, 요 앞. 면사무소 오면 있어. 오다가 갈림길이 있는데 고기.

[조사자: 아, 평촌. 평촌 갔다 왔거든요. 평촌 2리를 갔다 왔는데 거긴 얘기 들으니까 휴전되고 나서도 여기 인민군들이 많았다고 하던데?] 많았어. 많았어. 그래 나 저 군대 가기 전에 군인들이 집집마다 꽉꽉 찼었어. 저 골짜기 저 위에 꽉 차게 나와서 [조사자: 군대 가기 전에요? 인민군이?] 잉. 그래 그 사람들이 뭐 밤이나 낮이나 걸어 댕긴게 말이여, 발이 이렇게 저렇게 부셔서 터지고 그냥 신 신고 나빠져서 있다가 조금 끄마하면 걸어가고 걸어가고 그러더라고.

[조사자: 제대하고 오셨을 때는 그런 사람이 없었어요?] 없었지. 군대 가기 전에 그 사람이 나타났었지. [조사자: 군대 가기 전에?] 그래 그 사람 가고 바로 군대 갔지. [조사자: 그 사람들이 다시 북한으로 갔어요?] 북한으로 갔는가 어떻게 했는가. 이게 인자 이 지형에 저기 그간 뭔 산이지? [조사자: 대둔산?] 잉. 대둔산만 알더라고. 저 찾아 갈려고 하더라고, 거기만 가면 지산을 볼 수가 있대. 지도를 보고서 그렇게 얘기를 하더라고.

가더라도 이불을 지고서 금산을 이런 집으로 가서 이불을 막 씨안으로 대. 찬바람이 나니께 추워. 이불을 막 갖고 나와. 우리 덮고 자는 이불. 그놈 짊어지고 짊어지고 차가 있어 뭐가 있어. 순전히 등허리로만 살잖아. 농사짓는 거고 뭐고, 그래 그걸 금산으로 이불을 서너 번 실어다 줬어. 죽여 버린대. 안지고 가면은. [조사자: 총을 이렇게 들이댄 거여요?] 고럼. 너 동무 이거 안 싣고 가면 죽인다고 그려. 그러니 뭐 죽으나 사나 해야지 어떡혀. 가다가 죽더라도 그 짓이라도 해야지. 그거 끝나고서 바로 군대 갔어.

그래 그냥 고생만 했어. 군대 가서 먹는 것도 그냥 순전히 그냥 굶는 것을 밥 먹듯이 하고 살았어. [조사자: 주먹밥 쪼금 먹고] 그것도 줄 때도 있고 안 줄 때도 있고. 집에서 오는 사람 하는 사람들이 다 먹어버리고. [조사자: 할아버님 그때 전쟁 중에 뭐가 가장 힘드셨어요? 뭐가 가장 견디기 힘드셨어요?] 옷하고 식량. 절로 배가 고파서. 물하고. 그것이 제일 복잡했어. 입이 타는데 맨날. 날마다 고부하고. 뭐 [조사자: 먹지도 못하고 싸우는데.] 엉? [조사자: 먹지도 못하잖아요.] 그럼.

[조사자: 힘이 없는데 어떻게 싸워요?] 그렇지만 안 죽으니께 싸워야지 어떡해. [조사자: 그러면 서로 다 힘들지 않았을까요?] 힘드는데. 실탄은 노무자, 인자 이를테면 이 양반이 노무자여. 노인. 인제 등어리서 등어리로 했어. 보리박구 보리박구 일로 송판대기를 짰어. [조사자: 송판대기를?] 송판대기를 짜갖고 싣고 올라와. 짊어지고 와. [조사자: 지게를?] 지게라 아니라 걸빵으로, [조사자: 걸빵으로?] 그렇게 하다 그냥 실탄으로 수류탄으로 포탄이 비 오듯 할 때가 있어. 그놈한테 맞아갖고 죽으면 실탄이고 사람이고 못 올라오고. 그냥 쫓겨 내려오고 그랬어 우리도. 실탄이 있어야 싸우지. 걔들은 자꾸 밀려올라오지. 그러면 실탄이 없으니께 내빼 내려올 때가 많았었어.

[6] 뒷받침 없는 전쟁

그러면 우리는 싸움을 하면 그런 것을 뒤에서 뒷받침을 해줘야 하는데, 우리 한국 사람들은 뒷받침을 그게 없어서, 싸움이 싸움이 나면 힘들고 죽는다 그거여. [조사자: 인민군들은 그런 게 잘 왔어요?] 갸들은 뒤에 버금버금 혀. 군인들 뒤. 그냥 뒷받침해서 이렇게 모든 걸 갔고 오냐고. [조사자: 걔네는 힘이 있었구나.] 참 명태고 뭐고 그냥 어깨다 이렇게 싣고 짊어지고 와. [조사자: 우리는 먹을 게 없는데?] 응.

[조사자: 그러면 인민군은 훨씬 잘 먹었어요?] 어? [조사자: 인민군은 훨씬 잘 먹었어요?] 인민군이라봐야 우리 얼굴하고 똑같아. [조사자: 아니, 명태를 줬다고 하니까] 명태를 우리를 막 줘. 서너 마리씩 그냥 먹으라고. [조사자: 전쟁 중에도?] 안 그려. 인제 휴전될 무렵에. [조사자: 걔네들도 얼굴이 피골이 상접했다면서요?] 그렇지. [조사자: 걔네는 명태가 어디서 났어요?] 그래 인자 중국을 삼년을 해봤으니, 중국 갔다 온 지가 싸워서 갸들을. 갸들을 많이 내가 걔들하고 많이 싸워서 갸들을 많이 보고 속으로 '이렇구나' 갸들은.

중국은 산이 없어. 우리 한국은 산이 있는데 전부 들판이여. 하루 종일 차를 타고 가야 제 산이 조금 보여. [조사자: 중국도 갔다 오셨어요, 할아버님?] 어. [조사자: 여행을 갔다 오신 거예요?] 아들네가 하나가 가보자고 해싸서 중국 사람들하고 싸워서

"아버지 한번 가봐요 가봐요." (웃음)

[조사자: 아 그러면 중공군도 보셨다는 얘기네 중공군.] 어. [조사자: 중공군하고도 싸우셨어요?] 중국 사람하고 싸웠어. 인민군들은 별로 안 싸웠어. [조사자: 아 그러면 53년 정도 되겠다. 그러면 횡성 그런 데서 싸우신 거예요?] 어. 그라고 갸들은 떡대가 우리보다 커. [조사자: 아 그래요.] 어.

[조사자: 그러면 뭐로 제대하셨어요?] 어? [조사자: 제대하실 때 계급이 뭐였어요 할아버지?] 하사. [조사자: 하사.] 그 때 난리가 나서 그렇지 하나 더 올라갔

을텐데, 하사밖에 뭐 병총이고 뭐고 그 때는 난리였었거든. [조사자: 그러면 일등 중사인가요? 하사가 일등 중사인가?] 아들이 날마다 전화가 와. 죽었을까봐. 나이도 많지. 팔십 둘이지. [조사자: 맞아요. 걱정되잖아요.] 방에서 썩었을까봐 맨날 전화해. 그렇다니께. 혼자 살면은.

[조사자: 전쟁이 딱 터지자마자 나가신게 아니고 전쟁을 하다가 중간에 입대하신 거네요?] 전쟁 저 댓 달간 했을 거여. [조사자: 전쟁을 하고 있었고, 할아버지는 그러다가.] 그때 논산으로 가. 저 저 제주도로 가서 반 달 간 있다가 전방으로 가서 싸웠지. [조사자: 아마 추가로 계속 징병을 할 때] 우리 나오면 또 들어가서 총만 쏘는 것 배워가지고 나오고 나오고 그랬어. 우리 한국 사람들이. 그때는 그냥 전방에 한국이 비웠었거든. 갸들은 벅신벅신하지 우리는 죽어서.

[조사자: 전쟁이 나자마자 가신게 아니고 보니까 전쟁 나고 조금 있다 가신 거 같애요.] 지금이니까 이렇지 말이 이렇지 기가 막히다니께. 그냥 실로 같이 죽어 나빠지지. 밤이나 낮이나 우리 한국 인종 줄였다고 했어. 내가 그 소리를 다했다니께. [조사자: 뭐했다고요?] 인종. 사람 다 죽고 없다고. [조사자: 한국 인종이 없어졌다고.] 서울 와서 그 소릴 다했다고 내가. 그래도 이렇게 사람들이 있어.

[조사자: 할아버님 여기도 금산이잖아요? 여기도 금산이잖아요?] 부리면이요. [그러면 할아버님이 말하는 금산은 어디에요?] 금산 저기. 인삼 나오고 그러는 금산. 대전서 넘어오고 태능에서 내려오는 그게 금산. [조사자: 옥천에 있는 금산 얘기하는 거예요?] 잉. 옥천 쬐금 넘어오는 금산. [조사자: 내가 지도상으로 말하는 금산은 거기인데.] 옥천 쪼그만 오면 알아. [조사자: 네. 할아버님. 감사합니다.] 응. 내가 기억을 잘 못해서. [조사자: 아니에요. 잘 하셨어요.]

살기 위해 인민군에게 밥을 해주다

김 한 분

"수류탄을 하나씩 쥐고 밥을 달라 하고 물을 달라 하고 막 그러잖아."

자 료 명: 20140429김한분(예천)
조 사 일: 2014년 4월 29일
조사시간: 30분
구 연 자: 김한분(여 · 1929년생)
조 사 자: 김경섭, 김정은, 이승민, 김민수
조사장소: 경북 예천군 용궁면 가야리 김한분 화자 자택

[조사과정 및 구연상황]

조사장소는 예천군 용궁면 가야리 김한분 화자의 자택에서 진행되었다. 조사팀이 미리 연락을 하거나, 사전 섭외과정을 거쳐 조사가 이루어진 것이 아니라 우연히 들른 곳에서 화자를 만나 조사가 성립되었다. 집에서 병아리에게 모이를 주면서 대청마루에 앉아 있던 김한분 화자는 친절하게 조사팀을 맞이해 주었고, 이후 두 분(이석순, 권오분)의 화자가 집을 방문하여 이야기

를 더 구연하였다.

[구연자 정보]

김한분 할머니는 문경 산양에서 이곳 예천 용궁으로 시집을 온 분이다. 작고한 남편은 결혼 전 일제 때 징용에 끌려갔다가 큰 부상을 입고도 살아 돌아왔었고 결혼 후 6.25가 나자 의용군에도 끌려갔다가 도망쳐 나왔다. 이후 전쟁 말기에는 한국군에도 입대해서 군 생활을 했으니 그의 남편은 가히 남한 근대사의 큰 전쟁을 모두 겪은 셈이다.

[이야기 개요]

6.25 당시 친정으로 피난을 갔지만 정작 친정집 식구들은 산골로 피난 가는 바람에 비어 있는 친정에서 지냈다. 남편은 일제 때 징용에도 끌려갔었고, 6.25 때는 의용군에도 잡혀 갔으며, 한국전쟁 말기에는 국군에서도 생활했는데 죽도로 고생만 하다가 돌아갔다고 술회했다. 전쟁 중에는 인민군이 마을에 들이닥쳐 많은 것을 빼앗아 갔다고 한다.

[주제어] 문경 산양, 예천 용궁, 피난, 빈집, 남편, 징용, 의용군, 국군, 인민군, 약탈

[1] 아기를 업고 피난길에 나서다

[조사자2: 형제가 어떻게 되세요? 어머니는?] 우리 형제가? [조사자2: 네] 우리 형제가 6남매 되는데 다 돌아가시고 지금은 3남매 있어. [조사자2: 어머니는 그중 몇째 세요?] 나는 딸이 삼형제에 내가 막내고. [조사자2: 막내시죠? 왠지 이름이 그런 것 같아요.] 딸만 우로 낳으니까 아들 못 낳은 것이 한이 되가지고. [조사자2: 한분에 그래서 한분이에요?] 그래 [조사자2: 그런 것 같아요 이름이 왠지.] 그래서 내 동생으로 아들 삼형제를 낳았다고. [조사자2: 아이고 아들 낳고 싶으셔서 아버님께서 그러셨군요. 어머니 그러면 처음에 여기 전쟁 난

건 어떻게 아셨어요? 예천에서.] 전쟁난 거 뭐 내가 스물두 살 먹고 나니까 금방에 전쟁이 나가지고 인민군들이 와서러 우리 한국군 나라 창고에다가 불을 질러가지고 그래 마 다 타고 뭐 그래가지고 피난을 댕기는데 갓난 아를 안고……. [조사자2: 아까 말씀하신 큰애 말이죠?] 어 [조사자2: 예순 다섯인 분.] 그래 4월 스물여섯 날 낳은 놈을 5월 달인가 전방에 막 인민군이 들이닥치가지고 그걸 안고 업지도 못하고 피난을 가는데 그러니까 조명탄이 저서 막 환하기 비치니께 개미 기가는 것도 다 보이요 마, 그렇게 밝아. 그러니까 요 옆에 동네가 또 몇 집 있었거든, 그 집으로 내려가 가지고 그 집에서 안에 문으로 들어가 가지고 뒷문으로 나오고 그래도 또 환하니께 또 들어갔다 나오고, 또 들어갔다 나오고 마 그랬다고.

그러다가 나중에 되니께 그래도 집이라도 찾아와야 뭘 끓여먹고 하지. 그래서 집에 돌아오니까 인민군이 아이라 저저 껌댕이. [조사자1: 아! 미군요? 미군?] [조사자2: 미군들을 보셨군요.] 응? 검은 나라 왜 검은 사람. [조사자2: 아! UN군!] 검은 사람이 여 와 한국군 편 이래. 그래 그 사람들이 서이가 총을 가지고 따라와요 가는데 보니까 얼마나 무서워요. 얼라를 안고……. 저짝 집에 누 집에 드가니께 '아이고 자네가 날 죽일라고 우리 집으로 오는가? 다른 데로 가게, 다른 데로 가게.'그래가지고 그 할머님이 우리 집안의 동서뻘 되는데 우리 아들도 뒤돌아서서 나오니까 내 뒤에 그 사람들이 와가지고 날 따라오네, 따라오니 내가 어디 갈 때가 없어 그 집으로 쑥 드가니까 그 집에서는 총 가지고 매고 서이가 따라 오니지, 얼라 끌어안고 안에 드가지 그러니까 '일로 오소 일로 오소 얼라 젖먹이소.' 그러는데 젖먹이 정신이 있는가? 벌벌 떨리고 금방 죽는 줄 알고. 그래 이제 딱 물었는데 보고 뭐를 얼랄라라 거리는데 우리가 알아들어요? 모른다고, 그 주인이 모른다고 손질을 하니까 뒷걸을 치면서 나가는데 전부 총을 이리 대고 뒷걸음질 치면서 저쪽으로 나가요 아휴-

[2] 밥 얻어먹는 인민군

[조사자2: 그런데 여자들 한태도 그렇게 총을 겨누었어요?] 그 사람들은 여기 있는 사람이 뭐 해코지 할까봐 그런데요. 같은 동포들인데 해코지 할까봐 그래 이제 총을 그런다더라고 그래 우리는 그 사람들이 우리 죽이는지 알고 겁을 냈지. 하이고- 그렇기도 하고 인민군들이 북한 사람들이 어디 갔다가 후퇴해서 올라가는 길인데 수류탄을 하나씩 줘고 밥을 달라하고 물을 달라하고 막 그러잖아. 밥을 줘도 던지면 우리는 다 죽지……. 그래 겁을 내고 밥을 주니까 먹고 가다가 뭐 콩 볶는 소리가 나요 마 뭐를 총을 놔가지고 한국군 죽이느라고. 그래가지고 참 다 당하고 뭐 그래 살았어. [조사자2: 그 인민군이 와가지고 밥해달라고 그러고 뭐 가져가지는 않았나요?] 뭐 집안에 뭐 있으면 다 디비 가져가지, 뭐 자투리라도 있으면 디비 가져가서 자기는 부상당한 거 여기 막 칭칭 돌리고 막 그랬다고. [조사자2: 후퇴하니까 많이 다쳐있었나요?] 그럼. 우리 이 집의 주인도 여 내 신랑도 인민군에 잡히 갔다가 저저 마상이라

는데 가서 훈련을 받는데 막 훈련을 받는데 먼지가 막막 나서 눈을 못 뜨고 비행기가 폭격을 하고 이러더래요. 그래가지고 이래 돌아 보니께 사람들이 막 쫓겨서 오느라고 눈을 못 뜨도록 먼지가 나서 그래 '아이고 왜이래? 왜이래?' 이러니까 '동무! 아무리 하지 말고 가자고!' 이카더래요 부상당해가지고 절뚝거리는 사람은 이래 옆구리 주리지고 가야된대도 이리 주리지고 막 들고 뛰니 얼른가질 못하고 가다가도 탁 놓고 가는 사람 그래가고 쫓겨서 여 어디 상주라는 데를 오니까 날이 새더라네.

[조사자2: 마산에서 상주까지 오신 겁니까? 쫓겨서?] 어. 날이 새는데 날이 새면 인민군들 때문에 꼼짝 못하잖아? 그래서 누구 집에 들어가서 밥 좀 달라니까 막 인민군이라고 겁을 내더레요 그래 밥을 좀 얻어가지고 그래 동행이 있잖아 또, 같이 다니는 동행이 그래가서 밥을 얻어먹고 거기 우리 친정동내로 피난을 갔어. 바로 집으로 안 오고. 거기 가서 그래 있다가 그래가지고 인자 8월 15일 날 후퇴가 되가지고 막 인민군들도 들이닥치지 뭐. 그래 참 친정동내가 또 난 어린아를 끌어안고 또 피난을 가가지고 우리 신랑이 거 왔다고 그래 소식이 와가지고 글로 가가지고 8월 15일 날 여 우리나라에 저 추석날 아냐? 추석 명절 제사지내는데 인민군이 막 들이닥쳐 가지고 그래가지고 뭐 우리들은 제가지내고 먹지도 못하고 그 사람들만 실컷 먹도록 다 차려주고 수류탄 하나씩 쥐고 먹더라. 그래가지고 마 저 어디 가다가 마 총에 막 콩 볶는 소리가 나고 그래 한국군 다 죽여 놓고 그래 기어 올라가고…….

[3] 남편의 엄청난 이력(징용, 의용군, 국군)

[조사자2: 그러면 할아버지는 인민군에 있다가 어떻게 도망쳐 나오셨어요?] 인민군에 있다가 막 훈련하다가 난리가 나서 피난을 막 쫓겨서 상주까지 와 가지고 상주 와서 좀 얻어 자시고 또 어디 있다가 밤에 또 숨어서 우리 친정동내 가 가지고 그렇게 피난을 했어. [조사자2: 그 다음에는 군인들이 왔지요?]

인민군들 그렇게 가고 후퇴되고 그러니까 이제 (나는 말을 할 줄 몰라 로 들리지만 불명확) 지금은 휴가 나왔는가, 병장이 되었잖아, 그래서 집에 와서 살고 그랬지. [조사자2: 그러면 전쟁은 또 안 나가셨어요? 국군으로 또 안 끌려가셨어요?] 그러고는 우리나라 군인으로 또 뽑혀가지고 갔다가, 또 내 시집오기 전에는 우리 집 영감님이 일본 징용에 끌려갔다고, 끌려가가지고 저저 광산에 넣었는가봐, 그래가지고 핫바가 날아와 가지고 여 창자를 뚫고 이리 나가가지고 여 흉이 이만해요 정말 보다 더 큰 흉이 있더라고 흉이 여 왜있느냐고(물어봤더니) 그래 일본에서 징용에 끌려가가지고 그래 참말로 뭐 핫바가 뭔둥 내사 모르지만 핫바가 일로 나와 가지고 창자로 막 나왔는 거야 광산에서 병원에 데리고 가니께 창자를 주어 넣고 그래 참말로 수술을 하고 그래가지고 아물었데요.

[조사자2: 영감님은 몇 살 정도 더 나이 많으세요?] 나 하고 6년 많았지. 지금 계시면 92이겠네……. [조사자2: 언제 돌아가셨나요?] 한 20년 전에 [조사자2: 20년 동안 혼자 사셨군요.] 야 [조사자2: 그러셨군요…….] [조사자1: 그러면 그 할아버지가 전쟁 끝나기 전에 또 한국군으로 또 입대하셨어요? 의용군 갔다가 도망쳐 나오셔가지고. 아니면 전쟁 끝나고 군에 가셨나요?] 전쟁 끝나고 군에 갔지요, 전쟁 끝나고 저 애(마당에서 일하는 아들)가 61인데 얼라 인제 금방 낳아서 (안 들림) 돌 적에. [조사자2: 그때는 전쟁이 끝났을 때군요.] 어, 글적에 한 국군으로 갔어요. [조사자1: 막 끝날 때쯤인 것 같네요……. 그럼 징용 끌려가셨다가, 의용군 끌려가셨다가 또 군대 또 가신 겁니까?] 응, 보급대(도) 갔다가……. [조사자2: 보급대는 또 언제 가셨어요?] 보급대는 저 저 우리 어 내들 안 낳았을 적에, 두 번이나 끌려갔어, 두 번이나 끌려갔다가 그렇게 오고, 여여 한 사람 살다 두 번째 돌아가시니까 그러니까 이사람 보통사람이 아니라고 갔다가도 오고 갔다가 오고 허허허허. [조사자2: 그래도 훌륭하시네요.] [조사자1: 허허 참……. 어휴, 전쟁을 다 겪으셨네요.] 네, 일본 시대에 그래가지고 저저 난리가 나고설라면 그래 이제 평화가 되니까 한국에 오면 어지간히

좋을 줄 알고 그래 한국에 나오는데 뭐 돈도 못가져 오고 그래 참 집에 와서러 살다가 그래 결혼하고 그랬지. [조사자2: 일본 돈으로 가져왔는데 일본 돈이 다 소용이 없어서 그 돈을…….] 일본 돈도 못가지고 왔어. 나올 적에도 배가 고파서러 뭐 뱃머리 나와 가지고 뭐 어디 누구 밭에 가판 걷고 나오는 사람들끼리 호박도 따가지고 상글러 빠사먹고, 가지도 따서 빠사먹고 이랬데요. [조사자2: 그런 식으로 고생을 진짜 많이 하셨군요.] 고생만 되게 하다 돌아가셨지 뭐.

[4] 친정으로 피난, 인민군 그리고 미군

[조사자2: 여기 같이 끌려가신분들이 많았어요? 한 장정들을 인민군이 막 처음에 왔을 때 막 남자들을 막 이렇게 뽑아갔나요?] 그래. [조사자2: 한 몇 명 정도 여기서 뽑아갔어요? 마을에서.] 마을에 여 여 뽑히간 사람이 아홉 사람 넘어요. [조사자2: 어머니들도 와가지고 교육받으라고 안 그랬어요? 노래 가르쳐주고

막 그러면서 교육해주거나……. 그러지는 않았어요?] 그때 우리 클 적에 클 적에는 저 저 처자들 뽑아다가 뭐 피 빼가지고 지름 짠다고 그러던가 뭐 그래가지고. [조사자1: 아, 일제 때군요.] 그때 비행기 기름만 넣는다고 그카면서 뽑았는데 나는, 우리 동생들은 뽑혀가지고 그랬는데 나는 키가 작아가지고 안뽑히갔어. [조사자2: 키가 작아서 다행이네요 되게 크게 고생하길 뻔 하셨는데……] 키가 작아가지고 내가 시집도 19에 왔다고. 다른 사람은 14, 15에 다 갔는데. [조사자2: 늦게 그렇게 가셨군요. 그런데 지금은 많이 작지 않으신데요? 시집와서 크셨나보네요.] 허허허 더 크진 않았지만은 뭐 뭐, 그 키지 뭐. [조사자2: 그럼 어머니는 그냥 여기 계속 계시다가 친정 잠깐 피난 갔다 오시고 그냥 여기 다시 또 오시고 그러셨나보네요?] 네, 그랬어요.

[조사자2: 친정에서는 먹을 게 좀 풍족했나요? 친정 동네는?] 친정 동네도 뭐 피난가고 그 시대 때 그럴 적에 저 우리 친정으로 피난을 딴대로 겨우 문경 저 저, 등평으로 산꼴로 갔는데 우리는 또 거기 가서 도 친정의 빈집에 가서 살았거든. [조사자1: 아, 가시니까 친정은 다 어디 피난 가시고 그 집에서.] [조사자2: 그래도 여기보다는 친정이 산골이였죠?] 어, 여기 한 10리 밖에 그러니까 거가 좀 더 어둡지. [조사자2: 빈집에서 사셨군요.] 어 [조사자1: 그러면 피난을 친정으로 가셨어요?] 친정으로 갔어. [조사자2: 그런데 이제 영감님이 거기 계시다고 누가 기별을 해주셨나요?] 우리 친정의 동상이. 가만히 와가지고 누나, 내 형님이 저기 우리 집에 와 계시오. 누나 애쓰지 말라고 그카더라고 그래노니 도망갔지 뭐. [조사자2: 시어머니 안 계셨나요?] 시어머니 계셨어요. [조사자2: 시어머니는 여기 두고 가셨나요?] 시어머니는 우리 큰집에, 우린 따로 살고 시어머니는 큰집에 살고 그랬지요. [조사자2: 그래서 바로 친정에 가셨군요. 거기서는 인민군이 없었어요?] 거기서도 인민군이 돌아 오길래 막 그 동내가 피난을 갔지. 피난 간 곳을 우린 또 글로 피난을 가고. [조사자1: 그러면 6.25 나기 몇 해 전에 결혼하신 거예요? 그건 기억나세요? 19살에 결혼하셨다고요?] 야 [조사자1: 그러면 19살이면 한 47년? 그럼 한 3년? 2-3년 전에 결혼하신 거군

요. 그러니까 결혼하시고 몇 년 있다가 6.25 사변이 났지요?] 결혼하고 몇 년 있다가……. 몰라. [조사자1: 그러니까 사변 났을 때 6.25가 났을 때 애가(몇 살이었나요?)] 6.25 사변 났을 적에 우리 큰애를 이제 그때 금방 낳았다고.

[조사자2: 흑인이 해코지는 안했나요?] 으잉? [조사자2: 까만 사람들이 와서 해코지는 안했나요?] 해코지는 안하는데 우린 무서워가지고, 그런 사람들 보지를 못했으니 저 사람들이 우리 죽이러왔는가 싶어가지고 그게 겁이 났지. 아이구……. 그때 놀랬는 생각을 하면 아이고 무시라……. [조사자1: 여기 밤에 폭격은 많이 없었나요? 비행기 폭격이 많았다고 들었습니다. 의성은.] 비행기 폭격은 저 저, 예천 그런 데를 폭격해가지고 거 막 숨었다고 막 그러더라고. 그래 비행기 폭격은 여기는 별로 안했고 여기는 별로 없었어. 조명탄 오는 바람에 놀래가지고 막 이집 드갔다 저리 나오고, 또 이집 드갔다 저리 나오고, 그랬지. [조사자2: 여기 모든 사람이 그랬겠네요. 조명탄 때문에, 개미까지 보이니 뭐…….] 아이고, 그 때 가만히 있어도 되는 걸 가지고 그랬어.

[조사자1: 그럼 여기 이 마을에 할머니 마을에 인민군이 들어왔어요? 이 마을에.] 이 마을에도 들어왔다 나갔어요. [조사자1: 그럼 인민군을 보신 건 친전에서 인가요?] [조사자2: 아니요 여기서겠죠, 남편이 끌려갔으니까.] [조사자1: 이 마을에 인민군이 들어왔겠네요?] 남편이 끌리 갔을 때는 인민군이 와가지고 조사를 하고……. [조사자2: 조사해가지고 그래가지고 인민군이 그 때 이미 왔었네요.] 어, 인민군이 와 가지고 조사를 해가지고 그래 끌고 갔지. [조사자2: 그럼 말탄 인민군도 보셨어요?] 으잉? [조사자2: (다른 제보에서는)인민군이 말을 타고 왔다고 그러던데요?] 으잉?! 말 타고 안 와요 그 사람들은 무기도 아무것도 안 가져오고 와서 사람만 조사해가지고 누 집에 누가 있지, 누집에 누가 있지. 이런 거 알아가지고 그래 [조사자2: 그럼 그 사람들이 막 사람들 죽인 사람은 없었나요?] 여기 의용군에 갔는 사람 다 죽었어 우리 신랑은 갔다가 도망쳐 와가지고 살았지 [조사자2: 그러면 도망쳐 온 사람이 여기 영감님 밖에 없었어요? 다 죽고?] 아니 몇이 있지만 다 죽었어.

[조사자2: 그럼 (인민군 에게)밥은 몇 번이나 해주셨어요? 추석 때 한번 이렇게 해 주시고 그리고 또 밥 또(언재 하신적 있으신가요?)] 추석 때 우리 친정에서 그거는 제삿날, 제삿날 그래 먹고 갔지. [조사자2: 그럼 여기 와서는 밥해준 적 없어요? 여기 동네 와서는?] 여 와서 우리는 나는 안 해줬어. 그렇지마는 막 보리밥 지어가지고 인민군들 여기서 몇 집이 막 집에 막 점령하고 있어서 그래가지고 인자 양식을 캐달라고 보리밥을 지어다 주고 머위도 지어다 주고 막 주고 그랬어. 금방 뭐 죽을 판이니까 해달라는 대로 해 주고……. [권오분 할머니: 아지메니 다 하지. 연세가 많으니까 전 뭐 12살때나 11살 땐대 뭐 아는교? [조사자2: 다 기억하시고 말씀도 너무 잘하시네요.] [권오분 할머니: 잘하고 말고요] [조사자1: 총기가 많으신 분들이 말씀도 잘 하시고 기억도 잘 하고 계시네요. 되게 똑똑하시죠?] [권오분 할머니: 네, 되게 똑똑해요.] 똑똑한 사람 다 죽었지 내가 똑똑하면. [조사자1: 공부 하셨으면 잘하셨을 것 같아요.] [권오분 할머니: 그러니까 말이에요.]

전쟁 통에도 가족을 책임져야 했던 사연

임 달 행

"아유, 말도 마세요. 우리 친정어머니가 그렇게 되니까 빚도 없고 내 살 희망도 없고 죽을 길로 선거 같더라구."

자 료 명: 20130218임달행(가평)
조 사 일: 2013년 2월 18일
조사시간: 69분
구 연 자: 임달행(여 · 1938년생)
조 사 자: 박경열, 유효철, 김명수, 김명자
조사장소: 경기도 가평군 북면 백둔리 551

[조사과정 및 구연상황]

조사팀은 백둔리 경로당을 방문했다가 마땅한 화자를 찾지 못해 방황하고 있을 때 임달행 화자의 아들을 만났다. 화자의 아들은 조사팀의 이야기를 듣자 자신의 어머니가 그런 이야기를 잘 한다고 하였다. 조사팀은 아들에게 화자를 만날 수 있느냐고 묻자 자신의 집으로 조사팀을 데려갔다. 화자의 집에는 부부만 있었다. 임달행 화자가 이야기를 하는 동안 아들은 조사팀과 함께 이야기를 들었다. 화자의 아들은 이야기를 들으면서 중간에 화자가 빼 먹은 부분들을 상기시켜 주었고 화자는 그 이야기를 듣고 다시 이어서 구연했다.

[구연자 정보]

작은아버지의 아들 둘이 빨갱이로 몰려 죽는다. 가족은 3녀인데 화자는 둘째이다. 전쟁 당시 12세였는데 가족이 피난길에 올랐다. 친정어머니가 39세에 오줌소태로 돌아가신다. 수원시장에서 꽈배기를 팔며 언니와 동생 및 아버지를 보살핀다. 언니가 결혼해서 첫아이를 낳았는데 태가 나오지 않아 19세에 사망한다. 아버지가 전쟁 중에 홀로 되자 지인이 중매를 서서 새어머니를 맞이한다. 그때 새어머니 나이 33세였는데 새어머니가 아들을 데리고 들어온다. 새어머니가 들어오자 세 자매가 차례로 집을 나가야 하는 상황에서 화자는 15세에 결혼을 한다.

[이야기 개요]

전쟁 당시 12세였다. 총소리가 나고 한국군이 다 죽었다고 하자 부모와 언니, 여동생과 함께 피난을 간다. 피난 가는 도중 어머니가 오줌소태로 숨을 거둔다. 어머니가 죽자 세상을 잃은 느낌에 보름동안 울었고 옷이 눈물에 젖어 가랑잎처럼 되었다고 한다. 작은 집에서는 군인이 총에 맞자 몰래 숨겨주고 보살핀다. 새벽이 되자 군인은 숨을 거두었고 작은 아버지는 군인을 가마니에 넣고 묻어 주었다.

작은아버지와 작은아버지의 아들이 인민군 때에 위원장 비슷한 이력으로 빨갱이로 몰려 사형을 당한다. 화자는 수원시장에서 꽈배기를 팔았는데 한 아저씨가 꽈배기를 먹고는 돈을 주지 않자 옷자락을 붙잡고 울면서 따라갔다. 경찰이 그 모습을 보고는 이유를 물었고 사연을 이야기하자 돈을 받도록 해 주었다. 중공군이 처음 나올 때는 좁쌀 한 말이었는데 돌아갈 때는 콩 한 말이 되어 돌아갔다고 한다.

[주제어] 열두 살, 피난, 여동생, 어머니, 오줌소태, 눈물, 군인, 중공군, 매장, 인민군, 빨갱이, 경찰, 수원시장, 꽈배기 장사, 고생

[1] 전쟁으로 인한 가족, 군인 등의 안타까운 죽음에 대해 떠올리다

[조사자: 할머니 성함 좀 얘기해주세요.] 임달행이에요. [조사자: 할머니는 몇 년생이세요?] 그런 건 모르는데. [아들: 38년생요.] [조사자: 이제 얘기하시면 돼요.] 난리통에 열세 살 먹은 땐데, 생일이 섣달 초엿새 날이니까 열두 살이나 마찬가지예요. 자다가 새벽이 못됐는데 밤새껏 총소리가 나드라구요. 우리 친정아버지가

"난리가 났나봐 이게 웬일이야. 어유 난리가 났나 봐 웬일이야."

밤새껏 총소리가 나고 그러더니 새벽에 감감 허드라고. 큰 난리가 났다고 아버지가 그랬어요.

우리 집이 여긴데 이장산 뒤에요. 이장산이란 데서 거기서 아주 콩 볶듯 해요. 한국군이 거기 있는데. 새벽에 조용해. 전장에 다 죽었는가 보려고, 아버지가 갔다 오시더니, 다 죽었대요. 한국군 다 죽었대요. 거기서 보초 스던 근무 스던 사람 다 죽었대요. 어쩐지 조용허다구.

"다 죽어서 아무것도 다 그릇도 필요 없다."

요거보다 큰 냄비, 저 밥솥만 헌 냄비 가져오셨드라구.

"요것도 그 아래다 팽그러처져 있어. 그것도 필요가 없어서 내가 주워 왔어."

"아유 그 사람들 밥을 해 먹을려고 했든 걸 왜 주워 와요."

사람이 없대. 다 죽었대요. 아군이 다 죽었대요. 하나도 없이 다 죽었대요.

[조사자: 그날이 6.25날?] 그렇죠. 6.25 나던 날 저녁에요. 저녁때 밤새껏 그렇게 난거여. 그래가지구 나가라 들어가라 전화도 없고, 사람 입성으로.

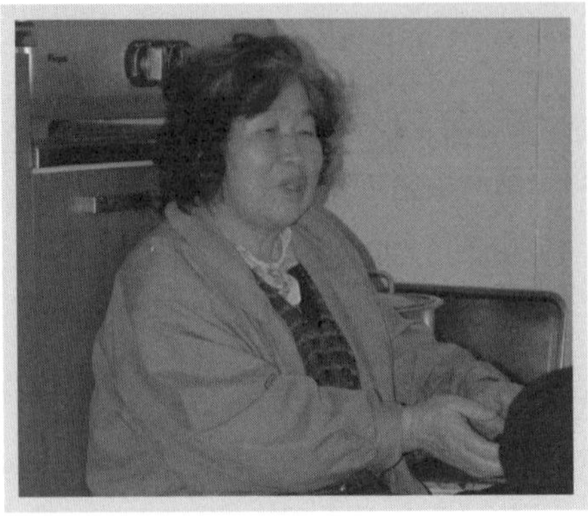

사람이 있으믄 나가가 들어가라 하니까, 나갔죠. 아버지, 엄마, 나, 내동생들 다 나갔는데. 나갔다 들어갔다 하다가 우리 친정어머니 오줌소태가 나서 거리에서 돌아가셨어요. 거리에서 세상을 뜨셨어요.

아버지 따라서 우리는 내동생 하고 수원 가서 있는데. 거기서 억지로. 억지로 생명을 유지하면서 억지로 사는데,

"이제 들어가요. 들어가요"

그러드라구요.

"여기 한국군 들이쳤으니까 마른 겨울까지 들어가세요."

그러드라구요. 그래 또 보따리 싸가지구 또 들어왔는데.

가을에 중공군이 또 내밀은거 아녜요. 눈이 저벅저벅 이렇게 왔는데. 우리 작은집에 있는데, 밤새도록 중공군이 내려 오드라구. 밤새도록 내려오는데 끊임없어요.

밤새도록 발자국이 버덕버덕 대문을 흔들흔들해요. 나갈 수도 없고 가만히 있으면 그냥 나가고나가고.

그런 도중에 우리 작은집에서 군인이 죽어 가지구, 아니 죽진 않았어요, 밤새 거기서 앓는 소리해요. 총에 여기 맞아서. 아버지가 가보더니, 아유 지금도 생생해요.

"미숙아, 엄마, 아버지, 나 죽는다."

그냥 밤새도록 그래요.

아버지가 불쌍허니까 몰래 불을 때줬어요. 따뜻허게 있으라고. 밥 좀 먹으

라니까, 아주 못 먹는다고 그래요. 난 들어가 보진 않았는데, 밤새껏 죽겠다고 소리소리 지르드라구요. 새벽이 되니까 조용해요. 쪼끄매해져요 새벽에,

"엄마, 아부지, 미숙아, 나 죽는다."

점점점 쪼끄매져요. 아버지가 새벽에 가보니까 숨이 아주 넘어간 거야. 우리 한국군이에요, 맞은 사람이.

그래서 아부지가, 난리통에 둘이 붙잡고 갈 사람도 없고, 뒤꼍에 가보니까 옛날에 가마니 있었어요. 가마니 하나 갖다가 뜯어서 거기다 혼자 올려놔서 묶어서. 억지로 바로 집 위에다 바로 묻었다고 그러드라구.

[아들: 그리구 정찰기가 윙윙하던 거.] 그때는 난리통에 정찰기가 살살 돌아요. 윙-윙 허고. 그 쌕쌕이가 바로 오면서 새우젓 독 같은 거 떨궈요. 그럼 불이 나는 거예요. 산이고 뭐고 다 타는 거지요.

그런 난리를 겪고 만고풍상을 겪었기 때문에. 난리 세상에 없어야 되니까. 우리가 살다 죽어도 앞으로 난리는 없어야 되니까. 그렇게 알으라고. [아들: 엄마의 작은 아버지가 빨갱이로 몰려가지고 돌아가셨다고 그러드라구요.]

저쪽에서 내밀으니까 저걸 시켰대요. 훈련받는 거 가르켰대요. 훈련 가르키는 걸 했대요. 영원허진 않다 이거지. 저쪽에서 내밀면 그 정치하면 큰일 나고. 가만있어요, 들이밀지. 빨갱이라고 맞아 죽었대요. 우리 작은아버지, 큰 오빠 둘은 빨갱이로 몰려서 어따 갖다 죽였는지 몰라요. 알지도 못해요. 우리 작은 아버지의 큰아들, 두 명 갖다 죽이고. 어따 갖다 죽였는지 모르지. [조사자: 시신도 못 찾고.] 못 찾죠. 빨갱이로 몰리고.

[조사자: 제사는 어떻게 지내요?] 재산은 별로 없어요. [조사자: 제사요.] [아들: 차례] 제사도 안 지내요. 그렇게 몰린 걸 얻다 갖다 제사를 지내요. 우리 작은엄마는 수원까지 피난 나가서, 우리 작은엄만 또, 어린애 가진지 한 달 반이래나 전쟁이 생겨가지구. 한 데서 어린아이 낳고 그냥 죽었어요. 해산 막판에 한 데서, 마굿간에서 죽구요. 오빠하고 동생허고 둘은 들어와서 살다가, 그것도 술 많이 먹고 죽었어요. 다 죽고 없어요 지금. 사촌 동생도 죽고

사촌 오빠도 죽고 다 죽어버렸어요.

[2] 피난 생활 중 꽈배기를 팔고, 풀을 뜯어 먹으며 살다

[아들: 수원 나가서 꽈배기 떠서 팔고 한 거 있잖아요.] 그런 거 어떻게 얘기해? [조사자: 그런 얘기 해주세요.] 내가 쪼끄매해서 아버지 따라갔는데 어떻게 살 수가 없어. 우리 아버지는 낭구를 해다 주고 오면 거기서 밥을 끓여서 한 사발을 드려. 우리 아버지는 얻어 잡숴요. 나는 어떻게 할 수가 없잖아요. 쬐끄맣고, 엄마도 없죠, 거리에서 돌아가시고 없죠, 어떻게 살 수가 없어.

우리 언니하고 꽈배기를 떠서 파는데요, 우리 언니하고 반씩 노나 가지고, 가지고 댕겨. 우리 언니는 하나도 못 팔고 나는 수원시장을 한 바퀴 싹 돌고 다 팔았는데. 우리 언니 하나도 못 팔고 그냥 있네.

"나는 죽어도 못 가지구 다니겠다. 그러니 언니 들어가요."

해서 내가 엥겨가지고 한 바퀴 돌았더니 금방 팔렸어요.

그래 그걸 팔아가지고 쌀을 쬐끔 사가지고 들어가는 거예요. 깜짝 놀래지.

"어떻게 그걸 팔았어? 아유 난 아무리 가져다녀도 장사가 많아서 내치고내치고 누가 살라고 하질 않는데 어떻게 팔았어."

거짓부렁이지. 돈 벗겨주면 알죠, 얼마 팔아서 얼마 남았다는 거 거기 있잖아요.

그 담에 나더러 계속해오라고 그러드라구. 그렇게 파는데, 수원이고 시장이고 해서 장사꾼 많잖아요.

"꽈배기 사세요, 꽈배기 사세요"

이렇게 갖다 대면

"야 절루 가. 절루 안 가? 우리 지장 있어."

안 가니깐요, 안 가구 연설하고 얘기하고 장사하니까. 난쟁이가 회초리를 어서 구해 놨드라구. 그 이튿날 오면 때릴라구. (웃음) 난쟁이가 회초리를 구해 놨어요. 거기 와서 딴 사람보고 그러니까 회초리로 냅다 갈기드라구요.

"얘가 여기 오면 장사에 지장 있어. 지장있다구."

그러니 내가 쪼끄매도 내가 뛰는 건 잘 뛰거든요. 난쟁이는 더디 뛰거든요. 회초리를 휙 갈겨서 침을 탁 뱉고 냅다 뛰죠. 그 담부터는 거길 못 가는 거예요. 그 집에는 못 가죠. 딴 데로 댕기죠.

[아들: 풀뿌리 캐서 식량 대신 해서 먹고.] 풀뿌리가 아니야, 올망대야. 논에, 왕골 겉은 풀이 있어요. 손에 가서 더듬더듬 맨지믄 올망대라고 요만 헌 게 있어요. 그걸 죄 씻어서 내가 우선 죽겠으니까 내 허기부터 조금 달래야 되죠, 내 허기를 먼저 달래고. 고거를 논두렁 댕기면서 캐서 씻어서, 옛날에 옷이나, 허리춤에 똘똘 말아서 가져오는 거예요. 언니, 동생 쪼끔씩 맥여요. 입에 다셔서 넘어 가라구. 올망대야, 풀뿌리가 아니구. 고렇게 먹고 꽈배기 팔구 아주 못된 고통을 겪어서 난리란 건 이 세상에 있으믄 안 된다는 거.

[3] 전쟁 중에 전해들은 인상 깊은 일화를 소개하다

[아들: 좀 특이한 게, 아버지는 검정조를 쉬었다고. 그거 먹고 행진하셨다고 했잖아요.] 올망대야 풀뿌리가 아니구. [아들: 아니. 선생님들은 특이한 걸 좋아하시는 거 아녜요?] (웃음) [아들: 화장실에다 재에다 숨겨놨더니 중공군이 수색을 안 해 가지고 그거 먹고 살았다고 했잖아요.] 내가 그런 것도 아니

고 아버지가 그런 것도 아니고. 조향 할머니가 우리 집 와서 애기헌거지.

요 밑에 집 아줌마가요, 아주 중공군이 죄 뺏어 가는데 어째 감당을 못 하겠드래요. 이 아줌마의 아버지가, 화장실에 앞에 재 갖다 붓고, 앞에 재를 죄 파냈대요. 죄 파내고 밤에 들입다 파구서, 거기 벼를 갖다 붓고 뚜껑을 덮고 재를 덮으니까 그건 가만히 있드래. 거긴 아무것도 없는 줄 알고. 그래서 먹고 살았다고 옆집 아줌마가 날마다 한마디씩 그 소리를 허고 가드라구.

[조사자: 할머니, 그때는 옷 같은 건 어떤 거 입으셨는지.] 옷은 형편없죠. 친정어머니가 베옷해서 입힌단 말여. 민영(무명), 혹시 좋아야 외포에요. 그걸 치마해 입고. 고거 입고 가는 거예요. [조사자: 외포가 비단이랑 비슷한 거예요?] 비단이랑 비슷헌 게 아니고 하얀 게 좀 특이하게 톡톡해 고거 입었던 거예요. 한 여름엔 베옷 입고. 가을에는 그거 입고.

먹는 것도 형편없고 입는 것도 형편없고. 먹고 사는 데는 우리 친정이 괜찮았거든요. 부자가 망해도 3년 먹을 건, 사는 건 괜찮아요. 난리가 나서 친정어머니가 거리에서 돌아가시니까 우리 친정아버지는 금방 새엄마를 얻어 들이니까. 애들은 시집이라고 일루 보내구요, 내 동생도 쪼끄만 거 보내고, 금방 파산이 된 거죠.

[아들: 그것도 얘기해줘요. 피난 나갔는데 발 디딜 틈이 없어가지고 하는데 애기 엄마는 죽었는데 애기는 젖을 빨고 있고.] 그거는 내가 본 게 아니라 다음 사람들이 오다 쉬는데. 죙일 가서 엄청 많이 갔거니 했는데, 10리 밖에 못 갔어. 그담 사람들이 오다가 쉬는데 그래요.

"난리나면 안 되겠어."

"젊은 여자가 애를 등허리다 업고 가다가 총을 맞아서 쓰러져서 죽었는데 애는 이쪽으로 기어와서 죽었는데 젖을 그리 빨더라고".

"우리도 자식 있지만 그런 건 못 보겠어."

그 아줌마도 그래요,

"오다보니까 사람 죽은 게 강다리가 쳤드라고."

그래요. [조사자: 강다리가 쳤다?]

"강다리가 쳤드래요 아주."

그 아줌마가 그런 소리를 해요. [아들: 너저분하다.]

"서로 죽은 게 엉켜 있드라구."

그 아줌마 난리통에 가면서 쉬다가 헌 소리니깐. 그 아줌마는 알지 못하죠, 성이 뭔지도 모르고.

"애가 죽은 데서 젖을 빨아 먹는걸 보니까, 자기도 자식을 길르고 그래서 아주 못 보겠다고."

그러드라구. [아들: 피난민이 한꺼번에 거리로 내 몰려가지고 손만 놓치면 가족 잃어버리는 거라 그러드라구요.]

소를 끌고 가는 사람 있거든요. 황소가 앵앵 허면, 그냥 다 놓으면 놓쳐요. 식구 다 놓치고 못 찾아요.

"돼지야, 돼지야"

"개똥 엄마."

뭐 아무래,

"길순 엄마."

뭐 아주 법석이죠. 서로 찾니라고 법석이야.

못 찾아요. 텔레비전 보면 그런 게 나와요. 저게 괜히 저렇게 찍은 게 아니고 있던 사실이라구. 재보고 자꾸 그러고. 전장이 나면 안 된다고. 하루에 한 번씩은 역사에 전쟁 났던 얘기허며 앞으로도 좋은 길을 걸어야 된다는 거. 그런 얘기 노상 허죠. 남이 평화를 만들어주지 않으니까 내 맘속에서 평화를 만들면서 항상 남을 존중허고 이렇게 하라구 항상 그렇게 얘기해.

[4] 피난민으로 어렵게 끼니를 때우며 고향으로 돌아가다

[조사자: 할머니, 친정가족은 어떻게 되세요?] 우리 친정아버지 인제 돌아가시고요. [조사자: 그때 전쟁 때.] 전쟁 때는 우리 아버지, 우리 엄마, 내 동생, 언니, 나 이렇죠. [조사자: 딸이 세 자매세요?] 예. [조사자: 그럼 피난은 얼마동안 가신 거예요?] 거기 수원 나가서요? 봄에 6.25때 나가 가지고 거기서 여름내 거기 있었죠. [조사자: 포천에서 수원까지?] 걸어서 가는데 글쎄, [조사자: 굉장히 멀리 가셨네.] 아주 한 달은 간 거 같죠. 하루 죙일 가서

"여기 어디쯤 왔냐구."

우리 아버지가 물어보니 저우 10리 왔다는 거예요. 떡수광인가, 배를 건너서 노 젓는 거요 그걸 건너서 수원으로 갔지요.

[조사자: 수원까지 가는데 며칠 정도 걸린 지 기억나세요?] 아유 아마 수원까지 가는데 구일인지 열흘인지 갔을걸요. 끊임없이 가도 거기 사람보고 여기가 어디쯤 되니, 10리 온 거요, 10리. [조사자: 중간중간에 밥을 해 드시면서.] 밥을 해 먹어야 되는데, 냄비가 있나요 아무것도 없잖아요. 깡통을 가다가 주슨 거예요. 미군 사람들이 내비린 거 그 깡통 있잖아요 큰걸. 쌀을 쬐금 가져가다가 밥을 해먹어야 허는데 낭구가 있나요, 비가 와서 젓었고. 낭구가

없어 밥을 못하잖아요.

그래서 다리를 가서 깎았어요. 어디가 낭구 얻지도 못해요. 피난민이라면 진저리난다고, 듣기 싫다고, 문 닫고 다 들어간다고요. 비는 와 다 젖었죠, 어디 해 먹을 순 없지, 어디가 물 한 숟갈, 장 한 숟갈 못 얻어요. 아무것도 못 얻어요. 아버지가,

"큰일 났다고, 굶어 죽을 순 없구, 움직일 힘이 없어 어떡하냐구."

다리 논데 가서, 다리를 갖다가 척척 갖다놓고 흙을 덮으면 그 밑에 물이 안 쟁겨 들어갔어. 물은 안 젖었드라구.

(아버지가) 낫은 가져가셨드라구, 지게에다. 조금씩 조금씩 깎은 게, 마른 게 이만큼 깎아졌어요. 모아졌어. 불을 모약모약, 밥을 다리 밑에서 해 먹을라구, 물은 없드라구.

이렇게 불을 놓으니까, 동네 사람이 나오더니,

"당신네 여기서 뭐 허고 있는 거요?"

"피난 나가다가 굶어죽겠어서 생쌀을 먹을 순 없구 익혀 먹을라구, 낭구도 없어 조금 깎았어요."

그냥 두래요. 요 큰일 난대요. 다리 망가진 일 났다는 거예요.

"잘못했다고 미안허다구, 이제 안 허겠다구."

아버지가 그러니까. 그리고 갔어요.

천상 깎아놓은 거 어떡해요. 깎아놨으니. 고걸 이렇게 해서 조금씩 조금씩 쌀이 익나요? 망가져 버렸죠. 밥내가 나고 소금허고 그냥 먹었어요. 좀 낫더라구요. 난리 통에 아주 뭐 장을 한 숟갈 얻을 수가 있나 어디 가서 얻어먹을 수가 있나, 꼼짝 못 해요.

[남편: 깡통 뚜껑이 없어 어떻게 밥을 해?] 뚜껑이 어디가 있어 뚜껑이. [남편: 그게 무슨 밥이 돼.] 아무 거라도 옷이라도 덮어야 된다구. 찾아봐야지 보따리에서. 아주 못 먹겠어. 아주 단내가 나고 쌀이 익지도 않고. 그래도 먹은 거지. [조사자: 한 열흘을 그런 식으로 가신 거예요?] 그렇죠. 쭉 가면서

그런 식으로 나갔어요. [조사자: 하루에 세 번 다 밥을 할 순 없을 거고, 하루에 한 번?] 한 번만 먹으면 가는 거예요. 세 번씩 먹으믄 쌀이 똑 떨어질 거란 말여 금세. 조금 해 가지고 죽지 않을 정도만 허는 거죠.

[조사자: 물은 어떻게?] 물은요, 가다 보면 도랑도 혹시 있는 데가 있구, 강 조가리 건저 가서는 그 강물을 퍼다 먹었어요. 무섭죠. 거긴 또 물이 없대요, 강물 밖에는. 어디서 퍼올 데가 없대요. [조사자: 먹을 만 했어요?] 찝질허진 않드라구요. 강물을 잘 내려가서 쬐끔씩 고걸 먹는 거예요.

[아들: 소금이 모자라가지고 소금을 배급해주고 그랬다고.] 소금? 나가서도 피난민을 소금을 한 대씩 준대요. 여기서 꽤 많이 갔는데 한 가구당 한 대씩 준대요 싹 깎아서요. 그러면 내가 가면 내 먹을 치하고 이웃집 애라도 업고 가면 따로 줄 거 아니에요. 이웃 애를 업고 간 거예요. 쬐끄만 게 걔 먹을 치 허느라구. 되지도 않아요. 걔 먹을 치 안 줘요. 애만 업고 간 거지, 내 먹을 치만.

"피난을 가다 소금 배급을 주신대서 왔어요."

그러니까 그러냐구. 솔직허게 얘기해서 안 됐죠.

"업고 있는 건 누구 애요?"

그랬거든 업고 온 걸. 이웃 사람 애니까 그것도 달라고 그랬더니 안 나온 사람이라고. 안 된대요. 내 먹을치만. 살살 딱 깎는데. 탄 게 요만 허죠.

그땐 비닐이도 없어가지구, 그냥 무신 입는 옷에다가 이렇게 해가지구 와야 돼요. 애 업고 이렇게, 많진 않드라구요, 워낙 싹 깎으니까. 그걸로다가 올 때 까지 먹은 거여. 이제 들어와라 헐 때까지. 한국 국군이 어디까지 점령했다구 들어오라 헐 때까지 그거 먹구. 아유 그 소리 들으니까 반갑드라구요. '세계 평화를 이뤘구나' 하고 '우리가 살길이 났나.' 안 먹어도 훌훌 날아 가겠드라구요. 고향에 들어가라는 소리가 세상에 아주 세상에 반갑드라구 그 소리 들으니까.

[5] 피난길에 오줌소태로 어머니가 죽고, 아버지 재혼으로 어린 나이에 시집가다

[조사자: 피난 중에 친정어머니가 돌아가셨다고 했는데, 그 얘기 좀 해주세요.] 우리 친정어머니가, 인제 나가라구, 빨리 나가라구, 학교로 들어갔거든, 일동 학교요. 사람이 인파가 얼마나 많이 몰렸는지, 한번 들어가면 나오질 못해요. 차례차례 나와야지 못 나와요. 나올라믄 아유 꽉 차 거기서 사람 죽는다구 거기서 오줌이 아무리 마려워도 참아야 돼요. 가만있어야 돼요. 훤허게 밝으니까 하나하나 다 풀려나왔거든요. 근데 엄마가

"어유 오줌을 참았더니 소변이 안 나온다."

"그래도 엄마 자꾸 눠 봐요."

그랬더니

"안 나온다. 전혀 나오질 않어. 안 나온다구."

아주 애쓰다 애쓰다 못 누더라구요. 거기서 좀 있었는데 또

"나가야 해요. 이제 나가야 해요."

허니까, 자리를 잡고 들어가라 있으라고 허는 줄 알았는데, 또 나가라고 하니까. 나가다가 그 싸리고개라고 일동 싸리고개 무남고개라고요, 거기서 돌아가셨어. 난리 통에 고칠 길은 없고 약도 쓸 길도 없구요 병원도 없구요 그때는. 난리가 나 죄 나가는데 무슨 병원이에요. 그냥 죽는 거죠. 그래 오줌통이 터져가지고 거리에서 세상을 뜨신 거예요.

[조사자: 며칠 만에 돌아가셨어요?] 오줌을 못 누니까 금방금방 차올라서, 사흘만엔가 나흘만엔가. [남편: 그럼. 못 배겨.] 거기서 앉은 채로 그냥, 이놈의 애덜, 조끄만 애들이 걸리니까 그냥 눈을 뜨고 그냥 세상을 떴어요. [조사자: 아유 세상에.] 애들 쪼끄만 거 두고 어디, 헐 일을 다 해야 갈 길을 가는데, 갈 길을 못가고 있으니까 애들 조끄만 거 데리고 가다가 그러니까 그냥 눈을 뜬 채로 세상을 뜨셨어요. [조사자: 그것도 거리에서?] 그렇죠. 바로 나가는 거

리에서. 아유, 난리는 마지막이라고.

[조사자: 그때 어머니 연세가 어떻게 되세요?] 그때 아부지는 마흔세 살이구요, 우리 친정어머니는 서른아홉이에요. 지금 같으면 시집 갈 나이에요. 지금 같으면. 좋은 세계 못 보고 그냥 세상을 뜨신 거죠 그 험악헌 세상만 보고 거기에서. [남편: 그거 오줌 안 나오는 거 환장허는 거여.]

"어유 아주 죽겠어. 죽겠어."

그랬어요. 아직도 기억나요.

[조사자: 몸이 물이 차 가지고 퉁퉁 부어 가지고.] 점점 이래지는 거죠.(두손으로 풍선 모양을 그리며) [조사자: 걷기도 힘들고.] 아유 그럼요. 최고 죽겠는 게 소변 안 나오는 거거든. 큰 고통을 겪고. [남편: 대변 안 나오는 것도 죽겠고, 소변 안 나오는 것도 죽겠어. 안 나오면 죽거든 그냥.] 그런 고통, 서른아홉에 세상 뜨시구.

[조사자: 아버지께서, 장사를 지내든 어떻게 해야 되는데.] 그래서 피난 나가다가 아무 데나 묻었잖아요. 아무 데나. 이렇게 해서 흙을 실어서. [남편: 삽이나 뭘 가져왔던 모양이지?] 가져가긴, 삽을 뭘 가져가요, 가져가긴? [남편: 뭘로다 펐어?] 무남고개, 거기 사람헌테서 빌려서 대강 요렇게 했죠. 제대로 파들 못해요. 대강 검불이다 이렇게 해놓고, 그냥 표만 해놓고. 다시 들어와 가지고 장사 지냈죠. 잘 기억했다가.

[조사자: 그때 가족들 슬픔은 이루 말을 할 수가 없었겠네요.] 아유, 말도 마세요. 우리 친정어머니가 그렇게 되니까 그런 거를 몰랐는데, 이 세상을 다 잃었다고 봐야 되겠더라구. 어서 빛도 없고 내 살 희망도 없고 죽을 길로 선거

같더라구. 한 보름 동안을 낮이고 밤이고 울었는데, 이 옷이요, 내 옷이 아니여, 가랑잎이요. 눈물에 젖어가지고 버적버적 허고. 나중에 울다가 눈을 이렇게 해보니까 옷이 아파서 울지도 못 하겠드라구. 한 보름을 그렇게 울었는데 나중엔 울지도 못 허고 목이 잠겨가지고 목구녕이 다 아프고 '에. 에.' 이렇게 돼요. 소리도 안 나와요. 그렇게 슬프고 그렇게 험악헌 세상을.

[조사자: 세 자매 중에 할머니가 몇째?] 우리 큰언니는 시집을 가서 애기를 낳고 태를 못 나가지고 열아홉 살에 죽었어요. 우리 언니허고 나하고 내 동생허구 그렇게 나가는 거예요. [조사자: 세 자매가 참. 세 자매가 붙들고 계속 울었겠네.] 보름을 울으니깐요 그담에 눈물도 안 나오고 목도 다 아파가지구요, 친정어머니 그렇게 되니까 빛도 싫고 살 희망도 없고 그러니까 누굴 쳐다보질 못 허겠어. 누가 불러도 쳐다보질 못 허겠어. 사람 없는데서 숨어가지고 계속 우는 거죠. 나중에 눈물도 안 나오드라구. 보름 그렇게 되니까 옷이 바작바작 소리가 나고 눈물에 다 젖어가지고 버적버적해가지고 그래가지고 난리통에 빨아 입기도 힘들고요, 아유 세상을 몽땅 잃었죠.

[조사자: 친정아버지께서는?] 난리 났다가 들어와서 군인 한 명 죽은 거 묻어주고, 그럭저럭 고향이라고 와서 그러는 도중에. 어떤 사람이 아버지가 혼자라고 그러니까, 우리 아버지가 난리통에 혼자 있다고 하니까. 어떤 사람이 지명했어요.

"과부가 괜찮은 게 있는데 만나 볼려나?"

"한 번 만나 보지요."

그래서 한 번 만나보고 새어머니를 얻었어요. 그 양반이 그때 서른세 살이에요. 서모 양반이 서른세 살에 우리집이 들어왔어요 우리 집에. 그 양반이 들어오니까 우리 친정아버지는 녹을 다시 찾은 거요, 생기가 나구.

내 동생하고 나, 우리 언니는 바깥으로, 텔레비전 보니까 어떤 새가 그런다던데, 거시기가 들어와서 다 떨궈 내빼듯이 우리도 다 나가야 했어요. 우리 아버지는 새엄마를 얻었으니까 자식들을 다 내보내는 거예요. 이리저리 다

보내는 거예요.

그래서 뭐 그냥 우리 언니도 나가고 나도 그냥 뭐. [조사자: 그때 여기를 오신 거예요?] 그때 여기를 온 거예요. [조사자: 시집올 때 나이가?] 열다섯 살인데요, 이것저것 빼면 열세 살이나 마찬가지에요. 정월 1월 15일 날 왔으니까. 12월 초 엿샛날이여. 양력으로 따지믄. 옛날 사람들 음력을 잘 찾는데, 음력으로 따지믄. 그래가지고 이렇게 와 사는 거죠.

[6] 피난 중에 겪은 인민군, 미군, 중공군에 대한 기억

[아들: 인민군들은 해코지를 그렇게 안 했다고 하드라구요. 해코지하면 큰일 난다고.] 피난을 나가는 중에 인민군을 만났어요. 우리 아버지는 짐을 지고 나가고, 나는 무서워서 아버지 옆으로 바짝바짝 따라가는데, 아버지 저벅저벅 나오드라구. 울 아버지한테 경례하더니.

“동무. 우리가 해방시키러 나왔어.”

그러드라구. 그러니까 점점 더 무서워가지고. 아버지 옆에 바짝바짝 따라갔죠. [아들: 해코지하는 인민군은 해방군이라고 인식이 돼가지고. 총살이라고 그러드라구. 해코지는 오히려 미군이 했다고 하드라구요.]

[조사자: 미군 만나보셨어요?] 나는 쪼끄매서 상관이 없는데, 나보다 큰 아가씨들은요, 미군이 막 끌고 방공구더기에서 나오는 거 보면, 가만히 봤더니, 큰 아가씨가 방공굴에서 나오고 이렇게 벌써 미군 있으믄 도로 들어가잖아요 무서우니까. 그러면 글로 따라 들어가요 험악해요.

나는 해악을 안 했대도 인식이 그렇더라고, 다 컸어요 그때. 몇 번이나 당했다구. 숨도 못해. 어디가 숨도 못해. 동네 좁은데 어디가 숨을 디도 없구. [조사자: 포천에서 일어난 일이에요?] 난리 나고 다시 들어왔을 때.

[조사자: 수원에 있다가 군인들이 올라오면서 같이 올라오신 거잖아요?] 그렇죠. [조사자: 중공군이 왔을 때 또 다시 피난 가셨어요?] 또 피난은 안 갔어요. 거기 살다가 겨우 작은집께 온 거야. 거기가 조금 산 밑에 있으니까 의지가 되니까 작은집에 가 있은 거지. 피난 또 안 나갔어요.

수원 가 있다가 들어와 가지고 중공군이 가을에 내밀었잖아요. 눈이 자박자박 나리는데 내밀드라구. 술렁술렁해서 집에 가서 막 좀 치우고 있는데 자꾸 비행기 폭격하고 그러니까. 겨우 작은집이, 한 10리쯤 될까, 거기가 있는데 중공군이 밤새도록 내밀고. 그냥 뭐 총에 맞은 사람 밤새껏 작은집에서 죽는다구 그러구, 죽어서 아버지가 새벽에 갖다 묻어서. 작은집에서. [조사자: 군인 묻었다는, 거기죠?] 작은집에서. 그 뒤로 안 나갔어요. 그대로 또 나가지는 않았죠.

[조사자: 제가 알기로는 포천에 태국군이 들어와 있었다고. 태국사람들.] 그런 건 모르죠. 어려서 잘 모르죠. [아들: 포천 시내 아니고 일동면이라고, 일동이 더 북쪽이거든요, 38선 바로 밑에.] 우리집은요, 강 건너가 바로, 산동포 개울이라구 그 건너가 바로 이북이거든요. 얘기 허는 소리 죄 들려요. 욕 허는 소리 죄 들려요. 내가 시방 방송국을 보면 지금도 그 여자 목소리 같애. '국방군은 대포감이라고.' 아주 여전히 냅다 허든 게. 지금도 북한 아나운서 목소리가 여전히 생생해. 북한 아나운서 그 사람 같애요. 어쩌면 그 사람 같은지요.

"어유 그 사람은 늙지도 않는가 보다."

하면 그랬어요. 내가. (웃음) 그때 그렇게 짱짱하게 해대더니 '한국은 대포감'이래요. 욕을 냅다 했었는데. [조사자: 대포감이 무슨 말이에요?] 그러니까 포를 쏘면 죽을 거란 거죠, '한국군은 대포감'이라고 맨날 방송허는 소리 죄

들려요. 그것도 소름이 끼치는데 텔레비전 보면 여전히 지금도 '우리는 핵무기를 맹글었다' (웃음) 어쩌고 하는데, 지금도 고대로 같애요. '맛을 봐야 알겠냐. 우리 핵무기 만들었다.' (웃음) 아유 늙지도 않은 거 같애요. (웃음)

[조사자: 예전에 식구들 말고 다른 사람 중에 친한 사람 없었나요?] 친한 사람은 여기 정치 따르듯이 난리 통에 헤어지고 그랬어요. [조사자: 기억이 나는 분은 없었어요? 동네 친구들, 또래.] 다 이사 가고 없드라구. 우리 사는 곳은 군사지역 됐어. 인제 못 살어요. 군인이 꽉 다해놨어요. 우리 집터도 이제 찾지 못해. 군인이 꽉 찼어요. [아들: 5분단 부대가 들어와 가지고요 엄마가 사시다 내려왔어요.]

[7] 꽈배기 먹고 내빼는 아저씨를 끝까지 쫓아가 결국 제값을 받아내다

[조사자: 아까 그 꽈배기 장사한 얘기, 수원으로 피난을 가셨어, 거기 시장이 섰어요? 원래 시장이었어요?] 원래 시장이었는데, 크드라구요. 아주 한없이 돌아. 똑똑히 기억허지. 철둑을 요렇게 넘어서 돌아오는 거, 멀리멀리 돌아오니까 다시 그 자리가 나타나드라구, 그래서 거기로 왔죠.

[조사자: 꽈배기를 어떻게 팔게 되신 거예요?] 어떡해요. 도적질은 우린 못 허구요. 누가 돈 벌 길이 없잖어요. 가만히 생각해서 그걸 해보자 해 가지고. [조사자: 꽈배기를 만들려면.] 만들지는 못하고. 띠는 거예요. 열다섯 개를 띠믄 만원어치라 하면 열갠데 다섯 개를 더 줘요. 고거 팔면 고거 남는 거예요. 그래가지고 그거 먹고 살고 올망대 캐먹고 살고.

[조사자: 거기에 피난민들이 많이 왔을 거잖아요?] 많이 있는데 방은 못 얻어요. [조사자: 어떻게 거처를 마련하셨어요?] 방은 못 얻고, 마구간요. 마구간을 빌려 달래니까 들오라고 그러드라구.

"낼이라도 들어가라 허면 내일이래도 들어갈 테니까 마굿간 좀 빌려줘요."

이렇게 말하면서 사정사정했어요. 그랬더니 빌려 주더라구요.

[아들: 그 얘기도 해주세요. 어떤 사람이 너도 먹어라 너도 먹어라 돈을 안 주고.] (웃음) 꽈배기를 팔러 또 날마다 가는데요.

"꽈배기 사세요, 꽈배기 사세요."

좋은 물건이 많은데 애들헌티 사기 그러잖아. 그래도 사라고.

"아저씨, 꽈배기 좀 사세요."

어쩔 수가 없어 그런데,

"아저씨 꽈배기 좀 사세요. 이것 좀 팔아주세요"

하니까, 조금 남았어요. 다섯 개 남았는데,

"응, 사라구? 그럼 사야지. 먹어야지. 먹으래니 먹어야지."

그러더니 이 사람이 집어서 친구 다 돌려주는 거예요.

"얘가 먹으랬잖아, 먹어 먹어."

이러면서 다 주는 거예요. 아 근데 다들 먹고서 돈을 안 줘요. 돈은 안 주고 그냥 가는 거예요. 줘서 먹은 사람은 죄 없잖아요. 그 사람이 죄가 있지. 그래서 그 사람한테

"아저씨 그 꽈배기 값 주셔야죠."

"네가 먹으랬잖아. 나는 먹기 싫은데 네가 자꾸 먹으랬잖아."

"내가 그냥 잡수시라고 했어요? 사라 그랬죠. 이거 다섯 개 남은 거 사라 그랬죠. 언제 고냥 잡수시라 그랬어요? 고냥 잡술 거면 내가 먹죠."

아 그러더니 그냥 가는 거예요. 그냥 가요. 어떡해요 난 그거. 다섯 개를 몽창 먹고 안 주믄.

계속 옷을 붙잡고 딸려가는 거예요. 쪼끄만 게. 막 울죠. '돈 달라고' 막 울죠. 아주 꽤 많이 딸려갔어요. 저쪽 다리 있는데, 거기께 만큼 딸려갔어요. [아들: 한 100미터정도 딸려간 거예요.] 계속 딸려가 놓치 않고, 이거 놓으면 사람이 많아서 못 찾아요 이거 놓기만 하면. 사람이 많아서 못 찾아요. 계속 붙잡고 울면서 돈 달라고 쫓아가는데. 하도 멀리 멀리까지 쫓아가니까 이 사람은 들은 척 만 척하고 어청망청 가는 거예요.

이렇게 울면서 돈 달라고 하니까 순경이 있어요. 순경이 이렇게 오더니,

"야, 꼬마야 왜 그냐?"

"피난 나왔는데 살 수가 없어서 꽈배기를 파는데, 다섯 개를 이 아저씨가 친구들을 다 주고 먹었어요. 근데 먹고 나서 돈을 안 주고 가서 그래서 돈 달라고 저기서부텀 달려어요."

하니까,

"야 이 이 새끼. 어서 행패야. 꼬마 불쌍하지도 않냐."

그러면서 귓방맹이 내갈기드라구.

"당장 돈 줘."

순경이 그렇게 말하니까 그 사람이

"돈이 없어 못 주니 우리 집에 가서 줄게요."

그러드라구요. 그 사람이 귓방망이 때리면서,

"당장 줘, 없으면 꿔서라도 주라구."

그러니까 금방 여기서 꺼내 주드라구. (웃음)

"옛다. 얘, 미안허다. 얘."

다섯 개 값을 주드라구요. [조사자: 받으셨네, 결국.] 그 사람 때문에 받았죠. 그 사람이 법에 속한 양반이니까 받아 줬지. 그렇잖으면 못 받죠. 난 쪼끄만데 큰 사람이. [조사자: 야무지시구나. 할머니가. 대단하세요.] (웃음) 어쩔 수가 없드라구요. 그렇게 해가지구 받았어요 그걸.

[8] 먹고 살기 힘들어 모두가 절박했던 전쟁 시절

[조사자: 그때 마구간에 사시면서 할머니는 꽈배기 장사를 하시고, 친정아버지는 뭐하셨어요?] 친정아버지는 품을 좀 파는데 사람들이 안 사요. 밥만 멕여 주고도, 시방 사람이 많아서 못 쓴다고 안 사요. 우리 친정아버지가 그냥 노는 거예요. 우리 언니는 장사를 같이 허면 못 판다고 안 허죠. 내 동생은 쬐

끄맣죠. 그러니까 천상 내가 아침결에 가서 올망대 캐고 낮에는 가서 나무해오고 또 그사이에 시간 빼서 장사허고 그랬어요. (웃음)

[아들: 저거 애기 좀 해주세요. 밥을 해 먹을라 하는데 나무검불을 못 가주게 한다고.] 못 가져가지. 솔방울이 있어요. 솔방울을 가서 주워오면요, 몰래 이렇게 해서 조금, 아휴 땅임자가 어디서 보구서, 놔두래요. 우리가 써야 한다고 죄 털어놓고 가래요. 탁탁 털고. 못 구해요. 아주 없어요 수원요. 수원은 일단 낭구가 없고 돈 벌 거리가 없어요. 살기가 곤란해요 거기는. 아주 큰 고통을 겪고 사는데. 이제 마른 겨울꺼지, 한국군이 마른 겨울에 쳐들어왔다는데, 거기까지 들어가야 한다고 하니까 세상 온 천하가 다 얻은 거 같드라구요.

[조사자: 얼마 만에?] 꽤 있었죠. 몇 달 있었죠. 그 소리가 들리니까 인제는 살았구나 했지. [조사자: 봄에 수원으로 떠나셔서 몇 월 달에 돌아오셨다고요? 고향으로.] 여름내 거기서 있다가 내가 생각하기엔 자세힌 몰라도 7월이 지났다고 봐요. [조사자: 그럼 가을이네요?] 가을에 접어들었다고 봐야 돼요. 그렇게 와가지고선 오니까 난리가 다시 난다고 수군수군해서 제우(겨우) 작은집이 10리 되는데 거기 와서 자는데 밤새껏 내밀드라구.

중공군이 끊임없이 꼬리가 이어졌는데, 밤새껏 가요. 눈이 왔어요. 눈 위로 가는 소리가. 진짜 난리는 나지 말아야 돼요. 텔레비전서 보면 괜히 나오는 거 아니거든요. 괜히 맨들어가지고 보여주는 건 아니에요. 역사가 있었던 일이에요.

[조사자: 그러지요. 가을에 파주로 왔는데 중공군이 겨울에 내려왔어. 그다음에?] 그다음엔 중공군이고 뭐고 얽히고설켜서 같이 있다가 정월 보름날에 이리 온 거지. 중공군은 바로 망해 들어갔어요. 그 왜 말이 있잖아요. '중국군이 좁쌀 한 말이 나와 가지고 콩 한 말이 들어갔다'고. 별만 많이 못 돌아갔을걸요. 콩 한 말도 못 들어갔다고 봐요. 거의 다 죽었어요. 다 죽었다고 봐야 돼요. 선량하게 착헌 대한민국을 자꾸 떠다미는데 좋은 짓이라고 안 허죠.

[아들: 문을 두드리면서 중공군이 따미따미.] [조사자: 따미따미가 뭐에요?] 따미를 몰랐는데요. 중국군이 이불도 갖다 덮고. 망해서 들어가면서, 이불도 가져가고 쌀도 가져가고 이래요. 근데 와서,

"따미 있어? 따미 있어?"

그래요. 가만히 생각허니까 따미란 걸 듣지를 못했는데.

따미란 것이 정미 쌀을 갖다가 얘기허는가 보다고 생각하고 그랬어요.

"없어요."

그러니까 없는 줄 알드라구. '쌀 있어?' 소리를 못 허고 '따미 있어?' 따미가 쌀이래요 거기는. 따미 없다구, 가고 그래요. 망해 들어가는 통에 그렇게 된 거예요. 들어가도 먹어야 되잖아. 이 사람들도 먹으니까.

아유, 일본 정치 때 일본 사람들이 36년간인가 한국을 지배허고 그렇게 해도 그때는 잘 몰라요 쪼끄매서요. 8살 땐 지 고렇게 된 거 같애요. 새벽이 보니까 니꾸사꾸 일본가방을 지고 쑥 가드라고. 일본사람들이 들어가는 거래요 망해서. 쪼끄매서 봤어요. 6살 땐지 고렇게 봤어요. 그래도 고건 봤는데. 6.25때 일, 망해서 전부 들어간 거 자세히 알고 있죠.

[9] 재혼 한 아버지가 필요 없어진 딸자식을 치워버리다

그렇게 살다가 우리 친정아버지는 새엄마를 얻어 들이니까 다 내 세상이지. 그땐 자식이 필요 없는 거라고요 그때선.

[조사자: 전쟁이 끝나자마자 아버님이 재혼을 하신 거잖아요?] 그럼요. 다 끝나고 사그라들고 새 정치, 새 정부가 생길라 그러는데. 그때는 우리 친정아버지가 새엄마, 서른세 살 먹은 걸 얻어 들이드라구요. 애 하난 딸린 거, 아들 하나 딸린 거.

그러더니 자식들 얼른 치워버릴 이 생각뿐이야. 딴생각은 없드라구요. 우리 언니도 나갔죠. 나도 어려서. 이 양반 고모부가, 그 양반 만나 어떻게 사

는 가 서로 얘기를 했던 모양이여. 얘기를 허니까,

'어디 마땅헌 데 있으믄 보내야 되겄다.'

이랬는 거 같애요, 알 수는 없지만요. 그럼 마땅한 데 있으니까 내가 어느 날 올 테니까 나를 딸려서 보내라고 누군가 그랬나봐요. 약속을 했드라구요. 나는 모르는데요.

어느 날 정월달에 이렇게 있으니까 그 양반이 에헴에헴 허고 들어오드라구요. 누군지 모르니까 난 바깥으로 나갔죠. 내 동생하고 둘이 바깥으로 나갔죠. 그러더니 우리 서모 양반이 그래요.

"얘야. 저 들어와서 저 옷 입어라."

"무슨 옷이에요?"

"고모부가 어디 데려가야 된단다. 시집보낸단다, 느이 아부지가."

그래요. 어휴, 안 간다 쪽도 아니고 간다 쪽도 아니드라구. 어떻게 해야 허는지 모르겠어요.

내 세계는 우리 친정어머니 돌아가시고 다 잃었죠. 살아도 산 게 아니고. 잠자코 지둥에 붙어 있는 거예요. 지둥에요. 바깥 대문턱에. 지둥에 가만히 붙어. 그래서 엄마 없는 애들을 알아 보겠드라구요. 벌써 고개부터 수그러들어서 요렇게 붙어가지고 가만히 대문터리 지둥에 붙어 있는 거예요.

"아 빨리 들어와. 이 양반 바쁘대 얼른 가야돼."

할 수 없이 들어갔죠. 분홍치마 그거 허고 연두저고리 허고 우리 친정, 산 엄마가 해준 거예요. 좋은 걸로. 고걸 입혀서

"따라가라."

그렇게 말하니 어떡해요. 그걸 입혀줘서 그냥 저적저적 따라나서는 데 길이 없고 도성고개 길마장 고개라고 있어요. 하루 종일 걸었어요. 종일 아주 산을 넘고 물을 건너서 죙일. 나중에 다리를 디딘 건지, 안 디딘 건지 모르겄드라구. 먹기를 해요 뭘 해요, 먹지도 못 허고 아주 굶어 가지구. 디딘 건지 미끄러져 나가 터져도 내가 터진 건지 자세히 모르겠드라구.

이상허드라구 정신이 나간 거 같기도 허고. 그렇게 길마장고개 도성고개 넘어서 물을 건너고 산을 휘돌아서 그렇게 와 가지고 여기를 오니까 잣불을 키드라구 밤에. 식구들 모두 쳐들어오면서 잣불을 키믄서 축원을 허드라구. 건강허겠느냐, 어쨌느냐고, 그러면서 잣불을 키드라구요. 그렇게 했어요.

[10] 공산치하에서 못 견딜 만큼 억지 회의를 매일 하다

[아들: 북한이 점령했을 때 날마다 회의를 하구.] 그 사람네들요, 내밀어서 자기네가 통치헌거 아녜요 1년 동안을. 1년 동안을 통치허고 있으니까. 나 그거 진짜 죽겠드라구. 쬐끄만 애들이 뭘 알어요. 아무것도 모르지 쪼끄만 애들이요. 회의를 매일 한 번씩 해야 돼요. 매일 한 번씩. 가서 안 들어오면 반동분자래요. 아휴.

"얼른 가, 뉘기도 데려와라."

위원장을 또 맨들어놔요. 회의를 허고 위원장을 만들어놔요.

연설을 허는데 뭐라고 허느냐. 쬐끄만 것들이 아무것도 모르지. 제일 먼저 뭘 하냐면 '장백산 줄기줄기' 그걸 불러요. 애국가라고 먼저 불르고, 북한 애국가래요. 위원장 허는 소리가 '아주 단결심이 서야 헌대요. 하나라도 겉 다르고 속 다르면 안 되고. 단결심이 있어서 회의를 매일 한 번씩 해야 헌대요.'

아유, 아무 의미도 없는 회의를 허는데 죽겠더라구요. 괜히 회의를 허니까 죽겠더라구요. 회의를 안 허니까 평화가 이루어지고 살 거 같애요. (웃음) 회의 허는 거 죽겠드라고. 아파도 가야 돼요.

[아들: 엄마도 청년위원장인가 그거 맡으라고 했다 허지 안 했나?] 불러 오는 거 맡으래는데.

"아무나 불러와도 되지 않아요?"

아무튼 얼른 가서 불러오래요. 안 불러오면 반동분자래요. 안 된대, 큰일 난대. 얼른 가서

"회의 허러 오래요."

이렇게 말하면서 했죠.

"나 낼 간다고 해. 안 간다고 낼 간다고."

언제꺼지 불러올 때 꺼지 회의를 안 허고 있어요, 불러올 때까지요. 그거 죽겠드라구요 아주. 아휴 회의를 안 허니까 시방 천국이지.

[조사자: 회의에서 주로 무슨 내용을 얘기해요?] 회의에서, 댓 명이에요. 애들 쪼끄맨 애들 댓 명밖에 안 돼요. 위원장은 총각인데 열여덟 살이에요. 총각이 열여덟 살인데 위원장으로 해놓은 거예요. 애들은 쬐끄만 거 댓 명 돼요 나 겉은 애들. 매번 이런 소리 해요. '장백산 줄기줄기' 먼저 불르고, 그리구

"회의에 참석을 안 허든지 (하면) 반동분자로 몰리니까. 회의를 헌다믄 어떠한 일이 있어도 와서 참석을 해야 되고."

맨날 그 소리에요. [조사자: 회의에 꼭 오라는 얘기를 회의에서?] 그럼요. 그걸 회의를 헌다니깐요.

[아들: 강제로 거기에 가입하란 소리는 안 하는데, 북한노동당인지.] [조사자: 보도연맹?] [아들: 가입하는 쪽으로 권유허는 쪽으로 계속 얘기헌대요. 가입하면 어떻겠느냐 날마다.] 솔직헌 얘기지. 거기 정치 아주 회의도 그렇고 못 배겨요. 아주 못 배겨요.

[11] 돌고 도는 시절 속에 많은 가족을 떠나보내다

[조사자: 인민군이 1년 동안 있다가 물러가잖아요. 다음에 군인이 왔을 때 인민군이랑 같이 활동했던 사람들 혹시 처벌하거나 이러진 않았나요?] 인민군허고, 인민군을 좋아해서 헌 사람은 들어갔는지, 어쨌는지 다 없어졌어. 들어가야지 금방 처벌 당허지. 본심이 천심이 착허고 온유헌 사람, 그 사람은 누구든지 알아주잖아요. 그래서 우리 친정아버지는 알아주드라구요. 친정 아부지는 아무 짓도 안 허고 땅만 파고 천심이 명백허다는 건 알아주드라구.

그런데 우리 작은 아버지는 한 형젠데도, 멀리 살지. 10리 좀 넘어. 어쩔라고 그 위원단장인가 무신 그걸 해가지고 빨갱이로 몰려가지고 죽었어요. 어디 가서 죽은 지 지금도 몰라요. 어서 죽었는지 알지도 못해요. 빨갱이로 없어진 사람은 죽은 자리도 모르고 감쪽같이 데려가서 모른대요.

근데 정치가 그렇잖아요. 정치가 가만히 있는 게 아니라 바뀌잖아요. 물결처럼 다시 돌고. 돌고 바뀌잖아요. 우리 작은아버지 빨갱이로 몰렸다는데 어디서 죽었는지 모른대요. 밤중에 불러서 나간거만 안대. 어디다 죽인데도 몰라요.

[조사자: 언니하고는 연통은 자주 하세요?] 우리 언니요, 죽었어요. 언니도 죽구요. 내 동생 하나 상사리 살아요. 단지 둘밖에는 없어요. 다 죽었어요. [조사자: 친정아버지 살아계실 때 왕래 많이 하셨나요?] 우리 친정아버지, 원망했느냐구요? [조사자: 아니, 왕래.] 못했어요. 여기 9년 만에 한번 가봤어요. 애를 낳아서 애가 큰 다음에 한 번, 9년 만에 한 번 가봤지. [아들: 아무래도 엄마가 친엄마가 아니라 다른 엄마다 보니까. 친엄마 같으면 아무래도 그전에 갔겠죠.]

지금은 사촌오빠들도 다 죽고 작은 아버지도 죽고, 둘째 작은아버지도 죽고, 막내 작은 아버지는 빨갱이로 몰려 죽고, 사촌오빠들도 다 죽고 허니깐요. 이제는 그 일동면 샛터라는 데요, 우리 친정요. 다시 우리 아버지 살던 데는 샛턴데. 벌써 버스에서 내리믄 얼른 가서 가족을 빨리 만나봐야지 하는 애타는 마음이 없고 버스에서 내리믄 외래 한 발짝씩 바깥으로 나가지드라구. 그런 애정 진심이 없어지드라구요. 그게. 아휴 이렇게 좌담을 많이 들어줘서 고마워요.

고난 속에서도 피난민들을 챙기던 시절

한 계 순 · 강 두 봉

"우리 옆집에 오미, 나가 밥을 ᄒᆞ다가 어머니 모르게 쪼끔 뭐 퍼다 줬어, 불쌍해서."

자 료 명: 20120206한계순 · 강두봉(제주)
조 사 일: 2012년 2월 6일
조사시간: 1시간 48분
구 연 자: 한계순(여 · 1932년생), 강두봉(남 · 1927년생)
조 사 자: 박현숙, 정진아, 조홍윤, 황승업
조사장소: 제주도 제주시 조천리 (제보자의 집)

[조사과정 및 구연상황]

제주대학교 강소전박사의 주선으로 제보자의 집을 방문하였다. 강두봉 제보자는 참전 상이용사로 몸이 많이 불편해서 구연을 온전히 하지 못했다. 때문에 강두봉 제보자의 사연을 아내인 한계순 제보자가 대신 이야기 해주는 경우가 많았다.

[구연자 정보]

한계순은 1932년에 3남매 중 맏이로 태어났다. 15세에 4.3사건이 일어났다. 한국전쟁 중에 결혼하여 슬하에 육남매를 두었다. 몸이 불편한 남편 대신 홀로 생계를 꾸리며 육남매를 키웠다.

강두봉은 1927년에 제주도에서 태어났다. 21살에 입산하여 산에서 검거된 후 7개월의 수감생활을 하였다. 출감 후 한국전쟁이 발발하자 입대하여 전방의 전투에 참전하였다.

[이야기 개요]

한계순: 4.3사건 때 경찰에 동원되어 반란군의 습격에 대비해 보초를 서고 성을 쌓았다. 한국전쟁 때 외지에서 제주도로 피난온 사람들이 많았는데, 그들에게 음식을 나눠주고 거처를 제공했다. 전쟁 중에 결혼식만 올리고 남편을 전방으로 보냈다. 남편은 소식 한 통 없다가 4년 만에 돌아왔는데 똑똑하기만 했지 제대로 할 줄 아는 일이 없어 홀로 생계를 꾸리며 6남매를 키웠다.

강두봉: 중학생 때 선생님을 따라 입산했는데, 입산자 대부분은 토벌대에게 죽고 가까스로 살아남았다. 4.3 사건 때 앞장서서 활동하다가 검거되어 수감생활을 했다. 한국전쟁 직후 영장을 받고 입대했다. 동부전선에서 중공군과 치열하게 싸웠으며 적군을 생포하여 훈장을 받았고, 상이용사로 제대했다.

[주제어] 4.3 사건, 입산, 입대, 중공군, 반란군, 휴가, 결혼, 피난, 형무소, 토벌대, 민보단, 보초, 암호, 편지, 상이용사, 훈장

[1] 한계순: 중학생 때 남편이 선생님을 따라 입산하다

그 시절에 우리 할아, 이 영감은 너무나– 너무나 고생허고, 하도 두들겨 맞으니까 눈도 어두워불고, 눈도 그냥 멀어버렸어, 인제 한 50대부터. 이 하도 여기를 그냥 취조를 받으며 그냥 하도 맞으니까 그냥 50대 되니까 눈이 멀어버렸어. [조사자: 어르신 성함이 어떻게 되세요?] [강두봉: 예, 강두봉.] [조사자: 연세는요?] [강두봉: 이제 팔십 다섯, 여섯.] [조사자: 몇 년 생이신 거죠, 그러니까?] [강두봉: 그게 인제 호적 나이론, 여섯. 이제 그냥, 진짜 나이는 팔십 여섯인디, 아무래도 그 시절에는 학교 들어가져 놓으니까 두 살을 밑에 내.] [조사자: 몇 년에 태어나셨어요?] [강두봉: 86으로 들어갔어.] [청중: 네?] [강두봉: 어?] [청중: 몇 년 생임수꽈?] [강두봉: 뭐?] [청중: 몇 년에, 몇 년도에] [강두봉: 우리?] [청중: 응.] [강두봉: 27년도.] [조사자: 27년? 아–.]

[조사자: 저희가, 그 한국전쟁에 관한 어르신들이 경험하시고 그러셨던 이야기도 듣고, 또 제주도는 또 4.3 이야기가 있으니까 그 이야기도 듣고 해서 어르신이 경험하셨던 것들을 이제 편하게 이야기 해주기면 되거든요.] 그런데 제주도 말로 하면 잘 알아들을 수 있어? [조사자: 제주도 말로 하셔도 돼요.] 예. [조사자: 그렇게 해야 편안하니까, 그러시죠?] 응. 편안하지. [조사자: 편하시게 말씀하시면 저희가 알아듣는 만큼 알아듣겠습니다. 이제 할머니가 좀 말씀을 해주세요. 그 이야기들 해주시라고.] 응. 할아버지 고는 대로 자 통해 드리자. [조사자: 예, 예.]

그때, 그때는 어릴 때니까, 나보단 할아버지가, 다섯 나가 밑에니까 난, 이 할아버지는 그때 중학원에 댕길 때야. 인제 보건소 허는 자리가 저 조천중학원이라 났어. 거기 1회야, 할아버지가. [조사자: 조천중학교?] 예, 조천중학원이라고 얘기해. [조사자: 중학원?] 응. 그 거기 1회라나거든? 게난 우린 어린 때지. 게난, 겐디 그 시절에 우리도 막– 그냥 고통 받았거든, 어릴 때라나도. [조사자: 그럼 할머니 경험도 얘기해주세요.] 뭐–, 할아버지, 할아방 말이나 나 말이나 똑같으지. (청중 웃음) [조사자: 그래도 살아온 게 다르시니까.] 응. [조사자: 전쟁 때 이야기 기억나는 거 있으시면 좀 해주세요.] [강두봉: 뭐래?] 그 옛날에 4.3 사건 때, 어떵– 어떵해내 혼 거 골아내겜수게. [강두봉: 어떵 혼 거?] 응. 중학원에부터 댕견 어떵– 어떵 혼 거.

이 할아버지가 그 중학원에 댕길 때, 이 담임 선생이나 거기 이제 그 선생님들이 다 그, 그 물을 먹은 어른들이라. 게난 선생님이 그 학생을 다– 걷어와서 저 한라산에 올라갔거든요. [조사자: 4.3 때?] 4.3때. 그때 그 시작, 4.3 사건 시작이 나니까 이제 기영 혼 거라, 이 할아버지가. 그때 가내 행방불명됐어, 이 할아버지는. 게난 이 할아버지가 혼 스무 살, 혼 스무 살이나 되사 이제 어머니도 그때 그내 돌아가시고, 총 맞아내. 아들이 어따고 해내. 게난 그게 동네사람이,

"할머니네 아들은 산에 올라갔다."

그랬다고, 그렇게 고발해부니까, 그냥 어머니를 심어다가 그냥. 그러 우리 시어머니가 돌아가신 날은 음력으로 정월 초사흘 날인데, 에– 혼 60명이 죽었어. [조사자: 그 날 한꺼번에?] 응. 이 이 바로 이 파출소 앞에 밭이서. [조사자: 가족들이 산에 올라갔다고?] 응, 응.

가족은 왜 올라갔냐면, 이제 이 이 조천 가름에 사는 사람이고, 이제 이 저기 저 짝 사람들이 [강두봉: 조천 사람 싹– 다 올라갔지, 뭐.] 무조건 이제 자기네 말을 안 들으면 반동이다 히영 죽이고, 저짝에 말을 들으면 여기서는 폭도다 히영 죽이고, 양쪽으로 그냥 말른 거라, 사람들이. 그러니까 이디도 못 붙으고, 저디도 못 붙으고, 게난 목숨을 이제. 그때 습격이 들었어, 이 조천에, 요디 지서에. 습격이 드니까 그냥 무조건 사람들을 다 몰아가버렸어, 아이고 어른이고. 아이고 어른이고 다 몰아가내, 이제 그러니까 몰아가고 자기네는 숨어불고.

이제 이 조천 리민들은 이제 갈 데 올 데 읏으니깐 그 산간에, 산간에 올라간 이집 저집 간 이제 묵었다가, 뒷날, 뒷날은 이제 다 곱아서 이제 집에 내려왔거든. 이 집 탄 사람들은, 이 근방에 집은 다 타불고. 저 폭도들이 와내 그냥 불질러버렸거든. 게난 다 타불고, 이제 내려오니까 무조건 심어난 다

죽여부는 거라, 그 경찰에서고 군인에서 나와내. [조사자: 그러면 어디다 다 모아놓고요?] 응. 그냥 무조건 나오라고 핸. [조사자: 그래서 어디서?] [강두봉: 죄다 요.] 죄가 있씻든 엇든, 아이고 어른이고, [강두봉: 무조건 이라, 그건.] 그냥 무조건 심어다가 이 파출소 바로 앞에서 그냥. [조사자: 파출소요?] 응. 바로 그냥 탁- 다 죽여분 거라. [강두봉: 거기서 사람 죽었지. 그 저 파출소 앞이랑 저…….] 거기서도 죽고 또 딴 디서도 죽고, 그냥 무조건 심어다가.

게난 기영해도 살아남은 사람은 이제, 그 고비를 넘으니까 이제 이때까지 살았지. 이때까지 사는 거 그때 산 사람들 거지반 다 돌아가셨어, 이제. 우리 할아버지만 살았지, 이 할아버지 동창들은 다- 죽어나 하나도 엇어. 이 영감만 살았지.

[2] 4.3 때 경찰에 동원되어 보초를 서다

[조사자: 그때 할머니는 이쪽 마을에 사셨어요? 아니면…….] 내 이 마을에. [조사자: 같은 마을에 사셨어요?] 같은 마을에 살다가 이 할아버지가 그 4.3 사건 넘언 이제 군대를 갔거든, 군인을, 6.25 터지니깐 군대에 가서, 휴가 왔다가 나하고 결혼했지. [조사자: 그때 4.3 났을 때 할머니는, 할머니도 그 산으로 올라가셨어요?] 아니, 우리는 아무 뭣이 없었어. 우리는 나도 어려불고 아버지는 인제 워낙 그걸 반대허거든. 친정아버지는 워낙 성격이 이제 괄괄해서, 기면 기다 아니면 아니다 하니까 매일 저녁 그냥,

'이 날이나 와 그내 경찰들이 왕 죽일 건가, 저 날이나 왕, 군인들이 왕 죽일 건가?'

그러면서도 죽진 안 했거든. 그 시달림을 해도 그때 우리 식구는 아무 일도 엇었어. [조사자: 그럼 할머닌 그때 여기 마을에 남아계신 거죠?] 예. 우리, 우리들은 이 마을에. [조사자: 그러면 그때 이렇게 막 마을 사람들이, 뭐 이제 경찰들이나, 형사들이나, 군대에서 와서 죽일 때, 그때 할머니도 보셨어요?] 매일 보지.

사람을 끌어가는 거 매일 보지.

게난 그 시절에는, 그 4.3 사건 때에는, 이제 그 흔 열 다섯이로 우에는 다 보초를 서라고 했지, 이게 성 쌓아놓고. 이 마을에 큰 성을 쌓았어. [조사자: 마을 주위로요?] 응. 마을 주위로 멍- 둘러, 이디서로 한 100메다 이상 거리 두고, 이제 돌을 매-일 지어다가 그냥 성을 흔 1메다, 흔 2메다 높이로 그 성 쌓으니까, 어디 가도오도 못 ᄒᆞ고 이 안에서만, 그냥 그 성을 여자고 남자고 열다섯 우엣 사람은 다- 보초를 섰거든.

'폭도가 내려오느냐 어떠느냐.'

ᄒᆞ고. 그래 우리도 그 나가 한 열일곱 세에 보초 섰주게, 매일. 그냥 그 밤이면 보초막에단 보초 서났주게. 기영ᄒᆞ당 그, [조사자: 산에서 내려올까 봐요?] 산에서 내려와 그낸 습격 들올까봐. 이제 내려와 가맨 이젠, 이 지서에 내 연락하면 이젠, 저- 시에 경찰로 이래, 그때 군인이 저 함덕 주둔해났주게, 군인들이. 게난 그리 연락ᄒᆞ난 그냥 와 뭐 그 꼴로 해낸. 게난 보초 서났주게. 게난 보초 서당 보맨 매일 사람을 심어다가 그냥 갖다게난 죽여불고, 몇 대가리씩 심어다가 막 때리고 죽이고 기영 해. 기영 우리 눈으로 매일 봤주게.

[조사자: 그때 할머니 연세가 어떻게 되셨어요?] 이 나가 흔 열아홉에나 열여덟, 그 지경. [조사자: 되게 그런 기억도 많이 남으시겠어요, 보셨던 것들?] 아이구-, 그때 해난 생각ᄒᆞ민 몸써리가 나, 몸써리가 나. 무조건 그냥 사람을 심어다가 죽이니까. 죄가 시엇든 엇든 나오라 하면 거뿐이라, 그냥. 와서,

"나오시오!"

하민, 나가면 그냥 죽여불고.

[3] 운동화 신은 인민군을 목격하다

[조사자: 할머니 혹시 직접 폭도를 보신 적 있으세요?] 폭도는 뭐, 우리나 그

냥 같은 다 사람이니까, 그냥 폭도, 이짝 뭔 사람이 차려입은 거랑, 이거랑 똑같은 거 입고, 겐디 이북서 내려 온 사람은 틀려. 이북서 내려와내 그 산에 올라간 사람은 이제 군복 입고이 이제 신도 보민, 우리 제주, 저- 한국 군인은 군화를 신는디 그 사람들은 지까다비를 신어. [조사자: 지까다비요?] 저 이제 같으민, 나 고는 말은 저 일본 말인디, 운동화라도 요렇게 저 뭔 저 발 돋은 뭐, 요 발가락 난 운동화 있거든. [조사자: 아, 발 나온 운동화요?] 응, 응. 그런 것도 신고, 그냥 운동화도 신고.

계난 우리 그 군인은 군화신구 철모씨구 게 하는데, 그 사람들은 철모도 없고, 총을 멘 거 봤어, 총을 메고. [조사자: 여기 내려왔을 때 보셨어요?] 응. 총을 메고 또 옷은 그냥 보통 우리 입는 옷 같으겐디, 발을 보면 알아. [조사자: 아-, 발을 보면 알아요?] 응. 발을 보면

'아! 이 사람은 이북 군인이구나.'

해요. 발을 보면 알아져. 군화가 없거든, 그 사람들은. 군화를 안 신고 그냥 운동화만 신어. [강두봉: 군화가 없어요, 그때.] 우리 저 한국 군인은 잘나나 못나나 군화신고 군복입고 철모를 씨니까 군인인 중 아는디, 그 사람들은 총 멘 거 보면 이상혀. 발을 보면 이영 보면 운동화라고. [강두봉: 총도 그저 가짜 총들 메더라고.] [조사자: 가짜 총이요? (웃음)]

[4] 입산자 중 남편만 살아남다

그냥 이제 그 이제 이 이디서 중학원 ᄒ는 그 선생님이 이덕구, 이덕구, 김대진이, 그 어른들이라. 긴데 학생을 한 50명? 한 50명 돼나수꽈, 그때? [강두봉: 50명? 60명이라, 60명. ᄒᆞᆫ 학급에 그때 뭐 그 30명쓱. 1학급, 2학급, 3학급 있어났거든, 그때. 1학급은 이현명이 거 있어주게. 또 1학급은 또 저 뭐 그 연욱이네 그 이제 말하믄 선배지, 후배지, 후배라.] 후배? 연욱이네? [강두봉: 응. 가애는 1학년이라 그러지. 가애들은 서른 사람, 30명, 우리

는 20명.] 다 죽었어, 그때 다. [조사자: 선생님 따라서 올라가셔서요?] 어, 어. 다 죽었어. 이디 내려와도 또 그 저 산에서 군인들한테 다 잡혔거든. 게난 저 형무소에가 하도 뚜드리니까 그 털로 다 죽었어. 다 죽었어.

겐디 그 시절에 살아남은 사람은 이 영감뱃이 없어. 이때까지 산 거라. 이제 우리, 그때 이 우리 영감 그 동창들 하–나도 없어. 게난 우리 동네사람들 멩 진 할아방이라 다 그래요. 그냥 다 그 매 맞은 털로 이제 어쩌다가 게다 병들어 죽었는디, 산에서 살아나온 사람은 이 영감뱃이 없어. 겐디 그 시절에 이제 산에서 군인한테 잡혀서 이, 기영해난 거기가도 뭐 연락을 ᄒᆞ나 무시걸 안 혀고.

우리 이 영감은 다섯, 다섯 세 나니까 우리 시아버지 시어머니 네가, 저 너무나 이제 저 가난해도 아들이 외아들이니까, 다섯 살 나난 해, 그 이제는 학교가 있지마는 그제는 서당, 이제 같으면 뭐 하늘 천 따 지 ᄒᆞ는 그 그런 한문 공부를 다섯 살 나니까, 이제 그 공부를 배와줬주. 무스게 게난 이 할아버지는 눈이 아니 어둡고 누게 사람 있어시면, 어디 공무원을 ᄒᆞ나 아무거나도 홀 건디, 부모가 양 부모가 다 돌아가셔불고 아무도 엇시니까, 누게가 뒷받침 홀 사람이 아무도 없어. 그러니까 일도 할 줄 모르지. 아무것도내 홀지 모르니까, 나 하나 게나 노력해서 우리 식구가 다 살았거든, 여덟 식구가. [조사자: 할머니 6남매 두셨어요?] 응, 응, 6남매.

[조사자: 할아버지는 거기 그 잡고 어디…….] 잡고 이젠 그, 그 형무소에간 가보니까, 이제 그 밑에 어느 사람이 가보니까 그 선생님이 있더래. [조사자: 선생님 잡혀서?] 응. 선생님들도 잡히니까,

"저 사람을 알아지?"

그네는,

"우리 선생님입니다. 담임선생님, 우리 학교에 선생님입니다."

하난에, 그 선생님은,

"저 학생 알아지?"

그네는,

"나 가르치는 이제 학생입니다."

게난 그때 그냥 무석방해 나왔거든, 할아버지가. 게난 그로 이젠 아무 일도 어시 뭐, 다른 사람들은 그런디 갔다 온 사람은 매-일 오라 가라, 오라 가라 해도, 이 할아버지는 혼 번 잽혀 가질 않으고, 그냥 있다가 6.25 터지난 군대 간. 군인도 혼 7년인가 8년인가 살아실 걸, 우리 할아버지가?

[5] 남편이 한국전쟁 때 11사단에서 복무하다

[조사자: 군대를 어디로 가셨어요?] 군대 어데 가읍데가? [강두봉: 어데?] 군인, 어데, 어느 쪽에 가읍데가? [강두봉: 검봉산 밑에.] [조사자: 어디예요? 제주도에?] 육지. [조사자: 육지에?] 강원도 어디 쪽. [조사자: 강원도?] [강두봉: 11사단이, 11사단은 전부 저 뭐 동부, 중부 다 있어놨어. 저- 서방 산으로 있어놔 게 저- 어디까지 뭐라, 전부 있어놔, 줄-줄. 사단이, 11사단이. 게난

이쪽도 바다, 저쪽도 바다에네, 이쪽에부터 공비토벌 ᄒᆞ내랜 들와, 반쯤 냄기고. 바로 또 전방에 나가고, 기영 해냈다주게, 우리 군인들은.] [조사자: 할아버지는 인제 전방에 이쪽 설악산 밑에서 그 쪽으로 가신 거죠?] 응, 요 전방에서. [조사자: 거기서도 되게 고생 많이 하셨겠어요?] 고생만– 고생만 ᄒᆞ고 살았주, 뭐.

계난 이 할방은 이 제주도 살아도 농사도 질 줄을 모르고, 그 아, 우리 시아버지 네가 너무나 이 아들 하나 보니까 그냥 이렇게 요로게 늘 상 대하니까, 일도 할질 모르고 아–무 것도 ᄒᆞᆯ지 몰라. 글밖에 ᄒᆞᆯ지 몰라낫어, 이 할아방은. 겐디 그 글을 팔아먹을 수가 어섰주게, 시국을 잘못 만나니까. 계난 이제도 아들이고 동네사람이고,

"아유– 저 할아버지 좋은 글……."

이제 이섰시민 얼마든지 써 먹을 글인디, 50대나니까 눈이 어둑어불고, 어디 또 그때 누게가 어디 임시 저 70대까지라도 어디 서무과에, 이제 병원 이렇게 가니까 눈이 검사하니까 아니야. [조사자: 안 보여?] 안 보여. 기영 그때부터는 들어앉았지.

[조사자: 어르신, 군대 가서 그 이제 그 경험하신 거, 고생하셨던 이야기들도 좀 해주시라고 해주세요.] 군대 가놔 그 고생ᄒᆞᆫ 말 골으래낸수다. [강두봉: 무스게 ᄒᆞᆫ 말?] 군대 가내 어떵– 어떵 핸 살아온 말 골으랜, 고생ᄒᆞᆫ 말. 어디서 근무 ᄒᆞ고, 어디서 ᄒᆞ연 살안 지낸?

[강두봉: 그거 뭐 국방부에 가난 다 나오주게. (청중 웃음) 여기서 골아봐야 필요 어서. 국방부에 다 적어져 있으니까이. 201조라는 것이 우리 군대 가믄이, 소총 가오란 말이야. ᄒᆞ믄 201조래는 걸, 족보를 받아. 기영ᄒᆞᆫ 그 족보로 ᄒᆞ연 뭐를, 나 나올 때까지 족보가 있주게, 그냥. 나올 때 제대해보믄 말이야, 제대해믄 족보가 엇어지고, 이 군인 족보. 족보 어쨴 그거 제대ᄒᆞ기 전엔 족보가 있주, 그냥 그 군인.]

[조사자: 그럼 어르신 전쟁터에도 가셨어요?] 전쟁터에서만 살았어게, 서부

그냥. 이승만 박사 이신 데서 뭐 상도 타고. 게난 무궁화, 어 저 훈장도 다 있주, 이 할아버지난. [조사자: 그러니까 그때 전쟁터에서 경험하셨던 이야기들이……] 전쟁은 저기 또 간 막. [조사자: 국방부에는 안 써져있으니까. (웃음)] 응.

[6] 강두봉: 중공군과의 전투에 참전하다

전장터 애기ᄒ민 그 검봉산, 그때 우리 거기를 지켰주게, 검봉산. 가애들 오지 못 ᄒ게. ᄒᆞᆫ 번은 뭐라 저 뭐 짱꼴라, 장꼴라주게. 그디서 우리 군인서,

"짱꼴라 올라온다!"

해는 거여. 짱꼴라는 그거 중국, 중국 놈, 중국 군인이예요, 그게. 참- 그것들 아닌 게 아니라 사람은 많으긴 많은 데라, 중국이. 사람, 무스게 사람, 왜내 뭐 ᄒ믄, 총 하나 앗으면이 사람 다섯이 총 하나에 다 따라, 그 놈들은. 좌우갠 뭐 그 뒤에선 막 야단치고 말야, 뭐 막 걸고, 춤추고 뭐 막 ᄒ고. 앞인 말야, 기영 ᄒ는 거 보민 이, 앞이 또 와게 또 총으로 총질 어찌 히연, 그놈들. 저- 기영 사람도 많이 죽었어, 그쪽에서.

[조사자: 할아버지 뭐 일반 보병이셨어요? 아니면 포수 쏘셨어요? 어떤 거 하셨어요, 군대에서?] 뭐? [한계순: 군대에서 무시건 ᄒᆸ대겐, 보병이우꽈, 포수 ᄒᆸ대겐? 그럼수다.] 내? [조사자: 예.] 우린 가난, 고 가난에, 분대장 핸 이, 분대장 하난 내 겐, 아이 이놈의 거를 분대장이 뭐이니 내 알 게 뭐라. (청중 웃음) 게난 분대장 핸, 내 이제 뭐 그 1개 소대 조랑 늘 싸움 ᄒ러 가고, 밤이 낮이 어서 거긴, 군인은. 저 명령만 내려오민 말야, 그 밤이고 아침이고 저녁이고 어시 그냥 출발해주게. 난 뭐 거 그래서 뭐 허당 죽은 사람도 많어. 우리 앞쪽에서, 바로 앞에서 칵- 총 맞앙 죽은 사람천지에가 많여라. 그래도 어떵- 어떵 살아나요, 여것은. 아니 탄알이 오다 마내 산에 가부러낸, 그거. (청중 웃음) 아 맞질 않여. (청중 웃음)

[7] 한계순: 남편이 전쟁터에서 포로를 잡아 와 훈장 받고 신문에 보도되다

이 이, 이 할아방 동창들 군인 가낸 막 몬딱 죽고, 또 이 산에서 또 4.3 사건 때 죽고 ᄒᆞ난에 없어, 이제. 친구도 없고 이제 맨-딱 기양 ᄒᆞᆫ 두어 사람 이섰당 그 사람들 다 여디서 아판 죽고, 이제 어떵 해난.

[조사자: 할아버지 그럼 전쟁터 가셔가지고 다치거나 그러신 건 없으세요?] 그때 쪼끔 다쳤지마는 그냥, 총을 맞아 그낸 어디 영, 이런 디나 이런 디나 맞았시민 불구가 될 건디 그냥 밀침만 했대. 기영핸 에, 기영핸 아마도 전쟁터에 가내 포위당핸 다 죽는디, 다 죽는디 할아버지 하나 살믄서, 게 사람을, 포로를 하나 잡아 나왔대. [조사자: 아-, 할아버지께서요?] 응. ᄒᆞᆫ, ᄒᆞᆫ 50명이 죽는디, ᄒᆞᆫ 50명이 다- 몰술을 ᄒᆞ는디, 이제 이 할아버지는 포로를 한 사람 잡안 나오니까, 그때는 아마도 뭐이난 저기 그, 그때 나가 결혼해난 얼마 어신디, 이 동네사람들이 나보고 이제,

"너네 이제 남편이 막 신문에 보도 됐잰."

ᄒᆞ난, 중앙신문에 보도가 됐잰 ᄒᆞᆫ,

"그건 뭔 말이냐?"

ᄒᆞ난에, 이제 이영 기영 해내 이제 살안, 다 죽댄 자기 혼자 살면서도, 그 전장에 또 살아난 포로를 잡고 기영 해 나완 ᄒᆞ는디. 이제 사진에 보난에 이승만 박사 그때 대통령인 때낸에, 상 타는 그 사진도 나오고 다 했잰. 기영해도,

"에이-, 무신 기영 ᄒᆞ랴."

했신디, 휴가 받아난에 그때 기영해낸 휴가를 한 번 온 거라. 기영해서, 기영핸 들으니까, 기영핸 그때 무궁화훈장 타고 그런 모양이야.

[8] 결혼식만 올리고 전장으로 간 남편이 4년 만에 돌아오다

[조사자: 그러면 그때 이제 막 결혼해서 얼마 안 되가지고 할아버지께서 군대 가셨잖아요?] 아-유 결혼 ᄒᆞ기, 군대는 결혼 ᄒᆞ기 전에 갔거든. 결혼ᄒᆞᆫ 해 가서 휴가를 왔다가, 이제 우리 동네어르신들이, 이제 우리 동네가 다 우리 친정으로 다 쭉 거게, 옛날은 저 집안에 사람들이 다 ᄒᆞᆫ 동네 쭉 거게 살거든? 게나 이제 이 영감 누나가 하나 있어났거든? 이제 남매라난디,

"이제 우리 이제 동생 혼재, 휴가라도 오민 결혼해야 ᄒᆞᆯ 건디 어떵 ᄒᆞ난."

우리 그 친정에 할아버지들이,

"우리 손지가, 좋은 손지가 있으니까 이제 결혼시키자."

해난, 우리 친정아버지는 말다고, 집도 엇지, 집도 두 칸이난 집도 엇지, 재산도 엇지, 형제간도 엇지, 친척도 엇지, 다 죽어부니까,

"아무도 엇는 디가 어떵 사난?"

해. 게난 우리 그 친정할아버지가 ᄒᆞ는 소리가 이제,

"저 아이가 워낙 부지런 ᄒᆞ고 착ᄒᆞ니까 남편 하나 이제 그 거느릴 순 이시니까 결혼을 막 시키라."

ᄒᆞ는 거라.

기영해 이 영감이 너무너무 착ᄒᆞ요. 너무너무 착ᄒᆞ요. 싫은 소리도 안 혀고, 그게 저 농사일 그런 거는 ᄒᆞᆯ지를 몰라도 다른 일은 잘 ᄒᆞ거든. 인자 뭐 뭐, 그냥 집이서 ᄒᆞ는 거. 게 누가 와그낸 이제 뭐 해주랭 ᄒᆞ민, 읍사무소를 가나 어딜 가나, 그런 디라도 강 뭐 해달라민 우리 동네사람들 다 이 사람을 빌엉 ᄒᆞ고 ᄒᆞ니까, 너무 착ᄒᆞ니까, 이 남편 하나 거느릴 순 이시난 결혼시키랜.

억지로 결혼했거든. 게난 오늘 결혼ᄒᆞ니까 내일은 가부렸주게, 휴가 왔당. [조사자: 휴가 나와서, 잠깐 나와서 결혼하시고?] 오늘 지녕 결혼ᄒᆞ니까 내일은 가부런. 게난 4년 만에 또 휴가를 온 거라. (청중 웃음) 게난 난 봐도, 친정에

살았거든, 친정에. 친정에 산디 우리 친구들 방, 나 이제 말 히. 서방이라고 와도 난 얼굴 몰르고. 봐나지도 않으고 ᄒᆞ니까, 나 잘 모르캔. 기영해났지, 나난.

[조사자: 그런데 왜 결혼이 하기 싫으셨어요?] 결혼은 같이 ᄒᆞᆯ, 살 희망이 엇거든. 뭣을 어떠– 어떵 핸 살아. [조사자: 그래서 안 할라는데 억지로 결혼을 시켰어요?] 응. 우리 친정아버지는 안 된다고 ᄒᆞ는디, 우리 그 친척 할아버지들이 안 된다고, 딸은 인제 스물 해 넘어가가맨 결혼을 시켜야지 아이 된대. 기영 무조건 그냥 억지로 그냥 갔어, 그때. 기영해도 제대핸 오니까, 같이 ᄒᆞᆫ 테 있으니까 너무 불쌍히서, ᄒᆞᆫ 디 산 거지. [조사자: (웃음) 살아주신 거예요?] 너무 불쌍ᄒᆞ영. 같이 ᄒᆞᆫ 테 이시니까게. 부모도 엇고, 누나는 그저 본숭만숭 ᄒᆞ고.

우리 딸들 ᄒᆞ는 거 보민, 우리 딸이 이제 큰딸이 쉰여섯이주게? 큰딸 하나랜 온 식구가 다 산대나난. 우리 큰딸이 이제 학교를 못 가 나오니까 중매가 온 거라. 재일교포가 왔네. [조사자: 재일교포?] 어. 게난에 재일교포 저 중매 오니까, 난 고생 ᄒᆞ멍 키운 딸을 이제 먼 데 안 보내키나난, 막– 그냥, 그디 서가 자기네 집에 오맨 이제 편안ᄒᆞᆯ 거고, 이제 부자고 ᄒᆞ니까 막, 아니가키 막 울멍 ᄒᆞ는디, 내가,

"너가 강 성공ᄒᆞ간 형제간이를 살리라."

우린 가난하니까, 우린 너무나– 너무나 가난했어, 우린. 게난

"너네 이제 오래비들이영, 동생들이영 이제 살리래난 결혼해영."

일본교포ᄒᆞ고 결혼ᄒᆞ니까 쏙아서 간 거라. 이제와 같으민 베트남 여자, 어디 뭐 캄보디아 사람 ᄒᆞ여 오듯, 일본서도 우리 딸을 그짝키낸 히간 거라. 게난 이제 사람들은, 불 살르게 그 사이, 분핸 돈도 받어. 무신 우린 그런 것도 없고.

결혼시키자 지낸 해 그냥 강 ᄒᆞ난. 부잿집인 부잿집이 아들이라도, 막내아들인디 열 살 우에 남편을 낸 간디, 골프나 치래 댕기고이, 술이나 먹으래

댕기고이, 놀음이나 ᄒᆞ고이, 그랜 남자이신 델 간 거라. 게난 고생– 고생 ᄒᆞ단에, 이제 시어머니 시아버지 다 돌아가시고 그 형제간들도 그 재산을 놩 막 싸움만 ᄒᆞ, 9남매 막둥이로 간디, 우리 그 막둥이 메느리로 간디, 그 시부모가 다 돌아가시니까 그 재산을 놓고 막 싸웁드래. 게난

“나는 재산도 안 볼 거고, 우린 이만 나가겠다.”

해낸, 둘만 나간에 살다 남편이 음, 암을 걸렸어, 골수암을. 골수암 걸려낸. 아들 두 개 난디 골수암 걸련 죽어부니까 그 그때부터는 딸이 악–착 같이 돈을 벌언 집도 사고, 그 아들들, 아들 두 개 공부 시기고, 이젠 우리 큰아들을 데려갔어, 큰아들을 일본으로.

이제 우리 큰아들은 여기서 고등학교 못 간에 이제 군인, 해병대 군인으로 지원해 나갔어, 특수부대로. 특수부대로 군인 나간, 3년 살안 제대해오나난, 그때는 88년도엘 거라. 올림픽 그 할 때난, 그때 와낸 일본을 간, 이제 여기서 이젠 제주대학하고, 이제 못 가낸 일본을 간, 일본 가니까 누나가 일본 대학을 시겨줬어. 이제 그 일본 대학 나와낸 또 여기 왕 어델 가난고 ᄒᆞ난, 이제 영어를 더 배와서 고 대낸. 영어를 더 배우케내 이젠 호주를 갔어. 호주를 가 인제 공부해난. 또 이디 오니까 회사에서 그냥 데리가부런.

이제 중국말 알지, 영어 알지, 일본말 알지, 4국에 말 ᄒᆞ니까 이젠 데려간디, 한창 ᄒᆞᆫ, ᄒᆞᆫ 10년, ᄒᆞᆫ 18년 댕기닌까, 누가 그디 댕기지 만 장사 ᄒᆞ민 이제 돈을 번대. 게난 저 사표내난 장사 ᄒᆞ난 홀–딱 망해버렸어, 그냥. 생전 해놔지도 안 핸 그게, 게난 ᄒᆞᆫ 2–3억이 그냥 부도가 나분 거라. 게난 이제 놀았지 나난, 그 족ᄒᆞᆫ 공부 해놘에.

그러고 그 밑에 이제 동생들 다 불러다가 이제 일도 시기고, 왔다갔다 왔다가고, 우리 작은아들은 고등학교 못 가니까 이젠 저 군대 간. 군대 간 졸업, 저 그 아이도 해병대로 갔단 이제 제대해노니까 누나가 불런에 거기서 10년 살다 껄–련, 10년 사니까. 껄리난 이제 여기와낸 이제 그 일본서 안 여자이시니까 결혼해낸 애기 난. 그 애기 나가 이제 네 살 까지 키우니까 또 일본

데려가고, 아들은 인제 서울서 이제 일 댕기고 있지나난. 이제 새-, 아무래도 올 가을이나 되면 이제 일본으로 갈 거라, 이제 5년이 되니까.

게난 우린 그 큰딸로 온 식구를 다 살렸어, 큰딸로. 이제 동생들도 다 불러다가 공부시기고 다, 큰딸이. 게난 참 큰 딸이 이제도 장사를 ᄒᆞ거든. 아들들만 장사 다, 다 장사 좀 ᄒᆞᆫ다 ᄒᆞ믄은 다 장사 밑천 대주고, 자긴 자기 이제 죽도록 먹을 거 벌어야 이제 산댄 이제 장살 해, 일본에서. 그래서 나도 왔다 갔다- 왔다갔다 1년에 ᄒᆞᆫ 번씩, 할아버지, 이제 손지 거북헌게네, 이제 가는 왔다갔다- 왔다갔다 해.

[9] 제주도로 피난온 사람들이 많았다

[조사자: 전쟁 중에 결혼을 하셨잖아요? 그러면 제주도는 전쟁 중에는 어땠어요? 그니까 할아버지는 이제 가서 전쟁터에 나가서 전쟁하시고?] 예, 나는 여기 있고. [조사자: 예. 근데 제주도는 그 전쟁 중에……] 그때는 4.3 사건이 끝나니까 조용했거든. 6.25 터질 때는 4.3 사건이 이제 뭐 ᄒᆞ니까, 4.3 사건이 이제 조용해갈 때주게. 게난 그때부터는 제주도는 조용했거든. [조사자: 전쟁 통엔 아무 일도 없었어요? 그냥 육지에서만 전쟁 일어나고 제주도에서는……] 응, 응. 이 제주도는 없단 말이주게. 육지에서 6.25 터지니까 이제 막- 그냥 토벌이 그냥 하니까, 암만 둘러간단 해도, 그 이북서 넘어온 사람들도 다 심어 가불고, 한라산에 숨을 수가 엇시니까, 다 데리가부니까, 조용했주게.

겐디 그 시절에 이제 쪼끔 그 붉은 물 든 사람들은, 왔다갔다- 왔다갔다 하면서로 더러 죽음도 했주게. 거게 다 죄 없이 죽은 사람들이지. 그 사람들은 뭐 몇 대가리 씩, 그 사람들 와내 그냥

"너네들 같이 협력 안 히면 뭐 반동으로 죽이겠다."

이것따나 ᄒᆞᆯ 수 엇시 그 사람들 말 들은 거쥬. 그 인제 죽은 사람들은 아무- 죄도 어신 사람들. 그 4.3 사건 끝나도 ᄒᆞᆫ 2-3년은 이제 멫 멫 사람이

심어강 죽었어. 저 경찰에서 심어가고, 군대, 군인에서도 심어가고. 겐디 그런 토벌이나 뭐 무시건 안 했거든. 무조건 그냥 나오라 해영 죽이진 안 힜거든.

[조사자: 그럼 전쟁 통에는 산에서 사람들이 살고 이런 건 없었나 보죠?] 이– 저 육지서 전쟁 통에? [조사자: 예.] 엇거든. 그때는 그땐 산에 사람이 엇주게. 뭔–딱 이제 소개가 되니까 아무것도 엇었주게. [조사자: 그럼 오히려 전쟁 통에는 제주도는 조용했었네요?] 응. 조용했거든.

겐디 그 피난민들 이제 6.25 터지니까 피난민들 많이 넘어왔거든. 그 사람들이 이리 왕 살잰 ᄒᆞ니까 고생했지, 이집 저집 다. [조사자: 여기 조천에도 들어왔어요?] 아이고– 아이고 그럼, 하영 왔지. 우리 조천에도 많–이 왔어. [조사자: 그럼 할머니 그때 보신 것 좀 이야기해주세요.] 응. 그때 온 사람들 뭐 보민, 이제는 이치록 이런 바지 입고 이제 했지마는, 바지들 입어났댜. 한복 저고리 바지, 남자들은. 고무신, 기영 신엉 와그낸 ᄒᆞ고, 또 쪼끔 산다는 사람들은 이제 보통 옷으로 입었는디, 잘도 고생했어. 이제 오민 집도 빌엉 살고, 그 사람들은 워낙 강ᄒᆞᆫ 사람이니까 일들도 막 부지런히 ᄒᆞ고, 그렇게 기영해놔 다 성공했어, 그 사람들은. 이 본토백이 보다도 더 부자가 됐자나난, 이제. 이 본토백이들은 이 그렇게 그치록 했이민 뭐 기영 우리 제주도라도 다 사주게. 제주 사람은 그렇게 안 햐.

[조사자: 아니 근데 뭘 해서 그렇게 돈을 벌어요?] 그저 돈 난다 한 일은 다 혀, 그 사람들은. 아무 일이라도, 장사도 ᄒᆞ고, 뭐 아무 일이라도 그저. 겐디 우리 이 조천도 많이 왕 살었는디, 다 성공해내, 그래 남ᄌᆞ들은 다 죽었어. 각시들도 다 죽고 이제 산 사람 몇 사람 없어. [조사자: 그럼 여기 지금 그 피난 와서 살고계신 분이 계셔요?] 이제 마을에 있지마는 다 저 시내로 나가불고, [조사자: 시내로요?] 응. 시내로 나가불고 또 그 남ᄌᆞ들은, 그때가 토벌대로 저– 이북서 온 사람들이 그 저 토벌대로 나갔거든. 겐디 이 조천 여자들은 인제 결혼해 애기 나멍 사는디 죽어버렸어, 다. 마누라들, 마누라들 멫 사람

있을 거라, 그때 온 사람들은 다.

[조사자: 그때 오신 분들이 여기 다 정착해서 사셨어요?] 응, 응. [조사자: 피난와서 육지로 가지 않고?] 응. 육지 간 사람은 육지 가고, 시내에 많이 나갔거든, 시내. 시내에 나강 살고, 또 여기 사는 사람은 ᄒᆞᆫ 네 사람인가 다섯 사람인가 했는디 다 죽어버렸어. 애기들 밲에 없어, 이제. 애기들도 다 시내에 나가고

[조사자: 주로 어디 사람들이 많이 왔어요? 뭐 부산 사람이든 전라도 사람이든?] 아니, 전라도 보다는 그때는 피난 온 사람들은 저– 북한서 넘어 온 사람들. [조사자: 북에서?] 응. 북한서 넘어 온 사람들. [조사자: 북에서부터 피난을 쭉– 해서 와요?] 응, 응, 제주도에. 뭐 어디 함경도서 오거랑 뭐 어디 평양에서 오거랑, 뭐 어디 저 저 개성서 오거랑 ᄒᆞ고. 막 그때.

게난 뭐 전라도 사람은 그냥 보통적으로 이제 여기 살래 많이 왔거든, 제주도. ᄒᆞᆫ 절반이라 될 거라, 이젠. 제주도에서 절반은 전라도 사람이 되놔. 겐디 다– 성공했어, 그 사람들이. 잘 살아, 이제. 여기서도 뭐 과수원이 뭐 몇천 평이여, 몇 만 평이여. 뭐 잘 살아. 게 중 제주도 본토백이들은 다 육지로 나가불고, 서울로 어딜로 다 나가불고, 기영 못 살아, 못 살아, 이젠. 그 옛날 잘 살아난 사람들 다– 안 됐어.

옛날 이 조천에서도, 이제 옛날, 옛날 옛적에 그 우리 한국하고 일본하고 합방해그내 이제 ᄒᆞᆯ 때, 일본 놈들이 이 제주도 올제, 이 조천 저– 아래 연북정 있거든? 연북정 아래 이제 부두가 있는데, 거기 와서 이제, 이제 배 대고 이제, 이제 살잰 ᄒᆞ니까, 이 조천에 그 유지 어른들이 빨갱이, 저 이 빨갱이가 아니고, 일본 놈들 뭣 ᄒᆞ러 여기 왔느냐곤 그냥 그 사람들 오니까 그냥 막 때리고 내쫓아버렸어, 붙으지 못 ᄒᆞ게, 조천을. 그렇지 않으면 이 조천이, 이제 시내에 그 부두이, 산지 부두가 조천이 될 뻔 했주게. 첫 번에는 조천으로 왔다고 ᄒᆸ디다, 어른들이 고는 거 들으니까.

게난 그 우리 이 조천지에 유지 어른들이 그때는 막 똑똑해났거든, 그 어른

들이. 그 어른들 자슥들이 다 빨건 물이 들어내 다 이북 들어가버렸어, 이제, 그 자손들이 다. 이제 이북가내 이제 살았재나난. 겐디 다 죽어서 멫 사람 없어, 이젠. 그때 간 어른들이, 자식들 뭐 데리고 가낸 사람 멫 사람 없어. 다 죽었지낸, 게.

그래 그 어른들이 이제 일본 놈들 들어왔이니까 그냥 막 나가랜 그냥 ᄒᆞ고, 그 일본 놈들 그 ᄆᆞᆯ 탕 칼 들고 그래해놨이난, 그 칼 빼 그냥 모가지 다 치고. 그 독립운동 해나난, 그 할아버지들이, 일본 가지고. 게난 그냥 나가낸 산지로 강 그 주캉을 만들었쥬. 게 아있시믄 조천이 막 번창할 건디, 그 때는 게난, 그 일본 놈들이 별명 지은 것이, '아다마노 조땐', 머리가 쎄대. 일본말로 머리가 아다마노 ᄒᆞ거든? 아다마노 조땐, 쪼땐 이난 건 조천이라고. 기영해내 이제 이름을 지았중 ᄒᆞ주게.

[10] 남편이 4.3 때 앞장서서 활동하다가 검거된 후 7개월 간 수감되다

[조사자: 그래서 할아버지 군대 가시고, 할머니는 결혼하신 다음 날부터 다시 친정에 식구들이랑 사시고?] 응, 응, 친정 살고. [조사자: 4년 후에 할아버지는 돌아오셔서 같이 사셨어요?] 응, 같이. 같이 이제 집도 아무 것도 엇고난, 너무 그, 이 방 보단도 더 ᄌᆞ은 방, 남의 집 빌엉 솥도 엇지, 숟갈도 엇지, 사발도 엇재난, 그 주인 할머니 그리 다 빌어낸.

게난 친정 어멍, 아버지는 그런 놈ᄒᆞ고 살아가지고 뭐 ᄒᆞᆯ 거냐고, 아무 것도 엇고, 이제 누나 하나 잇신 것도 동생도 잘 돌보지도 안핸 이제 사람을, 그런 집안을 누 집안이냐고 못 살게도 해. 너무나– 너무나 불쌍해서 나가나 몸 하나 희생해그낸, 이 사람ᄒᆞ고 살잰 해 살았지. 기영해 그 살멍 애기 낳고. 난 농사하고.

[조사자: 할아버지는 청년단 활동도 하셨다면서요?] 아이구–, 그건 뭐 최고지. 어디 가그낸 앞장 성 나갔잰, 그 4.3 사건 때도. [조사자: 4.3 사건 때도

요?] 응. 4.3 사건 때도 이 사람 말이라 ᄒᆞ면 아니 들을 사람이 엇어. 그냥 앞장 성 삐라 붙이래 막 돌아댕기고. [조사자: 고 얘기를 좀 해주세요.] 게난 그때 4.3 사건 때 삐라 붙이러 대니는 말 골으래낸수게. 게난 그때는 왜 하냐 하면은, 선생이, 중학원에 선생이 그 일을 ᄒᆞ는 어른이니까 그 선생 말을 들어야거든. 게난 삐라 붙이래믄 삐라 붙이고 그냥 기영했쥬나난. 그때는 앞장 성 돌아댕겼쥬나난.

그 어릴 때는, ᄒᆞᆫ 그냥 20대 아래에. 게난 조천 사람들 모르는 사람이 엇어. 기러고 그때 기영핸 살았는지, 이 할아방은 이때 까지 사니까, 아유– 할아방 다 골아. 그 시절에 그 활동 해난 할아방이, 그 거리낌 없이, 아이들이라도 누구라도 어디 직장을 가지믄 우선 신원조회를 ᄒᆞ거든? 신원조회 해도 아무 이상 엇시니까, 우리 아이들 직장에 탁탁 들어가니까 그냥, 이 머리들이 좋아, 아이들이. [조사자: 할아버지 그때 중학원 다니시고 하셨으니까 굉장히 총명하셨겠네요.] 기러고 그, 그 전에는 이제 ᄒᆞᆫ 다섯 살부터 서당에 댕기니까, 아홉 살 나니까 이젠 조천 학교 그 제국시절에 들어가지 못 해니까, 두 술을 내리와내 조천 초등학교를 들어갔잰, 그 어릴 때, 제국 시절이니까.

기영해도 그 그런 활동을 해영, 그 선생들 ᄒᆞ고 같이 달아댕겨도 그 신원조회도 걸리지도 안 혀고. 선생님들이,

“이 아이는 아무– 죄도 없고, 우리가 ᄒᆞ라 ᄒᆞ면 ᄒᆞ고 말라면 말았지, 이 아이는 엇습니다.”

하니까, 무석방해 나왔거든. 겐 하도 그때 가 뚜드려 맞으니까 이 머리 여기난 게난 눈이고 어디고 ᄒᆞᆫ 거라. 게난 수술도 못 ᄒᆞ는 눈이고, 이제도 와그 저, 아들이 와그내

“아버지.”

해도, ᄃᆞ만히 앉았다가,

“나 준표우다.”

그 족은 아들은 준근이고, 큰아들은 준표니까,

"준표우다."

"준근이우다."

해서 알지 몰라. 딸들도,

"아버지."

해도,

"누구냐, 누구냐?"

ᄒᆞ멍, 큰딸은 경자니까

"나 경자우다."

"양자우다."

"미자우다."

그치록 해사 딸도 알지 몰라.

[조사자: 그 산에서 잡혀와서 맞으셨어요?] 응. 산에서 잡히니까 형무소에서 기영 맞았지. [조사자: 그럼 얼마 만에 나오셨어요, 잡혀서?] ᄒᆞᆫ 6개월 삽대가, 형무소에? [강두봉: 어디? 형무소에?] 응. [강두봉: 그 딘 다른 형무소와 틀려. 헌병대 영창 안에 이, 그 뭐 아무도 못 들어가는 디 거기.] (청중 웃음) 기영 그 이덕구 그런 사람들 심어가는 디난게 바로 그냥, 이제 같으믄 중앙정보부 그런 디에 들어간 거지, 뭐. [강두봉: 7개월 살어. 다 여 갔다왔다 ᄒᆞ멍.]

[조사자: 어느 형무소로 가셨어요?] [강두봉: 7개월 살어야잰.] 어느 형무소가? 저 시내에 무신 형무소여난? [강두봉: 어디?] [조사자: 형무소 어디 가셨어요?] 형무소 어디 형무소 있는 디우꽈, 시내? [강두봉: 제, 제주도.] 제주도 형무손디 [강두봉: 그때는 형무소가 하나뿐이야, 제주도.] [조사자: 아-.] [강두봉: 형무소랜 건 말야, 엇어, 제주도엔. 헌병대 영창에나 그것이, 뭐 그, 제-일 말야, 죄 많이 지은 사람, 죄 많이 지은 사람들 뭐 잡아다내, 그때 들어가는 사람은 말야, 각오해고 들어가야 돼요.] 죽을 각오 해영 들어가야지. 게난 다 살아나오니까, 사람들이 야-, 그치록 해도 살앙나오니까 사람들이 [강두봉: 거기, 거기 가믄 말야, 5-6개월 살멍 그냥 사람이 사람 정신 안 돼요.

헌병대 영창이니까이, 헌병대에서 뭐 그, 오죽 말야, 지그끼리도 말야, 뭐 헌병대에 군인 뭐 심어난 말야 뭐, 거기가 그런디, 게난 4.3 일 훈 사람 뭐 오죽하겠어. 뭐 그냥 매-일 덕덕이라, 매일 덕덕, 거기서.]

[11] 똑똑하기만 하고 일 못하는 남편 때문에 홀로 고생하며 가계를 꾸리다

기영 거기서 석방해 나완 결혼해서 이제 우리 아이들 나고, 우리 세 번째 딸이 이제 고등학교까지 장학생으로만 했거든? 여상을 나온디, 이제 3학년 되니까 그냥 회사에서 데리가 부런게, 데려가니까 조천 사람들이 다 놀래 자빠진 거라. 야-, 그치록 해고 신원조회 해도 아-무 이상 없이 데려가니까 정말로 장ᄒᆞ대. 아- 할아방이 워낙 훌륭한 할아방이니까 자식들 밑에래도 기영 뭐 안 했잰, 기영 막 갔주게.

게난 이때까지 살아도 그런 뭣인 엇었주게. 뭐 신원조회 껄려가난 무시겐 안 했지, 딴사람 그만 안 해도 신원조회 걸려그낸 아들내미 암만 뛰어나도 좋은 대학을 나와도 신원조회 껄련 못 들어간 아이가 막 하거든, 조천은. 부모들 뭐 훈 걸로, 부모들 아-무 이상 엇시, 그 이제 그디 사람들 말만 들엉 아니 가믄 죽는다 해낸 올라간 죄 백에 없는디, 기영해도 다 붉은 금줄 쫙 쫙- 그스니까.

겐디 우리 영감은 그치록 그 청년 때 기영 돌아댕기고, 아니 돌아댕길 수가 없어. 담임선상이나 교장선생이낸 다 그 물을 먹은 어르신들이난 어떵 해. 선생님 말 안 들으믄 안 되고, 또 워낙 똑똑해 노니까, 사람들이 다 그냥 가난ᄒᆞ게 살아도 너무 무시거 ᄒᆞ니까, 사람들이 막 날 이 사람 이신디 결혼을 ᄒᆞ니까,

"야, 너는 똑똑훈 남편ᄒᆞ고 짝이 됐다."

난,

"아유-."

(청중 웃음)

아무 것도 안 해도 일만 잘했으면 왜 못 사느냐고. 나가 너무나- 너무나 괴로우니까, 첫째는 돈 있어야지. 어느 누구, 누구가 영 그낸 붙들러 주는 사람이 있어야지. 친정 부모들은 별로 친도 안 ᄒᆞ지, 자식은 그냥 6남매 낭바글바글 ᄒᆞ지, 사는 게 사는 게 아니라.

게난 나가 남자 ᄒᆞᆯ 일, 여자 ᄒᆞᆯ 일 가리지 안 혀고, 돈 난다 ᄒᆞᆫ 일은 다 힜어, 나가. 부지런히, 이 애기들 굶기지 말잰. 그때는 막 보리밥도 그릴 때거든. 보리밥이래도 삼시 나가 노력해그낸, 이 애기들, 아무집 애기는 굶었다 ᄒᆞ는 소리 듣지 말잰. 나가 일로 해그낸 돈 난다 ᄒᆞᆯ 일은 다 했어. 남자 ᄒᆞ는 일, 여자 ᄒᆞ는 일도 없이, 농사짓고, 밤낮을 가리질 안 혀고, 밤이고 낮이고. [조사자: 너무 고생을 많이 하셨네요?] 아-이구, 너무나- 너무나 고생 힜어. 그래 아이들이 알아줘. 아이들이 알아줘. 딸이고 아들이고 다- 알아줘, 이제.

[12] 입산 후 들키지 않으려고 산에서 숨어 지내다

[조사자: 그럼 어르신은 산에서는 얼마 만에 잡히신 거예요, 산에 가신지?] 산에 ᄒᆞᆫ, 산에 올라강 ᄒᆞᆫ 두해 있단 잡혔지양? [강두봉: 잡히지 안 혀고, 우리가 들어왔쥬, 그냥.] 그냥 저 자수현? [강두봉: 응.] [조사자: 아-, 그럼 산에는 얼마 동안 계셨어요?] 게난 얼만이나 삽대가? [강두봉: 6개월이잰.] 산에 가 6개월 삽대가? [강두봉: 아니. 갔다왔다 갔다왔다 ᄒᆞ지 뭐 그저 쭉] 그디강 뭐 왔다갔다- 왔다갔다 해내 6개월간은 살아도, 뭐 거기 강 연락을 ᄒᆞ낭 무시건 안 ᄒᆞ고 어느 굴에 들어간, 등사판만 글만 쓰고 오라 혀, 이 할아방은. [조사자: 등사판만?] 응, 응. [강두봉: 그 등사판만 하나 지어 댕겼쥬.] 등사판 댕기다그낸 어디 가믄 인제, 써그낸 바치믄 그 사람들이, 그 연락병들이 이

자리 가고, 저 자리 가고, 기영해난 그랬주게.

[조사자: 그럼 내려오시곤 괜찮았어요, 내려오셔도?] 내려와도 이 집엔 아니 오거든. 그 사람들 이신 데 가그낸 연락 받앙 아무 데로 오라 ᄒᆞ믄 강 있다가, 또 올라가고 기영한 그거 ᄒᆞ다게. 기영ᄒᆞᆫ디 그때가 마지막 돼가니까 군인들이 막 토벌을 나간. 사람들을 막 잡혔거든. 기영ᄒᆞᆯ 때 아무래도 자수해 내려와본지게. [강두봉: 아, 그땐 뭐 총토벌 있어놨어, 총토벌. 총토벌 해는 데…….] 제주도 쪽으로 막 토벌 해 올라강. [강두봉: 막 군인, 경찰, 뭐 민방위.] 민보당, 민보당, 특공대! [강두봉: 어, 민보단, 그 세 부대서 막 에와. 제주도로 말야, 신작로부터로 말야, 다 숨을려고 숨어도 다 잽히겐 해놨어. (웃음)] 그때 제주도 쪽에서 다 나서내 한라산을 이제 토벌 ᄒᆞᆯ땐디, [강두봉: 그때, 그때…….] 게난 그때가 [강두봉: 우린 그거 봉개로 내려왔어, 봉개로.] 봉개로? [조사자: 할아버지 그럼 산, 어디 산에 올라가 계셨어요?] 응? [조사자: 한라산 어느 쪽에 계셨어요?] 눈쏙이러 어느 갑대가? [강두봉: 응?] 한라산에 어느 디 가났수까? [강두봉: 우리 어시성.] 어시성. [조사자: 어시성?] 응.

[강두봉: 으이구-, 산에 강 무신 거나 있수까난? 그 기영 돌로 영 담이, 우리 나, 나 키도 요 밖에 안 해. 천막치고 그냥 나, 우린 말야, 그 저 저 우게 못 보게스리 위장 ᄒᆞ거든, 위장. (웃음)] [조사자: 어떻게 위장했어요?] 나무들로 땅 파놔그낸 영 막 갑빠 씌엉 그래, 아마도 그 나무를 끊엉 영 덖었을 테쥬, 비행기 못 보게. [강두봉: 기영 덖었어, 덖었어.] 기영ᄒᆞ고 그 시절엔 기영 해연.

[조사자: 먹는 건 어떻게 먹어?] 먹는 거는 그 연락병들이 다. [조사자: 갖다 줘?] 갖다 주거든. 쌀이고 고기고 어신 것이 엇어. 나도 그런 걸 봐나니까. [강두봉: 겐디 우리가 제-일 먼저 먹어. 연락이 제일 빠르니까, 우리 이신 디가 그렇다고. 잘못 ᄒᆞ믄, 큰일 보다가 홀티 잘못 ᄒᆞ믄이, 그 그 다음은 그냥 멸살되부러, 그냥. 연락도 안 해주고, 그런 건이. 그럼 굶어 그것들은.]

[조사자: 그럼 그 연락병들은 어디서 음식을 구해요?] 이쪽 이 가름에서. 이

조천이면 조천 리민들이 다 올리거든. 어떤 집안이라도 그 사람 말들 안 들으면 반동이다 행 무조건 막 그냥. [강두봉: 반동, 반동으로 해치지.] 이 지서에서 와그냰, 경찰들이 오나 군인들이 와그냰 뭔 심어당 죽여불고 ᄒᆞ니까, 이짝도 못 붙으고 저짝도 못 붙으고 ᄒᆞ니까, 순경들 말은

"예, 예."

해도 그냰 그 사람들 말 듣는 거라.

기영ᄒᆞ민 쏠이고 고기고, 돼지고기고 바닷고기, 이제 생선이고 다- 밤에 밤중에, 이 사람들은 암만 착해도, 도둑이 ᄒᆞᆫ 사람이 착한 사람 열 사람 맞싸우지 안히거든. 기여난 그냥 민-딱 올령 가거든. 기영 그걸 먹언. 게난 굶어, 굶거나 뭐신 안 혀거든.

기영ᄒᆞ고 산에 중산간 부락 다 불켜울 때, 불켜워 다 불카부내 해가지고, 중산간 부락 사람들 다- 협력을 ᄒᆞ거든. 안 혀민 그쪽에서 왕 죽여불지. 또 여기성 그쪽에 말 들었다고 핸 무조건 그냥 죽여불잖아. [강두봉: (웃음) 양쪽, 양쪽에서.] [조사자: 양쪽에서?] 양쪽에성 백성들이 막 그냥 하는 거라. 게난 이젠 이디 사람 이시낸 안 혔다고 이제 막 바리고, 저디 사람 말만 들은 거쥬게. 그냥 무조건 그냥, ᄒᆞᆫ 나이가, 연령이 ᄒᆞᆫ 20세 되기 전에, ᄒᆞᆫ 18세, ᄒᆞᆫ 17세만 넘어가멍 무조건 다, 여자고 남자고 그디로 활동을 했거든.

겐디 저 낭군도, 남원리-, 남원, 모슬포, 그 근방에 사람들은 그런 활동을 ᄒᆞ고, 또 먼 사람은 쪼끔 덜 했거든. 게니 그 그 활동한 마을은 다 그냥 불바다가 돼버렸거든. 다 군인들이 왕 불켜불고. 아니ᄒᆞ민, 자 저딧 말 안 들으민,

"농자들은 반동이다."

핸 왕 칼로 찔러불고, 죽여불고. 또 여기서 이젠 이딧 말을 들으민 또 이젠,

"폭도 말 들엉잰?"

핸 이제 심어당 막 죽여불고난, 양디에서 ᄒᆞ난, 이 이쪽에 사람, 이 군인이나 경찰 말ᄒᆞ난 듣고, 저짝에 사람 말 ᄒᆞ믄 듣고, ᄒᆞ루라도 살아남잰 ᄒᆞ민.

[조사자: 그러면 몰래 인제?] 몰래 했지. [조사자: 음식 주다가 걸리면] 걸리면

무조건 죽는 거쥬게. [조사자: 경찰이 더 안 무서웠어요?] 경찰이 무서웠지마는, 좀 사람이 하지 안 혀거든. 게 조천 같으민, 조천 지서에 뿐이지 뭐, 이 그 사람들은 훈 집에 훈 두 명은 다- 올라갔거든, 아들딸 이신 사람들은. [조사자: 아-.] 기영ㅎ니까. 기영 안 히믄 식구가 다 전멸홀 건디.

[조사자: 혹시 주위에서 이렇게 몰래 음식 주다가 걸려가지고 이렇게 경찰에 끌려가거나 그러신 분 없으세요?] 기영ㅎ믄 그 자리에서 죽쥬게. [조사자: 그 자리에서 죽어요?] 응. 그 자리에서 죽어불쥬게. 게난 뭐 밭에 가는 척해서 이 조천 사람들도, 밭에 가는 척해서, 밭에 점심 줭 가는 척ㅎ고 기영 강 그디 강 바치고 그래. [강두봉: 그거 어디 갖다 노믄 가져갔다가.] 어디 갖다 놨으니까 이제 가져가라 핸 연락을 ㅎ민 또 그 사람들이 왕 가지고 가고. [조사자: 그 연락병들은 여기 살고 있었어요?] 응, 여기 사는 사람. 이 마을에 사는 우리 같은 사람들, 다.

[조사자: 그럼 삼촌 집에도 그거 받으러 왔어요, 먹을 거?] 우리, 우리 친정엔 그런 것이 어시니까 뭔 그런 건 모른디, 나가 기영 ㅎ는 걸 눈으로 자꾸 보니까. [조사자: 자꾸 보여? 응-. 그래도 그걸 경찰에다가 알리지는 않고? 알리는 사람은 없어요?] 알리지 안 혀지난. 알리면 동네서 다 죽을 건디.

[13] 피난민들에게 먹을 것을 나눠주고 거처를 제공하다

[조사자: 혹시 전쟁 통에 피난 온 사람들하고 혹시 뭐 사이가 안 좋다거나 그런 일은 없었어요?] 다- 이 [조사자: 외지에서 사람이 와서?] 외지에서 와도 그치록은 안 혀. 다 그냥 밥이라도 했다가,

"이 밥 먹어라."

현 주고, 또 쌀이라도 불쌍해서

"이거 같이 먹으라."고.

요 동네 살아도 그런, 뭐 싸웠거나 그건 안 혀, 그땐. 그 이제 같았시믄,

그때도 옛날이니까 인심이 좋았거든, 제주도에 사람들은. 이제 먹는 밥이라도, 보리밥이라도 다 형 나눠 먹고.

[조사자: 그럼 그 피난민들이 오면 어디서 지내, 어디서 살아요?] 집을 빌엉 살았지. [조사자: 집을 빌어서요?] 어, 어, 이런 집. 뭐 어느 족은 방에 뭐 ᄒᆞ거더나, 이제 빈집들, 이제 불쌍해서 다 집들 빌려줬거든. 게난 다 자기만씩 노력해서 살았지. [조사자: 그니까 그냥 빌려주는 거예요?] 어, 어. 그때는 뭐 세도 엇이 그냥 기영 핸 살았지.

[조사자: 그럼 할머니 집에도 어디 같이 살았어요? 피난민이 그렇게 같이 산 적은 없어요?] 우리는 집이 크지 안 히니까, 우리 옆집에 오미, 나가 밥을 ᄒᆞ다가 어머니 모르게 쪼끔 뭐 퍼다 줬어, 불쌍해서. 어머니 모르게 밥도 그냥 그냥 퍼다 주고, 쌀도 어떤 땐 그냥 갖다주고 기영했쥬게.

기영ᄒᆞ난 이제나 그제나 우린, 아버지-, 우리 친정아버지가, 나가 한씬디, 이제 우리 집안에선 우리 아버지가 종손이거든. 그러니까 제사 명절을 많이 ᄒᆞ거든, ᄒᆞᆫ 20번이, 제사 명절을. 기영핸 이제 나가 이제 그 아버지네 그 ᄒᆞ고, 뭐 친척들 맞앙 뭐 ᄒᆞ는디, 우리 아버지가 그런 나눠 먹낸 사난, 부모 실하에 살 때부터 없는 사람을 영 구호 해는 걸 봐니까, 이제도 난 그래요. 이제도 어떤 음식이라도 ᄒᆞ민 늘 넘을 해영 드리고, 농사라도, 나물을 갈았던 이제 마늘을 심겄던, 아무거래도 이젠 많이 해 낭,

"이거 가지다 먹읍써."

가지다 주고. 좀 나가 막 ᄒᆞ거든. 우리 동네 어른들은,

"저 할망은 써가 빠지게 핸 넘 다 줘분다."

핸, 기영 골쥬게. 일생을 그런 걸 배와니까, 부모 잇실 때서로, 음식 ᄒᆞ멍 나눠 먹는 거. 그러고 나가 너무나- 너무나 가난하게 살아나난, 그 엇는 사람 보민, 나도 못 살지마는, 엇는 사람을 보민 도외고 그래. 모함 밖에 안 나. 지나가는 사람이라도, 영 넘어가민, 제주도 사람은 보통 인ᄉᆞ가, 저 친척이랑 누구 오민,

"어서 들엉 밥 먹엉 갑서."

그것이 인ᄉᆞ라. 게난 난 어떵 그 고학생들 뭐 팔러 오민 우선,

"너 밥 먹었나?"

"예. 먹었어요."

"뭐 먹었나난?"

"라면 좀 사먹었습니다."

ᄒᆞ민,

"나 밥 주니까 밥 먹엉 가라."

"아이고- 안 먹현 ᄒᆞ요."

ᄒᆞ민 나가 돈을 줘쥬게. 돈을 2천 원이낭 3천 원이래도,

"이 가서난 라면이라도 사먹어라."

기영해난 ᄒᆞ거든, 그냥 보내불지 안 혔지나난.

나가 너무나- 너무나 가난ᄒᆞ게 살고, 그 가난ᄒᆞᆫ 사람 그 속을 다 알아지거든. 우리 친정 부모들은 그저 잘살지도 안 히고 못살지도 안 혀고, 보통 살았거든. 남 잇신 디 이제 꾸레도 안 가고 빚으래도 안 가고, 우리 냥으로 노력ᄒᆞᆫ 걸로 먹고 돈도 그냥 노력ᄒᆞᆫ 걸로, 이제 아버지가 영 손에 쥐영 남 줘도 주고 기영ᄒᆞᆫ 살안. [조사자: 그럼 할머니는 몇 남매 중에 몇 째세요?] 3남매에 큰딸. [조사자: 3남매에 큰딸?] 응. 동생, 동생이 [조사자: 큰딸을 그렇게 억지로 시집을 보내셨구나.]

[14] 입산해서 순경과 군인을 피해 도망 다니다가 자수하고 내려오다

[조사자: 할아버지, 거기 산에서는 몇 개월 사시면서 고 한 곳에서만 쭉 사신 건 아니실 거 아니에요, 그쵸?] 이디 갔다 저디 갔다 ᄒᆞᆫ 곳에 못 살지. ᄒᆞᆫ 곳에 사다강 거기 찾아강 심을 건디. 게난 절루 왔다 히면 보초를 서거든. 이제 만일에 우리가 영 아니면 저 바깥에서 보초를 서거든. 보초를 서그내 이젠

암호로 ᄒᆞ거든. 이제 순경은 왕 가믄

"검은 개."

ᄒᆞ고 뛰. 군인은 올라 가믄

"노랑개가 올라온다."

기영핸 그 암호로.

"검은 개가 온다."

ᄒᆞ민 다 뛰어 달아나부렀당, 또 눈치보고 기영했쥬게.

[조사자: 그럼 그 토벌대랑 만나던 상황을 들은 거 있으세요?] 토벌대ᄒᆞ고 만낭 들은 적은 엇고, 우리가 토벌을 가거든. 우리도 토벌을 댕겨났거든. [조사자: 할머니도요?] 응. 그 내가 ᄒᆞᆫ, ᄒᆞᆫ 열일곱엔가- 열여덟엔가, 조천서 이젠 중산간을 토벌을 가거든. 토벌을 가민 중산층에 사람들이 이제 다 곡식을 다 땅팡 묻어두고 내려왔거든. 이제 기영 안 힌 거는 다 불붙여불고. 게난 그 가보민 이제 그 중산간에 사람들이 살다가 내려오지 못 ᄒᆞᆫ 사람들, 이제 재산 아까워서이, 소 말, 이제 그 음식, 저 곡식들 다 묻은 걸 아까와서 못 내려온 사람들은, 거기서 살민 이제

"폭도다!"

형 심어난 태작ᄒᆞ고,

"바른 말 ᄒᆞ잰."

핸 심어당 죽여불고 해났쥬게. 게난 그런 꼴은 봐났쥬나난. 게난 그 사람들은 아무 이유도 엇신 사람들. 그냥 내려오지 못 해연 거기 산 사람들이라. 기영 이제 그걸 폭도라 형 그냥 심어왕 죽여불고 그냥, 그 자리에서 총 맞창 죽여불고 기영 했쥬게.

[조사자: 그럼 어르신은 그 어디 숨어계시다가 잡히셨어요? 아니면 어디 도망을 가시다가 잡히셨어요?] 아니, 그디서 있다가 [조사자: 아- 저 자수하셨다고 그랬구나, 내려오셔서.] 응. 그 막 그냥 토벌을 그냥 제주 도쪽 도민들이 다 올라강 토벌 가니까 그냥 자수했잰, 봉개로 내려와낸. [조사자: 그럼 형무소서

고생하신 이야기도 좀 들으셨죠?] 형무소에서 기영 뚜드려 패낟, 있다가 그 이제 가보니까 그디에 선생님 잇시난에, 이제 그 선생님이 이덕구, 김대진은 그 담임선생님이,

"저 아이 알아지?"

캐나난,

"나가 가르치는 이제 학생이젠."

하고,

"저 사람 알아지?"

캐나난, 이제

"담임선생님이요."

혀난, 이제

"저 아이는 아무 죄도 엇고, 이제 우리가 저 가르친 일이니까 이제 홀 수 엇시 잽혀왔잰."

ᄒᆞ난에 그냥 석방해 나왔쥬게, 할아방. 무신 거 잡힐 그 껀덕지가 엇었어, 이 할아방은. 아무 껀덕지라도 있어야 그걸로 이제, 이제 티를 잡고 이제 ᄒᆞ지, 아무 티도 엇었잰. 게난 이 때까지 산 거라. 그 그때만 그 고생했지. 게 군대 가도 아무 이상 엇고. [조사자: 그 선생님은 잡히신 거예요? 아니면] 잡혔지게. [조사자: 잡혀오시고?] 어, 어.

[15] 4년 동안 전방에 간 남편에게서 편지 한 통 없어 서운했다

[조사자: 군대는 그 전쟁 나서 이제 징병해가지고 가신 거예요? 아니면 자발적으로……] 그때 그냥 다 나왔지. 무조건 그냥 그때는 6.25 터지니까 무조건 그냥 잡아냈지, 뭐. 병신만 아니면 다 갔지. 우리 친구들도 오늘 결혼해 내일은 간디, 남편. 가는 흔 열흘 만에 '전사했잰' 편지오난, 이거. 우리 친구들 더러 있어.

[조사자: 그럼 제주도에서 다 육지로 군을 가셨나요?] 응. 육지로 갔지, 육지로. 육지로 다 군인 갔지. [조사자: 근데 육지에선 또 제주도로 훈련 오고 하던데요? 훈련소가……] 응. 그땐 모슬포 훈련소 잇었일 때라. 모슬포 훈련소 잇시니까 이제 저 글로 이제 훈련병들 다 왔낫쥬게.

겐디 이 할방은 저 육지 강 ᄒᆞ난, 결국 누게 갈 사람도 엇고, 누게 엇나난, 편지 거래도 엇고, 4년간에는. [조사자: 얼굴도 기억이 안 날 거 같은데요?] 어. 얼굴도 기억이 안 나. [조사자: 할아버지는 왜 편지도 안 해주셨어요?] 시간이 엇어서 못 했다고 나보고 골아. [조사자: 아–.] 전방에서 사니까 편지 씰 시간이 엇대.

겐디 우리 친구는, 나하고 저– 남의 집에 쬐그만 걸 방을 하나 빌어서 나가 살았거든, 이제 친정에 살면서도. 겐디 그 이짝 방에는 우리 친구가 이제 산디, 가이는 매일– 매일 그냥 편지가 와. (청중 웃음) 편지가 오민, 가이는 나보고,

"야, 우리 저 서방 잇신디서 편지 왔다."

허민, 가이는 편지 읽을 줄을 모르거든. 나보단 두 ᄉᆞᆯ 우엔디, 편지를 읽을 줄 몰라. 편지 가지구 왕,

"나 이거 못 봅현. 읽언 해줍서."

하믄 내가 보지. 읽어 보민 뭐 기가 맥혀. 기영허민, '아, 어떤 사람은 이런 편지가 오는데' 기영 불나났쥬. [조사자: 어떤 내용이에요?] 어떤 내용은? 그냥 그저 사랑한다고만 ᄒᆞ지. (청중 웃음) 그런 말만 쓰지. [조사자: 되게 부러우셨겠어요?] 아유–, 막 부러왔지.

가이는 ᄒᆞᆫ 달에 ᄒᆞᆫ 번씩 편지도 오고, 이제 옛날은 그 구리모가 동동구리모라고 그런 것도 군대생활 ᄒᆞ면서도 보내고, 또 이제는 뭐 운동화다 무신 구두다 해지만, 그땐 고무신 백에 엇었거든. 흰 고무신이 마누라 꺼, 고무신도 산 보내고, 음악책 이런 걸, 이제는 음악책이지마는 그때는 창가책이라. [조사자: 창가? 예.] 응, 응. 창가책 해 놨쥬게. 기면 요만이나 ᄒᆞᆫ 창가책을 상

보내민, 각시는 글도 몰라. 그 책을 읽을 줄도 모른디 그걸 보내요.

기영허민 나 그걸 빌어다가 와그낸 노래도 부르고. [조사자: 아, 그럼 삼촌도 창가 부르셨어요?] 창가는 그냥, 그냥 그 옛날은, 이젠 뭐 라디오니 무시거니 ᄒᆞ는, 유성기? [조사자: 예, 유성기.] 그 어떤 부잣집에 가민 그런 거 있거든. 우리 친구 오빠네 집에 가민, 유성기 ᄒᆞ민, 그거 이제 그 유성기 틀민, 그거 이젠 알거든. 기영 노래도 그저 자기 혼자만 웅얼거리고 무사 그랬지. [조사자: 한 번 해봐주세요.] 에이-. [조사자: 에-이, 해주세요.] 몰라, 몰라. 다 잊어 버련. [조사자: 왜 잊어버려요? (웃음)]

[16] 학교가 멀어서 다니지 못하고 야학에서 한글을 배우다

겐디 나는 어떵 핸 글을 알았인고 ᄒᆞ면, 우리 친정아버지네가 일본을 살아 났거든. 게난 나가 일본서 난에 열 ᄒᆞᆫ 살에 이 제주로 왔거든. 그저 그때는 일본 대동아전장 때니까, 이제 아버지네가 매-일 습격들어그낸 그냥 그 폭탄이 털어정 이디도 불캉져, 저디도 불캉져 ᄒᆞ니까,

"우리 여기 살으믄 이제 저 폭탄 맞엉 죽을 거니까 우리도 한국으로 가자."

해낸, 기영해 나가 3학년 다 그믈언 4학년에 올라갈 때낸.

이디는 이제 봄방학이 ᄒᆞ민 2월 달에부터 3월 이제 ᄒᆞ지마는, 거기는 4월 돼사 봄방학을 ᄒᆞ거든. 기영ᄒᆞ니까 이제 3학년 막 그믈엉 이젠, 이제 양력 2월 달엔가 3월 달에, 우리 아버지네가 돈 잇시니까 배를 이젠, 전 배 독선을 배를 세 내여갖고 그 기관장만 빌어낸, 전 배 독선을 이젠 해여젠. 세간 살이, 뭐 식구고 산지로 와낸.

산지로 완디, 우리 할머니 네가 어디 살았인고 ᄒᆞ니 촌에, 여기서민 ᄒᆞᆫ, ᄒᆞᆫ 20리 우일 거라. 화산 있는디 우리 친청에 할머니네가 이제 살았거든. 게난 이젠 거기를 이젠 갔거든. 가니까 이젠 학교를 오잰 허민, 조천 초등학교를 오잰 허민, 조천, 이제는 국민학교라도 그때는 조천 소학교, 소학교 이젠

댕기잰 ᄒᆞ민, 너무 머니까 학교를 안 혔어.

학교를 안 현 있다가 이젠 아버지가 제국시절에 노무자로 그냥 북해도를 심어가버렸어, 그냥. 노무자로 뽑아가버련, 일본서 오니까. 게난 인제 나하고 우리 동생 하나하고 어머니, 서이가 사는디, 우리 아버지가 이제 일본서 돈 벌연, 돈을 벌어서 요 우에 밭을 사놨거든. 게난 그 밭을 댕기잰ᄒᆞ니까, 너무 머니까, 이제 그 밭에 가 그냥 밭 가까운 딜로 이제 산다고, 여기서 쪼끔 올라가믄 양천동이라는 디가 있어. 거기와내 이젠 어머니하고 살았거든.

사는디 그 마을에 어른들이 이제 누구냐 ᄒᆞ믄, 이제 그 어르신들이 온 집안 식구가 다 그 뿕은 물 들은 어른들이여. 나가 기영ᄒᆞ니까 나가 더 알지. 게난 그 어른들이 이제 아이들 그 밤 야학을 가르치대? 야학을 시켜. 게난 이젠 학교도 못 ᄒᆞ지, 나가 이젠,

"어머니 나도 야학소에 갔이믄 ᄒᆞᆫ다."

고이, 이제 한글을 모르니까 야학소에 강 게난 게믄, 밤에가그내 야학이나 ᄒᆞᆫ 멫 달 댕겨보래낸, ᄒᆞᆫ 일주일을 ᄒᆞ니까 그 한글을, 한글 스물넉 자를 다 알아젼. 일주일 댕기니까, 그 일본글을 해난 이제도 일본글은 알거든. 기영ᄒᆞ난 그 일주일을 댕기니까 그 한글을 다 알아져.

아니까 이젠 그때부터는 이제 한 달간 댕기니까 이젠 해방이 되거든. 이젠 일본 그 해방이 되니까, 아버지가 이젠 북해도에서 이제 또 제주도로 온 거우다. 우리 아버지가 북해도에 있다내, 오사카에 있는 디 우리가 살아나니까, 이제 오사카에 왔이난 우리 고모들이 거기 있어놨어. 고모들 잇시니까 이제 우리 아버지보고,

"오빠 가지 마랑. 옛날 살아난 기록들 다 있고 ᄒᆞ니까 이리 와도 등록이 이제 그 당장 될 거난, 아이들을 불러그내 이디 삽선."

해도,

"아, 나 다시 일본 안 살겐. 다시 그런 고통을 받느니 제주도에 강 살겐."

해 이리 왕, 왕 호끔 잇시니까 또 4.3 사건을 나그낸, 게난 나 아마도 야학

소 흔 두달 쯤 댕겨졌인가 말아졌인가? 게도 그냥 한글 봐도 그냥 남 잇신디 배우러는 안 가거든, 이력이 나부러갖고. 이런 한글은 그 핸 이런 한글은 알아.

[조사자: 그럼 할머니 총명하셨네, 일주일 만에 한글 다 배우시고.] 응. [조사자: 할머니 그때 그럼 한글을 배울 때, 그때 무슨 노래 같은 것들로 배우지 않았어요? 뭐 '가이가' 이런 걸로?] 노래해는 건 무신 그냥 그 저, 아이들 부르는 동요, 그런 거나 그냥 쪼끔 배우멍 말멍 그냥 남 불러가민, 그냥 이영- 이영 보민, 그냥 호끔만 들으믄 알아지고 그러니까 알았어. [조사자: 그건 뭐 어떻게 불러? 어떻게 배워요, 그거?] 응? 뭐 그냥 [조사자: 한글 노래가, 한글 동요 소리가?] 동요 무신, '푸른 하늘 은하수' 뭐. [조사자: 아-, 그런 동요 배웠다고?] 어, 어. 그런 거나 배왔지. [조사자: 야학에서?] 응. 야학에서 배웁지도 안 히고 그 학생들, 학교들 대니는 아이들 부르는 거 봐내 따라 부른 거쥬. [조사자: 따라 불렀어요?] 응. 기영했지.

[조사자: 나중에 야학 하시던 선생님들도…….] 다 그냥 산으로 올라간. [조사자: 산으로 올라가셨어요?] 응. 다 죽었어, 그 사람들. 그 사람 네 4형잰디, 그 집에 식구난 전멸해버렸어. [조사자: 그럼 피난 온 사람들 따로 배우는 학교도 생겼었어요?] 그때? [조사자: 여기 마을에?] 아니. [조사자: 없었고?] 그냥 피난 온 사람들 아이들은 다 학교 붙였거든. [조사자: 그냥 학교?] 응, 초등학교.

[17] 남편은 군 생활을 계속 하기를 원했지만 아내가 반대해서 상이용사로 제대하다

[조사자: 그럼 할아버지는 전쟁 끝나고 제대하셨어요?] 응, 전장-, 아니 전장 6.25 터져내 군 가내, 전장 끝낸 후재 제대했지. [조사자: 그러니까 4년 간 하셨으니까.] 응, 응. 전장 끝나서 제대했지. 그 군인에서 못 박앙 살쟀는디, 나가 이제 여기 와서 와보고 저 ᄒᆞ니까, 시집이 제사가 하거든.

제사가 우리 시부모가 잇어난디, 그 시고모님이 이제 아들은 저 중문에, 우리 시아버지 네가 본래는 조천이 아니거든. 저 중문현이라. 중문인디, 우리 시아버지가 이디로 그냥 우리 시어머니 ᄒᆞ고 둘만 이제 완 사니까, 시할머니, 이제 시아버지 동생들도 따로 완 여기 오니까, 이딘 친척이 엇거든, 이제 중문이 가서야 우리 친척이 있거든.

게난 그 고모가 잇어난디, 아들들이

"이젠 친정일은 그만 보고 이제나그내 아들들을 따라 옵서."

핸 야. 그 고모가 아들을 따라 갈 때게,

"제사는 어느 날, 어느 날이다."

해내 나보고 다 적으라는 거라. 그걸 다 적었어, 나가. 적으니까 이제

"우리 조카."

이 할아버지,

"오거들랑 그때부터는 너가 하라."

게니 제사가 열 번이라. [조사자: 제사가 너무 많네요.] 게넨 나가 다 했거든, 기영해도. 나가 어디 강 일이라 뭐든 무시 걸 해든 작 정성 들여서 해, 그 제삿날은. 아이들이 커가 아이들이 나니까 이제 제삿날이 되가민 나가 막-다 차려 놩.

"이제 나는 밭에 일 하레 갈 거니까 너네들이 이거 다 형."

아이들 이제 그거 해단, 그전에 다 먹잰, 그냥. 다, 그때는 하도 어려운 때니깐 무시 걸 하든, 지짐이라도 지져가민 막 먹고 싶어서 ᄒᆞᆯ 때니까,

"우선 이거는 제에 쓸 거는 덜어 영 놔두고, 요거는 ᄒᆞ여그낸 우선 아이들을 해 멕이라."

기영ᄒᆞ민 그걸 이제 아이들 해 멕이고, 제사 지낼 거는 따로 형 다- 상에 ᄎᆞ령 나둬, 와보니까. 이제 적, 고기 사당 적, 고기도 다- 상 놔뒁 가민, 우리 집이 이제 세 딸ᄒᆞ고이, 두 번째, 세 번째 딸ᄒᆞ고, 큰딸은 일본 가부니까이, 이제 가이 열아홉에 일본을 갔거든, 열아홉에. 일본을 시집가내 기영ᄒᆞ

난 그 밑에 이제 세 딸ᄒᆞ고, 이제 세 번째 딸이 다– 형 놔둬. 지짐이 지지고, 적도 이제 나 막 고기 다– 사당 놔두고 가민 적ᄒᆞ고, 과일도 상 딱– 놔두민 갔다와그내 이제 제사ᄒᆞ고.

[조사자: 근데 왜 군대에서 표창도 받으시고, 그래서 군대에, 아예 군에서 생활하시자고 했는데 왜 할머닌 안 하신다고 하셨어요?] 여기서 이 제사 명절 하기나 혼자만 벅쳐서. 아이들 잇시니까, 이제 애기들 그때는 아니 낳지만, 이제 산에 벌초, [조사자: 벌초도 해야 되고.] 벌초도 핸, 벌초도 한두 자리 같으민 ᄒᆞ지마는 ᄒᆞᆫ 열댓 자리 되거든, 웃대서 그냥. 벅쳐서, 그런 거라도 왕 해줘야지. 기영ᄒᆞ고 나는 산소도 모르고. 게난 이 사람이 와야 산소를 어디어디 ᄒᆞᆫ 걸 알 거니까. [조사자: 그래서 할머니께서 나오라고 하셨어요?] 어. 기영 안 혔이믄 거기 그냥 살았지.

[조사자: 할아버지는 군대 생활이 좋으셨어요? 왜 계속 군대에 계시려고 하셨어요?] 이디 와도 뭐 ᄒᆞᆯ 것이 엇시니까. 배운 건 엇고, 이제 군대 생활해는게, 우선 노동을 ᄒᆞᆯ 줄 알아야 뭐 어디 왕 살지. 게난 그. [조사자: 군대 생활은 노동하는 거만큼 힘들잖아요?] 기영해도, 기영해도 그건 익숙ᄒᆞ니까게, [조사자: 익숙하니까? (웃음)] ᄒᆞᆫ 7–8년을 그저 ᄒᆞ고게. 또 그디라도 몰람시믄 ᄒᆞ지만 그것도 거디서도 또 쪼끔 우에 올라가니까, [조사자: 아–] 뭐 졸병같으믄 기영 안 혈 건디. 어디 가도 이 할아방은 미움은 안 받았어. 이제도, 이제도 동네사람들이, 나가 무식ᄒᆞ니까 ᄒᆞ지,

"그 할아버지는 뭐 저 법 엇어도 살아, 저 할아버지."

기영해여, 이제나도. [조사자: 그럼 군대 가서 표창도 받으시고 그렇게 했는데, 제대해서 무슨 여기 그, 제대해서도…….] 연금 쪼끔 나오지. [조사자: 아–, 연금?] 쬐끔. 쬐–끔 나와, 쬐끔. 무신 상이군인이나 뭐 그런 거 같으민 ᄒᆞᆫ 달에 뭐 백만 원을 타나 뭐 몇 십 만원 타지마는, 잘 하민 ᄒᆞᆫ 15만원? 그거, 그거 나온댄. [조사자: 할아버지 그러면 계급은 뭐 어떻게 전역하셨었어요? 그러니까 뭐, 하사?] 중사. [조사자: 중사로?] 응, 중사로.

[18] 손주 열을 키우다

[조사자: 거기 다- 죽고 그 포로 잡아 놔가지고 나올 때 그 상황 얘기를 좀 해 주시면 좋겠는데요.] 겐디 말을 잘 못 골으키니, 나한테 어찌 항 골앉주게, 이 할아버지 보고? 해온 역사를 골읍시오 ᄒᆞ난 말을 잘 못 골으키낸. [조사자: 재미나게 잘 하시는데요?] 그전에는 막 잘 해난디 이제는 [조사자: 할머니 들으신 거 있으시죠?] 들으신 거 이제, 이제 그……. [조사자: 그 얘기야.] 그 말 뱁이여. 대강만 그래 들었지. [조사자: 군대 가서 너무 힘들게 고생하시고 이러셨는데, 저희 고런 얘기 좀 들었으면 좋겠는데요.] 잘 안 골아. 그래지 이제 속 설명ᄒᆞ는 건, 나 이영 골아도 뭐 이영 고는질 몰라.

[조사자: 그때 그 편지 받았다고 하는 그 분은, 아직도 그 삼촌은 살아계세요?] 응. 할머니는 살고, 할아버지는 돌아가시고. [조사자: 집 어디, 여기 가까운 데 사세요?] 응, 여기 저- 우에. 여기서 ᄒᆞᆫ-. [조사자: 저희 좀 소개시켜 주시면 안 돼요, 할머니?] 그 할망은 또 먹어노난 몰라, 몰라. [조사자: 네?] 귀가 그냥 워낙……. [조사자: 안 들려?] 뭐 형 고는지도 몰라. 워낙 절벽이라, 그냥. 그냥 우리 연령에 귀 안 먹은 사람은, 아까 온 건 우리 올케거든? 그 몇 사람 뱁에 엇거든. 이 동네서 보면은 그냥 우리 연령이 다- 귀 먹고, 허리도 다- 꼬부라지고, 다리도 다 강 짤룩짤룩 다 곱쳐, 그냥. 나는 건강ᄒᆞᆫ 편이라.

이제난, 이제도 나가 손지를 열을 돌앗거든, 키왔거든. [조사자: 아이고- 고생하셨네요. (웃음)] 그 손지 돌면 [조사자: 애국하셨네요. (웃음)] 큰딸에 손지만, 가이는 일본서 나길래 안 돌앗지. 두 번째, 둘째 딸은 낭 한 50일만 되민, 제주도는 애기구덕이라고 힛거든. 그 애기구덕이를 둘러당 그냥 내버려둬. 기냥 가버러. 게민 어떤 부모들은 그 손질 돌루면 공휴일 날도 데려가고, 밤에도 왕 데려가지만, 이건 밤낮을 무릅쓰고 그냥 맽겨뒁. 그냥 자기네 살잰 ᄒᆞ민 1년이 가부러. 둘이가 일을 히야 살 거니까. 기영 이제 할아버지도 젊을 때고, 그 이제 제일로 키운 애기가 이제 서른셋이라, 제일 먼저 키운 애기가.

가이가 이제 어디 가잇신고 ᄒᆞ민, 아프리카 가잇신가? 통역자로이, 제주도 그, 워낙 영어를 잘 ᄒᆞ니까, 회사로 가내, 그 건설 회사로 가낸 거디 강 이젠 ᄒᆞ주게. 기영ᄒᆞ고 그 남으게 이제 서른, 서른이 나잇신가? 가이네 남매, 세 번째 이제 딸 아들 두 개, 그것도 이제 요자게 꺼진 있다 나갔지나난. 아유-, (청중 웃음) 그거 ᄒᆞ지.

또 세 번. 네 번째 딸, 네 번째 딸 아들 시게, 또 그것도 나 다 키웠고. 가이는 여디 사니까 그냥 왔다갔다 ᄒᆞ멍, 그 애기들 키웠고. 또 우리 손지, 나의 친손지 이제 오누이, 이제 또 죽은 아들의 손지 일본, 이제 장개가니까 이젠 애기, 일본 그 여자도 그 제주도 딸인디 일본 살안 ᄒᆞᆫ디, 그 애기 나니까 이젠

"애기 왕 도왑서."

ᄒᆞᆫ디, 그 애기 이제 난 ᄒᆞᆫ 달 만에 일본서 이디 데려 놘. 이제 여기서 또 이젠 첫돌을 넴겨 또 보냈거든. 보내놘

"또 옵서."

핸, 또 가니까

"이 아이 데리고 또 가세요."

해낸, (청중 웃음) 또 와 이제 네 살꺼지 키워내 작년 8월 달에 보내버렸지. 아유- 아기 키울 생각ᄒᆞ믄 나……. [조사자: 그렇죠? (웃음)]

[19] 남편이 결혼 첫날밤만 보내고 전방에 갔다가 4년 만에 휴가 나오다

[조사자: 그럼 할머니 전쟁 통에, 그래도 하룻밤이지만 남편이라, 남편이잖아요. 그래서 이렇게 걱정되고 하시지 않았어요?] 그때는 아무 분절도 모르고 그냥 시집가고 장개 가니까 그냥, 저- 산지 주캉으로 강 배웅핸, 그냥 끝. [조사자: 끝? 배웅은 그래도 하셨어요?] 어, 어. 산지 주캉에 강 이제 배탕 갈 때나, 이

젠 비행기나 있나? 그땐 비행기도 엇었지. 기영해난 그냥 산지 주캉으로 강 배웅해난 끝. 허무해지. (청중 웃음)

게난 뭘 결혼했졍 말 뿐이지, 뭘. 새서방인지 새각신지도 몰라. [조사자: 그렇게 배웅까지 했는데 할아버진 편지 한 장 안 써주시고요? (웃음)] 기영ᄒᆞ난에 이제 그 휴가, 그 4년 만에 휴가 왔어. [조사자: 4년 만에?] 예. 4년 만에 휴가 오니까, 나가 그때는 쪼끔 약았거든. 약으니까,

"나ᄒᆞ고 살면, 저- 살고픈 마음 잇시면 제대 형 오고, 기영 안 히면 우리 헤어져불게."

나가 살잰, 친정에서 밥 얻어 먹잰 해도 기가 맥히고이, 부모님들이 그냥

"너는 사서 고생ᄒᆞᆫ다."

고 핸, 사서 고생ᄒᆞᆫ다고. 뭐 그런 놈ᄒᆞ고 사느냐고. 불쌍해 뭐이 밥을 멕여 주느냐고. 내가 살아야지. 게난 친정에도 못 가지, 이거는 그냥.

[조사자: 그래도 결혼식 하신 그때는 그래도 전쟁 통이긴 하지만 다 갖춰가지고 하셨어요?] 결혼식은, 결혼식은 이제, 그때는 이제 쪽두리 쓰는 사람도 있고, 면사포 쓰는 사람도 있어요. 우리는 면사포 써난. [조사자: 와- 삼촌은 면사포 썼어요?] 응. 면사포 썼어. [조사자: 사진 혹시 있으세요?] 응? [조사자: 사진 같은 거…….] 사진 안 찍었어, 그때. 기영ᄒᆞᆯ 줄 알았이믄 사진을 찍을 건디, 사진을 안 찍었어.

그때는 이제 조천에서 이제 그 이제 시학이 선생이라고, 그 이제 조천 어른인디, 워낙 그 부모대로 핸 유지라났쥬게. 그 선생님이 이제 주례사 ᄒᆞ고. [조사자: 그럼 할아버지는 뭐 입으셨어요?] 군복. [조사자: 군복? 모자쓰고?] 어. 군복 입고 나는 한복, 우아래로 해연 그 옷 광목 해낸 치마저고리 만들언 입어낸. 기영해낸 결혼식 했죠. [조사자: 어디서 하셨어요?] 요- 거기, 그땐 나 친척할머니 집에가 옛날 기와집이거든. 기와집인디 이제 그 할머니네 집에서……. [조사자: 주례 선생님 모시고?] 응.

[조사자: 그래 첫날밤에 무슨 이야기들 나누셨어요?] 아이고-, 그냥 밝치록

그냥 북짝이만 때리멍 막 노니까, 뭐 첫날밤이고 말고 무시거 홀 나우가 있어야지, 그거. 그냥 술 먹고 그냥 막 친구들 막 달라들구, 그냥. 그때는 동창들도 죽지 안 현 때고, 더래 안 죽은 그, 동네 사람들ᄒᆞ고 동창들이영 막 그냥 나와 밝-도록 그냥 노니까 원, 말 ᄒᆞ고 무시거 홀 나우가 엇었어. 밝잰 그냥, 밝으낸 그냥 가부니깐 뭐, 뭐 시집가고 뭐 장개간 뿐이지, 뭐. 시집, 새각신지 새서방 알 게 뭐이라. 이제 같으민…….

[조사자: 다음날 할머니도 배웅하시고요?] 어. 게난 뭐 이제 같으민 연애라도 해 보정. 말이라도 골아보지만, 말도 안 혀고, 저것이 신랑이다 ᄒᆞ면 신랑인지 알고, (청중 웃음) 새각시는 새각신가 했쥬. 뭐가, 게난 우리가 때가 그런 때 나니까. 이제 같으민 나도

'아, 요놈같이 연애라도 해 볼까?'

그런 생각, 게난 우리 애기들 연애 홀 적에 말리지 안 힜어.

"니네 ᄆᆞ냥 ᄒᆞ라."

ᄒᆞ지. 요샌 때가 기영ᄒᆞᆫ 때니까 연애 안 히면 사랑이 아니거든.

[조사자: 그래도 군복 입은 할아버지를 이렇게 다 보셨잖아요. '아, 저 사람이 내 결혼할 사람이다.' 이렇게 얘기 듣고 보시니깐 어떠셨어요?] 아이고-, 결혼이 무시거 그래. [조사자: 그럼 결혼식 날 처음 얼굴을 보셨어요?] 응. 아니 결혼식 전에 ᄒᆞᆫ 번 봤어. [조사자: 한 번? 그런데 같은 마을에 그 전에 사셨잖아요.] 같은 마을에라도, 나는 어린이고 사이가 머니까, 또 이 사람도 또 기영 이 뭐 아니게 그냥 하도 돌아대니나논게 안 봤지. 말만 들었지

"아무영 사람 동생이다."

ᄒᆞ는 말만 들었지.

[조사자: 그러면 그때 청년단 활동하고 하시던 얘기도 다 들으셨겠네, 마을에서?] 그래, 마을에서. 막 여기 [조사자: 어떠, 어떤 얘기들 들으셨어요?] 그때는 뭐 그 4.3 사건 일어날 때니까,

"아이고- 아무 사람 아들은, 아무 사람 동생은 중학원에 댕기멍 이제 막

삐라붙이레 댕김잰."

히라. 뭐 어떵 해라난 골아난. 우린 그때 그것도 몰라났지.

"삐라가, 뭐 싼디?"

하고 이영 지내고 보니깐, 나도 이제 그 우리 친구들이 그런 활동을 해요. 나보고도 이제 막 ᄒᆞ랭 ᄒᆞ민,

"아이고, 아버지 무서왕 그런 디 못 감잰."

우리 아버지가 알민 나가 인제 뼈다구니가 남진 않을 거다 ᄒᆞ고 못 나갔지. 기영 들으민, 삐라 붙이당 걸렸잰 어떵했잰 해도, 걸렸단 말도 엇어. 기영 삐라붙이러 돌아댕기고, 기영 활동을 해도 어디서 뭐 걸려 가그내 뭐 맞안잰 그런 말도 못 들었어. 어떵사 빠르게 돌아댕깄인지. 겐디 그 이 할아방 친구들 고는 거 보민 그냥 아-이고, 보통은 넘어났잰. 앞장 못 서면 그냥, 앞장 성 나섰잰.

[20] 남편 제대 후 6남매를 낳고 힘들게 키우다

[조사자: 그러면 전쟁 통에 여기는 조용했어도, 육지는 전쟁이 어떻게 돌아가고 있다 하는 얘기들은 들으신 게 있으셨어요?] 예. 매일 들었지게. 뭐 밀었다 ᄒᆞ고 [조사자: 예. 그런 얘기도 좀 해주세요.] 뭐 육지서 전쟁을 혀그내 그 피난들 온 사람들 말이, 뭐 어딘 가면 어떵 ᄒᆞ고 어떵 핸, 서울에서도 어떵 ᄒᆞ고, 우리 동네 할머니들도 서울 살거든. 서울도 살고, 대구도 살고, 부산도 살민, 아이고 그냥 인천도 살고난, 살당 그냥 이디에 와그낸 막 뭐해그난, 달아낭 오낸 뭐 옷도 안 나선 빈 몸만, 애기만 업언 나오고랑 무시거나 기영 곱주게. 기영ᄒᆞ난 알았지, 기영 안 히믄 모르지.

[조사자: 그럼 전쟁 통에 막 이렇게 밀려오고 밀려가고, 뭐 중공군이 뭐 내려오고 이런 소식도 다 들으셨어요?] 어. 그건 그 그저 남의 소문에만 듣지. 기영ᄒᆞ고 우리 동네도 할머니가 아들 하나 있는데, 인천을 갔다가 그냥 행방불명

되낸. 기영 소문 들으니까, 저쪽에서 완 심어가 버렸쥬, 누가. 죽었인지 살았인지도 모르고. 또 그디에 살던 어른들도 이디 막 하영 있단, 이디 내려와낸 살단 다 돌아가셨어, 어른들.

요 작년, 재작년까지는 이 자꾸 이 서울서 학생들이라고 해낸 왕 이제, 듣듯이 원 ᄒᆞ민 다 골안게, 이제는 일절 원 안 돼. 이젠 작년 다르고 올해 달라. 게난 그저 이이 양으로 그저 화장실 출입ᄒᆞ고, 병원에 가고, 그거는 ᄒᆞ요. 그냥 매일 저기 [조사자: 아, 혼자 가셔요?] 응, 혼자. 혼자 가고, 요 우게 한의원에 그저 매일 가고, 물리치료도 받고 침도 맞고, 그저 약도 타고, 또 보건소에 또 언제 가고.

[조사자: 그때 같이 활동, 그 활동하셨다던 친구 분들은 아직 계세요?] 다 돌아가셨지나난. 가고 아무도 없지나난. 이제 아무도 없어, 다 돌아가시고. 다 돌아가시고 아무도 없지난. [조사자: 그래도 옛날에는 4.3 얘기는 아예 입에도 못 꺼내고 그랬었죠?] 옛날에는 그런 말 ᄒᆞᆯ 수도 엇지. 겐디 그로 후제 이제, 전쟁도 끝나고 뭐 ᄒᆞ니까 이런 말도 ᄒᆞ지. 그때는 말 ᄒᆞ지도 못 해요.

[조사자: 그럼 전쟁 끝나고 할아버지가 안 돌아오시잖아요, 제대를 안 했으니까. 그럼 계속 소식은 서로 전하고 계셨어요?] 전화가 어딨어, 그때는? [조사자: 아니 그냥 전했냐고, 서로 소식을. 어떻게 살고 있었는지 알고 있었냐고.] 몰라, 몰라. 편지나 와야 알지. [조사자: 그 편지가 한 번도 안 왔어요?] 어. 편지 그- 휴가 온 후제, 왔다 간 후제 편지 ᄒᆞᆫ 두 번, 세 번 오니까 제대핸 와. [조사자: 그럼 이사도 못 가겠네요, 그렇죠? 이사 가면 못 만나잖아.] 이사는 뭐, 이사 가도 친정에나 가 사니까, 우리 친정이 뭐, 그 집에서 뭐 ᄒᆞᆫ 몇 십년, ᄒᆞᆫ 50-60년 사니까 뭐 친정 오민 나 만날 건디, 뭐.

[조사자: 그럼 자제분은, 할아버지 제대하고 그때 낳으셨어요?] 어. 그런 후제 났어. 나가 스물, 큰딸이 스물여섯에 났거든. [조사자: 늦게 낳으신 편이네.] 스물여섯에 나안, 나 서른아홉까지 6남매를 낳거든. [조사자: 서른아홉까지?] 응. 서른아홉까지 6남매를 났지.

[조사자: 여기 제주도는 산후조리를 어떻게 해요?] 산후조리? [조사자: 예.] 나는이 밭에 댕기다가 막 아프민 집에 오민 고때 애기 낳고. [조사자: 혼자?] 혼자. 혼자 애기 낳고, 그 뒷날 밭에 가. [조사자: 아이고-.] 애기 나서 누워보지. 3일도 누워본 적에가 엇어. [조사자: 그럼 갓난쟁이는 어떡하고?] 갓난쟁이 내버려둔 거지. [조사자: 혼자 내버려두고?] 그 아이들, 고 아이들 잇시니까, 그러고 큰딸 날 땐, 친정에 애기 내버려두고. 친정에는 아버지가 돌아주니까.

게난 친정에서 농사를 많이 ᄒᆞ거든. 소도 질렀고, 뭐 말도 질르고, 밭에 농사도 많이 ᄒᆞ니까, 쏠을 빌르고 일로 줜. 그 애들 돌아줘야 쏠을 빌ᄅᆞᆼ 일ᄒᆞ지, 게난 나가 이제 친정에 강 일 ᄒᆞ고, 애기 기르고 다 ᄒᆞ면, 나도 농사ᄒᆞ니 농사ᄒᆞ면, 아버지가 와서 소 가졍 와, 소로 밭을 갈고 말 가져와그낸, 이제는 조를 안 혀. 그래도 그때는 조 농사를 하거든. 제주도는 조 농사를 ᄒᆞ면, 씨 뿌려서 갈면 그 말로 발려. 밭을 땅땅하게시리 발라. [조사자: 말로요?] 응. 게믄 그거 다 ᄒᆞ여 주거든, 친정아버지가. 게믄 그 이제 다른 사람들은 그걸 ᄒᆞ민 돈을 많이 들거든. 난 그 대신 강 일을 했어, 친정에 가서. [조사자: 아기 봐주고?] 응, 애기 봐주고.

나를 비록 일로 줘불민, 그 애길 돌아주고, 게난 우리 애기들 6남매가 다 외할아버지 손에서 컸거든. 게난 이제 품은 안 줘도, 아이들 밥은 멕여 줬거든, 친정에가. 게민 그때는 보리밥, 좁쏠밥을 ᄒᆞ민, 이제는 사발에 공기로 그려도, 그때는 양푼, 양푼에다가 밥을 많-이 퍼놓고, 김치 ᄒᆞᆫ 가지ᄒᆞ고, 뭐 마늘ᄒᆞ고 짓이나 담고, 된장국 끓여서 그냥 둘래둘래 모다 앉앙 그저 숟가락만 딱딱 꽂으고 기영했지. 그 시절에는 기영했거든. 게난 아이들 배부른 밥은 얻어 멕였거든. 나가 노력을 ᄒᆞ니까.

[조사자: 그러니 자식들이 잘하죠.] 게난 아이들이 이 식구 엇는 걸 다 알아서 막 착ᄒᆞ요. 아이들이 딸이고 아들이고. 겐디 아이들이 워낙 머리가 좋으니까 공부도 잘ᄒᆞ고. 일은 안 시켰거든.

"'나 하나 노력해그내, 나 몸 하나 희생해 너희들을 ᄒᆞ니까 공부만 열심히

ᄒ라. 공부만 열심히 ᄒ면 나 어느까지라도 나가 노력핸 너네들 뒤를 밟으겠다."

기영했거든, 나난. 게난 우리 동네 사람들은

"저 집인 어머니가 워낙- 부지런ᄒ고 노력을 많이 ᄒ니까 빚도 안 내지. 이 오막살이 살아도이, 이 오막살이 살아도 아이들은 다 가르치지. 딸들 다 훌륭ᄒ게 키왔지."

기영 말 ᄒ거든.

[조사자: 어머님 생활력이 대단하신 거 같아요.] 게난 이제도 제사 명절 아들들 며느리들 필요 안 했거든, 나가 다 ᄒ지, 이제도 나가. 게난 우리 줄을 때까지는,

"할아버지나 나나 한 사람 죽어부러야 너네들 잇신데, 해도 좋고 말아도 좋고, 우리 생전에는 나 손으로 ᄒ겠다."

ᄒ민 이제도 ᄒ거든. 산소에 일이고 무시거고 다 나-, 할아방은 딸, 아들 딸 여섯 팔아도, 결혼을 시겨도, 돈이 어딨어 결혼을 시견 그래도 듣지도 안 혀고, 빚을 내와도 모르고, 빚을 물어도 모르고, 세상을 몰라. 다 나 손으로 그냥 동네 사람 잇신디 강 돈을 꿨던 물었던, 나가 어디 가그낸 노력을 했던, 어디 강 도둑질을 했던, 나 손으로 다- 핸 이때까지 ᄒ니까, 몰라, 할아방은. 이제도, 이제는 더 더군다나 늙어버리고, 눈 어두웡 보지 못 ᄒ지, 떠 귀가 어두웡 못 듣지 게니까, 저 방에 가만-히 누워그내 라디오 틀엉, 녹음기나 틀엉 가만- 있고, 그 노래만 나오면 발만 꺼떡- 꺼떡 ᄒ민 뭐 그런 게 일이라. [조사자: 그래도 녹음기 소리가 들리시나봐요?] 저 보청기 끼고, 보청기 ᄒᆫ 그걸 귀에 끼우고 그러고 있쥬게.

[조사자: 삼촌 거기 창가 좀 들려주세요. 창가.] 창가는 무신 창가를 들려. [조사자: 그때 불렀던 거] 에-이 [조사자: 그거 다 없어져서 이제 그런 것도 이제 역사예요. 남는 거라니까? (웃음) 그러믄 그 창가 고 이전에 소리는 모르세요? 안 하셨어요?] 모르지. [조사자: 그 왜 밭일 많이 하시고 하시면서, 소리 같은

거…….] 밭일해도 그 사람들이영 많이 강 해사 밭 노래를 듣지, 나하고 어머니 밖에 일 안 했는데 무슨 노래를 들어. [조사자: 그 창가 이렇게 뭐 기억나는 부분 같은 거 없으세요?] 그거 다 잊어부런 무시거 해쌌는지도 몰라, 잊어불고. 요새 신식노래 저 테레비에서 나오민 그거나 부르지, 뭐. [조사자: 아, 그게 좋아요?] 응. 그게 뭐…….

[조사자: 그 신식노래가 좋아요? 아니면 옛날 고조소리, 그 소리가 좋아요?] 옛날 소리가 ᄒᆞ질 안 해요, 이제는. [조사자: 그러니까.] 그저 이제 테레비에서, 트롯트? 가수들 나왕 ᄒᆞ는 것만 좋아 뵈지, 아이들 나와그낸 뭐 이거 해서 원, 이거는 노랜지 뭐 글해는 건지 뭐 (청중 웃음) 기영ᄒᆞ지. 뭐 테레비 막 나와그내, 요새 아가씨들이랑 뭐 그 아이들 나왕 ᄒᆞ는디, 저 아이는 노래를 부르는 거라, 글을 읽는 거라 난 모르키만 ᄒᆞ주게. (청중 웃음) [조사자: 우리 옛날 고조소리도 다 이렇게 말 하는 거 같이 하잖아요?] (웃음) [조사자: '이어도 사나' 이런 것도 있잖아요, 제주도?] 그건 해녀들이 부르는 노래요. 게난 우린 해녀가 아니니깐 몰라. 바당이 흰지 검은지 구경도 안 해났는디. 그저 밭엣일만 했지.

[조사자: 그럼 할머니는 농사일만 하셨어요?] 농사일만 ᄒᆞ지. [조사자: 우리 집 일도 하고, 남의 집 일도 도와주고?]어. 나 우리 집이 일 ᄒᆞ고, 트멍 나민 남의 집이 일을 해야 나가 돈을 받어다가 애기들 그 학비라도 ᄒᆞ지. 이제 뭐 ᄒᆞ지. 게난 아이들이 워낙 뭐 ᄒᆞ니까 장학생을 ᄒᆞ니까 큰 돈을 안 들였지마는, 기영해도 차비도 주고, 책도 사고, 무시거 ᄒᆞ민 남의 집 일을 하영 했거든. 그저 밤낮을 무릅쓰고 그냥 일만, 돈만 난다 하믄 비가 오고 눈이 오고 갔지난.

[조사자: 그럼 삼촌 해방 때 몇 살이셨어요?] 해방 때가-, 몰라, 잊어부런. [조사자: 여기 제주도도 공출, 여자분들 공출 많이 나갔어요? 공출로 많이 잡혀갔어요?] 그건 몰라. [조사자: 아, 못 들었어요?] 그건 몰라. 제주도에서는 뭐, 나가 열한 살에 여기 오니까, 열한 살, 열네 살에 해방됐신가, 열세 살에 해방됐신가 했을 거라.

게난 나가 일본을 이거 혼 7–8년을 댕겼거든. 이제 일본을 가니까, 나 댕겨난 학교를 가니까, 그 학교는 불 안 캈대? 나 메느리, 족은 메느리ᄒᆞ고 같이,

“어디 살아나니까 우리 혼 번 찾아가보자.”

핸, 가보니까 학교도 있고, 학교 선생님, 교장선생님보고

“나가 이제 멫 학년 멫 반이고, 이제 담임선생은 아무가이다.”

하난, 탁– 거기 기록 봔, ‘아키엔’.

“할머닌 오민 당장 등록이 된.”

기래. [조사자: 아, 거기 다녔던 자료가 있어서?] 응. 다 있지. 그 학교는 카지 안 히니까. [조사자: 학교 다니고 싶으셨어요?] 이디 올 때? [조사자: 어.] 이디 올 땐 학교 다니고 싶었지마는, 갈 수가 엇었지. [조사자: 아, 그러니까, 맞아요.]

[조사자: 왜 혼자만 그렇게 고생을 하셨어요? 그 우리 할아버지는 중학원도 나오시고, 훈장도 받으시고 이러니까] 게난 밭에 가민, 아무것도 홀 줄을 모르니까, 밭에 가민 나가 가르치지. 밭에 가서, 이제 보리를 영 비어놔도 이 보리를 빌 줄도 모르지. 보리 빈 거 보면 어린 애기 뭐 잘라 논 거, 이렇게– 이러면 어디, 게민 나가 조금 비어놩 그걸 묶으지. 보리를 묶어도, 묶을 중도 몰라. 게민 나가 탁 ᄒᆞ고,

“영 영 묶으잰.”

ᄒᆞ민, 이따만–이나 ᄒᆞ게 기영,

“그치록 ᄒᆞ믄 안 됩니다.”

ᄒᆞ믄, ᄒᆞ는 거 보믄 그냥 원, 오직해사 우리 친정아버지가

“도대체 너는 뭣을 해서 살아나난?”

(청중 웃음)

[조사자: 아니 그럼 차라리 공무원이나 이런 거 하셨으면 좋았을 거 아니에요?] 공무원 ᄒᆞ잰 해도이, 그거야 누게가 뒤에서 영 저기, 그때는 빽이거든, 그 시절에는. 우리 친정아버지가 돈도 있고 뭐 ᄒᆞ니까, 쪼끄만에 그내 했이믄

공무원이라도 홀 거지만, 막 반대했어, 이 사람을. 아무것도 홀 줄도 모른다고.

[조사자: 아니 뭐 군대도 해보니까 할 수 있는 것처럼, 일도 좀 가르쳐주시지.] 아이-, 이제도 기영해요, 이제도. 기영ᄒᆞ니까 밭에 가 보리 묶으난,

"나가 영 묶으니깐 이래 영 조근조근 갖당 디밉서."

해그낸, 그걸 무덤을 만들거든. 아이고-, 이제도 일 ᄒᆞ는 거 보민 어린 애기여.

게민 딴 사람들은 육지 사람들도, 우리 친구들 강원도 딸인디, 남편이 군대 갔다내 장교 되니까 그디서 결혼했는디, 아무것도 홀 줄 몰라도 이디 왕 못 ᄒᆞ는 일이 엇어. 그 서방은 똑 우리 할아방 같이 일도 홀 줄 몰르고, 그 사람도 기영ᄒᆞᆫ디, 그도 그 여자도 워낙- 부지런 ᄒᆞ니까이 아이들을 키워그내 핸디, 나보단도 더 가난해요, 그 사람은. [조사자: 강원도에 계셔?] 강원도에서이, [조사자: 일로 오셨어? 아-.] 이디에 결혼을 핸 온디다가, 남편은 그때 군인 장교라난 온디, 그 남편도 촌에서 살아도 일도 홀 줄도 모르고, 뭐 옛날에 농림학교, 시에 농림 고등학교 못 갔쥬, 그런 거.

겐디 옛날에는 그 할아방이 ᄒᆞᆫ 팔심, 팔십 서인가 됐일 거라. 기영ᄒᆞᆫ 할아방인디, 아무것도 홀 중 몰라. 그 여자가 왕 일을 ᄒᆞ는디, 너무너무 불쌍ᄒᆞ요. 게민 나가 그 사람을 도왔거든. 도외니까 이제도 형제보단도 더 가깝네나난. 그 아이들도 나가 김치도 ᄒᆞ민 갖다 주고, 장도 ᄒᆞ민 담아당 그냥 바가지로다 퍼다 주고, 기영 막 해난. 아이들도 이제도 보민

"삼촌, 삼촌."

ᄒᆞ고, 기영 막 잘 찾아 온대나난. 기영핸 살아나난. 그 남자나 여자나 이걸 ᄒᆞᆫ 건가 생각을 안 현. 일을 못 해요, 못 해.

[조사자: 그럼 이제 그분은 제주도 말 잘 하세요?] 제주도 말만 ᄒᆞ거든. [조사자: 강원도 사람이?] (청중 웃음) 어. 제주도 말만 해. 제주도, 우리 메느리도 저 충청도 어디 저 제천 사람이쥬게, 우리 며느리가, 큰며느리가. 뭐 제주도

말 이제 뭐 말도 하요. [조사자: 제주도 처음 시집와서 못 알아들었을 거 아니에요?] 에이고-, 뭐 저 더 잘 알아. [조사자: (웃음) 아이고-, 고생도 많이 하시고.] 너무너무 고생핸 살안. 아유-, 지겹내나난.

게나 이제도 밤에 누민, (한숨) 게나 나가 오직해서 나가 성당에 나갔거든, 나대로. 성당에 나가낸, 에이- 이제 늙어가고, 성당에 가잰 해, 성당에 ᄒᆞᆫ 1년쯤 댕기니까 암-만 성당을 잘 믿어그내 나가 ᄒᆞ잰 해도 머리가, 가도이이 집안 걱정만 ᄒᆞ지, 그래 정신이 안 가. 정신이 안 가. 보돗이 게난 이제 안 나감지나난. 그래 정신이 나가, 머릿속에 그 정신이 안 들어가. 이 생각, 저 생각이, 걱정, 이 애기들, 자식들 걱정. [조사자: 성당은 다니신지 1년 되셨어요?] 응. 다니고 ᄒᆞᆫ지는 ᄒᆞᆫ, 첫 번 간 뒤는 한 3-4년 됐거든? 게난 다닌 건 ᄒᆞᆫ 1년 밖에 안 다녔어.

[조사자: 그럼 요런 거 이제, 당굿 같은 거 안 보셔요?] 나 그런 거 아예 원, 본래부텀 그런 건 [조사자: 본래부터 안 하셔요?] 안 해요. 굿이고 이 그런 믿음 해는 거, 그런 거는 안 해요. 나가 교회만 안 다닐 뿐이지, 이 뭐 어떤 사람들은 날 택일하거나, 이제 자식들 6남매를 이제 여워도 날 안 봤어. [조사자: 그런 날 하나도 안 봐요? 이삿날도 하나도 안 보시고?] 그럼. 이삿날이고 뭣이고 날 보는 것도 엇고, 남이 이러라 저러라 히도, 막 날 시거든.

"아유- 난 그런 건 반대다. 나 마음 가는대로, 이제 누굴 해칠 일도 시기질 말고, 누구 못할 짓만 안 혀면 그것이 좋은 거다."

ᄒᆞ민 난 그런 것 안 혀. 게난 성당에 ᄒᆞᆫ 1년 댕겨도, 암만- 이제 예수님을 암만 믿잰 책 가지다 놓고, 펑 갖다놔도, 정신이 안 가고 다른 것들에만 신경을 쓰니까 안 들어감서. 막 그디서 신부님이 나오랜, 영세까지 나가 다 받았거든? 기영해도 안 들어가난 그거 원 답답ᄒᆞ고, 다른 생각만 하는 거라, 이제.

[조사자: 그래 왜 다른 생각만 하세요, 가셔갖고 마음 좀 편하게 하시지?] 마음, 마음을 편안ᄒᆞ게 못 해연. [조사자: 걱정이 돼서?] 걱정이 됀. 큰딸네 걱정, 아기 걱정, 손지 걱정, 그냥 이 걱정, 모든 걸 그냥 돈이고 무시거고 다-

걱정되나난. 그래 정신이 안 감신게. 게나 나가,

"나가 이번에랑 가건 예수님 좀 참 막 해그내, 나가 죄를 인제 (한숨) 고백을 허잰."

해도이, 그것이 안 되는 거라. 나가 더 있다가 차츰— 차츰 뭐 ᄒᆞ믄, 나가 그 전에 영세까지 다 받고 했쟈이, 정신 나고 [조사자: 그럼 할아버진 영세 안 받으셨어요?] 할아버진 나하고라 가잰 해도 아니감잰. [조사자: 안 나가?] 응.

"옵선."

나 이 성당 가믄

"너만 가라, 난 안 감키로."

[조사자: 그래도 가면 말동무들도 많고] 이제 할아버지가 뭐이 믿음 핸 무신 그런 건 없어.

도시처녀를 시골새댁으로 만든 전쟁 이야기

배 영 분

"서울서 인쇄소만 댕기고 왔다 갔다 했는데, 시골 놈팽이 총각을 얻어, 맘이 꿈에나 들어? 뵈기도 싫지."

자 료 명: 20130808배영분(횡성)
조 사 일: 2013년 8월 8일
조사시간: 57분
구 연 자: 배영분(여 · 1934년생)
조 사 자: 오정미, 김효실, 남경우, 한상효
조사장소: 강원도 횡성군 횡성읍 읍하 6리 경로당

[조사과정 및 구연상황]

뜨거운 여름. 대부분의 어르신들은 마을회관에서 고스톱을 치며 조사자들을 불청객으로 여기며 반가워하지 않았다. 배영분 화자만이 발길을 돌리려는 조사자들을 붙들며, 전쟁담을 구술하기 시작했다. 충청도가 고향인 화자는 젊은 시절을 회상하며, 매우 적극적으로 전쟁담을 구술하였는데, 목소리가 크고 호탕한데다 이야기를 흥미롭게 하시는 덕에 주변 어르신들까지 경청하게 만들었다. 그 덕에 고스톱을 치던 다른 어르신들이 게임에 방해가 된다며 조사를 멈추게 하여 결국에는 조사를 급하게 마무리 지었다.

[구연자 정보]

충청도 음성이 고향이신 화자는 유년시절을 서울 마포에서 지내다 전쟁을 맞게 되었다. 전쟁 당시 인쇄소에서 일하던 커리우먼이었으나, 충청도로 피난을 가서 농촌총각과 결혼하였다. 그러나 배영분은 일찍 과부가 되고, 결국에는 홀로 사업을 하며 억척스럽게 살아왔다. 지금까지도 여장부와 같은 모습으로 매우 씩씩하게 자신의 삶을 살아가고 있다.

[이야기 개요]

배영분은 전쟁당시 서울 마포의 인쇄소에서 커리어우먼으로서의 삶을 살아가고 있는 여성이었다. 전쟁이 나자 배고픔을 참지 못하고, 부모님과 함께 외갓집인 충청도 음성으로 피난을 갔다. 그러나 여자를 성폭행하는 나쁜 연합군들 때문에 할 수 없이 음성에서 살고 있는 시골 총각과 결혼하였다. 결혼 후, 남편은 군대에 가게 되었고, 홀로 시골 색시가 되어 남편을 기다리며 음성에서 지냈다. 기다림 끝에, 남편은 제대했지만 얼마 못가 죽었고, 다시 배영순은 홀로 아이들과 살아가야만 했다. 결국에는 배영순은 먹고 살기위해, 여주 등지를 다지다가 서울에서 장사를 하며 여장부처럼 살았다. 특히, 다양한 에피소드 중에서도, 서울 처녀가 전쟁으로 인해 시골로 피난을 가 어쩔 수 없이 농촌총각과 결혼한 사연이 중심 이야기라고 할 수 있다.

[주제어] 서울 마포, 도시, 인쇄소, 커리어우먼, 시골, 피난, 충북 음성, 시골총각, 결혼, 죽음, 장사, 여장부

[1] 마포에 인쇄소를 다니던 15세의 도시처녀가 전쟁을 맞이하다

[조사자: 저희가 지금 강원도 지역 어르신들 전쟁 경험한 이야기들 듣고 있는 건데, 할머니 우선 연세가 어떻게 되세요?] 나? 79. [조사자: 79. 아– 왜 이렇게 젊어 보이세요? 근데] 뭐 젊어. 바짝 늙었지. [조사자: 할머니 그럼 여기 횡성이 고향이세요?] 횡성이 고향이 아니고, 충청도 음성이 고향인데, 6.25 사변 때 마포에 살았다고. 6.25사변 때 마포에 살 적에 내가 15살이었어.

[조사자: 15살. 할머니 우선 성함은 어떻게 되세요?] 배영분. [조사자: 배자, 영자……] 어, 영자, 분자. [조사자: 기억나세요? 그때 전쟁 때] 다 알지. 나 기억나는 것만 이야기하는 거야. 6.25사변 때 내가 인쇄소에 다녔다고. 15세에. [조사자: 아 15세에.] 인쇄소에 댕겼어. 인쇄소에 댕겨서 3층에서 일을 하는데 뭐 그냥 종이 같은 삐라가 막 뿌리더라고. 종이 같은 삐라가, 종이 같은 거 높은 데서 비항기가 뿌리니까 사방 날아다니잖아. 그냥. 그래 인쇄소에서 3층에서 일을 하는데 종이 같은 거 막 삐라 뿌리니까 사방 날아다니면서 떨어지는 거지. 그럴 적에 이제 그러니까 인쇄소에 일을 해다가 삐라 떨어지고

그런 후에 열흘 있다 인민군이 쳐들어온 거야. 어, 쳐들어올 적에 아침 어…… 그때 아침…… 여섯시인가 일곱시 인민군들이 쳐들어왔어. 쳐들어올 때 그냥 그때만 해도 어려우니까 보리밥을 했다고. 보리밥 해서 그냥 인민군이 막 쳐들어오는데 겁이 나가지고 놀래서 어디 먹을 데가 있어? 마루 밑에 지하실이 있었다고. 마루 밑에 지하실로 그냥 막 촐촐 뛰어 들어 가지고서 지하실가서 밥을 먹었어 지하실에서. 지하실에서 밥을 먹었는데 밥을 먹고 나니까 그냥 막 인민군들이 쌔까맣게 쳐들어 온거야. 무섭지, 그냥 쳐들왔는데, 그 사람들이 그래도 사람 해코지는 안하더라고. 부르기는 여기서 내가 배씨면 배동무, 김씨면 김동무 동무로 부르는 거야. 어, 박씨면 박동무 그래 이제 동무야, 동무로 불러. 동무로 부르는데 이제 동무로 부르는데 사람 그 행동 같은 거는 여자한테 관심 같은 거는 없어 그거는 깨끗해. 여자 뭐 옆구리 만지고 여자 뭐 호감 이런 건 없어. 여자한테 절대 해코지는 안 하더라고. 그 사람들이. 해코지는 안하는데 참 옛날 그 역사 이야기가, 옛날 이야기가 많지.

[2] 양식을 구하러 간 부모의 부재로 가장이 되다

그때 우리 친정아버지가 통장을 봤다고. 친정아버지가 통장을 봤는데 아 인민군들이 들어오더니 뭐 뭐어디가서 장 받아와라 뭐 된장 받아와라 고추장 걷어와라, 된장 얻어와라. 그냥 댕금 사방 얻어오라는 거야. 아 그래서 통장을 볼 때 내가 그때 친정아버지 통장을 볼 때 내가 15살이었다고 키 컸어 이 키야, 이 키라고. 친정아버지가 통장을 보니까 어떻게. 그 사람들이 다 해래니까. 가서 장 건건히 고추장 얻어 주고 나니까 아 그리고 숟갈 같은 걸 또 걷어오래. 숟갈 놋그릇을 걷어 오래. 아 또 숟가락 놋그릇 같을 걸 또 걷어다 주고. 인제 또 그건 왜 그러냐면 아버지가 통장인데 그 보국대로 붙들려 갔어. 아버지가 붙들려가고 없는거야. 오빠들 둘은 다 군인가고 군인갔어. 군인가고 다 없고 한데. 아버지가 통장을 보다 붙들려 갔는데. 아 나 혼자 있는데 그런 걸 다 걷어 오래. 저 저, 일은 그렇게 됐구먼. 엄마 아부지 이거 말을 뒤에 한 거여, 말을 이제 바로 할게.

엄마 아부지가 시골로 양식을 구하러 간 거여. 양식이란 게 없어 아무 것도 없어. 먹을 게. 아무 것도 없어 가지고 엄마 아부지가 시골로 양식 구해러 갔었어. 양식을 구해러 갔는데, 아휴 이놈의 그냥 일주일이 되도 안 오는 거야. 막 폭격을 해서 한강 다리가 다 끊어지고 그랬으니까. [조사자: 이제 전쟁이 터지기 전에 양식을 구하러 가신 거세요?] 그 인민군들이 쳐들어오니 양식을 구하러 간 거야. 그냥 인민군들이 막 폭격을 해서 한강다리가 끊어지고 그랜거여. 끊어져 갖고 막 피난들 가다가 한강다리 끊어지는 바람에 그냥 애도 내버리고 간 사람에, 업고 가던 애가 쑥 빠져서 한강물로 들어간 사람에, 그냥 어른도 들어간 사람에 한강다리가 끊어져 가지고.

[3] 배고픔과 싸우다

그래 그 난리통 안에 엄마 아버지가 양식을 구하러 가더니, 일주일이 넘으니까, 일주일이 뭐여, 건 한 열흘이 돼야 들어오셨는데, 새삼 엄마 아부지가 들어오셔야지 오빠 둘은 군인가고 동생하고 나하고 집에 있었다고. 집에 있었는데 그냥 용산서 폭격을 하는 이런 쇠쪼가리 같은 게 막 날라오는 거야 쇠쪼가리가 집으로 막 날라와서 마루에서 그냥 이불을 덮고 그래 요래 갖고 있는데, 어 이기 동상을 델고 있는데 동상이 똥이 마렵다네? 아유 대문을 열고 똥을 누러 가는데 요렇게 앉아 똥 누고 나는 요렇게 섰는데 글쎄 파편 조각이 여 와서 떨어지는 거야. 여 와서 떨어지는 거야. 그래서 동상한테도 안 떨어지고 나한테도 안 떨어져서 살은 거야 이제. 동생 똥 누러 갔다가 죽을 뻔 알았어. 동생도 죽고 나도 죽을 뻔 알았어. 아휴 이만한 쇠쪼가리가 여기 그냥 몇 개가 여기 와서 떨어지더라고 그래 살은 거야.

아휴 그래 이제 살았는데 엄마 아버지가 와야지 이거. 먹을 게 있어야지 먹을 게 있어야지 살지. 그래 동상하고 배는 고파 죽겠는데 어떻게 세대가 만구에 먹을 게 있어야지 폭격이 나서 폭격으로 댕길 수가 없어. 댕길 때 처마 밑으로 이렇게 숨어 댕겼다고. 막 폭격을 하니까 처마 밑으로 이렇게 숨어서 살살살살 기어댕기고 그냥 그러는데 먹을 게 뭐있겠어 뭐 가게가 있나 뭐가 있어 그냥 사람 싹 피난을 가고 없어.

나 마포에 살았거든 마포 국립학교에 살았는데 만구에 먹을 게 있어? 길가에 난 쇠비름있어, 이렇게 빨건 쇠비름이 길가에 가생이에 났더라고. 그 어떻게 하겠어. 내가 열다섯이니까 동생하고 나하고 살라고 쇠비름을 뜯어다 그냥 뜯어다 삶았어, 삶아서 그냥 뭐 간장이 있어 고추장이 있어. 뭐가 있어, 소금 밖에 없는 거야. 소금을 넣고 주물럭 주물럭 주물러서 그걸을 먹고 나니까, 먹고 나니까 세삼 배가 부르니까 살 것는데, 그 이튿날 막 피 똥이 나오는 거야. 자고 나니까 자고 나니까 막 피똥이 나와 그냥 아이고 빨건 피똥이 나오더라고. 아이고 엄마 아부지도 없는데 이거 죽는가 보다 죽는가 보다 그랬어 그래.

[4] 귀한 겉보리를 가지고 온 부모님과 재회하다

그 먹고 피똥을 눗는데 삼 일만에 엄마 아부지가 오신 거야. 양식을 가지고 온 게 거 보리! 겉보리 지금 겉보리를 구해 가지고 온 거야 겉보리를. 그래 겉보리를 구해가지고 왔는데 그래도 우리가 충청도 시골 태생이니까 동생이 피똥을 누는데 겉보리를 그냥 어머니가 솥에다 볶더라고 보리를 겉보리를,

겉보리를 볶더라고. 이눔을 볶어 가지고 맷돌에다가 그때 옛날이니까 맷돌이 있어, 멧돌에다가 드르르륵 탄다고, 타면은 껍데기가 벗어진다고 한 번 타고 두 번 타니까 껍데기가 다 벗어지는 거야. 그리고 치다가 까벌은 내버리는 거야. 치다가 까벌은 다 내비리고 그리고 알맹이가 나오는 거를 맷돌에 타니까 이제 보리쌀 쪼가리가 나오는 거지. 뽑은 게 쪼가리가 나오는 거야. 그래서 그걸로 죽을 쒔어. 멀것 게 한 량을 쑤는데 동생이 피똥을 누니까 간호원들이 그 보리죽 얻어먹을라고. 아휴 동생 피똥 싸는 거 고쳐준다는 거야.

[조사자: 아 고쳐줬다고요?] 간호원들이 막 파편에 맞아 죽는 게 피 나오는 많으니까 간호원들이 남자고 여자고 떼로 몰려다녔다고 그런거 때문에 파편에 맞아 죽는 것도 있고 피 나오는 것도 있고 다리 뿌잔 것도 있고 그래서 남자 간호원, 여자 간호원 몰려 다녔어 이렇게. 그런 거 고치러. 어 그래 우리가 보리쌀을 그거 보리죽을 한 량을 써놨더니 아이고 간호원이란 간호원은 다 몰려드네 그거 얻어 먹을라고. 아이고 보리죽 얻어먹고서는 동상 그거 피똥 싸는 거 그걸 고쳐주겠다는 거야. 아주. 고쳐 줄 테니까 보리죽이라도. 흐흐흐흐. 그래 보리죽을 그냥 삼일을 그냥, 일주일을 보리죽을 먹인 거야 간호원들을. 일주일을 간호원들을 보리죽을 먹였는데도 동상을 여이 피똥을 누잖어. 몬 고치더라고 뭐 약 맥이고 주사 놓고 다 소용없어. 그 피똥이 나오니까, 아휴 그래서 간호원들이 못 고치고 여이 피똥을 누는데 동상은 죽겠어.

그래서 엄니가 저, 옛날에는 엄마가 없어 다 어머니라 그랬다고. 어머니가 저 용산. 용산 그 개울뚝에 가서 돌미나리를 뜯어왔어. 돌미나리를 그냥 보구리 가득 한 보구리를 뜯어왔는데, 돌미나리를 삶아서 삶아서 무쳐서 밥이 어딨어 보리죽에 먹는 거지. 돌미나리를 삶아서 보리죽에 그냥 동상을 자꾸 멕였더니 아이고 대번 피똥 대번 멈추는 거야, 피통이 대번 멈추는 거야. 그래서 그 돗나물 때문에 아 고쳐지니까 또 가서 한 보구리 뜯어왔지. 아 그래서 그거 먹고 동상 피똥 누는 거 완전히 고쳤다고. 고쳤어 고쳤는데. 아 시골로 또 또 이놈의 보리죽은 보리는 또 다 먹었지 뭐야, 또 양식을 구해야 되잖아.

간호원들 먹이고 보리죽 쒀서 다 먹었으니 그놈 겉보리 먹은 거 겉보리 구한 게 다 먹었단 말야. 그게 떨어졌어.

[5] 충청도 음성으로 피난을 가다

떨어져 가지고 또 그냥 시골로 양식을 구하러 간다고 어머니 아버지가 가더니 양식은 못 구해 가지고 그냥 올라왔어. 그냥 올라와 가지고서는 그냥 어떻게 그냥 올라왔으니 망개 먹을 게 없어서 그때 영등포 참외밭이 있었다고 영등포가서 그냥 참외를 그냥 아버지는 지고 오고 그때는 강오리가 있어서 강오리에다가 이고 아버지는 지고 참외를 구해와가지고 참외를 삼일은 그것만 먹고 살라니까 금세 배는 불러서 좋은데 오줌 한 번 똥 한 번 누면 그냥 배가 고파 미치는 거야. (박장대소) 배가 고파 환장을 하는 거야 그냥. 아유 배가 고파 죽겠는 거야. 그래 참외로다가 이제 배가 고프나 어짜네 참외를 사다 일주일을 살다가 시골로 보리를 또 구하러 갔지. 또 구해가지고 보리를 구하러 가면 한꺼번에 많이도 구하는 것이 아니라 많이 구해봤자 닷말, 닷말 겉보리를 서말을 구해오는 거야. 그래 참외 먹다가도 죽겠으니 어떻게 시골 가서 겉보리를 또 구해온 거야. 구해와서 그걸 죽을 먹고 나서 시골로 가렸더니 겉보리도 구해올 수 없어서 충청도 음성으로 피난을 갔다고 충청도 음성이라 외갓집 동네로 피난을 갔어. 피난을

외갓집 동네가 산골이라 거 가니까 그래도 뭐 쌀밥도 먹고 보리밥도 먹고 부잣집 부럽지 않더라고. 피난을 갔는데 아우 그것뿐만 아니여 삼일에 한 번씩 소를 잡아먹는데 하하 아이고 삼일에 한번 씩 송아지를 먹는데 고기도 실컷 먹고 뭐 그래 친정 어머니가 막내 동상을 낳은 거여. 어머니가 또 애기를 낳은 거야. 그땐 또 가서 구정을 셌으니까 16살이야, 16살이 됐어. 그 어머니가 애기를 낳았는데 어디가 미역을 살 수가 있어? 호박을 살 수 있어? 그래 가지고 그래 송아지를 한 마리 외갓집에서 잡았어. 뼈다구를 그냥 푹 과 놓고

그땐 자배기야 자배기 빠게스 그런 게 없어. 동이 자배기라고. 자배기를 한 자배기 푹 퍼다 놓고서는, 어머니는 그걸 한달 내내 점심에 한 그릇 저녁에 한 그릇. 그때는 뚝배기야 냄비도 없어. 뚝배기에다가 끓여주니까 아이고 산모가 살이 이렇게 찌더라고. 그래 친정어머니가 나이 늦게 아기를 낳아가지고, 15살, 16살 먹은 게 산달하느라고 혼이 났어. 어머니가 또 애기를 낳아가지고. 이제 그래자 그래자 어떻게 인민군이 다 들어 가지고 다 들어가지고 집이 서울 마포에 집이 들어갔더니 아무것도 없어. 다 가져가고 다 가져가고 아무것도 없어. 그래 생활하고 살아가고 6.25때 아주 큰 고생했지 뭐 아주 뭐 어떻게 그냥.

[6] 풍족했던 서울 생활에 대한 그리움

그땐 마포에 조기, 배가 많이 들어왔어. 조기 배가 많이 들어왔어 그냥. 조기 생선, 그때는 조기가 제일 많이 들어왔어. 조기 한 마리 이런 게 노란 조기 이만큼씩을 하는데 그냥 이만큼 씩을, 샀다고. 조기 한 마리를 사다가 그냥 뭐 그냥 뭐 말려서 그것도 뜯어먹고 그거 지져먹고 하니까 살겠더라고 또 양식은 없고, 마포에 가서 조기 그 한 배씩 들어오는 거 가서 져 날르고 갖다 주고 그럼 품값을 주니까. 그래가지고 그냥 벌어먹고 살았지 그냥 살거여. 아유 6.25때 살라고 아주 큰 고생했어.

[7] 왜정 때 유년 시절을 보내다

그리고 또 왜정 때도 큰 고생했고. 왜정 때.

[조사자: 왜정 때도 기억나세요. 할머니?] 왜정 때 내가 12살이었지. 왜정 때 12살이래도 아주 큰 고생한 거야. 아주 그냥 뭐. 왜 어머니는 애기는 자꾸 나와. (일동 웃음) 애기는 수도 없이 나오는데, [조사자: 아까 똥샀던 동생? 아

까 왜정 때 낳던 동생이 똥 쌌던 동생?] 애기는 몇 째 났는가? 12명을 낳어. 형제를 12명을 낳았는데 6명밖에 안 컸다고. 아이고 그러니 왜정 때 어머니가 애기는 자꾸 나놔서 학교가 뭐여, 학교는 댕길래면 그때는 월사금이야, 월사금이라고. 아이고 그래서 그냥 이건 뭐 애기는 업어줘? 왜정 때 일본놈들이, 여자들이 몸빼입고 여자들도 다 나와서 모심기를 하고 집에 안 놔뒀어. 그래 어머니는 노다지 그냥 일 나가지 나는 동상을 업고 학교가 뭐야 학교는 가야겠는데 책만 들고 앉아 있시면은 어머니가 책을 아궁이에 다 갖다 집어넣어 아궁이에다가 공부할 새가 어디 있느래? 보리 찧서 밥하고 동상보고 불때고 해야지 일본놈이 어머니들 어디 갖다 일 시키니까. 그냥 여자들은 다 붙들배기 시켰어 나같이 어린 거나 놔뒀지. 내가 그래서 학교도 못가고 동상을 데리고 그냥, 보리를 쪄서 밥을 하는거야. 동상을 업고 보리를 찌서 밥을 하는데, 아버지가 그때 우체국 공무원이었다고. 우체국 공무원이었었는데 배급은 안 타오고 겉보리, 밀, 호밀, 알래미 쌀 이런 거만 타오는 거야. 그래 그런 거 먹고 기운도 못 쓰겠고 또 겉보리 타올 때는 동상을 업고 어머니는

없고 우리는 일본놈들이 붙다리는 시키니까 애기를 업고 배는 고픈데 보리를 쪄서, 보리를 찌서 밥을 하니까 나이 12살인데 얼굴이 이렇게 붓더라고, 배는 고픈데 동상을 데리고 보리를 찌서 밥을 하니까 얼굴이 이렇게 부어. 아휴 그러나 마나 어떻게. 식구가 먹고 살아야 되니까 보리를 두고 나이도 12살 먹은 게 얼라는 업고 보리를 쪄서 밥을 하고 그랬어. 그러고 살았다고 그것뿐이야 또? 일본 순사들이 오면은 가마니 치래, 가마니.

[조사자: 가마니가 뭐예요? 할머니?] 가마니. 새끼를 꽈야 돼. 새끼를 꼬는 거야 저녁에 잠 잘 틈이 없어. 저녁에 또 한 쥐치에다가 새끼를 꼬는 거야. 새끼를 꽈야 이 가마니 치지. 새끼를 꽈가 지고 또 가마니 치는 거야. 가마니 치면 또 내가 잘해. 나이는 어려도 이 바느질도 잘 하고 이거, 새끼줄 있잖아. 그걸 바늘에다 넣어가지고 넣다 저기서부터 멕여, 나란히 새끼를 걸어가지고 멕이지, 저기서서 짚을 멕이면 내가 또 끎어 오는 거야. 이렇게 그런거 안 봤지? 하하. 그래 새끼발 새끼치는 게 가마니 치는 게 틀이 있어, 틀이 있었다고. 이렇게 치는 가마니가. 이제 내가 한 번 새끼로 와서 한 번 턱 틀어서 걸어오잖아 이렇게 톡 치는 바디, 저기 그게 있어, 틀이 있어. 탁 친다고 또 올리면 입이 딱 벌어지잖아. 딱 벌어지는 나는 새끼를 걸어서 이렇게 놓으면 저기서 지벌 걸어서 나한테 끌고 오는 거야. 이렇게 딱 치고 그랬다고. 그러면 가마니도 가마니도 한 달에 몇 개를 사서 공출을 돼야 해.

가마니 쳐야 공출해야지. 가마니 쳐야지 저녁에 새끼 꽈야지. 낮에는 동생 업고 보리 찧어서 밥해야지. 우리 나이에 내 나이에 고생을 제일 많이 했어. 얼마나 고생을 했는지 몰라. 학교가 뭐야 학교도 못 다니고. 그냥 보리쳐서 밥 해야지. 가마니 쳐야지. 큰 고생했다고 6.25 때 고생을 하고. 내 에지간이 고생을 했어. 신발이 어딨어 신발이. 학교도 갈라면은 뭐 저 우리는 한날 할아지기에서 짚지게를 삼아 줬다고, 짚지기 학교 한 번만 갔다오면 뒷꿈치가 다 나가는 거야. 다 나가고. 겨울에는 왜 게다를 신고 학교를 가잖아. 게다끈이 끊어지면은 맨발로 게다끈 들고 맨발로 오는 거야. 겨울에도 게다를 신고 학교를 다녔어. 학교 걸어가려면 2키로야 2키로인데 겨울에 눈이 이렇게 세였어, 왜정 때. 눈이 이렇게 세여도, 게다를 신고 학교를 간 거야. 게다를 신고 학교를 가면 미끄러우니까 넘어지니까 쭉쭉 미끄러지니까 게다끈이 끊어지는 거야. 끊어지면 눈이 이렇게 쎄여도 별아간 맨발로 왔어. 양말은 또 어딨어? [조사자: 다리 괜찮으셨어요? 그때? 게다 끈으로 막하고 맨발로 다니면 발이 괜찮으셨어요?] 학교에서 게다 끈 끊어지면 그냥 눈에도 그냥 맨발로 오는 거야. [조사자: 동상 같은 거 안 걸리셨어요?] 아유 그때 그래도 동상 같은 거는 없더라고. 동상에 안 걸려봤어 맨발로 그렇게 다녔어도. 왜 그렇게 고생을 할 수가 없어. 그 서울에 살 때에는 영등포에 광목공장이 있었다고 광목공장, 광목공장에서 어머니가 실을 사오면은 실을 사오면은 양말을 따 떠서 신겼어, 내가 양말을 이렇게. 양말 떠서 신기고. 세타도 뜨고 바지도 뜨고. 장갑도 뜨고 실을 사오면 떠서 다 내가 그렇게 했다고. 나이는 어려도 말이야. 장갑 뜨고 양말 뜨고 세타 뜨고 바지 뜨고 다 떴어. 너머 방죽, 공장, 방죽 광목 짜는 공장에 가면은 이런 짜투리 실을 많이 사와 이런 거는 아주, 보따리로 사온다고. 고걸 감아가지고 다 떠서 떠서 입고 그랬어. 그때. 그때는 양말도 없었어. 양말이 어딨어. 양말도 없고 버선도 광목버선. 그런 실 사다가 양말도 떠서 신고 그랬다고. 양말이랄 것도 없어. 아우 왜정 때, 하도 고생을 해가지고 그래.

[8] 배고픔과 싸우며 피난길에 나서다

또 6.25 그 저 2차전쟁이 났었어. 2차 전쟁. [청중: 동란, 동란] 어 그때 드고 날려면 눈이 길같이 셌다고 눈이 이렇게 세이고 그러는데도 그냥 차가 어딨어 그냥 걸어다니고. 6.25 사변 때는 외갓집에 여기 피난 갔다고 했었잖어. 서울서 충청도 음성을 걸어 나가 걸어 간거야. 마포에서 먹고 살 수가 없고 양식을 못 구하니까. 그래서 마포에서 식구가 양식을 못 구하니까 다 껄머지고 양은솥 하나 껄머질 게 뭐있어 양은솥 하나 소금빽이지, 소금 하고 양은솥 껄머지고가서 충청도 음성을 걸어 갈려니까 그저 밤이나 낮이나 걷는 거야. 밤이나 낮이나 걸어. 그러니까 배고프면은 양은솥 걸어 놓고 불때서 보리솥 삶아 밥 해먹는 거야. 어 양은솥 걸어놓고. 자는 건 이제, 시골에 가다보면 집이 있어. 집에 들어가서 멍석 같은 게 있으면은 멍석 같은 거 마당에다 쭉 피고 거기서 그냥 자고 솥 걸어 밥 해먹고. 또 걸어가고 또 걸어가고 열흘을 걸어 갔어. 열흘을 서울서 충청도 음성을 열흘을 걸어갔다고. 어휴 잘 먹긴 해? 반찬이 어딨어? 소금 한 가지에 이래 피난 가다보면은 이런 집 같은 데 들어가면은 뭐 배추 걸은 것도 있고 호박 달린 것도 있고 그래. 그래 그런 거 따가지고 소금 넣고 보글보글 지져서 그냥 보리쌀 삶아서 또 걸어가고 또 걸어가고 그러는 거지. 이 때 16살 먹은 게 서울서 마포에서 충청도로 걸어 갔는데 이 무릎을 이 무릎을 너무 걸어가지고 무릎을 거의 한 10년이 무릎이 아프더라고. 그러게 한 10년 지난게 무릎 아픈 게 나서 이렇게 사는 거지. 아이고 나이는 어린 게, 동상. 동상이 그때 동상이 그러니까 어 내가 그러니까 16살니까 동상이 나하고 5살 차이니까 동상이 그러니까 10살인가? 동상도 걷고 나도 걷는 거야. 어머니 아버지 걷고. 그래 밥 해 먹고. 양은솥 걸어 밥 해먹고서는 이자 보리쌀 몇 되 가지고 또 그걸 껄머지고 또 걸어가지는 거지. 걸어가다 자고 또 밥 해먹어야 되니. 열흘을 걸어갔어. 마포에서 충청도까지

[조사자: 그럼 가다가 잠은 빈집에 들어가서 주무셨어요?]

그럼 빈집에 찾아 들어가야 돼. 그래도 빈집에 들어가면 먹을 게 있다고. 쌀 양식은 없지만은 그래도 호박 심어논 거, 뭐 야채 심어논 거 뭐 이런 게 있시니까, 그리고 인제 이렇게 찾아보면은 고추장 담근 거도 있고 간장 담근 것도 있다고. 그런 거 퍼다 죄 해먹고. 자고 또 걸어가고 그것도 또 없는 집이야 없는 집은 소금에 소금만 해먹고 걸어가는 거고. 밤에 잘 땐 그래도 집을 찾아 들어가야 돼. 집을 찾아 가는 것도 그것도 보리쌀도 없고 몇 되박

가져 가는 거를 그걸 삶아 먹으래니가 집에 들어가면 양식은 없어도 그 반찬, 간장 같은 것은 있다고 된장 간장은 있어. 그래 그거 먹고 그거 없는 집은 그녕 소금은 있으니까 무얼 하든간에 소금만 쳐넣고 그냥 뭐 썰어넣고 보글보글 짓는데 소금만 한 움큼만 너면 끝나는 거야. 그래도 그게 꿀맛이여. 미원이 그런 게 어딨어. 없다고 소금만 너서 끓여도 마늘 파 안 너도 맛이 그렇게 좋아. 아주 뭐 그것도 환장을 하고 먹는 거지, 배가 고프니까 주전부리가 주전부리 할 게 있나 망국에 부어서 보리쌀만 삶아 먹는 게 그건 데. 아휴 난 그래서 왜정 때, 6.25 때 하도 고생을 해가지고 아주 말도 못하게 고생했어. 그리고 이 대통령이 대통령 볼 때, 이 대통령이 대통령 볼 제, 하무도 숭(흉)년이 든 거야. 하무 논이 말라 벼를 못 심어 가지고 이 대통령 볼 제에도 아무도 벼 농사를 못하고 모를 못 심으니까 그때 그냥 부항 나서 못 먹어 가지고 그때 내가 몇 살이었냐면 그때 내가 어 스물 살, 스물 세 살에 이대통령 좀 직에 아무도 가뭄이 들어가지고 못 먹어 가지고, 모를 못 심어 가지고 논이 다 말라 비틀어져 가지고 먹을 게 없어서, 그냥 나물 날마다 뜯어야 살어, 나물 뜯어야 살어.

쑥 뜯고 쑥을 가 뜯어야 쑥을 뜯으면은 뭐 해먹을 게 뭐 있어 무릇랜가 모르지 무릇. 몰르지? 산에 가서 무릇 벨라니까 마늘 같이 열매가 달린 게 있어 산에 가서 무릇을 마늘 같이 열매가 달린 걸 열매를 짜롬맨 게 마늘같은 게 무릇이 있어. 무릇을 캐고 청대 짤르고 쑥을 넣고, 며칠을 걸러 볶고 과 가지고 그것만 또 고이 시추고 살았다고 이 대통령 볼 적에 흉년이 들어서 아휴 그때 또 고생한 게 이 대통령 볼 적에 하도 흉년이 들어가지고 이 나물 쑥이 올라올 새가 없어. 여이들 가서 뜯으니까 그냥 옴 올라오면 또 가 뜯고 옴 올라올 새 없는 거 쑥도 가 뜯고 나물도 뜯고 아우 나물로 산은 거지 뭐 그리고 쌀이 없으니까 그때 콩은 있었어, 콩만 있으면 사는 거야 콩을 쩌서 삶머서 쑥 넣어 이렇게 해 먹고 콩으로다도. 콩으로 삶아서 쑥하고 한 열흘씩 살 때가 있고. 그때는 개들을 많이 먹었어. 똥개, 한 마리만 잡으면 또 열흘을 사는 거 아냐 고아놓고. 하하(웃음) 이 대통령 볼 적에.

[9] 6.25 당시, 서울 마포의 풍경을 말하다

[조사자: 할머니 그 전쟁 났을 때, 서울 마포는 어땠어요? 폭격 맞고 불타고 그랬어요?] 서울 마포에 6.25 사변 때 그 난리가 났을 때. 제일 어디서 그걸 많이 했냐면, 용산서 포격을 많이 했어. [조사자: 아 거기 부대가 있으니까.] 어 아주 용산서 폭격을 하면 밤에 솜이불 덮어 쓰고 자야 해. 철쪼가리 떨어지니까 그제, 방에서 못 자고 대청 이런 마루에서 자는데 그때 마루가 있었다고 옛날 마루가 있으면은 몸띠기면 못 자. 솜이불을 뒤집어쓰고 자야 해. 쇠쪼가리 떨어지니까 맞았다하면 죽으니까 여름에 여름에 그 더울 째도 용산서 쇠쪼가리가 막 날아오니까 솜이불 덮고 자니까 집에서 떨어지는 소리가 꽝당뚱당 막 우르르 소리가 난다고 막 쇠쪼가리 떨어져서 맞았다면 죽는 거야. 내가 얘기 했잖아 동상 똥 누러 갔다가 죽을 뻔 했다라잖아 쇠쪼가리 떨어져서 밤에도 이렇게 보면 지붕 위에도 쇠쪼가리 막 떨어지면 그 궤장, 그 지붕 위에 궤장이 다 깨지는 거야. [조사자: 아 기와장] 우당탕 우당탕 깨지느냐고 잠 못 자지 잠을 어디가 자 전깃불도 없고 전기도 안 들어오고 또 껌껌한 데서 그냥, 아주 6월달 고생이 제일 많이 했어. 6.25 때.

[조사자: 그럼 처음에 전쟁이 났다는 걸 어떻게 아신 거예요? 포격이 떨어져서 아신 거예요?] 그래 아까 내가 얘기하잖아. 저 열다섯 살 먹어서 인쇄소에서 일을 하는데 인쇄소에서 삼층 건물에서 인쇄소에서 일을 하는데 이 종잇장을 썰은 거 있잖아 비행기에서 막 떤지는 거야. 삐라야 삐라란 게 다 날아가며 떨어지고 그러는데 인쇄소 일하다가 그거 주워다 읽어보니 인민군이 뿌린 거야. 인민군이 뿌려, 그거 뿌리고 열흘만에 난리가 났다고. 열흘만에 아침 6시에 처들어왔어. 아침 6시에 처들와가지고 아침밥 한 거를 그냥 못 먹고 마루 밑 지하실 밑에 가서 먹고 그랬다니까. 그래도 그놈들이 들어와 사람 해꼬지

는 안 하더라고. 그 동무라 부르고 성이 모자라서 김동무 박동무 이렇게 부르고 사람 해꼬지는 절대 안 해.

[조사자: 그럼 군대 간 오빠들은?] 군대 간 오빠들은 큰 오빠는 해군 가고 오빠는 여기 육군으로 갔어. 군인으로 갔어. 군인가 없고 아버지는 아까 얘기해 통장 보다가 통장 보다 붙들려 보국대로 붙들려 가서 일만하고 그때 엄니하고 나하고 동상이 있었어. 내가 그 얘기 했잖아. 간장 구해, 간장 고추장 된장 구해 달라면 구해주고. 양중에는 놋그릇 구해가지고 놋그릇 구해주다가 얘기가 빠졌어. 그런 거 다 구해다 줬는데 내가 키가 크니까 아니 나한테 인민군이 붙들어 가잖아 여자군인으로 붙들어 가잖아. 날 여자 군인으로 붙들어 가잖아. 아이고 여자 군인으로 붙들어 가는데 이거 뭐, 증말 사람 죽겠더라고. 이거 뭐 지지배란 지지배는 다 붙들어 놓고 한 데다 몰아넣고 훈련을 받고 체조 하고 하는데, 아이고 그래도 내가 도망 튀 나오는 바람에 살았어.

[조사자: 어떻게 도망 나오셨어요?] 그래서 어떻게 도망쳐 나왔느냐면, 뭐가 고생이냐면 여자 나올 때가 가장 고생이더라고. 걸레가 있나 뭐가 있나 닥에 칠칠 흐르는데, 거기에 사람 환장을 하고 밥이라는 건 없어 밥을 이렇게 해서 삶아가지고 그 풀 때, 소금을 넣어 퍼가지고 휘휘 져서 이래 주먹밥을 해주는 거야. 이런 주먹밥을 해 주니까 그러면 주먹밥을 뜯어먹고 아침부터 훈련을 받은데 뭐 그 인민군 노래도 이제 다 잊었어. 인민군 노래가 처음에 "아침은 빛나라 이 마을에"이러고 부르는 거야. 그래 아침이면 인민군 노래 배워야지. 훈련해야지. 아이고 거기 있다 안 되겠더라고. 보름을 훈련하고 배웠어. 보름을 훈련하고 노래 배우고, 체조하고 그러는데, 아이고 못 견디겠더라고. 못 견디겠어. 그냥 아침 저녁, 저녁 새새에 살살살살 겨 나와서 살았어. 그때 안 나왔으면 훈련 받는 기집애들 다 죽었대. 폭격해서 다 죽었대. 그래서 나는 살살살살 집이 도망 온 바람에 살은 거야. 나오고서는 한 일주일인가 열흘 있는데 거 폭격해서 지집애들 다 죽었대. 그래서 내가 오니까 어머니가 붙들고 막 울지 뭐야. 어떤 놈 붙들고 죽였는지 알고 노랗게 울고 있는 거 내가

들어가니까 어머니가 깜짝 놀라면서 막 붙들고 울잖어. 살아 돌아오니까. 어떤 놈이 가서 인민군이 가서 죽였는지 알았는데 살아 돌아오니까 그때 가서 내 훈련도 그 인민군 노래 배우고 훈련도 15일을 했대니까. 나이도 어린 게. 그리고서 도망쳐 나오는 바람에 내가 살았다고. 참 나이는 어려도 그놈들한테 붙들려 그것도 해보고.

[조사자: 붙들려 가는 당시에 부모님 앞에서 붙들려 가신, 부모님 계신 앞에서 붙들려 가신 거예요?] 그럼. 아니 어머니 모르지. 아니 뭐야 어머니 시골 양식 구하러 가서 없는 사이에 붙들려 갔지. 동상만 놨두고. 동생만 놔두고서 인민군들한테 붙들려서 그냥 통장을 보니까 통장보는 집이 우선적으로 뭐든 우선이야. 그래 내가 크니까. 인민군들이 가자래드니까 인민군 옷을 입히고 그냥 훈련 가리키고 그러잖어. 아이, 반찬이랜 거 없어. 밥을 해가지고 굵은 소금 섞어서 이래 주먹밥 해주면 한덩어리 해주면은 하루 세끼에 그것만 뜯어먹으니까 물 먹고. 반찬 아무 것도 없어.

[조사자: 훈련은 뭘 받으셨어요? 훈련 훈련은? 인민군 훈련이라는 게 총? 총 쏘는 걸 가르쳐 줘요? 뭘 가르쳐 줘요?] 그런 거 가르키는 거지 이제 총 쏘는 거 뭐 그 인민군 저 나라 그걸 가르치는 거야. 저 나라 그거를 가르키는 거야. 그래 그걸 15일을 배우는데 그게 눈에 들어가고 눈에 띠어? 그게? 뭐 주먹밥만 먹고 하는데 전쟁 중에 뭐여, 밤에 잠도 못 자고 훈련 받는데. 도망 갈 궁리만 생각나는 거지. 뭐 귀에 하나도 안 들어와. [조사자: 다시 잡으러는 안 왔나봐요?] 잡으러는 안 왔어. 도망을 나왔는데 거기 폭격을 해서 훈련 받던 기집애가 다 죽었대. 나도 도망 안 쳤으면 죽은 거여. 도망쳐서 살은 거야. 아우, 서울서 나이는 어려도 글쎄 그런 거한테 붙들려 가서 그짓까지 당하고 어 아유. 내 나이에 나같이 고생한 사람이 없어. 큰 고생했어. 아주. 굶기도 많이 굶고. 참외만 일주일 먹고 사니 아주 환장하겠더라고. 그저 먹을 때 배는 부른데 오줌 한 번 누면 환장을 하는겨 배가 고파서 세상에 참외 먹는 게 제일 배가 고픈거야. 금세 배가 뿔룩해서 좋은데 오줌 한 번 누면 배가

고파 환장을 하는 거여. 아유 참외도 일주일을 먹고 살아봤어 6.25때. 아이고 큰 고생 했어. 아주 그 6.25때 동생을 가져 가지고 산간하느냐고 큰 고생하고 난리 때, 아유, 세상에 내 나이에 나처럼 고생한 사람 없을겨 서울 살았기 때문에 서울 살아서 경험이 더 많지.

한강 다리 그 서울 한강다리 폭격해서 다 끊어졌어. 다 끊어놨어. 아우 폭격을 해가지고. 폭격을 해가지고 다리 끊어져 가지고 군데군데 한꺼번에 다 끊은 게 아니라 이렇게 군데군데 끊어 놓는 거야. 이렇게 군데군데 이렇게. 다 끊어 놓는 게 아니라 포격 한 데만 끊어지는 거야 이렇게 폭격한 데만 끊어지는 거야. 그러면 그냥 남자들이고 여자들이고 애를 업고 거길 껑충 뛰어넘고 애를 업고 껑충 뛰어 넘으면 애가 물로 쑥 빠져들어가는 거야. 그래도 그냥 가 뒤에서 막 미니까 가야 돼. 애 빠진 게 무이 아녀 애 빠진 거 직살하다 밟혀 죽어. 애가 빠져 물에 들어가도 뒤어서 막 미니까 가야 살어.

[조사자: 아 얘를 등에 업고 거길 폴짝 뛰니 애가 빠져서, 아-] 그래 그전에는 앞에 애 업는 게 없어 다 등허리에 업는다고 등허리에다 업고 그 폭격한 여그를 껑충 잡아 뛰면은 등허리에서 애가 쑥 빠져 한강 물로 들어가는 거야. 그래도 애 쳐다 볼 새가 어딨어. 뒤에서 막 미니까 가야 돼. 애 드는 거 들여다 볼 새가 없어 막. 가야 돼.

그래서 그때 갔다가 애 죽은 것도 많고 사람 빠져 죽은 것도 많고 그 어머니 메나리 뜯으러 가서 인민 죽은 것도 많이 봤대. 메나리 뜯으러 가서 인민군 죽은 거 보니까 몸띵인 다 썩고 없는데 머리카락만 땅 앙칼게 나 있더래. 메나리 뜯으러 가서 인민군 죽은 게 많더래. [조사자: 어디에 할머니?] 용산 한강 용산 다리에 그 개울 뚝에 메나리 뜯으러 가는데 [조사자: 아 미나리를 뜯으러 가는데] 어머니가 용산 동상 살릴라고 피똥을 누는데 동상 살릴라고 메나리 뜯으러 갔는데 근데 그냥 어머니가 메나리 뜯는데 머리카락만 앙상하게 있는 거 인민군 죽은 거. 인민군 죽은 거래. 엄청 많더래 인민군 죽은 거 메나리 뜯으러 가보니까. 그래 인민군 몸뚱이는 썩고 없는데 머리카락은 앙상하게 있더래. 근데 머리가 다 짧았어. 그 사람들은 머리 길르는 게 없어. 길르는 게 없어. (손가락 한 마디 정도를 짚으며) 머리 제일 많이 기른 게 요래 머리를 다 딸막게 깎았어. 다 깎았다고. 제일 많이 긴 게 요만해. 그런 게 죽으니까 머리가 앙상하게 있는 거야. 그래 친정 어머니가 그래 엄마가 그래. 메나리 뜯으러 갔다 인민군 죽은 거 많이 봤다. 많이 봤다 그래. 그래 그 난리 땜에. 그 돌미나리가 그렇게 좋은 거여. 그 핏똥이 동생 살릴라고. [조사자: 돌미나리?] 어 돌미나리. 돗미나리라고 그랬어. 돗미나리라고. 그 피똥 누고 뭐 주사약 필요가 없어. 그 미나리 먹고 살린 거야. 미나리 삶아서 미나리를 삶아서 뭐가 있어 간장이 있어 뭐가 있어 그냥 소금에 주물러서 멕이는 거지. 그걸 먹으니까 그냥 자고 나니까 그 피똥 누는 걸 피똥이 딱 그치는 거야. 그렇게 좋을 수가 없어.

그래 간호원 기집애들 보리죽 쒀서 그냥 보리 쒀서 한 일주일 먹여 살린다고 혼났지. 어머니가 동생 살릴라고. 그래 그때 약도 필요 없고 그래 돌미나리로 고쳤어 돌미나리가 좋더라고. [조사자: 군대 갔던 오빠들은 다 살아 오셨어요?] 다 살아왔어. 다 큰 오빠도 진해로 해군 간 오빠도 다 살아오고. 육군 간 오빠도 잘 살아오고. 다 잘 살아왔어. [조사자: 그럼 혹시 전쟁 때문에 가족 중에 돌아가시거나 다친 분은 없으셨어요?] 죽은 사람은 없어. 아버지도 보국대 갔다 잘 풀려오고. 그래 죽은 사람은 없어.

[10] 도시처녀 시골남자에게 시집가다

아 그래서 이후에 난리, 이후에 6.25사변만 안 났시면 내가 인쇄소에 다니고 내가 기술 배웠으면 얼마나 행복하게 잘 살았을 거야. [조사자: 아 그러게요 할머니 그때는 기술자들이 최곤데.] 아 그럼 내가 참 책 좀 잘 접고 참 잘 했지. 아주 책도 잘 접고 기술자지. 그래 내가 외갓집 동네로 시집을, 외갓집 동네로 피난을 갔다가 고기서 산골로 시집을 간 거여. [조사자: 피난을 갔다가 시집을 간 거예요? 할머니?] 어 외갓집에 피난을 나갔다 거기서 시집을 간 거야. 열여덟 살에.

그때 열여덟 살에 시집을 왜 갔느냐면은 미군 껌둥이가 들어왔어. 아유 미국 껌둥이가 들어와서 내가 이 키니까 얘깃거리 또 있지 얘깃거리 또 있지 아유 이 키니까 인민군, 아유 그 미군 껌둥이가 그냥 늙은이고 보고 환장을 그냥 안아줄까 생각을 하는 거야. 아유 이걸 어떻게 또 난리야 또 이것도 살아야 되것는데 이 머리를 옛날엔 하깔라 머리를 깎았다고 머리를 하깔라 머리로 깎고 그 6.25때 서울, 산에 인민군들이 방공 구덩이 파놓은 게 많아. 방공 구덩이 파놓은 게 많다고 응, 그러면은 머리 이렇게 하깔라 머리를 깎고 빽모자 쓰고 다 떨어진 우와기 바지 입고, 지게 지고 그냥 산으로 가는 거야. 지게 지게 지고 갈퀴 지게에다 꽉 꽂고 지게 지고 산으로 올라가는 거야. 올라가면 그놈들한테 붙들릴까봐 나이 어린 거 붙들릴까봐 열여덟 살에 붙들릴까봐, 지게 벗어놓고 구덩이 안에 들어가 있는 거지 뭐 거 가서도 거기 가서도. 나이가 어리니까 열여덟살에 나이 어리니까 무섭잖어 그래 산에 가서도 지게를 지고 못 있고 지게 벗어놓고 구덩이 안에 들어가 있었다고. 머리 상고 머리 깎았어, 남자마냥. 그리고 옷을 그냥 산에 그냥 지게 지고 그냥 갈퀴 꽂고 지게 지고 올라가서 낫 꽂고 갈퀴란 게 이렇게 긁는 거 있잖아. 그거 꽂고 낫 꽂고 그래고선 머리 하깔라 머리 깎고 뭐 신발도 다 털어진 거 끌고 그지마냥. 그래가지고 산에 올라가 있는 거야. 그래도 그놈들 만날까봐 구덩이 안에 들어가 앉아 있더랜 거야. 지게 벗어놓고.

[조사자: 그게 어쨌건 남장을 한 거네요? 할머니?] [조사자: 치마 안 입고 남장을 한 거네요?] 치마가 뭐야 다 떨어진 거, 다 떨어진 스복 입었는데. [조사자: 머리도 일부러 짧게 자르시고?] 그럼 머리도 짧게 하깔라로 깎아버리고 빽모자 쓰고 완전히 남자지. 어 남자지 미군 껌댕이 만나면 해로지 할까봐 무서워가지고 사람이 올라간 거 나 혼자니까 지게지고 올라간 건 나 혼자잖아. 그래 지게를 벗어 놓고 구뎅이에 들어가서 이래고 있었다고 밥도 못 먹고. 굶어

가지고 쟁일. 저녁에나 내려오는 거야. 그놈들이 해꼬지를 해니까 그냥 가만히 안 놨두고 여자보고 환장을 하는겨 늙은 거나 젊은 거나 여자보면 환장을 하는, 통배라는 놈이 통배라는 놈이 늙은이나 색시나 보면은 다 좋다고 오케 오케 해대는 거야. 오케 미국놈이 묻는 거야. 묻으면 오케 해래는 거야. 통배꾼이. 그래가지고 늙은 거나 젊은 거나 만나기만 하면 그놈한테 다 당하는 거야, 그냥. 그때 보리밭에 가 숨고, 콩밭에 가 숨고 나 산에게 방공 구댕이에 가 숨고 한 두가지 고생이 아니야. 한 두가지 고생이 아니라고.[조사자: 폭격 보다 더 무섭죠. 사실은.] 응 더 무서웠어. (웃음) 아 그때 생각하면 참 기가 멕혀.

[조사자: 그래서 거기서 음성에서 시집을 가신 거예요?] 거기서 시집을 이대통령 볼 때 시집을 간 거야. 이대통령 볼 때 시집을 갔는데 [조사자: 그러니까 음성에서 피난살이 할 때.] 음성에 가 피난을 갔다가 나이가 열다섯이니까 미국 껌댕이가 해꼬지를 하니까. 이래 지지배를 뒀다가 지지배가 시집도 못 보내고 지지배 절단 나겠다고 시집을 보낸거야. [조사자: 충청도 남자와 결혼을 하신 거예요?] 하깔라 머리에다 길이래봐야 (손가락 한 마디를 가리키며) 간단히 붙들어 매고 시집을 갔잖아. (일동웃음) 고무줄로 바짝 붙들어 매니 요만해. (조사자의 머리를 가리키며) 아 이만한 실지. 하깔라 머리가 지우 길어가지고 고무줄로 바짝 붙들어 매니까 요렇게 매지드라고. 그렇게 매고 시집을 간 거야. 아이고.

괜히 그래도 서울서 인쇄소만 댕기고 왔다 갔다 했는데, [조사자: 도시 여자였는데…] 시골 놈팽이 총각을 얻어, 맘이 꿈에나 들어? 뵈기도 싫지. (웃음) 그것도 그냥 속어 간 거야. [조사자: 왜왜 뭘 속았어?] 아이고. 큰집은, 큰집은 새로 지었어. 바로 옆집에 사촌이 사는데 목수니까 우리 산도 있고 하니까 나무로 집을 잘 지었는데 그게 총각 우리집이라고 바꿔 보인 거야. 바꿔 보인 거야. 그래 시집을 가니까 그래 우리 집을 바꿔 보였잖아? 나 살러 들어간 집은 담은 돌담을 하고 겨 들어가는 집이여. (웃음) 문지방이 얇트림 하니까

겨 들어가야지. 문지방도 얇고 돌담을 해고 아고 그 동네도 처음 봤지. 길이나 좋아? 길은 그냥 울퉁불퉁 돌이라 걸어갈려면 넘어졌어. 그런 길 걸어가니까 늘 넘어진 것 같애, 돌에 걸려 가지고 돌에 걸려 시집을 가서 넘어지고 많이 넘어졌어. 그래 그 동네로 시집을 갔는데 그 이대통령 볼 때에 흉년이 들어가지고 아까 그랬잖아 개 잡아 가지고 일주일 먹고 그랬다고. 개 잡아 먹고 풀 뜯어 먹고 그러는데 사람들이 얼굴이 부어 가지고 (얼굴을 감싸면서) 이래. 그래 나도 시집을 갔는데 가난한 집에 속어 가지고 배가 고파서 김치 한폭만 뜯어 먹고 많이 살았어. 김치 한 폭만 먹어도 살어. 든든해니까 그저 서울서 그 기르는 쇠비름 먹고 피똥 싼 거보다 낫더라고. 김치 한폭만 먹어도 배가 부르니까 그땐 배추도 잘 안 됐어. 배추도 심매 나생이처럼 요렇게 비료가 있나 거름이 있나 짜빠란 게 나생이 같은 게 요런 거 요런 거 뜯어다 요래 썰어가지고 씻어서 김치 하는 거야. 김치 포고지는 게 어딨어? 거름이 없어 오줌 똥으로 기르는 거 그때는 비료가 없어, 비교가 없고 오줌똥으로 다 길렀어. 오줌똥으로 다가. 그래 제 똥 먹고 삼년만 못 먹으면 죽는다 그랬어 그때는. 오줌똥으로 다 길러서 먹고 사니까. 아이고 또 이대통령 볼 적에 고생하고 [조사자: 그러면 피난이 끝나고 거기서 결혼 하셨기 때문에] 거기서 결혼했지. [조사자: 그냥 충청도에서 계속 눌러 앉으신 거예요?] 그렇지 눌러 앉았다가 그냥 거기서 눌러 앉았다가 [조사자: 음성에서 그냥 계속 사신 거네요?] 어. [조사자: 부모님은? 부모님은 돌아가시고?]

응. [조사자: 친정 부모님과 동생들은 다시 마포 서울로 올라가고?] 아니. 서울로, 서울로, 그렇지 서울로 또 올라가고, [조사자: 되돌아가고?] 난 거기서 [조사자: 할머니만 남겨진 거네요.] 어 시집을 간 거지. [조사자: 아 그렇구나] 시집을 갔으니 집은 겨 들어가 겨 나오는 거지 뭐 신랑이네 시골 총각이니 마음에나 들어? 마음에 들 것도 없지. 아주 고생 많이 했어. 별별 고생을 많이 했다고.

[11] 군대에 간 남편, 제대 후 얼마 살지 못하고 죽다

[조사자: 할아버지 군대는 안 가셨어요? 군, 군대. 군인으로 끌려가지 않으셨어요?] 나? [조사자: 할아버지, 할아버지.] 어, 신랑, 군인 갔지. [조사자: 결혼 하고?] 그럼 결혼하고 나이 열아홉에, 신랑은 스물두 살에 군인을 갔지. 열여덟에 껌댕이 무서워서 껌댕이 무서워서 시집을 갔잖아? 근데 신랑이, 열아홉에 군대를 가는 거야. 신랑은 스물두 살이고 6.25때 막 전쟁할 때 신랑이 군인 갔어. 군인을 갔다고 그때는 내우를 해서 남자들 보면 말을 안 했어. 이렇게 남자가 지나가면은 여우 이렇게 보는 게 아니라 이렇게 숙이고 가야해. 남들 보면은 안돼. 고개를 이렇게 수그리고 가고 내외할 때라. 신랑 군인 가는 것도 내가 나가서도 못보고 담에 숨어가지고 이렇게 신랑 가는 걸 내다 봤다니까. 새댁들이 내외할 때라 남자들도 못 쳐다보고 길 나가서 신랑 군인 가는 것도 못 봐. 밤에 가서 숨어가지고 요렇게 가는 걸 봤다니까. 그래가지고 스물여섯 살에 제대해가지고 나온 거라고. [조사자: 스물 여섯 살에] 응 스물여섯 살에 제대해서 와. 나는 그때 두 살 스물 두 살 된 거지. 이제 스물두 살이고 신랑은 스물여섯에 제대해 왔다고. 그래 첫애 난 게 지금 오십 여덟이야. 딸. 그때 난 게. [조사자: 그때 스물여섯에 제대 하셔서.] 한 번 휴가 온 후에 애가 생겨가지고 생긴 데 제대해서 나은 게 시방 그 딸이 오십 여덟이야. [조사자: 그럼 할머니 전쟁 때, 그렇게 결혼하셨잖아요. 할머니. 결혼 하시고는 그냥 전쟁이 끝날 때까지는 계속 음성군에서 계신 거네요?] 살았지. 신랑 군인가고. 그래서 거기 산거야. [조사자: 그래서 서울 처녀가 전쟁 때문에 시골 아줌매가 된 거네요.] 난 아주 시골 아주머니가 됐지.

시골 아주머니가 된 거야. 그래서 인저 시골 살다가 그러다 신랑이 집에 와서 얼마 못 살고 죽네. [조사자: 응?] 신랑이 얼마 못 살고 죽었어. 제대 해가지고. [조사자: 제대 하고 얼마 안돼서.] 서른일곱에 가더라고. 서른일곱에. 왜 그러냐면 제주도로 군인을 갔어. 제주도로 군인 가가지고, 제주도에 물이 없어서 순 녹물을 먹고 오줌을 눠서 먹곤 해서 그랬대. 물이 없대 거기는 물이 없어 가지고 빨간 녹물 먹고 목이 하도 마르면 오줌을 눠서 먹고 그랬대. 그래가지고. 그때는 옘병 열병이 많았어. 제주도에서 열병 그 옘병을 다섯, 여섯 번을 앓고 왔다는데 이거(머리카락) 뭐 다 빠지고 이도 빠지고 귀도 먹어 가지고 제대 한거여. 쓸모가 없으니 집에 해 버린 거야. 제대 시켰어 그냥. 뭐에 써 머리도 빠지고 이도 빠지고 귀도 먹어가지고 옘병을 여섯 번 알아가지고 아 그래 제대를 해서 왔어. 제대 해 와가지고, 스물여섯에 제대 해 와가지고, 스물일곱에 갔잖아. [조사자: 아 서른일곱 살이 아니고 스물일곱 살에, 오시자마자 일 년만에 돌아가신 거예요?] 스물여섯에 제대하고 스물일곱에 가고 나 서른 세 살이고 신랑은 서른 일곱이고. 데리고 열병을 앓다가 간 거여. 데리고 재발이 되가지고. [조사자: 그럼 스물여섯 살에 제대 하셔서 스물일곱 살 돌아가신 거예요? 서른 일곱 살에 돌아 가신 거예요?] 서른일곱 살. [조사자: 아 십 년 사시고. 그러니까 내가 서른세 살, 신랑은 서른일곱 살.] 그렇게 되는 거지.

[12] 홀로 살아가기 위해 서울로 다시 돌아가다

그래가지고 또 신랑 죽고 나니까 살 수가 없어서 이천 여주에서 장사를 십오 년 하다가 애들 공부시킬라고 서울을 또 갔어. 내가. 서울 오류동으로 갔어. 서울 오류동으로 가서 애들 다 공부시키고 군인 가서 다 제대시키고 시방 아들딸이 서울 살고 인천 살고 그래. 난 또 이리로 난 또 뭐냐면은 건축, 건축해서 방수 배워 가지고 건축을 내 한 사십 년을 했어. 그래 가지고 여기 집을 두 채 맡기로 했거든. 그래 집이 있잖아. 아파트를 두 채 맡았으니까 그래 별장 뭐 할라고 집을 그냥 안 팔고 한 채 놔뒀지. 먼저 있는 거 한 채 팔고 여기 있는 거는 별장으로 쓸라고 한 채 놔뒀는데, 공기가 좋아가지고 내 여 와 가지고 살고 있는 거야. [조사자: 아 그래 가지고 이렇게 화통하시구나.

직접 하시고 그렇게 하셔서.] 건축을 사십 년 하고. [조사자: 여장부 같으세요.] 어? [조사자: 여장부 같으세요.]

여주에서 장사 십오 년 하고 건축을 사십 년을 당겼고 여기도 내려온 동기가 방수하러 내려온 거야. 원주 원흥 아파트 여영상가 원흥 아파트 방수 내가 다 한 거야. 원흥 1차. 원주에는 원흥 1차. 5차까지 있다고 1차 5차까지 내가 방수 다하고 여기 원흥 아파트 두 채도 내가 방수를 다 했어. 집 두 채 맡고. 그래 내가 역사가 많은 사람이여. 역사가 많다고. 대충 얘기를 하는 거지 애들한테도 이 이야기를 못 해 봤어, 못 해 봤어. 그걸 정말 다 꾸며서 치르면, 하루가 몇 차가 될 거야. [조사자: 저희가 다 이걸 멋진 책으로 만들 거예요.] 그래 이제 늙어 가지고 아무튼 저 서울 동대문 동평화시장에 방수 사무실이 있거든 사무실이 있어서 동생 하라고 물려주고 여기서 내가 일거리만 있으면 동상 다 주고 그랬는데 내가 협압이 높으니까 고만 할라고 안한 지가 한 삼년 돼. 그래 안 하고 있는 거야. 시방 벌어논 돈 가지고 편히 살고 있다고 인저.

[13] 음성의 피난살이에 대하여 회상하다

[조사자: 할머니 그 음성이요. 음성은 거기 저기 어 인민군이나 중공군은 없었어요?] 음성. 내가 그 이대통령 살고 시집갈 제 인민군이나 중공군 같은 거 싹 없었어. 없었어. 하나도 없었어. 그때 이대통령 볼 때 시집가서 이대통령 볼 제 흉년이 들고 가뭄이 들어서 큰 고생 한 거야 아주 그냥. 그대 개만 삶아 일주일 먹고 쑥나물만 뜯어다가 뭐 그냥 콩 갈아 넣고 그것도 며칠씩 먹고 그랬어. 흉년이 들어가지고. 콩을 불거서 맷돌에 갈아서 쑥 넣고 죽을 써.그래 그걸로 열흘을 먹고 먹을 게 없어서 개를 삶아서 먹고. 일주일을 먹고.

이대통령 볼 때. 가뭄이 들어서 그래 가지고 그때 나 시집을 갔는데 그 동네 가물어서 농사를 못 지어가지고 먹지도 못하고 얼굴이 노라 가지고 이렇게 부은 사람들이 많더라고. 부항이 나서, 뭘 먹어. 부항이 나서 얼굴이 부은 거야. 얼굴이 노라 가지고 얼굴이 붓더라고.

그때는 얼마 가난한지 집에 모녀가 살잖아 이 초마(치마) 하나 가지고 살았어 그때는 얼마나 참 흉년이 들고 가뭄이 들던지. 치마를 하나 가지고 엄마 화장실에 갈 제에는 엄마가 초마를 벗어줘. 근데 그거 입고 화장실을 가고 인제 딸이 들어오면은 치마를 또 벗어줘야 입고 나야와 엄마가 볼일 보러 나왔다고 초마 하나도 모녀 하나가, 모녀가 초마 하나 입고 살았어. 아유 그렇게 어려웠다니까 초마 어디다 놓고 입어. 그땐 이불도 이불도 한 채면 다섯 명 여섯 명 덮고 잤어 발만 디밀고. 발만 디밀고 자는 겨, 이불이 어딨어, 이렇게 그냥 발만 디밀고 살았다고 초마 하나 가지고 모녀가 살고. 그 인성 볼 때 그런 가난한 것도 시간을 보냈다고 그렇게 [조사자: 그러면 거기 음성은 이렇게 뭐지 흑인같은 미군 군인들하고 국군만 있었던 거네요. 할머니? 그죠?] 그때는 미국, 미군 군인만 미군들만 있어. 미군들만 드문드문 있더라고. 미군만 많지 않았어. 미군만 눈에 드문드문 있어 가지고 미군들 있어 가지고.

[조사자: 폭격같은 것도 안 떨어지고요?] 어 그런 건 없어 그런 건 없고. 껌댕이 미군만 드문드문 있는데 그 창녀들이 몸 파는 여자들이 있잖아 걔네들이 껌댕이도 놔놓고 미군 애도 놔놓고 그랬다고 그때 그런 게 있었어. 그러면 아주 껌댕이 미군들이 저 애 놔논 거 보면 이렇게 가다가도 길에 거 놔놓고 애들을 보면은 차에 실고 가 차에 실고 가서 뭐 잘 맥여 가지고 또 고대로 갖다 놔, 먹을 거 많이 줘 가지고 그때 그런 거 많이 나놨어. 미군에, 미군 닮은 애도 많이 낳고 껌둥이 애도 많이 놔놓고 그랬다고. 어 그 사람들이 돈을 많이 줘 가지고. 창녀들이 그 사람들 많이 좋아 해가지고. 돈 많이 벌었어. 그 시절에 창녀들이 몸 파는 여자들이 돈 엄청 많이 벌었어. 서울이나 시골이나 그래 돈을 그렇게 벌어 가지고 집을 몇 채씩 사놓고 그랬어. 그땐 미국 껌댕이가 돈을 잘 썼다고. 그땐. 그래 가지고 그 창녀들 보면은 다 부자야. 시골도 보고 서울도 보면 집이 몇 채씩 가. 돈들을 많이 줘가지고.

[조사자: 근데도 할머니는 무서웠던 거지…] 그럼 그래도 무섭지. 보면 무섭

지. 그때 미군 껌댕이를 보면은 한국애들 보면 차에서도 뭐 먹을 걸 과자나 깡통 있으면 먹으라고 차에다 던져줘. 껌이라고 던져 준다고. 그래서 처음에 그놈들이 나올 때는 한국 애들이 그지라고 그랬어, 그자라고 그랬어. 차에서 과자고 껌이고 던져주면 그냥 환장을 하고 쫓으가 주서서 먹고 그래니까 한국 애들이 그지라 그랬었다고, 그걸 주워 먹을 걸 보느라고 일부러 더 던져주는 거야. 껌이나 과자나 그래 미군들 차만 지나가면 애들이 다 쫓아가고 환장을 하면은 쫓아가고 먹을 거 달라 하면 던져주고 그랬다고. 맨 처음에 와서 애들을 많이 보고 차에서 많이 던져 줬어. 그 소독약 같은 것도 참 좋았어. 그때 미군들이 던져주고 그랠 제, 배제고 예전 깡통에 소독약 같은 걸 하나 던져주잖아? 그게 만병통채여. 화장실에 뿌려주고 채소에 주고. 그렇게 좋아. 지금 그런 약 구할래도 없어. 미군들이 약 하나 던져주고 뿌려 놓으면 그렇게 잘 들었다고, 그 약 구할래도 없어. 아주 채소에 줘도 그만이고 뭐 어디에 주면 아주.

(주변 사람들의 '그만하라.'는 만류소리)… 아이고 이제 그만 애기해야지 힘들어. 이제 고만 애기할게. 됐지 인저? 우리 6리 노인정이 최고가 되겠네. 내가 애기해서. 여 내가 부회장이거든.

하우스보이로 마을을 배부르게 하다

이 규 춘

"돈 없다고 서러워할 것도 아니여. 내가 부지런하고 건강만 하면 살아."

자 료 명: 20130303이규춘(춘천)
조 사 일: 2013년 3월 3일
조사시간: 91분
구 연 자: 이규춘(남 · 1935년생)
조 사 자: 오정미, 김효실, 남경우
조사장소: 강원도 홍천군 홍천읍 희망리 연합 경로당

[조사과정 및 구연상황]

마을회관에서 만난 화자는 조사팀을 반갑게 맞아 주셨다. 노인회장이기도 하신 화자는 주변 어르신들께 신뢰를 한 몸에 받고 계셨다. 덕분에 다른 어르신들의 조사도 쉽게 성사되었다. 화자는 조용한 방에서 이야기를 들려주시기 시작했고, 덕택에 춘천에서 만난 최고의 행운이었다.

[구연자 정보]

화자는 춘천이 고향이다. 한 평생을 교직에 몸담으셨으며, 교장으로 퇴임하셨다. 전쟁 당시, 화자는 하우스보이로 일하였다. 짧은 영어를 할 수 있다는 이유로 장교들의 심부름을 하는 하우스보이를 할 수 있었고, 그래서 춘천의 전쟁 상황에 대해서 잘 기억하고 있다.

[이야기 개요]

6.25당시 화자는 암소를 끌고 가족과 함께 피난을 갔었다. 원주와 문막까지 피난을 가며 겪었던 에피소드, 그리고 미군부대에서 하우스보이로 일하던 경험담,을 주로 이야기하였다. 하우스보이로 일하면서 미군들이 버리는 카스테라 가루를 마을에 버리도록 하게 했다. 덕분에 마을 사람들은 그 카스테라 가루로 떡처럼 빵을 만들어 배부르게 먹을 수 있었다. 지금도 그 카스테라의 맛을 잊을 수 없다.

[주제어] 폭격, 피난, 암소, 원주, 하우스보이, 카스테라, 미군, 영어, 영웅, 마을, 배고픔, 식량

[1] 6.25 전쟁이 나다

홍천중학교에 우리가 2학년 당시에요. 2학년 당시에 올라가가지고 이제 6.25 전쟁이 일어났는데, 그 6.25 전쟁이 일어나기 전에 요 홍천 지역이 전쟁터였었어요. [조사자1: 네. 네.] 여기서 한 4, 50리가 이제 제 1차 방어선이 돼가지고, 전쟁을 하고 있을 땐데. 뭐 6.25라고 하는 것은 다 아시겠지만은 북한이 남침을 해가지고 이제 점령을 했는데, 맨 먼저 이 홍천보다도 우선 어디가 먼저 저거 됐냐믄, 서울이 먼저 점령이 됐어요, 재들한테. [조사자1: 네.] 그래가지고 결국 이제 전부 피란들을 가지요, 여기서. 피란을 가는데 그

때만하더래두 좀 돈, 금전이 있고, 그담에 뭐 그땐 당연히 차는 별루 읎었지만은, 그 능력이 있는 자들은 그래두 미리 미리 다들 피란들을 갔지만은. 그 외의 사람들은 거의가 피란을 못 갔어요. [조사자1: 음—.] 왜냐믄 그때 전진 후퇴를 하면서 계속 우리 아군들이 전진을 하고 있다구 하는 그러한 그. 왜냐믄 동요가 되믄 안 되니까. 지금 재네들이 여기를 치구 들어와 있다, 얼마 안 남았다, 이런 식으로 해믄 국민들이 인제 요동이 되잖아. 그래니까는 그걸 안정시키기 위해서 결국 우리 아군들이 이쪽을 지금 진격하고 있으니 국민들은 안심하라. 이런 얘기가 자꾸 돌지요. [조사자1: 아—.] 그랬다가 바로 6월 25일 날, 여기가 소개 명령이 내립니다. 그래서 그때 당시 국민들 보구 뭐 피란을 가라 어째라 할 시간도 없었어요. [조사자1: 네.] 그래서 그날두 유월 이십오일 날 우리는 몰르구 중학교를 오는 겁니다, 이제.

그래 와보니까는 학교 문을 닫고, 학생들은 빨리 집으로 가라. 이래서 이제 우리가 왔는데. 그게 이제 계속 이쪽으로 밀려들어오니까 우리도 이제 피란 보따리를 짊어지고, 이제 삼마치쪽, 고담에 이제 서울 쪽, 양평 쪽으로 이제 빠집니다. 빠져서 어디를 우리가 갔었는냐면, 내가 간 곳은 가족을 데리고 저- 홍천군 남면이라는 데를 이제 우리는 갔어요. 거기서 하룻밤을 자고 그 이튿날 저쪽 이제 횡성 쪽으로, 횡성 서원면 쪽으루다 빠질라구 하니까, 벌써 이미 서울이 점령이 돼가지고 벌써 오산 쪽으로 벌써 인민군들이 내려갔던 겁니다. 그래서 인민군 장교들이 길거리에 벌써 나타나는 거에요. 거기만 가두 벌써. 그러니까 저쪽이 먼저 점령이 되니까 이쪽을 짤른 거에요.

그래 이제는

"가쇼."

집으루 돌아가래는 거에요.

"우리는 솔직히 말해서 당신네들을 해방시키기 위해서 나왔는데, 당신네들이 가게 되면은 우리는 누구를 믿구 전쟁을 하느냐."

하는 식으루 몰아 집어 넣어요. 그래 이제 갈 수두 없으니까 전부 집으로 오지요.

그래 집으루 와가지구 있다 보니까, 이제 그 6.25의 후에 어떤 처리가 있냐면은 '지방 빨갱이'라는 게 있습니다. 지방 빨갱이. 그러니까 이제 지방의 좌익계들이죠. 그래 이 좌익계들이 대게 어떤 사람이었냐면은 학식이 있다던가 덕망이 있는 사람이 아니고, 남의 집 머슴꾼, 어렵게 사는 노동자들. 이런 사람들을 포섭을 해가지구 그 사람들을 이제 간부로 맨드는 겁니다. 간부를 맨들어가지고. 거 왜그냐믄 그렇게 함으로써 그- 노동자들 또는 남의 일꾼살이하는 사람들. 이러한 사람들을 이제 뭐 위원장이니 뭐니 해가지구서 전부 시키는 거에요. 그래니까 이 사람들을 뭐를 저걸했냐므는 자기네가 6.25 전날까지두 핍박을 받은 거라 이 말입니다. 이제 있는(재력 등이 있는) 사람한테. 그래니까는 복수를 해는 거에요. 이제서는. 있는 사람덜한테 복수를 해기 시작해는데, 이제 피란을 가지 못한 사람들은 이사람들한테 이제 계-속 쫓기는 겁니다. 우리 학생 같은 경우에두 자꾸 산 쪽으로 옮겨가구 그래요. 안 가게 되믄 이제 붙들리게 되는데, 그때 우리 나이가 열일곱살 때지.

그래니까는 의용군에 발탁될 수 있는 그런 기회가 돼요. 그래서 결국 인제 밤에는 도망을 가구, 낮에는 이제 집이 와서 있구, 또 밤에는 도망을 가구. 이런 식으루 있는 판이죠.

그랬는데 여기 홍천에 내가 살던 곳에는 어떤 사람들이 있었느냐면은, 6.25 당시에 홍천군 군수라고 해는, 그러니까 민청군 위원장이 살았어요. 군청 민위원장이, 이제 군수죠, 그 사람이 뭘 했었냐면 노동자에요. 학식도 별로 없는데, 근데 그 사람이 이제 민청위원장을 하시면서 또 우리 집 앞에 한 사람을 면장을, 이제 민청면 위원장이 되요. 그니까 그 사람들은 면장이며 군수 소리를 안 하고 그 위원장 뭐시기 이러구 얘기하드라구요. 자, 그러니까는 그러한 사람들 속에서 있다 보니까, 결국 우리두 이제 거기엔 휩쓸릴 수가 없고, 매일 같이 쌀 걸머 지구 횡성까지 날라라, 뭐 해라. 그니까 이건 차량 지원을 자기네들이 할래니까 꼭대기서 비행기가 자꾸 보고 그러니까는 이제 낮에 지역에 있는 사람들한테 쌀을 지켜(지워)가지구서는 이제 보급을 해는 거야. 보급을 해서 여기 홍천 사람들이 어디까지 가냐믄 횡성 공근까지 가는 거에요. 그래 횡성 공근까지 갖다가 놓으면은 또 횡성 사람들이 그걸 걸머지구 또 나가구. 그때 당시에 그렇게 될 때에 아군들은 어디까지 내려갔냐믄 어– 저기– 대구. 대구 저 무슨 거 팔봉산인가? [조사자1: 네, 팔봉산.] 네, 거기를 경계로 해가지구 이제 막 싸움들이 벌어지는 거야. 그러니까 뭐 그때 당시에 우리는

"야–, 이거 전부가 이 지역이 아닌 말씀으로 빨갱이 사람이 되는구나."

해구 인제 있었는데, 그때 당시에는 학교는 모두가 휴업상태에요. 그래 휴업을 해가지구 있는데, 이제 그런 제도가 있으니까 으른은(어른은) 있으믄 있는대로 잡아가는 거에요. 이제 인민군들이 모자르니까 자꾸 잡아가고, 우리 애들만 남는 거에요. 그니까 이제 애들이 이거를 밀빵(멜빵)을 해 걸메고 쌀을 넴겨주고 이제 이 모냥을 치는데, 그랬다가 결국 이제, 그때가 어– 아마 칠월? 칠월달인가 팔월 달쯤 되가지고 다시 이제 저기 인천상륙이 일어나잖

아요. [조사자1: 네.] 그 날을 우리두 이제 정확하게 파악을 못 했는데. 그래가지구 상륙작전이 일어나게 되니까, 결국은 인제 인민군들이 후퇴를 해는 거지. 그래 후퇴를 해서 들어가면서 이제 학살이 일어나요. 지역에 있던 자기네 말 잘 안듣구 뭐핸 사람들을 잡아다 죽이구 가는 겁니다. 이제. 그래서 홍천에서 많은 사람들이 희생을 당했어요. 그래 이래가지구 우리는 어– 결국 그때 당시에 산 속으루 피난 가 있었어요. 이제 저 굴, 굴에 들어가가지구. 몇몇 사람들이 이 지방에, 그때 뭐였었냐믄 청년 그– 청년회라고 하는 게 이제 6.25 전에 조직이 됐었는데, 그 사람들이 그 사람들한테, 인민군 애들한테 걸리면 죽음이니까, 결국 이제 산 속에 가서 그 바우굴에서 이제 거기서 이제 기거를 하고 일체 내려오지를 못 했지요. 그래 이제 저는 그때 당시 여기 연락병이었습니다. 그때 내가 열일곱 살이니까 와가지구 인민군들이 해는 행동을 보구, 밤에는 이제 여기(바위굴)를 가는 거에요. 여기서 한 20리 되는 데, 한 8㎞? 4㎞? 한 8㎞ 되는 구만요. 그래 거기를 가가지고 인제 상황을 얘기하는 거에요.

"지끔 인민군 애들이 이렇게 되구 이렇게 돼 있다."

그때는 래디오두 읎었습니다. 처음에. 그러믄 순전히 인적으루 연락을 받구 이랬지. 그래서 꼼짝말구 기시라구 이래구선 내려와서 또 돌아대닙니다. 또 밤에는 가서 연락 해주구. 이래는 사이에 이제 결국 무사히 피란을 했어요, 전부. 그래 무사히 피란을 했는데, 그 사이에 일어났던 행동은 뭐 이루 말할 수 없습니다. 그래 이제 농사는 농사대루 지면서. 그래 이제 쟤들이 밤에는 교육을 시킨다구 이제 동, 면민들을 전부 붙들어 놓구 이제 교육을 시키는 거야. 세뇌교육을 시키는 거에요. 그래면은 그거를 따라가서 듣는 척을 해다가 실며시 빠져서 이제 여기 와서 연락을 해주는, 이런 짓을 해다가. 그 담에 이제 북침을 해기 시작하는 거지요.

맥아더 장군이 인천상륙작전을 하면서 인민군이 쫓겨 나가면서 인민군 패잔병이 남게 됩니다. 왜냐면은 중간을 짤르게 되니까. 저기 대전이라든가 저

– 밑에까지 내려갔던 인민군들이 미처 올라오지 못해는 겁니다. 중간에 인천을 짤르니까. 그니까 이제 이 포위망에 들어간 거지요. 그래 이제 이거를 소탕작전을 어이가 했냐믄 이제 경찰들, 아니믄 이제 그 지역에 청년들. 이 사람들이 인제 단합을 해가지고 이 잔류병들이 올라오는 거를 이제 잡는 겁니다. 그래 잡아가지구 그담에 인제 영창에다 집어 넣고. 군인들한테 인계해므는 군인들이 처리하고, 뭐 이런 식으루 해는데. 그래 이런 짓을 하면서 이제 아군들은 그냥 그대루 이 후방에 있는 이거는 거의 얘기도 안하고 자꾸 전진만 해는 거에요. 그래가지구선 들어갔는데, 우리는 이제 그때 당시에 저쪽으로 들어가니까, 그담에는 학교로 다시 이제 개학을 한다고 이렇게 얘기가 됩니다. 그니까 그때가 아마 시월, 십일월달쯤 됐을 거에요. 근데 학교를 문을 연다고 그래서 가니 이거 뭐 학생들이 읎잖아요. 다 도망가고 뭐 의용군으루 나가구 뭐 이렇게 되니까 이제 안 됐어요. 그래 그냥 출석만 해주군 그담에 말았죠. 그랬다가 또 일월 사일인가 몇일인가 또 재들이, 인민군들이 또 다시 남침을 해는 거에요. 그게 왜 그러게 됐냐며는, 지끔두 이제 우리가 후회를 해는 게, 맥아더 장군이 저기 그– 만주. 만주 벌판에 중공군이 개입을 해서 이쪽으로 두만강 압록강을 건너서 북한으루 들어오는 겁니다. 증원해기 위해서. 그러게 되니깐 맥아더 장군이 그때 처칠인가? 그때 미국 대통령이 처칠이었나? 나도 이제 그런 걸 기억을 잘 못해가지고(웃음) [조사자1: 괜찮아요. (웃음)] 그래서 거기 가서 이제 얘기를 해는 겁니다. 이 맥아더가.

"지금 현재 만주가 이렇게 돼니까, 만주를 폭격했으믄 좋겠다."

하니까는 만주를 폭격하게 되므는 결국 인제

"2차 전쟁이 끝났지만 3차 전쟁이 발발하게 된다."

해는 식으루 해서 맥아더 장군을 불러들입니다.

[2] 더 무서운 동란이 터지다

그래 불러들이게 되니깐 이제 중공군이 다시 재남을 핸 거죠. 그러니까 이제 먼저 6.25 때 남았던 사람들은 6.25 때 고생- 고생 해구, 또 6.25 때 피란 갔다 온 사람은 피란을 안 가구 여기 있는 사람들을 전부 그냥 아주 와서 그 인민군네들한테 협조해줬다구 막 뚜드려 패구 이럴 땝니다. 그래니까 이제 하두 질려가지구 이제 죽어도 피란 나간다고 하면서 전부 나갑니다, 이제. [조사자1: 아-.] 하두 그 6.25 때 혼나서. [조사자1: 아-, 남아 있으면 그게 인민군을 도왔다가 되는 군요.] 그럼. 도왔다고 해가지고. 그래가지구서는 이제 전부 피란을 나갔는데, 에- 그것이 이제 동란입니다. 동란. 동란이라고 해서 이제 겨울 동(冬) 자를 쓰는 게 아니라 이동한대는 움직일 동(動) 잡니다. 그래서 동란(動亂). 그래서 이제 다시 난이 일어나는 거죠.

그래가지구 나두 어디까지 갔냐믄 여기 이제 뭐 날짜도 이제 잊어버렸고 그렇지만은, 여기 삼마치라는 데가 있어요. 그게 6.25 당시나 지끔두 여기가 2차 방어선입니다. 이게. 6.25 때도 그랬지만은 여기가 방어선이기 때문에 앞에 저쪽 전방에서 후퇴를 허게 되믄 자연적으루 여기까지(삼마치) 후퇴를 하게 되요. 이 삼마치를 넘어야 돼요. 그래니깐 여기가 2차 방어선에 들어가는 겁니다. 그래서 이제 전부 피란을 가죠. 뭐 사람이 얼마나 많은지 나가서 사람한테 밀려 올라가는 거에요. 그냥 이렇게 서 있으믄 뒤에서 밀으니까. 거 밀려서 가는 거에요.

불과 그렇게 가두 하루에 10리를 못 갑니다. 사람이 있는 대로 모이니까. 그런데 나는 그때 당시에 집에서 소를 하나, 암소를 하나 끌구서 나갑니다. 암소 등에다가 이제 쌀자루, 뭐 이불떼기, 뭐 이래가지구 가족을 끌구서는 이제 삼마치 이리루 갑니다. 가는데 요 삼마치 가면은 원태라는 데가 있어요. 근데 거기메 가니까 밤이 어두워요. 그때는 이제 벌서 원태로 가니까 거기 있던 이민들은 벌써 고개를 넘어 갔고. 그래니께 이게 자-꾸 밀려오는 거에요. 여기선 또 홍천 사람이 가면은 저-기 저 뭐야 이쪽 춘천 사람들이 여기까지 들우구. 또 이래서 자-꾸 밀려 갑니다. 그른데 피란을 그때 갈때는 뭐를 얘기했냐므는, 가면은 굶어죽는다는 생각만 갖고, 집에서 쌀이며 뭐며 대엿 말씩 다 걸머 지구 갑니다. 근데 사실 필요 없는 거에요. 가믄, 가는 곳마다, 집집마다 농사 졌던 거, 겨울이니까, 김치 항아리에 김치 다- 있어. 쌀이며 뭐며 다 있어. 그래니까 이거를 몰르구 걸머지구 이제 거기 가서 저녁을 먹습니다. 저녁을 먹구 났는데 군인 하나가 왔어요. 오더니

"여기메가 위험하니까, 빨리 오늘 저녁에 여기서 주무시지 말구 이 삼마치 고개를 넘으라."

는 겁니다. 그니깐 군인은 이 쪽으루 후퇴를 해서 인제 오늘 저녁에 여길 넘으니까. 피란민들은 빨리 고개를 넘으라는 거지요. 그래 이제 밤에 보따리를 걸머지구 간 게 어디까지 갔냐므는 횡성 저- 지끔 말해면은 비행장 있는 데지요. 거기까지 이제 밤에 간 거에요. 그래 거기 가가지구 인제, 뭐 잠이구 뭐 자겠습니까? 아침도 이제 거기서 해 먹구. 그 담에 인제 또 가야 되잖아요, 하여간. 자꾸 뒤에서 밀려오니깐. 그래 가는데, 또 장교 하나가 웃통두 훌렁 벗어치구 뭐 이러구 뛰어 오는 거에요. 오더니 뭐래냐믄

"여러분들 빨리 비키시오. 여그메 이 저 원주 그 역전을 머지않아 폭격을 할테니까 빨리 가라."는

거에요. [조사자1: 오-.] 그래믄서 이 사람이

"빨리 빨리 가시오, 빨리 빨리 가시오."

그래니까 갈래니 빨리 갈 수가 있어요? 사람들이 모이구 그래서. 그래 이렇게 해서 소를 끌구 이러면서 어디까지 갔냐믄 저 치악산. [조사자1: 오-.] 예. 치악산을 넘어갑니다, 이제. 그래 치악산을 넘어가면은 바루 거기가, 그 뭐야 거기가, (잠시 고민을 한다.) 원성군- 뭐야 저,(고민한다) 저쪽에 제천 쪽으로 가가지고 고 치악산 넘어. [조사자1: 충주?] 그니까 고걸, (고민한다) 갑자기 생각이 안 나네. [조사자1: 괜찮아요. (웃음)] 그래, 거기로 이제 가가지

고 거기 가서 아침을 이제 해 먹을라고. 그래 아침밥을 해 먹을라고 그래는데 역시. 그때 가서 들으니까, 뭐냐면 이 홍천 이 삼마치를 폭격을 해느라고 그냥 뭐 요란하죠. 그래서

"이게 머지 않아 이렇겠다."

쪼끔 있으니깐 뭐 아니나 달라요? 그 원주 역전을 들어 때리는 거죠. 그래 그 때리는 건 누가 때리냐믄 우리 아군이 인제. 그 피란민 속에 인민군 애들이 주로 이 사복들을 입구 거기 가 혼성이 돼요. 그니까 혼용이 돼서 댕기니까. 결국 뭐 피란민들 있든 읎든 때리는 거에요, 거길. 그래서 많-이 죽었습니다. 그때.

[3] 가족과 함께 피난을 가다

그래가지구선 인제 피란을 해구선 들어왔는데, 우리가 이 6.25라고 해는 그 자체가 참 너무나 우리 군력이 국력이죠, 국력이 그때만해두 상당히 약했어요. 있는 거라고는 결국 뭐냐믄 1개 소대에 저 기관총 한 대 빽에 없었어요. 그래구 1개 중대에 박격포 한 대. 뭐 이런 식으루 있었으니까, UN이 여기에 가입을 안 했으면은 우리는 뭐 말도 못 했어요. 또 근데 인민군들두 그래. 인민군들두 여기 나왔을 때 뭐냐믄, 쏘련(소련) 장총이라고 그래가지고 따발총하고 쏘련 장총을 미구(메고) 나오는데, 전부 그 장총이 기래기가(길이가) 근 한 발됩니다. 근데 이거를 미고 오는 인민군들을 보면은 전부 질질 질질 끌려요.

그니깐 북한에서 6.25 남침해 올 때에, 애들 아마 십육 세 십칠 세 애들두 다– 아마 군복을 입혀가지구 데리구 나온 거 같애요. 그니까 여기두 우리가, 우리 친구덜두 그때 의용군으로 많이 끌려 갔었고. 고담에 어– 또 재침해서 들어갈 때에 학도병으로 많이 나갔고. 근데 저는 학도병을 못 나갔십니다. 왜냐믄 가족 때문에. 그래 이렇게 함으로써 이 6.25라고 해는 게 상당히 그 아주 혼란기에. 그때만 하더래두 이 정부에서는 지끔과 같이 국회가 하는 것이 이 쌈덜만 해고 있었어요, 쌈덜만. 그래구 자리 다툼 해구, 쌈덜만 해구 있으니깐, 결국 어– 군대의 증강이라든가, 뭐 이런 거를 하나투, 물론 했기야 했겠지만은. 너무 거기에 신경을 안 썼구. 매일 같이 그저 여기에, 그러니깐 아마 여러분도 들었을 거야. 저 좌익계 우익계 해가지구 쌈박질 하구 그런 게. 여기 장날이믄요, 그니까 지방 빨갱이죠. 지방 빨갱이들이 수합이 되구, 우리 우익계 계통은 우익계 대로 되가지구 맨날 들여 쌈박질 해고 뭐 그렇습니다. 그래 이 모냥을 치는 사이에 북한 애들은 결국 전쟁 준비를 핸 거지요. 전쟁 준비를 해가지구서는, 우리는 땡크라고 해는 것두 참 1개 사단에 한두 개 있을 땐데, 쟤들은 땡크를 앞세우구선 덜어 삼팔선을 넘어오게 되니까. 결국 안 밀릴 수가 없지요. 그래서 밀린 겁니다.

뭐 거 소소–한 얘기를 질문을 해믄은 우리가 내가 핼런지는 몰라두. (웃음) [조사자1: (웃음) 너무 잘 해주시는 데요.]

[조사자1: 어르신 가족 관계는 어떻게 되시는 거예요?] 가족이 그때들은 전부

가족덜이 컸습니다. 보통 아마 일고여덟. 대게 십여 식구덜이죠. [조사자1: 어르신 가족은요?] 우리 가족이 그때만하더래두 열한 식구 있었나? [조사자1: 어떻게요?] 그니깐, 일해는 머슴 아이하고, 고담에 우리 형제가, 우리 형님은 청방으로, 청방이라는 데로 나갔고. 그니깐 일꾼하고, 나하고, 내 동생하고, 그 담에 형수, 그 담에 조카 애들이 셋, 그 담에 어머니. 뭐 이래고 보니까는 열한 명인가? 아마 된 거로 내가 알고 있는데.

그런데 요행히 피란을 해구선, 1.4 후퇴 해구선 들어왔는게 은제 들어오느냐믄, 이차 동란을 끝마치고 여기를 들어오니까는 그때 세월이 언제냐믄 아마 3월달 됐을 거에요. 3월달. 그래니깐 1월달서부터 2월, 그니까 두달 동안에 엄청난 전쟁을 치른 거죠. 네. 아마 3, 4월 돼가지고 여기를 들어오는데 있던 집들, 다— 도 여기 홍천 읍이 전부 재마당이죠. [조사자1: 아—.] 있는 집이라구는 몇 채 안 돼요. 전부 이 시장이 다 타버리고. 그래 참 말이 아니었었죠.

그래 내가 최고 저기 갔다가 들어오면서 어디에서 이제, 문막. 문막서 인제 일주일을 기거를 합니다. 기거를 하면서 집에를 들우와야 되겠는데, 거기 문막에 있는 분덜이

"지끔 아직 홍천은 군인덜이 많고 아직도 저거 되니깐 들어가지 마시오."

이래는 거를, 뭐 남들이라고 자꾸 들어가는데 여기메 있을 수는 없는 거고 그래서. 우리가 나이는 그때 열일곱 살이어두, 저 피란가서두 사—뭇 그 뭐야 땔나무 해서 안집이다 갖다. 그래 인제 건넌방을 읃어가지구 있으니깐, 안집에다가 주면은 안집이서 인제 뭐 또 간장두 주구, 또 땔나무 해다가 저짝집에 주면은 거기서 된장두 주구. 뭐 이래가지구 인제 피란을 핸 겁니다. 그래가지선 피란을 가면서, 들우와가지구 4월달쯤 되가지구 내가 미군 부대에 하우스뽀이로(하우스 보이)로 들어갑니다. 그래 뭐 그때 중학교 2학년이었으니까는 회화는 그렇게 하지는 못해지만은 대략 그저 [조사자1: 알아 듣고?] 이렇게 해는 거. 그저 뭐 손이구 발이구 이렇게 해는 거. 그렇게 해다 보니깐 그것두

이제 아수운(아쉬운) 거에요. 그니까는 갖다가 이제 미군 부대에서 써먹는 겁니다. 그럼 또 미군 애들하고 발짓 손짓 해 가면서 그래니께 통해.

[4] 너만은 학교를 다녀라

그래 그래다가 우리가 9월달입니다, 이제. 9월달에 9월 1일자죠. 9월 1일자로 이제 홍천 중학교가 다시 이제 문을 열게 돼요. 문을 열게 돼는데, 그때 이제 천막이라고 해는 거, 군인 텐트 그거를 이제 군인들한테 빌려와서 그거를 가지구 그 안에서 책상두 읎이. 참 뭐 말도 아니죠. 기왓장 깨진 거, 그거를 가지고 받침을 해 가면서. 선생은 그냥 이런 송판떼기, 휘장 있는 데다가 글씨를 쓰고, 지우고 이러고 있었어요.

그래 이렇게 해서 했는데 우리가 중학교 2학년에서 1학년 1학기. 그러니까 불과 3개월두 안 됐는데 이제 6.25가 났단 말이야. 그래 6.25가 나니까는 이제 2학년 과정에서 끝을 마친 거에요. 끝을 마쳐가지고 에- 1951년이죠. 1951년 9월 1일자로 3학년으루 이제 올라갑니다. 그냥 넘어가는 거에요. [조사자1: 네, 네.] 이제 중학교 3학년으루 올라가가지구 1952년도에 3학년 졸업을 합니다. 3학년 졸업을 해가지고 그 다음에 홍천농업고등학교라고 해는데, 홍천농업고등학교가 이제 설립이 돼요. 그래가지구 농업고등학교 1회로 이제 들어갑니다. 그래 1952년에 졸업해가지구 1952년 1월달에, 아니 3월달에 3학년이 돼는 거에요. 아니, 아니, [조사자1: 1학년.] 예, 고등학교 1학년이 되는 거에요. 그래서 1955년도에 제가 이제 농업고등학교, 홍천농고 1회 졸업생입니다, 제가. 그래 1회 졸업생이 돼가지고, 그 담에 1959년, 제가 이제 춘천농대를 나왔어요. 그때는 춘천농대입니다. 지끔은 강원대학교지만. 그래 춘천농대 제가 8회생입니다. 그래 나와가지고 참 저두 뭐 참 해본 게 많지요.

대학교 때에 남들은, 나는 이제 아버지가 일찍 돌아가셨기 때문에, 국민학교 나 입학하고 아버지가 돌아가셨어요. 그래가지구 학교를 댕기느냐 못댕기

느냐 해는데, 우리 형님이 우리 형제가 3형젠데

"너만은 그래두 공부를 해야 되겠다."

내가 둘짼데. 그래가지구 우리 형님이 참 갖인 고생을 해믄서 고등학교를 졸업시켜가지구 이제 대학교까지 간 겁니다. 근데 남들은 대학교 2학년 3학년 때 그 저 학도병이라고, 아니 저- ROCT [조사자1: 맞아요, RO-] [조사자3: ROTC]. 그 장교가 아니고, 그래니까 빵빵(00) 군번이라고 그래요. 대학교 댕기는 사람들은 가게 되믄 16개월을 다니구서는 그냥 제대를 시킵니다. 그런 제도가 있었어요. [조사자1, 3: 아-.] 근데 나는 그거를 가게 되므는 형님한테서 계속 내가 공부를 핸 놈인데 이걸 가게 되믄 2년동안을 내가 군대 갔다오고 조끔 못 댕기잖아요. 그래니까는 그때와서 내가 제대를 해가지고

"형님, 내가 다시 대학교 댕기겠습니다."

라는 소리를 못 한단 말이야. 그래서 헐 수 읎이 나는 대학교를 졸업을 하고, 이래구선 군대를 가야 되겠다고 생각을 하고. 이제 영장이 나와두 이제 연기, 연기해서 연기 신청을 냅니다. [조사자1: 아-.] 그래가지구선 대학교 3학년, 아니 저 4학년 한 달을 냄겨놓고 육군 화학장교 시험을 칩니다, 제가. 이제 육군 중앙고시라고 그래가지고. 그래 이제 육군 중앙고시 시험을 쳐가지고, 그때 전국적으루 33명을 모집을 할 땐데, 강원도에서 13명이 거기를 지원해서 갔다가 다 떨어지고, 강원도에서 나 하나 붙습니다. 그래가지고 그 - 케미칼이죠 그러니까. 화학장교. 그래서 그걸로 해서 있다가 제대를 해가지고 나와서. 그 담에 또 그 사이에 또 내가 이 지방 5, 지방 4급 행정고시를 칩니다. 그래서 면에 가서 산업계장을 하다가. 그 담에 또 이왕 공직생활을 할래므는 봉급이 좀 많은 데로 가야 되지 않느냐. 그때 면서기 덕이라고 해는 게 형편 없었어요. 잘 해야 한 달에 그저 7, 8만원. 요기서 왔다 갔다 해는데. 그래선 그때 우리가 대학교 때에 뭐이가 있었냐면은, 교육학을 이수를 하게 되믄은 이 중등 2급 교사 자격증을 줍니다, 대학교에서. 그래서 중등 2급 교사 자격증을 가지고 있기 때문에, 그래서 채용고시 시험을 칩니다, 이제. 그

래 요즘두 왜 무신 사범대학을 나와두 일단 채용고시 시험을 쳐가지구 들어가잖아요. [조사자1: 네. 네.] 그래가지구 나는 이제 축산이 전공인데, 그래서 시험을 쳐가지구 그래 또 이제 학교 선생으루 발탁이 됐어요. 그래가지구선 인제 학교 선생을 이럭- 저럭 해서 한 38년인가? 하구선 내가 퇴임을 하구선 현재 이제 노인회장이라하구 이래구 있는데.

하이튼 이 6.25라고 하는 거는 한 사람, 한 사람의 경험에 대한 얘기지. 전체를 놓고 얘기할라믄 한이 읎어요. [조사자1: 그럼요. 저희는 그렇게 한 분, 한 분의 경험을 듣지요.] 예. 한이 읎어요. [조사자1: 예. 맞아요 어르신.]

[5] 폭격으로 뒤덮인 춘천

그 뭐, 여기메 어떤 문제가 하나 있었냐믄은, 그때 내가 열일곱 살이니까. 우리집에서 여기 가게방을 하나 읃어가지구 고무신 장사를 했어요. 그래 이제 6.25 때가 이렇게 되니까 장사두 못 해죠. 그래서

"이왕 가게방에 있는 고무신을 날라다가 집에다 놔야 되겠다."

해가지군 이노무 거를 우리 형님, 나, 그 담에 동네 사람 둘. 이렇게 해가지구 와서 이제 가게에서 고무신을 전부 해서 미수꾸리 해가지구 있는데, 그때 바루 홍천 여기 다립니다. 연봉 들어오는 다리죠. 그 다리를 폭격을 하기 위해서 B-29, B-29입니다. 폭격기가 쫙- 들어와요. 서울 쪽에서 이렇게. 그래가지구 여기 공작산이라구 있는데 그 공작산을 한 바꾸 휘- 돌아와요. 근데 우리 형님은 왜정시대 때에 증용(징용)을 갔었어요. 그래 증용을 가가지고 만주, 봉천, 저 신의주 저쪽에서 왜정시대 때에 군대 생활을 하다가 이제 해방이 될 무렵에 폭격이 하-두 심해니까는 들구 도망을 해서 집으루 왔어요, 형님이.

그래 이제 그런 경험이 있으니까는, 우리야 쬐끄마니깐은 요롷-게 보니깐 뭐이 이 저 뭐라구 그랠까. 그때 삐라 비슷핸 게 아주 새-카맣게 떨어지드라

구. 그래서

"아우, 저거 삐라다. 저거 줏어봐야 된다."

하구선 그걸 달려들어 가는 사람두 있었구, 그랬는데 그게 알고 보니 폭탄이에요. [조사자1: 어머.] 폭탄이 이렇게 새-카맣게 떨어지는데, 뭐 거 눈에 뵈자 마자 베락(벼락)치는 소리가 들리는 거에요. 이 폭탄 떨어지는 소리가요 왜 저 제트기, 제트기가 낮은 산에서 덜어 날르며는 그 소리나는 거 있잖아요? 그게 아마 십 배는 더 될 거에요. 내려 떨어지는 소리가. 뭐 그래다보니깐 그냥 그 자리에 푹 엎어진 거지요. 뭐 그냥 그 소리가 나니까는

"이게 삐라가 아니라 폭탄이로구나."

하구선 인제 엎드렸는데, 그 다리가 있었더랬는데 다리를 명중을 못 했어. 그 많은 게. 명중을 못 하고 거기 있는 이층집 하나가 있었는데, 그때 당시에 으떤 게 있었냐믄, 지금 홍천여고 자립니다. 그니까 이제 홍천 중학교 자린데, 그 자리에서 뭐이가 있었냐믄, 그날이 장날이래요. 여기 장날이 1일하고 6일입니다. 이 홍천이. 근데 장날인데 여기서 보면 저기 남면이라고 있죠? 저 양평서 이쪽으로 들어오는 남면에 있는 사람들을 뫄가지고. 그니깐 인민군 교육, 또는 뭐 이런 걸 해기 위해서 거기 있는 사람들을 프랑카트(플랜카드)를 들구 한 이삼백 명을 끌구서는 이리다 들어오는 거에요. 그런데 그때 당시에는 보면은 보는 대로 붙들려가서 그 얘기를 들어야 돼요. 그런데 이제 숨어서 그걸 보는데, 그래 이제 새-카맣게 이제 다리를 건너 오면은, 폭탄이 떨어지면, 그때 사람 많이 죽었습니다, 폭탄에. [조사자1: 아-.]

그래가지구 요행히 우리는 강을 건너서 가버리고 말았는데. 이 아침을 밥을 먹구는 그때는 나무를 해러 가는 게 아니라, 뒷동산, 여기서 보믄 저기 그 산이 하나 있는데, 홍천서 저쪽 보믄 서울 쪽으로 보믄 큰 동산이 하나 뵈어요. 저게 이제 둥짐산이라고, 둥지믄, 둥짐산이라고 해는 건데. 그 산에 올라가서 이제 소나무 밑에서 이래-고, 고 쬐끄마니까. 그래니까 한 너더댓 명이 올라가서 이 홍천 시내만 보는 겁니다. 그 폭격해는 거. 그거 보느라구.

그래믄 그냥. 참 묘해요. 왜 저- 저거 있죠. 지금 그 L-19이라는 거. 비행기, L-19이라는 거가 담뱃대 같이 이렇게 (양 손 검지를 세우며) 들은 거. 그게 정찰깁니다. 그게. 그래 L-19 쭉— 한 번 들어온다던가, 아니면은 그 폭격기, 무수단 폭격기가, 쪼끄만 게 소형 있어요. 그게 한 번 날라 들어온다던가 해믄 여지없이 폭격을 해는 거에요. [조사자1: 아-.] 그게 와서 한 바꾸 돌아서 넘어가면 폭격기가 오는 거에요. 그래서 때리는데. 만날 그냥 밥먹으믄 그거 보느라구, 이 홍천 시내 때리는 거. (웃음) 참, 그게 어리지요. 어려요. 그때만 해드래두.

[조사자3: 혹시 그때 다치시거나 한 가족 분은 없으세요?]

아뇨. 그때는 같이 있었지요, 집에. 6.25 때는 피란을 가다가 말았으니까. 갔다가 도루 돌아왔으니깐. 그래 집에 있구, 농사를 질 때니까. 그래 아까두 얘기 했지만 우리 형님은 그 청년 단장으로 있었어요. 그래니까는 붙들리믄 죽잖아요. 그니까 이제 산에 바우굴에 그 간 분들은 다 바우굴에 있고. 그래 이제 내가 농사를 짓는 겁니다. 그렇해구 일꾼 하나하구 농사를 짓구 있는데. 그게 뭐 일두 핼 저것두 읎어요. 만날 그거 언제 폭탄이 떨어질런지 모르니까. 그니깐 밥만 먹으믄 식구들이 산 옆단 가가지구 전부 숨는 거에요. 집에 못 있어요. [조사자1: 언제 폭격이 올지 몰라서.] 그니까 집에 있으믄 어떤 문제가 나냐믄, 인민군 애들이 장교들 뭐 이런 게 와서 밥 해달라구 그래요. [조사자1: 아-.] 밥 해달라구 그래지, 뭐 해달라구 그래지. 구찮으니까 그만 밥만 아침에 해 먹으믄 다 비켜 가는 겁니다. 그래니까 우리는 우리대루 또 산꼭대기 올라가서 그거 보며. 그러다가 이제 저녁 때믄 또 모여들어서 자구. 참 뭐 이게 말이 아니죠, 그땐. (한숨을 크게 쉬고 고개를 가로 저으며) 아유. 그런 세월 다시 오면요, 살아남을 사람 읎어요.

물론 가장 어려운 게 지방 빨갱이. 이 지방에서 그렇게 어렵게 살던 사람들이 이제 그 좌익계 계통에서 이렇게 놀던 사람덜. 또 그러한 머리가 좀 판단력이 읎는 사람들. 이런 사람들을 대게 내세워요. 걔들이 오게 되믄. 지식

있는 사람 끌지 않아요. 지식이 있는 사람들은 다 알잖아요, 좋구 나쁜 거. 근데 이 판단력이 흐린 사람들, 남의 일꾼 해는 사람들, 노동자 하는 사람들. 이런 사람들한테 좋은 말을 하니까 그게 홀딱 넘어가는 거야. 그래가지구는 앞잽이가 되는 거야, 그 사람들이. 그러믄

"너 집에서 니가 이렇게 이렇게 할 때, 누가 너를 괴롭혔느냐? 어떤 사람들이 느그를 괴롭혔느냐?"

뭐 이런 거를 물으니까 괴롭혔던 얘기를 하게 되믄 암암리에 가서 이제 저거 해구. 이 모냥을 칠 땐데, 참 말두 서루 못 했어요. 그래 이제 가족간에만 서로 얘기하고. 뭐 어디가서, 이웃에 가도 아주 친한 사람한테만 얘길 해구. 이렇지 얘기 못해요. 얘기를 할 수가 없는 것이 저 사람 성격을 몰르기 때문에. 매일 같이 얘기 하는 게, 빨건 이거 둘른 놈들이 뭐 늘 그저 와서 수시로 설치니까. 참 말도 못했습니다. 그때 당시는 (자신의 머리카락을 가리키며) 이렇게 머리가 어디 있어요. 머리가 홀랑 깎구 있을 때지요. 그렇게 세월을 지냈어요. 그렌게 이럭저럭 벌써 60년 세월이 훨썩 넘지 않았습니까? 예. 그래 이 6.25라고 하는 거는 아까도 말하다시피 한 사람 개개인에 대한 증언하는 얘긴 들어두, 전체적인 상황은 하두 많기 때문에 얘기할 수가 없는 거지요.

[6] 하우스보이가 되다

[조사자1: 어르신, 그 하우스 보이하던 이야기. 그 경험담 좀 이야기 해주세요.]

뭐 경험이라는 게, 그렇습니다. 그 하우스 뽀이라고 하는 게, 물론 여느 사람들 통역두 해주지만은, 통역이라는 게 뭐 손발 다 써서 하는 건데, 우리는 그때 당시에 왜 그런 거에 들어갔냐믄, 우선 먹기 위해서. 읃어 먹기 위해서. [조사자1: 그렇지요.] 그게 가게 되면은 걔네들이 그 레이션 박스가 나오는데 아주 그게 참- 좋습니다. 그걸 일인당 하나씩 주거든요. 그게 보믄 거기에 칸스메(콘소메) 들어있지요, 뭐 캔 들어있지요. 뭐 있지, 다- 있습니다. [조사자3: 전투식량 말씀 하시는 거지요?] 그렇지요. 레이션 박스가. 그러믄은 하루에 그거를 참 하나 읃으면은 그 안에 있는 거 하나 먹구, 그 담에는 가족 갖다가 주는 거지요. [조사자1: 아-.] 예. 이제 그런 식으루 해서 있고. 그 담에, 걔들이 세탁을, 미군 애들이 세탁을 하기 싫으면은 그냥 옷보따리 해서 그냥 땅에다 묻어버려요. 묻어버려요. 그래니깐 이제 세탁. 그걸 와시와시(워시, Wash)라고 그렙니다. 그때 당시에. 그래서 이제 세탁을 해주기 위해서 하우스 뽀이들이 들어가는 거에요. 그러믄 장교들이 어디메 나갔다가 들어오며 옷들 벗어놓으면 그거 갖다가 이제 빨어서, 이래서 널어주면, 수고했다고 이제 수고료 뭐 이렇게 해서 먹을 거 주고 그래요. 그 재미로 이제 하우스 뽀이를 들어간 겁니다. 참 먹기 위해서.

한 번은 어떤 게 있었냐믄, 1.4 후퇴해서 딱 들우와가지구 내가 이제 이 의무대대에 하우스 뽀이로 들어가 있었습니다. 그때 홍천국민학교 교정에 있었는데, 그래 있었는데 내가 바로 그 보급장교 텐트에 있었어요. 근데 하루는 날더러 차에 타래요, 차를. 그래서 타니깐 뒤에 추럭(트럭)이 세 대가 서 있는데 전부 포장을 쳤어요. 이제 가재. 그래 어디루 갔냐믄 지끔 내가 얘기하던 그 산, 높은 산 있는데, 그 밑이 이 화양강이 이렇-게 흘러갑니다. 화양강이 이렇게 흐르는데 그 강둑에서 이 높이가 한 3m되요. 근데 그때 당시에 뭐였냐믄 어- 여름에 장마가 져가지고 이제 진흙물이 나갈 때에요. 그니까는 이 막사에서, 아무리 막사를 잘 저거했어두 비가 맞으니까, 얘들은 비맞은 레이션을 안 먹습니다. 말하자믄 이런 저 (옆에 있는 종이 박스를 만지며) 박스에 물이 들었다고하믄, 이 안에 있는 거 안 먹어요. [조사자1: 아-. 그때 당시도?] 예.

(구술자의 전화벨이 울려 잠시 중단)

그런데 뒷차에서 딱 내리더니 (손으로 네모를 그리며) 이런 저 박스를 내리는데 그 박스 안에 뭐이가 들어 있냐면은, 그러니깐 지끔으루 말하믄 저- 카스테라. 카스테라 원료 그 제품이래요. 그거를 갖다가 물에다 풀어서 그냥 반데기에다 해 놓으면 이게 카스테라가 되는 거야. 아니 이거를 갖다가 이놈들이 저 곡괭이를 가지구선, 그게 한 박스에 여섯 개가 들어 있는데, 한 박스가 이렇게 여섯 개가 들어 있어요. 여섯 개가 들어 있는데 이거를 뭐 끌러놓지두 않고 그냥 다 찍어요. 찍으니까 그 안에서 퍼썩 퍼썩 나잖아. (가루가 올라온다.) 그래 내가 레이션 박스를 이렇-게 보니까는 뭐 애플 어쩌구 해가지구 쓴게 틀림없이 먹는 건데. [조사자1: 오-.] 그런데 왜 이걸 버리느냐구 그랬드니 레인, 비가 와가지구 다 망가진다 이거야. 이걸 어떻게 할 수가 없어서 장마가 지니까 거기다 버려야 된다고 하는 기야. 그래서 내가 그때 그 사람이 루테넌(중위)이었었는데 딱 붙들구

"우리 동네에 전부 그냥 투 마치 항그리(Too much hungry)로 있다. 달라. 기브미(Give me) 해."

그랬더니 이놈들이 아마 보낸 게 한 20박스 내버렸어요. 그러자 이제 내가 생각이 난 거라구. 그랬더니

"Ok. good."

어따가 버리냐 이기야. 그래서 고쪽으로 들어와서 우리 논빼미가 이렇게 높았는데 거기다 갖다 들여달라구 그랬어요. [조사자1: 오-.] 그러니까 그게 부은 게요, 어마어마해요. 두 대, 세 대 치를 갖다 부어 놓은 게. [조사자1: 자동차, 트럭?] 예. 트럭 세 대를 갖다 부어 놨는데. 그래구서는

"오늘 나는 안 가니까(부대에 안 들어가니까), See you again tomorrow."

하고선 이제 거기로 간 거야. 그래가지고 동네 사람을 풀었어. 동네 사람을 풀어가지곤 그거를 집집마다 가주갈 수 있는 죄다루 가져가구두 남은 게 아마 차 반은 남았을 거야. [조사자1: 오-.] 그래 이거를 우리 집으루 엠기는(옮기는) 겁니다. 바루 집이 고기 있기 때문에. 그래 엠겨다가. 첨 보넌데, 그거를 아마 십 년은 두고 먹었어요. [조사자1: 어머. (웃음) 썩지도 않고.] 그게요, 하튼 면서기들 군서기들 오면은 뭐 해서 줄 게 없잖아요. 그래 이걸 우리 형수가 요런 쪽박으로 퍼서 솥에다가 보재기 깔고, 이래고선 불만 때믄 그-냥 카스테라가 되는 거에요. 지금 우리가 카스테라가 흔하니까는 아주 맛이 좋다구 그럴지 모르지만, 그때는 참 말도 못허게 맛있어요. [조사자1: 그렇지요.] 그럼 이거를 떡 떡 짤러서 내주믄

"어디서 났느냐?"

이거지. 예. 그래므는 그 또 깡통 있는 거 하나씩 선물두 해주구. 이래면서두 그거를 깐개(따개)루다, 이 저 칸소메 까는 거 있잖어? 깐개루다 전부 다 까가지구서는 그 항아리. 항아리 양재리에다가 그때 여덟 항아린가 넣었을 거에요. 그걸 해서 전부 해넣구두 남 주구두. 한 십 년은 먹었어요. 그래 이제 그러한 거를 읃기 위해서 하우스 뽀이를 들어가는 겁니다. 그래구 걔들 이렇게 보며는요, 한 번 이제 이동을 하잖아요? 이동하면은 이동할 때 당시에 그 내버리고 가는 게 어마-어마 해요. 내버리고 가는 게. 그건 왜냐믄 어딜 갔다가 다쳐가지고 후송이 되면, 그 사람의 물건을 안 가주구 가요. 다 묻어버려요. [조사자1: 오-.] 예. 하이튼 뭐 갖다가 이렇게 인부들이 있거든요. 그래 걔들 데리구 가서 그냥 구뎅이를 파구 씨루 묻는 거에요. 묻구서 가요.

그럼 그 인부들은 거기 따라가니까. 그럼 우리는 따라갈 수가 없잖아요. 그럼 남으믄은

"오, 저건 내꺼다 이제."

가서 파보믄, 권총도 나오고요, 별거 다 나와요. [조사자1: 곤충이요?] 권총. [조사자1: 아-. 권총-.] 뭐 옷이 그냥 뭐 싸지라고 해가지구요 최고의 옷입니다. 그때 학생들이 싸지 쓰봉(바지)을 입구 대닌다믄 아주 기가맥였었죠. 그런 게 그냥 전부 물들여가지고. 그래 이래가지구서는 학교도 이제 그렇게 해서 학교도 대니면서 저걸 해구. 그래 학교 댕기는 게 전부, 저 왜 해병대 모자 각꾸(각) 진거 있지? 그거를 물을 딜여가지구 (이마를 가리키며) 거기다 배울 학(學)자 하나 딱 붙이구선 (왼쪽 팔을 가리키며) 여기다 배울 학자 하나 붙이구선 이렇게. 신두 뭐냐면 워카(워커)입니다. 그래 워카를 신구 이래구 다녔어요. 그래 (왼쪽 팔을 가리키며) 여기다 배울 학자를 뭐하러 다냐믄 그걸 안 붙이구 대니면은 붙들어가요. 붙들린다구. 그니까 이건 우리 아군덜두 그때 연영적으루 봐서 우린 뭐 하니까. 이렇게 데려가구 그랜다구. 그래 이 배울 학자를 붙이면

"아, 학생이구나."

하구선 그냥 통과시키구 이렇게. 참 말두 안됐죠. 그래 그때 당시에 하우스뽀이라고 하는 게 바루 그겁니다.

[조사자1: 그때는 서로 하고 싶었겠어요.]

그래요. 그것두 할라니 뭘 통해야 얘기를 하죠. 예. 참 ABCD래두 뭘 알아야지. 알지 못하믄 못 하거든. 그래서 이제 참 동네 사람한테 내가, 지끔두 그 동네 사람들이, 있는 사람들은 날 보구 얘기 해죠.

"참 그때 그걸루 살은게 용하다."

[조사자1: 아-.] 참 좋게 지냈어요. 그리구 이 도랑에 가려 있는 데, 부대들이 있다 가면은요, 그래 지금 말하면 석유, 디젤유 들이지. 이게 도람(드럼통)으루다가 몇 도람씩 떨어져 있어요. 그럼 그걸 가서 해므는 그때에 사변

후에 우리가 들어왔시니깐. 그때는 여기에 전기도 안 됐을 때거든요. 전부 석유가지고 불 때고. 이렐 때니까. 그래 그거 가지구 열어서, 초롱으로 해서, 다니면서 또 양식도 갖다 먹고. 또 이웃집이두 주기두 하구. 이렇게 해서 그 때 참 서루 상부상조하고 살았죠. 그때만 허드래두, 이거 돈 벌겠다는 말 읎었습니다. 그저 살은 게 용해서. 그니까 쪼끔이래두 뭐 있으믄 서루 노나먹을라구 그래구. 옷 같은 것두 있으믄 그런 데서 읃어다가 읎는 사람들 주고. 그 재미로 다녔어요, 이 하우스 뽀이도. 그래 그랬다가 그것두 이제 중학교에, 아까 얘기한 대루 댕기게 되니까 그것도 못 해는 거죠. 그제서 이제 못 핸 거에요. 원래는 여기에 맨 마지막 부대가 있을 때 내가 인제루 그 부대를 따라갈라구 그랬었어요. 따라갈라구 그랬는데 우리 어머니가

"가믄 안 된다. 가지 말어라."

왜냐믄 그땐 전방에서 자꾸 이 저 철원 그 백마고지전쟁, 들어갔다 나왔다 해믄서 계속 쌈박질을 핼 때니까. [조사자1: 네. 네.] 그니까 휴전 직후니까. 아니 직전이지. 휴전 직전이기 때민에 그때 아군들 희생이 들어갔다 나왔다. 밤에는 우리가 고지를 점령하고, 낮에는 재들이 점령하고. 그니깐 계-속 전진 후퇴 전진 후퇴. 엄청 철원 일대가 그럴 때거든. 그니까는 못 가게 해는 거에요.

"네가 그런 거 안 해두 이제는 농사 지어서 먹으니깐 가지 말아라. 학교 가거라."

그래서 학교를 갔지, 거기 따라 댕겼으믄 나두 어떻게 됐는지 몰라요. 그래 어떻게 지금두 이래 생각해믄

"그때 당시에 내가 좀더 회화를 배우구, 그걸 했으믄 걔들 따라서 내가 미국으루 가지두 않았나." (일동 웃음)

[조사자1: 그런 분도 계셔요. 얘길 들어보니까 그렇게 하시다가 거기 장교가 미국까지 데려간 일이 있다고 얘길 하시더라구요.]

예. 데려간 사람이 있어요. 그래 나두 여기 있으면서 싸진(써전, 병장) 한

놈이 나를 꼭 데리구 갈라구 우리집이 와가지구

"애, 날 달라."

그렌 거야. 그렌 걸 못 갔어요.

[조사자3: 그래두 그때 영어를 많이 하셨나봐요. 지금 보니까 써전 루테넌들을 다 기억하시는 거 보니까 그때 유창하게 영어를 하셨나봐요.]

예. 그때는 왜냐믄 유창핸 거 보다두, 지끔두 인제 이 영어래는 걸 해보믄 이제 나은데. 그때만 해드래두 이제 중학교 2학년이니까 웬만핸 거, 웬만핸 거는 이렇게 얘기를 했었다구. 웬만핸 거는. 뭐 이렇게 길-게 얘기는 못 해두, 단어정도 뭐 로드 스트레이트 뭐 이런 식으로 그저 잠깐 잠깐. 그래믄서 이제 발짓 손짓 해는 거야. 그럼 그걸 알어 듣거든.

[조사자1: 그때 당시에 그렇게라도 할 수 있는 사람이 없었지요?]

없었지요. 그럼. 읎었지요. 그래서 그런 말이래두 해면은, 하튼 오케 소리만 해도 걔들이 좋아서 데려가요. 그랬어요.

참 어떤 때는 오케라는 말에 망가지는 사람도 있다고 그러잖아요. 덮어놓고 오케. 미군애들이 오면은 오케. 그럼 이놈을 죽여두 좋으냐고 물으믄 오케. 여기서 어떤 경우가 있었냐믄 시골인데 아마 내촌이지? 아마 그래요. 근데 이제 시집 장개를 가가지구선 그 제형이라고 해가지고 신랑이 인제 색시 집에를 오잖아요. 삼 일이믄 이제 오잖아요. 그 오거든 그 동네 사람들이 이제 다뤄 먹습니다. 거 지게 고리로 해서 (발목을 가리키며) 여기다가 해서 (서까래에 메는 시늉) 메가지고 한 사람이 미구, 이래구선 방망이를 들구 (발바닥을 가리키며) 여길 때려요. 여길 때리는 게 이제 결국에는 요즘에 얘기를 들어보니까 혈액 순환 뭐 있다고도 해요. 뭐. (일동 웃음) 근데 이제 옛날부터두 이제 그런 식이 있어가지구 한 사람이 장정이 이걸 며요. 그래므는 죽겠다고 이제 아우성을 칠 거 아냐. 그레자(그러자) 미군 애들이 달려 들어 온 거에요. [조사자1: 아-.] 미군 애들이 딱 들어오니까는 사람을 메달구선 막 때리거든. 그래니깐

"이거 뭐 해는 놈이냐?"

이제 물었겠지. [조사자1: 아이구, 이런.] 그러니깐 쉽게 얘기해서

"얘가 빨갱이냐? 얘들이 뭐 핸 놈이냐?"

하구선 이제 이래니까는 덮어놓고

"오케이!"

"그러믄 내가 이놈을 데려가 죽여도 좋겠느냐?"

"오케이!"

이렇게 된 거에요. [조사자1: 신랑을?] 그럼. 그래서 신랑을 데려다가 그냥 보는 데서 쏴 죽이구 간 적도 있고. 그래서 이 오케에 죽은 사람이 많습니다. (일동 웃음)

그 담에 내가 충주 노은면이라는 데가 있어요. 충청도 노은면이 그때 당시에 내가 피란을 해서 이렇게 쭉- 들어오는데 에- 저기 주동면이라고도 있지요? 저기 보은인가? 저쪽에 가기 전에 충청도에서 저쪽으로 가기 전에 그 주동면이라는 데가 있어요. 충청북도 주동면이죠. 그래 주동면까지 나갔다가

주동면에서 우회를 해서 들어오는 데가 이제 노은면이에요. 들어옵니다. 이제 노은면에 노은면 삼거리에서, 그땐 이제 우리가 노은면에서 피란을 할 땐데. 거기 사람들이 이제 야단을 핸단 말이야.

"이게 뭐요?"

그랬더니

"아, 여기 삼거리 여기에서 이런 일이 생겼다."

"뭐냐?"

이 저 피란을 갖다 이제 들어오는데 그집 딸하구 메느리하구 둥게둥게 올거 아닙니까. 그러니까는 미군 애들이 그때만 해두 여자들을 보믄 그냥 안 놔뒀어요. 이제 그게 뭐냐믄 우리 통역하는 애들이 자꾸 그런 걸 시켰다구 그래는데. 그래니까는 짐보따리 해서 이렇게 이구 이래구 가는데 이렇게 보니까는 이제 메느리하구 딸들이 있으니까.

"승차시켜줄테니까 되겠느냐?"

이래니까

"오케!"

이렇게 된 거야. 그래니까 여자들이 오케라는 소리는 들어가지고. 좋다고 해는 소리는 들어가지곤 차태워준대니까 좋다고 그랬대는 거야. 그래 이제 가다가서는 이제 내려놓고 고 담에 이제 그 딸하고 메느리를 데려가서 이제 못된 짓들을 했다는 그런 얘기를 이제 거기서 하더라구. 이 오케래는 말이 이게 아주 여기에서 잘못된 거라구. [조사자1: 못 알아듣고.] 그 오케. 그래서 과거에는 이 영어 사전에 오케라는 말이 없어요. 이게. 이게 뭐의 약자래요. 그래서 요즘은 뭐 웬만하믄, 요즘두 그거 많이 쓰잖아요.

"어이, 굿, 오케."

그랜단 말이야. 근데 이 오케라는 거에 의해서 사변 후에 지역적으루 많은 피해를 본 글자가 바루 오켑니다. [조사자1: 아-.] 남의 얘기두 제대루 듣지두 못해구 무조건 오케. 아마 곳 곳을 댕김서 이 얘길 들어보믄 곳 곳마다 이런 얘기가 나와요. 오케 한 마디에 망가진 이 많이 있습니다.

[7] 전쟁의 끝

근데 중학교 2학년이 되가지구 6.25 사변이 되서, 그 담에 1.4 후퇴가 되가지구 나갔다가 결국 인천상륙이 되서 다시 여기로 복귀해서 들어올 때에 패잔병들. 이 패잔병들을 잡던 이 청방대원들이라는 게 있어요. 이 지역에는. 그 청방대원들이 이 패잔병들을 잡는 겁니다. [조사자3: 청년방위대 같은 거를 말씀 하시는 거지요?] 그렇죠. 지금으로 말하믄 뭐 민방위 같은 거지요. 그래서 이 청년 애들이 전부 총들 하나씩. 그때만 해두 전부가 총이니까. 저걸 해가지구서는 에– 밤이면은 요소 요소에서 보초를 스구 있다가 인민군들 들어오면 교전해서 잡고. 또 포위하면 포위해서 잡으면은 아군한테다 넴겨 주고. 예. 이런 작업을 해는데요. 한 번에는 우리집에 뭐이가 왔었냐므는 이 인민군 후퇴해는 애가 하나 있었는데 후퇴해구선 오는데 애가 아주 나이가 그때 보니깐은 열일곱 살인가 열여덟 살인가 된다고 그래요. 그래서 그거를 인제 참 들어가는 갠데 배덜이 고프니까는 온 거에요. 그래 와서 사실 이러저러 해는데 사실 자기네는 인민군으로 나오고 싶어서 나온 게 아니라 강제로 끌려서 이렇게 나와가지고, 이제 어차피 후퇴를 해는 중인데 배가 고프니 밥 좀 달라고 이래서. 이제 밥을 찬밥 덜어 해서 줬는데, 이제 줘서 이 사람이 그러면

"잘 가 보라. 요 요소 요소에 전부 그 많은 그게 있으니까 조심해서 가라."

워낙 어리기 때문에. 보냈어요. 보내자마자 여기 저 우리집 있는데서 얼마 안 가가지구 군인들한테 붙들려가지구, 그 자리에서 총살을 시킨 거야. 그래 참– 그게 너무 인민군이지만은 애석하더라구요. 지금두 그런 게 자꾸 떠올르구. 참 말두 못 해요 그런 게. 그래 그런 사람들이 지금 살어서 갔드라면은 지금 뭘 한데. 그게 우리집에서 찬밥덩이 읃어 멕이구서는 잘 가보라고 해구

서는 갔는데, 가다가 그냥 총에 맞아 죽는데요. 참 못할 짓이야. 1.4 후퇴되어서, 그 담에 다시 우리가 전진해가지구 들어올 때에 피난보따리를 걸머지고 고개를 넘어오면요 그 왜 저 네이팜탄이라고 그래가지고 지금 저 비행기에서 (양팔을 벌리며) 이런 저 티크날을 집어 넣어가지구 휘발유에다가 타서 떨구면서, 그냥 소사를 합니다. 그래믄 그게 공중에서 폭발을 해요. 그래 폭발을 해믄 그게 전부 불바다. 불이 내려오믄서. 그 티크날이라고 하는 자체가 요런 돌이라든가 이런 데 가서 딱 붙으면 이게 아주 녹아버려요. 이제 그런 걸. 그래니깐 뭐 이 저 방공호가 기역 자가 됐든 니은 자가 됐든, (입구를 가리키며) 여기서 딜어, 우리가 화염 방사기 쓰는 게 바로 그거에요. 화염 방사기에 쓰는 재료가 바루 티크날이라고 해는 재룐데, 그게 얼추 보믄 알갱이가 아주 잘아요. 그거를 휘발유에다 타믄 조청이 되. [조사자1: 오-.] 조청이 된다구. 그거를 화염방사기에다가 집어 넣어가지구 쏘면은, 이게 여기 벽을 딱 치면은 이쪽으로 와서 여기까지 들어가는 거에요. (방공호 통로가 꺾여 있어도 따라서 들어간다는 말.) 그니깐 한 번 때리면은 그게 분사가 된 단 말이야. 분사가 되면서, 하이튼 가서 붙기만 해믄 그냥 살이, 돌이고 뭐고 그냥 녹아버려요. 그니까 공중에서 인민군들한테 이제 그걸 들이 떨구면은. 그래 오다 보니까 아주 대가리가 홀랑 까시른 것들 뭐 손들 오그라든 것들이 자빠져 있지요. 그게 인제 결국 패잔병들이 들어가다가 꼭대기에서 비행기가 보구서 이제 네이팜탄을 터치는 거에요. 그거 하나가지고 쏘기는 뭐해니깐 그냥 휘발유통을 떤지는 거에요. 그게 무서운 겁니다. 그게. 그래 그런 거 뭐 눈으로두 보구. 참 말도 아니죠. 송장이라고 해는 건 뭐 수시 보는 거니까. 그래서 나는 그 네이팜탄이라고 해는 자체가 전력상으로 엄청나게 무서운 위력을 가지고 있는 거에요. 그래서 이 지상에서 폭발시키는 것보다 위에서 폭발시키게 되믄 그 엄청난 지역이 다 불바다가 되는 거에요.

흥남의 간호사가 통영의 조산원 원장이 되다

김 정 희

"전쟁 안 겪어보면 아무도 모른다. 그 광경은 참 그 비참했던 그 광경을 누가 알겠노?"

자 료 명: 20140826김정희(거제)
조 사 일: 2014년 8월 26일
조사시간: 70분
구 연 자: 김정희(여 · 1932년생)
조 사 자: 김경섭, 이원영, 김명수, 이승민
조사장소: 경상남도 거제시 거제면 서정리 김정희 화자 자택

[조사과정 및 구연상황]

조사는 거제면 서정리에서 조산원을 운영하던 집을 개조한 가정집에서 진행되었는데, 현재는 화자가 살고 있는 살림집이다. 내부를 개조해서 조산원을 하던 곳이라는 인상은 전혀 없었고, 조사팀이 도착했을 때는 어르신 돌봄이 분이 화자를 방문해 돌보고 있었다. 다리가 불편한 화자는 조사팀을 반갑

게 맞자 주었고, 시종 침대에 걸터앉아 차분하게 구연을 이어 나갔다.

[구연자 정보]

김정희 할머니는 함흥이 고향으로, 흥남 중앙병원 간호학교를 나온 엘리트 여성이다. 부모와 여동생 포함 4명이 피난 내려왔고, 곧바로 UN병원에서 근무하면서 홀로 생계를 책임졌다. 이후 부산, 통영 등지에서 근무하다가 부산의 일신산부인과를 거쳐 제2의 고향인 거제로 돌아와 조산원을 개업해 오랫동안 운영했다.

[이야기 개요]

부모님과 여동생 포함 4명이 배를 타고 거제도로 내려왔다. 흥남 간호학교를 졸업한 이력이 있어 곧바로 UN병원에 취직해 근무했다. 부친이 조선민주당 당원이어서 북한에 있을 수 없었다. 피난을 내려 온 후 부친이 생활능력이 없어 화자가 가족의 생계를 책임질 수밖에 없었다. 처음에 거제도에 왔을 때 북한 함흥과 문화적인 면에서 수준 차이가 많이 나서 놀랐다. 현재 살고 있는 거제면 서정리 집터에 '도희 조산원'을 개업했다.

[주제어] 함경 함흥, 흥남 철수, 피난, 흥남 중앙병원, 간호학교, 거제도, 생계, UN병원, 산부인과, 조산원

[1] 배를 타고 내려오는 피난길

[조사자1: 그럼 성함이 어떻게 되시나요?] 김 정 희, 정자 희자. [조사자1: 이야 – 예쁜 이름이시네요. 연세가 어떻게 되세요?] 83 [조사자1: 몇 년생이신지 기억하세요?] 32년 [조사자1: 아! 32년생이시면 저기, 원숭이 띠시네요?] 네, 원숭이 띠. [조사자1: 그, 저희가 이 거제 쪽에 그 흥남에서 배타고 내려온 분들이 정착해서 많이 사시는 그 얘기를 좀 들으려고 내려왔거든요?] 네 [조사자1: 그 원래 고향

이 그러면 어떻게 되시나요?] 함경남도 흥남시 [조사자1: 아! 원래 흥남이세요?] 네 [조사자1: 그러면 거기서 그 배타고 내려오는 과정을 생각나시는 대로 좀 소상하게 말씀해 주세요.] 12월 27일 날……. [조사자1: 아! 날짜도 다 기억하시는군요! 12월 27일 날? 그러면 거의 제일 마지막이시죠?] 네 마지막, 그리됩니다. 흥남부두에서(내려왔습니다). [조사자1: 12월 27일요? 그러면 거의 말일 날 도착했겠네요? 여기 장승포에.] 그건 잘 모르겠어.

[조사자1: 며칠 걸렸는지는 모르세요?] 네, 며칠 걸렸는지는 모르겠어. [조사자1: 하루만에는 못 내려오셨죠?] 아, 하루는 아니여. [조사자1: 그 몇 분이 내려오셨어요? 가족 분들이? 혼자 내려오시지는 않았죠?] (혼자 내려온 거)아니에요. 엄마, 아버지, 여동생 세 사람 오는 거 하고 나 하고 네 사람(이 왔어요). [조사자1: 아 그럼 형제분이 저기……] 하나는 이북에서 못 나왔어. [조사자1: 아, 왜 못나왔어요?] 외갓집에 갔다가 12살 먹었는데, 초등학교 4학년 때 못 나왔어. [조사자1: 아……. 그럼 바로 밑에 동생이셨나요?] 네, 밑에 동생(잘 들리지 않아 판독불가) [조사자1: 그러면 저기, 남동생이었나요?] 여동생 [조사자1:

딸만 셋이었군요?] 네, 여기 피난 와 가지고 어머니가 아들 하나 낳았어요. [조사자1: 아! 여기서 낳으셨군요.] 네, 그 사람(남동생) 이 지금 61인데…….

[2] 간호 수업과 UN병원 근무

[조사자2: 그럼 전쟁 났을 때 몇 살이셨어요?] 19세 [조사자1: 그러면 뭐 혼담도 오가고 그럴 나이 아니신가요?] 학교 다닐 때인데 혼담은 무슨 혼담? 학생인데. [조사자1: 아! 그럼 저기 학교를 어디 다니셨어요? 흥남여고?] 흥남 중앙 병원 간호학교 [조사자1: 아- 간호교육 받으셨군요? 좋은 교육 받으셨네요. 그러면 혹시 북한군이 전쟁 시작할 때 뭐 간호사나 간호장교나 이런 걸로 이렇게 차출 이런…….] 많이 갔죠, 많이 갔어요. [조사자1: 그 의무적으로 붙잡아 갔습니까? 아니면 자의적으로 갔습니까?] 의무적으로 갔지요. [조사자1: 그럼 어르신은(안 가셨나요)?] 난 안 갔어. [조사자1: 그럼 거부 한 겁니까? 아니면 뭐(다른 방법이 있었나요?)] 거부가 아니라 해당이 안돼서 안 갔지. 안 가가지고 병원에 근무하고 [조사자2: 아직 교육과정이 안 끝났기 때문에 (해당이 안 되신 건가요?)] 네 [조사자1: 아, 많이 뽑아 갔습니까?] 네. 우리 선배들 한 몇 명 몇 명 갔지. [조사자1: 그러면 전쟁 가서 뭐 잘못된 분들도 있으시겠네요? 못 돌아오고.] 선배들 잘못된 분은 없어요, 그 당시에. [조사자1: 다(무사했나요?)] 네 [조사자1: 그 간호학교가 오래된 겁니까?] 이북에서는 아마 뭐 서울 대학병원 간호학교정도 될 거에요. [조사자1: 아- 굉장히 오래되었군요.]

[조사자1: 아버님, 어머님하고 다 같이 내려오셨다고 하셨죠?] 내 같이 왔어요. [조사자1: 그, 장승포에 내리셔서 그 다음에 어떻게 되었습니까?] 장승포에 내려가지고 하룻밤 자고 거기서 이제 배치 받은 거지 이제, 갈 곳을. [조사자1: 어디로 가라고 하였나요?] 동부면 [조사자1: 아, 동부면. 그러면 같은 고향에서 온 사람들도 다 헤어졌겠네요?] 네, 한 배를 타고 왔으니까 분리된 사람들도 있지만 우리 동네사람들은 대부분 같이 동부 이제 와가지고 국민학교 수용소처럼

해가지고 [조사자1: 그 초등학교 동부면에 가서 거기 있는 초등학교에서 생활을 하셨군요.] 네, 동북 국민학교. 그리고 UN병원이 생겨가지고 근무했지요. [조사자1: UN병원이 어디에 생겼습니까?] 동부면에 [조사자1: 아, 거기에 (생겼군요) 그러면 뭐, 바로 거기 가셔야 되겠군요.] 네 거기 피난민들이 이제(병원으로 갔지요.) [조사자1: 그러면 북한에 있을 때 뭘 했는지 뭐 이렇게 관청 같은데서 나와서 조사하고 그랬습니까?] 그런 거는……. [조사자1: 아니면 어르신이 그냥 가서 내가 간호사 저기 학교에서 왔다. 이렇게 예기를 하셔서 들어가신 거예요? 아니면 (다른 방법으로 들어가신 거예요?)] 아니, 여기 와서? [조사자1: 네.] 어, 우리 동창들이 몇이 왔어요. 여기에. 간호학교 동창들이 몇이 와가지고 거 뭐 다 알고 있으니까. 그냥 (병원에 들어갔어요) [조사자2: 그 UN병원에서 다 그걸 인정 해주고 하는 거예요?] 네, 근무 하고.

[3] 여동생에 대한 그리움과 간호사 시험

[조사자1: 그, 여동생 생각 많이 나시겠네요?] 보고 싶지. [조사자1: 제일 아픈 기억이시겠어요. 부모님도 그러실 거고.] 나보다 일곱 살 아래니까 칠십여섯 되겠네. 그렇죠? [조사자1: 네] 그 12살에 나와서 한번도 (못 봤어요) 생사를 모르지 뭐. [조사자1: 아까 다른 분들(다른 제보자들)도 며칠 잠깐 갔다온다 이렇게 (분단되어버리는 경우가 많았지요.)] 우리는 이렇게 나온다고는 생각 없었어요. 그 당시에는, 중공군들이 쳐 내려오고 하니까 잠깐 한 4-5일 피했다가 집에 다시 들어간다. 이렇게 한게 이제 영원히……. 64년. [조사자1: 그 다시 따로 이산가족 신청할 때 좀 수소문해보지는 않았나요?] 했어요, 몇 번 했는데 해당이 안 되네. [조사자1: 소식도 모르나요?] 모르지요. [조사자1: 외가댁이 어디였는데요?] 외가댁이 흥남시지만 좀 시골 쪽에, 그렇게 시골은 아니지만 그쪽이었었어요.

[조사자1: 그럼 아버님도 많이 배우신 분이겠네요?] 아버지는 학자야. [그러니

까 딸을 간호학교에 보낸 거군요!] 네 [조사자1: 거기(간호학교)는 시험 봐서 들어갑니까?] 시험봐서 들어가지. [조사자1: 아, 그럼 (들어가는 것이)쉽지는 않겠네요?] 네, (경쟁률이) 몇 대 일 뭐 이렇게…… [조사자1: 그게 몇 년 과정입니까? 간호학교가.] 2년. [조사자1: 그 당시에도 꽤 오래된 학교였습니까?] 아, 그럼요! [조사자1: 지금까지 있으면 그럼 꽤 되겠네요?] 지금까지 아마 있을 거예요. 없어지진 않았을 거예요. [조사자1: 아, 그럼 북한에서 그 평양 간호학교 하고 이……] 네, 흥남 중앙 병원 간호학교. [조사자2: 그럼 아버님께서 이 공부를 하셨다는 거예요?] 네, 많이 하셨어요. [조사자2: 그럼 직업은 뭐 따로 하시는 건 없으셨나요?] 직업은 따로 있었던 거는 일제시대에 아버지가 독립운동 한다고, 이제 이름 없는 독립투사, 그래가지고 잡혀가서 8개월씩 구류살고 그랬답니다. 그래서 팔도 빠지고 뭐 그런 사건이 있었대요.

그러고 난 뒤에 일본사람들이 들어 와 가지고 직장이 생겼어도 이름이 안 돼, 그 이름을 가지고는 직장에 갈 수가 없어 그래 노니까 그때 이제 '김국진'이었었는데 '원기'로 바꿨어 이름을 그래가지고 회사에 근무했죠. 그랬어. 당시에는 흥남…… 음…… 아이고 이제 이름도 다 잊어버렸다. 5대 공장 중에 하나 들어갔는데……. 아이고, 갑자기 생각이 안 난다. 그 회사에 근무 하다가 또 우리는 안 나오면 안 되게 돼 있었어요. 아버지가 인제 조선민주당 당증을 가지고 있었거든요. [조사자1: 조선 민주당이요?] 네, 그러니까 빨갱이들한테 몰리는 거지요 자꾸. 아주 반동군자라고 굉장히 그냥 막 집에서도 불안하고 그랬었어요. 그러니까 우리는 그냥 안 나오면 안 될 형편이었었죠. 그 총살당했겠지 (그냥 안 나오거나)했으면은.

[조사자1: 그러면 부모님을 내려 오셔가지고 따로 뭐 장사라도 안하셨나요?] 아무것도 안하셨어. 아버지는 아무것도 안 하셨어. 내가 직장 근무해가지고 식구들 (잘 안 들리지만 식구들을 먹여 살렸다고 하는 것 같다.) [조사자1: 맏딸 역할을 하신 거네요? 어려서부터.] 네 맨날 앉아서 처리만 하지 전혀 엄마 아버지는(일을 안했어요) 내가 생계유지를 담당한거지. [조사자1: 계속 거제에서만

사셨어요?] 아뇨, 거제에 있다가 통영에 나가서 마침 학교 때 산부인과를 가르쳤던 선생이 통영에서 대업을 하고 계셨어요. 그래서 선생님하고 같이 가서 있다가 부산으로 나갔지. 부산 나가가지고 이제 병원 근무 하면서 그래 하다가 인제 이북에서 피난 나왔을 때 그때에 어……이남에서 있는 동안에는 여기서 학교 나온 걸로 인제 갱신할 때가 있었어. [조사자1: 네.] 있었는데 그 때를 이제 놓쳤어, 놓쳐가지고 못하고 인제 있다가 부산 나가가지고 다시 공부 했어. 공부 해가지고 이화여대 그때 가가지고 거기서 인제 국가고시 합격, 그 당시에 우리 이북에서는 우리 졸업 할 때도 국가고시 했어요. [조사자1: 아, 그 당시에요?] 네, 그 당시 우리는 국가고시 합격했고. [조사자1: 이북이 그때 체계가 훨씬 잘 잡혀 있었군요?] 네, 그랬었어요. 그랬는데 여기서는 피난 와서 한참 있다가 국가고시 이런 게 생겼어. 그래가지고 그때 올라갔어요. 그 인제 그 수료하면서 굉장히 일이 많았죠. 서울에 인제 내과선생님, 소아과 선생님 이렇게 계셨는데 거 이제 다 찾아다니면서 내가 어린 게 인제 찾아 댕기면서 다 받아가지고 인제 그래가지고 이제 서울에 접수 시키고 그래가지고 인제 국가고시에 치게 됐지,

그래가지고 첫 회는 가서 떨어졌어. 떨어지고 두 번째 가서 합격했어. 그래서 졸업장 받아가지고, 여기서 이제 간호학교 나온 그 졸업장이지, 그걸 받아가지고 부산의 일신 산부인과를 아시는가 모르겠다. [조사자1: 일신 산부인과요?] 네. [조사자1: 넌 알지?] [조사자4: 네] [조사자1: 쟤가(조사자4) 부산사람이거든요.] 오! 우리나라에서 최초에 일신 산부인과가 교육기관이야. [조사자2: 산부인과 교육기관이요?] 네, 교육기관이야. 거기 갔지 인제, 들어가 가지고 또 1개월 트레이닝 받고. 근무하면서 공부 또 하고 이레가지고 조산원을 받아가지고. [조사자1: 그러면 거의 몇 안 되는 이북, 이남 국가고시를 다 보신 거네요.] 네, 그랬어요.

[4] 흥남 철수 당시 배 속에서 생활

[조사자1: 그 내려오실 때 뭐 배타는 과정이나 배속에서 생활이나 기억나시면 좀(말씀해주세요)] 아우 말도 못하지, 나와 가지고 흥남부두에 와 가지고 당장 배 타는 게 아녀. [조사자1: 네 대기했다고 (하더라군요.)] 막 대기하고 있으면 그게 뭐 이고지고 뭐 말도 못하지 그냥 아이들 다리고 뭐도 그냥 뭐 그 배를 안타면 죽는다는 일념으로 그래가지고 하룻밤 또 막 자고 이렇게 해가지고 그 다음날 배를 탔는데 그 짐배거든 그걸 타고 인제 길바닥에 앉아서 인제 오면서 참, 말로 다 표현 못하지……. [조사자1: 멀미는 안하셨어요?] 멀미는 안 한 것 같아. [조사자1: 배가 좀 큰 배를 타신 모양이군요?] 네, 그 저기 미국 사람들 그 저기 짐차인데 아주 큰 배지. [조사자1: 그런대 다른데서 듣기로는 뭐 18일 19일 20일 이럴 때도 출발이 있었던 것 같은데요?] 네, 있었어요. [조사자1: 잘못하면 못 내려오실 뻔 했네요? 거의 지금 마지막에 오신 거네요?] 네, 우린 늦게 왔어. [조사자1: 아 원래 대기를 오래 하신 거예요? 아니면 좀 늦게(배를 타러 가신 거예요?)] 대기를 오래, 일찍 와 가지고 한 일주일 정도?(대기했어요.) [조사자1: 아 오래하셨네요 대기를.] 네, 일주일 정도 그래가지고 배를 탔지. [조사자1: 그 27일 이후에도 내려온 사람 있습니까?] 모르겠어. 그거는 그건 모르겠고. [조사자2: 일찍 타고 늦게 타고 하는 그 대기시간에 순서가 (있나요?)] 순서가 없지. [조사자2: 그럼 어떻게 빨리 타는 거예요? 빨리 타는 사람들은?] 줄을 서는 거지 인제, 줄 서가지고……. [조사자2: 그러면 배 떠난다 하면 빨리 줄을 서야 되는 거예요?] 그럼. 항상 줄 서고 있고 막.

[5] 흥남 간호학교 산부인과 의사와 통영에서 개업

[조사자1: 그 동생 분은 여기 같이 거제 사셨어요?] 3살 먹은 거 업고 나와 가지고 대학 나오고, 대학원 나오고 지금 부산에서 살고 있어요. 그 남동생은 지금 강원도 원주에 있습니다. 거 뒤에 사진 있네요. [조사자1: 아 그러시군요.]

저긴 목사님들, 목사님들이 [조사자2: 동생들 거의 다 키우셨겠어요. 큰누나라서] 모르는 사람은 아들인줄 알아요. 그 정도로 나이가 22살 차이니까. [조사자1: 그렇네요 22살 차이 나니까…….] [조사자2: 아들 같겠어요.] 네, 그래 지금도 여동생은 나를 이제 언니야 언니야 하고 따라다니니까 지(남동생)도 이제 언니야 언니야 하며 쪼그만 게 따라다녀 지금 나이 61인데도 지금도 언니야 (라고 불러) 교회 목사님(하고 있고.) [조사자1: 아 그러시군요. 많이 다니셨네요. 여기 저기.] 많이 갔어. 국제 학술세미나야. [조사자1: 아 세미나 다니신거군요.] [조사자2: 그러면 조산 산부인과 일은 몇 살 때까지 계속 하신거에요?] 음……. 그러니까 내가 73년인가? 모르겠다. 23기생이거든, 거기 나와서 이제 개업했지 조산원 개업. [조사자2: 그럼 한 70년도부터 계속 하신거네요?] 그렇지, 70년 그 전에는 병원근무 하고 하여튼 노는 날은 잘 없었으니까. [조사자2: 그러면 그 UN병원에도 꾀 오래계셨던 거예요?] 음……여기서 이제 피난민들이 있는 동안에는 한 7년? 그 정도 있었어. [조사자2: 오래계셨군요.] [조사자1: 그랬다가 통영으로 가신 거군요?] 네, 통영 갔어요. 선생님한테. 그 때 연락이 와 가지고.

[조사자2: 그럼 그 UN병원에서 연이 닿아 선생님이랑 통영에서 같이 병원에서 일을 한 건가요?] 아니지 홍남 간호학교 때 산부인과 선생님, [조사자1: 아 그 분이 내려 오셔가지고 통영에 개업을 하셨군요?] 네 통영에 개업을 했어요. 그래서 선생님 하고 같이 있었지.

[6] 동부면에서의 피난생활

[조사자2: 그럼 그 동부면에서 피난생활 하실 때 직장은 UN병원이지만 생활은 공간을 어떻게 하셨나요?] 어, 피난민들이 와가지고 각 마을로 배출 받았지. 각 마을의 이제 집집마다. [조사자2: 그게 관공서에 이렇게 딱딱딱 해주는 거예요? 배치를?] 그렇지 이제 동부면인지 산촌이면 산촌, 뭐 어디 어느 마을 이

렇게 마을마다 이제 배치를 한 거야 개인 집에. [조사자2: 어디로 가셨어요?] 우리? 산촌에 동부면 산촌이라는 데 [조사자2: 그 개인 집?] 개인집에서 이제 방을 하나 줘 가지고는(거기서 살았지.) [조사자2: 그 개인집에서는 얼마나 사셨나요?] 거기서는 한 거서 7년 살았지? [조사자2: 꽤 오래 사셨네요. 그 UN병원에서 일 할 동안은 계속 있으신거죠?] 그렇지. 그러고 떠났지 인자 [조사자2: 그럼 그 주인분들이랑도 굉장히 많이 친해지셨겠어요?] 아유, 그럼 그런대 다 할머니라 다 돌아가셨어요. 지금, 안 계셔. 나이가 다 많으니까. [조사자2: 굉장히 그 다른 지역보다 거제도에 피난 오신 분들은 좀 다르신 것 같아요 보통은 이제 피난 오셔서 한지역에서 이렇게 오래 사시는 게 아니고 도시로 많이 나가시는데…….] 네, 도시로 많이 나가고, 대개 피난처는 거제도지만은 와가지고 뭐 한 2-3년 있다가는 부산으로 서울로 각 곳으로 이제 다 갔지. 그런데 우리 아버지는 생활력이 없어가지고 꼼짝도 못 하니까 날 따라 다니는 거지. [조사자1: 아니 제일 크게 대단한 딸을 낳은 거니까 하실 만큼 하신 거죠. 그것보다 뭐 더 큰 일을 하시겠어요?] [조사자2: 교육을 그만큼 시켜주셨으니까요.] (웃음)

[조사자2: 그럼 그때 동부면에서 산촌에서 하실 때 그때 또 기억이 있으시면 또 이야기 해 주세요.] 아 기억이 있지. 그 산촌에서 추억이 제일 많은 것 같아. [조사자2: 아, 그러세요?] 거 뭐 아침에 자고 나서 방 한 칸에서 이제 가족들이 살고 [조사자2: 가족 넷이요?] 어. 아침 되면 이제 출근 하고 저녁에 퇴근하고 아버지 따라서 갯가에서. 이 산촌에 가면은 거 오수 갯가라는 대가 있어 오수에 갯가가 있는데 거기가면 이제 게딱지 있지? 잘방게 이런 거, 그런 것도 나오고 조개도 잡고 그런 것도.

[7] 가족들에 대한 이야기와 혼자 사는 그리움

[조사자2: 그러면 그 따라 나왔던 동생은 어머니가 그냥 보시거나 이렇게 하신 거예요? 따로 학교 가거나 그런 건 아니고?] 동생은 커가지고 고등학교 졸업하

고 대학가고 대학원가고 저 사람(남동생)도 대학가고 대학원 다 졸업하고 그랬어. 그 일생을 그렇게 살았어 나는. [조사자2: 다 동생들 학교 보내고 (그러면서 사셨군요.)] 응, 그렇게 사는 거야. [조사자1: 손주가 축구선수였어요?] 예 축구선수였었어 요새는 이제 코치로 있지. [조사자1: 되게 인텔리하시네요.] 이북에 있을 때는 12살까지 업혀 다녔어 내가 그런 집에서 살았어. [조사자1: 원래 본가가 잘 사시는 (분이셨군요?)] 네, 귀하게 자랐지요. 그러다 피난 나왔으니 고생은 말도 못하지요.

[조사자1: 그러면 결혼은 언제 하셨나요?] 글쎄 결혼에 대해서 참 내가 대답하기 곤란하네. [조사자1: 아 그러면 안 하셔도 됩니다.] 네, 하기 싫은 말이니까. [조사자1: 아, 네 알겠습니다.] [조사자1: 그러면 지금 혼자 사시나요?] 네 혼자 있어. [조사자1: 그런데 집 관리하기가 만만치 않을 것 같아요?] 아휴 말도 못해 비는 새지 마 아휴 내가 힘들어 가지고 그 요양사가 이제 일주일에 다섯 번씩 와 그래서 인제 몇 시간씩 도와주고 가고……. [조사자1: 저기 지자체에서 도와주는 건가요?] 네.

[8] 개업부터 폐업까지

[조사자2: 여기 다시 거제로 돌아와서 사신지는 얼마나 되신거에요?] 오래됐지 거제도에서 개업한지가 40년 정도 됐으니까. [조사자1: 개업을 여기서 하셨군요.] [조사자2: 왜 부산에서 (개업을)안하시고 여기로 오신거에요?] 거제도로 왜 왔느냐면 부산에서 개업할라니까 돈이 없어 [조사자1: 거기가 땅 값이 비싸서 그렇군요?] 네, 그때 당시만 해도 집을 차릴 돈 구해야 하는데 개업할 마땅한 장소가 없어가지고 이 거제도 그러니까 여기 들어와가지고 개업한거지, 어기 들어와 개업하다가 부산서 조금 개업 했어. 조금 하다가 인제 서면 지세포라는데 와서 개업하다가 1년만에 이제 거제로 옮겨가지고 여 거제에서 개업하고 있다가 이제는 폐업한지가 한 17년 쯤 되겠네.

[조사자1: 그래고 환갑 지나서 (폐업)하셨네요.] 네, 66세인가? 여튼, [조사자1: 건강하신 것 같네요.] 자꾸 몸이 아파가지고 [조사자2: 그래도 교육을 많이 받으셔서 다른 분들보다는 고생을…… 막 장사다니시거나 그러시진 않으셨죠?] 아우, 그런 건 없었어.

[9] 이북 시절의 이야기

[조사자1: 이북에 있을 때 이야기 좀 기억나시면 해주세요.] 이북에는 친척들이 하나도 안 나왔어, 우리밖에 안 나왔어. 우리 위에는 나온 사람이 없어. 내가 지금 여기 와서도 친척이 없잖아? 없고 그냥 동생들, 그 애들, 모두 합해서 아홉 명인가 열 명인가 그렇게 밖에 없어 [조사자1: 그럼 그 같은 간호학교에서는 몇 분이 같이 나오셨어요?] 많이 나왔지, 나와 가지고 인제 동창회를 한 달에 한 번 씩 했어요. [조사자2: 더 각별하시겠어요.] 어, 부산에 한덕병원이라고 큰 한덕병원이라고 있었어 거 선생님 사모님도 우리 동창이고, 그래

가지고 동창회를 참 오래했어. 오래했는데 한 사람 두 사람 이제 다 돌아가시고 현제 지금 부산에는 한 몇 명 남아있어.

[조사자1: 지금도 학교 기억이 나시겠어요?] 아우 나지, 아이고. 그때는 쌩쌩 날렸지 [조사자1: 아까 한채남 할머니도 그러시던데 맨 처음에 여기 내려오셨을 때는 솔직히 차이가 많이 났죠? 거기 함흥이나 이런데 하고 원래 개발이 된 도시고 여기 내려왔을 때 맨 처음에?] 여기 오니까 배에서 딱 내리니까 처녀들이 머리꽁댕이에 뭐를 이렇게 이렇게 해가지고 그래가지고 물동이 이고 다녀서 깜짝 놀랬지. 그리고 이제 치마 같은 거 통치마 있잖에 옛날에 거 빳빳한 야릇이상한 통치마 그걸 입고 저고리를 이렇게 입고 머리를 이렇게 해가지고 그래서 우리는 너무너무 놀래가지고 '아아 참 이런 세상도 다 있구나.'이랬어 진짜로 외계인 같았어. [조사자1: 솔직히 이야기 하면 아 이렇게 미개한대도 우리나라구나 그렇게 생각하셨겠네요.] 그러니까 그래 오니까 여기 이남이 20년 뒤떨어졌다고 하더라고. [조사자1: 네 그때는 그랬죠. 더군다나 다른 데가 아니라 함흥이나 이런 데는 워낙 일찍 발달 했으니까요] 네. 대도시였잖아요 우리 흥남 함흥은.

[조사자2: 그 할아버님도 그러시고 얘기 들으셨던 분들이 그 흥남이나 이런데 큰 공장도 많고…….] 5대공장, 5대공장이 있었어. [조사자2: 아, 5대공장이 있었다고요?] 어, 유명하잖아 우리나라에서. [조사자2: 그리고 또 거기 인제 큰 그런 것도 많고 이렇게 해서 혹시 이북에서 이북으로 피난 다니신 적도 있으세요?] 일제시대. [조사자3: 아, 아버님 때문에?] 어. [조사자2: 그러면 일제시대 때 하신 건 독립운동 하시니까 일본 순사들한테 피해서 다닌 거예요?] 아 그렇지 그럼? 그래 잡혀들어가고 막 그랬잖아. 그리고 또 빨갱이들도 왔을 때 저 이북이 지금 지금 현재 저사람들이 나왔을때는 또 인제 반대 하니까 반동분자로 아버지가 (고생을 했어요.) [조사자1: 그 조선민주당 당원이셨으면 문제가 됐겠네요.] 네 우리 아버지는 조선민주당 당원증을 이 저기 장승포 부두에 거진 와서 버렸어. 그게 있으면 혹시나 또 무슨 일 있을까봐 바다에다 버려버렸어.

[조사자1: 그 당시에 조선 민주당이라는게 이북에 있던 공산당 말고 다른 세력이었군요?] 그렇지. [조사자3: 그런데 여기 와서도 버리시길 참 잘하셨네. 괜히 안 좋았을 수도 있었어요.] [조사자1: 거기(이북)에 있을 수가 없었네요? 그러니까 여러 조건이……] 우리는 있을 수가 없었지 있을라 캐도 있을 수가 없었지.

[10] 폭격에 대한 기억

[조사자1: 중공군이 들어왔으면 뭐 또 문제가 되었겠네요, 그 폭격 기억은 안 나시나요? 엄청 폭격을 많이 했다고 하던데요?] 폭격이 왜 기억이 안 나겠어? 말도 못 하지. [조사자1: 그래도 병원 건물은 괜찮았나보네요?] 네, 병원 건물은 괜찮았어. 병원건물은 폭격 안당했어. [조사자2: 시내에도 폭격이 많으면 잠시 이렇게 친척집 이런 데 피난가신 적 없으세요?] 흥남 비료공장 그 큰 비료공장이 한 달을 다녀도 다 못 돌아 그런데 여기는(이남) 쪼그만 것도 공장이라 하더라고요 그래서 너무 놀랬어 그때 거기는(이북) 공장이라 하면 수 십리가 뭐여 수 백리 이렇게 되는 다 구분 못 하는 그런 공장이거든? 참말로 집 같은 저거를 공장이라 하는가? 그 큰 비료공장도 폭격 맞았잖아, 화학공장도 폭격 만나고 그 큰 굴뚝이 하늘 높이 솟은 굴뚝도 넘어가고 [조사자2: 그래도 잘 피하셨네요 폭격을.] 응, 방공호에 들어가 있었지. [조사자2: 방공호에요?] 무차별 살육이지 그때는 조금만 어쩌다 잘 못하면 뭐 잡혀가고 어디가서 죽은지도 몰라. 지금도 마찬가지잖아? 그냥 잡아가잖아? 잡아가면 어디가서 죽었는지 모르고요 이제 이북이.

[조사자3: 그럼 전쟁 난 건 어떻게 아셨어요?] 폭격하니까 알았지. [조사자1: 국군이 올라오기 전에 폭격을 많이 했겠네요?] 그렇지 [조사자1: UN군 비행기가 폭격을 했죠?] 네. [조사자2: 그때가 그러면 6월 달 지나고 한 10월 달 정도에 폭격을 받았겠네요?] [조사자1: 6, 7, 8, 9 요때 까지는 거기는 뭐 조용했겠네요? 어차피 남침을 한 거니까.] 중공군이 쳐내려 온 거는 10월, 11월 고정도 되겠

네, 막 밀고 내려왔을 때 그러니까 막 피난 간다고 피난민들이 막 그냥 흥남 부두에 모여들고 안에서는 막 전쟁 나가지고 [조사자1: 그래도 인민군에 차출 안 되신게 다행이네요.] 예, 말도 못한다. 그 저기 포탄이 날라가는 거 밤에 보면은 불덩어리가 바다에 떨어지고 막 공중 위로 날아가지고 머리 위로 날아가지고 떨어지고 그래도 참 식구들이 하나도 폭격 안 맞은 것만 해도 감사한 일이지. [조사자1: 생이별 하신 거네요 진짜.] 참, 전쟁 안 겪어보면 아무도 모른다. 말로 해서 모른다. 그 광경은 참 그 비참했던 그 광경을 누가 알겠노? 모른다.

[11] 고향에서 살던 시절에 대한 그리움

[조사자2: 그 자식 두고 오셔서 아버지, 어머니도 되게 힘드셨겠네요.] 말도 못하지 뭐 (해독불능) 보지도 못하고, 소식도 모르고 다 돌아가셨으니까. 아버지 돌아가신 지가 29년 엄마 돌아가신 지가 26년. [조사자2: 음, 그럼 부모님께서 생전에도 이런 저런 이야기 하셨어요?] 내 앞에서 일절 이야기 안 했어 동생이야기 안했어 내 앞에서는 [조사자1: 일부로도 안하게 되겠죠.] 예, 내 앞에선 안 했어 나 마음 상할까봐. 나 평생 어머니 아버지 모시고 같이 살았거든? 따로 안 살았어 나한테서 이제 돌아가시고 지금 저 위다가 모셔 놨지. [조사자2: 명절 때 되게 슬프셨다 던데 언제 피난민으로서 그런게 참 그러세요?] 명절 때, 명절 때 무슨 좀 날이 될 때는 굉장히 쓸쓸하고 그리고 때때로 쓸쓸하고, 고향에 있을 때는 희망도 있고 꿈도 컸는데 때로는 여기 와서 너무 힘드니까 차라리 폭격에 맞아 죽었는지는 모르겠지만은 이북 땅에 그냥 있었더라면, 나도 공부 더 해서 의사도 되고 이렇게 다 했을 탠데 하는 그런 마음 때문에 아플 때가 많았어.

그리고 6.25때 피난 나와 가지고 거제도에 와 가지고 너무나 아픈 시련을 내가 겪었어. 말도 못하게 겪었어. 그 당시에 이북 피난민 처녀들이 여기에는 비교할 수도 없지 모두 다 세련됐잖아? 예쁘고. 그러니까 여기 남자들이 굉장히 이제 그런 못된 짓을 많이 했어 우리 친구도 하나 이제 함흥에서 나왔는데 저 부산 나가서 거 뭐이냐 거가 어딘지 모르겠지 그런데 너무너무 똑똑하고 예쁘고, 결국은 여기 사람한테 그렇게 당해가지고……. 그런 거 많어, 많다구. 참 그런 슬픈 사연이 있어 내가. 울기도 많이 울고, 이젠 눈물도 메말랐어. 여자의 일생이란 게 그렇더라. 참 허망하고, 짓밟히고……. 피난민들이 나오니까 바로 벌떼같이 달려들어, 촌놈들이지. 여기서 머리꼬랑댕이나 보다가 미끈미끈한 처녀들 나오니까 환장을 하는거지 이제, 대문 앞에 와서 기다리고. [조사자1: 안전사고가 많았군요.] 어. [조사자2: 밖에 나가기 무서우셨겠어요.] 응, 그럼 아침에 딱 출근하고 저녁에 퇴근하니까는 아버지가 저 짝에 나 기다리고 있어. [조사자2: 아버님도 걱정 많으셨겠어요.] 응, 그래도 맨날 살아계실 때는 우리 정희는 서른 살이 넘어도 좋다. 고향에 가서 시집보낼꺼다. 우리아버지 늘 그 소리는 늘 했지 [조사자2: 계속 고향에 가실거라는 생각을 하셨군요.] 어.

[조사자2: 어떻게 기른 귀한 딸인데 이 섬 떠꺼머리 그런 총각들 한테 주고 싶지 않았을 것 같아요.] 어, 우리는 감히 상대할 사람이 없었지. 한 동에서 초등학교 다니는 거 한 둘 있을까 말까 그렇더라. 오니까, 비교할 것도 없어. 한 둘 정도? [조사자1: 거기가 함흥이 아까도 그런 이야기 잠깐 했었는데 음식도 참 좋죠?] 아, 음식 맛있지요. [조사자1: 여기하고 또 차이가 나는군요.] 전혀 다르지 여기 음식하고. [조사자1: 맨 처음에는 그게 또 안 맞아서 고생 좀 하셨겠네요?] 네, 그런데 피난민들은 주로 이북사람들은 이제 옷 매무새라던가 이런 걸 갖추는 거 보다도, 사치를 하는 것 보다도 집을 꾸미는 거 집을 이쁘게 꾸미고 집안에 찬장 같은데 그릇 같은 아주 예쁜 거 진열하고 그 다음 먹는 거 주로 먹는 거 그 피난민들이 나와가지고 하꼬방 같은 데에 살면서도 잘 먹거든? 이러니까 여기 주민들이 저 사람들은 저 먹는 걸 왜 저렇게…… 자기들은 감히 상상도 못하는, 그런 걸 먹어본 일이 없는 거야 이제, 피난민들

이 돈도 없는데 저렇게 먹는다고. 참 그런게 많았어요.

[조사자1: 그 고향에서 먹던 음식 중에 기억나는 것 소개 좀 해주세요. 저희는 모르니까 뭐 냉면 이런 거만 들어서 궁금하네요.] 냉면은 물론 냉면 뭐 유명하긴 하지만 겨울이 되면은 동태, 명태 있잖소? 많이 나오거든? 그러니까 그걸 이제 이렇게 주렁주렁 가마 끝에 달아놓으면 하룻밤만 자면 얼잖아? 그거를 확 펴가지고 양념장을 막 꺼내 놓고 그래 먹기도 하고, 그 다음은 특히 털게, 여긴 털게가 잘 없다. 털난 게가 있잖소? 북실북실 한 거 그게 조철가면 있다. 그 털게 큰거 그걸 마 한 드럼이라는 거는 20개를 한 드럼이라 하거든 이북에는 이런 저기 함지라는 게 있다. 나무로 만든 함지 예쁜 함지가 있어 거기다 마 한 드럼씩 사다가 저녁이 되면 무쇠 솥에다 삶아가지고 가운데다 놓고 쫙 앉아서 다 뜯어먹는 거야 살이 얼마나 많은데. 그래가지고 그 겨울 추울 때도 국수를 말아먹는 거야 게살을 뜯어가지고 막 넣고 [조사자2: 게살 국수는 진짜 들어보지 못했어요.] 아, 말도 못하지 거 먹던 거 다 말 못한다. 그리고 이북에는 생선이 너무 맛있는 게 많아. 여긴 맛있는 생선 하나도 없어.

[조사자1: 그 좀 깔끔하고 담백한 게 많은 것 같아요.] 예. [조사자1: 가자미 식혜도 많이 하세요?] 그게 제일 가자미 식혜가 최고지 여기서는 가자미식혜를 저 속초에 가면 있긴 있더라 근데 우리는 가자미를 통째로 만들지 근대 여기서는 다 잘 먹기 위해서 썰어가지고. [조사자1: (이북에서는) 통째로?] 어 통째로 딱 인제 다 해놨다가 통째로 해서 딱 먹을 때 이렇게 손으로 찌익 찢어먹지 그럼. [조사자1: 그거 삭히는 건 마찬가지죠?] 어, 삭히는 건 마찬가지고 좁쌀, 밥 아니고 좁쌀. [조사자2: 그러면 고향 음식들 중에서 여기서는 못 먹어봐서 꼭 먹어보고 싶다는 그런것들 있으세요? 고향에서 먹을 수 있었던…….] 고향에서 먹고싶은 거는 어머니가 이북이니까 뭐 골로루 뭐 여러 가지 이제 그 시절 맞춰가지고 가지찜을 한다던가 때때로 이북음식을 해먹었으니까 그런 건 별로 없어요.

[조사자1: 만두도 좀 다른가요? 여기 남한하고.] 만두는 여기서 처럼 안 한다.

꿩, 꿩 넣지. 꿩만 넣야지 다른 거 넣는 건 우린 몰라. 꿩 잡으로 댕기는 사람 있었다고. 총 가지고. 그래서 꼭 꿩 고기 사서 우리는 해 먹었어. [조사자1: 꿩 고기가 맛이 다릅니까?] 담백하지. 담백하고 맛있지. 그리고 뭐가 또 유명하냐면 이북 순대. 여기서는 뭐 요렇게 만들어가지고 안에다 뭐 그러더라고 우리는 거 대창을 넣어가지고 갖가지 양념을 다 넣어가지고 그래 하는 게 그게 순대지. 이 순대가 순대 아니다. 많지 먹고 싶은 게 이젠 엄마가 안계시니까 식혜도 못 얻어먹고 [조사자1: 아 식혜요?] 응, 식혜 어머니 돌아가시고 난 뒤에는 내가 안 했어도 엄마가 해준 거 먹어가지고 내가 잘 했어 그래가지고 먹었는데 이젠 안 먹은지 한 4-5년 되겠다.

[조사자2: 여기서도 가자미 식혜 담으셨어요?] 어, 가자미 식혜 담궈 먹었어. 그래서 친구도 주고, 그런데 내가 몸이 아프고 이제 잘 움직이질 못하니까(못 담궈 먹지.) [조사자2: 아! 그럼 이북에 사실 때 그 명절에 제사 같은 건 지낼 수 있나요?] 명절에 제사를 지내지. [조사자2: 아, 그런 건 공산당 그런 데서 뭐라고 하지는 않아요?] 제사를 지내지만 우리 아버지는 막내니까 우리집에서는 제사가 없었어. [조사자2: 이야기 들어보니까 거기는 좀 북쪽이니까 추웠는데 여기 내려오니까 풀이 있어서 놀랬다고 하던데요?] 이야, 추웠지 말도 못 했지. 피난나온 게 12월 달이 아닌가? 이북은 겨울이 되면은 이 눈과 얼음, 이 길이 없어. 얼음을 밟고 댕기는 거야. 그래 학교 다닐 때도 조심조심 가지 가다가도 그냥 남학생들 오는 앞에 가서 탁 넘어지면 부끄러워 가지고……. 공대 학생들이 굉장히 우리 학교 아이들을 선호 했거든 또 굉장히 마 어찌 해볼까 싶어가지고 공대 학생들이 굉장히 막 앞에 와 가시고 막 서고 그랬었지. 그 앞에서 안 넘어질라고 하다가 그냥 넘어지는거야. [조사자1: 함흥에 공대가 있었군요.] 네, 공대가 있었어요, 화학전문학교도 있고. [조사자2: 화학전문학교요?] 응. 그 곳 졸업한 사람도 여기 나와가지고 흥아타이어 공장사장(하고 있어) 우리 초등학교 졸업생 동창이야. 이젠 돌아가셨나? 모르겠다.

[12] 지병 이야기와 UN 병원시절 이야기

[조사자1: 그런데 어디가 아프세요? 지병이 있으세요? 약을 많이 드시네요] 담석이 있는데 그건 이제 2년 전에 부산 백병원에서 수술하려고 갔는데 내가 생긴 지는 한 몇 십 년 됐어 처음 생긴 지가 그런데 평상시 안도지더라고 그게 그러더만 그래가지고 수술하러 갔는데 당뇨가 있지, 혈압 있지 이러니까 병원에서 꺼리는 거야 나이가 있지, 그래가 그때 이제 치료만 받고 한 달 입원했다가 와가지고 다음 번에 아프면 오라고 그러더라 그런데 지금은 이제 다리가 아픈 건 할 수가 없지만 이건 뭐 이 수술도 했어 [조사자1: 아, 관절 수술 하셨군요?] 그렇지만은 이거 아픈 것 때문에 굉장히 고통받는 거여 며칠에 한 번씩 통증이 오는 거여 인제 그러니 얼마나 고생을 했는지 몰라 그냥 혼자서 방안에서 비명을 막 돌아다니고, 아, 아픈 거 그건 애기를 낳는 건 아무것도 아니지 [조사자1: 수술 하셔야 겠는데요? 너무 아프시면.] 그런데 못하잖아, 안 해주잖아. 무서운가봐, 의사들도 무서운가봐. [조사자2: 할머니는 주인집이랑 재미있는 일화나 그런 이야기는 없나요?] 주인집하고는 특별한 일화는 없어. 없고 주인집도 그냥 즈그들 밥이나 먹고 살고, 여기 사람들 오니까 또 밥을 부엌에서 먹데? 부엌에서 먹고. 꽁보리 있지? 꽁보리 그거를 이렇게 새끼들 삶아가지고 이 광주리에다 담아서 한약처럼 끝에다 달아놓데? 그래가지고 때마다 그걸 떠가지고 삶아서 그래 먹더라고.

[조사자1: 이북에서는 보리를 거의 안 먹는가요?] 우린 모르지 나는 보리라는 거 어떤 건지도 몰라. 여기와서 처음 봤어. [조사자2: 그래도 그 UN병원에 있으면 어떤 분들을 치료하나요?] 그때는 월급은 없고 [조사자2: 월급이 없어요? 그럼 어떻게 아버님이랑 어머님을……] [조사자1: 쌀로 주나요?] 어, 저기 쌀로 3인분을 줘. [조사자1: 매일요?] 아 그렇지 이제 말하자면 배급 탈 때 3인분을 받는 거지. [조사자1: 그게 인건비 대신 주는 거군요.] 응 인건비는 없이 3인분으로 받는 거야 이제. 한 사람인데 세 사람 분 받는 거지. 그리고 이제 엄마

랑 아버지들 배급 나오는 거 조금씩 있잖아. 고걸 가지고, 그런데 우리들은 원래가 적게 먹으니까 충분하더라고 우리 여기 와서 뭐 배를 곯고 뭐 못 먹고 어쩌고 해도 물론 돈이 없으니까 좋은 건 못 사먹어도 밥은 안 굶었어. 또 내가 또 그렇게 하니까. 밥은 안 굶고 먹었지.

[조사자1: 그럼 병원에는 부상군인들이 많이 왔습니까? 아니면 일반시민들이 주로 왔습니까?] 여기서? 피난민들이 많이 왔지. 전부 피난민 들이지 [조사자 1: 그럼 뭐 거의 돈도 못 받고 치료해주고 그러겠네요?] 아, 그렇지 무료치료지. [조사자1: 아, UN병원이니까.] 어. 무료치료. [조사자2: 주로 어떤 치료를 많이 하신 거예요? 그럼.] 아이고 어떤 게 뭐 있나? 뭐 지원 나가가지고 이병 저병 말할 것도 없지. 아프게 뭐 배도 아프고 어디도 아프고……. [조사자1: 그러면 의사들은 미국인들 이었어요?] 아니, 아니. [조사자1: 한국 사람인가요?] 예, 한국 사람, 의사선생님 두 분이 계셨는데 서울 올라가서 서울 개업하고 다 돌아가셨을 거야. 연세가 많았으니까.

[13] 조산원 시절의 사연들

[조사자2: 또 기억나시는 나시는 거, 이건 얘기해 줘야겠다 하시는 거 또 있으시면 말씀해 주세요.] 갑자기 그러니 다 잊어버리고 모르겠다. 많지, 사연도 많고, 참 기가 막힌 일도 많고 그런 아픈 사연도 많고 참, 어떻게 말로는 다 표현 못하지. 그런 일이 있어. [조사자1: 그러면 조산원에서 돈은 많이 버셨어요?] 근데 우리가 피난 나왔을 때에는 여기서는 깍쟁이꾼이라는 거 모를 거다 아마. 깍쟁이라는 거 모르제? [조사자1: 각쟁이요?] 어, 이런 똥그란 철로 만드 거 이런 거 거기다 심지 하나 넣어가지고 기름 붓고 심지 넣어가지고 불이 갈랑갈랑 하는 거 있제? [조사자2: 호롱불 같은거요?] 호롱불은 최고지. 호롱불은 아주 그냥 대단한 거고 깍쟁이가 요만한 그릇에다가 심지 넣어가지고 그런 깍쟁이 불어침이 있더라. 여기에.

[조사자1: 그 당시 전기가 들어왔지 않나요? 흥남은?] 아이고 전기만 들어와? 있을 거는 다 있지. 흥남이 얼마나 큰 도시인데? 주로 깍쟁이 불 그걸 키고 있었다. 특별한 경우 아니면 호롱 불 못 키지 그것도, 그래가지고 이제 피난 나와가 여기 있다가 이제 부산 나가가지고 다시 들어왔을 때 개업을 하니까 이제, 그리고 이제 요새는 산모들이 때때로 가서 진찰 받고 또 뭐 그만할 때는 다 병원에 가서 이미 배가 이만하잖아요? 이런데 여기는 무의촌이거든 내가 여 거제 왔을 때는 김 의원이라고 하나밖에 없었어. 동부면이고 뭐이고 아무대도 없는 거야. 김 의원이라고 하나 있었는데 그분도 학교를 뭐 정기적으로 졸업한 사람이 아니고 일제시대에 인제 일본사람 밑에서 인제 일 하다가 어떻게 따가지고, 그러니까 한지 의사야 이곳에서 이제 다른데 못 가는 거야, 그런 의사가 하나 있었다고 거제에. 그러니까 전체적인 산부인과 환자들은 내 손에 다 오는 거지 이제 그리고 이 사람들이 자기들끼리 낳다, 낳다 못 낳으면 데리러 오는 거야 이제 그때는 왕진, 주로 왕진 이었어 그리고 지금은 길이 이렇게 좋잖아? 전기가 있나? 뭐 있나? 오솔길.

[조사자1: 그러면 걸어서 다 다니셨어요?] 걸어서 다녔지, 오솔길, 그것도 길이나 좋나? 산등성이로 해서 오솔길로 자기들은 급하니까 왕진 가방 들고 앞에서 뛰고 나는 뒤 따라간다고 정신이 없고. 집에 가서 인제 애기를 내 주면은 돈이 어디있노? 거제도가. 이제 뭐 농사지은 걸 준다던가, 뭐 어쩌다 이라지,

"네 알았습니다."

이러고 오면은 그 다음에 이제 뭐 심잖아? 이제, 밭에다가 뭐 심으면 뭐, 고추도 따다 주고, 오이도 따다 주고 이런 식으로 그렇게 했다. 거 참 내 그래서 이 거제 이 땅에다 내가 참 한 일이 많은 것 같아. 참 내가 잘했구나 싶은 건 그때는 그렇게 어렵고 힘든 사람들을 그만큼 도와 줬으니까 참 다 죽어갈 사람을 그냥, 그때는 여기 대교가 없었어, 다리가 없었어. 배 안타면 가고 오지를 못해 통영으로 그 시절에 참 그 어려운 환자들, 여기서 내가 다 그

냥 구급처치 해 가지고 통영으로 보내고, 그런 사람들 많아.

[조사자2: 그 애 낳는 산모가 되게 위급할 때는 생명이 위독할 텐데…….] 예, 그리고 또 이제 중간에는 그 통영에 이제 산부인과에서 소파 수술 알지? 애기 유산시키는 거, 그걸 해가지고 왔는데 치료를 막 해가지고 밤 12시가 다 되가지고 왔더라고 나한테로. 굉장히 내가 독한 거 같거든. 그 어떻게 그런 마음이 생겼는지 몰라 무서운 줄 모르고, 펑펑 출혈을 하는데 손을 넣으니까 바로 마 쏟아지는 거야. 간호사도 없지? 내 혼자 그니다가 질경을 열어서 보니까 그냥 중간이 이만큼 찢어졌더라구 그거를 막 그래가지고 대충 꼬메가지고 단뽕 막 넣어가지고 거꾸로 닝겔 꽂아가지고 그러고 보낸 일도 있었어. 그러니까는 또 원장선생님이 전화가 왔데? 이렇게 해주는 선생님이 거제도에 있었냐고. 그런 칭찬도 더러 받았어, 그리고 그 후에 얼마 전부터 와서 낳았지 애기를. 그때부터 왕진이 없고 이제 와서 애기를 낳았지.

[조사자1: 그때 나온 애들이 이제 환갑이네요?] 아이구 그 아이가 또 애기를 낳는다고 또 온 게 있어. [조사자2: 오히려 거제에 오셔서 더 도움을 많이 주셨네요. 피난민으로 내려오셨는데.] 진짜 이 거제도 사람들 참 내 도움 안 받은 사람들 고짝 고짝에 없다. 그래도 나는 우리 가족들이 굶지 않고 먹은 거 그것만 감사한 거야. 돈이 없다. 여기 돈이 있었나? 돈 없었다. 저 뭐 조금 산다는 사람 한 몇 천원. [조사자2: 그런데 그러시면서도 고세 안 떠나시고 계속 대단하시네요.] 응, 엄마, 아버지 모시고 한 집에서 계속 살으니까. 그냥 그럭저럭 살았어 여기서 이제 동생들도 크니까 이제 다 부산으로 나가고 이제……. 내 고생한건 말 못한다. 말로 해서 그렇지.

[조사자2: 그럼 그때 UN병원에서 피난민들 치료하셨을 때 도 생각나는 어떤 그런 환자도 있으세요?] 모르겠다. 그건 너무 오랜 세월이 흘러서, 60년이 넘었는데 어떻게 아노? 모른다. [조사자1: (사진을 가리키며) 이때는 다 거제에서 조산원 하실 때(사진인가요?)] 네 [조사자2: 그 거제 조산원 이름이 뭐에요?] 도희조산원. 이름을 도희로 해가지고 그때 인제 간판 달았거든? 나 이름이 도희

기도 하고. 정희는 인제 호적상 정희인거고. [조사자1: 그건 뭐 시내에 있습니까? 조산원을 개업하신 곳이요.] 이집이여. [조사자1: 아! 여기요?] 응. [조사자2: 여기 조산원 이였어요?] 응, 저쪽 아랫방에 들어오는데 내가 있고, 이쪽 방 하고 저쪽 하고 인제 조산원을 했다. [조사자2: 여기 그럼 이 집에 되게 오래 사신거네요.] 오래 살았지. 처음에는 이제 거제 와가지고 저 앞에 집을 얻어가지고 개업하고 있다가 이 집을 이제 헌 아주 헌 초가막살이에 그런 걸 사 가지고 [조사자1: 개조하셨군요?] 응 그래가지고 이 집을(가지게 되었어.)

[14] 마지막 소원

[조사자1: 여기가 지금 거제 구심입니까? 구도심입니까? 여기가.] 아, 거제면에서는 그렇지 [조사자1: 그러니까 굉장히 오래된 동네로군요.] 어, 그렇지. [조사자2: 아까 향교도 있고 이렇더라고요.] 향교 있어, 그럼. 되게 기관들이 많았어. 기관들이 더러 있었는데 고현이 이제 시가 되면서 고현으로 다 갔지. 등기소도 가고……. [조사자1: 시장도 하나 조그마한 게 있는 것 같던데요?] 어, 시장 있지 여 거제시장. 장날이 있거든 여기, 5일장 우리 집 앞에서부터 쫙- 여기 전부 장이다. [조사자1: 여기가 되게 오래된 동네군요. 거제에서.] 아이고 오래됐지 그럼? [조사자1: 여기가 동네가 이름이 뭐였죠?] 서정리 [조사자1: 거제면 서정리죠?] 거제면 서정리 [조사자1: 그러면 예전에 거제군 일 때 면 소재지가 여기였던 모양이네요? 면사무소가 여기 있는 것 보니.] 예. [조사자2: 그럼 그때 거제에서 가장 큰 산부인과 병원이 여기 있었던 거네요.] 그런택이지 뭐. [조사자2: 보통 지금 생각으로는 고현이나 장승포 같은 곳에 있을 것 같은데 여기가 원래는 더 중심지였네요.] 그때는 장승포에도 배치받은 사람들도 장승포에 살았고 우리는 또 이쪽으로 배치를 받았으니까 그렇게 받았으니까 인제 이쪽으로…….

[조사자2: 여기가 동북면이랑 가깝나요?] 동북면 다음, 요 밑에 동네가 동북

면이야. [조사자2: 그럼 피난 사셨던 그 동네랑 멀지 않으신 건가요?] 그렇지, 그렇지. 가깝지. [조사자2: 거제가 제2의 고향 같으세요?] 제2 고향이지 여기 나와서 살은지가 64년입니다. 반세기가 훌쩍 넘었는데 뭐. 그래도 가고 싶어 나 소원이 마지막 소원이 고향땅을 한번 밟아보는 거 거기나 마지막 소원이야. 그래 몇 년 전에 아 이제 이북땅을 가긴 틀렸다싶은 생각이 들더라고 내가. 아 이젠 안되겠구나 이제 나이도 있고 아프고 못갈 것 같으다 싶어서 금강산에 갈다 왔어 내가. [조사자2: 잘 갔다 오셨네요. 요즘에 또 못 가니까…….] 갔다 오고 다음해 그냥 딱 안되었잖아. [조사자2: 만일에 통일이 되면 고향에 가서 살고 싶으세요?] 글쎄? 그때 가 가지고 생각해 봐야되겠지만 가고싶어, 살고싶어. 어, 그 맘이 있어. 고향집 생각도 나고. 우리집 정원에 그 꽃들이 그냥 정원에 얼마나 많은 꽃들이 거 생각 나.

[조사자1: 함흥도 여름엔 덥죠?] 아, 덥소 여름엔 덥소. 겨울에는 마 오르목에 다니지. [조사자2: 여름에 해수욕도 하고 그러나요?] 해수욕 하지 [조사자2: 수영복 입고요?] 수영복이 없다. 그때는 수영복이 없고 이제 해수욕을 하는데 흥남 거 저기 백사장에는 참 말도 못하지 해운대 해수욕장 그거 무슨 해수욕장이냐? 백사장이 너무 말도 못하지. [조사자1: 제가 어렸을 때 책에서 봤는데 거기가 굉장히 좋더라고요. 일본 사람들이 너무너무 좋아하더라고요.] 아 말도 못하지, 다 모여 든다 여름이 되면 거기로. 너무 아름답고 그립다마다 말도 못하지. 가고 싶어, 딱 한번만이라도 가고 싶어 갔으면 좋겠어. 그저 가면은 좀 그런 데다 신청 좀 해줘. 난 여기서 아무리 해도 안 된다. 시 까지 가서 신청했는데도 안된다. [조사자1: 그게 추첨하는 건가요?] 아 추첨한다 하데? 요새는 뭐 컴퓨턴가 뭔가 그거가지고 추첨한다하데. [조사자2: 이산가족이요?] 어. 이산가족. 요번에 뭐 추석을 전으로 해 가지고 어떻게 좀 이산가족 상봉을 전번에 뭐 대립이 있어 얘기하더만 모르겠네.